五七語辞典

新発想が湧く…名句・名歌の五音七音表現

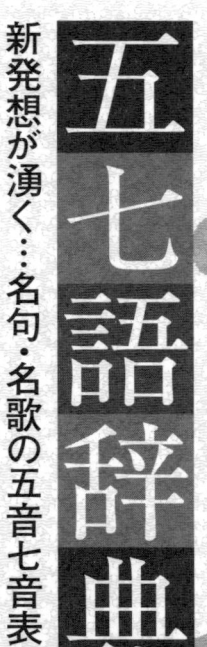

佛渕健悟・西方草志 編

三省堂

はしがき

 現代は空前の俳句ブームといわれる。一人でもできる手軽な趣味として、退職後に俳句・短歌・川柳などを楽しむ人たちが多くなっている。俳句・短歌・川柳などを目指す人たちは、芭蕉・蕪村・一茶をはじめ、各分野の著名作家の作品集を読むことで勉強し、上達の道を探るのが常である。先人の表現を真似したり本歌取りをして作品作りに挑戦する人もいる。それらの人の中から、五音七音の表現に着目した本はないかと尋ねられたことが、この辞典のきっかけであった。創作を始めて数年たつと、言葉が払底してマンネリになり、新しい言葉探しが始まる。その時、便利なお手本があれば、実作に役に立つという。完成された作品を鑑賞する立場から、自分が実作をする立場にたってみて、初めて痛感することなのだろう。
 本書は特に初心の人や、独学の実作者の役に立ちたいという思いで作った、これまでにないユニークな辞典である。
 まず、日本人のリズムの根源にある五音七音の調べを、俳句・連句・短歌・川柳・詩など、主として江戸から昭和前期までの各時代を代表する約百人の著名作家たちの名句・名歌・詩から採集した。採集にあたっては、作者が追求している自分らしい表現、時代を表す切り口や人生観、社会観、生活感がにじむ表現を意識的に集めた。集めた約四万の五音七音表現を、それぞれの中に含

(1)

その結果、例えば「月」の表現一つをとってみても(4頁)、百人百様の五音七音表現が一堂に会することとなった。時代を越えた「言葉の競演」が一目で視界に入るわけである。

名作と言われる作品は、部分の表現にも神経が行き届いていて味わい深いものが多い。また、その時代としては新鮮な言葉が使われていることも多い。一見何気なく見える表現も、元の句に戻ると生き生きと花開く力を秘めている。そのような秘めた力が、読者の中で発想の糧となり刺激となって、新しい作品に結実することを願っている。

五音七音表現の採集は、主として江戸時代以前を佛渕が、明治以降を西方が担当した。季語は特に意識せず、むしろ季語辞典には載りにくい言葉を積極的に集めたので、『季語辞典』や『類語辞典』等を補完する一冊として読んで頂けたら幸いである。

引用した作者名を(8)頁に、文献を406頁に示した。

また、言葉の意味については本書には解説がない。大見出し・小見出しの構成で、ある程度伝わるようにはしたが、古い言葉などは『大辞林』に詳しく載っているので、ぜひ、参照されたい。

本書は「見たい言葉が一目で見渡せる」ようにと、実作者にできるだけ便利なようにと配慮したつもりであるが、「詩語を含む多様な表現を分類する」という試みは必然的にファジーなものならざるを得ない。意外なところで意外な言葉に出会う驚きも含めて、楽しんで頂けたら幸いである。見つけにくい言葉については、巻頭の五十音目次を引いてほしい(大見出し・小見出しの語が引ける)。なお、本書の書名に使用した「五七語」は、五音七音表現を意味する造語である。

まれている漢字一文字でくくり、天象・地理・衣食住・動植物など二十分野(4頁)に分類した。

ふりがなについては「ふりがながあれば、やっぱりこう読めばいいのだと確認できて安心」「歴史的かなづかいも、慣れていない人には外国語並み」という、本書を企画した三省堂の阿部正子さんの希望で多めに入れてある。必要のない読者には煩雑であろうが、お許し願いたい。

約四万（延べ分類で約五万）の表現の分類・整理には予想以上に膨大な手間と時間を要し、試行錯誤を繰り返すことになった。データベース作成と分類作業に尽力してくれた阿部路衣さんに感謝申し上げる。

本書は、歌や詩や句を詠む人が、心の奥処のつぶやきを釣り上げる言葉と出会える本である。表現者の杖となり翼となることを願っている。

この辞典を開いて読むだけで、きっと新発想が浮かんでくることだろう。詩的表現を目指す多くの人たちに活用されることを願っている。

最後に、この辞典を作るにあたって、日本独自の文芸財産である五音七音表現の俳句・連句・短歌・川柳・詩の作者と作品関係者に感謝申し上げる。

　　　　　　　　　編　者

◎五七語辞典　[分野別目次]

1 天象
空 2　月 4　星 6　陽 8　照 10　気 11　光 12　暗 15　影 16　雲 18
降 21　雨 22　風 24　雷 28　雪 28　水 31　流 33　寒 38　暖 38

2 地理
地 39　岩 40　砂 41　土 42　石 43　玉 44　材 45　金 46　道 48　田 50　野 51
里 53　山 54　谷 56　橋 57　河 58　海 60　波 63　国 64　町 65　所 67

3 形・位置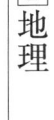
低 76　高 77　遠 78　方 79　東 80
形 69　面 72　前 72　隅 74　近 75

4 数・量
一 81　数 86　幾 90　少 91　多 92　有 93　無 93
大 94　重 94　長 95　小 96　皆 98　片 98

5 時
朝 107　昼 109　夕 110　夜 111　春 114
時 99　古 103　新 104　日 105　年 106

(4)

分野別目次

6 色・音

色 117
赤 119
白 122
黒 124
青 124
黄 127

音 128
鐘 131
鳴 132
声 133
聞 135
静 136

7 火・灯

火 137
煙 140

灯 141
燃 144

8 状態

淡 145
弱 146
浮 147
揺 148
落 149
崩 150
荒 151

消 152
捨 153
美 154
香 155
匂 157
清 158

9 心

恋 159
逢 162
抱 163
慾 164
望 165
心 166
穏 169
楽 170
夢 171
寂 172

虚 173
哀 174
嫌 176
恨 177
悩 178
恐 179
乱 180
愚 181
笑 182
泣 183

10 衣

衣 185
着 188
布 188
縫 190

粧 191
靴 192
傘 193

分野別目次

11 食
- 食 195
- 飯 196
- 米 197
- 酒 198
- 茶 200
- 味 201
- 菜 202
- 煮 204
- 厨 204

12 住
- 家 205
- 庭 208
- 掃 210
- 洗 211
- 戸 212
- 室 215
- 机 216
- 器 218
- 湯 221
- 寝 222
- 枕 225
- 扇 226

13 体
- 頭 227
- 首 228
- 髪 228
- 身 230
- 痩 232
- 胸 233
- 顔 234
- 耳 237
- 見 238
- 目 240
- 血 242
- 手 244
- 足 246
- 口 248
- 息 250
- 汗 251
- 肌 252

14 仕事
- 農 253
- 切 254
- 作 255
- 持 256
- 引 258
- 打 259
- 漁 260
- 狩 261
- 店 262
- 売 263
- 荷 264
- 金 265
- 商 266
- 暮 266
- 貧 267
- 栄 268

15 往来
- 行 269
- 来 270
- 群 272
- 集 272
- 居 274
- 立 275
- 歩 276
- 転 279
- 隠 280
- 秘 281
- 去 282
- 出 283
- 旅 284
- 馬 286
- 船 288
- 車 290
- 機 292

(6)

分野別目次

16 技芸・思考

絵 293	知 308
楽 294	何 309
祭 297	忘 310
芸 297	学 311
舞 298	才 312
遊 299	名 313
歌 301	善 314
書 302	悪 315
読 304	嘘 316
話 305	罪 317
思 307	叱 318

17 宗教

神社 319	寺 322
	仏 323

18 生死

墓 336　世 338　幻 341　鬼 341　戦 343　刀 346

19 人

似 347	男 356
性 348	女 357
人 348	娘 360
君 351	妻 361
子 354	母 362

20 動物・植物

植 363	花 372
草 364	咲 374
芽 366	虫 386
葉 367	魚 391
枯 369	鳥 394
木 370	獣 401

装丁・イラスト　和久井昌幸

■明治・大正・昭和

『五七語辞典』で引用した作者名

芥川龍之介（あくたがわりゅうのすけ）
石川　啄木（いしかわ　たくぼく）
泉　鏡花（いずみ　きょうか）
伊藤左千夫（いとう　さちお）
巌谷　小波（いわや　さざなみ）
上田　敏（うえだ　びん）
臼田　亜浪（うすだ　あろう）
岡本かの子（おかもと　かのこ）
岡本　綺堂（おかもと　きどう）
小熊　秀雄（おぐま　ひでお）
尾崎　放哉（おざき　ほうさい）

金子みすゞ（かねこ　みすず）
川端　茅舎（かわばた　ぼうしゃ）
河東碧梧桐（かわひがし　へきごとう）
蒲原　有明（かんばら　ありあけ）
北原　白秋（きたはら　はくしゅう）
久米　正雄（くめ　まさお）
幸田　露伴（こうだ　ろはん）
斎藤　茂吉（さいとう　もきち）
佐藤惣之助（さとう　そうのすけ）
篠原　鳳作（しのはら　ほうさく）
芝　不器男（しば　ふきお）

島木　赤彦（しまき　あかひこ）
島崎　藤村（しまざき　とうそん）
釋　迢空（しゃく　ちょうくう）
杉田　久女（すぎた　ひさじょ）
高村光太郎（たかむら　こうたろう）
竹下しづの女（たけした　しづのじょ）
竹久　夢二（たけひさ　ゆめじ）
立原　道造（たちはら　みちぞう）
種田山頭火（たねだ　さんとうか）
寺田　寅彦（てらだ　とらひこ）
土井　晩翠（どい　ばんすい）

中原　中也（なかはら　ちゅうや）
夏目　漱石（なつめ　そうせき）
沼　迢空（ぬま　ちょうくう）
野口　雨情（のぐち　うじょう）
萩原朔太郎（はぎわら　さくたろう）
長谷川素逝（はせがわ　そせい）
原　石鼎（はら　せきてい）
樋口　一葉（ひぐち　いちよう）
日野　草城（ひの　そうじょう）
二葉亭四迷（ふたばてい　しめい）
前田　普羅（まえだ　ふら）
前田　夕暮（まえだ　ゆうぐれ）

正岡　子規（まさおか　しき）
松本たかし（まつもと　たかし）
宮沢　賢治（みやざわ　けんじ）
村上　鬼城（むらかみ　きじょう）
森　鷗外（もり　おうがい）
山村　暮鳥（やまむら　ぼちょう）
与謝野晶子（よさの　あきこ）
若山　牧水（わかやま　ぼくすい）
渡辺　水巴（わたなべ　すいは）

(8)

■江戸時代　芭蕉七部集より

松尾芭蕉（まつお ばしょう）
井原西鶴（いはら さいかく）
小林一茶（こばやし いっさ）
与謝蕪村（よさ ぶそん）
羽紅（うこう）
梢風尼（しょうふうに）
園女（そのめ）
智月尼（ちげつに）
千代女（ちよじょ）

闇指（あんし）　其角（きかく）　之道（しどう）　鼠弾（そだん）　土芳（とほう）　野坂（やば）
惟然（いぜん）　亀洞（きどう）　重五（じゅうご）　素堂（そどう）　二水（にすい）　落梧（らくご）
一笑（いっしょう）　曲水（きょくすい）　舟泉（しゅうせん）　曾良（そら）　馬莧（ばけん）　嵐雪（らんせつ）
一井（いっせい）　去来（きょらい）　小春（しょうしゅん）　素龍（そりゅう）　半残（はんざん）　嵐蘭（らんらん）
一髪（いっぱつ）　許六（きょりく）　丈草（じょうそう）　岱水（たいすい）　史邦（ふみくに）　利牛（りぎゅう）
雨桐（うとう）　孤屋（こおく）　尚白（しょうはく）　旦藁（たんこう）　北枝（ほくし）　里東（りとう）
羽笠（うりつ）　胡及（こきゅう）　昌碧（しょうへき）　長虹（ちょうこう）　卜枝（ぼくし）　李風（りふう）
越人（えつじん）　傘下（さんか）　松芳（しょうほう）　釣雪（ちょうせつ）　木節（ぼくせつ）　里圃（りほ）
猿雖（えんすい）　残香（ざんこう）　昌房（しょうぼう）　珍碩（ちんせき）　凡兆（ぼんちょう）　露沾（ろせん）
乙州（おとくに）　杉風（さんぷう）　正秀（せいしゅう）　冬文（とうぶん）　万乎（まんこ）　路通（ろつう）
荷兮（かけい）　子珊（しさん）　千那（せんな）　桃隣（とうりん）　野径（やけい）
臥高（がこう）　支考（しこう）　沾圃（せんぽ）　杜国（とこく）　野水（やすい）
　　　　　　　　　　　　　　　　　　　　　　　　　　　　　　　　他

『五七語辞典』五十音目次
（大見出し・小見出しと頁数）

あ

- あい 愛 160
- あい 藍 160
- あいさつ 挨拶 306
- あいだ 間 74
- あいよく 愛慾 164
- あう 逢う 162
- あう 会う・合う 162
- あえぐ 喘ぐ 250
- あお 青 124
- あお 蒼・碧 126
- あおい 葵 375
- あおうみ 青海 61
- あおぐ 仰ぐ 239
- あおくさ 青草 365
- あおぞら 青空 3
- あおた 青田 50
- あおば 青葉 368
- あおむく 仰向く 278
- あか 垢 251
- あか 紅 121

- あか 赤 120
- あか 閼伽 325
- あかあか 赤々 121
- あかご 赤子 355
- あかつき 暁 107
- あかね 茜 42
- あからむ 赤らむ 121
- あかり 明り 143
- あかり→雪明り 29
- あかるい 明るい 14
- あき 秋 115
- あきかぜ 秋風 27
- あきさめ 秋雨 23
- あきない 商い 266
- あきる 飽きる 176
- あきんど→商人 262
- あく 悪 315
- あくしょう 悪性 110
- あくた 芥 210
- あくとう 悪党 315

- あくび 欠伸 223
- あくま 悪魔 342
- あぐら 胡坐 274
- あけがた 明け方 107
- あけぼの 曙 107
- あける 明ける 108
- あける 開く 257
- あけび 通草 375
- あご 顎 236
- あこ 吾子 355
- あさ 朝 107
- あさ 麻 76
- あじさい 紫陽花 375
- あじ 味 201
- あじ 鯵 392
- あし 足 83、246
- あし 脚 247
- あし 芦 375
- あざらし 海豹 393

- あしあと 足跡 71
- あしうら 足裏 247
- あしおと 足音 247
- あしもと 足元 247
- あしゅら 阿修羅 323
- あしよわ 足弱 247
- あじろ 網代 260
- あす 明日・翌 105
- あずき 小豆 203
- あせ 汗 201
- あぜ 畦 50
- あせる 褪せる 117
- あそぶ 遊ぶ 299
- あざみ 薊 375
- あさめし 朝飯 196
- あざむく 欺く 316
- あざやか 鮮やか 118
- あさゆ 朝湯 221

- あさひ 朝日・旭 9
- あさね 朝寝 223
- あさちゃ 朝茶 200
- あさすず 朝涼 37
- あざける 嘲る 316
- あさぎ 浅黄 127
- あさがお 朝顔 375
- あさい 浅い(時) 104
- あさい 浅い 76
- あたたかい 温かい 38
- あたたかい 暖かい 38
- あたま 頭 227
- あたま 天窓 227
- あたらしい→新 104
- あたり 辺 75

- あて 宛 165
- あと 跡 70
- あつい 厚い 95
- あつい 暑い・熱い 38
- あつまる 集まる 272
- あたる 259
- あに 兄 357
- あね 姉 359
- あなた→彼方 80
- あな 穴 70
- あのよ 彼の世 340
- あひる 家鴨 396
- あび 浴びる 221
- あぶ 虻 386
- あぶない 危ない 179
- あぶら 油 143
- あぶる 焙る 204
- あふれる 溢れる 35
- あへん 阿片→煙草 141
- あほうどり 信天翁 396
- あま 海女 260
- あま 海人 359
- あま 尼 3
- あまい 甘い 201
- あま・あめ 天 201
- あまえる 甘える 161

(10)

五十音目次―い

あらの 荒野 151	あらそう 争う 345	あらし 嵐 27	あらうみ 荒海 151	あらう 洗う 211	あゆむ 歩む 276
あゆ 鮎 392	あやめ 菖蒲 375	あやしい 妖しい 155	あやしい →怪奇	あや 彩 341	あや 綾・文 118
あめ 雨 22, 83	あめ 飴 154	あむ 編む 201	あみだ 阿弥陀 189	あみ 網 323	あまる 余る 260
あまよ 雨夜 93	あまのがわ 天の川 23	あまど 雨戸 7	あまだれ 雨垂 213	あまた 数多 23	あまざけ 甘酒 92
あまぐも 雨雲 198	あまおと 雨音 19				129

●い

い 意 168	あんどん 行灯 142	あんず 杏 375	あんこく 暗黒 15	あんか 行火 138	あん 庵 206	あわれむ 憐む 174	あわれ 哀れ 174	あわゆき 淡雪 29	あわび 鮑 393	あわせ 袷 186
	あわい 淡い 145	あわ 泡 33	あわ 粟 375	あれる 荒れる 151	あるじ →主 353	あるく 歩く 276	ある 有る 93	ある 在る 274	ありがたい 有難い 165	ありか 在処 67
	あけ 有明 386	あり 蟻 275	あらわれる 現れる 275	あられ 霰 30						

いくたび 幾度 91	いくか 幾日 91	いくえ 幾重 91	いく →行く 269	いく 幾 90	いきる 生きる 331	いきもの 生物 331	いきもの 生者 331
いきぎれ 息切 250	いきいき 生き生き 332	いき 息 250	いかる 怒る 177	いかり 錨 290	いかだ 筏 320	いかめしい 厳しい 309	いかに 如何に 289
いか 烏賊 392	いおう 硫黄 45	いえる →治る 329	いえじ →帰宅 271	いえ 家 205	いう 言う 305	い 衣 185	い 胃 243

いちあく 一握 82	いち 市 65	いち 一(のつく語) 81	いたん 異端 320	いたむ 痛む 327	いただき 頂 77	いた 板 100	いそぐ 急ぐ 212	いそがしい 忙しい 100	いそ 磯 133
いせき 遺跡 62	いずみ 泉 71	いす 椅子 59	いじん 異人 216	いしゃ 医者 64	いしばい 石灰 329	いし 石 140	いしび 漁火 43,44	いさりび 漁火 260	いさましい 勇ましい 315
いさぎよい 潔い 315	いさかい →争い 345	いこく 異国 64	いこう 憩う 169	いえい →家居 205					

いはい 位牌 337	いのる 祈る 320	いのち 命 330	いのしし 猪 402	いね 稲 376	いぬ 犬 401	いにしえ 古 103	いななく 稲妻 28	いなご 蝗 387	いなか 田舎 53	いとま 暇 282	いとこ 従兄 92
いとう 厭う 160	いとしい 愛しい 357	いど 井戸 176	いと 糸・絃 209	いてる 凍てる 37	いつわる 偽る 296	いつ 何時 190	いっぱい 一輪 92	いちりん 一輪 82	いちょう 銀杏 376	いちご 苺 375	

(11)

う — 五十音目次

- いばら 茨 367
- いびき 鼾 223
- いひつ 遺筆 303
- いぶき 息吹 332
- いま 今 100
- いむ 忌む 335
- いも 芋 376
- いもうと 妹 359
- いやしい 卑しい 315
- いよいよ 愈 92
- いらか 甍 111
- いりあい 入相 208
- いりえ 入江 274
- いりひ 入日 61
- いる 入る 9
- いる 居る 254
- いる 射る 261
- いる 鋳る 271
- いるか 海豚 393
- いろ 色 83、117
- いろあや→色彩 118
- いろづく 色づく 117
- いろなき 色無き 117
- いわ 岩 40
- いわう 祝う 314
- いわお 巌 40
- いわし 鰯 392
- いんえい 陰影 16
- いんき 陰気 168
- インク 45
- いんさつ 印刷 302

● う
- う 鵜 396
- うえ 上 77
- うえる 飢える 195
- うえる 植える 308
- うお 魚 123、391
- うかがう 窺う 170
- うきくさ 浮草 365
- うきね 浮寝 147
- うきよ 浮世 339
- うく 浮く 147
- うぐいす 鶯 397
- うご 雨後 23
- うごく 動く 275
- うさぎ 兎 402
- うし 牛 175
- うし 憂し 402
- うしお 潮 63
- うしなう 失う 152
- うしろ 後ろ 72
- うす 臼 219
- うず 渦 34
- うすい 薄い 145
- うずくまる 蹲る 279
- うすべに 薄紅 119
- うずめる 埋める 257
- うすゆき 薄雪 29
- うずら 鶉 397
- うすらい 薄氷 30
- うそ 嘘 316
- うた 歌・和歌 294
- うた 歌・謡う 301
- うた 唄 294
- うたい 謡 295
- うたがう 疑う 308
- うたげ 宴 196
- うたたね 転寝 223
- うち 内 73
- うちゅう→宙 3
- うちわ 団扇 226
- うつ 打つ・撃つ 175
- うつ 鬱 259
- うつぎ 卯木 154
- うつくしい 美しい 376
- うつしよ 現世 338
- うつつ 現 100
- うつむく 俯く 278
- うつりが 移り香 156
- うつる 移る 283
- うつる 移る(時) 101
- うつる 映る 114
- うつわ 器 218
- うで 腕 246
- うてな 台 216
- うど 独活 176
- うとむ 疎む 392
- うなじ 頸 228
- うなぎ 鰻 228
- うなずく 頷く 61
- うなばら 海原 134
- うなる 唸る 50
- うね 畝 376
- うのはな 卯の花 362
- うば 姥 359
- うば 乳母 317
- うばう 奪う 286
- うま 馬 223
- うまい 熟睡 201
- うまい→美味 287
- うまかた 馬方 287
- うまごやし 苜蓿 376
- うまや 厩・馬屋 287
- うまれる 生まれる 330
- うみ 海 60
- うみなり 海鳴 61
- うむ 倦む 176
- うむ 産む 14
- うめ 梅 313
- うめみ 梅見 72
- うら 裏 314
- うら 浦 176
- うらない 占い 177
- うらむ 怨む・恨む 209
- うらみごと 怨み言 177
- うらもん 裏門 177
- うらやむ 羨む 209
- うらら 麗 177
- うり 瓜 377
- うる 売る 263
- うるし 漆 45
- うるむ 潤む 155
- うるわしい 麗しい 155
- うれい 愁い 155
- うれしい 嬉しい 170
- うれる 熟れる 363
- うろこ 鱗 391
- うわぎ 上着 185

うわさ 噂 306
うんが 運河 58
うんめい 運命 314

● え
え 胞→細胞
え 絵 243
え 江 293
えい 永遠 61
えいが 映画 107
えいゆう 英雄 294
エーテル→光素 356
えいえん
えき 液 13
えがお 笑顔 182
えき 駅 45
えきふ 駅夫 291
えし 絵師 401
えさ 餌 293
えぞ 蝦夷 64
えだ 枝 371
えど 江戸 83、66
えど 穢土 339
えのき 榎 377
えのぐ 絵の具 293
えび 海老 392
えふで 絵筆 293
えぼし 烏帽子 193

えま 絵馬 321
えむ 笑む 182
えら 鰓 391
えらぶ 選ぶ 301
えりあし 襟足 187
えりまき 襟巻 228
えり 襟 187
える 得る 268
えん 円 69
えん 縁 68
えん 園 314
えん 艶 155
えんがわ 縁側 212
えんこう 円光 13
えんざ→座 274
えんとつ 煙突 140
えんのした 縁の下 212
えんぴつ 鉛筆 303
えんま 閻魔 342

● お
お 緒 190
お 尾 395
おい 老・老いる 333
おいかぜ 追風 26
おいき 老木 370
おう 王 350

おう 追う 283
おう 負う 278
おうかん 往還 269
おうぎ 扇 226
おうごく→黄金
おうな 嫗 46
おうむ 鸚鵡 362
おうらい 往来 397
おおあめ 大雨 23
おおい 多い 92
おおかみ 狼 94
おおきい 大きい 403
おおじ 大路 49
おおとし 大年 106
おおまた 大股 276
おおみず 洪水 32
おおみそか 大晦日 106
おおもん 大門 209
オーロラ 13
おかあ 岡 52
おかし 51
おがさ 小傘 96
おがむ 拝む 312
おがわ 小川 58

おき 沖 62
おき 燠 140
おぎ 荻 377
おきこち 遠近 368
おだやか 穏やか 169
おたまじゃくし→蛙 387
おちば 落葉 357
おちつく 落着く 326
おきゅう→灸
おきる 起きる 224
おちる 堕ちる 180
おちる 落ちる 149
おと 音 128
おとうと 弟 357
おとける 戯ける 170
おどす 脅す 356
おとずれる 訪れる 129
おとこ 男 273
おとこ 男 360
おとめ 乙女・処女
おとり 囮 261
おどる 躍る 298
おどる 踊る 179
おどろく 驚く 152
おとろえる 衰える 347
おなじ 同じ 341
おに 鬼 255
おのえ 尾上 55
おのれ 己 352
おば 叔母 362

おく 置く 90
おく 奥 79
おぐらい 小暗い 96
おくど 奥処 96
おぐし 小櫛 264
おぐさ 小草 96
おくる 送る 79
おけ 桶 96
おこたる 怠る 219
おごる 驕る 268
おざさ 小笹 332
おさない 幼い 324
おしい 惜しい 165
おしょう 和尚 191
おしろい 白粉 259
おす 押す・圧す 101
おそい 遅い 179
おそれる 怖れる 179

か―五十音目次

オパール	44
おび 帯	186
おぼえる 覚える	310
おぼれる 溺れる〈心〉	278
おぼれる 溺れる〈体〉	164
おぼろ 朧	11
おぼろづき 朧月	6
おまいり→参る	321
おも 面	235
おもい 重い	94
おもいで 思出	310
おもう 思う・想う	307
おもう 想う〈愛〉	161
おもかげ 俤	310
おもちゃ 玩具	312
おもしろい 面白い	299
おもて 表	72
おもに 重荷	264
おもわ 面輪	235
おや 親	349
おやこ 親子	349
およぐ 泳ぐ	278
おり 澱	34
おり 檻	318
おりおり 折々	102
おる 織る	189

おる 折る	371
オルガン	296
おれ 俺	352
おろか 愚か	181
おろし 颪	28
おわる 終わる	102
おん 恩	326
おんがく→楽	295
おんせん 温泉	221
おんな 女	357

●か

か〈家〉〈人〉	351
か 香	155
か 果	366
か 蚊	387
が 画	293
が 蛾	387
カーテン	214
かい 会	314
かい 塊	42
かい 快	170
かい 貝	393
かい 峡	56
かい 櫂	289
かいがら 貝殻	394
かいき 海気	61

かいきょう 海峡	61
かいこ 蚕	387
がいこく 外国	64
かがやく 輝く	14
かがり 篝	260
かかる 掛かる	258
かかる 掛かる	209
かき 垣	377
かき 柿	394
かき 蛎・牡蠣	214
かぎ 鍵	342
がき 餓鬼	354
がき 餓鬼〈子〉	79
かぎり 限り	293
かく 角	70、83
かく 画く・描く	207
かく 書く	302
かく 搔く	256
かぐ 嗅ぐ	236
かぐ 学	311
がく 楽〈音楽〉	295
がくし 楽師	295
がくしゃ 学者	311
がくせい 学生	311
かぐら 神楽	297
かくれが 隠家	280
かくれる 隠れる	300

かげ 陰	191
かげ 影・翳	14
がけ 崖	260
かけい 筧	209
かけえ 影絵	57
かけはし 桟	17
かげぼうし 影法師	294
かける 欠ける	93
かける 駈ける	247
かける 駆ける	276
かける 奔ける	276
かける 翔る	8
かげろう 陽炎	101
かこ 過去	287
かこむ 囲む	220
かご 籠	253
かご 駕	287
かさ 傘・笠	17
かさ 量	193
かざぐるま→風車	292
かさなる 重なる	92
かざり 飾り	217
かざり 飾〈住〉	191
かざん 火山	40
かし 河岸	58
かし 菓子	201

五十音目次—か

かし 樫 377	かた 肩 227	かっぱ 合羽 194	かま 釜 218	から 唐 65
かじ 舵 289	かた 片 98	かっぱ 河童 342	かまきり 蟷螂 387	からい 辛い 201
かじ 鍛冶 254	かたい 堅い 147	がってん 合点 308	かまど 竈 139	からかさ 傘 193
かじ 火事 138	かたえみ 片笑 182	がっこう 学校 311	かみ 紙 302	からくり→仕掛 297
かしこい 賢い 311	かたかけ 肩掛 187	かっこう 郭公 397	かみ 神 319	からす 烏・鵜 397
かしゅ 火酒 179	かたき→敵 343	がっき 楽器 295	かみ 髪 228	ガラス 硝子 44
かしゅこまる 畏まる 198	かたくな 頑な 205	かつおうつ 戛々 129	かみこ 紙子 186	ガラスど 硝子戸 45
がじゅまる 榕樹 377	かたぐるま 肩車 181	かつお 鰹 392	かみそり 剃刀 254	からだ 体 231
かしら 頭 227	かたすみ 片隅 278	かつ 勝つ 306	かみなり 雷 28	からたち 枳殻 377
かしら 頭(ボス) 351	かたたち 形 74	かたる 語る 345	かみよ 神代 229	からむ 絡む 258
かしわ 柏 377	かたち 形 387	かたむく 傾く 72	かみのけ 髪の毛 107	がらん 伽藍 322
かしわで 拍手 321	かたつむり 蝸牛 69	かたみ 形見 335	かむ 嚙む 249	かり 仮 398
かす 貸す 266	かたな 刀 346	かたびら 帷子 186	かむろ 禿 355	かり 狩 261
かず 数 91	かたに 片荷 264	かたに 片荷	かめ 亀 403	かり 雁 255
ガス 瓦斯 138	かたびら 帷子		かめ 瓶 220	かりね 仮寝 223
かすか 幽(微)か 145			かも 鴨 217	かりる 借りる 266
ガスとう 瓦斯灯 142			かもめ 鷗 377	かりん 火輪 266
かすみ 霞・霞む 19			かや 萱 226	かる 刈る 147
かすり 絣 189			かや 蚊屋 226	かるい 軽い 155
かぜ 風 24			かやり 蚊遣 197	かるた 歌留多 369
かぜ 風邪 328			かやく 火薬 226	かれる 枯れる 299
かせき 化石 43			かゆ 粥 270	かれん 可憐 155
かぞえる→数 91			かよう 通う 210	かわ 革 189
かぞく 家族 349			から 殻 210	かわ 皮 401
かた 方 79				かわ 河・川 155
かた 潟 59				かわいい 可愛い 155

(15)

き―五十音目次

かわく 渇く	200
かわく 乾く	11
かわず→蛙	387
かわや 厠	215
かわら 河原	58
かわら 瓦	208
かわらけ→土器	218
かわる 変わる	101
かん 寒	36
かん 缶	219
かん 館	206
がん 願	321
かんい 官位	350
かんがえ 考え	307
かんき 歓喜	170
かんごふ 看護婦	359
かんざし 簪	191
がんじつ 元日	106
かんじる 感じる	166
がんぜん 眼前	241
かんな 鉋	255
かんのう 官能	164
かんのん 観音	323
かんばしい 芳しい	154
かんばせ 顔	235
かんぱん 乾板	294

● き	
かんり 官吏(女)	359
かんり 官吏(男)	350
かんらく 歓楽	170
かんむり 冠	193
かんび 甘美	154
かんぱん 甲板	289
き 忌	335
き 黄	127
き 機	292
き 気	11
き 紀	107
き 騎	287
き 木、樹 83、	370
ぎ 義	315
きいろ 黄色	127
きえる 消える	152
きおく 記憶	310
きかい 奇怪	341
きかんじゅう 機関銃	344
きぎ 木々・樹々	370
きぎぬ 生絹	189
ききゅう 気球	292
ききょう 桔梗	377
きく 菊 123、	377
きく 聞く・聴く	135

きけん 気圏	11
きげん 機嫌	168
きこり 木樵→杣	261
きざむ 刻む	254
きざむ 彫む	294
きし 岸	42
きじ 雉	397
きしべ 岸辺	58
きしむ 軋む	130
きしゃ 汽車	342
きしん 鬼神	290
きじん 貴人	350
キス→接吻	164
きず 傷・疵	327
きせつ 季節	102
きせる 煙管	141
きせん 貴賎	350
きそう 競う	345
きそう 気層	
きた 北	80
きたかぜ 北風	27
きたく 帰宅	71
きたない 汚い	211
きち 吉	314
きつね 狐	403
きてき 汽笛	131

きとう 祈祷	320
きどう 軌道	290
きぬ 衣	185
きぬ 絹	189
きぬた 砧	259
きのう 昨日	105
きのこ 茸	365
きば 牙	401
きび 黍	378
きみ 君	127
きみどり 黄緑	351
きもち 気持	127
きもの 着物	186
きゃく 客	353
キャベツ	378
きゃら 伽羅	156
きゅう 急	100
きゅう 九(のつく語)	89
きゅうぎ 球技	300
きゅうでん 宮殿	207
ぎゅうにゅう 牛乳	200
きゅうり 胡瓜	378
きよい 浄い・清い	158
きょう 京	66
きょう 凶	314
きょう 興	312

きょう 経	324
きょう 今日	105
きょうかい 教会	320
きょうき 狂気	180
きょうげん→能狂言	297
きょうし 教師	311
ぎょうずい 玉髄	295
きょく 曲 83、	44
ぎょくせん 曲線	71
きょくち 極地	39
ぎょけい 御慶	314
ぎょしゃ 御者	287
きょだい 巨大	94
きょねん 去年	106
きょむ 虚無	173
きらう 嫌う	176
きらめく 燦めく	14
きり 桐	378
きり 霧	20
きりび 切火	300
きる 切る	254
きる 斬る	254
きる 着る	188
きる 伐る	254
きれ→布	188
きれい 綺麗	155

五十音目次―く・け

きわ	際	74
きわまる	窮まる	79
きわみ	涯み	79
きん	巾	188
きん	金	46
きん	吟	46
ぎん	銀	301
きんいろ	金色	121
ぎんいろ	銀色	121
きんか	金貨	265
ぎんか	銀貨	265
ぎんかん	銀漢	77
きんかん	金柑	77
ぎんが	銀河	66
きんぎょ	金魚	391
ぎんざ	銀座	66
きんじる	禁じる	318
きんでい	金泥	46
きんぷん	金粉	46
きんれい	金鈴	130
く	句	83, 90, 301
く	区	67
くい	悔	178
くい	杭	57
くいな	水鶏	398
くう	空	3

くう	喰う	195
くうき	空気	11
くうそう	空想	195
くうふく	空腹	307
くうきょ→虚しい		173
くき	茎	83, 371
くぎ	釘	213
くこ	枸杞	378
くさ	草	364
くさい	臭い	365
くさとり	草取り	237
くさにねる	草に寝る	364
くさぶえ	草笛	131
くさむら	草叢	364
くさり	鎖	214
くさる	腐る	153
くし	串	219
くし	櫛	191
くし	籤	321
くじゃく	孔雀	398
くしゃみ	嚔	251
くじら	鯨	393
くず	葛	378
くず	屑	210
くすのき	楠	378
くすり	薬	329

くやしい	悔しい	178
くもる	曇る	10
くもま	雲間	19
くも	蜘	387
くも	雲	18, 123
くむ	酌む	199
くま	熊	403
くぼ	窪	56, 84
くび	首	228
くふう	工夫	312
くばる	配る	264
くぬぎ	櫟	378
くにち	九日	89
くに	国	64
くつした	靴下	192
くつおと	靴音	129
くつ	靴・沓	192
くちる	朽ちる	152
くちびる	口笛	131
くちば	朽葉	248
くちばし	嘴	369
くちびる	唇	248
くち	口・脣	248
くだける	砕ける	150
くせ	癖	348
くずれる	崩れる	150

くわえる	咥える	249
くわ	鍬	255
くわ	桑	378
ろかみ	黒髪	229
ろつち	黒土	42
くろ	黒	229
ぐれん	紅蓮	124
くれない	紅	121
くれ	暮れ(時)	119
くれ	暮・暮れる	102
くれ	昏	110
くるわ→遊郭		111
くるま	車	67
くるしい	苦しい	290
くるう	狂う	327
くる	来る	180
くる	繰る	270
くりや	厨	258
くり	栗	204
くらし	暮らし	204
くらがり	暗がり	378
くらい	暗い	266
くら	蔵	15
くら	鞍	15
くゆる	燻る	207
ぐん	軍	287

けずる	削る	254
けずね	毛脛	247
けしょう	化粧	191
げじょ	下女	358
けしき	景色	68
けしき	気色	378
けし	芥子	378
けさ	今朝	108
げこ	下戸	199
けがわ	毛皮	189
けがれ	汚れ	339
げかい	下界	300
けいば	競馬	378
けいとう	鶏頭	378
けいしゃ	傾斜	72
けいこ	稽古	294
げいぎ	芸妓	359
げい	芸	297
けい	警	344
けい	景	68
けい	刑	318
げ	夏(修行)	325
け 毛		189, 229
●け		
ぐんしゅう	群集	272
ぐん	軍	343

(17)

こ―五十音目次

げた 下駄	192	
げっこう 月光	13	
けっこん 結婚	314	
げっしょく 月蝕	6	
けはい 気配	168	
けむし 毛虫	386	
けむり 烟	401	
けもの 獣	140	
けやき 欅	379	
ける 蹴る	277	
けわしい 険しい	179	
けん →剣	346	
けん 軒	83、86	
けん 舷	289	
げんじつ →現実	100	
けんか 喧嘩	345	
けんじゅう →拳銃	344	
けんじゅう →幻獣	342	
けんしょう 現象	100	
げんそう 幻想	341	
げんとう 幻燈	294	
●こ		
こ 子	354	
こ 児	355	
こ →死児	335	
こ →乳児	232	

こ 弧	71	
こ 小	96	
こ →娘	360	
こ →妓、芸妓	359	
こい 鯉	392	
こい 濃	118	
こい 恋	159	
ご 語	306	
ご 碁	299	
ご 五(のつく語)	82、88	
こ 庫	206	
こうえ 小家	43	
こいし 小石	160	
こいびと 恋人	165	
こう 乞う	292	
こう 工	350	
こう 航	292	
こう 講	47	
こう 鉱	156	
こう 香	181	
こう 恍	156	
こうげ 香華	266	
こうこく 広告	181	
こうこつ 恍惚	49	
こうじ 小路		

こうずい 洪水	32	
こうせん 光線	13	
こうそ 光素	13	
こうちゃ 紅茶	96	
こうてつ 鋼鉄	200	
こうば 工場	47	
こうふん 興奮	88	
こうべ 頭	164	
こうもり 蝙蝠	227	
こうや 洋傘	193	
こうら 甲羅	388	
こうろ 香炉	262	
こえ 声	83、133	
こえる 越える	283	
こえる 太る	232	
コーヒー 珈琲	187	
コート 外套	200	
こおり 氷	36	
こおる 凍る	30	
こおろぎ 蟋蟀	388	
こがい 小貝	97	
こかげ 木陰	16	
こがたな 小刀	46	
こがね 黄金		

こがらし 凩	27	
こがれる 焦がれる	161	
こかんじゃ 小冠者	357	
ごき 五器	219	
こぎく 小菊	97	
こきゅう 胡弓	296	
こきょう 故郷	53	
こくい 黒衣	99	
こく 刻	289	
こぐ 漕ぐ	185	
こくう 虚空	3	
ごくらく 極楽	340	
こけ 苔	10	
こげる 焦げる	365	
ごご 午後	67	
ここ 此処	109	
こごえる 凍える	37	
こごと →叱る	167	
こころ 心	318	
こころち 心地	166	
ござ 茣蓙	217	
こざかな 小魚	391	
こさめ 小雨	23	
こし 腰	232	
こじ 居士	324	
こじ 孤児	355	

こじき 乞食	267	
ごしき 五色	118	
こした 木下	370	
ごしょ 御所	62	
こじま 小島	67	
ごじん 故人	59	
こすい 湖水	223	
こずえ 梢	371	
こすみ 小隅	339	
コスモス	379	
ごせ →去年	106	
こぞ 小僧	97	
ごぞう 小僧	324	
こそで 小袖	107	
こだい 古代	309	
こたえる 答える	370	
こたつ 火燵	38	
こだち 木立	167	
こだま 木霊	340	
こだま 谺	130	
こち 東風	27	
こちょう 小蝶	97	
こつぼ 骨壷	337	
こつぶ 小粒	97	
コップ	219	

(18)

五十音目次―さ

こ

こと	琴	296
こと	事	308
こどく	孤独	173
ごとし	如し	106
ことし	今年	347
ことだま	言霊	340
ことば	言葉	305
ことり	小鳥	396
こな	小菜	197
こな	粉	29
こなべ	小鍋	97
こなゆき	粉雪	368
このは	木の葉	370
このま	木の間	366
このみ	木の実	366
このめ	木の芽	338
このよ	此世	97
こはぎ	小萩	44
こはく	琥珀	176
こばむ	拒む	97
こはる	小春	97
こびょうぶ	小屏風	161
こびる	媚びる	252
こぶ	瘤	97
こぶえ	小笛	245
こぶし	拳	245
こぶし	辛夷	379
こぶね	小舟	289
こぼれる	零れる	35
こま	駒	287
こま	独楽	299
ごま	護摩	326
こまかい	→細い	146
こまち	小町	97
こまど	小窓	210
こみち	小道	214
こめ	米	45
ゴム	ゴム	197
こもごも	交々	273
こもり	子守	355
こもる	籠る	280
こや	小屋	206
こやし	肥し	112
ごや	後夜	363
こゆび	小指	245
こよい	今宵	113
こよみ	暦	102
こり	凝り	147
こりる	→罰	317
ころ	頃	102
ころす	殺す	379
ころぶ	転ぶ	317
ころも	衣	279
こぼれる	零れる	35
こん	紺	185
こんごう	金剛	126
こんじょう	紺青	44
こんちゅう	昆虫	126
こんにゃく	蒟蒻	386
●	●	
●	●	

さ

ざ	座・坐	312
さい	才	274
さい	菜	45
ざい	材	202
ざいく	細工	312
ざいごう	罪業	317
ざいしょ	在所	361
さいし	妻子	53
さいせん	賽銭	265
さいだん	祭壇	320
さいほう	裁縫	190
さいぼう	細胞	243
さえ	冴え	158
さえずる	囀る	132
さお	棹	217
さお	竿	289
さか	坂	49
さが	性質	348
さかい	境	74
さかえる	栄える	268
さかさ	逆さ	311
さかしら	→賢い	199
さかずき	杯	391
さかな	魚	202
さかな	肴	67
さかや	酒屋	262
さかり	盛り	268
さかる	交る	163
さき	先	70, 101
さぎ	鷺	398
さきゅう	砂丘	41
さぎり	狭霧	20
さきん	砂金	46
さく	咲く	374
さく	柵	52
さくや	昨夜	113
さくら	桜	373
さぐる	探る	308
ざくろ	石榴	379
さけ	鮭	392
さけ	酒	198
さけぶ	叫ぶ	134
ざこ	雑魚	256
ささ	笹	391
さざなみ	漣	379
ささげる	捧げる	321
ささめごと	私語	63
ささやく	囁く	134
さざんか	山茶花	379
さじ	匙	219
ざしき	座敷	215
さしみ	刺身	203
さじん	砂塵	327
さす	刺す	191
さす	射す	14
さす	挿す	285
さすらう	→漂泊	273
さた	沙汰	304
さだめる	定める	285
さち	幸	314
さつ	颯	100
さつお	猟夫	261
さつき	五月	88
ざっそう	雑草	364
さげる	提げる	150
さける	裂ける	74
さける	避ける	348

(19)

し―五十音目次

ざっとう 雑踏	272
さと 里・郷	53
さとう 砂糖	201
さとう 砂糖	200
さどう 茶道	200
ざとう 座頭	351
さとし 啓示	319
さとり 悟り	326
さなえ→苗	363
さば 鯖	392
さばく 砂漠	41
サフラン	392
さびしい 寂(淋)しい	172
さびる 錆びる	47
ざぼん 朱欒	379
さま 様（人）	350
さまよう 彷徨う	285
さむい 寒い	36
さむらい→武士	350
さめ 鮫	392
さめる 醒める	224
さゆ 白湯	367
さや 莢	200
ざゆう 座右	76
さよ 小夜	97
さようなら	282
さら 沙羅	379
さら 皿	218
さる 猿	403
さる 去る	282
さわぐ 騒ぐ	134

●し

し 四(のつく語)	88
し 師	351
し 死	334
し→戦死	343
し 詩	301
じ 字	302
じ 字(文字)	69、82

さんらん 散乱	14
さんもん 山門	209
さんみゃく 山脈	87
さんぽ 散歩	276
さんぜ 三世	55
さんすい 山水	87
さんご 珊瑚	394
さんげ 懺悔	178
さんがい 三界	339
さん 酸	45
さん 算	91
さん 三(のつく語)	87
さる→去る	—
さんちょう 山頂	55

じ 慈	326
じ 自	352
しあん 思案	307
しい 椎	379
しげる 繁る	188
しけ→暴風	202
しぐれ 時雨	23
しきり 頻	166
しお 塩	202
シーツ→敷布	—
しお 潮・汐	62
しか 鹿	61
しかい 四海	339
しかい 四海(世)	70
しかく 四角	297
しかけ 仕掛	293
しかる 叱る	99
じかん 時間	318
しかばね 屍	337
じがぞう 自画像	398
しぎ 鴫	47
じき 磁気	218
じき 磁器	218
じき 自棄	153
しきい 敷居	213
しきさい 色彩	118
しきしん 色身	323
しきふ 敷布	188
しきみ 樒	379
しぎょ 死魚	335

しずか 静か・閑か	136
しず 賤	350
じしん 地震	40
じじん 詩人	301
ししょう 師匠	351
ししょう 始終	99
じしゃく 磁石	47
じしゃ→使い	306
しじみ 蜆	394
ししまい→獅子舞	297
しじま→沈黙	136
じじ 爺	357
しじ 死児	335
しし 獅子	404
しし→肉体	243
じさつ 自殺	335
じざい 自在	169
しごとのうた 仕事の歌	295
しごと 仕事	266
じごく 地獄	339
じご 死後	335
しけん 試験	311
じぞう 地蔵	143
しそく 紙燭	323
しそ 紫蘇	379
しせい 刺青	28
した 下	363
した 舌	76
したう 慕う	248
したしむ 親しむ	143
したたる 滴る	162
しだれ 枝垂れ	161
しち 七(のつく語)	88
しちや 質屋	371
しちょう 紙帳	226
しつ 室	215
しつ 質	226
しっぷう 疾風	45
しっぽ 尻尾	26
じてんしゃ 自転車	401
じどうしゃ 自動車	291
しとね 褥	225
しな 品	263
しなびる 萎びる	153
しにがお 死顔	335

(20)

五十音目次―し

にん 死人	335
じぬし 地主→主	353
しのめ→しののめ	294
シネマ→映画	
しの 篠	379
しののめ 東雲	107
しのぶ 偲ぶ	161
しのぶ 忍ぶ	161
しば 柴	281
しばい 芝居	261
しばし 暫し	365
しばる 縛る	298
じぶん 時分	99
じぶん 自分	318
じひ 慈悲	326
しぶい 渋い	201
しぶき 飛沫	32
しぶん 時分	99
しへい 紙幣	374
しほう 四方	265
しま 島	80
しま 縞	71
じまん 自慢	61
しみ 紙魚	315
しみず 清水	302
しみる 凍みる	32
しみる 沁みる	37

しみる 沁みる	166
しめる 湿る	21
じめん 地面	39
しも 霜	29
しもどけ 霜解	29
しもよ 霜夜	30
しゃ 舎	30
しゃか 釈迦	206
しゃがれる 嗄れる	134
しゃく 杓	219
しゃく→尺	86~88
じゃく 寂	173
じゃくまく 寂寞	173
しゃくや 借家	266
しゃしょう 車掌	291
しゃしん 写真	294
シャツ→肌着	186
しゃっきん 借金	265
じゃのめ 蛇の目	193
しゃば 娑婆	339
しゃふ 車夫	291
しゃぶる→吸う	249
シャボン→石鹸	211
しゃみ 沙弥	324
しゃみせん 三味線	296
じゃり 砂利	43

しゃりん 車輪	290
しゅ 朱	119
しゅ 主	353
しゅう 衆	353
しゅう 集	305
じゅう 十	89
じゅう 銃	344
じゆう 自由	169
しゅうきょう 宗教	319
じゅうじ 十字	69
じゅうじつ 終日	99
じゅうじか 十字架	320
じゅうにん 囚人	318
じゅうたん 絨毯	217
しゅうとめ 姑→母	349
じゅえき 樹液	371
じゅか 樹下	370
しゅぎょう 修行	325
しゅし 樹脂	371
しゅじょう 衆生	339
しゅしん 朱唇	248
しゅじん 主人→主	353
しゅず 数珠	325
しゅっけ 出家	325
じゅもん→呪う	316
しゅら 修羅	349

しゅろ 棕櫚	379
じゅん 純	158
じゅんさ 巡査	344
じゅんれい 巡礼	325
しょ 所	67、84
しょ 書	304
じょう 礁	62
じょう 章	131
じょう 錠	187
じょう 情	168
じょう 嬢	360
じょう 状	304
しょうか 唱歌	295
しょうがい 生涯	331
しょうがつ 正月	106
しょうき 蒸気	11
じょうきせん 蒸気船	289
じょうご 上戸	199
しょうじ 障子	214
しょうし 生死	331
しょうじょ 少女	360
しょうじん 精進	325
じょうず 上手	312
じょうてん 商店	262
じょうど 浄土	339

しろ 城	207
しるべ 標	49
しる 知る	202
しる 汁	308
しり 尻	232
しらみ 虱	388
しらべ 調べ	295
しらは 白刃	123
しらが 白髪	229
しらかば 白樺	379
しらたえ 白妙	123
しらたま 白玉	70
しらぬ 知らぬ	308
しらうお 白魚	123
じょろう 女郎	359
しょたい 所帯	267
しょさい 書斎	215
しょこ 書庫	324
しょけ 所化	206
じょくせ 濁世	338
しょく 燭	143
じょおう 女王	358
しょうゆ 醤油	202
しょうねん 少年	357
じょうねつ 情熱	164
しょうにん 商人	262

す・せ―五十音目次

しろ 白	122	しんめ 神馬	321
しろあと 城址	207	●す	
しろがね→銀	46	しんや 深夜	112
しろめし 白飯	196	す 洲	59
しわ 皺	252	す 巣	202
しわす 師走	106	す 酢	395
しわで 皺手	252	ず 図	293
しん 新	104	ずい 髄	243
しん 真	326	すいか 西瓜	379
しん 陣	343	すいがら 吸殻	379
しんく 真紅	11	すいかずら 忍冬	141
しんくう 真空	119	すいじ 炊事	204
しんけい 神経	243	すいしゃ 水車	292
しんこう 沈香	156	すいしょう 水晶	44
しんさつ 診察	329	すいじん 随身	273
じんじゃ→社		ずいずら 忍冬	
しんじゅ 真珠	321	すいせい 彗星	7
しんしゅ 新酒	44	すいでん 水田	50
しんじゅう→自殺	198	すいふ 水夫	289
しんしん 深々	335	すいめん 水面	
しんずい 真髄	77	すう 吸う	249
しんぞう 心臓	243	すえ 末	32
しんだい 寝台	225	すえ 裔	349
しんちゅう 真鍮	47	すえる 饐える	79
しんぴ 神秘	341	すがお 素顔	218
しんぶん 新聞	305	すがた 姿	153
		すがた 象	235
		すがる 縋る	231
			69

すぎ 杉	379	すみ 隅	74
すぎま 隙間	74	すみ 炭	139
すぎる 過ぎる	270	すみ 墨	303
すぎる 過ぎる(時)	100	すみび 炭火	139
ずきん 頭巾	193	すみれ 菫	380
すく 透く	118	すむ 住む	205
すくい 救い	400	すむ 澄む	158
すくう 掬う	319	すむ 棲む	206
すこし 少し	245	●せ	
すごい 凄し	91	せ 瀬	59
すぐせ 宿世	338	すん→寸	83、86
すぐれた 優れた	312	するわ 座る	274
すこやか 健やか	332	するどい 鋭い	700
すごろく 双六	299	すもう 相撲	300
すし 鮓	203	せい 生	312
すじ 筋	140	せい 製	355
	71、84	せ 背	227
すず 鈴	130	せい 聖	153
すずかけ 鈴懸	380	せいかつ 生活	138
すずかぜ 涼風	27	せいざ 星座	41
すすき 芒	380	せいしつ 性質	177
すずき 鱸	392	せいしょ 聖書	247
すずしい 涼しい	37	せいじん 聖人	217
		せいす 簀子	252
		せべ 術	279
		すべる 滑る	205
		すまい 住居	74
		すはだ 素肌	177
		せいどう 青銅	47
		せいよく 性欲	164
		せいよう 西洋	65
		せいぼ 聖母	320
		せいれい 精霊	339
		せかい 世界	340
		せき 咳	399
		せき 関	251
		せき 席	68
		せきたん 石炭	274
		すたれる 廃れる	118
		すだれ 簾	217
		すてる 捨てる	400
		すてご 捨子	355
		すする 啜る	398
		すずめ 雀	161
		すき 好き	161
		すずり 硯	379
		すそ 裾	187
		すね 脛	41
		すねる 拗る	247
		すな 砂	177
		ストーブ	319

(22)

五十音目次―そ・た

せきれい	鶺鴒	398
せけん	世間	339
せっけん	石鹸	211
せっちん	雪隠	215
せつな	刹那	100
せつなる	切なる	166
せっぷく	切腹	335
せっぷん	接吻	164
せど	背戸	208
せなか	背中	227
ぜに	銭	265
せまい 狭い		74
せまる 迫る		283
せみ 蝉		388
せめる 責める		318
せり 芹		380
せん 千		90
せん線		314, 71、83
ぜん 善		347
ぜん 然		98
ぜん 全		196
ぜん 膳		90
せんこう 線香		156
せんきん 千金		343
せんし 戦死		343
せんし 戦士		

●そ
そう 僧		324
そう 爽		154
そう 添う		161
ぞう 象		404
ぞう 像		293
ぞうか 造花		206
ぞうあん 草庵		375
ぞうき 雑木		370
ぞうきん 雑巾		210
ぞうげ 象牙		44
ぞうじ 掃除		324
ぞうず 僧都		3
ぞうてん 蒼天		197
ぞうに 雑煮		
せんろ 線路		290
せんりつ 戦慄		179
せんぷう 旋風		26
せんぱつ 洗髪		229
せんねん 千年		90
せんどう 船頭		289
せんとう 銭湯		221
ぜんでら 禅寺		322
ぜんぞ 先祖		349
せんじゅ 千手		90

そめる 初める		104
そむく 背く		180
そま 杣		261
そぶぼ 祖父母		349
そびえる 聳える		77
そばかす 雀斑		252
そば 側		76
そば→蕎麦（植）		380
そば→麺		197
そのう 園生		68
その 園		68
そとば 卒塔婆		336
そと 外		73
そてつ 蘇鉄		380
そで 袖		187
そだつ 育つ		330
そぞろ 漫		169
そそぐ 注ぐ		204
そしる 誹る		316
そこ 底		76
ぞく 賊		317
ぞく 俗		181
そうりょう→息子		357
そよぐ 戦ぐ		148
そよかぜ→微風		2
そうふう 台風		27
そうぼう 僧坊		322
そうはく 蒼白		123

●た
た 田		50
たい 体		45
たい 胎		331
たい 鯛		392
だい 台		216
たい 大河		58
たいき 大気		1
たいくつ 退屈		76
たいこ 太鼓		296
だいこん 大根		380
だいし 大師		323
だいじ 大事		165
だいしゃ→茶色		121
そん 損		152
そろばん→算		91
そろう 揃う		272
それる 逸れる		282
そる 剃る		229
そり 雪車		291
そらいろ 空色		126
そら 空		2
ダイヤモンド→金剛		44
たいまつ 松明		260
たいぼく 大木		371
だいぶつ 大仏		323
だいどころ 台所		204
だいち 大地		39

たきび 焚火		139
たきぎ 薪		139
たき 滝		59
たから 宝		44
たがやす 耕す		253
たかむら 篁		365
だがし 駄菓子		201
たかい 高い		77
たか 鷹		398
たおれる 倒れる		279
たおる 手折る		371
たえる 堪える		152
たえま 絶間		99
たえ 妙		178
たうえ 田植		50
たいらせき 大理石		44
たいら 平		72
たいよう 太陽		4

ち—五十音目次

たぎる	滾る	34
ただれ	爛れ	252
たたむ	畳む	188
たたみ	畳	212
たたずむ	佇(イ)む	275
たたく	叩く	259
たたかう	闘う	345
たたかう	戦う	343
たたえる	湛える	35
たたえる	讃える	312
たそがれ	黄昏	111
たずねる	尋ねる	273
たすき	襷	210
たこ	凧	393
たこ	蛸	299
たけのこ	筍	380
たけし	猛し	151
たけ	竹	380
たけ	丈	56
たけ	岳	95
たくみ	匠	351
たくふ	卓布	216
だく	抱く	163
たく	焚く	139
たく	宅	205
たく	卓	216

たち	太刀	346
たちばな	橘	381
たちまち	忽ち	100
だちょう	駝鳥	398
たつ	発つ	283
たつ	立つ	275
たっしゃ	達者	332
だったん	韃靼	65
たづら	田面	50
たで	蓼	381
たどる	辿る	269
たな	棚	214
たなだ	棚田	50
たなばた	七夕	89
たに	谷・渓	56
たにし	田螺	394
たにま	谷間	56
たぬき	狸	404
たね	種	363
たのしい	楽しい	170
たのむ	頼む	165
たら	鱈	253
たらい	盥	211
たばこ	煙草	141
たば	束	192
たび	足袋	301
たび	度	82, 86, 87, 91
たび	旅	284

たれる	垂れる	148
たわむ	撓む	147
たわむれる	戯れる	170
たわら	俵	220
たん	痰	69
だんご	団子	250
たま	玉(形)	195
たま	玉(美)	154
たま	玉(宝)・珠	44
たまご	玉子	332
たまご	卵	381
たましい	魂	395
たまむし	玉虫	340
たまる	溜まる	35
だまる	黙る	136
たみ	民	350
たみず	田水	32
たむける	手向ける	321
ためいき	溜息	250
たもと	袂	187
たより	便り	303
たら	鱈	253
たらい	盥	211
だれ	誰	309
だるま	達磨	301
たる	樽	219
ダリア		381
たびだつ	旅立つ	283
たびね	旅寝	284
たびびと	旅人	284
たべる	喰う	—

●ち		
だんろ	暖炉	138
だんりょく	弾力	45
たんぽぽ	蒲公英	381
たんざく	短冊	70
たんじょう	誕生	330
たんす	箪笥	71
たんぺん	断片	50
たんぼ	田圃	50
ち	地	97
ち	血	39
ちいさい	小さい	242
ちえ	智恵	308
ちかい	近い	75
ちかう	誓う	162
ちかみち	近道	48
ちから	力	345
ちきゅう	地球	39
ちぎる	契る	162
ちくさ	千草	401
ちく	畜	401
ちご	児	365
ちしお	血潮	354
ちしき	知識	332
ちず	地図	308
ちすじ	千筋	196
ちそう	馳走	39
ちたい	地帯	302
ちち	乳	330
ちち	父	302
ちちむ	縮む	216
ちとせ	千年	90
ちどり	千鳥	396
ちぶさ	乳房	233
ちへい	地平	39
ちまき	粽	197
ちまた	巷	66
ちゃ	茶	200
ちゃいろ	茶色	121
ちゃのこ	茶の子	200
ちゃや	茶屋	262
ちゃわん	茶碗	219
ちゅう	宙	107
ちよ	千代	243
ちょう	腸	—

(24)

ちょう 蝶	388
ちょうじゃ→富	
ちょうずばち 手水鉢	268
ちょうちん 提灯	209
ちょうど 調度	142
ちょうめん 帳面	216
ちょきぶね 猪牙舟	302
ちょく 直	289
ちり 塵	71
ちる 散る	210
ちん 賃	369
ちんもく 沈黙	265

●つ

ついえる 潰える	136
ついおく 追憶	150
ついばむ 啄む	310
つえ 杖	395
つか 塚	279
つかい 使い	336
つがい 番	306
つかむ 摑む	395
つかれる 疲れる	256
つき 月	327
つきかげ 月影	4
つきひ 月日	6
つきまち 月待	102
つきみ 月見	6
つきよ 月夜	6
つきる 尽きる	152
つく 突く	259
つくえ 机	216
つくし 土筆	381
つくづく	92
つくばえ 月映	6
つくる 作る・造る	255
つくろう 繕う	190
つけもの 漬物	203
つける 付ける	258
つげる 告げる	306
つじ 辻	49
つち 土	255
つち 槌	181
つたない 拙い	306
つたえる 伝える	381
つた 蔦	395
つちくれ 土塊	42
つつおと 銃音	344
つづく 続く	101
つつじ 躑躅	381
つづみ 鼓	57
つつみ 堤	296
つつむ 包む	264
つと 苞	264
つとめ 勤	266
つむじ→旋風	
つめ 爪	260
つめたい 冷たい	258
つめたい 冷たい(情)	37
つなぐ 繋ぐ	100
つね 常	401
つの 角	100
つば 唾	250
つばき 椿	381
つばさ 翼 292、394	
つばめ 燕・乙鳥 70、84	398
つぶ 粒	259
つぶす 潰す	43
つぶて 礫	134
つぶやく 呟く	239
つぶる 瞑る	220
つぼ 壺	375
つぼみ 蕾・莟	361
つま→夫	
つま 妻	356
つま 褄	187
つまさき 爪先	246
つまずく 躓く	279
つみ 罪	317
つみびと 罪人	317
つむ 積む	253
つむ 摘む	253
つむぐ 紡ぐ	190

●て

て 手	37
ていしゃば 停車場	291
ていしゅ 亭主	356
ていせい 艇	289
てい 体	347
つれ 連	244
つるべ 釣瓶	273
つるぎ 剣	209
つるぎ 剣	346
つる 蔓	367
つる 鶴	399
つる 吊る	258
つる 弦	261
つりし 釣師	260
つり 釣	260
つらら 氷柱	30
つらい 辛い	178
つら 面	235
つよい 強い	345
つゆ 梅雨	20
つゆ 露	23
つや 通夜	337
つや 光沢	155
てがみ 手紙	343
てき 敵	303
てき 滴 33、83	
でし 弟子	255
でき 出来	351
てじな 手品	297
てそうみ 手相見	314
てつ 鉄	47
てつどう 鉄道	290
てっぱつ 鉄鉢	219
てっぽう 鉄砲	344
てぬぐい 手拭	210
てのひら 掌	245
てぶくろ 手袋	187
てまくら 手枕	225
でまど 出窓	214
でみず 出水	32
てら 寺	322
てる→輝く	
てる 照る	10
でる 出る	14
てん 天(神様)	323
てん 天(空) 3、83	

(25)

と・な行―五十音目次

てん 点	71、83
でん 殿（建物）	207
でんがく 田楽	203
てんき 天気	10
でんき 電気	292
てんぐ 天狗	342
てんごく 天国	340
てんし 天使	320
てんしゃ 電車	291
てんじょう 天井	212
てんち 天地	39
てんにょ 天女	342
てんとう 電燈	358
でんち 電池	143
てんま 天馬	342
てんまく 天幕	3
でんわ 電話	306

● と

と 戸	212
といき 吐息	250
トイレ→厠	215
とう 塔	207
とう 問う	309
どう 堂	207、322
どう 銅	46
どうか 銅貨	265
とうがらし 唐辛子	202

とうき 陶器	218
どうき 動悸	243
とうきょう 東京	203
どうぐ 道具	66
とうげ 峠	217
どうけ 道化	55
どうじ 童子	297
とうだい 灯台	355
どうたい 胴体	142
とうとい 尊い	231
どうどう 堂々	315
とうふ 豆腐	315
とうみょう 灯明	203
どうり 道理	142
どうろう 灯籠	118
とおい 遠い	311
とおか 十日	143
とおやま 遠山	78
ドーム	89
とおり 通り（道）	207
とおる 通る	55
とかい 都会	49
とかげ 蜥蜴	66
とがめる 咎める	389
とがる 尖る	318
	70

とき 時	84、99
どき 土器	218
とく 解く	258
とく 説く	311
とぐ 研ぐ	254
どく 毒	329
とくさ 木賊	381
とぐち 戸口	214
とくり 徳利	199
どくろ 髑	337
とげ 棘	367
とけい 時計	194
とける 溶ける	152
とこ 床	225
どこ 何処	309
ところ 所	67、84
とこよ 常世	262
とこや 床屋	177
どごう 怒号	338
とざす 鎖す	214
とさか 鶏冠	395
とし 都市	66
とし 年	106
としたつ 年立つ	106
としとる 年取る	333
どじょう 泥鰌	393

どじょう 土壌	42
とじる 閉じる	257
とせい 渡世	267
とそ 屠蘇	199
とたん 亜鉛	47
とち 土地	40
どて 土手	57
との 殿（人）	353
となり 隣	75
とどまる 留まる	274
とどろく 轟く	129
ととせ 十年	89
とばり 帷	350
とび 鳶	217
とびら 扉	213
とびうお 飛魚	393
とびん 土瓶	220
とぶ 飛ぶ	277
とぼしい 乏しい	91
どま 土間	215
トマト	381
とまる 泊る	285
とみ 富	268
とも 共・供	273
とも 伴	273

● な行

な 菜	202、365
ない 無い	313
ない→地震	40
ないぞう 内臓	243
とも 友	353
ともえ 巴	69
ともしび 灯	141
ともなう 伴う	273
どよう 土用	115
とら 虎	404
トラック→自動車	291
トランプ 骨牌	299
とり 鳥	395
とり 鶏	399
とりい 鳥居	321
とりかげ 鳥影	396
とりで 砦	343
とる 採る	274
とる 捕る（猟）	253、260
どろ 泥	41
どろぼう→盗人	261
とわ 永遠	317
どんぐり 団栗	107
とんぼ 蜻蛉	389

(26)

五十音目次―な行

ナイフ 346
なえ 苗 363
なおる 治る 329
なか 中 73
なかい 仲居 359
ながい 長い 95
なかば 半ば 98
なかま 仲間 353
ながめる 詠める 239
ながめる 眺める 239
ながれる 流れる 33
なき 亡き 335
なぎさ 渚・汀 62
なく 泣く 183
なく 鳴く・啼く 132
なく 哭く 183
なぐ 凪ぐ 24
なぐさむ 慰む 169
なげく 嘆く 175
なげる 投げる 93
なごり 名残 257
なさけ 情 168
なし 梨 381
なす 茄子 381
なずな 薺 381
なぞ 謎 341

なた 鉈 255
なだ 灘 61
なだ 涙 184
なみだ 泪 184
なむ 南無 325
なめし 菜飯 381
なめる 舐める 196
なもない 名もない 249
なやむ 悩む 313
ならう 習う 178
ならく 奈落→底 76
ならぶ 並ぶ 272
なり 形 69
なる 成る 330
なる 鳴る 130
なるこ 鳴子 50
なれ 汝 352
なれる 慣・馴れる 161
なわ 縄 260
なわしろ 苗代 50
なわて 畷 50
なん 難 314
なん 軟 147
なんじ 汝 352
なんどう 納戸 83、264

に 荷 264
に 丹 121
にい 二(のつく語) 86
にうし 荷牛 264

にうま 荷馬 264
におい 匂う・匂い 157
におう 匂う・匂い 157
にかい 二階 212
にがい 苦い 201
にがおえ 似顔絵 293
にぎる 握る 82、256
にぎわう 賑う 268
にょたい 女体 361
にょうぼう 女房 381
にら 韮 231
にらむ 睨む 381
にる 似る 347
にる 煮る 204
にわ 庭 208
にわか 俄か 100
にわかあめ 驟雨 23
にわとり 鶏 399
にんぎょ 人魚 342
にんぎょう 人形 300
にんげん 人間 349
にう 縫う 190
ぬか→額
ぬかずく 額ずく 41
ぬかるみ 泥濘 320
ぬし→主
ぬし 主 13
ぬぐ 脱ぐ 188
ぬく 抜く 256
ぬすびと 盗人 353
ぬすむ 盗む 317

にし 西 80
にじ 虹 14
にじかぜ 西風 27
にしび 西日 189
にしき 錦 80
にじむ 滲む 316
にせ 偽 35
にせる 偽る 316
にちりん 日輪 9
にっき 日記 303
にっこう 日光 13
ニッケル 47、265
にびいろ→鼠色 123
にぶい、鈍い 145、181

にほん 日本 370
にゅうじ 乳児 232
にゅうどう 入道 324
にょう 尿 251

(27)

ぬの 布	188	
ぬのこ 布子	189	
ぬま 沼	59	
ぬり 塗	45	
ぬれる 濡れる	21	
ね 音	128	
ね 根	366	
ね 値	235	
ねいき 寝息	321	
ねがう 願う	143	
ねがお 寝顔	250	
ネオン	382	
ネクタイ	404	
ねこ 猫	186	
ねごと 寝言	223	
ねざめ 寝覚	224	
ねじる 捻る	256	
ねずみ 鼠	404	
ねたむ 嫉む	177	
ね 熱	328	
ねつじょう 熱情	164	
ねっしん 熱心	315	
ねどこ 寝床	225	
ねはん 涅槃	340	

の 野	51	
ねんれい 年齢	106	
ねんぶつ 念仏	325	
ねんど 粘土	42	
ねんじゅ 念珠	325	
ねんぐ 年貢	106	
ねん 念	165	
ねん 年 90、	106	
ねる 寝る	222	
ねや 閨	215	
ねむる 眠る・睡る	223	
ねむ 合歓	382	
のう 脳	243	
のう 農	253	
のうきょうげん 能狂言	297	
のうじん 農人	253	
のうか → 農		
のき 軒	208	
のきば 軒端	208	
のこぎり 鋸	255	
のこる 残る	93	
のじ 野路	51	
のずえ 野末	79	
のぞく 覗く	239	
のぞむ 望む	165	
のち 後	101	

のわき 野分	27	
のろし 烽火	138	
のろう 呪う	316	
のれん 暖簾	217	
のろ・鈍い	181	
のる 乗る	290	
のりもの 乗物	206	
のり 法	326	
のり 糊	211	
のり 海苔	203	
のやま 野山	51	
のもり 野守	344	
のむ 呑む(酒)	199	
のむ 飲む・呑む	200	
のみ 蚤	255	
のみ 鑿	389	
のぼる 上る・登る	278	
のぼり 幟	217	
のべ 野辺	51	
のびる 伸びる	268	
のびる 延びる	268	
のび 野火	138	
ののしる → 嘲る		
のなか 野中	51	
のどか 閑	169	
のど 喉	248	

●は		
は 歯	84、123、248	
は 葉	84、367	
ば 場	67	
はい 灰	140	
はい 肺	243	
はい → 履く		
はいいろ 灰色	123	
バイオリン	210	
はいた 歯痛	249	
はいる 入る	271	
はう 這う	296	
ばくげき 爆撃	368	
はうら 葉裏	27	
はえ 蠅	389	
はえ 南風	14	
はえる 映える	14	
はえる → 月映		
はえる → 夕映		
はえる 生える	110	
はおと 羽音	363	
はおり 羽織	395	
はか 墓	186	
はがき 葉書	304	
はかげ 葉影	336	
はかない 儚い	368	
はがね 鋼	47	
はかま 袴	186	

はかまいり 墓参	336	
ばかり	92	
はかる 計る・謀る	292	
はぎ 萩	180	
はぎ → 脛		
はぎしり 歯ぎしり	382	
はく 吐く	247	
はく 掃く	250	
はく 履く	249	
はくあ 白亜	210	
ばくげき 爆撃	109	
はくじつ 白日	344	
はくじょう 薄情	176	
ばくち 博打	300	
はくぼ 薄暮	111	
はくめい 薄命	363	
はくめい 薄明	84	
はけ 刷毛	395	
はげしい 激しい	151	
はげる 禿げる	341	
ばけもの 化物	300	
ばける 化ける	219	
はこ 箱・函	368	
はごいた 羽子板	300	
はこにわ → 玩具		
はこぶ 運ぶ	264	

(28)

はこぶね 方舟	289
はざま はざま・はざま	74
はさみ 鋏	255
はさむ 挟む	256
はし 橋	57
はし 箸	219
はし 嘴	395
はし 端	74
はしい 端居	274
はしご 梯	213
はじめ 始め	104
はじめ 創	104
ばしゃ 馬車	287
ばしょう 芭蕉	382
ばじょう 馬上	287
はしら 柱	212
はしる 走る	276
はじる 恥じる	178
はす 蓮	382
はずえ 葉末	368
ばすえ 場末	68
はずれ 外れ	73
はぜる 爆ぜる	151
はせん 破船	289
はた 旗	216
はた 機	189
はだ 肌・膚	252
はたうち 畑打	51
はだか 裸	231
はだかご 裸子	231
はだかのき 裸の木	370
はだぎ 肌着	186
はたけ 畑	50
はたご 旅籠	285
はだし 裸足	247
はたち 二十歳	25
はだら 斑	71
はだらゆき 斑雪	87
はたらく 働く	266
はち 蜂	29
はち 鉢	389
はち 八（のつく語）	219
はつ 初	104
ばつ 罰	317
はっか 薄荷	382
はつか 二十日	87
はっきん 白金	46
はつじょう 発情	164
はっぷ 髪膚	231
はて 果	78
はてる 果てる	102
はと 鳩	399
はな 花	372
はな 華	373
はな 鼻	236
はな 洟	237
はなお 鼻緒	192
はなし 話	305
はなし 話・咄	305
はなす 話す	305
はなぞの 花園	68
はなたれ 洟	126
はなちる 花散る	373
はなつ 放つ	280
はなび 花火	313
はなびら→花弁	137
バナナ	382
はなみ 花見	375
はなやか 華やか	155
はなれる 離れる	282
はね 羽 82、	394
はね翅	386
はは 母・姑	362
ばば 婆	362
はばたく 羽ばたく	395
はふ 破風	208
はま 浜	62
はまき 葉巻	141
はまぐり 蛤	394
はやい 疾い・速い	100
はやい 早い	104
はやぎ 早着	51
はやし 林	373
はやし 囃子	236
はやす 囃す	237
はやち→疾風	134
はん 半	113
ばん 番	344
ばん 晩	197
パン 麺麭	295
ばんか 挽歌	180
ばんぎゃく 反逆	196
ばんさん 晩餐	258
はんしゃ 反射	14
はんしょう 半鐘	131
ばんしょう 万象	90
はんにち 半日	99
ばんぶつ 万物	90
ばんゆう 万有	90
ばんり 万里	90
●ひ	
ひ 美	137
ひ 緋	141
ひ 碑	336
ひ 灯・燈	121
ひ 日・陽 82、	154
ばれいしょ→芋	376
はれぎ 晴着	185
はれる 腫れる	325
はれる 晴れる	10

ふ—五十音目次

ひあい 悲哀		175
ピアノ		295
ビール 麦酒		198
ひいれ 火入		138
ひえ 稗		383
ひえちゃ 冷茶		200
ひえる 冷える		37
ピエロ →道化		297
ひおけ 火桶		138
ひかげ 日影		17
ひがさ 日傘		80
ひがし 東		193
ひがむ →拗る		177
ひかり 光・光る		12
ひき 墓		389
ひきゃく 飛脚		264
ひきょう 卑怯		316
ひく 引く・曳く		258
ひく 弾く		296
ひく 挽く		254
びく 比丘		324
ひくい 低い		76
ひげ 髭		229
びこう 微光		13
ひこうき 飛行機		292
ひざ 膝		247

ひさご 瓢		220
ひさし 庇		208
ひさしい 久しい		107
ひさめ 氷雨		24
ひじ 肘		246
ひしょう →微笑		182
びじり 聖		319
びじん 美人		154
ピストル →拳銃		344
ひそか 密か		281
ひそむ 潜む		281
ひた 引板→鳴子		50
ひだね 火種		138
ひだり 左		73
ひたる 浸る		35
ひつ 櫃		220
ひつぎ 棺		337
ひつじ 羊		405
ひっせき 筆跡		303
ひづめ 蹄		287
ひでり 旱		10
ひと 人		400
ひとえ 一重		83
ひとき 一樹・一木		84
ひとすじ 一筋		83
ひとつ 一つ		81

ひととき 一時		84
ひとひ 一日		82
ひとひら 一片		84
ひとま 一室		84
ひとみ 瞳		240
ひともと 一本		83
ひとよ 一夜		84
ひとり 一人・独り		85
ひな 雛（人形）		300
ひな 雛（鳥の）		395
ひなた 日向		9
ひなわ 火縄		260
ひねもす →終日		99
ひのき 檜		383
ひので 日の出		137
ひのこ 火の粉		138
ひばし 火箸		138
ひばち 火鉢		137
ひばな 火花		400
ひばり 雲雀		252
ひび 輝		252
ひびき 響・響く		129
ひふ 皮膚		27
びふう 微風		99
ひま 暇		99
ひまわり 向日葵		383

ひみ 美味		201
ひみつ 秘密		281
ひむろ 氷室		30
ひめ 姫		358
ひめる 秘める		281
ひも 紐		190
ひもの 干物		203
ひゃく 百		89
ひゃくえ 白衣		161
びやくえ 白衣		185
ひやめし 冷飯		196
ひょう 豹		405
ひょう 雹		30
ひょう 瓢		169
びょういん 病院		328
ひょうし 拍子		296
びょうし 表紙		302
びょうじ 病児		329
びょうたん 瓢箪		209
びょうにん 病人		329
ひょうはく 漂泊		285
びょうぶ 屏風		217
ひよけ 日除け		217
ひより 日和（暦）		314
ひより 日和（天気）		10
ひらく 開く		257

ひらち 平地		40
ひる 昼・午		109
ひる 蛭		390
ひるがお 昼顔		24
ひるがえる 翻える		383
ひるま 昼間		223
ひるね 昼寝・午睡		109
ひるめし 昼飯		196
ひろい 広い		94
ひろう 拾う		51
ひろの 広野		256
ひろは 広葉		368
びわ 鶚		400
びわ 枇杷		67
びわ 琵琶		296
びん 貧		267
びん 壜		229
びん 鬢		229
ひんじゃ 貧者		267
びんぼう 貧乏		267

●ふ

ふ 不		350
ふ 夫→工		
ふう 婦		358

(30)

五十音目次―へ・ほ

ふ 府	66
ふ 譜	295
ふーあん 不安	71
ふー斑	178
ふうきん→オルガン	296
ふうしゃ 風車	292
ふうふ 夫婦	349
ふうりゅう 風流	313
ふうりん 風鈴	130
ふえ 笛	130
ふか 鱶	393
ふかい 深い	77, 102
ふかく 不覚	310
ふき 蕗	383
ふき 葺く	344
ふきん 武器	208
ふく 拭く	210
ふく 吹く	250
ふく 服	185
ふく 噴く	40
ふぐ 河豚・鰒	393
ふくべ 瓢	220
ふくらむ 膨らむ	95
ふくろ 袋	188
ふくろう 梟	400
ふける 更ける	101

ふさ 房	366
ふさぐ 塞ぐ	258
ふし 節	295
ふし 不死	295
ふじ 藤	335
ふじ 富士・不二	55
ふし 武士	383
ふじ 無事	350
ふじ 不思議	169
ふしょくど 腐食土	341
ふしん 普請	363
ふじん 夫人	255
ふす 臥す	362
ふすま 衾	222
ふた 蓋	279
ふだ 札	225
ぶた 豚	219
ぶたい 舞台	264
ふたたび 二度	405
ふたつ 二つ	298
ふたり 二人	86
ふち 淵	86
ふつか 一日	58
ぶつぞう 仏像	87
ぶつだん 仏壇	294
	326

ふで 筆	84, 303
ふとい 太い	303
ふところ 懐	95
ぶどう 葡萄	198
ぶどうしゅ 葡萄酒	383
ふとる 肥る	232
ふとん 布団	232
ふなじ 舟路	225
ふなのり 舟乗	393
ふね 舟・船	289
ふぶき 吹雪	288
ふぼ 父母	29
ふまん 不満	349
ふみ 文	176
ふむ 踏む	304
ふもと 麓	52
ふゆ 冬	277
ふゆび 冬日	116
ふよう 芙蓉	116
ふらここ・ブランコ	383
プラチナ→白金	300
ぶり 鰤	46
ぶりき 鉄葉	393
ふる 降る	47
ふるい 古い	21
	103

ふるえる 顫える	279
ふるさと 古郷	53
ふるす 古巣	395
ふるはこ 古葉	368
ふるまい 振舞	308
ふれる 触れる	163
ふろ 風呂	221
ふろしき 風呂敷	188
ふん 糞	303
ぶんこ 文庫	206
ふんすい 噴水	32
ふんどし 褌	186
ふんべつ 分別	311

●へ

へ 屁	251
へ 辺	75
へい 兵	343
へい 塀	209
へいわ 平和	169
へきぎょく 碧玉	44
へさき 舳先	290
へそ 臍	181
へた 下手	232
へた 蔕	367
へだてる 隔てる	282

●ほ

ほ 穂	325
ほ 帆	196
ほう 方	309
ほう 法	45
ほう 砲	303
ぼう 坊（家）	152
ぼう→僧坊	74
ぼう 棒	215
ぼう 茫	390
ほうい 法衣	185

へちま 糸瓜	283
ベッド→寝台	225
べに 紅（色）	119
べに 紅（化粧）	191
へび 蛇	390
べべ 衣	185
へや 部屋	74
へり 縁	152
へる 減る	303
ペン	45
ペンキ	309
へんじ 返事	196
へんとう 弁当	325
へんろ 遍路	311

(31)

ま行―五十音目次

ほうき 箒	210
ほうける 呆ける	181
ほうこう 奉公	266
ほうし 法師	324
ぼうし 帽子	193
ぼうず 坊主（僧）	325
ぼうず 坊主(子)	355
ぼうぜん 呆然	181
ほうちょう 庖丁	218
ほうとう 放蕩	165
ぼうふう 暴風	28
ぼうふら→蚊	387
ほうむる 葬る	336
ぼうれい 亡霊	340
ほえる 吠える	133
ほお 頬	383
ほお 朴	236
ほかげ 火影	142
ほかげ 灯影	138
ほがらか 朗らか	169
ぼく 僕	352
ぼくじょう 牧場	52
ほくと 北斗	7
ぼくり 木履	193
ほくろ 黒子	252
ぼけ 木瓜	383

ほご 反故	302
ほこら 祠	321
ほこり 誇り	315
ほこり 埃	210
ほころびる 綻びる	190
ぼさつ 菩薩	323
ほし 星	6
ほしい 欲しい	164
ほしかげ 星影	7
ほす 干す	211
ほす 干す(作物)	253
ボス→頭・師匠	351
ほそい 細い	146
ほそみち 細道	232
ほぞ 臍	48
ほだ 榾	139
ぼだい 菩提	326
ぼだいじゅ 菩提樹	383
ほたる 蛍	390
ぼたん 牡丹	383
ぼたん 釦	190
ぼち 墓地	336
ほとけ 仏	323
ほととぎす 時鳥	400
ほとばしる 迸る	34
ほとり 辺	75

ほね 骨	243
ほのお 焔	144
ほのか 仄か	145
ほむら 火むら	383
ほほえみ 微笑	182
ポプラ	383
ほまれ 誉	210
ほめる 褒める	312
ほらあな 洞穴	56
ほり 堀	57
ほる 掘る	257
ほれる 惚れる	161
ほろ 幌	287
ほろぶ 滅ぶ	152
ほん 本 83,86,90,304	
ぼん 凡	181
ぼん 盆(器)	218
ぼん 盆	326
ぼんのう 煩悩	326

●ま行

ま 間	99
ま 間(部屋) 84, 215	
ま 魔	342
まいて 舞手	298
まいる 参る	321
まう 舞う	298
まえ 前	72

まえかけ 前掛	187
まえば 前歯	249
まおう 魔王	342
まがき 籬	209
まがたま 勾玉	44
またたく 瞬く	70
またま 真玉	71
まだら 斑	65
まち 町・街	1
まつ 松	383
まつ 待つ	271
まっか 真赤	26
まつかぜ 松風	42
まつげ 睫	243
まっち 燐寸	216
まつり 祭	297
まど 窓	287
まどい 円居	214
まとう 纏う	188
まどう 惑う	169
まないた 俎	218
まなこ 眼	241
まなざし→目つき	241
まね 真似	347
まねく 招く	273
まばたか 真裸	231
まばゆい 眩い	14
まばら 疎ら	91

ますらお→勇士	356
また 又	92
またぐ 跨ぐ	276
まぐれる 紛れる	281
まき 蒔絵	293
まき 牧	52
まぎら 曲る	148
まく 幕	251
まく 幔	287
まく 蒔く	253
まく 捲く	216
まくら 枕	225
まくろ 真黒	124
まげる 負ける	229
まげ 髷	345
まこと 誠	315
まさお 真青	126
まさご 真砂	41
まじる 混じる	273
ましろ 真白	123
ましん 魔神	342
まずしい 貧しい	267

五十音目次―ま行

- まひ 真陽 8
- まひる 真昼 109
- まぶしい 眩しい 239
- まぶた 瞼 242
- まほう 魔法 342
- まほら 真洞 56
- まぼろし 幻 341
- まみれる 塗れる 45
- まむし 蝮 203
- まめ 豆 390
- まもる 守る 344
- まゆ 眉 235
- まゆみ 檀 384
- まよう 迷う 113
- まよなか 真夜 178
- まり 鞠・毬 300
- まるい 丸い 69
- まれ 稀 91
- まわる 廻る 292
- まん 万 90
- まんげつ 満月 5
- マンゴー 384
- まんざい 297
- まんじゅう → 饅頭 芸 197
- マント → 外套 187

- まんどう 万灯 142
- み 実 366
- み 身 230
- み 未 129
- み 箕 101
- ミイラ 木乃伊 220
- みずがめ 水瓶 32
- みずがれ 水涸れ 32
- みつ 蜜 5
- みおくる 見送る 239
- みおつくし 澪 32
- みおつくづき 三日月 32
- みかど 帝・王 350
- みかん 蜜柑 384
- みき 幹 371
- みぎ 右 73
- みけん 眉間 359
- みこ 巫女 236
- みこし 神輿 297
- みごと 見事 312
- みごもる → 孕む 331
- みさき 岬 61
- みじかよ 短夜 95
- みじかい 短い 113
- みじん 微塵 292
- ミシン 91
- みず 水 31
- みず 水(飲む) 200
- みずいろ 水色 126

- みち 路 49
- みだれる 乱れる 48
- みたり 三人 180
- みだら 淫 87
- みたび 三度 164
- みぞれ 霙 87
- みだ → 阿弥陀 323
- みそら 御空 30
- みそか 三十日 3
- みぞ 溝 87
- みせ 店・見世 57
- みずわ 水輪 202
- みずまき 水撒き 262
- みずひき 水引 32
- みずたま 水玉 314
- みずたまり 水たまり 32
- みすじ 三筋 33
- みずくみ 水汲み 87
- みずぐき → 筆跡 32
- みずき 水着 303
- みずうみ 湖 186
- みおと 水音 59
- みちるべ → 標 49
- みちる 満ちる 35
- みち 道・径 311

- みみず 蚯蚓 400
- みみ 耳 235
- みまい 見舞 237
- みのる 実る 329
- みの 蓑 366
- みね 峰 194
- みにくい 醜い 55
- みなわ 水泡 316
- みなも 水面 33
- みなみかぜ 南風 32
- みなみ 南 27
- みなと 港 80
- みなづき → 六月 61
- みなぞこ 水底 88
- みなしご 孤児 76
- みなぎる 漲る 355
- みな 皆 35
- みどり 緑 98
- みどころ 見所 126
- みどう 御堂 313
- みやび → 風流 322
- みやこ 都 245
- みやま 深山 87
- みやげ 土産 263
- みゃく 脈 243
- みや 宮(人) 350
- みや 宮(神社) 321
- みめ 見目 235
- みみずく 木兎 400

- むくどり 椋鳥 400
- むくち 無口 134
- むくげ 槿 384
- むく 剥く 158
- むく 向く 256
- むぎわら 麦藁 73
- むぎめし 麦飯 256
- むぎ 麦 194
- むかし 昔 196
- むかえる 迎える 384
- みる 観る・視る 103
- みる 見る 271
- みらい 未来 238
- みょうり 名利 101
- みょうじょう 明星 315
- みゆき 深雪 7
- 29
- 55

や行―五十音目次

むぐら 葎	365
むくろ 骸	337
むげん 夢幻	171
むげん 無限	79
むこ 聟	356
むごい 惨い	318
むごん 無言	134
むさぼる 貪る	164
むしのね 虫の音	386
むし 虫ばむ 虫	386
むじょう 無常	173
むしる 毟る	256
むしろ 筵	217
むすう 無数	92
むすこ 息子	357
むすぶ 結ぶ	162
むすめ 娘	360
むせぶ 咽ぶ	250
むぞう 無象	93
むち 鞭	318
むつむ 睦む	181
むなげ 胸毛	162
むなしい 虚(空)しい	233
むなぢ 胸乳	173

むね 胸(心)	167
むね 胸(体)	233
むね 棟	206
むほん→背く	180
むら 村	53
むらさき 紫	126
むれ 群	272
むろ→室	84、215
め 瞳	242
め 芽	366
めいしょ 名所	240
めいど 冥土	313
めいぶつ 名物	339
めがね 眼鏡	313
めぐる 廻る・巡る	194
めし 飯	269
めじ 目路	196
めしつぶ 飯粒	241
めずらしい 珍しい	196
めだか 目高	91
めだま 目玉	393
めつき 目つき	241
めて→右手	241
めでたい 目出度い	73
めのう 瑪瑙	314

めまい 眩暈	44
メロン	239
めん 面(被る)	384
めん 麺	235
めんめん→背く	72、298
も 裳	197
も 喪	337
も 藻	365
もい 碗	219
もう 盲	181
もう 妄	239
もうす 申す	305
もうで 詣	321
もうふ 毛布	189
もえぎ 萌黄	127
もえる 燃える	144
もえる 萌える	363
もく 喪服	368
もみ 紅絹	189
もみじ 紅葉	256
もむ 揉む	189
もめん 木綿	384
もも 桃	271
ももいろ 桃色	119

もだす→黙す	136
もたれる 凭れる	275
もち 餅	197
もちがし 餅菓子	197
もつ 持つ	256
もてあそぶ 弄ぶ	316
もとめる 求める	165
もどる 戻る	271
もの 物	348
もの 者	263
ものがたり 物語	305
ものだね 物種	363
ものみ 物見	313
もふく 喪服	337
もみ 紅絹	189
もみじ 紅葉	256
もむ 揉む	189
もめん 木綿	384
もも 桃	271
ももいろ 桃色	119
もや 靄	19
もよう 模様	71
もらう 貰う	268
もり 森	52
もり 銛	260
もる 盛る	204

もだえる 悶える	179
もすそ 裳裾	186
もず 鵙	400
もじ 文字	303
もぐる 潜る	278
もぐら 土竜	405
もくば 木馬	300
もくぎょ 木魚	325
モーター	292
もえる 燃える	363

●や行

や→屋・小屋	206
や 屋・店	261
や 矢	328
やいと 灸	346
やいば 刃	89
やえ 八重	89
やお 八百	16
やかげ 家陰	220
やかん 薬缶	11
やき 夜気	405
やぎ 山羊	139
やく 焼く	204
やく 焼く(炊事)	11
やぐ 夜具	217
やくし 薬師	324
やくそく 約束	162
やけの 灼野	51
やける 焼ける	10
やこうちゅう 夜光虫	390

やさい 野菜	202
やさしい 優しい	168
やし 椰子	384
やしき 屋敷	206
やしなう 養う	331
やしょく 夜食	196
やしろ 社	321
やすい ←値	265
やすむ 休む	89
やすみ 八隅	89
やすらか 安らか	169
やせる 痩せる	232
やそ 八十	265
やちん 家賃	89
やつ 八つ	232
やつで 八手	385
やつれる 窶れる	284
やど 宿	260
やな 簗	385
やなぎ 柳	207
やね 屋根	287
やば 野馬	365
やぶ 藪	150
やぶれる 破れる	365
やぶれる 敗れる	345
やま 山	54, 82
やまい 病	328
やまが 山家	261
やまじ 山路	49
やまびこ 山彦	130
やまぶき 山吹	385
やまぶし 山伏	324
やまもり 山守	344
やみ 闇	15
やみじ 闇路	16
やみよ 闇夜	16
やむ 止む	102
やむ 病む	328
やもり 守宮	390
やり 鑓	346
やわらかい 柔かい	147
ゆ 湯	221
ゆう 結う	253
ゆう 夕	21
ゆうがお 夕顔	110
ゆうかく 遊郭	385
ゆうかぜ 夕風	67
ゆうぐれ 夕暮	27
ゆうじょ 遊女	111
ゆうじん 幽人	359
ゆうずつ 夕星	7
ゆうだち 夕立	23
ゆうばえ 夕映	110
ゆうひ 夕日・夕陽	9
ゆうびん 郵便	304
ゆうめい 有名	313
ゆうめし 夕飯	196
ゆうやけ 夕焼	9
ゆうれい 幽霊	340
ゆかし	313
ゆかた 浴衣	186
ゆがむ 歪む	148
ゆき 雪	128
ゆきみ 雪見	313
ゆきょう 遊行	325
ゆく 逝く	335
ゆく 行く・往く	269
ゆくあき 行く秋	79
ゆくて 行手	79
ゆくえ 行方	112
ゆげ 湯気	11
ゆけむり 湯煙	221
ゆず 柚	385
ゆたか 豊か	268
ゆだき →滝	59
ゆどの 湯殿	221
ゆび 指	245
ゆびさき 指先	245
ゆびわ 指輪	191
ゆぶね 湯槽	221
ゆみ 弓	261
ゆめ 夢	171
ゆめじ 夢路	171
ゆり 百合	385
ゆる 許す	326
ゆるむ 緩む	169
ゆれる 揺れる	148
よこたわる 横たわる	75
よこう 余光	13
よこ 横	75
よ 世	84, 87, 338
よ 代	107
よ 夜	112
よあけ 夜明	109
よい 良い	113
よい 宵	112
よう 酔う	335
よう 洋	61
よう 陽	8
ようかい 妖怪	341
ようがん 熔岩	40
ようし 楊枝	219
ようす 様子	347
ようせい 妖精	342
ようび 曜日	102
よかぜ 夜風	27
よかん 余寒	36
よそ 余所	67
よそおう 装う	188
よさめ 夜雨	36
よさむ 夜寒	36
よごれ 汚れ	211
よこたわる 横たわる	75
よせ 寄席	297
よすて 世捨	285
よだれ 涎	250
よどむ 澱む	34
よなか 夜中	112
よなが 夜長	113
よのなか 世の中	339
よぶ 呼ぶ	135
よぶり 夜振	260
よみがえる 蘇る	331
よみず 夜水	32
よむ 読む	304
よぎ 夜着	226
よぎしゃ 夜汽車	290
よぎり 夜霧	20
よぎる 過ぎる	270
よくあさ 翌朝	164
よく 慾	108

ら行・わ―五十音目次

よめ	嫁	361
よも	→四方	80
よもぎ	蓬	385
よもすがら	終夜	113
よる	夜	111
よる	倚る→凭れる	275
よる	寄る	273
よろい	鎧	346
よろこぶ	喜ぶ	170
よわ	夜半	113
よわい	弱い	146

●ら行

ら	羅	186
らいせ	来世	339
らかん	羅漢	324
らぎょう	裸形	231
らくじつ	落日	9
らくだ	駱駝	405
らくど	楽土	340
らくやき	楽焼	218
らしゃ	羅紗	189
らっか	落花	71
らっき	落暉	9
らっぱ	喇叭	31
らでん	螺鈿	393

らん	蘭	385
らんかん	欄干	57
らんる	襤褸	267
ランプ		142
り	里 82、87〜90	
リス	栗鼠	405
りく	陸	40
りす	留守	347
りそう	理想	307
りっぷく	立腹	177
リボン		190
りゅう	龍	342
りゅうきゅう	琉球	65
りゅうこう	流行	268
りゅうせい	流星	7
りゅうり	流離	285
りょう	猟→狩	261
りょう	漁	260
りょう	両	86
りょう	寮	206
りょうがん	両眼	241
りょうし	漁夫	260
りょうて	両手	245
りょうり	料理	204
りょこう	旅行	284
りん	鈴	130
りん	燐	45

りんご	林檎	385
りんこう	燐光	45
りんじゅう	臨終	335
りんね	輪廻	340
るい	類	347
るす	留守	274
るてん	流転	285
るにん	流人	318
るり	瑠璃	44
るりちょう	瑠璃鳥	400
ルンペン	→乞食	267
れい	礼	306
れい	霊	340
れいらく	零落	267
れいろう	玲瓏	158
レール		290
れきし	歴史	107
れつ	列 82、	273
れっぷう	烈風	27
れもん	檸檬	385
れんが	煉瓦	213
れんく	連句	301
れんげ	蓮	301
レンズ		382
ろ	艪・櫓	289

ろ	炉	139
ろう	老	333
ろう	廊	212
ろう	楼	207
ろう	牢	318
ろう	蠟	143
ろうか	廊下	212
ろうそく	蠟燭 蠟 333、362	
ろうぼ	老母	88
ろくしょう	緑青	47
ろく	六(のつく語)	49
ろじ	路地	212
ろだい	露台	212
ろてん	露店	262
ろば	驢馬	287
ろぼう	路傍	49
ろん	論	311

●わ

わ	輪・環	69
わか	若	354
わかい	若い	332
わかくさ	若草	365
わかば	若葉	368
わかめ	若芽	366
わかれる	別れる	282
わきざし	脇差	346

わぎもこ	吾妹子	358
わく	湧く	34
わくらば	病葉	368
わざ	業	266
わさび	山葵	207
わし	鷲	400
わずか	少し	91
わずらう	煩う	327
わすれる	忘れる	310
わた	腸	391
わた	棉	352
わた	綿	352
わたし	私	290
わだち	轍	57
わたる	渡る	261
わな	罠	
わびしい	侘しい	173
わらう	笑う	182
わらじ	草鞋	192
わらび	蕨	366
わらわ	童	355
わるぐち	悪口	316
われ	我	352
われる	割れる	150
わん	椀	218

(36)

凡例

■ **構成** 五音七音表現を黒見出し（白抜き文字）、大見出し【　】、小見出し（太字）で分類した。

見出しの後に五音を並べ、その後に七音を、それぞれ五十音順で並べた。

五音と七音の境目は●印で示した。字余りの六音は五音に、八音は七音に入れた。

拗音（ゃ・ゅ・ょ等）は一音に数えず、撥音（ん）、促音（っ）、長音（ー）は一音として数えた。

見出しは現代語でたて、見出し語と関連する語を「／」の後に並べた。

■ **表記** 漢字は現行の字体に改めた。

歴史的かなづかいはそのまま引用し、ふりがなは現代かなづかいで付けた。

引用文献（406頁）にあるふりがなは、そのまま引用した。

他に、必要と思われるものには、ふりがなを付けた。踊り字（ゝや〳〵）にもふりがなを付けた。

見出し語の漢字と読み方が同じ場合は、ふりがなを省略した。

■ **語数** 引用した表現約四万のうち約一万は二箇所に分類したので、延べ数は約五万となる。

1 天象 ── 空

空 天

【空（そら）】

秋空（あきぞら）へ 秋の空 浅黄空（あさぎぞら） 後の空 燻し空（いぶしぞら） めの空 大空や 寒空（さむぞら）の 信濃空（しなのぞら） 空うつり 空が無い 空恋し 空半ば 空ながめ 空に入る 空に浮き 空に消ゆる 空に鳴り 空にふる 空の色 空の歌 空の内 空の奥 空の国 空の声 空は燃え 空は割れ 空わたる 空をやく 高空（たかぞら）の 蝶の空（ちょう） 月のそら 土用空（どようぞら） 中空（なかぞら）に 濁り空（にごりぞら） 浜の空 低空（ひくぞら）で 日の出空 日は空に 冬空の 町空（まちぞら） 水絵空 水の空 暗空（やみぞら）に 四方（よも）つ空 夜の空 ● 仰いで空に 赤き冬空 茜の空 あの空恋し 色無き空に 碧（あお）き空さへ

みの空 お空のかげは お空の底と お空のふちに うつし 上総（かずさ）の空を かぜふきのそら からりと空の きのふの 空の 暗い空から 煙は空に 氷れる空を 沈黙のそら に 師走（しわす）の空に 空青けれど 空あらはれる そらいっ ぱいの 空翔（かけ）るなれ 空かけ渡る 空かんばしく 空

紅（くれない）に 空しみじみと 空低れかかる そらでは雲が 空と触れぬて 空と水との 空流れゆく 空に仰ぎて 空に揚りて 空に遊べり 空に浮かれて 空におさゆる 空に消えるだけ 空にこゑして 空にしづもる 空にし 空に澄みりて 空に轟き 空に昇って 空には 白く 空にひたりて 空に蓋する 空にまよへり 空に むらだつ そら匂ひせむ そらにも悪魔 空にやすらふ 空に横たふ 空にわづらひ 空のあちらに そらの泉を 空のいづこに 空の奥処（おくが）に 空のお国も 空の鏡に 空の小隅（こすみ）の 空のこなたの 空の沈黙（しじま）を 空の澄みやう 空の高さよ 空のなかばに 空の名残（なごり） 空の野原の 空の一隅（ひとくま） 空のひとところ 空の真洞（まほら）は 空のみどりに そらはがらんと そらばかり見る 空 のかげ路を 空のいづこに 空の奥処に 空のお国も 空の鏡に のひとはけに そらへのうぜん 空ほのぼのと 空みなぎり 空もいんいん そら行くかげを そらうろつき 空 を泳げる 空を匿（かく）して 空を風行（かぜゆ）く 空を飛ぶとき 空 をも削る 空を航（ゆ）くもの丶 空をゆすりて 空を跟（よ） めく 揃って空を 爛（ただ）れた空を ちひさなお空 乳色（ちちいろ）

1 天象 ── 空

天象

空(そら)
空(そら)に 月なき空の 天使の空を 遠夜(とおや)の空に ながれるそらの 西なる空に はてない空が 飛行機(ひこうき)お空をひとりで空を 星際(ほしぎわ)の空 星空(ほしぞら)の下で 星縫(ほしぬ)ふ空は ほんとの空が まだ赤き空 まだ半空(なかぞら)や 無限(むげん)の空のしき空に 萌黄空(もえぎぞら)あり 山鳴空(やまなりぞら)へ ゆふべの空に揺るゝ夜空や 夜空に泣けり 夜空はあかき リボンを空に/太虚(たいきょ)かな 太虚の風に

御空(みそら)
御空より ● 幽(かす)かに御空 今夜(こよひ)み空は み空に怒るみ空のすみに みそらの花は み空の鴨の

青空(あおぞら)
青空落つる 青空染むと あをぞらながら 青空に入る 青ぞらを載(き)る 青空を喫(す)ふ 青空を見る

空(くう)
空間に 空中の ● 円錐空間(えんすいくうかん) 空中都市(くうちゅうとし) 空中に鈴 空中の窓 空輪(くうりん)を云ふ

虚空(こくう)
ある虚空 かの虚空 虚空かな 虚空にはい虚空に 声は虚空に 虚空さまよふ 虚空の下で 虚空の中へ 虚空の襞(ひだ)の 虚空の壁の もとの虚空に

宙(ちゅう)
宇宙のはてを 宇宙を抱いて さへづり宙(そら)に 宙に遊べる 宙(そら)をころげる

【天(てん)】
天(あま)の戸は 天地(あめつち)に あめつちの 青天(せいてん)の 月天(つきてん)心(しん)天空(てんくう)に 天暗(くら)し 天心(てんしん)の 天体(てんたい)は 天高(たか)し 天と地の 天の馬 天の楽(がく) 天のかけら 天の弧(こ)の天の花 天の瑠璃(るり) 天渺々(びょうびょう) 天の餅(かち) 青天井(あおてんじょう)天の川原(かわら)は 天馳(あまはす)る術(すべ) 北天(ほくてん)の 満天(まんてん)の 天の花原(はなはら)の窓より 天のもなかに 天の八隅(やすみ)に 天の足夜(たりよ) 天の柔羽(やわは)の降りし蝶や 今碧天(へきてん)を 寒天(かんてん)に聳(そび)つ この早(さ)天の 今夜(こよひ)の天の 葱緑(そうりょく)の天 天からお金が 天に沈みて 天に匂ひて 天を翔れば 天体旅行 天地砕(くだ)くる 天地玄黄(げんこう)天地創生 天に立つころ 天にひつづく 天に向かつて天にも地にも 天のほとりを 天の一角 天の篝火(かがりび) 天の微光に 天の椀(わん)から 天の王国 天の焦(こが)すゞにほへる天の 一寸(いっすん)の天に 日は中天(ちゅうてん)に月の天 無限の天を 無象(むぞう)の天を 星寒天(ほしかんてん) 水無(みな)

蒼天(そうてん)
蒼天の 蒼天に ● 蒼天を飛ぶ

天幕(てんまく)
青天幕(あおてんまく)は 大天幕を 神の天幕 月の天幕

蒼穹(そうきゅう)
蒼穹の 蒼穹に 穹窿(きゅうりゅう)の ● 豪音蒼穹(ごうおんそうきゅう)を 蒼穹のはて 蒼

穹(きゅう)のランプ 薄明穹(はくめいきゅう)の

I 天象 ── 月

【月】(つき)

秋の月　朝の月　あすの月　あの月を　雨に月　夜　月ふとり　月枕　月真澄(ますみ)　月見せよ　月見れば　は春　月はやし　月晴れて　月一つ　月ひとり　月吹く

庵(あん)の月　いつの月も　入月(いるつき)の　いろの月　雨後(うご)の月　薄月　月も今　月もみよ　月洩(も)りて　月焼(やけ)に　月雪と　月を

に海の月　梅の月　円月は　お月さん　かけた月　恋ひ　月を留め　月をみる　残る月　後(のち)の月　法(のり)の

月輪(がちりん)の　かつら男を　黄なる月　今日の月　くだり月　深夜　月萩と月　昼の月　冬の月　盆の月　窓の月　月読(つくよみ)

暮の月　下戸(げこ)の月　此月(このつき)の　こぼれ月　朱の月か　はでかい月　浪の月　落ち方の月　落行く月は　おも　月宵(よい)

の月　竹の月　旅の月　月明(あか)く　月いづこ　月浮いて　が月　水の月　無月(むげつ)かな　桃の月　宿の月　山の月　麻呂(まろ)

月かくす　月がさす　月悲し　月清し　月氷る月　も●あおい月出りや　暁(あかつき)の月　明渡る月　天満(あま)つ月

印月白き　月千里　月ぞしるべ　月ちらり　月と梅　雨降りお月さん　歩む月あり　いざ月もよし　い

月となり　月と花　月にほひ　月に聞て　月に漕ぐ　さよふ月の　いつぱいの月　薄月夜に　う

月に対す　月に遠く　月に寝て　月に花に　月に侘び　たゝねの月　追剝(おいはぎ)の月　芋をほる月　

月の朝　月の雨　月の舟　月の梅　月の宴(えん)　しろき月　片割(かたわれ)月の　蚊屋(かや)もる月の　落行く月は　黄なる

の縁(えん)　月のおも　月の顔　月のかご　月の客　月の駒　夕月　きぬ／＼の月　愚者も月見る　壊れた月が　月

月の比(ころ)　月の潮(しお)　月の霜(しも)　月の旅　月の友　月の形(なり)　下の春を　けぶった月の　越路(こし)も月は　この比の月

の人　月の姫　月の前　月の窓　月の虫　月の道　月の　孤峯(こほう)の月を　木間(こま)もる月に　こんなよい月を　

宿(やど)　月の山　月の夜の　月の輪の　月は海　月花や　月　にしのぶは月　霜夜の月に　砂漠の月　朱の月

の人　月の姫　　　いでぬ　水中の月　杉に月ある　空ゆく月も　田毎(たごと)の月

　　　　　　　　　　　　　　　の度／＼月ぞ　月あかく差す　月あり／＼と　月落(おち)

1 天象──月

天象

かゝる　月落ち行きて　月落つる時　月が眩めき　月暈　月も待たずに　月も夕焼け　月もろともに　月よごれ
を着て　月がちら／＼　月が燃え立つ　月が嬰子生む　月をかこちて　月よりうつす　月より先へ　月夕行
月江上の　月こそ神よ　月さし入よ　月しのゝめに　月をかこちて　月をのむかと　月を率き行く　月をほ
澄みわたる　月手にやどる　月てりわたる　月とり落　ろぼす　月をまうへに　月をみるかな　月を見る日は
す　月取る猿の　月なき空の　月なゝめなる　月に跡さ　月を目あてに　月をも添て　つめたい月が　とられぬ月
す　月にうかれて　月に冴えたり　月に散じぬ　月に　の長き月あり　にほふ雨月の　のこる名月　花の月
に向いたる　月に物くふ　月に吠ゆるに　月に乱るゝ　と　半月うごく　人は月下に　昼月消えし　昼の月魄
月のありかは　月の色気を　月の恨みに　月の青火は　みそか月なし　みだるゝ月の　見とほす月の　葎の
月の腕を　月のかゞみは　月にやおはす　月にみのるや　ポッカリ月が　ほっと月がある　街の上の月　丸い月あ
月の絹暈　月の国より　月の雲行　月のかげ添ふ　月の桂の　月に無月を好む　虫は月下の　虫はなつ月　萌黄の月
なし　つきの梢に　月のさゞ波　月の暗きに　月の気も　が　宿も月見る　夕月がふと　よし野の月も　夜夕カは
眼の　月の雫や　月のなかなる　月のさし入る　月の慈　月に　早稲の穂の月
月の野茨　月の天幕　月の匂ひと　居る　月よりうつす　月玲瓏と　月を追行
月は遅かれ　月はかなしく　月はランプを　月は射そゞぐ　三五夜中の　その望の日を　満月上げし　満月
じ　月は月波の　月はてら／＼　月は鴨居に　月はすさま　**満月**　満月になけ　やよ望にふる
月は昔の　月は懶く　月見る中の　月は東に　月は二人に　**三日月**　月の眉　月ほそし　三日月に　三日の月 ● 金
空の　月もたのまじ　月見る顔の　月めく　の三日月　天の繊月　細目の月の　ほの三か月の　三日
月は昔の　月もなくなる　月も照り添ふ　月もなくなる　月の七首　真弓の月の
有明　有明桜　有明月　有明残る　有明の月　有明

天象 — 星

天象

行けば　たゞ有明の　月は有あけ

朧月（おぼろづき）　おぼろ月　朧夜を　月おぼろ●朧月夜の　月は

朧夜（おぼろよ）　微雲淡月（びうんたんげつ）

月見（つきみ）　江の月見　月見舟●月見顔なる　月見の旅の

月待（つきまち）　月待に●月待さとの　月待闇の　月待宵の

月夜（つきよ）　朝月夜　薄月夜　江の月夜　大月夜　御月夜

月夜鴉（つきよがらす）　月夜ざし　月夜人　花月夜　星月夜　まだ月

夕月夜（ゆうづくよ）　雪月夜　宵月夜●いつか月夜や　悲しい月

夜蛙（かわず）月夜の　月の夜ぶかに　月の夜舟を　月のよるよ

夜とポプラ　月夜こほろぎ　月夜沁むかも　月夜となりし　月

泣きし月夜は　婆裟と月夜の　春の月夜の　山守の月夜

月夜の踊り　月夜に塚を　月夜に廻る　月夜の浜辺　月夜の襤褸（つづれ）　月夜の葦が

月夜囃子（つきよばやし）　月夜や灯る　月夜夜ざくら　月夜を紺の

月影（つきかげ）　月影色の　月影ゆかし　見ゆる月影

月映（つくばえ）　かの月映に　夜の月映

月蝕（げっしょく）　月蝕の●月蝕皆既　月蝕まれ

【星】

天津星（あまつほし）　淡星（あわほし）と　一等星　隠れ星　綺羅星は

こがね星　覚むる星　星体の　どの星の　ぬか星の　春

の星を　昼の星　星明く　星くづに　星垂るる

星月夜　星にさへ　星の秋　星の渦　星の歌　星の海

星の数　星の衣（きぬ）　星の恋　星の子　星のさえ　星のさ

と　星の下に　星の精　星の前　星の身の　星の世の

星の夜の　星一つ　星人の　星祭る　星迎　星を塗り

たの星　怪しき星　出づる星さへ　かくれし星の　か

なた春星　かの夜長星　木隠れの星　今宵星降る　魚の

星は　春星かかり　白銀の星　清しき星も　涼しき星

や　星斗は開く　空のおはじき　空は荒星　ちひさい

星が　妻こふ星や　夏越の星の　白金の星　春の夜の星

瞳の星や　昼のお星は　火を発す星　北天の星　星新

しき　星うらゝと　星おごそかに　星落来る　星が

天象

1 天象──星

ふるやうな　星消え失せし　星君なりき　星きらめく
と　星くさい石　星さへ見えず　星さゝやきぬ　星空の
下で　星地に落ちて　星に落ちたる　星に仮寝の　星に
旅ゆく　星縫ふ空は　星縫づき　星のいただき　星の
おきてと　星のおしゃべり　星の息づき　星の影浮く　星のさびしき
星の時代が　星の力は　星のちらつき　星の晴着を　星の飛ぶ見ゆ
星の花火は　星の林に　星の眸　星はあ
したに　星はいつてた　星へかはづの　星星の首府　星ま
だありぬ　星も旅寝や　星も降るよな　星も窓より
星より高い　星別れんと　星を仰ぎて　滅んだ星が
まつかな星を　まぶたに星の　導く星の　み星の如く
無数の星斗　酔ひざめの星　夜は星の輪　わが世の星を
彗星　客星の　彗星の　箒星●尾引く星かも　彗星の
友　彗星見ゆ
星影　昴かげ　斗牛の影　星の影●星影凄し
星座　オリオン座　海王星　星雲へ　星座みな　天狼の
白鳥座　三ツ星座●大熊星を　乙女座の星　オリオン
星は　火星がのぼり　巨大な星座　黄金三つ星　獅子
の星座に　初夏の星座だ　星雲を燃せ　星座はひらけ
大星雲　夜々の星座の　北極星を　南十字へ　女座
天の川　天河　銀河　銀川　おり姫に　彦星の　星合に　女
夫星　娥女●天の川より　天の川原は　お乳の川が
銀河　銀河　銀河　銀河●銀漢の　仰げば銀河
銀河いよいよ　銀河軽便　銀河濃き　大銀河　銀河ステーショ
ン　銀河と森　銀河に近き　銀河の波と　銀河の南
銀河も流るゝ　逆しまに銀河　露は銀河の　人や銀河や
銀漢　銀漢の●銀漢の波
北斗　北斗　北斗星●七星北斗　北斗こよひは　北斗つらね
し　北斗にひゞく　北斗の下の　北斗の星が　北斗は遠
く　行や北斗の
明星　暁星　明星の　暁の星　明星色の　明星照る
や　明星のまみ　明星光る
夕星　夕づに　夕星の●ゆふづゝ沈む　夕星の下に
流星　夜這星　流星の●流星のみち　流るゝ星の

1 天象 —— 陽

天象

陽

日　朝日　夕日

【陽】あまつ陽を　薄ら陽　小春の陽　杉間の陽　陽がしみる　陽が遠い　陽だまりを　陽に焼けて　陽は熾り●　薄れ陽のなか　吐ける陽ざかり　陽が草に入る　陽に輝いて　陽のいろ鋭けれ　陽のちらちらが　陽のはなやかに　陽はかたよりぬ　陽よ咲く花よ　陽を受ける崖　指の冬陽を

真陽 真日あかく●ほのほの真陽の　真陽のしたたり　太陽にとけて●おてんと様の　新太陽の　太陽系

陽炎 陽炎へり●映りかげろふ　陽炎淋しく　かげろふ高し　陽炎立ちぬ　かげろうの波　かげろふの水　八　太陽光を　太陽をさがす　ひらたき太陽　炎を吐く　かはかげろふ　日こそかぎろへ　人にかげろひ　穂はかぎろへど　まだかげろふの　道のかげろふ　緑かげろふ　峰のかげろふ

【日】赤き日の　天つ日の　うすら日を　お日いさま　木洩日の　日あかく　日脚伸ぶ　日当りの　日当り　日くれる　日かげりて　日が炎えて　日くるゝに　日くれたり　日盛りや　日時計の　日に映ず　日に匂う　日にやける　日の当る　日の暑さ　日の在処　日のいろに　日にほひ　日の暮るゝ　日の子われ　日のしづく　日の面　日の影や　日の透間　日のにほひ　日の瞳み　日の道や　日のめぐり　日の落ちて　日はけむり　日は白く　日は高し　日は西に　日は日くれよ　日も伸ぶ　冬の日や●赤いお日さま　ほして　来て日盛の　雲に日溢れ　木洩日匂ひ　さし入る日すぢ　天日を呑む　軒に日残る　日脚傾く　日あたる方へ　日あたる溪の　日を吸ひふとる　日脚と　日が落ちた町　日が真赤ぞよ　日が赤々ほてり　日ざしも薄き　日ざしもどりぬ　日すぢがつきり　日ざしも薄　日ざしもどりぬ　日すぢ争ふ　日すぢの通る　日にむされたる　日のいるところ　日のけばく　し　日のちりく　日のちりぢりに　日の光きゆ　日の向きく　に　日は落ちにけり　日の向に　日は暮そむる　日八君臨シ　日は午にせまる　日はくれども　日は金色

1 天象 ── 陽

天象

の 日は寒けれど 日は断崖の 日はどんみりと 日はめぐりゆき 日は行き通ふ 日もうらうらと 日行き風吹き 昼の日高し 昼は日の軸 烈日の空 烈烈たる日

日輪（にちりん） 大日輪 日輪の●風の日輪 華厳日輪 日輪青く 日輪くらむ 日輪そらに 日輪光を

火輪（かりん） 大火輪●火輪大地を たれか火輪を

日向（ひなた） 陰日向 日向縁 日向ぽこ 日向道 日向ぼこ 冬日向 日向臭きを 日向に赤し 日向の色に 日向ぼこせる 日向さす 朝日のつと 朝焼けと●朝日大きやつめたき 朝日くり出す 朝日さしぬれ 朝日たのしむ 朝日匂へる 朝日さしこむ 朝日のあたる あさひの蜜に朝日夕日に 覚むる朝日を 冷たい朝日 冬の朝日の山は朝日だ

【朝日】（あさひ） レンバイレイエアサヒ 絶品朝日

朝日子（あさひこ） 朝日子に●朝日子あかく

旭（あさひ） 旭ひあうて●阿吽の旭 旭に向ふ旭にあうて●阿吽の旭 旭に向ふ

日の出（ひので） 日の出哉 日の出空●徹夜の日の出のつと日の出る 日の出叫ぶ 日の出給ふ 日の出るまへの

【夕日】（ゆうひ） 夕陽に 夕日赫っと 夕日中●淡い夕陽を石に夕日や 牛は夕日の 海に夕日を をはる夕日の夕陽赤き 冷たき夕日 はなを夕日に ゆふ日赤赤と夕陽江に入 夕日さし込 夕日にむけて 夕陽にゆらぐ 夕日の金の 夕日の嵯峨と 夕日の里は 夕陽の汁毬が 夕日は乱る 夕日の土手で 夕陽のなごり 夕日の宿す 夕日の机で 夕日さし込 夕日まんまろ 夕陽をたたへ 夕日入日 入つ陽を 日没に●秋の入つ陽 入日いざよふ入日埋めし 入日うつれる 入日さし込 入り日しづもる 入日となれり 入日の跡の 入日の襲ふ 入日横たふ

入日（いりひ）

夕焼（ゆうやけ） ゆふやけだ 夕焼けて●月も夕焼け 夕焼、小焼夕焼小焼の 夕焼冷むる 夕焼さめて 夕焼人の

落日（らくじつ） 落日の 落陽を●赤イ落日ノ 落陽にむかひ 落日落日の街を 落日黄なり 落日の国 落日の坂 落日のとき 落日低く

落暉（らっき） 山落暉●落暉望んで

1 天象 —— 照

照　焦　晴　曇

天象

【照る】

雨の照る　片日照（かたひで）り　てらし給ふ　照返（てりかえ）し　照り層（かさ）む　照付（つけ）て　照りとほる　照り響（ひび）け　照りわたり　直照（ひたて）りに●赤く照せり　秋ひと照りの　四辺（あたり）を照らし　いづこまで照る　忌森（いもり）下照（したて）る　かくかく照らす　かつと日の照　消ゆるま照らす　桜にも照る　砂に照りくる　月てりわたる　鶴に日の照る　照り沈むらめ　照りしむ街に　照り澄（す）むもとに　照りけらる、照りながらへて　てり葉の岸の　照りまさりつつ　照日（てるひ）の前と　照れば遠退（とおの）く　葉照り静けし　日は照り盛（さか）る　日は照りつけて　窓を照せり

【焦げる】

焦がし燃ゆ　焦す陽（ひ）に●雲を焦がして　焦げきはまる　焦げたトンネル　焦げんばかりの　砂焦（こぼ）したる　天を焦（こ）がす　道標（どうひょうげ）焦る　真陽（まひ）に焦げつつ　前　曇りの底に　乳色に曇る

【旱】

夏ひでり　旱雲（ひでりぐも）　日でりどし●この旱天（かんてん）の　夏の旱（ひでり）の　旱害（ひでり）のあとを　日照りのさまが

【晴れる】

灼（や）ける　草灼くる　日にやける　灼（や）け土に●暑く灼け　灼（や）けた日　石白く灼（や）け　積雲が灼け　灼けて飛行機　菊の晴　気霽（きは）れては　朝晴（あさばれ）に　雨晴れて　陰晴（いんせい）の　晴天（せいてん）の　晴れし　日も雪晴の●しみじみ晴れて　とほい晴夜の　晴れき　つてゐる　晴れた日だとて　晴れたり水皺（みしわ）　晴れて風無しはれて気味よき　晴れて曇りて　山の池晴れうららに射せば　穢土（えど）のうらゝの　うららかな　うらゝかに　芝うらゝ●麗（うらら）かな朝

天気

いゝ天気　上天気（じょうてんき）●天気の相よ　天気の旗を上日和（じょうびより）　羽子日和（はねびより）　冬日和（ふゆびより）　芽の日和　鵙日和（もずびより）　山日

日和（ひより）

秋日和（あきびより）　朝日和（あさびより）　梅日和（うめびより）　菊日和（きくびより）　霜日和（しもびより）●日和つきの　北国日和　雪消日和（ゆきげびより）の

【曇る】

朝ぐもり　薄雲（うすぐもり）　薄雲る　かき雲　曇りたる　曇り花　曇り日の　くもる日や　曇りたもり　花曇り　春曇る　夕曇り●うすくもる日を　曇つた晩だ　くもらずてらず　くもりて白し　曇りの午

❶ 天象 —— 気

気

空気　乾　朧

【気・空気】

気は澄んで　濃い空気●明けの空気の朝の空気に　あらき空気に　おぞんの海に　空気が冷えるのぬけた　空気が燃えた　空気の味を　空気の音す　空気はふるへ　空気を顫はし　暗き気体よ　寒き空気を　のぼる気流を　澱んだ空気

気圏　気圏日本の　気圏の海の　気圏の戦士

気層　下層の空気　気層いよいよ　気層の底の　暗い気層の　四月の気層

真空　真空の●真空圏内　真空の谷

大気　高気圧　大気圏　低気圧●凍つた大気　大気の匂ひ　大気の波濤　月出づる大気

夜気　夜気に寝ん●美しき夜気　夜気にじみあふ夜気になりゆく

蒸気　地息かな　蒸散と　水蒸気●蒸気が立つて　蒸気で出来た　蒸気の帯　蒸気の雲が　蒸気のなかに　蒸気の虹に　白き蒸気たつ　噴き出す蒸気

湯気　白い湯気　湯気こもる　湯気の夜の●汽笛の湯気は　紅茶の湯気に　珈琲の湯気　石鹼くさい湯気　茶わんの湯気が　ちんぽこの湯気も　吐く湯気かかる　桃ろの湯気　湯気あたゝかに　湯気が描きたる　湯気がはらか　湯気にこもりて　湯気のうづまき　湯気の濃さはも　湯気草の細さや　湯気ほの〴〵と

【乾く】

からからに　からびけり　乾びたる　乾かざる　かわきぎり　乾きたり　乾きたる　乾ける地　乾屎橛　乾草の●あふれては乾く　乾けるかく　乾いて軽く　乾むとする　乾きつらなる　乾きた海に　乾く●乾く庇や　乾く間も無し　乾けて軽し　乾く匂ひの　乾き苔の　心かはきて　柵に乾しる砂の　唇乾き　苔の乾きの　心かはきてありすつぱりかわく　熱にかわける

【朧】

おぼろおぼろ　おぼろなる　朧にて　夏朧●おぼろおぼろの　朧らなふぶき　朧に笙を　朧に似たる朧のなりや　地はおぼろ也　中におぼろの　身はおぼろなる　雪朧なり

1 天象 ── 光

天象

光

輝　射　虹　映　明

【光・光る】

光(ひかり)・光る(ひかる)

赤光(あかひかり)　うす光る　海光(かいこう)の　外光(がいこう)を

げはしる　木が光り　黄の光り　雲光る　螢光(けいこう)を

光る　赤金光(しゃっきんこう)　寂光(じゃっこう)の　赤光を　白びかり　新緑光(しんりょくこう)

洲に光る　底光(そこびかり)　蔦(つた)光り　土ひかる　遠光(とおひかり)　鳥光る

灰光(はいこう)と　発光(はっこう)す　花の光　羽(は)の光　葉の光り　光った眼(め)

光らしめ　ひかりいづ　光りいで　光り来る　光濃(こ)し

光沁(し)む　光り波　光の尾　光を射(い)　光る朝　光る池

光る衣物(きもの)　光る靴(くつ)　光る雲　光るもの　光る屋根　光

る雪　ぴっかりこ　眼(め)が光る　眼の光　光る　池

が光　●愛のひかりに　蒼(あお)ぎる光　あかき光を　威神(いじん)の

光　一縷(いちる)の光　うする、光　瞳(ひとみ)のひかり　わ

うるし光りや　枝のひかりの　うつろの光　馬屋に光る

光と　おのれ光りて　大鋸(おが)の粉光る　落ちし

すかに光る　瓦斯(ガス)の光に　片光りすも　蜉蝣(かげろう)ひかりの　か

狐光(きつねびかり)の　黄なる光は　君が光に　金貨の光り　金のひ

かりに　金の光は　銀の光は　崩れてひかる　暮る、光

の　黒黒光る　螢光板(けいこうばん)に　けわしく光る　剣の光は

光パラフィンの　木の間(ま)に光る　此の世の光　冴(さ)え冴え

ひかる　冴え光りたり　さびしい光　四囲(しい)の燈光(とうこう)　時

間の光華　死魚ひかるなり　慈悲の光に　しきりにひか

る　寂光(じゃっこう)さんさん　棕梠(しゅろ)春光に　白い光の　白い偏光(へんこう)

酸えたひかりの　直線光(すぐなるひかり)　鈴の光の　鋭く光り　空の

光の　タールの光　足穂(たりほ)光れる　ちりしく光　冷き光

爪(つめ)の光れる　露(つゆ)の光りや　強き光の　手垢(てあか)に光る　手く

びは光る　遠夜に光る　とかげ光りて　鳥の眼光る

流る、光　澱(にご)った光　西のひかりを　鈍(にぶ)光りかも　に

ぶきひかりは　野は光るなり　はだのひかりぞ　白金

光の　瑠璃(はり)の端ひかり　晩夏のひかり　光った衣服

つた縄を　光った村よ　光った山脈(やまなみ)　光って消えて　光

うごけり　ひかり薄れて　光りうつろふ　光うるほふ

ひかり憂ふる　朝光(ひかり)負(お)ひ来し　ひかりをしまず　光が

溢(あふ)れ　光リカガヤク　光微(かす)かに　光り哀しむ　光か細(ほそ)

き　光神(かむ)さび　光こまかき　光寂(し)けし　ひかりしづま

1 天象 ── 光

天象

光しんしんと　光涼しき　ひかり澄みつつ　光する　光　りつぶやき　ひかりて飛べり　光でできた　光りて飛べり　ひかりとぼしみ　光りとろけて　ひかり流れて　ひかり靡きて　光にいとひ　光にうたれ　ひかりにくしゃ　光に夜を濡れし光る　けむる　光に尖り　光にめしひ　光ノ汗ヲ　ひかりのあとを　光の雨が　光の糸の　光の目録　光の浄化　ひかりの底で　光の千條　光の鳥よ　光のなかで　光の棒を　光の街は　光放つて　光はに　ひかりの　光は曲ぐる、　光見ぬ暮　光もあらほふ　光和らぐ　ひかりゆすれる　光よぶ朝　光を慕ふぬ　光包　光を食べたい　光を包み　光を額に　光をはらみ　ひかりをひいて　光りを踏みて　光をまとふ　光を泄らす　光をやどせ　光るかなしさ　光る坂道　光る地面に　光るしやつぽの　光る畳に　光る萩の芽　ひかる水玉　ひびく光の　百光放つ　塼の光りよ　深きひかる水玉　冬日ひかりて　頬光らせて　蛍ならない　墓地に光るは　仏の光る　寂滅の光　魔炎の光り　松脂ひかる　眩しく光り　水のひかりの　満つる光に　水際光る　明を

星光る　目ばかり光る　むかしの光　無限の光　無言の光　無数の光　暗にぞ光る　ゆらめく光彩　揺れる光　のよく光ること　夜光る虫は　夜の光を　夜を露光る夜を濡れし光る

月光　月光の　月あかり　月光にあり　●紅き月光　月光いろの　月光色の　月光掬ふ　月光降りぬ　月光の来光いろの　月は射そそぐ　昨夜月かげに　月光より小さき　身に月光を眼に月明の

日光　日光の　日の光　●太陽光を　日光を吸ふ　日光て寂し　日の光吸ひて　日光きこゆ　昼間の光は寂し

微光　唇の微光ぞ　空の微光の　天の微光や

余光　ながき余光を　日の余光こそ　余光の火焔

オーロラ　極光に　北光の

円光　円光を　●雨後の円光

光線
光線　光線の●光線の航路　光線の図画　光線の盃光線の船　光線　光線を踏み　光線となりて／光芒ながし

光素
エーテル
　光素の●エエテルの波　光素を吸い　そのエーテル

1 天象 ── 光

天象

【輝く】耀かす　朝にかがやき　輝り出づる　輝りひかり●茜かがやき　輝き狂つて　かゞやきそめぬ　雨にかがやく　いとゞ輝き　かがやける陽よ　椿かがやく　かぞやき渡る　輝くいまを輝　にぶくかがやく　微笑に輝き　白雲と耀り　把手の輝きにぶくかがやく　微笑に輝き　陽に輝いて

【燦めく】きらびやか　燦めかし　きらら雲　煌々と燦爛と●海はきらきら　かげに燦めく　風きららかにらめき千鳥　燦々と降り　空きらきらと　日ハ燦爛トきらきら光る　きらめきさわぐ　きらめき初むる　き

【眩い】アタリマバユク　あまりまばゆき　星きらめくと　雪きら／\と
白虹さんさん
黄金まばゆき　月が眩めき　まばゆくぞある

【射す】光を射　甍射る　入日さし込　うららに射せば　酒に射し入る　座に日は射せり　さらさらと射し　直には射さぬ　なまめく日射し

【散乱】散乱系　散乱の●散乱し日は　散乱反射　反射の
【反射】全反射の●護謨合羽の反射　なかを　緑の反射

【虹】虹にほひ　虹の根を　虹を吐て　走る虹　もろき虹の　山は虹　夕虹に●きらめく虹を　濃き虹説きし　金色の虹　セイロンに虹　谷残虹の　虹が走りぬ虹が憩んで　虹の滴り　虹の断片　虹のはしらをなやかに　虹を見い見い　紫の虹　ゆるやかな虹

【映る】色映る　映りぬる　雲映す　日に映ず●色うつりたり　映つてゆれて　映れる森の　座敷にうつる小川に映る　映りかぎろふ　水にうつろふ　映り歪める　ランプはうつす

【映える】香に映えて　野火映ゆや　夕映の●菊こそ映ゆれ　かの月映に　黒雲に映え　小面映る　霜葉の映に星明く●明るい影よ　あかるみに　青明く　月明く

【明るい】明るさの　あかるい雫　明るい電燈に　明るい日曜日　明るい影よ　明るき家に　明るきごとし　明るき四月　明るき土や　あかるき街を　明るさのみを雨の明るさ　巨大に明るい　籠る明るさ　咲きてあかるし　寒くあかるき　書斎あかるい　そこら明るしやま明し　室明き夜の　山は明るし　ゆふべ明るき　遠なかを　緑の反射

暗
闇

1 天象 —— 暗

【暗い】

水暗し●あまりに暗く 暗さに いまだ暗きに 晦暝となり 蚊の声聞き がらんと暗い 菊より暗 うへした暗し 薄暗き地下室

くらき夜に 聞きより 書庫瞑く 書庫暗し 空が暗い 天暗し 人暗し ふと暗く 仄暗き 窓くらき 暗緑色の 沙も暗む 井戸の暗緑色の

暗き潮の 暗きうねりの 暗き頸の 暗き沈黙に くらき氷雨や くらき人 呼 暗きひまさへ 暗き帆のゆく くらき柳の くらくさまよふ くらくそよげる 冥府まで 暗をてらし 暗くなりゆく 四山暗さや 泰山暗し 月の暗きに 灯火くらし 東は暗く 舟路は暗く 埃に暗く

暗い涙を 暗いはとばに 暗い窓から 暗い景色の 暗い後悔 暗い空から 暗いこころに ぎらぎら暗い くらい厩で 暗いお城の 暗い気層 の くらい想念 くらい顔して

【闇】

朝闇に 薄闇の 蚊帳の闇 暁闇を 濃き闇に 木下闇 この闇に 五月闇 下闇に しんのやみ 地を 常闇の 鳩のやみ 萩の闇 春の闇 水の闇 身の闇 虫の闇 闇さかん 暗指せし 闇汁や 闇涼し 暗空に 闇に入りぬ 闇に動く 闇に墜つ 闇にイつ 闇に馳せて 闇の韻の 闇の梅 闇の門 闇の香の 闇の晩 暗まじり 暗無限 夕闇の 夕暗を 宵の闇や 路次の闇●あを〳〵闇を 明るい闇の 色なき闇 鵜匠は闇の 黄金の暗 落葉は闇に 母屋の闇と かはほりの闇 汽笛は闇に くらやみとなる 乾坤の闇 ここのみ闇の 心の闇は 小道の闇を 神秘の暗の 田毎の闇と 長夜の闇に 月待闇の 出て行く闇や 手にとる闇 鳥啼く闇の 匂へる闇の はるかの暗に

風と暗黒 **暗黒** 暗黒にて●暗黒の海 暗黒の森 暗黒を飛ぶ

暗がり くらがりや 小くらがり●くらがり走る まつくらがりの がり登る くらがり峠 くら

水ほの闇く 港はくらし 藻でまつくらな わが道暗し

1 天象——影

天象

ひしめく闇の　人まちし闇　ほのかなる闇　ほのかに闇の　真昼の闇に　汀の闇に　碧の闇の　無明の闇に　焼く火の闇の　闇恐ろしき　闇が沈めば　闇くる風に　暗すさまじや　闇と寒さと　闇におくりぬ　闇にかかれる闇に刻みて　闇に吸はれて　暗にぞ光る　暗に疲れて　闇に手のつく　闇に鳴つてる　闇に浸りて　闇に真白し　闇に向へる　闇の潮に　闇の小床に　闇の方行暗のころもに　闇のそこひに　暗の谷間も闇の中くる　闇はあやなし　闇一結び　闇響すも闇やはらかき　闇行く水に　闇より出て　闇より吼て闇をおそれぬ　暗を思ひぬ　闇を汽車行く　闇をこぼすや　闇をたばしり　やみをながる、闇を孕めり闇をぴしぴし　闇を見てゐる　闇をやや濃く　闇を夕闇かけて　夢路の暗に　わが世の闇の

闇夜

闇の夜の●つらき闇の夜　闇夜ぢやとても　闇夜に似たる　酔うて闇夜の

闇路

罪ノヤミヂニ　ながき闇路や　野辺の闇路に

影　陰　暈

【陰】

梅の陰　陰に入り　陰に置く　陰日向　陰深き陰　木瓜の陰に　濃き陰の　乳房の陰　軒かげに　花の草陰に　草の陰　松陰に　物かげに　柳陰　夕陰やわか葉陰●薄書の陰　陰に潜んで　陰に眠りて　片陰できし　けぶりに陰る　覇王樹の陰　つばさの陰に　夏陰茶屋の　並樹の陰に　なよ竹のかげ　花ちるかげに　玻璃戸の陰の　春の山陰　目陰をすれば　町陰の田の物陰見たり　山陰伝ふ　山陰の田の　夕かげ淡し　幽林陰を　れいすのかげに

陰影

陰影の●陰影くらき　陰影こそやどれ　桜花の陰影は　無限の陰影に

家陰

陰影は　北の屋陰に　長屋の陰を　家陰たよりて　家陰行人

木陰

木陰に賎の　木かげに立たせ　樹陰に立てば木陰にみつけた　木陰の椅子の　何を木陰に

1 天象 ── 影

天象

【影(かげ)】落とす影　己(おの)が影　影青し　影移り　かげがを　寂(さび)しき影は　己(し)が影の上に　四角な影を　しづ(ず)かな影どる　影かざし　影氷(こお)る　影冴(さ)えて　影寒く　影冴(さ)ゆ　がしろい人かげ　すぎゆく影に　すずしい影よ　その影白く　影すずし　かげたちが　影たれて　かげ　うしろかげ　蝶(ちょう)の影さす　ちらりと影に　地に影せぬなげて　影に住み　影の寂(さ)び　影呑(の)みて　影ばかり　剣(つるぎ)の影さしつ　人影の去る　氷山の影　富士を射(う)つて　影富士の　影二つ　影見しか　影　人影なきつ　まつ毛のかげ　遠(とお)びとのかげ　釣燈(とぼし)の影は　とはなる影影は透(す)く　影ふかく　影を追ひ　影を追ふ　影を吹き　の影なきよ　我影ながら　無数の影　不吉な影　もの影ほしき射(う)つて　紺(こん)のかげ　白き影　竹の影　蝶(ちょう)の影　塔の影　ゆれてる影よ　我影ながら　私と影と杭(くい)の影　冬木(ふゆき)影　水の影　●蒼(あお)ざめた影　愁(うれ)いの影の　おど　翳(かざ)　手を翳す　火に翳し　雪の翳●翳(かざ)して行けば　翳日の影や　冬木(ふゆき)影　水の影　うつろふ影は　明るい影よ　をかさねて　翳す仏顔朝影清き　浮び来る影　うつろふとき　影うつすとき　影落ちやま　【日影(ひかげ)】幾日影　入日影　薄日影　初日影　日影中　日ろが影や　をのが影追ふ　かげさへあかき　陰花　冬日影　夕日影　●たのしき日影　地上の日影ず　影かさなりて　影たぶける　かげさへあかき　陰花這(は)い入る　日影とぼしき　日陰の麦を　日かげほのいふ　影の上には　影にうかがふ　影にも　のめく　日影やよわる　日影をもとめ　洩(も)る、日影のりなる　影走(はし)りつ、影は万里の　影の手弱女(たをやめ)　影の笑ひを　影ばか　【翳(かざ)】影法師吹かれ　影法師　影法師に●影法師飛んで綢(ちりめん)の　影翻(ひるがえ)る　影走(はし)りつ、影曳(ひ)くほどに　影標(ひょう)　影法師　影法師　影法の　影法師に　影法師飛んでびょう　影飜(ひるがえ)る　影まねびゐる　影もあらずや　影長閑(のどか)に　影ふり落(おと)す　影もあらず　【暈(かさ)】量下(くだ)され　量となる　量めかす　白い量　月の投げつつ　影もとめて　影をうしなふ　影を　●蒼(あお)き暈きる　暈日(かさび)かれる　月量を着て　月のに影あり　けむりの影を　孤独な影を　酒くむかげや　月の花暈(はながさ)　月もお暈を　花に暈ある

1 天象——雲

雲

霞 靄 霧 露

【雲】 朱の雲　あの雲は　椅子の雲　凍雲の　色雲をうき雲に　鱗雲（うろこぐも）　きらら雲　雲淡く　雲幾重（いくえ）び雲映す　雲起る　雲落ちて　雲下りて　雲かる雲焼け　雲来り　雲際に　雲五彩　雲裂けて　雲四散　雲しづみ　雲少し　雲ちぎて　雲飛んで　雲鳥を　雲に触り　雲に鳥　雲の脚雲の色　雲の魚　雲の尾が　雲の帯　雲の影　雲の縞雲の末　雲の外　雲の棘（とげ）　雲のとぶ　雲の中雲のフライ　雲の峰　雲の門（もん）　雲は死に　雲は冬燃え　雲疾し　雲光る　雲低し　雲へ歩む　雲へ手の雲細う　雲焼きくる　雲を着て　雲を叱る雲を根に　雲を吐く　雲を巻き　雲を洩（も）る　雲を焚く黒雲と　煙雲　孤雲（こうん）の外　青雲（せいうん）と　月の雲　雲を呼ぶ密雲　土用雲　根なし雲　刷毛（はけ）の雲　遠雲（とおぐも）に鳥雲に　夏の雲　豹の雲　縹（はなだ）雲花の雲　早雲　冷ゆる雲　豹の雲　みねの雲　横雲に

夜の雲　●朱の旗ぐも　朝あけ雲に　海豹（あざらし）と雲　幾重の雲と　伊吹も雲も　陰惨な雲　浮雲ぐもと風　うす雲のむれ　薄墨の雲　雲量計の　艶だつ雲の　オーパルの雲小雲もあゆむ　金属の雲　オルガンの雲　黄雲（きうん）のちぎれ　黄の山の雲　雲あかあかと　雲裏の雲　雲起りけり雲がいそいで　雲が軋（きし）った　雲がぎらっと　雲こかれ　雲しづむこ雲かと見えて　雲が流れる　雲片一つ　雲くれなゐと雲かうばしき　雲氷（こお）るべく　雲少女を雲せまりつつ　雲ぞ尊き　雲たちわたる　雲となろ　雲七色に　雲斜なる　雲に濾（こ）された　雲にこぼまし　雲に聳（そび）ゆる　雲に濡らすや　雲に根は無し　雲にのぼれと　雲に日溢れ　雲にへりとる　雲に迷はん雲に蒸し入る　雲にもまぎれ　雲の明りで　雲に穴目の雲のあゆめる　くもの幾きれ　雲の営み　雲の動けり雲のうしなふ　雲の鱗（うろこ）が　雲の居らざる　雲の陰より雲の香沈む　雲の通路（かよいじ）　雲の雲おふ　雲の祭日　雲の輪郭（りんかく）　雲の白さを　雲の信号　雲の砂地に　雲のちぎる雲の縮れた　雲の臭（にお）ひや　雲の羽袖の　雲の機手（はたて）の雲

❶天象──雲

天象

の火ばなは　雲の密集　雲のゆくへの　雲吐きやまぬ
雲はさびしげ　雲は爛れて　雲はまばゆく　雲一ッなき
　雲ふかきより　雲吹去りぬ　雲吹尽す　雲吹きは
らふ　雲二つ三つ　雲迷ふ身の　雲見えなくに　雲見て
あれば　雲瞳せかべる　雲もちぢれて　雲もまた追ふ
雲やしばしの　雲ゆきまよひ　雲ゆるう来て　雲呼ぶ
石の　雲より落つる　雲湧き起る　雲を焦
がして　雲を停めむ　雲を震はせ　雲を浮ばせ
に遮る雲の　さゞ波雲や　さゞ紅雲に　巻積雲の
かに雲　シナイ雲湧く　墨絵の雲や　青雲の扉に　敷浪雲の　静
らでは雲が　空冬雲に　縦雲の秀を　孤雲の路
雲のながれる雲の　夏雲くらき　鉛の雲の　入道雲
も　初秋の雲　はなやかな雲　飛行機は雲に　羊の雲の
吹かれて雲の　噴く秋雲は　巫山の雲は　古雲も見ゆ
ふる領雲の　秀嶺の雲は　みだれて雲の　峰に雲居り
黄にあれ雲　盛りあがる雲は　八重だつ雲に　山に雲居り
夕はなれ雲　ゆふべの雲の　ゆく雲は疾し　理想の雲は
湧く夏雲ぞ

雨雲　雨雲を　時雨雲　夕立雲●　雨雲垂れて　雨雲低
し　雨雲よせぬ　しぐるゝ雲か　時雨の雲も　スコール
の雲

雲間　雲間より●　あすは雲間に　雲間にかゞふ　雲間
につもる　雲間を染めて

【**霞**】　朝霞　薄霞　打かすみ　霞空しく　霞たつて　雲霞
遠がすみ　夏霞　野霞の　春がすみ　一霞　八重がす
かすむ　打かすみ　霞むうつる　霞焚くなる　霞に帰
霞む　人霞む　日々霞む　老子霞み●　かすみうごか
みよこがすみ●　うす霞せり　霞衣　かすみの裾に　霞
霞に包む　かすみのかげに　霞の袂　霞の翼　霞の幕は
のそこに　かすみの袖に　霞の衽　霞の衣　霞の裾に　霞
かすみ引けり

【**靄**】　蒼いもや　黒き靄　靄の奥　靄の胎　もやのな
か　靄の夜よ●　蒼き夕靄　金色の靄　寺寺靄し　靄く
れなゐの　靄に流れる　夕もや青く
柳霞みて　かすみてみゆる　かすむ街の灯　どうかすんでも

1 天象 —— 雲

天象

【霧(きり)】

うす霧の　河岸(かし)の霧　川霧(かわぎり)の

霧通(かよ)ふ　霧かんで　霧断(た)れて　霧下りて　霧お

し　霧に溶(と)け　霧のあさ　霧の立(たつ)　霧はらふ　霧晴(は)れて　霧白

き　金(きん)の霧　けさの霧　白亜(はくあ)ノ霧　深き霧　山霧(やまぎり)

霧深(ぶか)き

の●朝霧(あさぎり)の底に　浅間(あさま)の霧が　淡き秋霧(あきぎり)　宇治(うじ)の川霧(かわぎり)

碓氷(うすい)の霧を　霧いと重(おも)し　霧かきわくる　霧がひどくて

霧こそわたれ　霧ながれよる　霧にかくれて　霧に沈(しず)め

る　霧にひびける　霧の浅間(あさま)へ　霧の外套(がいとう)　霧の包(つつ)める

霧の微粒(びりゅう)が　霧頰(ほほ)にあたる　霧わたる夜(よ)に　霧を怖(おそ)れ

て　濃霧(のうむ)のなかに　一列(ひとつら)に霧　籠(ふもと)の霧や

の●朝霧(あさぎり)の底に　浅間の霧が

狭霧(さぎり)

愁(うれい)の狭霧　狭霧に仰(あお)ぐ　さ霧の触(ふ)るる　狭霧は

くだる

夜霧(よぎり)

夜霧(よぎり)下り　夜霧ふる●流るゝ夜霧　夜霧の劇場(しばい)

【露(つゆ)】

秋の露　麻(あさ)の露　石の露　芋(いも)の露　梅の露(つゆ)　笠(かさ)

の露　菊の露　草(くさ)の露　楠(くす)の露　けさの露　こけの露

篠(しの)の露　下露(したつゆ)　白露(しらつゆ)や　竹(たけ)の露　露暑(つゆあつ)し　露凍(い)て　露

おきて　露けさの　露けしや　露時雨(つゆしぐれ)　露しげし　露

しぶき　つゆじもに　露白く　露ちるや　露とくとく

露ながら　つゆに酔(え)ひ　露の音(おと)　露のけはひ　露の谷(たに)

露の玉　露の中　露の原　露の身(み)は　露の

村　露の宿(やど)　露斗(ばか)り　つゆ萩(はぎ)の　露はらり　露微塵(みじん)つ

ゆを帯(お)び　萩(はぎ)の露　花の露　松の露　夕露(ゆうつゆ)や●あしたの

露を　あだし野(の)の露　一山(いちざん)の露　おもひは露(つゆ)に　かし

らの露を　かりねの露　国の露霜(つゆじも)　凍(こお)れる露を　白露(しらつゆ)

しげき　露あはれさに　露をくきつね　露折(お)りかけて

露がこぼれて　露きび〴〵と　露きき紫蘇(しそ)に　露荒涼(こうりょう)

の露こそ匂(にお)ふ　露とくとく　露と答(こた)へよ　露におも

たき　露につらぬき　露にぬれぬは　露にまぶれし　露

にわかる、　露の命を　露の初毛(うぶげ)を　露の近江(おうみ)の　露を

大玉(おおたま)　露のおりたる　露のきくらげ　露の西国(さいごく)　露のし

は別れの　露の中なる　露の光(ひかり)りや　露の流る、　露のぬれぎぬ　露の

葉にもる　露ひとつぶや　露はこぼれて　露はらひ行(ゆ)く　露

や牡丹(ぼたん)の　露や寂(さび)し　露ひねもすや　露まんだら　露曼陀羅(つゆまんだら)の

露を相手(あいて)に

露をおぼゆる　露りん〳〵と

吹(ふ)きの露　露は銀河(ぎんが)の

芙蓉(ふよう)に露の　花の露の香(か)　萩(はぎ)の下露(したつゆ)　花の露の山(やま)

天象 ── 降

降
湿 濡

【降る】
雨がふる　ざんざ降り　どしや降りの　野に降れり　花に降る　ざんざられけり　降うづめ　降り落つる　降りかかる　降かへて　降りそめて　降りつづく　降り積り　降りて溶け　降処　降りはじめ　降りまど　ふるところ　降るばかり　降る窓に　本ぶりに見えて降り　みだれ降る　よべ降りし　夜もふる●葦の萌に降る　雨がふります　雨降れば降り　争ひて降る　音たてて降る　聴けばなほ降る　つぶつぶ降って　つぼみから降る　強降雨を　土砂ぶりの中　流れつつ降る　比叡降り残す　日ざしが降れば　日照雨降る　昼もふるふる　降てはやすみ　降れても晴れても　降らねばならぬ　降りうづみたる　降り込められぬ　降りては溶くる　降りひびくかも　降りみだれたる　ふりみ降らずみ　降とや腹の　降るは涙か　降るは見えざる　ぽろぽろと　降みだりて降れる　落花を降らす

【湿る】
うすしめり　しめりたる　うち湿る　湿っぽい　湿りがち　しめりたる●朝のしめりだ　うちしめりたる　くれなゐのしめり　湿った苔も　湿った野原　しめりて重き　湿るにほひよ　つばさしめりし　腐植の湿地　道のしめりや　夜と湿気と

【濡れる】
馬はぬれ　風に濡れ　黄菊ぬれ　汽車濡れて鷺ぬれて　ずぶ濡の　土濡れて　ぬらしつつ　ぬらし行　濡るるほど　ぬるゝまゝ　ぬれ足に　濡れいそぐ　濡いろや　ぬれ腕　濡れそむる　ぬれつばめ　濡れて行くぬれて行や　濡れとほり　ぬれ鼠　ぬれまさり　濡れ窓を　濡れゆくを　びしょぬれて　人をそぼちまだぬれず●あそべば濡るる　今日ぬけるらむ　くれなゐ濡れたる　ざぶり濡れつつ　閾ぬらしぬ　しみじみとぬれ　つやつやぬれて　濡れ髪ほのと　ぬれ来し女濡れし足ふく　濡れしその背に　濡れしをあぶる濡れし　ぬれしをあぶる濡れた草場に　ぬれた渚路　濡れたる色のぬれてこひしき　濡れてすずしく　ぬれて停ちたりぬれてこひしき　濡れてすずしく　ぬれて君こし晴着ぬらして　無理にもぬる、　やぶれてぬれて

天象

雨

【雨】 青い雨　熱い雨　雨脚の　雨気づき　雨乞の　雨やどり　雨あがり　雨うごく　雨折り〳〵　雨風は　雨来る　雨こゆる　雨の糸　雨の稲　雨の香を　雨の昏れに　雨の鹿　雨の月　雨の萩　雨の橋　雨の花　雨のひ　ま雨低し　雨ふくむ　雨降りて　雨ほそく　雨ほろほろ　雨催ひ　雨をあゆむ　雨を聴く　雨を繁み　雨を踏む　粗き雨　一季雨　雨意やがて　雨中天　寒の雨　木々の雨　菊の雨　金の雨　竹の雨　蓼の雨　泪雨　麦の雨　雪解雨　宵の雨　よべの雨　蘆花の雨を　●暁の雨　あさのあめあがり　雨うたがふや　雨占なはん　雨落ち来り　雨疎かに　雨が洗て　雨が三粒　雨がふります　雨けはしさよ　雨さつと来る　雨さん洗つて　雨しのはらの　雨蕭々と　雨沿うて来ぬ　雨と聞くらん　雨となりつつ　雨にうたるる　雨に音なし　雨に迫る、　雨にかがやく　雨にくれゆく　雨にしをるる　雨に友

あり　雨に春立つ　雨に鳴くかよ　雨になる雪　雨に拭はれ　雨に紫　雨にも透る　雨ニモマケズ　雨によご　れぬ　雨の明るさ　雨のあけぼの　雨のあさかぜ　雨の音澄み　雨のかすかな　雨のかわかぬ　雨の気まぐれ　雨の雫の　雨のしぶきに　雨のそそげる　雨のたまりを　雨の椿に　雨のにほひを　雨の初めの　雨のひびきを　雨の走れば　雨のばらに　雨の晴間に　雨のやどりの　雨の夕や　雨のわか葉に　雨の矢数に　雨のやどりの　雨の降り倦む　雨は糸より　雨は祈り　雨は真珠か　雨は涙と　雨は沛然　雨は世の間の　雨降りお月さん　雨ふりくらす　雨ふりそぼち　雨ふり花の　雨降中を　雨緑なり　雨もる宿や　雨やあつまる　雨よぶ声に　雨を思へり　雨をきいてる　雨をこぼして　雨を溜たる　雨をふくみて　雨気に巻きあふ　撲つあめ粗し　おだやかな雨　音なき雨や　絹漉の雨　きぬふの雨も　こひしき雨よ　こずゑはあめを　木づたふ雨の　ことしは雨の　小諸は雨よ　さら〳〵雨の　しきりに雨は　しぼしぼ雨に　擦りゆく雨の　セエヌに雨の　空で雨降る　空より雨の　盥に

1 天象 ── 雨

天象

雨を 続く雨の日 十日の雨に 塗りつける雨 芭蕉に雨を 白金ノ雨 ばらつく雨に 光の雨に 日こぼす雨や 響の雨は 降替る雨 ほろ／\雨や 都の雨に 無意味に雨が やめて雨聴く ゆふべの雨の 綿とりの雨／狐嫁入る 日照雨降る

雨後 雨後の月●雨後の円光 雨後の小庭の

雨夜 雨の夜の 雨の夜半●雨夜かりがね 雨夜の月の雨夜夜ざくら 雨夜明りや

夜雨 夜の雨●浅夜の雨の 夜雨となりし 夜雨の葛の夜ながき雨に

小雨 萱小雨 霧雨の 小雨がち 小ぬか雨●かそけき雨の 微雨こぼれて 小雨に似たり 小雨の中の 小雨降り出す こぼす小雨や 丁子の小雨 糠雨のなか微雨の中行

大雨 雨のはげしい 豪雨しぶくや 豪雨のなかに大雨来らず 強降雨を

夕立 小夕立 白夕立や 夕立雲●いまの夕立ゆふだちぶり雨ふる 夕立 大夕立の過る白雨 遠夕立の 夕だちのそら 夕立わたる

驟雨 驟雨かな 通り雨 にわか雨●驟雨がとほる 責むらむら雨 伽の村雨

雨垂 雨だれ小たれ 雨だれの音も 軒の玉水

春雨 はるの雨●外は春の雨 春雨けぶる はる雨のもり 春の雨濃き

梅雨 梅の雨 梅雨の中 梅雨の瀧 梅雨入空 梅雨入山 つゆまがひ●さみだる、嶋の 梅雨はじまりぬ 梅雨 五月雨 梅雨の果 梅雨茫々 梅雨

秋雨 秋雨や 秋の雨●秋立つ雨の 時雨

時雨 笠しぐれ 北時雨 時雨るるや 時雨せよ 時雨ぞら 時雨をや 泣き時雨 春時雨 村時雨 夕時雨 よこ時雨●いで、しぐれの 犬も時雨、か いま時雨つつ 榎時雨して おとはしぐれか 今日は時雨よ今宵はしぐれ さっと時雨の しぐる、雲か 時雨、旅のしぐれかけぬく 時雨来にけり 時雨来る夜のしぐれし枝も しぐれ初めけり しぐれておはすしぐれて里は しぐれてゆくか 時雨に染むる 時雨のぐれても 時雨の竹の 時雨の花の 時雨の水輪 時雨雲も 時雨はひ

1 天象——風

天象

風

吹 嵐

とり　しぐれよやどは　袖は時雨の　楢山時雨　降れ
降れ時雨
氷雨 くらき氷雨や　しくしく氷雨　終日冷雨　氷雨
を衝きて　頭光に氷雨

【吹く】

うしろ吹　風の吹　風吹ぬ　風吹ば
吹せけり　吹あてる　吹き入れし　吹きうたへ　吹き
送れ　吹起る　吹き落ちて　吹おれて　吹きかよひ
吹きさませ　吹きしぼり　吹過る　吹そむる　吹絶て
吹ちりて　ふきちるか　吹きつのる　吹きてみぬ　吹と
ぢよ　吹とばす　吹きならふ　吹き鳴らす　吹きまが
吹まよふ　吹きめくれ　ふくばかり　吹くよ吹く
よ　●秋風吹や　毛花吹くほどの　さくら吹込む　しき
りに吹くや　空吹おとせ　高く吹かるる　何処へ吹るる
どこを吹たぞ　どちへ吹かうと　ともに吹る、蓮に吹
かれて　吹きあげの沙　吹あつめてや　吹きおこす風

吹き落し行く　吹きかけてみる　吹きしづまりて　吹
きたはめたる　吹きとざしたり　吹きのまにまに　吹
はがしたる　吹き乱せども　吹き戻さる、吹き寄せら
れし　吹くがかなしと　見れば吹きけり

凪ぐ

小春凪　凪ぎぬる日　凪の日に　●風凪いでより
凪の面みつつ　和ぎのはろけさ　凪ぎはてし海　港は凪
ぎろ　山凪ぎわたり

翻える

翻へし　翻るとき　へんぽんとして
翻へせ　●地にひるがへし　旗ひるがへり　葉を

【風】

青田風　朝風や　あまき風　天つ風　稲の風
海の風　梅のかぜ　うは風に　沖凪　荻の風　檻の風
風息の　風色や　風雲の　風早の　風青き　風明るく
風いかに　風落ちて　風落つる　風おぼろ　風折々　風
が落ち　風が立ち　風くまの　風薫る　風清し　風暗
き　風狂ひ　風毎に　風さそふ　風さゆる　風しみる
風すぢの　風立ちて　風立つ　風だまり　風遠し　風とぐ
風となる　風に落つ　風に笠　風にきき　風に聞け
風に立つ　風に散る　風にとひぬ　風に溶け　風に似る

1 天象 ── 風

天象

風に濡れ　風に乗つて　風に呼び　風の脚
風の呼息　風の色　風の音　風のくち　風の
声　風の呪言　風の末　風の象　風の裾　風の
てふ　風のなき　風の道　風の見ゆ　風ひやり　風更け
て　風細う　風真白　風も燃え　風やみて　風をいた
み　風を帯び　風を待つて　から風の　川風
に　金の風　薫風や　崎風は　小竹の風　砂
風が　たんぽ風　月の風　辻風の　つのり風
電気風　通り風　花菜風　花の風　浜風に　風圏を
ふくかぜ　冬の風　枕の風　丸い風　無風帯の　揉む
風や　山風に　雪解風　四方の風　ろしや風　わたの風
●青田の風の　暁の風　あしたの風の　遊ぶ風あり
跡なき風の　あとに立つ風　いたづら風よ　糸ひくか風
戌亥の風に　浮雲と風　うせぬる風の　湖ふく風の　枝
の軟風　あふぎに風　荻の上風　沖の汐風　落葉の風
に　表の風が　風並遠く　風青暗し
風が襲ふと　風かざおもてで　風降り来る　風薫りては
風かぐはしく　風がおもてで　風が交々　風が叫んで　風ききながら

風きららかに　風定まつて　風死せし白昼　風白き日の
風新柳の　風少しある　風蒼茫と　風立ちしかば　風
たち初めつ　風とは　風強き街　風で味つけ　風と暗黒　風と一
緒に　風と風と　風と肩を組み　風なきうちの　風
なき海を　風に洗はれ　風に祝はれ　風に送られ　風
におくれそ　風におくれて　風に狂ふは　風濁りなし　風に乾きし
ひ　風に飼はれて　風に逸れゆく　風にたすかる　風にさから
ひ　風にしたがふ　風に散らせる　風に鳴るかな　風に鳴る夜
に玉解く　風に臨める　風に吹かれて　風に触れ
つゝ　風にまぎれて　風ニモマケズ　風の暗黙　風のあい
く　風の息吹を　風の生れる　風の恨に　風の音にぞ
風の衰へ　風の薫の　風の通路　風の来て弾く　風のこ
とばへ　風の盃　風の巡礼　風の饒舌　風のせて行く
風の棚経　風の袂を　風の点景　風の遠鳴　風の中から
風の長さや　風の中ゆく　風の情か　風の匂ひを　風の
日輪　風の音色に　風の光りの　風の拾うや　風の吹け
り　風のふく音　風の箒に　風のほとりや　風のまた

天象 — 風

天象

る、風の瞼と　風の目利を　風の行方を　風の行末
風の寄るなり　風の目利を　風の行方を　風の行末
風はこまやか　風はすさまじ　風は鳴り鳴り　風は優鉢羅の
に落ち　風は紋羅の　風ひょうひょうと　風ひりひり
と風拾ひ行　風吹きかよへ　風吹き暮る、風ふき渡
り風吹くあした　風吹く今日の　風ふく一人　風吹
く街を　風吹けば吹き　風ふれて行く　風も動かねば
風もおそれず　風やとくらん　風ものものし　風もふ
はく　風もぬれずに　唇を吹く風　かぜを誘ひて
き出でし　風をあつかふ　風をなげきて　風を封じ
て風を破るに　風を敷寝の　片風たちて　河風さむし
に風の　今年の風に　ことしは風に　木のした風は
心に風の　さみしい風に　さやさや風の　白く雪風　煙は風に
雑草の風　杉苗の風　隙間風にも　芒の風に　清しき
秘な風の　聖玻璃の風　葬送の風　其日の風に　そむる風の
風に　空行く風や　空を風行く　太虚の風に　田風にし
香

らむ　竹の風癖　袂の風や　力なきかぜ　机に風が
翼と風と　透明な風　飛び立つ羽風　啼いて羽風も流
るる風に　啼くヘ、風が　なまぐさい風　なまぬるい風
瓢の風も　ひとところ風の　萩の上風　晴れて風無し
なんといい風　ひとところ風の　一間に風は
ひまなき風の　日行き風吹き　毘藍の風は　灯を吹く
風や　風力計を　吹きおこす風　穂麦の風に　まつさ
をな風　水田の風に　雪吹く風の　麦の上風　無風
の日なか　芽出しの風　目にしむ風が　世は唯風です
藪ふく風ぞ　闇くる風に　落花の風の　わたしゃ風です
楽土の風を　落花の風の　瑠璃色の風
／虎落笛　蓬々と

松風　遠松風に　墓の松風　松風寒き　松風さはる

旋風　旋風の螺旋　黒旋風　辻風の　つむじ風　天狗風●旋風に乗
り旋風　夜の疾風●はやちの風に　疾風のなかに　疾風ふ

疾風　追風に●追風ながき　僧に追風　御簾の追
き過ごし
追風　追風に●追風ながき　僧に追風　御簾の追

天象

風

微風（びふう） そよかぜは　微風（そよかぜ）よ●毛に微風あり　そよく
風の　微風を断ち割り　墓地はそよ風　緑の微風

夜風（よかぜ） 小夜の風聞く　夏の夜風の　夜風とどろき　夜風の青き　夜風の底の　夜風は無情　夜風ひろごる　夜中の風が　夜半の雨風

夕風（ゆうかぜ） 薫る夕風　夕風さはる　夕風とみに

涼風（すずかぜ） 風涼し　涼風や●すゞ風とほる　すゞ風にまた涼風吹けど

秋風（あきかぜ） 秋の風　秋風の●秋風きくや　秋風遠く　秋風吹くや　秋風わたる　秋の風見る　秋やこの風　扉の秋風　を長谷は秋風　はや秋風の　頰瘦秋風　身を秋風も山の秋風

春風（はるかぜ） 春風に●こはき春かぜ　獅子の春風　春風春水の　春風鳴つて　染るはるかぜ　はらふ春風　春風吹や　暮春の風に　鎧ふ春風

東風（こち） こち風の　東風が吹　東風の宿　夕東風に●東風送る　東風いせの　並べて東風に　夕東風に●東風吹き起りむ

西風（にしかぜ） 西風に　西吹かば●風は西吹く　西吹き　かふ西かぜ

南風（はえ） 黒南風の　白南風の　みなみ風●南風の翼や　真南の風たち　南が吹いて

北風（きたかぜ） 大北風に　北が吹き　北風昏く●朔風寒く　島の北風　まだ北風荒き

凩（こがらし） 笠のこがらし　凩の喇叭　唯凩の　山の木がらし

野分（のわき） 疾く、野分　野分の　野分して　野分姫　野分吹　落つる野分の　通る野分の　野分に向いて　野分の分の後の　野分を斫て

【嵐】

烈風（れっぷう） 烈風は●烈風釘を　烈風の中　磁気嵐　夕嵐　青あらし　朝あらし　嵐なす　あらしの日つかり　嵐に折れし　嵐になやむ　嵐のなかに　嵐の外の嵐のほしき　嵐のまへの　あらしの鞭に　嵐みだる　あらしを蹴りて　あらしをまろめ　音やあらしの　つらき嵐　遠あらしのごとし　熱気の嵐を　眠れる嵐　無限のあらし　樅は嵐や　山も嵐の行手は嵐

1 天象 ── 雷・雪

天象

暴風（ぼうふう） 大暴風（おおあらし） 大風（おおかぜ）が 風荒（あ）き 暴風雨後（ぼうふうう あと）の 暴風が
●暴風雄叫（あらしおたけ）び 風雨（ふうう）に渇（かわ）き 暴風の中に 暴風の先駆（さきが）け
暴風雨後の園に 羽を撃（う）つ風雨 ひどい暴風に

台風（たいふう） 颶風（ぐふう）をさまり 颶風が歩（あゆ）む 颶風の翼（つばさ）

颪（おろし） 北颪（きたおろし） 比枝（ひえ）おろし 不二颪（ふじおろし） ●赤城颪（あかぎおろし）に 風は嵐で
筑波おろしを つぶて嵐や

雷

【雷（かみなり）】 雷鳴（らいめい）を 落（お）とし雷を 山雷（さんらい）や 春雷（しゅんらい）の
春雷（はるらい） 春の雷（らい） 火雷（ひがみなり） 雷獣（らいじゅう）は 雷の雨 雷鳴
●雷（らい）うかがふ 雷聞（き）きて 雷ひびく 遠雷（えんらい）や 遠くの
悲雷（ひらいかずち）の 鳴雷（なるかみ）きこゆ 走る雷気（らいき）を 孕（はら）む 熱雷（ねつらい） 低き
雷（いかずち）や 雪雷（ゆきらい） 雷鳴りわたる 雷を怖（おそ）れぬ
雷を封ぜよ／ごろごろ鳴れば 雷を封じて

稲妻（いなずま） いなびかり 稲（いね）の殿（との） ●いづら稲妻 稲妻起（お）る
電光（いなびかり）きたり 稲妻走る 稲づま戻（もど）る 稲妻を待（ま）つ 電火（いなるび）
飛ぶ太刀（たち）は稲妻 夜や稲妻の

雪

霜 氷

【雪（ゆき）】 青い雪 庵（あん）の雪 岩の雪 上の雪 海のお
ほろ雪 かそか雪 門（かど）の雪 けふの雪 今朝の雪 下の
雪 花の雪 春の雪 春雪（しゅんせつ）の 積雪計（せきせつけい） 袖（そで）の雪 つも
る 凍（し）み雪 貧乏雪（びんぼうゆき） 古雪（ふるゆき） 竹の雪 牡丹雪（ぼたんゆき）
の雪 餅雪（もちゆき） やぶの雪 雪芥（ゆきあくた） 雪いろの 雪置きぬ 松
雪折（ゆきおれ）も 雪がつみ 雪沓（ゆきぐつ）を 雪景色 雪子児（ゆきこ）が
尺雪 今宵（こよい） 雪散華（さんげ） 雪ぢやとて 雪白し 雪ちらち
ら 雪ちらり 雪ちるや 雪礫（つぶて） 雪積める 雪と雪
雪ながら 雪に富（と）り 雪に燃え 雪の後 雪の梅
の翳（かげ） 雪の傘 雪の狂（きょう） 雪の雲 雪の暮 雪の険（けん）
駒（こま） 雪の鷺（さぎ） 雪の笹 雪の底 雪の旅 雪の中 雪の肌
雪の花 雪の原 雪の人 雪のひま 雪の富士 雪の前
雪のみち 雪の門（もん） 雪の夜（よ） 雪ふくむ 雪帽子（ゆきぼうし）
仏（ほとけ） 雪まろげ 雪山家（ゆきやまが） 雪夜なる 雪を嚙（か）み 雪を着
る 雪を焼（た）く 雪を捲（ま）く 雪をまつ 夜の雪 綿帽子（わたぼうし）●

天象 ── 雪

天象

逢(あ)ふ夜は雪の　あたたかい雪　家に雪なき　いたむる雪　雪降りせまる　雪降りつもる　雪ふるけはい　雪ふぶ　雪中(せっちゅう)の閑(かん)　かの世の雪を　愚直な雪が　春雪(しゅんせつ)あそぶ　雪片(せっぺん)くらく　雪片のあり　どんどと雪の　雪をながむる雪の　二月の雪の　はつ雪見ばや　ひそかに雪　山の膚(はだ)に　富士の雪　懐(ふと)ろに雪　降り狂ふ雪　降り添ふ雪ぞ　雪雪(ゆきゆき)こんこ　雪より先に　雪をはらへば　古(ふる)雪たたき　へらへら雪は　帽子の雪を　雪厚くして　あざむく　雪を浮べて　雪より白し　雪をはらんだ　雪うち透かす　雪朧(おぼろ)なり　雪折竹を　雪かきわけて　雪や　吹雪に消され　吹雪のコロナ　行や雪吹　雪搔(か)く灯影(ほかげ)　雪がふうはり　雪がふるふる　雪くらく　雪をはらんだ　朧(おぼろ)ろなふぶき　花の吹雪や　吹込して　雪来るはやく　雪ぞらに燃え　雪つみわたす　淡(あわ)雪　淡雪かゐる　淡雪小雪　淡雪の肌の　帷子雪は　雪積む下の　雪つむ野路(のじ)の　雪と見えたる　雪なき冬の　薄(うす)雪　薄雪の●うす雪かゐる　薄雪たはむ　うす雪の庭　雪に明るき　雪にうづみし　雪に置きけり　雪に君あ　斑(はだら)雪　斑れ雪　雪まだら●はだら雪積み　春の斑雪と　り　雪にくるまる　雪に静めど　雪になる迄(まで)　雪にぬ　吹雪(ふぶき)　吹雪　吹雪や車輛●　雪斑なる　かづく　雪に吹きなす　雪の厚さを　雪の袋や　雪のお　深雪(みゆき)　深雪かな　深雪晴●深雪月夜を　深雪の創の　もてに　雪の香ふかき　雪の気遣(きづかい)　雪の底なる　雪解(ゆきげ)　雪解雨　雪解風　雪解宿　雪汁(ゆきじる)　雪融くる　や　雪の匂ひに　雪の郷愁(ノスタルジア)　雪の野の路(みち)　雪の翼(つばさ)　粉雪(こなゆき)　たんぼの粉雪　降れへ粉雪　雪とけて●雪消ゆるおと　雪げにさむき　雪解のしづ　雪のふる夜は　雪の見所(みどころ)　雪の白衣を　雪明(ゆきあか)り　雪消日和(びより)の　雪の融くるが　雪はこんこん　雪のマントを　雪は今年も　く　雪明り　雪あかりする　雪が明りの　雪の明りや　雪のふる日は　雪吹く風の　雪ふむ駒(こま)も　雪ふらぬ日も　雪はこんこん　雪吹く風の　雪ふむ旅も　雪降り出でぬ　雪降りしき　雪降かゐる　雪ふりしき

1 天象 —— 雪

天象

【霜(しも)】
秋の霜　幾霜(いくしも)に　菊の霜　今朝の霜　降霜期(こうそうき)
霜あれて　霜おくと　霜おれて　霜枯れに　霜消さん
霜けむり　霜路哉(しもじかな)　霜つよし　霜の朝　霜のふ
る　霜柱(しもばしら)　霜を狩る　霜をふんで　霜の後　霜の
水霜に●霜を斬(き)る　うす霜の朝　霜ひぢて　つたの
霜にまだ見る　霜ながら飛(とぶ)　霜の蘇鉄(そてつ)　霜の戸　霜の煮え立
つ　霜ふかゝらむ　霜よけにして　薄の霜は　馬骨の霜
に　比良(ひら)のはつ霜　まだ霜しらぬ

霜夜(しもよ)
ぐもる夜を　霜夜の月に　霜夜かな　夜半の霜●霜
凝(こご)る夜　霜の夜や　霜の夜●

霜解(しもどけ)
霜どけの●霜の解くるを

【氷(こおり)】
氷る戸を　氷る夜の　氷る夜の●油の氷る
瓶氷(かめごおり)る朝　雲氷(くもごお)るべく　氷れる砂を　氷れ
潮も氷る　氷れる路に　氷れる山や　海鼠(なまこ)の氷る
る空を　氷れる腸(はらわたこおる)　一つに氷る　両岸氷る　馬
上に氷る　腸氷(はらわたこおる)

〖氷〗
氷切りて　氷食ふ　氷挽(ひ)く　初氷(はつごおり)　花氷(はなごおり)　氷に
凝(こご)る　氷の湖の　氷原に●家に氷を　氷カミツル　氷田(ひでん)

地に　氷と藍と　氷とぢたる　氷にまじる　氷の上の
山に　氷の屑が　氷の羊歯は　氷のときに　氷のなかに　氷の
えて　氷張り居り　氷踏みけり　氷ふみわる　氷もき
る　氷をやぶる　さしみの氷　氷をくぐり　氷を走
の　氷に冴えわたる　氷の泡だちて　氷の割るるおと
氷河の底は　氷のように　筆の氷を　よるの氷の
を　氷を噛んで　氷を抱いて　樹氷鎧(じゅひょうよろい)へる　垂氷(なるひ)の

薄氷(うすらひ)
うすらひや●水は薄氷(うすごおり)

氷室(ひむろ)
氷室守(ひむろもり)●氷室口(ひむろぐち)まで　氷室尋(ひむろたず)ぬ

氷柱(つらら)
崖氷柱(がけつらら)●鋭いつらら　つららをつらね　初氷柱(はつつらら)さ
へ　百千(ももち)の氷柱　社(やしろ)の氷柱

雹(ひょう)
ころげし雹に

霙(みぞれ)
霙(みぞれ)が走り　ちるみぞれ　みぞるるよ　みぞれけり
る●霙が散り　みぞれ降　みぞれの粒を　みぞれ降

霰(あられ)
霰(あられ)せば　丸雪(あられ)ちる　霰ちれ　霰まじる　うつ
霰音あられ　玉霰(たまあられ)　出る霰●霰こぼして　あられた
ばしる　霰のたまる　霰ふり込む　あられ降過(ふりすぐ)る
ふる夜の　大つぶあられ　音や霰の

天象 ── 水

水　雫　滴　泡

【水（みず）】

青水錆（あおみさび）　秋の水　生命（いのち）の水　井の水の うもれ

水　江戸の水　蝌蚪（かと）の水　寒の水　銀の水　隠（こも）り水

秋水（しゅうすい）に　白水（しらみず）の　水中花（すいちゅうか）　水盤（すいばん）に　大貯水（だいちょすい）　高水（たかみず）に

法（のり）の水　春の水　ひぐく水　凶（まが）の水　水青し　水明り

水祝ひ　水清く　水ぎはも　水くぐる　水隅（みずくま）　水暗

し　水煙（みずけむり）　水五寸　水応（こた）ふ　水さつと　水寒く　水白

く　水たちが　水たひら　水とびくヾ　水飛びの

に入　水にちりて　水温（ぬる）む　水の色　水の奥　水の音

水の影　水の精　水の底　水の旅　水の月

の春　水の声　水の闇　水の夜や　水柱（みずばしら）　水疾（はや）し　水深く　水

槽（ふね）に　水ほしと　水やそら　ゆく水に　瑠璃（るり）の水　忘

れ水●青ぎるみづに　あかそぶの水　色さす水の うご

かぬ水が　かげろふの水　鴨川の水　くぼみの水の 此（こ）

処（こ）に水凝（みこ）り　さき走る水　細水（ささみず）のぼる　四沢（したく）の水の 下（した）

行水（ゆくみず）の　しばし水ゆく　しみじみ水を 秋水一斗（しゅうすいいっと）

春水流す（しゅんすいながす）　しょろしょろ水に　水堪（た）へて水澄（すむ）　垂（た）る青みづの　白水（しらみず）落つる　水気たつもの

吸ふ河水の　堪へて水澄み　濁らぬ水に　はためく水の

どんどと水の　名を付し水　細水になくや　喞筒（ポンプ）の水の　水嵩（みかさ）や高

ひたひたと水や　水あさぎなる　水動かずよ　水うご

く　水錆の渦に　水が澄きる　水窮（きわ）まれば　水心

きたる　水音かげり　水澄（すみ）きる　水動かずよ　水うご

なし　水こぼしたり　水裂けて飛ぶ　水去り帰る　水

たひらかに　水と屍（しかばね）　水投げつける　水滑らかに　水に

うつろふ　水にかも似る　水に声なき　水に束ぬる　水

に響きて　水にひろごる　水に鰄（ほ）られねば　水にやすらふ

水の明りに　水のあやつり　水のうへゆく　水の恨みに

水の音聴く　水の音（おとめ）と　水の少女（おとめ）　水の心も　水の親

しさ　水の翼（つばさ）と　水のつめたき　水の煙に　水のとろりと　水のな

い川　水のにほひが　水の半球　水のひかりの　水の日

ぐれを　水のまろみを　水は流れて　水ははてなく

水ふりまける　水ほの闇（ぐら）く　水巻き帰る　水また遠し

水満ちたらふ　水掬（むす）ぶなす　水も夏なる　水ゆるやかに

水より淡き　水をあやぶむ　水を撃つ音　水をさ

1 天象 ── 水

天象

がすや　水を吸ひたる　水を透かして　水をすべるよ

水をたたへた　水を照して　水を離れる　水を渡つて

水づく此夜や　水漬く楊を　水の音かそかに　むらさ

きの水　闇行く水に　わか水浴る

清水　磯清水　草清水　苔清水　清水掬むや　山清水

わく清水●琥珀の清水　性は清水の　清水掬石　清水

ながる、　清水にしろし　清水に遠き　清水にぬらす

しみづに松の　清水守りて　清水見付る　清水掬ぶや

清水も春の　古井の清水

噴水　噴水の●噴水に飛ぶ　噴水の息　燃える噴水

飛沫　川しぶき　横しぶき●雨のしぶきに　しぶきや

料紙　滝のしぶきに　豹としぶきと

夜水　夜水とる●土用の夜水

水汲み　水汲女　水を汲む●水汲こぼす

水撒き　撒水の　打水や　水を撒く●水打つ夕

田水　落し水　早苗水　田植水　水落て　水せきて●

苗代水や　水せきとめて　山田へ水の

山水　うもれ井の　水源に　山の井の　山水の●井手を

水面

流るゝ　山水ちちろ　麓の田井を

水たまり　潦　水潦

水面　愁の水の面　ついと水の面を　水の面に

走る　ゆれて水の面を

水輪　時雨の水輪　水輪ひまなき　何の水輪や

かるる　澪の長さや　水脈のひかる間　水脈をかきわけ

水脈　水脈あかり　水脈のすぢ　水脈のやう●澪がわ

水尾をながむる　わたりし水尾や

出水　出水の●出水流るる

洪水　大水の　洪水に　洪水引きし●洪水に浮く　津

波の水に

水涸れ　涸てより　水涸れし　水飢饉　水瘦せて●涸

れきつた川　水はやつれぬ

【雫】

しづく●朝雫　雨雫　雫せよ　しづくなれ　一雫　日の

しづく●青一しづく　あかるい雫　雨の雫の　いまに雫

も　憂のしづく　おもひの雫　楠の雫の　凍ったしずく

こがねの雫　雫がじたく〳〵と　雫したたる　しづくする

おと　雫するもの　雫するらむ　しづくたりつつ　雫な

天象 — 流

水玉

ひかる水玉　水玉飛ばす
一雫にて　真白い雫　莚雫や
や角のしづくは　つめたい雫
雫やみけり　雫を浴びて　雫を啜る　玉の雫の　月の雫
くは燃えて　雫ほつちり　雫みじかし　雫も切らず
がらの　雫流るる　雫に寒し　しづくにも染む　しづ
　　　　　　　　　　　　　　　　　　　露の雫に　花の雫で

【滴る】

紅滴●滴り落つる　滴るいのち　滴るゆふべ
水の滴るものは　滴るゆふべ
血の滴るなし　血のしたゝりを　虹の滴り
蓉したたる　眉にしたたる　水の滴たる　雪の滴みに
ゆるきしたたり
したたりは　したゝるく　滴れり　数滴の
滴垂る　蛇口の滴　溜つた雨滴　春滴るや　芙

【泡】

泡噛みて　泡ひいて　泡沫の　蟹の泡　夏の泡●
泡かと咲けり　泡立ちて消ゆ　泡立つ海の　泡の呟き
泡は砕けぬ　香る泡沫　蟹の泡ふく　しゃぼんの泡に
真珠の泡に　滚り泡だつ　吐く泡消えて　氷の泡だちて
水泡　青水沫●毒の水泡の　鎖す水泡や　非常の水
泡　水泡かたより　水泡は白く　水泡を寄する

流

濁　湧　渦　満　浸　零　潤

【流れる】

血　ながれ川　流れ来て　ながれ木の　流れ越す　流
れ去る　流れ出る　流れ来たり　朱を流し　せせらぎが　流されて　流るる
水流れ●青きながれと　紅き流さむ　朝のながれを
芦間流る、　井手を流る、　いま流れ来る　今も流るる
裏を流る、　北へ流る、　桜流らひ　檜流る、　杉を流す
やとひを流る、　遠く流るる　長き流に　流され人の
流し込だる　流るる風に　流る、煤や　流る、砂や　な
がる、水葱や　流る、春の　流る、光り　流るる水の
流る、夜霧　流れすずしき　流れつつ澄む　流れつつ降
る　流れて熱き　流れて落つる　流れ流れる
ながれの岸の　流残りの　流れもちかし　ながれる雲の
ながれるそらの　流を埋め　流を引つ　中を流る、ね
ぶか流る、　ひかり流れて　人流れじと　焔流れて　や
みをながる、　雪に流れて

天象 ── 流

【濁る】

赤濁める　薄濁り　うら濁る　混濁とさゝ
濁　底濁り　濁流や　濁された　にごり江を　濁りか
な　濁川　濁るとも　濁る波に●赤く濁った　赤う濁
りて　いとゞ濁りて　薄き濁りを　うす黄に濁り　う
すら濁つて　愁に濁る　をりをり濁る　風濁りなし
澄むも濁るも　濁りをり濁る　濁波を揚ぐる　濁す口惜
しさ　濁つた流れ　濁らぬ水に　にごり江の隅　濁り初
めたる　濁りて赤し　濁りて重き　濁りて待てる　濁
り流るる　濁りに染まぬ　にごりをあげて　にごりを
いでて　濁る岸辺に　濁れる町の　濁れる春の　濁れる
ゆふべ　果ぞ濁れる　むすべば濁る　柳絮に濁る　わた
りて濁る

【澱む】

澱む　香の淀み　川淀や　濃くよどむ　よどみたり
澱むまで　澱むもの●青く澱んだ　澱をよどませ　日
は蒸し淀む　淵によどどめる　澱み濁りて　澱みの底の
澱んだ空気
澱　澱にがし　澱の底●かなしみの滓　水田の滓　底な
る澱に

【湧く】

湧く　温泉湧く　こよひ湧く　人語湧く　たぎり
湧く　額に湧く　ほこり湧く　湧きあがる　涌き起る
湧き来るを　湧きぬべし　湧きのぼる　湧くがなか
湧くように●朱きが湧けり　海湧き立てり　思ひ湧き
来ぬ　ぎらぎら湧いて　雲湧き起る　水湧音や　夜は
夜で湧いて　湧きし涙の　湧きたつ吐息　湧きつ流れつ
湧く夏雲ぞ

【滾る】

滾る　激ちくる　激り落つ　たぎり湧く●音たぎつか
も　たぎち流るる　激ちの音も　激つ急湍に　ほそき
激ちと

【迸る】

迸る　ほとばしる●あられたばしる　石にたばしる
切火たばしる　火の迸る　ほとばしり出る　闇をたば
しり

【渦】

渦　渦の中　渦巻きの　河の渦　星の渦　無我の渦
●命の渦　渦に吸はる、　うづまかれつ　渦巻き狂
ふ　うづまきのぼる　渦を巻いてゐる　渦を巻き巻き
背の渦巻の　小さき渦や　人間の渦　光の渦の　水錆の
渦に　湯気のうづまき　世の渦のため

1 天象 —— 流

天象

【満ちる】 野に満つる ひたひたに 飽和した みたすがいい 満ちきたり 充ち満ちぬ●入江に満つる うつろ充たして 流れ満つるは 希みに充ちた 満ち満つ 熱を 満つる光に

漲る 漲らし●空みなぎりて 漲りたてる 漲りわたる

湛える 湛へたり●朱を湛えたり 砂を湛えて 湛かなしき 水をたたへた

【浸る】 浸けしま、浸りゐて ひたりたる 浸り水 浸るかと●身体をひたす 浸させてくれ 浸して満つる

溜まる 溜り水 たまる迄 たまる夜に●雨のたまりを こんなにたまり

【零れる】 打こぼす こぼすなよ こぼれたら こぼれ散る 煮え零れ 日のこぼれ 湯をこぼす●くれなゐ 零れこぼる、音や こぼる、如く こぼる、年のこぼる、蕗の こぼれ敷けるも こぼれそめたる こぼれて土に こぼれ易さよ こぼれるやうに こぼれをひろしきりにこぼす 膳にこぼる、手からこぼれる 薺こぼる、ぬかごこぼる、萩がこぼれる ふとこぼれつぎ闇をこぼすや

溢れる 溢れ出で 溢れくる 火にあふれ●溢れこぼる 溢れ乱れぬ 溢れる泉 光が溢れ 瓶あふれ出づる 無量のあふれ

漏れる 月漏るや また漏らす 屋ねの漏●音や戸を漏る をりをりもれし 古き雨漏る 漏るに任せて

洩れる 壁を洩る 月洩りて 灯の洩る 洩れ来るを●笑みぞ洩れつる 籠の目を洩る 木洩日匂ひ 隙より洩る、灯をほと洩らし 洩る、日影

【潤む】 うるほせり うるんだ色を おもひに潤み 紅うるむ うるみある 潤みもつ●うるみ濡れをり うるんだ 白菊うるむ 空はうるほふ 通夜の灯酒にうるんだ 遠きうるみや

滲む 滲透り しみとほり しみわたり 血のにじむ 滲ませしにじみくる 骨に滲み●しきりに滲む しみる憂患少しにじむも 砂に滲みゆく 血がにじむ手で香しみみし 胸に滲む日 鬢の

天象 ── 寒

寒

天象

凍 涼 冷

【寒（さむ）い】　うら寒き　大寒と　寒鴉（かんがらす）　寒垢離（かんごり）の　寒ざら
へ　寒地農（かんちのう）　寒梅（かんばい）　寒徹骨（かんてっこつ）　寒念仏（かんねんぶつ）　寒の雨　寒の入（いり）　寒の中
寒の水　寒梅や　寒紅（かんべに）の　寒林（かんりん）の　苔寒し　この寒さ
寒いぞよ　さむい揺れ　寒からぬ　さむからぬ　寒き頬（ほ）
に　寒き世に　寒くとも　寒橋（さむばし）　寒空（さむぞら）の　寒水（さむみず）に
春寒（しゅんかん）や　そぞろ寒　ただ寒し　寺寒く　肌寒き　ひる
さむき　眼寒（めさむ）し●暁（あかつき）さむく　秋うそ寒し　あの山寒い
あまりに寒い　いづれか寒き　後ろに寒き　うすべり寒
し　うつりてさむし　梅は寒しと　裏の寒さの　襟を寒
みか　大寒小寒（おおさむこさむ）　奥処（おくど）に寒き　鬼嶽（おにだけ）さむき　お留守寒（るすさむ）
しや　華氏寒暖計（かしかんだんけい）　かれ色寒く　寒気をほどく　寒肥（かんごえ）
を撒（ま）く　寒暖計（かんだんけい）　寒の残りも　寒木瓜（かんぼけ）を吐き　きさ
らぎ寒の　唇寒（くちびる さむ）し　小猿は寒い　サァむい晩だ　さむう
なりし　寒きあけぼの　寒き空気を　寒き声にて　さ
むき姿や　寒き旅人　寒きにほひを　寒きばかりの

寒き腸（はらわた）　寒き麦酒（ビール）は　寒き都の　寒くあかるき　さ
むさに爪も　寒さに踏めば　寒さはゆりぬ　寒さ見上（みあぐ）
る　寒さ見て来よ　さむざむとして　しらけて寒し
ちか道寒し　なぜ～寒い　にほひ寒けき　歯ぐきも
寒し　ひやめし寒き　翠簾（みす）まだ寒し　晦日（みそか）をさむく
見てさへ寒き　よごれて寒し　われうそ寒き
夜寒（よさむ）　寒き夜半　夜寒（よさむ）児や　夜寒の灯（ひ）　夜を寒み●か
けて夜寒の　木曽の夜寒に　寒ゆく夜半の　寒い真夜中
私語（しご）す夜寒や　船や夜寒の　夜寒かたるや　夜寒逼（せま）るや
夜寒訪（と）ゆく　夜さむに落（おち）て　夜寒の倉に　夜寒の蓑（みの）を
夜寒をなげく
余寒（よかん）　余寒かな●余寒曇（ぐも）りや　余寒の豆腐　余寒の山
の
【凍（こお）る】　こほる湖（うみ）　凍港（とうこう）よ●凍（こお）ったこころは　凍ったコ
ンクリート　凍る爪さき　凍った真夜中　凍った汽笛（フエ）
凍れる涙　凍れる指の　凍れる露を　凍った泥を
灯や凍らんと　凍れる大気　竹こほらする　土凍らむも

1 天象 ── 寒

天象

凍(こ)える 凍え立ち 乳ごる 手が凍え 手の凍え ●足が凍えて 凍えたる手の こごゆるものを

凍(い)てる 青凍ての 凍て雲の 凍てし髪の 凍てて、鳴る 凍激し 凍筆を 凍て蜜柑 凍て飯に 凍割る 尖凍てぬ 蝶凍てぬ 夕凍てて ●凍てしを染む 凍てどけに敷く 凍てのゆるまなる 凍てる日である 来て凍鶴に かうかう凍てゝ二月の冱てを

凍(し)みる 凍みこごる 凍み雪の ●凍み氷る夜を 冬菜凍(ふゆなごお)る

みつき

【涼しい】 秋涼し あら涼し 椅子涼し 海涼し 大涼し 門(かど)涼し 下涼し 涼しかれ すゞしさの 涼しやと 涼めとて 橋納涼(はしすずみ) 浜納涼(はますずみ) 皆涼し 闇涼し 床涼み 宵涼み 夜涼み ●青田に涼む 阿修羅涼しく 馬も涼しや 江戸は涼みも 片荷は涼し 桜すずしく 桜に涼む すぐれて涼し 涼しい影よ 涼しき滝の 涼しくふや すずぐれて蛇が 涼しさ過ぎぬ 涼しさの湧く 涼がてらの 流れすずしき 光涼しき ひび

朝涼(あさすず) 朝涼に ●朝は涼しい 洗ふ朝涼 空の朝涼

【冷える】 底冷ゆる 溪の冷 土冷えを 冷えきった 冷酒に 冷し瓜 冷し物 冷々と 冷ゆる雲 もの冷ゆる ●かみそりの冷えの 菊冷初る 腰が冷ゆると さながら冷ゆる 秋冷いたる 谷の夕冷 爪先冷えを 手先を冷やし 冷えし通草(あけび)も 冷え尽したる 冷えてはぬるむ 冷えてゆけども 冷えにぞ冷えし 冷えまさりゆく ひやした瓜を 冷ゆるこのごろ

冷(つめ)たい つめたい手 手がつべた ●足冷かれ うすら冷たき かろく冷たき 酒のつめたき 終日冷雨 澄みの冷たさ 扇子冷たき つめたい明り 冷たい朝日 つめたい雫 つめたい月が 冷たい手足 つめたい波を つめたいにおい つめたい灰の つめたい鼻だ つめたきスウプ つめたき土に 冷たき肌を 冷たき光 つめたき日にも つめたきものの 冷たく液化 つめたく触る 冷たく沈み 手に冷たしや 花のつめたき まぶた冷たき

1 天象 ── 暖

暖 温 暑 熱

天象

【暖かい】 あたゝかく あたたかさを 暖かや 日向ぼこ あたたかい雪 あたたかき国の あたたかく寝る あたゝかになる 銀あたゝかに 香あたたかく 砂に暖の 手を暖めぬ なまあつたかい 暖き卵を 噴くあたゝかの 部屋暖に 筵あたたかし 村あたゝかき 山あたたかし 湯気あたゝかに

【温かい】 茶のぬるさ 生温き ぬくめけむ 水温む
●あたたかき腕 あたゝかき酒 冥府の温風 梅あたゝむる 砂のぬくみや つちもぬくみて つゝみてぬくし とけて温めば なまぬるい風 ぬくい春の夜 ぬくみ与へて ぬくみ急げよ ぬくみしづかに ぬくもりがほの 肌のぬくもり 人等のぬくみ

【暑い】 暑き秋 暑き冬 暑き夜や 暑さかな 暑気 中り 暑気見まい 大暑かな 露暑し 生あつい ●暑 いやます 暑がへれば 暑さのさめぬ 暑さわするゝ
あつさををしむ 暑を月に あつさをなぶる あつし くゝと 内のあつさや 隠れて暑き けふのあつさは こがれて暑き しくしく暑し 大暑の箸を 人出て暑 しむし暑き日は

【熱い】 熱い雨 熱い夜半 熱き野の 熱き火の 熱 き湯に 熱鉄を ●熱い昼間の 熱き国にぞ 熱き火桶 や 熱くもだえる あぶりて熱き 極熱の土 しづか にも熱 大熱の火に 土壌の熱に 熱河戦闘 熱射の陸 に 熱にかわける 熱のきざしに 熱のむらがり野 草は熱き 孕む熱雷 満ち満ち熱を

2 地理 —— 地

地

陸　地震　噴

【地】

空地には　開墾地　乾ける地　官有地　敷地な
り　植民地　地に置ず　地に遊ぶ　地に浮び　地にう
つる　地響きに　地に置し　地に落し　地に下りて　地
に染みて　地にたふれ　地に伏して　地に落せる　地に
降らん　地に撒くの　地に理想　地の底に　地のひびき
地は睡る　地はふるひ　地響きて　地を撲ちて　地を
嗅ぎて　地を粧ふ　地ふめど　名利の地　めぐる地の

●青い地上を　荒れた耕地や　ささやかな地異　湿地
をつくる　地海の上に　地上の日影　地中に埋もれ　地
動を聴いた　地に落付くや　地にとどきたる　地になが
れたり　地には偶々　地底に通ふ　地の中に在る　地の
やはらかき　地に影せぬ　地を這ひ歩りく　地に
おちたる　地のなつかし　地をつたひて　地に
母なる地の　低き地上に　大地溝に　腐植の湿地　星
地に落ちて　緑の高地　痩地の丘で

天地　あめつちの　天と地の　●壺中の天地　天地砕くる
天地玄黄　天地創生　天にも地にも
極地　北極の　南極よ　●極地の海に　地の極にまで　北
極あたり
地球　地球から　地球こそ　地球儀を　地球上の　地
球人　半球よ　●老いたる地球　黒き地球　大地の半球
地球がまはる　地球の春の　地球はかをる　地球も燃
えて　地球を考へ　地軸に近い　はるか地球の　東半球
の　水の半球
地帯　安全地帯　赤道圏に　要塞地帯　霊験地帯
地平　地平線　地平には　地平を見つめ　南の地平
地平に冬の　地平の果に　地平より　●地平にけむる
大地　大地の　●火輪大地を　大地さびしや　大地鎮め
て　大地に満てり　大地のでこぼこ　大地はまろぶ　大
地両分けし　大地をもたげ
地面　堅い地面を　グランドの上　地球の膚に　地面を
速く　地面と敷居　地面の底に　地面や草木　地面を
搔いて　空も地面も　光る地面に

地理

2 地理 —— 岩

地理

平地（ひらち）
上総（かずさ）だひらは こより平地 平地の寺の

土地（とち）
土地を掘る●自由の領土 見知らぬ土地に

陸（りく）
陸の上に 陸広ろら●海や陸地を 陸のかぎり
陸のはたてに 陸をすてしや 陸をふちどる 軍馬上
陸 熱射の陸に 朝なに 舟と陸との

地震（じしん）
地震（なゐ）知らぬ●あはい余震（よしん）は 大地震（おほなゐ）が 地震（なゐ）あとの 地震（なゐ）崩
れ 地震はゆりて 笠（かさ）に地震（なゐふる） 地震後の庭に 地震後の桜 震後の庭に 崎は地震（なゐくず）
する 地震はゆりて 震後のしげきに 地震のみなも 世界震へ
り 地震ぞふりゐき 家鳴震動（やなりしんどう） 山は震（ふる）へり 余震に灯
と 地震ゆりつづ
る／ゆさりゆさり

噴く（ふく）
あまた噴く 火を噴けば 噴いた瓦斯（ガス） 噴き
騰（あが）る 噴煙（ふんえん）の 噴火湾（ふんかわん）●けむり噴く山 火を噴く山も
噴き出す蒸気（じょうき） 噴く秋雲は 噴くあたゝかの 噴ける
炎に 噴煙の香を 硫気（りゅうき）ふく島
火山（かざん）
火口原（かこうげん） 火山灰（かざんばい） 死火山か 死火山塊（しかざんかい） 火の
山の 火の山は●火山鳴るなり 火山は眠つて 死火山
列から 火の山の下の／エトナの火をば

岩

岩（いわ）
岩か根（がね）の 岩に腰 岩の間（あひ） 岩の上 岩の角
椅子の岩から 岩あらはれて 磐（いわ）うちわたる 岩か根
に砕けて 岩崩（いわく）えあかく 岩崩（いわく）えの山 岩にカンバス 岩
まくら 岩に裂行（さけゆく） 岩にしみ入 岩に取りつく 岩
はりつき 岩に松あり 岩に水取（みずとる） 岩根の床に 岩のあ
ひより 岩の鮑（あわび）も 岩の宮殿 岩のほさきの 岩吹とが
る 岩秀（いわほ）の上に 岩むらを打つ 岩めぐり鳴くは 岩
も礫（こいし）も 岩より舟に 岩を抱いて 岩を飛び飛び 泥
岩遠き 鋸岩（のこぎりいわ）の 日の照る岩の
熔岩（ようがん）
熔岩山（ようがんやま）に 熔岩（らば）の瀬に●熔岩道（ようがんどう）の 熔岩の瀧津（たきつ）
瀬
巌（いわお）
巌影（いわかげ）の 巌頭（がんとう）に 毘沙姑巌（びしゃごいわ）●青き巌に 巌に猿集（さるよ）
る いはほに宿り 花崗（かこう）の巌

2 地理 —— 砂

砂
泥

【砂】

岸の砂　白砂に　白の砂　砂けぶり　砂に伏し
砂の上　沙の海　砂の香を　砂の玉　砂の上に　砂の文
字　砂原の　砂日傘　砂炎ゆる　砂山の　砂をかむ
砂を摺る　砂を這ふ　海苔の砂
の沙も暗む　一握の砂　いのちなき砂　枯れた砂地に
乾ける砂の　氷れる砂を　しろき砂地に　砂あつからぬ
砂うごくかな　砂絵の童らに　砂焦したる　砂に生れ
て　砂に埋れて　砂に落ち散り　砂に滲みゆく　砂に
坐りて　砂に突き立つ　砂に照りくる　砂に暖の　沙に
這ひよる　砂に腹這ひ　砂に伏す時　沙に降るあめ
砂のかなしさよ　砂のしとねの　砂のぬくみや　砂浜ヒ
ヨコリと　砂吹きあつる　砂山舟に　砂をかつぎて　砂
を湛へて　砂を巻けども　土砂の底より　流るゝ砂に
握れる砂の　熱砂にひたと　聾なす砂に　吹きあげの
沙　汀の砂に　真砂　黄金の真砂　真砂ま白し　真砂を染めて
砂丘　砂丘ゆく●砂丘に幾つか　砂丘に杖を　遠い砂
丘の
砂漠　大砂漠●沙漠の海に　砂漠の月に　砂漠の中に
沙漠見え来て　流沙にゆくや
砂塵　黄塵と　紅塵の●砂塵を捲いて　蝶　黄塵に　太
輪の砂塵

【泥】

揚泥の　瓜の泥　春泥に　泥炭の　泥海に　泥
の船　泥ほり　泥こぼり　泥沼の　泥猫の　泥の精　泥
亀や　泥靴を　泥にまみれ　け上げの泥も　下駄の泥よ
り　凍れる泥を　砂泥にまみれ　朱泥のごとき　泥し
づまつて　泥しぶきたる　泥手を洗ふ　泥な落しそ　泥
にこゝろの　泥にしだる、　泥泥まみれ　泥の彩り　泥のコロイド　泥
のなかから　泥深く居る　泥まみれ豚　泥水を飲み
ヨコリと　泥を憎みぬ　泥をべたりと　中のどろ道　泥にまみれし
泥の香孕み　見る間に泥の　夜光の泥と　泥にしだる、
泥濘　泥濘に●泥濘ありく　ぬかるみの街　泥濘を行
く

地理 ── 土

土
塊

【土】

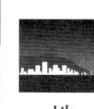

土形の　瓜の土　小田の土　壁土に　樹下の土　土大根

土喰って　土昏し　土くろし　土に寝る　つち

にふる　土濡れて　土の息　土の声　土の精　土の底

土のなか　土の室　土冷えを　土ひかる　土ぼこり

土焼の　土を盛り　つちを掘り　日かげ土　腐植土で

降りし土　古築土　灼け土に　痩せ土の●明るき土や

箕に土を　犬の土かく　要らない土か　寒土のうへ　浮世の土と

ぐろき土に　こぼれて土に　聚楽の土の

焦土の電車　底のあら土　土赤々と　土あらあらし

土うち越せる　つちが呼吸し　土くろぐろし　土けぶ

り立つ　土凍らむも　土ぞにほへる　土におどろく　土

にきざめる　土にし咲きて　土にし停たば　土につきた

る　土につく手の　土に涙し　土に餉ひたる　土にはふ

らず　土によごれて　土に涎し　土ぬり直す　土にはふ

を嗅ぐ　土のくづるる　土のスープと　土の臭や　土の香

まゝなる　土のめぐみは　土の笑ひも　土は明るし　土

は薔薇色　土ぽそぽそと　つちもぬくみて　土もらふな

り　土をかむつて　土を踏み去れ　つめたき土に　にひ

毎の土の　ひとり土踏む　打たれぬ土は　稔らぬ土の

土ふみたる　畑の土に　黄土と匂ひて　母なる土に　日

踏まれぬ土は　踏まれる土は　やけ土が

うごく

【黒土】　黒土や●黒土の香の　黒土を見ず

【赤土】　赤土の　赭土の　赭土原に　赭土道の●赤土あ

かき　野の土赫く　ほとびし赤土を

【粘土】　硬い粘土の　粘土の肉に　粘土をいぢる

【土壌】　酸性土壌　土壌の重み　土壌の熱に

石塊の　死火山塊　一塊の●一塊となつて　か

たまりなりと　朱の塊が　大塊うごく　地塊を覆い

【土塊】　みんな地塊の　土の塊●土塊に似る　土塊ぬらす　土く

土塊の　土塊の

れ燃して　蜂土塊を

2 地理 —— 石

【石】

石臼(いしうす)の　石打てば　石馬(いしうま)も　石垣(いしがき)の　石籠(いしかご)に
石枯(か)れて　石伐(い)りの　石じるし　石畳(いしだたみ)　石段(いしだん)や　石釣(つ)りて
石となれ　石投(な)げて　石に蹴(け)し　石に倚(よ)り　石の間(あい)
石めぐり　石の香(か)　石の寂(さび)　石の精(せい)　石のはだ　石のふ
石の音　石の室(むろ)　石の山　石の床(ゆか)　石原(いしはら)や　石蒲団(いしぶとん)
た　石の道　石割(わ)る、　石を打(う)　偉(えら)い石　あふ
む石(鷭(ばん))　大石(おおいし)に　沖(おき)の石　温石(おんじゃく)の　門(かど)の石　切石(きりいし)の
舗石(しきいし)の　樹下(じゅか)の石　鮓(すし)の石　石標(せきひょう)や　底(そこ)の石　力石(ちからいし)
飛石(とびいし)も　火打石(ひうちいし)　聖石(ひじりいし)●あぶなき石に　石生きてとぶ
石移(うつ)したる　石が子を産む　石切場(いしきりば)なる　石ことごと
く　石ころばかり　石ころをける　石磨(す)るごとき　石
だたみ道　石燈籠(いしどうろう)　石となれるも　石ともならず
石に音(おと)して　石に腰掛(こしか)け　石にたばしる　石になるな
よ　石に根を持つ　石にはあらじ　石に日(ひ)の入(い)る　石にふ
すとも　石にも着(き)せたる　石の悲しさよ　石の中より

石の響きの　石の火を見る　石の望楼(ぼうろう)　石の御仏(みほとけ)　石原
の草　石道(いしみち)を来(く)る　石もて蛇(へび)を　石も泣いてゐる　石焼
かむとす　石屋根の下　石より白し　石を抱(いだ)えて
をかへる　石をきざむ音　石を除(の)くれば　石を轢(ひ)
やうに　石を枕に　石をめぐりて　否石(いないし)ならば　色彩(いろ)
なき石も　温石(おんじゃく)の門　冠(かぶ)れる石の　巨石(きょせき)占(し)めて　金の隈(くま)
石　このしるべ石　礎石(そせき)の　そだちし石の　清水涸石(しみずかれいし)
石盤色(せきばんいろ)で　漬物石(つけものいし)に　土台の石も　なかの石原　白き鋪(し)
が　大磐石(だいばんじゃく)の　野河の石を　火の石を切る　拾へる石を
にほふ鋪石(しきいし)　真白な石を　皆石となる　やはらかき石
星くさい石　化石(かせき)せんとの　くるみの化石　すてきな化
化石　化石せんとの　砂利石(じゃりいし)に　砂利みちは●綺麗(きれい)な砂利
砂利(じゃり)　赤砂利(あかじゃり)を　砂利石に　砂利みちは●綺麗な砂利
を　灰を小砂利を　踏む砂利の音
小石(こいし)　さゞれ石●鐘(かね)に小石を
へり　智恵の小石は　畠(はたけ)の小石　浜(はま)の小石に
礫(つぶて)　瓦礫(がれき)なか　巨礫層(きょれきそう)　礫道(れきどう)　礫(れき)よく
て撃(う)つ　岩も礫も　礫(こいし)ちつけむ　つぶて嵐や　礫(れき)や降つ

2 地理 ── 玉

玉

珠　宝　瑠璃　硝子

地理

【玉】
玉盤の●玉の盃　黄金の真玉　玉いつぬけし

勾玉
曲玉の　赤き勾玉　指輪の玉の

碧玉
青玉の　とづる碧玉　碧玉喉に　碧玉の船

【珠】
貝の珠　珊瑚珠を　珠よけむ●かがやく珠を生むべき　真珠の泡に　真珠ころがす

真珠
阿古屋珠　真珠　白珠　真珠色●雨は真珠か　海の真珠も　大き真珠と　小鳥や真珠　寒し真珠の真珠

珠美くしや　珠はみどりに　夜光珠探し

【宝】
宝石を●一の宝の　宝石の沈む　たからの船にのぼたん　なかに真珠が　真珠

玉髄
あの玉髄も　玉髄の雲　そらの玉髄

金剛
金剛の●金剛石よ　ダイヤモンドを

水晶
水晶の●水晶色の　水晶薫り　水晶球の　水晶の蝉　水晶の玉　水晶の壺　そらは黄水晶

琥珀
琥珀　琥珀のかけら　琥珀の清水　琥珀の杯に　琥珀の頬と　野辺の琥珀を　琥珀の空に　琥珀

瑪瑙
瑪瑙　瑪瑙の葉●血紅瑪瑙　瑪瑙の色も　瑪瑙の棘で

オパール　オパールのくも　おぱあるの海

象牙　象牙箸●象牙かたどる

石　黒曜の　石英　花崗石●海泡石の蜜は　瑪瑙の海ゆく

大理石　大理石の●清き大理石

【瑠璃】
天の瑠璃　瑠璃色の　瑠璃島の　瑠璃の石　瑠璃の浄土　瑠璃の水　瑠璃盤と●紺瑠璃の花　碧瑠璃の天　瑠璃色の風　瑠璃極まりて瑠璃　瑠璃なす　瑠璃なす鱗　瑠璃座ににほふ　瑠璃空つづる　瑠璃のさざなみ　瑠璃の瞳

【硝子】
色硝子　硝子絵　硝子です　硝子拭す　り硝子　硝子の　窓硝子●あをい硝子の　青びいどろの薄き硝子に　ガラスどころか　がらすにとほる　ガラスにとどく　硝子の片が　ガラスの屑の　ガラスのそとは　硝子の中の　ガラスの塵の　ぎやまんの壺　曇硝子　びいどろの玉　窓硝子さえ　窓硝子にも　窓も硝子も

2 地理 ── 材

材

塗

硝子戸（ガラスど） 硝子戸に　硝子戸入る、硝子扉は●硝子戸入る、硝子盞（さん）の

玻璃（はり） 薄玻璃に　玻璃打てり　玻璃盞の玻璃台に　玻璃に飢ゑ　玻璃の海　玻璃宮に　玻璃盤に●玻璃の衣装を　玻璃のうつはに　玻璃の窓　玻璃の管もて　瑠璃の端ひかり　玻璃の冷酒の　玻璃盃を積み　玻璃をやぶれど　窓の玻璃に　護りの玻璃

玻璃戸（はりど） 玻璃戸漏り●玻璃窓に雨は　玻璃戸に倚れば玻璃戸の蔭の　玻璃戸ひらきて

質（しつ） 膠質の　物質の●地質学者が　腐植質から

体（たい） 瓦斯体の　原体が　膠朧体　星体の　燃焼体　有機体●水晶体や　生物体の　流体もって

液（えき） 銀の液　溶液が●現像液を　つめたく液化

インク インク色●赤きインクの　インキ工場の　インキと紙が　インクの匂ひ　インクの匂ふ　インクの壜を　鉱質インクを

酸（さん） 亜硫酸　希硫酸　酸多き　酸性度　酸のごとく　炭酸に　燐酸の●仮睡硅酸　酸のみづなれば　石炭酸の

硫黄（いおう） 硫黄沸く●硫黄と蜜と　硫黄のいぶき　硫黄の谷に

燐光（りんこう） 燐火の眼　燐光は　燐の火の●燐のにほひに　燐光は　青い燐光に　燐光あをく　燐光珊瑚

弾力（だんりょく） 弾力の　弾き飛ぶ　弾力ある　弾力なく●弾力に富む　弾みやまずよ　膝の弾力

ゴム 護謨の葉は●赤きゴム玉　ゴムから靴をゴム靴にほふ　ゴムのお鳩は　波は消しゴム

【塗り】 青塗の　黒塗の　白塗の　ぬり顔に　ぬりたてかぬり廻し　塗椀の　星を塗り　蠟塗柄の　青き壁塗る　油を塗りつ　墨塗るべくも　方舟を塗るタアの香の　タールの光

塗（ま）れる まみれけり●チョークにまみれ　チョークまみれの　つじまぶれの

ペンキ おのれもペンキ　字板のペンキ　ペンキの匂ふ

漆（うるし） うるしかきの　漆垂り　漆の樹　うるし文字仮漆（エルニ）こそ●朱き漆の　うるし光りや　神馬の漆

❷ 地理 ── 金

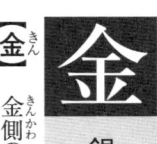

金

銀　銅　鉛　鉄　鋼　錆　鉱

地理

【金】　金側の　金気吸うて　金銀の　金茸銀茸　金属の　金の家　金の釜　金のごと　金の箔　金の葉や　金の微笑　金の間　金無垢　金蘭簿　天金の●閻浮檀金の　落ち来る金の　かくす金山　金象嵌　金のカンテラ　金の逆鯱　金の調和に　金の線条　金のばれんの金のピアノの　金のひかりに　金の三日月　金のメタルを金襴かけて　紫金ちらして　紫金をめでぬ　純金の亀　八重の金せん　錬金術を／箔置も

金粉　金粉ぞ●金の粉ふきし　日は金粉を

黄金　黄金の　黄金時計　黄金なまり　黄金の網　黄金の薔薇　黄金花　こがねは　こがね矢を●淡き黄金の黄金樹木　黄金の暗　黄金の額縁　黄金の幻燈　黄金亀の子　黄金扉つくる　黄金の音に　黄いろづく　黄金亀の子　こがねの櫛に　こがねの雫　黄金の調　黄金金の鍵を　こがねに　黄金の波ぞ　黄金の旗を　黄金の台に　黄金の剣　　　　　　　　　　　黄金の日

さす　黄金の蛇の　黄金の帆して　黄金の真砂　黄金の真玉　黄金の麦は　黄金交りの　黄金まばゆき　黄金の三つ星　紫摩黄金の　　御堂に金

砂金　砂金掘り　砂金山●砂金採りぢやと　砂金のやうだ　沙金よなぐる

金泥　金泥の●金泥へげて　多摩の金泥

白金　白金に　プラチナだ●白金の溶けし　白金いろの白金ノ雨　白金の星　白金鉱区の　白金玲瓏　ぷらち　白金のごと　　　　　　　　　　白金の太陽　ぷらちなのてを　　　　　　　　　　　　　　　なの脚

【銀】　燻銀　銀砂子　銀屏風　銀の　白銀屋●燻銀なる玉　ぎんのはり　銀屏風　銀の　白銀屋●燻銀なる銀あたゝかに　銀山砕け　銀の家すや　銀の瓦と　銀の箔おく　銀の潤沢に　銀の手斧が　銀の長柄　銀の光は　銀の笛の音　銀のほのほを　銀の水泥を　銀鋲うつた　銀輪露に　挿しある銀　さびしき銀は　三十の銀　しろがねの刃の　しろがねの鞭　天の銀盤　軟玉と日は銀の盤／水銀柱の

【銅】　黄銅の　赤銅の　銅壺より　白銅の●銅の眼を

2 地理 —— 金

銅の門　銅の湯は　金銅二寸の　銅蝕版に　銅の女が　銅のランプが

【青銅】青銅の●青銅色の　青銅重き　青銅の壺

【鉛】鉛色の●腕に鉛を　鉛のいろの　鉛の雲の　鉛のごとし

【亜鉛】亜鉛屋根に●亜鉛の塀の

【鉄】鉄気水　鉄しきに　黒鉄の　鉄いろの　鉄橋の鉄筋の　鉄工は　鉄骨の　鉄線の　鉄柱の　鉄塔の　鉄瓶の網　鉄の靴　鉄はこぶ　鉄板の　鉄扉して　鉄瓶の鉄壁を　鉄をうつ　熱鉄を　鉄より●落ちて真鉄の鉄漿もらひ来る　くろがねの窓　くろがねを打つ鉄骨、セメント　鉄骨の上を　鉄骨と石との鉄骨、セメント　鉄骨の上を　鉄と石との鉄骨と火薬と　鉄の鎚　鉄の燭台　鉄の響は　鉄の妖怪鉄の輪軸　細い角鉄

【鋼】鋼のいろ●灰いろはがね　鋼のかがみ　はがねを鍛え

【鋼鉄】鋼鉄の●鋼鉄の扉の　鋼鉄の箱　鋼鉄の原　鋼鉄の筆　鋼鉄の色の

真鍮　真鍮の●真鍮の烟管　真鍮棒も

鉄葉　ぶりきの●ぶりき細工の　ぶりきの鑵を　ぶりきの騎兵に　鉄葉の台へ　鉄葉の帽子　ぶりきのお馬は　ブリキの鑵を　ぶりきのやなぎ

ニッケル　ニッケルの●につける製の

【錆びる】青くさび　青さびた　赤く錆びし　赤錆びし　あかねさび　いたく錆びし　錆びついた　錆ふかき　錆ぶままに　白く錆び　やや錆びて●色さびはてしかなしきさびの　心は錆びて　錆び赤らめる錆紅の草に　錆びしがうへに　錆びつしピストル　錆びしをぞ恥づ　錆びた桜の　錆びついてゐた　銹びつく缶の錆びて黙せる　その錆心　露盤の錆の

緑青　緑青の●緑青を吐く

【鉱】あらがねの　鉱毒の　溶鉱炉●鉱床などを　砂鉱の方で

磁石　磁石にあてる　磁石の針に　磁石をもって

磁気　磁気嵐●磁気を生む

2 地理――道

道

路標　坂

地理

【道(みち)】

蟻(あり)の道　石の道　いなか道　犬の道　馬道を
裏みちで　莚道(えんどう)は　落葉道　同じ道
で風道(かざみち)に　風の道　片道(かたみち)は　かよひ道　街道の崖(がけ)みち
の道　草の道　車道　恋の道　黄道(こうどう)に　汽車道の銀
の草履(ぞうり)道に　砂利(じゃり)みちは　十夜(じゅうや)道　後世(ごせ)の
道　娑婆(しゃば)の道に　礫(こいし)道　新道の隧道(ずいどう)
道　椿道　大道(だいどう)　谷中の道　血の道も　月の道
みちをふみ　どの道も　鳥の道　なら道や　のがけ道
野良(のら)道で　羽黒道(はぐろ)　谷中みち　雪のみち　湯の道　日向道(ひなた)
や葬(ほう)り道　畑道(はたみち)　赭土(はに)道の　日の道
も道遠し　まよひ道　道すがら　道尽きて　道とふ
煉瓦(れんが)道　別れ道●朝の道　道普請(ぶしん)　道まよふ　道ゆけば
来る一本道を　海の中道　裏道戻る　石だたみ道　越前(えちぜん)みちと
追分け道で　奥州(おうしゅう)街道の　同じ道である　風吹く道の
京の道づれ　草いきれの道　黒ぼこの道　桜の長道　さ

みしい道路(どうろ)　白き大道(だいどう)　堕落(だらく)の道を　床敷く道を　長
き舗石(ほせき)道　中のどろ道　二河白道(にがびゃくどう)は　ぬけるうら道
野みちしめりて　薄暮の道の　はなれし道や　春ゆく
道の　一人の道が　二道かくる　北国街道(ほっこくかいどう)　まつすぐな
道で　右中山道(みぎなかせんどう)　道急ぎつつ　道折り曲る
る道がつくりと　道がまつすぐ　道さへ青み　道じく
くと　みちで出逢つた　道間ひ呼べば　道なき道を
道に澄みつつ　道に這ひ出る　道にわづらふ　道のいぬこ
ろ道のかげろふ　道のしめりや　道は衰へ　道は枯野
の道は自然と　道は空へと　道広くなり　道べの粗染(そだ)
に道も師走(しわす)の　道もちひさし　道ゆきつかれ　道行(みちゆき)
人に道をあゆめり　道をざわめき　ものゝふの道
夕べ野道を　わが道暗し

細道(ほそみち)　細路で　細道に　道ほそし●恋の細路に　苔(こけ)の細
道　道細々と　夕細道に

近道(ちかみち)　近道いくつ　近道来ませ　ちか道寒し　近道へ出
て　ちか道を行(ゆく)

径(みち)　三径(さんけい)の　登山径　春の径　山の径●下(おく)り来径あり

2 地理 ── 道

径尽(こもちつ)きたり　小径(こみち)に赤き　径(みち)にめづる　小みちまはりぬ
高嶺(たかね)の径(みち)の　径逶巡(しゅんじゅん)と　径(みち)の露(つゆ)けく　瞑土(よみじ)の径を

【路】　馬の路　駅路(うまやじ)に　近江路(おうみじ)　荊棘路(けいきょくじ)　通路(つうじ)の
河内路(かわちじ)や　くるま路　航空路(こうくうろ)　コサク路　信濃路(しなのじ)の
路哉(かな)　十字路(じゅうじろ)に　新航路(しんこうろ)　蔦(つた)の路　野路(のじ)を往(ゆ)き　廿日(はつか)
路の　日半路(ひやくり)　路百里(ひやくり)　路を取(と)り　戻り路(じ)に　路の
北路(ほくろ)　天路(てんろ)に入(い)らぬ　遠路(えんろ)ながら　中辺路(なかへじ)ごえは　菜
に　越路(こしじ)も月は　空のかげ路を　長路(ちょうろ)の汽車に　天山(てんざん)
空白の路　雲の通路(かよいじ)　幻滅の路　氷れる路に　故郷の路
ざくら路　通ふ鉄路(てつろ)も　紀の路へつづく　けふの塩路(しおじ)や
霜(しも)の路の涯(はて)　ぬれた渚路(なぎさじ)　墓地の迷ひ路　先づ東路(あずまじ)に　街
の十字巷路(こうじ)　路間(ろま)ふほどの　路に斃(たお)れし　路にて会へる
路には雪を　路もしどろに　雪の野の路　四すぢの路の
林間の路　わたる谷路(たにじ)の
【山路(やまじ)】　山路来て●あらぬ山路と　山路にさそふ　山路
ふけ行(ゆく)　山みち酔(よ)つて
【小路(こうじ)】　広小路に　寄席小路に●加茂の小路の　大名(だいみょう)小

路
【大路(おおじ)】　大路には●大路小路の　月の大路に　都大路
通(とお)り　うら通り　大通り●通りの角まで／つきあたり
走り留(とど)まり
【路地(ろじ)】　細ろ地(ろじ)　墓地の露路(ろじ)　路次口(ろじぐち)に　路次の闇(やみ)
路次咄(ばなし)　路地を往(ゆ)く●運命の露路　露地の白牛　路次の細さや
に海濃(のう)き　路次の奥まで　露地の白牛　行抜路次(ゆきぬけろじ)の
路傍(ろぼう)　道の端　路傍の●路傍の草　路傍の豆を
【辻(つじ)】　辻謳(うた)ひ　辻に立ち●辻の地蔵に　辻の巡査に　辻
の仏も
【標(しめ)】　このしるべ石　道の標(しるべ)
べに　馬の標(しめ)　石標(せきひょう)や　月ぞしるべ　道標(みちしるべ)●声をしる
べに　このしるべ石　道標焦(どうひょうこ)がる　墓標の墨
【坂(さか)】　江戸見坂　衣紋坂(えもんざか)　男坂(おとこざか)　女坂(おんなざか)　急阪(きゅうはん)の下(くだ)
り坂　化粧坂(けわいざか)　坂の上　緩斜坂(なだらざか)　まがり坂●逢坂越(おうさかごえ)
切坂(きりざか)　切支丹坂(きりしたんざか)　切通(きりとおし)の坂　坂ののぼりつつ　坂を下(くだ)の
坂や　浄瑠璃坂(じょうるりざか)の　すぐに阪なり　杖つき坂を　長刀(なぎなた)
坂の　はてなし坂や　春の小坂(こざか)の　光る坂道　紅葉(もみじ)照(て)る
坂　落日の坂

2 地理 —— 田

田

畦 畑

地理

【田(た)】

秋の田を 浅間(あさま)の 田一枚 田打人(たうちびと) 田から 田へ 田中なる 田に落て 田のくもり 田をめぐり 田をもちて 田をわたり 田のにほひ 田の人よ 畠よ 田よ 一田(ひとつ)づゝ 冬の田ハ 水さび田に 水漬(づ)き田を●あら田の土の 女痩田(おんなせだ)の 片田の蓮 門田 も遠く 刈田のはてに 氷田地(こおりでんち)に 田毎の 日こそ 田毎の闇と 田の青やぎて 田のあらかぶの 田はこと(ごと)く 町蔭の田 門田も遠く 山蔭の田の

田甫(たんぼ)
烏(からす)か 裏田圃(うらたんぼ) 水田圃(みずたんぼ) たんぼ風●裏の田甫(たんぼ)で 田甫

堅田(かたた)
堅田に群れし 堅田わたりを

水田(みずた)
水田の滓(おり)●水田の上の 水田の風に

青田(あおた)
青田風●青田に涼む 青田の風の 海も青田の

棚田(たなだ)
棚田しづかや 棚田の狭霧(さぎり)

苗代(なわしろ)
しろかく小田(おだ)の 苗代時(どき)の 苗代水(みず)や

【畦(あぜ)】

田植 田植唄(うた) 田植笠(がさ) 田植時(どき) 田植水(みず)●田植過(すぎ)けり 田植や遅き 田植の 鳥羽(とば)の田植の 鳥羽の田づらや 刈田の 田の面(も)暗さや

田面(たづら)
たづらのつるや 田の畝(うね)の 平畝(ひらうね)に 刈田の畔(くろ)

案山子(かかし)
かゞし殿●鹿驚(かがし)作りて 松の畯(あぜ) かゞしに逢ふて 案山子に似たる 案山子の袖や 立たぬ案山子を 山田 僧都(そうず)に ●畦縦横や 畦で燃えると 畦を枕に 畦づたひ 畦ぬくし 畦の稲 かれ畦に 畦うち残す

畯(うね)
畝をうつ 縄手みち●なは手を下りて

鳴子(なるこ)
鳴子 猪威(ししおど)し 鳴子引 引板(ひた)の音●鳴子の綱を

【畑・畠(はたけ・はた)】

けし畑や 小菜畠 麻畠 荒畠 芋畠 瓜畠 菊畑 桑畑 苣畠(ちさばたけ) 血の畑 背戸(せど)の畑 其畑(そのはた) 韮畑(にらばたけ) 蕎麦畠(そばばたけ) 棚畑(たなばたけ) 畠まで 畑なみに 畑の木に 畑の土 畑の人 棉畠(わたばたけ) 野畠や 焼(やけ)ばたけ 山畠 山畑(やまばたけ) ●青い畑へ 赤い畑の 荒れた畑に 鬱金畠(うこんばたけ)の キャベツ畠の 大根(だいこ)ばた けに 大豆畠(だいずばたけ)の 菜畑青き 菜畑ふむなと 畠となり

2 地理 ── 野

野

丘 原 牧 柵 森 林

畑打（はたうち）
畑打の●畑うつ山の 昼は畑打つ 夫婦畑うつ ぐさのはたけ 麦畑をゆく 薄荷畑に バナナ畑の 藪も畑も 反（たん） 畑を借りて 畑の毒麦 畑ほる声 畑六 て 畑隣（はたけどなり） 畑の馬の 畑のほとり

【野（の）】 熱き野の 荒れし野、うれしき野、春日野を 戈壁（ゴビ）の野に 筑紫野の 野茨に 野霞 野が光る 大根も 野寺かな 野天湯の 野とゝもに 野に出でて 野に立てば 野に降れり 野に満つる 野にむせぶ 野 宮の梅の 野の暗さ 野の獣 野の坂 野のはての 野の 社に 野良の萩 野は枯て 野は笑ひ 野火映ゆや 野面には 野 ば 野を横に 萌野ゆき●青野ゆたかに 荒野の果てに 踊る夏野の Campagnaの野に 草深い野に シャロンの 野花 チロールの野に つばなぬく野に 野草は熱き 野 野ずゑにとほく 野となる里も 野に新しき 野にこ

とゞと 野にさけぶ秋 野にそらに行く 野の獣こ そ 野の土赫く 野の燃ゆるさま 野はうるみつゝ 野 は光るなり 紫野ゆく 花野にちかし 平野にとほく 仏蘭西（フランス）の 野は 紫野ゆく 夢は枯野を

広野（ひろの） 広野の中に 広野に千々の 広野にどうと 雪の 広野の 行や広野の／裾野うごくと 富士の裾野、

焼野（やけの） 焼野哉（かな）●焼野の匂ひ

野山（のやま） 野よ山よ●野山が濡る、野山に満つる 野山の 猟に

野中（のなか） 野中の堂の 野中の墓の 野中の花の

野辺（のべ） 野辺送 野辺に萌え のべの馬 のべの草 野べ の小鳥 のべの蝶●カナンの野辺に 野辺に 恋する 野辺の胡蝶ぞ 野辺の琥珀を 野辺の帝王 野べの蒲公英（たんぽぽ） 野べの千種 野辺のひめごと 野辺の 闇路に 野べの夕ぐれ 灰たつ野辺に よしなき野辺に

野路（のじ） 野路の梅 野路の鳥 野路の人 野路を往き● 野路くもりくる 野路は恋路に 雪つむ野路の

【丘（おか）】 丘裾（おかすそ）の 丘の馬●丘の南の 丘はぼうぼう 丘

2 地理 ── 野

【森】朝森に　黒き森　黒森を　此森も　椎森の　森
陰の　森黒く　森に入る　森濡れて　森の蟬　森の鳩
森を出て　若葉森●雨の森より　暗黒の森や　出づるな森
をぐらき森の　森林に入る　笠置の森や　銀河と森
と寺院の森の　森の奥処へ　追憶の森　喪神の森の　月の森より
常緑樹の森　灯りし森へ　眠れる森の　バルビゾンの森
まつくらな森の　みみずく森や　森ぐん／＼と　森では
ぐる、森に家して　森に迷へり　森の上なる　森の奥
所の　森のなだらを　森のひめごと　森の香深き　森の祭壇
まよふ　鬼子母神森の　森深ぶかくも　森をさ

【林】寒林の　原始林　原林を　寺林　芭蕉林　芳林
に　密林や　林間に●青い林を　岸辺の林　暗いはやし
の　原始林帯など　さびしい林　深林帯へ　雑木林の
蘇鉄林が　林が逃げた　林に入りぬ　林に近き　林の
香り　林の簷の　林を出でて　林を譽めて　ひとり林に
檳榔林に　ふかきはやしに　無人の林　めぐる林の　幽
林蔭を　落葉林を　林間の路　林中の花の

【岡】岡の家　岡の梅　片岡の　日の岡や　岡にのぼれば
岡の萱ねの　岡の花見よ　静なる岡
をくだりて　日の落つる丘

【原】青田原　青野原　秋の原　萩の原　稲原の　小笹原　小
手さし原　つくし原　露の原　麦の原　緒土原に　原っ
ぱが　氷原に　冬木原　穂麦原　女松原　焼
け原に　柳原　湯の原に　燎原の●安曇国原　アルプ
スの青原　木原国原　鋼鉄の原　湿った野原　酸えた野原
に　野原のはてで　檜原となりぬ　真葛原の　焼石原の
麓　梺なる　麓には　麓野の●麓に青き　麓におこる
麓に近き　麓の田井を　麓の橋の

【牧】牧の駒　牧びとの　群を牧ふ　遊牧や　わが牧
者●牧にまじらぬ　牧笛声は　牧の若馬
牧場　牧牛に　牧場いでて　牧場の子●牛は牧
場で　失せて牧場の　空と牧場の　牧場の国旗　牧場の
果に　牧場の羊
【柵】牧の柵●柵に乾してあり　柵にもたれて　放牧
の柵を　馬柵に凭れて　木柵の下

2 地理 ── 里

里

村

【里(さと)】 秋の里　井出(いで)の里　宇治の里　おのが里　片里　此(この)里に　里歩き　里帰り　さとかすむ　里こひし　里過ぎ　里に入る　さとの秋　里の馬　里の母　里はづれ　里深く　里ふりて　志賀の里　須磨の里　人里(ひとざと)　御室(おむろ)の里　水づく里　桃の里　何方(いづち)の里を　今行く里の　かへりみの里　蔵(くら)みゆる里　酒のなき里　里に才女を　里の女と　里にて静(しづか)　里の子覗(のぞ)く　里のにほひの里見え初(そめ)て　里見くだして　里みて啼(な)いた　さともおもはじ　しのぶの里の　芹生(せりふ)の里　竹田の里や　津守(つもり)の里や　鳥なき里の　終(はて)なる里を　花なき里に　花みにふりにし里の　煩悩(ぼんのう)の里　もう寝た里を　夕日の里は

古郷・故郷(こきょう・こきょう)　古郷(ふるさと)は　我(わが)郷の　●馬も故郷へ　追ふて出る郷(さと)　けふ故里に　郷里の新聞　故郷にかへる　故郷に似たる　古郷の月は　故郷の錦(にしき)　故郷の路に　古郷の山の古郷も見えて　思郷のこころ　鳴くは故郷の　ノスタルジヤは　不毛の郷に　ふる郷ちかく　故郷遠し　ふるさとにきた　古里のあき　故郷人に　ふるさと遠し　ふるさとに　夜をふるさとに

【村(むら)】 在所(ざいしょ)　いく在所　在所唄　●こちの在所　月に在所を見て　身を古郷に

村の　砧(きぬた)村　草の村　群落(ぐんらく)や　小梅村　史家村の杉　村の茶屋村の　露の村　畠(はたけ)村　一村(ひとむら)に　二村(ふたむら)に　村時雨(しぐれ)　村すずめ　村の家　邑(むら)の家　村の犬遠近(おちこち)　村の童(わらべ)　村の義理　村の灯(ひ)の　村の娵(よめ)　村の川　村百戸　村々の　藪村(やぶむら)に　温泉の村に●寝て　村人と　村人は　●うき村住みを　此処は砂村　子どもの村は　笹原を村に淋しい村が　村医の妻　丹波山村　光った村よ貧乏村の　見ゆる小村に　村あたゝかき　村あればある村千軒の　村で鳴く鶏　村に屠蘇(とそ)汲む　村に迎へし　村の会議や　村のはづれの　村の漁夫(りょうふ)が　村は寝て居る村は更(ふ)たり　村を逐(お)はれき　山伏(やまぶし)村の　よばれて村

田舎(いなか)　田舎医者　田舎人　●田舎写真館　四国の辺地(へんち)鄙人(ひなびと)なれば　辺土順礼(へんどじゅんれい)　辺土に住みし/山出しの

2 地理 ── 山

山

富士 峰

【山（やま）】

青い山　秋の山　馬酔木山（あしびやま）　妹背（いもせ）の山の　畝火（うねび）
石山の　裏の山　老を山へ　男山　甲斐の山　茅（かや）の山　石の山
萱（かや）の山　枯山を　木なし山　空山に　下山人（げざんびと）　淋しい
山　此山（このやま）の　山上や　四囲（しい）の山　丈山の　杉山の　背
山より　雑木山（ぞうきやま）　只（ただ）の山　梅雨入山（ついり）　月の山　築山（つきやま）を
床（とこ）の山　鳥部山（とりべやま）　中山や　眠（ねむ）る山　傍（はた）の山　雲雀（ひばり）山
貧山（ひんざん）の　前山に　斑山（まだらやま）　亦打山（まっちやま）　満山の　蜜柑（みかん）山
のゝ山　痩（やせ）山に　山青し　山入（やまいり）の　山動（うご）く　山動けも
山ざるの　山四方（しほう）　山清水　山住みの　山高し　山つづ
き　山鳴（やまなり）に　山に来ぬ　山に添ふて　山に雪　山に倚（よ）る
山眠（ねむ）る　山の穴　山の雨　山の井の　山の肩　山の鐘
山より　山のすがた　山のにほひ　山の腹　山の襞（ひだ）　山
の町　山の神　山の径（みち）　山は暮て　山は杜（まびき）　山人（やまびと）の　山不
動（どう）　山もとに　山も庭も　山落暉（らっき）　山を截（き）り　湯の山
の夜の山　連山（れんざん）の　●あすはあの山　あの山恋し　アフ

リカの山　雨の裏山　アルプ山なみ　妹背（いもせ）の山の　畝火（うねび）
香具山（かぐやま）　湖近き山　海辺柴山（うみべしばやま）　お山や川に　お山を降
りりや　笠とり山の　かさなる山や　片はげ山にか
やの木山の　木曾は木の山　吉備（きび）の山山　黒髪山の　黒
木の山の　獣の山の　コバルト山地　佐夜（さよ）の中山　三角
山に　山内さむし　山冷到る　山冷到る　竹山ならむ
山に　春山白き　山冷到る　青山とこそ　竹山ならむ
チロールの山　遠き山ばた　尖りし山の　外山は雪の
鳥部の山の　鳴虫山の　並み聳つ山に　名もなき山の
寝覚（ねざめ）の山か　ねむる山より　九山越（くやまごえ）　葉山繁山　春
の湯の山　普陀落山（ふだらくさん）を　ヴェスヴイオの山　木瓜（ぼけ）の山あ
ひ　暮山一朶（ぼさんいちだ）の　ほつかりと山　満山雪を　対へる山の
向山（むこうやま）　暮山一朶の　むら立つ山の　百山千山　山あたたかし
山浮き沈む　山が顔出す　山垣雲　山がくれなる　山
が恋しくて　山がひつそり　山際の春　山田へ水の
高原の　山ですますや　山に向ひて　山に浪きく　山
山に火を焚く　山のかなしさ　山のあなたを　山の上に
も　山に火を焚く　山のかなしさ　山のしかる　山のしづまり　山の

2 地理——山

地理

じゃくまく　山のつめたき　山の胴中　山のまぼろし　山のむらさき　山ふかくして　山吹き入れよ　山ほとゝぎす　山まつりせむ　山迄染る　山見え来れば　山皆低き　山みな揺れて　山も嵐の　山も空なる　山本遠し　山夜明りす　山をいづれば　山をうしろに　山をかぞへて　山を見るかな　鎗や穂高や　雪山の膚　湯殿の山に　横伏す山の　連山清き　連山のうへ　ワイドリンガウの山

遠山　遠山が●遠やま明し　遠山どりの　遠山嶺呂に　遠山見せよ　春の遠山

深山　深山かぜ　深山木の●深山木出でゝ　深山植物　深山辺の花　深山をゆけば

【**富士**】朝富士の　大富士は　影富士の　ふじ嵐　富士の雪　ふじのゆき　富士まうで　西窓富嶽　夕富士の　雪の富士　●浄土の富士や　遠富士見る　富士の裾　野、富士の女神が　富士は浅黄に　富士みゆる寺　富士をば閉ぢて　富士をみぬ日ぞ　富士をもどすや　夕富士が嶺を

不二　背戸の不二　不二嵐　不二ひとつ　夕不二に●雪舟の不二　猫も不二見る　不二みゆるかと　不二を踏へて　不二を目あてに　家尻の不二も

【**峰**】会津嶺に　秋の嶺呂　浅間嶺に　浅間嶺や　雪嶺に　花の峰　峰の茶屋　峰の月　峰の寺　峰の粧ふ峯々●浅間根つづる　一嶺のぞく　大函嶺　大峰松　峰わたり　峰に下駄はく　峯に寝るなり　峰の上にのこる　狐峯顔出せ　孤峯の月を　三十六峰　西函嶺を　雪嶺の瑠璃　雪嶺はろけき　高嶺雲抽き　高嶺の径の　分水嶺のうねりの嶺に　峰の上にきゆる　峰の上の　峯の薄霧　峰のかげろふ　峯の御坊の　峰は剣の　峰を仰いで　峰をはなれず

尾上　尾上まで●尾上にとどく　尾上のさくら

山頂　お頂上　頂上の●山頂近し　そのいただきの

山脈　山脈は●山脈の皺　山脈を越ゆる　脈立つ山よ光った山脈

峠　柏峠を　くらがり峠　峠越たり　峠に向ふ

2 地理 ── 谷

谷　崖　峡　洞穴

【谷】 荒谷の　暗谷の　黒谷の　谷幾つ　谷汲は
にちり　谷に満つ　谷深く　谷の庵　谷のはた　谷の房
谷の坊　谷の道　谷深み　谷の奥　谷へ落つ　谷水の
谷向　露の谷　一谷を　南谷　谷水の
黄の谷に　空谷ふかき　寒谷の月　崑崙の谷　幽谷の●硫
谷を　地獄の谷を　死のかげの谷　真空の谷　迫れば谷
に　谷が年とり　谷残虹　谷底に来ぬ　谷底の草　谷
にのぼる、谷にながる、谷の落し羽　谷の谺に　谷の
底より　谷のとどろき　谷の夕冷　谷は掛稲　谷へはき
こみ　涙の谷に　若葉の谷へ　わたる谷路の

谷間 干すや谷間の　暗の谷間も
渓 虎渓まで　渓の冷　渓水や　邪馬渓の●渓荒くし
て　日のとどく渓の

【崖】 崖崩れ　崖下で　崖氷柱　崖腹に　崖みちで
絶壁に　断崖を●崖のとかげは　崖をうつなり　断崖つ
よく　崩る、崖の　絶壁の上　高石崖に　日は断崖の
陽を受ける崖　燃ゆる石崖
ひなが嶽　魔爺が岳●浅間が岳を　鬼嶽さむき
白根が岳を

岳

【峡】 峡出でて　峡底の　峡縫ひて　峡の家　峡の瀬
に　峡の冬　この峡に●峡に埋れて　峡の二十里　峡
ラインは　暮る、峡ある

窪 大凹み　落窪に　山の窪●岩間に窪む　くぼみに
まよふ　窪みの底で　くぼみの水の
隈 家隈の　風くまの　隈々も　隈はなし　隈ふかし
隈もなし　庭隈に　水隈の●空の一隈　沼の隈回の
隈の冬●空洞木に　餓飢窟の　雪洞の　洞窟
の洞穴に●神代の洞の　がらんどうなる　洞窟人類

【洞穴】 岩窟に　空洞木に　餓飢窟の
の洞穴に●神代の洞の　がらんどうなる　洞窟人類
の洞穴に　法窟の仏　洞よりうつろ　満窟の仏　椰
子のうつろの
真洞 真洞なす●奇しき真洞　空の真洞は

2 地理 —— 橋

【橋】

同じ橋　仮橋の　鷺の橋　反橋の　小き橋　吊橋の　鉄橋の　遠き橋　萩の橋　橋赤し　橋いくつ裏に　橋桁の　橋こえて　橋納涼　橋銭を　橋づたひ橋なくて　橋の穴　橋の上　橋柱　橋普請茂に橋なし　橋の　丸木橋　橋すゞみ　橋しばしば橋見えて　舟橋の　陸橋に●　かさゝぎの橋加朱ぬりの橋　橋上に立ち　くぐりし橋を　くろがねの橋　世界の橋に　空色の橋　反橋の藤土橋の上に　橋に行き会ふ　橋の多さよ　橋の乞食も橋のひくさよ　橋はさびしや　橋も新し　橋よりこぼす　橋渡りきる　橋をよぎりぬ　低い土橋を　舟橋わたる蓑の橋　へなく〳〵橋を　真間の継橋　矢剝の橋のゆらつく橋の　陸橋の段　陸橋の下

桁
桁や　桟橋に●　桟を見て

欄干
丹の欄に　欄前に●　欄干夏の　大河の欄干　欄干橋を　欄に倚るとき　欄のひまより

杭
杭　杭の影　杭の数　杭の先　杭の蜻　出る杭を●打ち込む杭の　杭打つ音し　杭を離るる　杭打音　杭にちょんぼり　杭の空洞に　草堤に　杭を離るる　野中の杭　焼杭の柵

【堤】
つつみ　突堤に　長つゝみ●　咲く川堤　堰堤も　堤ごうごう　堤きれたる　堤をくだる　堤に乗たる　堤をもやして　高土手に　土手上は　土手であひ　土手の雪●杉菜の土手の　土手からのぞく　土手に寝ころび　土堤の切目や　土手のすかんぽ　土手は行来の　夕日の土手で

溝
溝川に●　小溝にけぶる　溝板踏んで　溝のなの花溝を走れり

堀
お堀ばた　外堀の●本能寺の堀り懸て　渡り筋　蝦夷に渡る　渡し綱　渡し場で　渡し守

【渡る】
川渡り見る　恋ひ渡るらん　ざぶ〳〵渡る　しゃんと渡るやん渡る　順礼渡る　空渡らすも　かきねを渡る　遂に渡れぬ　ながれを渡る　鼠の渡る　ふけ渡りたり　渡るを見るや　渡る襦袢あり　わたればきしむ

2 地理——河

河（かわ）

池　川　岸　淵　瀬　湖　沼　滝　泉

【河】　河の渦　河を血に　巨流河の　セエヌ河の　夏河を　ヴォルガ河　見馴河●河音さむく　河ぞ聞こゆる　河波暗く　河のにほへり　越の山河　潮さす河の　セエヌに雨の　セエヌに臨む　野河の石を　ロアルの河の　セエ

【運河】　運河に入るや　運河鑿りあり

【大河】　大河の海豚　大河の欄干　大河はしんと　大河をのぼる　大河を前に　ニルの大河

【河原】　秋磧　夕河原●彼の世の磧　天の河原に　石は磧で　河原芝居の　磧づたひの　河原なでしこ　河原鶲来る　河原柳の　磧わたるや　白雨に河原　夜は河原へ

【川】　鵜川哉　川床に　衣川　玉川の　御秡川●あかりの川の　濁川　春の川を　みぞ川を　大川端を　川打ちわたす　川の端　川こえて　川中　落葉川　門川に　ながれ川　夏川の　秋篠川の　鵜川くヾの　大川端　しろじろと　川のながる、　川一筋や　川よりあけし

川をとび越　ちよろちよろ川の　ドナウの川の　長良の川の　野川になが す　野川をわたる　みじか夜の川　ヨルダンの川

小川（おがわ）　小川飛こす　小川に映る　小川のさやぎ　小川のへりに　われを小川に

【岸】　岸根行　岸の梅　岸の砂　此の岸を　蓼の岸●焔樹の岸へ　岸うつ波よ　岸さえ朱に　岸の青野は　岸のいばらの　てり葉の岸の　ながれの岸の　骨をる岸の　両岸氷る　岸の柳は　黄める岸に　此岸にあり　デボラインの岸に

河岸（かし）　河岸の霧　竹河岸の　向河岸●河岸の病院　河岸の夜ふけに　材木河岸の　河

岸辺（きしべ）　岸辺の林　岸辺目に見ゆ　紅蓮の岸辺　時の岸辺に　濁る岸辺に

【淵】　青淵の　淵尻の　淵の色●愛の深淵　青ぐろいふち　鮎なき淵の　魚住む淵に　しづかな淵の　深淵の中　白瀬青淵　ふかき淵より　淵にあそぶ魚　淵に沈めて　淵に立てれば　渕によどめる　沼羅の淵に　無限の淵に

２地理——河

【瀬】うかぶ瀬に 上つ瀬と 瀬がしらの 瀬に砕け
瀬の鳴りの 瀬を早み●浅瀬にのこる 浅瀬わたるや
彼の瀬此処の瀬 瀬音聞ゆる 瀬がしらのぼる 瀬瀬に
うつれる 瀬々の流るる 瀬はあけぼのの 瀬ぶみ尋ぬ
瀬を行く魚 白瀬青淵 急瀬さばしる 早瀬を上る

【潟】大干潟 遠干潟 夕干潟

【洲】浮洲のうへの デルタのうへに 中洲跡なし 沼の浮
洲の

【湖】湖面は 湖ぞひの 湖なえて 湖の青 こぼる
湖のみづうみの●湖近き山 湖の片面は 湖
のめぐりの 湖ふく風の 湖を悲しむ 湖心に出でぬ
湖氷の湖の みづうみの

【湖水】湖水から●幽かな湖水 湖水にうかむ 湖水の
秋の 湖水のごとき 湖水の底の 湖水のへりの
の隅回の 隠沼は 沼神の●沼沢地方 沼にうつりて 沼
の沼にゆき 沼へかよへる 人とる沼の 真澄める沼に 夜

【沼】氷の湖の

秋湖かすかに

【滝】荒滝や 大滝を 影は滝 酒の滝 滝音の
口に 滝壺に 滝まつり 滝とどろ 滝に入る 滝の糸 滝の上
滝の花 滝まつり 滝見人 梅雨の滝 鳴滝の 花の滝
●青ぎる滝つぼ うらみの滝の 奥なる滝に 音なしの
滝や こがれる滝の 涼しき滝の 滝落ちながら 滝と
そよげり 滝と名のつく 滝なす芭蕉 滝に籠るや
滝のこゝろや 滝のしぶきに 滝の花火を 滝ひつ提げ
て滝降りつづみ 滝ほどばしる 滝も涼しや 滝より
出でて 滝より生れ 滝玲瓏と 滝を見ずして 滝を
見せうぞ 湯滝にうたれ 湯滝のもとに 湯滝をあびて

【泉】泉なき●溢れる泉 泉に喘ぎ 泉の底の 泉の
母胎 さっき泉で そらの泉を 地中の泉 罪の泉を
深き泉は

【池】阿弥陀池 池白む 池と川と 池に満つ 池の
芦 池の色 池の鴨 池の端に 涸池の 光る池 古池
に●池にしくく 池に蓮ある 池の藤浪 池冷やか
に 池をめぐりて 池をもどるや おうちの池へ お宮
の池の 鬼蛇が池に 沈黙の池に 真昼日の池に

2 地理 ── 海

海

洋 江 港 岬 島 浜 渚 潮

【海(うみ)】 秋の海 あらぶ海 有磯海(ありそうみ) 入海(いりうみ)や 海底(うなぞこ)に 海青し 海霞(うみがすみ) 海哀し 海くれて 海暮ぬ 海見えて 海恋し 海越えて 海知らず 海涼し 海手 海黒き 海見ゆる 海燃えぬ 海山の 海を想ふ 海半(なかば) 海中(うみなか)や 海に来ぬ 海に出る 海ねむる より 海恋し 海中に 海光の暗 海溝に 海走り 海はれて 海は燃え 海は瘦せて 海浸(ひた)す 海へ放つ 海へ降(ふ)る 海へゆく の海の雪 海は重く 海の秋 海のいろ 海の上 海の魚 海の音 海の風 海の声 海のたび 海の月 海のなき 海の果 海の日 海を聴(き)く 海を焚(た)く 海をほし 鯖(さば)の海 塩の海 死の海 沙の海 い海 此海(ここ)に 月は海 遠海(とおうみ)の 年の海 夏 どの海 大海に 遠つ海 北海の星 の海 南海(なんかい)の 鳰(にお)の海 玻璃(はり)の海 人の海 北海(ほくかい)の星 の海 細海(ほそうみ)に 余吾の海 四方の海 ●青き海鳴る 秋の夜の海 浅はかな海 暗黒の海 一ぱいの海 石見(いわみ)の

海の 印度(インド)の海は 海あたたむる 海いろ澄(す)まし 海思 ふほど 海が見たくて 海しらぐ~と 海少し見ゆ 海ではフカが 海とはなれず 海にゐるのは 海にいれ たり 海にうつむく 海に吸はれぬ 海につかれて 海に落込む 海に 沈めて 海にむかへば 海に夕日を 海の碧さの 海の青燃ゆ 海にうまれて 海のあなたの 海の扇よ 海の音聞 海のお瞳が 海の 海のあなたは 海の魚は 海の底より 海の千尋も 海の鳴る 夜は 海の真珠も 海飲み干しぬ 海の夜明の 海はき らきら 海は鳴ります 海はろばろし 海べざんぶり 海へぶちこむ 海見る度(たび)に 海も青田の 海もおもはず 海も暮れ切る 海より冷る 海湧き立てり 海わたる 鷹(たか) 海を思へば 海を離る、海をみなが ら 海をわたりて 追ふて漕(こ)ぐ海 おぞんの海におぱ あるの海 お部屋の海に 海中(かいちゅう)に投ぐ 海潮音(かいちょうおん)を か なしい海の 乾(かわ)いた海に 気圏の海の 北の海来し 君 は海見る 極地の海に 黒き海聴く 心の海に ことば の海の さかまく海は さびしい海を ざぶざぶ海には

2 地理 —— 海

沈黙の海に　師走の海の　真珠の海が　急かれつつ海に
外海どうど　空の大海　ちからの海に　天の海には
海を飛ぶ　情の海の　北天の海　ほのかに海は　ほのぐ
らい海　見入りたる海を　燃ゆる海見て　やつぱり海へ
世の海こぐか　喜びの海　瑠璃の海ゆく

四海　愛を四海に　四海の愛を　四海の波瀾

青海　滄溟の　蒼海の●青海なせる　青海にゆく　蒼
海を見る　ひたと蒼海の　碧海にのみ　見ゆる青海

海気　海気しみたる　海気を含み

海峡　海峡を越え　津軽海峡　ボスホル海峡

海原　青海原よ　大海原に　遠海原の　大海原は
海面とほし　海面暗く　海の面に　外の海づら

海面
海鳴　海鳴の●青き海鳴る　海鳴りの底　海鳴りわたれ

【**洋**】　洋色の　洋なかの　わたの風　洋の西　遠つ洋　洋
の色　大わたの　大洋の　大洋の　この洋に
●太平洋の　太洋をさえ　洋覆ふ幕に　果の太洋　胸
おどる洋

灘　遠灘の　灘の遠

【**江**】　秋の江に　江に来れば　江の空を　江の月見
江を近く　にごり江を　春の江の　晩江の　雪の江の
夜の江や●雨のほそ江の　江の鳥白し　江の東に　玉江
の芦を　なくて古江の　にごり江の隅　古江細江に　見
えぬ江わたる

【**港**】　入江にのぼる　入江に満つる　入江の御所に
【**入江**】　暗いはとばに　港内漕ぐや　さびしき港　とほい
海港の　凍港に　埠頭の先　港口　港町　港
より　鳥羽の湊の　名もなき港　湊がましき　港のいろ
や　湊の昼の　港のほこり　港の町の　港はくらし

【**岬**】　一と岬　岬黒み●死にし岬に　遠い岬に　細い
岬が　岬の女　岬の工場　岬の尖り　岬のはづれ　岬の
光り　岬は蒼ざめ　岬へ落ちる　岬めぐりして　岬を
【**岬**】出で、岬をなすや

【**島**】　この島の　島少女　島がまへ　島の国　島の夏
島の冬　島一ツ　島人や　島ゆたか　はなれ島　一つの
島　火の島の　瑠璃島の●島から島へ　島々の上を　島
の島　島の大松　島の北風　島の雑貨屋　島へ三里や
の海風

2 地理 ―― 海

島をばらまいて　涼しき島に　八十島かけて　硫気ふ
く島　ミニコイ島は

小島（こじま）
浦あげて　小島の磯の　離れ小島も

浦（うら）
浦々かけて　浦の秋　浦の犬　浦の春
浦かけて　浦の捨舟　親よぶ浦の　かはる浦かぜ

沖（おき）
沖つ風　沖膾（おきなます）　沖の石●沖さして行く　沖つ白帆も
沖で一夜さ　沖の小舟が　沖の時雨の　はるは沖より
見るもの沖の

【浜（はま）】
荒浜の　浜風に　浜千鳥　浜の秋　浜の石　浜
の空　浜の火に　浜の桃　浜庇（はまひさし）　朝浜ゆけど　伊勢の浜
荻（おぎ）　北の浜辺に　塩浜くれる　裾曲（すそわ）の浜の　外ヶ浜迄（そとがはままで）
月夜の浜辺　Niceの浜に　浜つたひ来て　はまの雑水
浜は祭りの　浜辺の石は　東の浜に　燃ゆる浜ゆき

磯（いそ）
あら磯や　磯ぎはに　磯草　磯清水　磯ちどり
磯づたひ●磯草の斑（ふ）　磯草の　磯に流る、磯に久
しき　磯に火を焚く　磯の石むら

【渚（なぎさ）】
渚近く●修羅の渚に　せばき渚や　辿る渚の
とほき渚に　遠なぎさ見ゆ　渚に下りぬ　渚に神の
なぎさに立ちて　渚に臥して　渚の小道　渚を枕
をまよふ　ぬれた渚路　野菊の渚　ゆふべ渚に
汀（みぎわ）　みぎはくる　水際赤らみ　汀の少女
汀の草に　汀の砂に　汀の闇に　汀を洗ひ

礁（しょう）
座礁船　乱礁　珊瑚礁●水際なる　●乱礁の浪や
黒潮の　逆潮の　潮蒼く　潮かをる　潮頭（しおがしら）
よせぬ　潮分けて　春潮に　初潮に　引潮に　満潮や

【潮（しお）】
騒を　潮同志　潮鳴を　潮沫の　潮熱す　潮光る　潮
八百潮の●碧き潮あび　上げ潮暗く　いまさす潮と
浮草に潮　渦潮ながるる　大海の潮　鯨潮吹く　潮曇
りかな　潮気に曇り　潮さす河の　潮ぞさしひく　潮
漬きし布を　潮のさし来る　潮のとびくる　潮の鳴る夜
も　潮をふくみて　八百潮どもは

汐（しお）
さし汐や　汐がさし　汐曇り
汐浜を　汐踏みて　汐を吹く　にらみ汐　もち汐の
夕汐や●ざぶ／＼汐に　汐さし上る　汐さだまらぬ
汐鳴りばかり　汐に追はる、ひた／＼汐や　舟に汐ま

2 地理 —— 波

波

つ 八重の汐路を

潮 潮の香●潮こぼる、潮さみしき 潮に溺れ うしほにひびく 潮の音を 潮の花も 潮は華と 潮ひかれる 潮も氷る 潮を染めし 闇き潮の 春の潮の みだるるうしほ 闇の潮に

【波】 紋波の 大波の こもり波 朱の波の 土用波 波痕の なみおとの 波がしら 波騒ぐ 波ざんざ 波どんど 波に死ぬ 波に鳴る 波の音 波のかげ 波のぬた 波の花 波の群 波枕 波もみず 波よせて 波を切る にほの波 濁る波に 春の波 まろき波 夜の波の ●いざよふ波の 大波ぞ世か をさまる波に かがやかぬ波 革命の波 かげろうの波 かじかや波の 岸うつ波よ 黄金の波ぞ 五湖の烟波の 紺青の波 さかまく波に ささらぐ波の 白玉の波 白きなみ寄る 濁波を揚ぐる ちひさい波ら ちよろろの波よ 津波の

水に つめたい波を 遠鳴る波に 秒刻は銀波を どの波よ 波荒るゝなり 波が鳴ってた 波定まりて 波去る如く 波といちにち 波と戦ふ 波に生れて 波にちり込 波のいづこに 波のいづこに 波の浮寝の 波の踊るを 波の橋立 波の眼や 波の文ありて 波は消しゴム 波はヒタヒタ 波もより来る 波を抱きて 波を潜きて 波を彫める 波をよろこぶ 焰の波ぞ やさしい波に 八千重荒波 山風の波 夕波くらく

浪 白浪を 浪の上 浪の月 浪の穂に 浪のりの●あとの白浪 ゑがはに浪を すまの浪風 たきつ白浪 月なき浪に 浪切不動 浪に塵なし 浪のうつれり 浪の音する 浪の嘆きの 浪もてゆへる 浪や千鳥の 鳴門の浪の 波浪の響 ふかき浪より 焰の浪に 夕浪高う

濤 濤の声 濤を刻り●怒濤あびしか 濤をゆるめる 炎の濤よ 夜の濤一つ

連 さゞ波や●銀か小波か 黒きさざなみ 越えて連 連織りて さゞ波雲や さゞなみ立つや 月のさゞ波 瑠璃のさざなみ

2 地理——国

国

【国】

●あたたかき国の 熱き国にぞ 海のおくにの お伽の空の国 出羽の国 この国の 米国の 寒き国に 島の国を鍛ふ 国境の 山国の 雪国や わが国歌の花 国の臍 国の秀を 国原や 邦人の 国譲り国境 国にぎはひ 国遠く 国の果 国

国土 国美くしき 蚪斗の大国 紀の国人と 今日この国の鬼が栖む 国の露霜 国方の客 国に鮭鮓国のさかひの 国映ろへり 国亡ぼし国亡ぶるを 国やぶれつ、 国わするまで 国のはてなる 国二別けて国をゆすれり 幻想の国 恋の国辺と 恋の国より恋の御国の 国土安穏 国土を守る 故国に入れば酒の国なり しなの、国の 諸国修行に 知らぬ他国に砂のお国の 空のお国も 田螺の国の 月の国より 露の西国 天塩のくにを とほいお国の 遠国びとの 香の国に 人魚のくにの 終てなむ国ぞ 不可思議国を

ふもと国原 糸瓜の国を 母国の乱を ミカドの国のむかしの国へ やぶれし国の 落日の国に 流離の国に隣国に遁ぐ/あめりかの 韓国の 仏蘭西を 亞比西尼亞の アメリカ生れの アメリカ人が 伊太利亞製の独逸の国に 仏蘭西田園の 白耳義の 南独逸にて露西亞の馬の

王国 王国の ●女の王国 自己の王国 天の王国外国 外つ国の ●外国船が 彼の外国の 人は外つ国異国 異国の●異国のおとめ 異国のやうに異国趣味な 異国ゆゑに 遠き異国の

異人 異人さん 異人住むかや 異人住む 異邦人 異人仰向く 異人住むかや 異人に吠える 異邦人は

日本 秋津洲 日東の 日本人●アメリカ的日本気圏日本の 豊葦原を 日本遠し 日本人墓地の 日本の雁ぞ 日本の土に 大和の国に

蝦夷 アイヌ人 アイヌの実 蝦夷近き北蝦夷の ●蝦夷に逢いぬ アイヌの家に 蝦夷に渡る蝦夷は蠢めき 蝦夷の栖原

2 地理 ── 町

町

街　市　巷　京都

韃靼（だったん） 韃靼の●韃靼の海 韃靼寺の甍　唐筆を売る　もろこしかけて

唐（から） 唐衣　唐船の　唐文字よ　唐黍（とうきび）や　唐土（もろこし）に●唐紅（からくれない）の

西洋（せいよう） 西洋の　東洋の　洋傘（こうもり）は　洋館の　洋刀（ようとう）で　洋室の中　洋燈（ようとう）を　瀟洒な洋書●西洋婦人　洋館の窓　洋室の中　洋食皿が　洋書の紙の　洋燈臭しと／全欧州の

琉球（りゅうきゅう） 琉球の　琉球女●琉球彩絵　琉球景色

【町（まち）】 裏町を　表町　片町に　上町の　木屋町の京の町　下町や　通り町　那覇の町　奈良の町　花五町の　番町や　武士町や　古町や　本町や　町中や　町のうら　町はづれ　町人よ　町ほのぐ　町を練る　三すじ町　横町に●足軽町の　鶯横町　裏町かけて　片がは町の　片町古りぬ　上の町まで　侍町の地蔵切町　下町の灯を　深夜の町さびしき町に　寺町さみし　とほい町々　年深き町たちそめし町や

り　漁師町行き

【街（まち）】 あの街の　磯街の　街路樹が　今日街に　街の樹の　街の果　街の灯に　夕街に　雪の街●あかるき街を　落日の街を　裏街をゆく　街路に泳ぎ　街のかすむ街の灯　風強き街　風吹く街を　かげ黒き街　市街の燈にも　修羅街挽歌　深夜の街の　姿を街に照りしむ街に　ぬかるみの街　眠れる街の　幅広き街光の街は　一筋街の　貧血の街　真直の街を　貧しき街の　街に出てゆく　街の上の月　街の辻なる　街のどよめき　街は死せるごと　街を行き交ふ塔の上

町　どの道も町へ　日が落ちた町　貧乏町の　冬日の町の　古りし町かな　町に下り居る　町の相談　町の名残　町はなれ来て　見下す町の　湯の町低し　陽気な町の　横町　淋し　横丁曲る　夜深き町の　与力町よ　ども　町の　横町　淋し　横丁曲る　夜深き町の

【市（いち）】 朝市の　市の家　市の空　市の中　市人の草市で　道具市　年の市　後の市　雛市や　市中や　市に入る　市の内　市の中　闇市に●市にあはれむ　市にかくれて　市にさらすや　市に鯱見る　市に振する

2 地理 ── 町

地理

市 のかへるさ　市の花人　市場にたてば　市をさまよふ
いでゆく市の　帰る市人　から身で市の　きのふの市の
草市たちし　師走の市に　犇く市の　繿縷市たちて
市に動く也

巷 巷人の　修羅の巷　巷の灯の●巷に堕ちて　巷
に世阿弥　巷に立てば　衢のひびき　遠き巷の　夢の巷に

京 京音の　京言葉　京筑紫　京にあきて　京に入
京に帰る　京にても　京の隅　京の端　京の夜は　京は
今　京までは　京見えて　下京や　南良の京●鐘なる
京の　京見過しぬ　京見せて　京おそろしや　京なつかしや
京を寒がる　まだ上京も　我すむ京に　京をかくして
にも移る　京江戸かけて

都 大都瞰る　都出で、　都落　都大路に　都人　洛に入
洛陽の●神代の都　寒き都の　住ば都ぞ　月の都の　帝
都の花を　無頼の都　待や都の　都ちかに　都ことばの
都に曝し　都に住むや　都にちかき　都の雨に　都の牛
は　都の絵師と　都の外の　都の桜　都の巽　都の響き
都の街の　都の夜を　都の落首　都は夜も　都へ行ん

府 鬼神の府　モスコウ府●首府の大空　星星の首府

江戸 江戸入の　江戸酒を　江戸仕込　江戸住や　江
戸角力　江戸兒だい　江戸で名が　江戸の左右　江戸
の年　江戸のふり　江戸の水　江戸橋や　江戸贔負
江戸見坂　江戸士産　お江戸入　大江戸の●江戸には
まれな　江戸の元日　江戸の空なる　江戸は涼みも
江戸見た雁の　京江戸かけて

東京 東京よ●東京裁判の門　東京なれや　東京の日
の　東京の夜　東京の夜を　東京人よ

都会 都会の裏　都会の空●都会の飢餓と　都会の中
に　都会の夏は　都会の冬は　都会の夕べ

都市 空中都市の　山間の都市　都市を彎曲　南方の
都市

銀座 銀座二丁目　銀座の裏の　銀座の上空　銀座を
歩めり

巴里 花の巴里へ　巴里なる　巴里中の　巴里の一夜
巴里の果　巴里へ行く●巴里のあたりの　巴里の家家
巴里の角柱　巴里の冬の日　パリ満城の

2 地理 ── 所

所 場 園 景

【所(しょ)】隠居所(いんきょじょ)に　絵所(えどころ)を　置(お)き処(どころ)　活版所(かっぱんじょ)

洗面所(せんめんじょ)の　測候所(そっこうじょ)　駐在所(ちゅうざいしょ)　屠殺所(とさつじょ)に　発行所(はっこうじょ)　研究所(けんきゅうじょ)

電所(でんしょ)●あらぬ所(ところ)へ　何(いず)れの所(ところ)の　到(いた)るところの　御休(おやすみ)

所(じょ)　市役所(しやくしょ)と並(なら)ぶ　居所(すみか)をけがし　造船所(ぞうせんじょ)より　第二(だいに)

の札所(ふだしょ)　配所(はいしょ)を見廻(みまわ)ふ

御所(ごしょ) 夜半(よわ)の御所(ごしょ)●入江(いりえ)の御所(ごしょ)に　御所(ごしょ)の塗笠(ぬりがさ)

御所(ごしょ)を

余所(よそ) よそ言葉(ことば)　余所(よそ)に立(た)つ　余所(よそ)に寝(ね)て　よ所(そ)の窓(まど)●

さくらをよそに　よその嬢(じょう)ちゃん　よそのとむらひ

余所(よそ)の灯(ひ)見(み)ゆる　よそから来(き)た子(こ)は　よその子供(こども)と

在処(ありか) 安息処(あんそくしょ)　日(ひ)の在処(ありか)●ありか争(あらそ)ふ　同(おな)じ処(ところ)に　月(つき)

のありかは　夢(ゆめ)の遺処(やりど)の　よい処(ところ)から

此処(ここ) こゝかしこ　こゝもとは　こゝよりぞ●きのふも

こゝに　かうしてこゝに　此処(ここ)に変(か)へしは　ここに果(は)て

たり　此処(ここ)は此処(ここ)だけ　ここは満州(まんしゅう)　ここまでを来(き)し

こっちをみてゐる　ことしもこゝに　其処(そこ)ら此処(ここ)らに

【場(ば)】濯(すす)ぎ場(ば)の　治療場(ちりょうば)の　法度場(はっとば)の　普請場(ふしんば)に　遊(ゆう)

歩場(ほじょう)　わたし場(ば)に●石切場(いしきりば)なる　囲(かこ)ふ相撲場(すもうば)　昼(ひる)の治(ち)

療場(りょうば)　分教場(ぶんきょうじょ)を　平和(へいわ)の祭場(さいじょう)　僕(ぼく)の遊(あそ)び場(ば)　ロケーシ

ョンに

遊廓(ゆうかく) 淫売屋(いんばいや)　岡場所(おかばしょ)八　傾城屋(けいせいや)　三会目(さんかいめ)　娼家(しょうか)かな

捨郭(すてぐるわ) 中宿(なかやど)へ　三ツぶとん(みつぶとん)●顔見(かおみ)せの燈(ひ)も　くるわの空(そら)

に　新吉原(しんよしわら)の　古(ふる)い色町(いろまち)　見えて廓(くるわ)の遣手(やりて)が古(ふる)き

原駕(わらかご)の吉原(よしわら)すゞめ

区(く) 一区画(いっくかく)と　第九区(だいきゅうく)の●要塞区域(ようさいくいき)

工場(こうば) 工場(こうじょう)も　工場裏(こうじょううら)●インキ工場(こうじょう)の　印刷工場(いんさつこうじょう)　汽(き)

車工場(しゃこうじょう)は　工場地区(こうじょうちく)の　工場(こうじょう)の笛(ふえ)　工場(こうじょう)がともる　工(こう)

場通(じょうどお)ひの　工場(こうじょう)の裏(うら)　工場(こうじょう)の汽笛(きてき)　工場(こうじょう)の塀(へい)に　工場(こうじょう)

の火照(ほて)り　製紙工場(せいしこうじょう)が　岬(みさき)の工場(こうじょう)

広場(ひろば) 四角(しかく)な広場(ひろば)　楡(にれ)の広場(ひろば)に

酒場(さかば) 一軒(いっけん)の酒場(さかば)　酒場(さかば)の軒燈(のきあかり)　酒場(さかば)の明(あ)り　酒場(さかば)の

椅子(いす)に　酒場(さかば)の隅(すみ)の　酒場(さかば)の時計(とけい)　酒場(さかば)の暖簾(のれん)　酒場(さかば)の

前(まえ)に

2 地理 ── 所

出入口 滝口に 這入口 港口 路次口に ●トンネルの出口

場末 場末町 ●場末の店の 場末堀川 寄席や場末の出口

関 関こゆる 関の戸に 関札を 関守の 不破の関●函谷関の けふ関越しの 山海関の 白川の関 箱根は関所 不破のせき人 もやもやの関

【園】
公園 愛の園 園長の 園のもの 御薬園 恋の園 菜園の 神苑に 園の紫蘇 苑の闇 苑古き 梨の園に 農園の 葡萄園 園の紫苑 植物園に 神泉苑の 僧園に人 駝鳥の楽園 妬みゆく 林檎園 遊園地 鹿野苑 ●曙の園 御園守 遊園地 ルナパーク 公園の午後 故園に遊ぶ 小百合の園の 公園 をしのぐ 暴風雨後の園に 芍薬園の 小公園の 紫苑の椅子 公園の●

花園 花園の 身は花ぞの、エデンの花園

園生 御園生の ●園生に遊ぶ 竹の園生の 春の園生に

【景】
景色 景象を 点景の 天景を ●風の点景 大景観の夕景色 雪景色 ゆく景色 ●秋のけしきの 大きい風景 驕の景色 くらい景色の 白き景色の 墓地の景色が

3 形・位置 ── 形

形　線　丸　円　輪　玉　鋭角　穴　跡　斑

【形（かた）】
御かたち　形代に　形正し　形なき　相似形
其のかたち　多角形　躬恒形●空鏡の印象　形象はどこへ
ち　かたちいやしき　かたちをかしや　かたちつくらむ
容す　形に似たり　形象はどこへ　象空しく　形も
神さびたり　形態はどこへ
のかたちと　矩形の鉢に　小型のタンク　するどき形態
半円形のひとのかたちの　星形に咲く花

形（なり）
枝の形　顔の形　月の形　松の形　我形の

象（すがた）
風の象　象あり　象なき●この象徴の

字
一文字　大の字に　真一文字に●Ｙの字に●腹一文
字　真一文字や

十字
十字路に　赤十字の　白十字●ここの十字に　十
字すべらせ　十字になった　十字を追へば　胸に十字を

巴（ともえ）
巴が具足　巴をくづす　水は巴の字を
ハーケンクロイツ
Hakenkreuzの

印（しるし）
目印しつ、目印の笠

【丸（まる）い】　丸い風　丸盆の　丸窓に　まろまろと　まん
まろく●いくつも丸し　丸テーブルも　真丸に寝る
太ころばす　丸月は　円心に　まどかにて　丸い月
丸は桔梗と　丸眼をした　丸

【円（えん）】
円形の　円月は　円心に　まどかにて　円い月
円鑢（まるやすり）　まろいからだ　円形に　まろきかな　まろき波
円涯　円き日と　円キモノ　円らなる　目円に●一
大円を　円頂の下　円盤上に　おぼめきまろし　すだ
くにまろき　つぶらなる眼や　円らに熟るる　円頂塔の
上に　まあるいお顔　松より円く　円かなる日日　ま
どかに澄めば　円き柱に　まろき梅漬　円き燈（ともしび）
●朱の輪黄の輪や　太輪の砂塵　輪にきりて煮し

【輪（わ）】
輪がくづれ　輪に吹ける　輪を描く　輪をかい
て●朱の輪黄の輪や　太輪の砂塵　輪にきりて煮し
抜けながら　輪をなして来る
環（わ）
この環　環に掘って●情火環に　少女の環より　前
の花環の

【玉（たま）】
赤玉の　火の玉の　銀の玉　砂の玉　千々の玉
露の玉　しゃぼん玉　綿玉の●毛糸の玉は　ここに玉巻
玉の雫の　玉の露の　知恵の玉乗り
露の大玉　花火の玉も　びい

3 形・位置 —— 形

形・位置

どろの玉

白玉（しらたま） 真白玉 ●赤玉白玉 かの白玉の 白玉置きて

白玉の汗 白玉の波

真玉（またま） 真玉なす ●なみだの真玉 真玉梨（なし）の実

粒（つぶ） 唯三つぶ つぶつぶの 三つぶかな ●雨が三粒 大つぶあられ 千の雨粒 粒ぎっしりと 露ひとつぶや それぞれの粒を ほき 鋭く光り するどく指を 塔はするどく なにかするどき 光するどき 陽のいろ鋭けれ 穂のする

【鋭（するど）い】 心鋭き 鋭くも 鋭きゆるき ●あまり鋭い 大きするどき 柁（かじ）は鋭き 刻み鋭き 草はするどく 鋭い角に 鋭どい翼（つばさ） 鋭いつらら するどき舌は 鋭く

尖（とが）る 尖凍てぬ 尖端（せんたん）の 尖塔（せんとう）の 尖帽（せんぼう）の 尖りだす 尖る山 ●余り尖りて をぐろく尖る 白い尖った 鶴尖（つるはし）ひとつ 尖ってけむる 尖る瑞葉（みずは） に 尖がり帽子 尖った屋根を 尖りし山の

先（さき） あの先で 顔の先 杵（きね）の先 杭（くい）の先 鍬（くわ）先に 竿（さお）の

先 尻の先 皐頭（はと）の先 鼻先に ●青き穂先に 御鼻（おはな）の先へ 小刀の先 銃剣の先 船の舳先（みよし）を 指先に沁み **断片（だんぺん）** 断片を 二三片（にさんぺん） 白片（はくぺん）の 花数片 ●瓶の破片は 硝子（ガラス）の片が 雲もぎれ 切片染めつ 断片風に 虹の断片 脳の切片を 砲弾の砕片

【角（かく）】 角燈（かくとう）に 角巾を 三角の ●角なる部屋に 角帽の子に 三角帽を 細い角鉄（かくてつ） 眼が三角で 稜角（りょうかく）いまだ

四角（しかく） 真四角の ●四角な広場 四角な部屋に 四角に返す 四角に咲きぬ 四角の家に ただ四方なる 真四角にぞ／亀甲の

【穴（あな）】 孔あけて 穴蔵（あなぐら）の 坑（あな）にほふ 穴に居り 穴惑（あなまどい）ふ 穿つとき 節穴（ふしあな）の への字穴 窓の穴 耳の穴 ●穴に馴（なれ）けり 穴にひそむと 穴の如くに 穴より出たり 一の穴 穴から見ゆる 穴十ばかり 穴に心を 穴を あけたる 一寸の穴 大地のでこぼこ でこぼこ凍った ホールの旗の 引きたる穴の ぽんと穴明く

【跡（あと）】 跡美（あとみ）しや 跡や先 跡を搔く 一痕（いっこん）の うしの跡 壁の跡 キスの痕（あと） 四火の跡 たばこ跡 角（つの）の跡

3 形・位置 ── 形

爪（つめ）の跡　蚤（のみ）の跡　花の跡　雪の跡●跡とひたまへ
き風の　跡なきものは　跡にすむ月　跡に流れぬ　跡の
をかしや　跡が淋しき　跡まばらにも　跡もとゞめず
いぼの跡ある　入日の跡は　うづらの跡は　消えて跡な
き　皺手（しわで）の跡は　スキーの痕が　その跡をさへ　中洲跡
なし　涙の痕は　古き弾痕　わだちの跡で

足跡（あしあと）　足跡も　足の跡　靴跡を　下駄の跡●雁（かり）の足跡
はだしの跡も

遺跡（いせき）　壊跡（くゑあと）に　城の跡●エヂプト遺蹟　発掘（ほり）跡や
筋（すじ）　風の筋　此筋は　条を描く　断つ崩え跡や
かり　筋引いてやる　千筋の髪の　三すぢへと●川筋ば
き筋より　四すぢの路の　　　　　　手の筋見せて　ほそ

【線（せん）】　金の線　空線も　輪廓（さゝぺり）は
線なして　導線は　非常線　紫外線　子午線を
歩行線●陰極線の　ぎざぎざに見ゆ　防火線　高圧線の　降雪
線に　子午線（しごせん）上の　白い折線　放物線　抛物線
天末線に　南回帰線　　　　　　陣風線の　水平線が
螺旋（らせん）　幾螺旋●旋風（せんぷう）の螺旋　耳の螺旋を

曲線（きょくせん）　曲線に●ふしぎな曲線　みだらな曲線
弧（こ）　弧は描けど　天の弧の●弧線をゑがく　弓を描いて
直（ちょく）　垂直に　直として　なほきもの●一直線の　川か
らすぐに立ちて　真直ぐにのばせ　真直の街を　まつすぐな
煙　まつすぐな道で　直枝曲り枝　直線光　直ぐなる幹を　真直

【斑（まだら）】　朱の一点　点々と　発火点（フォーカス）で　銀の点点
の斑かな　黒き斑点　はだらかに　斑れ雪　彩まだら　日
斑（ひ）の斑（ふ）なる　黄葉（もみぢ）の斑　雪まだら●赤い病斑
磯草の斑に　かげを斑に　鹿の子まだらに　茎の青斑の
黒斑（くろふ）歪みて　漆黒の斑が　その斑紋（はんもん）は　虎斑（とらふ）の髭も　斑
らにかすめ　斑に染めぬ　斑らに漏りて　はだら雪積
み　春の斑雪（はだれ）と　斑斑として　日斑あびて　雪斑（ゆきはだ）なる
模様（もよう）　斑模様　染模様　薄様（うすよう）をすき　枝葉模様を光
琳もやう　裾模様　古代模様の　象徴模様　諂曲模様（てんごくもよう）
縞（しま）　雲の縞　縞あきらかや　縞の羽織を　縞目にかゝ
る　大名じまの　だんだら犬が　だんだら染の　緋のだんだ
らの

3 形・位置 ── 面・前

形・位置

面

平　表　裏　逆　傾

【面】湖面は　北面　四面楚歌　層面に　戸の面には日の面　二面●悪に面せよ　印象面を　湖の片面は正面におく　切断面は　断層面の　砥石の面を　凪の面みつつ　パレット面の　山一面に　湯の面にありぬ

【平】平らかな　平凪に●傘たひらなる　はろか平にひらたき太陽　ひらたくなるや　水たひらかに

【表】表がへする　おもてにゑがく　時計の表　花の表に　水のおもてに　雪のおもてに
つづき　家裏　裏庭　うらの梅　裏の山　裏みちで　衣の裏

【裏】裏街をゆく　図書庫の裏
の　裏の田甫で　裏の小さな　裏は燕の　裏刃とおもてらもてへ　うらから見ても　裏にまはれば　裏の寒さにビルの裏●裏かへりあり　うらかおもてか

【逆さ】逆潮の　さかしまに　逆立ちて　さかまきに

前

後　中　右　左　向　外　内

●汽車の逆行　逆靡きせり　逆巻

【傾く】傾かし　傾ぎざま　傾ぐ月　火風逆巻　磯馴松　物かしぐ●うちかたぶいて　傾きそむる　傾きて鳴る　傾く齢はなれ傾き

傾斜 傾斜面に　スロープ　大傾斜●草の傾斜を　傾斜にもたれ　傾斜をもって　斜面に祭る

斜め 斜に渡る　斜に切りて　日は斜　みな斜め●雨なゝめなり　雲斜なる　月なゝめなる　斜に垂れやゝ斜なる

【前】軸の前　前後●薺の前も　牡丹の前に　まへに険しや　まへは酒屋で

【後】あとおひて　うしろつき　後むき　背後より●後退ざりつつ　あとに仆るゝ　後暮れぬし　うしろ下りの　うしろ冷つく　後ころぶ　うしろ見よとやかへり見がちに　かへりみの里　君がうしろに　そのう

3 形・位置 ── 前

形・位置 ⇅

しろかげ　日枝をうしろに　人のうしろや　ふり返り
つつ　ふりもかへらぬ　柳のうしろ　我うしろにも

【中】　梅の中　樺の中　筴の中　芹の中　麁朶の中
蓼の中　黄楊の中　中の雪　もやのなか
杉菜の中に　つゝじが中に　中に熟れたる　中におぼろ
の　中にしだるる　中の木のはし　中のどろ道　なかほ
どあかい　中よりわんと　中を劈く　中をぬけたる
ねがひの中の　闇の中くる　ルウヴルの中

【右】　右左●右にうつしぬ　右に日は落つ　右にゆれて
も　右半身に
右手　右手のべて●女の右手の　蝶わが右手に　右手に
すぎゆく

【左】　左の眼●左勝手に　左の膝の　ひだり枕の　弓
手の肌を　左右にひらひて
あちら向に　家の向き　北向きに　こちら向
咀に向く　谷向　扉の向ふ　振り向いて　振向けば魔に

【向く】
向ふ　向ひ地の　向きあふて　向きにけり
向う家に　向ふ山●あちむくこちむく　あつち向いてね

牛のわきむく　うしろむきなる　うしろ向けても　う
しろも向かぬ　馬も海向く　海を向いたる　枝の向き
向き　北に向つて　黍の向うふに　君にむかへば　机に向
ふ　掌の向き向きに　天に向かつて　峠に向ふ　野分に
向いて　日の向き向きに　南を向いて　むいてかしづく
向合せや　むかひの亭主　むかふ西かぜ　むかふ念仏
向うは佐渡よ　山に向ひて　闇に向へる

対う　妓と対す　対ひけり　嫁にむかふ●相対いても
をとこにたいす　対ふがごとし

【外】　外光を　外は雪　外湯哉　窓の外は●外では今
宵　外の光に　外にかそかなれ　外は春の雨
外　京はづれ　郊外に　宿はづれ　棒鼻より　町はづ
れ●郊外に来ぬ　宿場はづれの　岬のはづれ　都の外の
都はづれの　村のはづれの

【内】　内でみむ　内でより　福は内●内外もなき　内
で恋する　内で花見の　内に居さうな　内に居ぬ身の
内にもおらず　内はどさつく　内ぶところへ　内へはいり
て　内もさいく

3 形・位置 ―― 隅

隅

間 境 端

形・位置

【隅(すみ)】 京の隅 隅〴〵に とある隅に 堂の隅 庭隅に 庭の隅 畑隅に 人の隅●アトリエの隅 天の八隅 に 江戸の小隅の 校庭の隅 隅のベンチに 隅の埃を 庭隅 に 世界の隅と 空の八隅は 電車の隅に 墓地の一隅 街 の隅なる み空のすみに 夜汽車の隅に

【片隅(かたすみ)】 その片隅に 田の片隅に 堂の片隅 廊下の片隅

【縁(へり)】 うす縁や 額縁を かやの縁 川縁や 銀縁の 縁取られ ヘリが無い 麦の縁●金いろの縁 黄金の額 眼鏡の縁を

【角(かど)】 岩の角 角とがり 角櫓 夜の角の●一角を這ふ 稜ある眼 槻の角の 天の一角 つる家のかどに

【間(あい)】 間の辻 あはひ縫ふ 石の間 岩の間 その間 に 空間に 雪間より●間を配る 間のいのちを 岩の あひより 岩間に窪む 帯の間に 切間〴〵を 間に まよひて

はざま はざまなる●とほきはざまに
【隙間(すきま)】 隙間より 日の透間●隙より洩る、簾の隙より テントの隙に 歯のすきまより 【狭(せま)】 空狭き●結界せばき せまき二階に 寝所せま く 舞台せましと 世をせばめられ 幌のすきまは 【境(さかい)】 国境 境無し●危き境 境界線に 国のさか ひの 恋のさかひの 境しまらぬ 境に烟る さかひに 咲ける 夢のさかひに 【秀(ほ)】 秀の秀の 山の秀に●岩秀の上に 杉の秀に立つ 杉むらの秀を 秀嶺の雲は 【端(はし)】 池の端に 京の端 口の端を 雲の端 下水端 ●入りゆく端に うねりの端 襟巻の端 大川端を はしばしみゆる ベットのはしに 鬢の際 【際(きわ)】 垣際の 雲際に 髪の際 耳の際 無辺際●うつく しき際 梅の際まで 際より青む 波打際に 波打際 の 星際の空 細き際より 山際の春 夜明るきはも

3 形・位置——近

近　隣横辺

【近い】　秋ちかき　桜に近し　近けば　近よりぬ　はる近く　ちかく聞ゆる　ちかづきぬらし　程近き● 近よる人と　林に近き

【隣】　秋どなり　隣より　隣かな　隣から　隣同志　となりに　も隣人　隣りしづかに　隣すむ　両どなり●隣羨む　隣淋しや　隣のうめも　隣の榎木　隣同士の　隣に更けし　隣すむ画師　隣の琴は　隣の亭主　隣の幟　隣はしろし　隣は何を　隣人らに　隣へくばをとへば　隣を始　隣家の娘　隣人門に隣もかやを　隣もちけり　隣もありて　隣もあれな隣へ逃げて　隣見えすく　隣もありて　隣をかりて

【横】　野を横に　横あらし　横ありき　横うねりよこがすみ　横かぶり　よぎつた　横ぎりし　横雲に横ざまに　よこ時雨　横乗り　横ひらた　横むいて●そ れを横より　横明りなる　横縦響く　横にながむる

横に降る也　横伏す山の　横向いてゐる　**横たわる**　横たはる　横臥して　横伏せり　入日横た ふ　海よこたはり　声横たふや　佐渡によこたふ　横たふる秋 を横たへ　空に横たふ　露横　はる　横たふる秋　よこ たふるなり

【辺】　門辺かな　川辺哉　机辺まで　厨辺の　沢の辺 に　墓の辺の　春辺哉　水辺草　道の辺に　み墓辺に 山辺かな●あかき道のべ　洗ふ水辺や　いつくしき辺に 垣辺のわらび　辺に揺るるのみ　わが枕辺や　我の臍の 辺　此あたり　田居辺り●あぢなあたりを　あたり　人なき　四辺を照らし　そこらあたりの　竜泉寺あた り

【辺】　池ほとり　このほとり　ほとりかな　辺りより 炉のほとり●風のほとりや　肩のほとりに　腰のほとり や　古城のほとり　寺の畔の　天のほとりに　眠りのほ とり　畑のほとり　膝のほとりに　碑に辺せむ　墳墓の ほとり　ほとりの菱や　道のほとりに

↑↓↑ 形・位置

③形・位置 ── 低

低　浅　底　下

側（そば）　かたはらの　そばにいて●側への人の　くらふ側から　蘇鉄の側に　側へ割込む　暖炉の側や　ニコライの側の　ミイラのそばで

座右（ざゆう）　座右かな●梅を座右に　座右にひらく　座右の梅や

【**低**】（ひく）　雨低し　肩低く　雲低き　高低の　低気圧　低空で　低く垂るる●雨雲低し　ならんで低し　花より低き　低い戸口を　低う垂れたる　低き雷　ひくき　低き　落日低く　ひくくしづめる　低く燃えたる　低みをめぐり　山皆　ささやき　ひくしらべの　低き地上に　低く浮かべり　雨の　仏壇浅き

【**浅**】（あさ）　秋の浅瀬を　浅い眠りに　浅き山々　浅野の

【**底**】（そこ）　井の底も　奥底に　澱の底　底あかり　底浅の　底がぬけて　底知れぬ　底澄める　底っ世の　そこなき　ぞ　底濁り　底の底　底の冷え　底ふかく　底冷ゆる　底まひ●あかるき底へ　朝霧の底に　笑まひ　どん底を　二重底●　ばかり　草いきれの底　声の底なる　地面の底に　底穿ちて　草をの底に　底白波の　底なめらかに　底くれなゐの　底ごもりし　底に埋みし　底にかくる、　底に声ゆけ　底なる澱に　底に疑ひ　底に眠れる　底のあら土　底はづかしき　底にささやく　底びかりする　底を叩ば　谷の底より　底は空しく　土砂の底より　ひかりの底で　ひるまの底の　地の底とほき　も/奈落に見たる　悲哀の奈落

水底（みなそこ）　水底に　水の底●湖水の底　水底の石　水底の草を　水底見えて

【**下**】（した）　くだり船　下への下の　下水端　下つ人　すり下す　灯の下に●東下りの　下りず夜を行　下り立つ　渓や　ガードのしたに　かはほり下る　くだりくだりて　くだりて炊ぐ　くだる薄暮の　下に揺れ澄む　下降のこす　下見て泣いた　どかく下る　渚に下りぬ　なは手を下りて　ぶらりとさがって　ぶらんこの下

❸ 形・位置 ── 高

高 深 上

【高(たか)い】 いとたかき うづ高き 堆(うずたか)く 草高し 高気(こうき)も

圧 高あがり 高き屋に たかくたかく 霜ふか、

灯籠(とうろう) 高寝言(たかねごと) 高光(たかひか)る 高御座(たかみくら) 丈高(たけたか)く 高う飛ぶ

天高し 塔高く 日は高し 松高し 胸高く 山高し

夢高く 隆起(りゅうき)して● 一段高き うしろに高し かげろ

ふ高し 傘高低(かさたかひく)に すつくと高し 高きに

上る 高草隠(たかくさがく)り 高く結びて 高々(たかだか)と

よみ 唐黍(とうきび)高し はるかに高き 翥(は)る、高きに ひそと

高きに 人より高し 昼の日高し 星より高い 細頸(ほそくび)

高き 摩耶(まや)が高根に 水嵩(みかさ)や高く ももだち高く

聳(そび)える 聳え立つ 松そびへ 山聳(そび)ゆ● 寒天(かんてん)に聳つ

くすく聳てば 聳えて雲の

【頂(いただき)】 頂点に● 頂潰えて その絶頂を

【深(ふか)い】 いろふかき 陰深(ひだふか)き 襞深(ひだふか)く

く 襞深く 深蒼(ふかあお)に 深き霧 深き慈悲(じひ) 深うなった

水深く 深雪(みゆき)かな● 朝の香深き 一輪深き 海の千尋(ちひろ)

も 草深くても くれなゐ深し 山門深き 霜ふか、

らむ 煤(すす)のみ深き 空の深みに 竹深ぶかと 契りの深

き 花の香深き 花深うして 花や木深きと ひだを深

めて 深き泉は 深きうねりの 深き静黙(せいもく)に ふかき

浪より ふかきはやしに ふかき光を ふかき淵より

深き眼窩(がんか)に ふかさわする、深み重なり 深みへ下

る 深う世を待つ 方丈深き 深雪の創(きず)の 紫深き

森の香深き

深々(しんしん) しんしんと● しんしん痛い 光しんしんと 墓地

にしんしんと

【上(うえ)】 蔦(つた)の上 塔の上 蓮(はす)の上 藁(わら)の上● あがるとや

がて うへに上れば うへにひっぱる 上にやすらふ

上のダーリア 上はかわきて 上へあがらす 上よりさ

がる きはづく上に 晒(さら)しの上に 島々の上を 菜の花の

上の 廃墟(はいきょ)の上に ひらくく揚る 真上に鳴くや むき

みの上に 私の上に

3 形・位置 —— 遠

形・位置 ⇅

遠

遥 果 末 奥

【遠(とお)い】

遠(おち)の灯(ひ)の 鴨(かも)遠く 月に遠く 遠浅(とおあさ)や 遠あ
らし 遠い世の 遠海(とおみ)の 遠がすみ 遠き橋 遠き灯の
遠き世の 遠くして 遠雲(とおぐも)に 遠桜(とおざくら) 遠き灯の
遠つ祖(おや) 遠遠(とおどお)に 遠なびき 遠白(とおじろ)き 遠つ海
遠干潟(とおひがた) 遠巻(とおまき)に 遠喇叭(とおらっぱ) 遠鳴(とおな)り 遠のきぬ 遠花火
目に遠く ●秋風遠く 秋の夜遠き 昼遠し みな遠く
き 魂(たま)をも遠く 遠樹(えんじゅ)にのこる 遠樹のかげを 鶯(うぐいす)遠く 海面(うなづら)とほ
遠い砂丘 東京遠く 遠い音信 遠いころに
ほい町々 遠い岬 とほい港に 遠海原(とうなばら) とほい晴夜(せいや)の と
の 遠き異国の 遠きうるみや 遠き巷(ちまた) 遠きいくさ
末や 遠き旅人の 遠き蛙(かわず)を とほき木(こ)
とほき渚(なぎさ)に 遠き響(ひびき)に 遠き昔を とほきわかれに
人(びと)の 遠をさまよふ きのふに遠き 雲井(くもい)のをちを こ
ゑとほざかる 声遠のきぬ ずんずん遠く たづねて遠
し 遠樹にのこる 遠樹のかげを 遠方(えんぽう)

遠く時計の 遠くながむる 遠く流るる 遠くなだれ
る 遠くなりゆく 遠国(とおくに)びとの とほくの歌や 遠く
ひらいて 遠く悲雷(らい)の 遠国びとに 遠漕人(とおこぐひと)が 遠な
ぎさ見ゆ 遠鳴りひびき 遠くれなゐに 遠びととほぎ
す 遠夜(とおよ)に光る 遠夜の空に 遠夕立(とおゆうだち)の ドナウの遠き
日本遠し 俄(にわ)かに遠く 終日(ひねもす)遠し 故郷(ふるさと)遠き めぐり
て遠し

遠近(おちこち) 梅遠近(うめおちこち) 遠近法(えんきんほう) 遠近す 虫(むし)遠近 村(むら)遠近●
菜遠近 遠近人(おちこちびと)に 声遠近に

【遥(はる)か】 海の果 国の果 さいはての 志摩のはて 梅雨(つゆ)
はるか地球の はるかな友よ 遥かにおくる 遥かに人
家を はるかにすずし はるかに高き はるかに燃ゆ
る はるけき人は はるぐ〳〵来ぬ
逍遥(しょうよう)の はろばろと 眼路(めじ)遥かな ●逍遥の群(むれ)

【果(はて)】 海の果 国の果 さいはての 志摩のはて 梅雨
の果 なれの果 はてしなき 涯(はて)知らず 涯とほく
果てのさま はても無う 花の果 巴里(パリ)の果 人の果
街の果 円(まろ)き涯 ●浮世の果は 小町が果や 地平の果
に ながきはてより 野原のはてで 果から果を 果て

78

3 形・位置 ── 方

し我が子の　果ぞ濁れる　果なくつゝむ　涯なる旅に　はてぬ算用　果の太洋　果はいづくぞ　果てもない旅の　果てを見よとや　真澄の果の　空しき涯に　もだえのはてに　もろもろの極

涯 月のきはみ●きはみにきはみ　涯も知らぬ恋
のきはみに　さびしききはみ　視界のきわみ

窮まる 極まれりとぞ　水窮まれば　無窮の生命　無窮の力　無窮の沈黙　瑠璃極まりて

無限 無限大　暗無限　女人の無限　無限級数　無限に走れ　無限のあらし　無限の陰影に　無限の過去を　無限の岸に　無限の重量　無限の空の　無限の天を　無限の光　無限の深み　無限の淵に　無限の前に　無限の未来　無限の列は　胸に無限の　われには無限の

【末】
野末 野末なる　野の末に●卯月野ゝ末　野末にほひて　野末に去りぬ　野末に低し　野末をかよふ　行く
雲の末●風の行末　末の松山　わが行末も

限り 限りある　限りなき　かぎりなし　けふかぎり
野の末や　の　見ゆるかぎり●あらん限りの　限り知らない　限りもあらぬ　目路のかぎりを

【奥】
奥 梅の奥　奥の院　おくやまは　霧の奥　空の奥　靄の奥●奥ぞ教ふる　奥に音ある　奥物ふかし　奥の奥の　身体の奥で　木立の奥に　信濃のおくも　濃霧の奥の
奥処 奥処に寒き　空の奥処に　部屋の奥処の　森の奥処の所が

方

【方】 あちこちす　あちこちの　海手より　北方に　来し方を　東方に　八方の●あちこち墜つる　あちこちすれば　何方の里を　乾のかたと　同じ方角　方にむかひて　消行方や　師の行方や　闇の方行
行手 行手いそがん　行手に黒き　ゆくての途も　行手は嵐
行方 風の行方を　汽車の行方や　雲のゆくへの　胡蝶の行方　高き行方に　遠矢の行末　鳥の行方も　主の行

③形・位置 ── 東

東

西 南 北

形・位置

四方(しほう)
四囲(しい)の山　山四方(やましほう)　四方(しほう)つ空　四方(しほう)の海　四方(しほう)の風　●或日(あるひ)四方(しほう)に　凍てきし四方(しほう)の　三尺四方(さんじゃくしほう)　四方(しほう)　四囲(しい)の燈光(とうこう)　坐(すわ)りて四方(しほう)の　四方(よも)とざしたる　四方(よも)にかき垂(た)れ　四方(よも)に戦(たたか)ふ　四方(よも)の黒木の　四方(よも)の砲音(つつおと)に

彼方(かなた)
あなたかな　●海の彼方(かなた)の　彼方(かなた)に白き　彼方(かなた)に睡(ねむ)る草のあなたの　百里の彼方(かなた)　星のあなたに

【東】(ひがし)
月東(つきひがし)　東海(とうかい)の　東西(とうざい)の　東山(ひがしやま)●東下(あずまくだ)りの　東(あずま)へ　下(くだ)るきのふは東(あずま)　江の東に　月は東に　東海(とうかい)の駅　西か東か　東にたまる　東の方に　東の浜に　東は暗く　東へ飛んだ　東向(ひがしむ)きなり　先づ東路(あずまじ)に　けふは西(にし)　西窓(せいそう)の　西方(せいほう)に　西来意(せいらいい)　西楼(せいろう)に

【西】(にし)
西透(す)きて　西の海　西の空　西の丸　西か東か　西なる空に　西へ行(ゆ)く　西山(せいざん)や日は西に　●うぐひす西に　西にかたぶく　西に流れて　西のひかりを

西吹きあげて　西へ過(す)ぎけり

西日(にしび)
秋西日(あきにしび)●西日悲(にしびかな)しき　西日に掛けて　西日に住めり　西日の人の　西日のどかに　西日のほてる　西日はげしき

【南】(みなみ)
南縁(なんえん)の　南海(なんかい)の　南国(なんごく)の　南窓(なんそう)に　南天(なんてん)に　南谷(なんこく)●丘の南の　銀河(ぎんが)の南　南方(なんぽう)の都市　南回帰線　南北(みなみきた)より　南十字へ　南に近し　南の地平　南の夏の　南はいづち　南半球　南も北も　南を向いて南すべく

【北】(きた)
北面(きたおもて)　北すべく　北とほく　北にして　北になり　北の海　北の梅　北のかた　北のまど　北のむき　北よりす　北を指(さ)す　北天(ほくてん)の　北溟(ほくめい)に　北枕　北向(ほっこう)　●うき世の北の　おまえの北に　北天(ほくてん)の　北空(きたぞら)とほく　北洋(ほくよう)の　きりて　北にすすみぬ　北に向つて　北の海来(うみこ)し　北にこそ門(もん)を　北の浜辺の　北の家かげの　北へ枯臥(かれふ)る、　北山(ほくざん)のてら　北山道(きたやまみち)の　北より冷(ひ)ゆ　北より吹きて　北天(ほくてん)の海　北天(ほくてん)の星　北洋(ほくよう)の息吹(いぶき)　北国街道(ほっこくかいどう)日は西に●うぐひす西に　西にかたぶく　西に流れて　西のひかりを国日和(こくびより)　北天のてら　北山道の　北

4 数・量 ── 一

一　一人　独

【一】
一身田の午　一の湯は　一老樹　一椀の
一脚の　一犬の　一痕の　一蝶に　一瓢の　一碧の書
一巻　書一函　手一合　ひと藍と
一躍り　一霞　一構　一区画と　一騒　一時雨
雫一（ひとしずく）　一田づゝ　一谷を　一星　一坪
或る一頁　麦一穂　蘆花一望●愛の一念　ある一郷の
一楽音は　一座一座の　一段高き　一の宝　一翳も無き　一文も
ない　一より習ひ　一碗の酒　一閑張の　一基の墓石
一間ばかり　一石ふみし　一升のめし　一銭に三つ　一
鳥啼かず　一帆生みぬ　老の一子の　その一燭は　た
だ一瞬の　チェロ一丁の　中の一粟　中より一縷　夏も
一炉の　一暁を　一網うつや　一絃一柱に　一とくべ

【二】
一竿すずし　一雫にて　ひと白菊に　一束の
葱　一掃き掃いた　一舟浜に　一叢しろき　また一寝
入　遊船一艘　落花一陽

【ひとつ】
家一つ　顔が一つ　釜一つ　からだ一つ　銀貨
一つ　島一ツ　鷹一つ　只一ツ　蝶一つ　月一つ　寺一
つ　塔一つ　蝿一つ　墓一つ　一家　一ツ蚊の　一つす
う　一つづつ　一つ脱　一つの島　一つ葉に　一つ火の
一ツ舟に　星一つ　身一ツや　宮一つ●あすこにも一つ
家あり　一ツ　椅子は一つ　頂一つ　薄鍋一つ　覚一つ
と欠釜一つ　靴ただ一つ　雲片一つ　雲一ツなき　栗
一つ飛んで　旅の一つに　時計を一つ　杼の実一つ　なま
ぬる一つ　白銅一つ　馬車一つきぬ　旗雲一つ　鉢の子一
つあまりて　一つ涼みの　一つに氷る　一つの息の
一つの糸の　一つの命　一つのうきが　一つのお菓子一
つの愚劣　一つの輪廻　一つのレモン　一蓮に　一つ火
くらし　一つ一つに　ボタンが一つ　椰子の実一つ　柚子
の一つを　夜の濤一つ　我が身一つは
牛ひとつ　瓜ひとつ　瓦斯ひとつ　蚊ひとつ

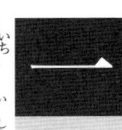

4 数・量 ── 一

一(いち)

状(じょう)ひとつ 咳(せき)ひとつ としひとつ 鳥(とり)ひと
つ ひとつ血(ぢ) 卵(たまご)ひとつ 糞(ふん)ひとつ
に ひとつ皿(さら)の 不二(ふじ)ひとつ 夜着(よぎ)ひとつ●赤(あか)
き銭(ぜに)ひとつ あはれさひとつ 犬(いぬ)ひとつうゐて 歌(うた)ひとつ染(そ)
める 男猫(おねこ)ひとつを 鶏(くだかけ)ひとつ 黒猫(くろねこ)ひとつ 孤山(こざん)がひ
とつ 石鹸(せっけん)ひとつ 蝉(せみ)ひとつ鳴(な)かぬ 鶴嘴(つるはし)ひとつ 釣瓶(つるべ)ひ
とつを ともし灯(び)ひとつ ひとつ写象(しゃぞう)を トラックひとつ 白骨(はっこつ)のひ
爛(かん)の湯(ゆ) ひとつあたらし ひとつお花(はな)が ひとつ
ひとつあかつき ひとつの鈴虫(すずむし) ひとつとまりて
の雲(くも)が ひとつのこゑの ひとつの情炎(じょうえん) ひとつの蕾(つぼみ)
とつの歯(は)もなき ひとつ林檎(りんご)を 帽子(ぼうし)ひとつに ボチツエ
ひとつともつて ひとつになりぬ ひとつの傘(かさ)の ひとつ
リひとつ 夜(よる)の蠅(はい)ひとつ

一字(いちじ)
一字々々(いちじいちじ)に 昔(むかし)の一字

一山(いちざん)
一山(いちざん)の●一山(いちざん)白(しろ)き 一山(いちざん)の露(つゆ)

一語(いちご)
一語(いちご)二語(にご)●死(し)なる一語(いちご)を

一見(いちげん)
一見(いちげん)の●雨(あめい)一見(けん)の 諸国(しょこく)一見(いちげん)

一具(いちぐ)
棺(かん)一具(いちぐ) 五器(ごき)一具(いちぐ)

一握(いちあく)
一握(ひとにぎ)り●一握(いちあく)の米(こめ)を 一握(いちあく)の砂(すな)

一度(いちど)
一度(いちど)会(あ)はむと 一度(いちど)か丶げぬ 一度(いちど)になが(が)す
度(ど)聴(き)かば 一度(いちど)は骨(ほね)を ひとたび逢(あ)はむ ひとたび過(す)ぎし 最一(もいち)

一日(いちにち)
日(にち)一日(いちにち) ひと日(ひ)かな●一日(いちにち)の 一日(ひとひ)ぞ 小(こ)一日(いちにち) 嵯峨(さが)ひと日(ひ)
日(ひ)さはぐ 一日(いちにち)むだに 一日(いちにち)あそぶ 一日(いちにち)画(え)をかき 一
にち 空虚(くうきょ)の一日(いちにち) 波(なみ)といちにち 一日(いちにち)留守(るす)にした けふもいち
日(にち)の業(なり)は 一日(いちにち)ははやし ひと日(ひ)ゆらげり 一日(いちにち)に出来(でき)し 一

一抹(いちまつ)
一抹(いちまつ)の白雲(はくうん) 蓮(ごこ)一枚(いちまい)の 餅(もち)一枚(いちまい)の
折敷(おしき)一枚(いちまい) 一抹(いちまつ)の朱(しゅ)の 一抹(いちまつ)の雪(ゆき)

一里(いちり)
一里(いちり)塚(づか) 一里(いちり)行(ゆ)けば 一里(いちり)あまりの 一里(いちり)そこ
らぞ 一里(いちり)手前(てまえ)の 一里(いちり)吹(ふ)くなり

一枚(いちまい)
一枚(いちまい) 田(た)一枚(いちまい)●一枚(いちまい)着(き)たる 一枚(いちまい)の眼(め)と うるめ一枚(いちまい)

一輪(いちりん)
一輪(いちりん)の●一輪(いちりん)赤(あか)く 一輪(いちりん)ざしや 一輪(いちりん)のリラ
一輪(いちりん)深(ふか)き 梅(うめ)一輪(いちりん)の 椿(つばき)いちりん 野菊(のぎく)一輪(いちりん)

一列(いちれつ)
一列(いちれつ) てんとの一列(いちれつ) 一列(ひとつら)に霧(きり)

一羽(いちわ)
一羽(いちわ)来(き)て ただ一羽(いちわ)●一羽(いちわ)おくれて 一羽(いちわ)くづ
れて 一羽(いちわ)となりて 一羽(いちわ)は死(し)なず 鶯(うぐいす)一羽(いちわ) おくれ

4 数・量 ── 一

一羽（いちわ） 雀一羽 二羽

一把（いちわ） 小菜一把 柴一把 藁一把●一把に折りぬ

一荷（いっか） 一荷ひ●一荷で値ぎる

一塊（いっかい） 一塊の●一塊となって 雪一塊の

一角（いっかく） 一角かなし 一角にして 一角に這ふ

一曲（いっきょく） 一悲曲●恋の一曲

一句（いっく） 一句の詩●団扇の一句

一軒（いっけん） 一軒家●一軒の酒場 質屋一軒

一個（いっこ） 一個の生命 一個の襤褸

一寸（いっすん） 一寸の穴 一寸のびる

一声（いっせい） 一声の 胡角一声 胡雁一声 百舌鳥の一声

一線（いっせん） 一線の朱や 唇一線や 梶の一隊

一隊（いったい） 騎兵の一隊

一滴（いってき） 一滴の●一滴の血を 血の一滴

一天（いってん） 一天や●一天昏き 一天に雲

一点（いってん） 朱の一点●一点白し この一点に

一斗（いっと） 痰一斗●一斗の粟に 秋水一斗 年に一斗の

一歩（いっぽ） 一歩出て●一歩み●一歩恋しさ 一歩さがりて 一歩に涙

一本（いっぽん） 菊一本 指一本●一本杉や 一本づつに 一本 短かい 一本道を 楓一もと 鰹一本に 薄ひともと 一本咲ける 前歯一本 余花のひともと

一足（ひとあし） 一足づつも ひと足出れば

一雨（ひとあめ） 恋の一雨 ひと雨霽れし 一雨降りて

一色（ひといろ） 子皆一色や 墨一色の

一重（ひとえ） 綾ひとへ 単帯 簑一重●ひとへごろもの 一重 桜も 一重に白き 一重羽織の 一重は何か ふくら む 一重

一枝（ひとえだ） 梅一枝 一枝の●ひと枝咲きぬ 一枝二枝は

一株（ひとかぶ） 残る一株の 一かぶ咲きぬ

一朶（ひとえだ） 暮山一朶の

一樹（ひとき） 青の一樹と 一樹はおそき 曇天に一樹

一木（ひとき） 梅一木 さくら一木 花一木 桃一木●栂の一

一切（ひときれ） 一きれを●瓜一きれも 一きれづゝや

一茎（ひとくき） 木の 一茎の●猪一茎の

4 数・量 ── 一

一隅(ひとくま) 空の一隅 墓地の一隅

一筋(ひとすじ) 川ひとすぢ ひとすぢに 水一筋 青ひとすぢの 川一筋や 烟一すじ 此一筋を ただ 一筋に 蔓一すぢや 一筋あけて 一すぢあつし とすじにだいた 一すぢかすか 一すぢの煙 鬢のひとす ぢすぢ長し 一すぢの糸に 一筋長き 一すぢに 夢一筋の

一粒(ひとつぶ) 露の一顆 露ひとつぶや 一つぶ銀や

一時(ひととき) 午後のひととき 一時の後 夕一時

一所(ひとところ) 死なば一所を 空のひとところ ひとところ風の

一歯(ひとは) 一歯二歯● 一歯あつれば

一葉(ひとは) 桐一葉 一葉だに 一葉舟 ●一葉軽く 一葉を投ぐ 重き一葉や 黄なる一葉 舟一葉 桐の一葉と 小貝の一葉 一葉にまがふ 一葉のふねの 一葉一葉に 一葉先づ落ち

一片(ひとひら) 一彩毛の ●空ひとはけに 一片 花ひとひら ひとひらの ●一片厚き 餓て一片 の貝の一ひら 粗染一片や 空に一片 断礎一片

一ひらは一片食ます

一吹(ひとふき) 一吹の● 一ふき風の

一節(ひとふし) 一節に ●鰹一節

一筆(ひとふで) 青一節の 一筆たのむ 一筆たのむ

一間(ひとま) 一と間切りの ●子女の一間を 汽車の一室に 閨の一室の 一間に風は

一群(ひとむれ) 一群の 羊ひとむれ 一と群れ過ぎぬ 鵯のひとむれ ●一群過ぎし 少女のひと群

一夜(ひとよ) 一夜 一夜哉 一夜かる 一夜ずし 一夜二夜 舟巴里の一夜 ひと夜神 ひと夜酒 一夜よべ一 夜の 夜を一夜 ●一夜雛壇 一夜が在った 一夜鉄扉 ひとよとまたる 沖で一夜さ おもへば一夜 一夜妻 その夜の 古代のひと夜 今夜一と夜さ さむさも ひと夜 その夜さ一と夜 一夜あらびし 一夜仮寝の 一 夜宿世の 一夜どまりは 一夜なりとも 一夜に萌え て 一夜寝にけり 一夜の宿を 一夜はあけぬ 一夜 は泊る ひと夜はなびけ 一夜は更く 一夜はやどせ 一夜〳〵に 夜一夜餅を 一夜〳〵に 夜一夜餅を

4 数・量 ── 一

【一人】 一人と いつも一人 僧一人 ただ一人 一人居る 一人哉 一人来て 見る一人 我一人 ●愁ひ て一人 終りの一人 風ふく一人 講義を一人 淋し いぞ一人 たった二人の 人一人たつ ひとりの 一人きげんの 一人散歩す 一人裁縫 一人遊びや 一 一人障子を 一人咳して 一人つめたく 一人死ぬべき ば 一人なりけり 一人の牧師 一人の道が 一人夜 中の 一人を訪ふや 一人を投げ出す 一人とな れ 二人と一人 墓地への一人 仏一人は 流離の一人 守に一人で 楼に一人や わたしも一人 笑ふても一 人 童の一人

【ひとり】 砧ひとり 客ひとり 子がひとり ひとり 月ひとり ひとり尼 ひとりゐて ひとり住 み ひとり住んで ひとりの修羅 ひとり飯 夜をひ とり ●老人ひとり 処女のひとり 乙女はひとり 女 ひとりの 時雨はひとり 寝台に、ひとり 先生ひとり 出て来てひとり 天使がひとり 徒歩兵ひとり 荷持 ひとりに ピエロがひとり 人ひとりゐき ひとりあそ ぶ ひとりあゆみて ひとり歩きを ひとり有る身を 子 ひとりかも寝ん ひとり来ませり ひとり獣の ひとり世話やく ひとり楽しく ひとり土踏む ひと り呟き ひとりで腐って ひとりでじゃれる ひとりで 空を ひとりで食べる ひとり戸に倚る ひとり直し 残りし ひとり眺むる ひとりの神に ひとりの涙 ひ とり林に ひとりぽっちの ひとりの蚊帳に ひとり呪ひぬ ひとり焼く餅 火をひとりふく 真昼にひとり ひとりもだ まもるひとりを 木馬をひとり 別れてひとり

【独り】 馬独り 独り居の 独り蚊屋 ひとりかや 独り来て 独り 寝の ●草して独り 乳呑児の独り 独り歌へる 独り海 聴く 独り海見る 独語いひて 独言なれ 独碁をう つ 独り机に 独りと動く 独り床敷き 独り匂へる 独り寝に行く 独り裸で 独ぽっちで 独みやこの 独 り者めく 独轆轤 独轆轤や

4 数・量 —— 数

数

二 三 四 五 六 七 八 九 十 百 千 万

【二】

梅二輪　雛二対　駕二挺

二の膳や　雛二つい　二面　二心　二時雨　二つがひ

二た月日　二夏の　二法師　二挺の鍬　二渡し●二行の迦

陀を　一町奥なり　二俣に　二匹つれたる　二文

渡しや　無才の二字を　二親持し　二道かくる　ふた

みにわかれ　二夜ねむりて

二つ　秋二つ　庵二つ　寺二つ　ふたつ子も　二つづゝ

二つなき　二つの矢　僧俗二つ　二ツになるぞ　二ツにわ

れし　ふたつの針の　二つの隆起

【両】　両親の　両脚や　両脚に　両となり　両の手に

わが双手●馬の両眼　双眸の星　大地両分けし　縄の

両手を　もろ手に砂糖　もろ羽折れたる　両羽鋭どく

もろはの剣　両岸氷る

二軒　家二軒●二軒つなぎの　二軒もやひの

二三　二三軒　二三寸　二三点　二三片　二ツ三ツ

二三ごゑ　三夜二夜●蚊が二三定　雲二つ三つ　一二三

を蝶の　二朝三朝　二折三折

二尺　二尺落ゆく　二尺の白根　二尺ばかりの

二寸　茎三寸　事二寸　金銅二寸　二寸の天に

二度　二度ばかり●二度とかへらぬ　二たび逢はぬ　ふ

たたびうれし　二たび光　眼にもふたゝび

二人　客二人　所化二人　二人住　二人連

二人なり　二人前　二人見し●いざ二人寝ん　可憐な

ふたり　侍二人　清住む二人　僧と二人の　像と二人

や　月は二人に　ふたりある夜は　二人うつくしき

二人落ちあふ　二人悲しき　二人してさす　二人旅ね

ぞ　二人にかかる　二人寝る夜ぞ　ふたりのお茶　ふ

たりの肩に　二人のなかに　二人の夏よ　ふたりの耳に

ふたりは哀し　ふたりは指を　ふたり黙せる　二人を

照す　裸像が二人

二本　二本づゝ　二本もとの●二本さしけり

二本の角が　二本の麦酒　二本のレール　二もと折ぬ

二もとさくや　二もと手折る

4 数・量 ── 数

【二】

二十(にじゅう)　廿九日(にじゅうくにち)の　二十七夜も　廿四文の

二十歳(はたち)　廿歳(はたち)妻　二十びと　女のはたち●　うきははた
ちを　処女二十歳に　廿あまりや　二十姿と　二十の

夏を

二百(にひゃく)　二百里の●　二百十日も

二千(にせん)　二千石●　二千の兵は　二千の骸(むくろ)

一万(いちまん)　金二万両　恋二万年

二時(にじ)　夜の二時の●　時計二時うつ　二時うつ島の

二日(ふつか)　二日月　二日にも　二日の夜　二日酔●　二日た
てども　二日つづきぬ　二日の宵ぞ　二日目につく　二
日灸の　二日山家の

二十日(はつか)　廿日路の　はつかほど●　二十日になりぬ

二月(にがつ)　二月猫　二月風呂●　二月厳しき　二月の迄てを
の二月の雪　二月の湾に　奥のきさらぎを　きさらぎ寒
の　きさらぎの午後　きさらぎの月　きさらぎの春
其のきさらぎに

【三】

三(さん)　三会目(さんかいめ)　三径(さんけい)　三間(さんげん)の　三軒家(さんげんや)　三夕(さんせき)の　三
度笠(どがさ)　三の糸　三四人　竹三竿(たけさんかん)　三根の縄(みこ)　三ツふと

三坪程(みほほど)　三坪程●　犬が三疋　三猿塚を　三歳駒に　三色版
の　三百文の　三歩あゆまず　三本鍬を　中に三条

三尺(さんじゃく)　三尺の●　三尺四方　三尺の袖　三尺の船　三尺
味噌漬三ひら　三年聴かざり
ばかり　三尺の鯉を

三世(さんぜ)　三世の仏●　三世の仏は

三文(さんもん)　三文が●　三文詩人　三文役者

三度(みたび)　三度くふ　三度来ぬ　三度啼て　三度ほど●　三
たびかゝげぬ　三たび渡りぬ　よし野を三度

三人(みたり)　はらから三人　三人のをとめ　三人三色の

三十(さんじゅう)　三十年　三十里●　三十の銀　三十棒と　三十六
坊　三十六峰

三里(さんり)　三里あまりの　三里と答ふ　島へ三里や

三筋(みすじ)　三すぢべと　三筋程　三すぢ町

三千(さんぜん)　三千疋　三千世界　三千年の　三千の精騎

三日(みっか)　三ケ日　三日日　三日雨　三日三夜●　三日にせまる

三十日(みそか)　小晦日(こつごもり)　晦日も　三十日銭●　みそか月なし
三十日にちかし　晦日をさむく

4 数・量 ── 数

三月 三月や 弥生とも●花の三月 春は三月 弥生半ばに 弥生の雲の 弥生は花の青磁

【四】 四百里の 四方拝 四里あまり 四千句●四尺

四五 四五人に 四条はもとの 四日梅咲く 四日五日●四五人語り 四条五条の家 四五軒の 四五寸青し 銭四五文や 竹四五本の

四十 四十島田も 四十なれども 四十の顔も 四十は老の 四十路となりし

四月 卯月哉 四月馬鹿●明るき四月 四月の気層 四月のぐるり 四月の底 私の四月 四月の雪五尺●五尺の釣や 五尺の空も 人も五尺の

【五】 家五軒 五日迄 五つむつ 五六升 日の五彩
●五ツにわけて 五歳の春を 五分芯ランプ

五石 大きさ五石 五石の粟の

五尺 雪五尺●五尺の釣や 五尺の空も 人も五尺の

五里 五里六里 五里に一舎

五十 五十顔 五十にして 五十棒 五十酲

五百 五百両 五百つ桜 五百羅漢に 五百個岩群を

五月 五月が逝く 五月雨 皐月雨 晴 五月富士 五月闇●いづこ五月の 五月の窓を 五月はたのし 五月青野に 五月にかざれ 皐月の蠅の 五月雨の中

【六】 暮六つや 丈六に まん六の

六十 小六月●月の六月 六月の底 水無月の鯉 無月の天 水無月の灯を
●六万恒沙 六里の松に 六根清し 六段か 六和合

【七】 七彩に 七燭の 七里迄 那須七騎 七少女 七株の 七種や 七草や 七小町 七ドルの 七不思議 七曲り●七十顔の 七星北斗 七面鳥も 七面の鳥 第七支流 訪はず七とせ 七こだま八こだま 七尺去て 七人わたる 二見の七五三を 真帆も七合 螺鈿七尺

七つ 年七つ経ぬ 七つ星の まだ七つには 七つさがりを 七つのかねに 七つの銀の 七つ星の

七重 奈良七重●七重の腰に

4 数・量 ── 数

七日(なぬか) 旅七日(たびなぬか)● 鶴(つる)の七日(なぬか)を　七日七夜(なぬかななや)の　七日(なぬか)み膝(ひざ)に　七日鶴(なぬかつる)見(み)る　母(はは)の初七日(はつなぬか)

七月(しちがつ) 七月七日(しちがつなぬか)　七月(しちがつ)の午後(ごご)　すでに七月(しちがつ)

七夕(たなばた) 七夕草(たなばたぐさ)ぞ　七夕竹(たなばただけ)や　七夕(たなばた)の照(て)り

【八(はち)】

七(しち)合(ごう)目(め)　八(はっ)平氏(ぺいし)　八(はっ)方(ぽう)の　八夕(たなばた)のつま　関八州(かんはっしゅう)を

八尺(やさか)の稲穂(いなほ)　八人(やたり)のことも　八雲(やくも)たつ●　八千重(やちえ)荒波(あらなみ)

八(や)つ 弾丸(たま)を八(や)つ　八(や)つ下(さが)り　八(やつ)ッ過(すぎ)の　八(や)つどきの

八重(やえ) 八重(やえ)がすみ　八重(やえ)桜(ざくら)　八重(やえ)の輪(わ)の　八重(やえ)の金(きん)せん　八重(やえ)の汐(しお)

重(じゅう)だつ雲(くも)に　八重(やえ)てりにほふ　八重(やえ)の襷(たすき)●八

路(じ)を 八重(やえ)山吹(やまぶき)は

八隅(やすみ) 天(あめ)の八隅(やすみ)に　空(そら)の八隅(やすみ)は

八十(やそ) 八十年(やそとせ)を●　八十路(やそじ)の母(はは)よ　八十島(やそしま)かけて　八十(やそ)

の群山(むらやま)

八百(やお) 八百(やお)の　八百船(やおぶね)に●　八百萬神(やおよろずがみ)　八百日(やおか)ちらさ

ぬ 八百潮(やおしお)どもは

【八月(はちがつ)】

八月(はちがつ) 八朔(はっさく)や●　八月(はちがつ)青(あお)き　八月(はちがつ)の昼(ひる)　八月(はちがつ)の夜(よる)は

【九(く)】

九(きゅう)嶺(れい)の　九重(ここのえ)に　九(ここの)たび　九十九髪(つくもがみ)●九年(ねんめんぺき)面壁(ねんめんぺき)

九日(くにち) 九日(ここのか)かな●　九日(ここのか)もちかし　まだ九日(ここのか)の

九月(くがつ) 菊月(きくづき)や　九月(くがつ)蚊帳(がや)　九月(くがつ)尽(じん)　九月(くがつ)蟬(ぜみ)●九月(くがつ)尽(つ)き

【十(じゅう)】

十(とお) 十夜道(とおやみち)　十団子(とおだんご)も　十(とお)の指(さし)　十尺(とさか)よりも●家(いえ)

たり

十(とお)ばかり　十七文字(じゅうしちもじ)を　十七夜忌(じゅうしちやき)に　十方仏土(じっぽうぶつど)　十(とお)に

なりけり　十(とお)のさかづき

十歩(じっぽ) 十歩(じっぽ)に秋(あき)　十里(じゅうり)に足(た)らぬ　十歩(じっぽ)に尽(つ)きて

十里(じゅうり) 稲十里(いねじゅうり)●　十里(じゅうり)ばかりの　十里船(じゅうりふね)なき　菜(な)たね十(とお)

里(り)の

十日(とおか) 十日(とおか)の雨(あめ)に　十日(とおか)のきくの

十月(じゅうがつ) 十月(かんなづき)　神無月(かんなづき)　十月(じゅうがつ)の

十年(じゅうねん) 秋十(あきと)とせ●とゝせに近(ちか)し　守(まも)る十年(じゅうねん)

【百(ひゃく)】

百(ひゃく) 家百戸(いえひゃっこ)　竹百竿(たけひゃっかん)　百草(ももくさ)の　百千鳥(ももちどり)　百目那(ひゃくめだな)　百八(ひゃくはち)の

百両(ひゃくりょう)を　村百戸(むらひゃっこ)　百度(ひゃくど)も　百鳥(ももどり)の●何百人(なんびゃくにん)も

百(ひゃく)パーセント　百物語(ひゃくものがたり)　百葉誘(ひゃくようさそ)ふて　百光放(ひゃっこうはな)つ　百度(ひゃくど)参(まい)

りや

百里(ひゃくり) 霜百里(しもひゃくり)　二百里(にひゃくり)の　路(みち)百里(ひゃくり)●百里(ひゃくり)の彼方(かなた)

百日(ひゃくにち) 夏百日(なつひゃくにち)　地(ち)の百日(ひゃくにち)　百日(ひゃくにち)の　百日夜(ひゃくにちよる)も●はやも

百日(ももか) 百日(ももか)か　百ヶ日(ひゃっかにち)とは

4 数・量──幾

数・量

百

百年(ひゃくねん) 百年忌 百年め 百歳(ももとせ)の●逢ひてももとせ 百まで生きる 百年の家 百歳(ももとせ)の姥

【千】

千貫目(せんがんめ)
**千度(ちたび)び恋び 千々(ちぢ)の玉 千早振(ちはやぶ)●菊千万日のはら
千山(ちやま) 輪の 数千の雨粒 千の言葉を 千の天使が 千うね八百山
千うね 千尺(ちさか)きりたち 村千軒(せんげん)の 百千の氷柱(つらら)
人の胸 千の雨粒 千の言葉を
千金(せんきん) あたい千金 間口(まぐち)千金の
千句(せんく) 千句いとなむ 千句千声(せんせい)
千手(せんじゅ) 千手の誓(ちかい) 千手の御手(みて)に
千部(せんぶ) 千部経 千部読(よみ)
千本(せんぼん) 千本が●千本の松
千里(せんり) 三千里 千里の麦 月千里●悪事千里を 千里の黍(きび)に
千両(せんりょう) 千両の●千両花火の
千筋(せんすじ) おもひの●千筋に 千筋の髪の 千すぢ百すぢ
千年(せんねん) 千とせふる●一千年の 千年の鶴 千とせの杉を
千とせも夢と 千とせをふるも

輪の 数千の雨粒 千の言葉を 千の天使が 千うね八百山
千尺きりたち 村千軒の 百千の氷柱 百山
千山の緑 千秋楽を 千日千夜 千
千度び恋び 千々の玉 千早振●菊千

【万】

万(まん) 十万に 千万(ちよろず)の 万人(ばんにん)を●漢騎(かんき)十万 千万無量(りょう) 万竿(ばんかん)青き 万馬のひづめ 百千万も 百万遍(べん)の万日のはら
万象(ばんしょう) 万象の 森羅万象 万象の子よ●万象青く 万象同帰 万象の春 ひとと万象
万物(ばんぶつ) 万物の●万物の木地
万有(ばんゆう) 天地(あめつち)万有に 万物(もののみな)の
万里(ばんり) 万里城 万里の身●亜細亜(あじあ)万里の 万里の鵬(ほう)
億(おく) 幾億の 億兆の●億のねむりを 十億劫(じゅうおくごう)の

【幾】

幾(いく) 幾億の 幾千里 幾層の 幾少女 幾時雨(しぐれ) 幾霜に 幾尺ぞ 幾世紀 幾春も 幾日影(ひかげ) 幾霜(しも) 幾曲り 幾人(いくたり)の 幾年(としとせ)を いくばくの幾を 幾なみの蔓(つる) 幾鉢置いて 幾山河 谷幾つ●幾つの夜幾夜の不眠 幾夜をとほし 幾山垣や 幾世ぞひるを つか すがた幾むれ 倅(せがれ)いくつぞ 鳥が幾むれ なほ幾

幾度数算

4 数・量 —— 少

数・量

幾日（いくひ）
年を波に幾月　径幾すぢや

幾重（いくえ）
雲幾重●幾重のうへに　幾重の雲と

幾度（いくたび）
いくそたび　いくたびも　幾度にも●幾度越る

幾日（いくひ）
幾日はも●幾日仰いで　幾日になりぬ　いく日に
なりぬ　幾日経ぬらむ　けふ幾日やら　汲んで幾日の
千度び恋ひ　見る度に●礼の八千度　海見る度
に客有度に　さてもこの度　度〴〵芋を　度〴〵月
ぞ　何度も叱り　花咲度に

【度】（たび）

【数】（かず）
数ならず　数ならぬ　かぞへ来ぬ　かぞへても
数へみて　皿数の　数滴の　時の数　帽の数●アラビヤ
数字　数噛む音の　数ならぬ身に　かずにも入む数
数嚙む音の　数をつくして　数ふる筆の
は多けれ　数をつくして　数ふればかなし
かぞへつくせよ　数へてくれぬ　かぞへながらに　小判か
ぞふる　銭数ふる子　茄子の数　ひたに数ふる　負数

【算】（さん）
算用に十露盤に●そろばんをけば　算盤はじ
きはてぬ算用　分列式の
の意味を

少

稀　乏

【少し】（すこし）
今少し　雲少し　ちょんぼりと●あとに少き
今少ししたら　えものすくなき　さしみもすこし　今朝は少しく　皓菌
にすこし　言葉少なに　少なからずや　少春めく　薺すくなの　花屑少し
卓　少なくなる　わずかに白し　わずかばかりの
まうけ少き／はつかに白し　わずかばかりの

【疎ら】（まばら）
疎らなる●まばら朽ちたる　まばらになりぬ

微塵（みじん）
藍微塵　露微塵　日の微塵　微塵かな●梢微塵
に微塵うまる、微塵系列　微塵気も無い

【稀】（まれ）
人稀に　燈も稀に　まれ人も●江戸にはまれな
古来稀なる　人目稀なる　人も稀れなり
珍しい（めずらし）　あら珍しや　珍の珊瑚に　珍の白桃　珍のバナ
ナは　事珍らしや

【乏しい】（とぼしい）
油乏しき　声乏しらに　乏しい薔薇を　乏しき菖蒲　とぼ
しき火種　乏しき金を　乏しき肴　乏しき糧を　夏菜とぼしや
しき火種　乏しき水の　ともしき糧を　夏菜とぼしや

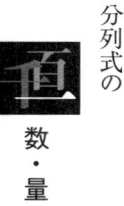

4 数・量 ── 多

多

重 又

【多い】

雨多し　量帯びて　数知れず　酸多き　たつぷりと　墓多き●あまり多くて　いつはり多き　いとこの多し　多く語りて　多くの恋を　をんなの多き　女の多し　顔のみ多し　蔭言多き　数は多けれ　釜多しとも　紅蓮や多き　毛脛の多き　しら蓮や多き　造化無尽の　虚言多き　罪多かりし　弟妹多き　土蔵の多き　橋の多さよ　咄の多い　干網多し　**数多**　あまたゝび　あまたなる　あまた噴く　顔あまた　連あまた●おびたゞしくて

【ばかり】

角ばかり　塔ばかり●あたまばかりを　いたきばかりに　男ばかりの　砕けんばかり　蚊のおる　ばかり　来た顔ばかり　影ばかりなる　今年ばかりと　こと葉ばかりの　汐鳴りばかり　白菊ばかり　そらば

【いっぱい】

いっぱいの月　新酒いつぱい　肉体いつぱい　老廃血でいつぱい　窓いつぱいの春　つくばかり　我身ばかりに

無数　無数の影と　無数の順列　無数の条に　無数の星斗　無数の光　無数の微物

【重なる】

かさなりぬ　重ねゐる　重ね着の　夜を重ね　累々と●打かさなりぬ　かきかさねたる　重なり合へる　かさなりたる　かさねて長き　重ねて薄し　五枚かさねし　薔薇のかさねの　やまぶきがさね　翌も又　けふも又　又けさも　又立ちし●醒めて又寝　寝ては又立　晴れて又ふる　又立落る　又生まれこぬ　又きこしめす　又物写す　又このはるも　又沙汰なし　又忘れけり

【又】

又なかされて

【いとど】

いとゞ輝　いとゞ永き日　いとゞ濁りて　いとゞ寝られぬ　白歯もいとど

【いよいよ】

いよいよ驕る　菊をいよく　いよよ色めき　いよよ親しき　小蛇いよく　気層いよいよ　つくづく　つくづく赤い　つくづく淋しい

かり見る　損ばかりして　のの字ばかりの　鼻ばかりなり　花ばかりなる　眼ばかりに　目ばかり光る　燃え

4 数・量 —— 有・無

有 残 余

【有る】 あったとさ あらざるか あらなくに あり あらましものを ありきもたらぬ 有べきものを 有 あらましものを ありきもたらぬ あるばかり あるだけの 有ると無 あるほどの けふも有 あるがまま ありどころ あるところ たけの 有り所 きと るやうで無し 牡丹有●

【残る】 打ち残せ 酒の残 残桜や 残生を 残雪や 残らまし 残りぬれ 残る蚊や 残る菊 残る月 灯 残れり●今も残しつ うつろをのこし 灯のこる とり のこされし 残らず動く 残りなくもう 残る寒さや のこる名月 ひら〳〵残る まだかびのこる

【名残】 湯の名残●皇居名残の 空の名残を 散って名残 は なごりにさける 名残の響 名残をかぎて 紅の 名残や 夕陽のなごり

【余る】 腕に余る 有り余る虚無●三里あまりの 字 余りの歌と つつみ余れる 庭に余りて

無 欠

【無い】 牛もなし 甲斐が無い かひしょなさ かひ もなき 境無し 更になし 思慮の無 しりなく 空が無い 井無き はじめ無く 人も無し ほかになし ほども なき 無我の渦 無色界 無縄自縛 無人島 無に 帰して めっきりと もぬけ哉●あたり人なき 跡か たもなし おまへも宿なしか 空になりしごと 量か なかりし 季はなけれども 君口無しに 小便無用 バッハの無意味 無為の白日 無韻に徹した 無依の道 人 無窮の楽と 無礙の混雑 無盡にありて 無人の 林 無の世に移り 無益のわざを 無量の味は 無量 あふれ

【無象】 無象の世●無象の天を 無象を声に

【欠ける】 欠け落ちた 欠々て かけた月 欠茶碗 欠にけり●欠釜一 かけた陶椀 角の欠けたる 完 全無欠 事を欠かでや

4 数・量 —— 大・重

大　巨 広

【大きい】

大碇　大いなる　大男　大杉　大隅に
大凧の　大たんぽ、大鶴の　大どぶに　大雪崩　大波
大旗の　大晴や　大版の　大比叡や　大ふざけ
冬木　大凹み　大雪や　壮大に　大海の　大傾斜　大
小で　大石に　大の字に　大木に　大漁だ●一大円を
大蘚　大いなる顔　大いなる田螺の　大きく刻む　大
きくまはり　大き言魂　大きするどき　大きな智恵を
大竹藪や　大扉の下に　大寄合や　大ろーそくにがが
んと大きい　これは大きな　大屈折を　大群集の　大
心力を　大哉　大氾濫の　莫大な夢　ゆるくて大き
しんりき たいさいなるかな だいはんらん ばくだい

【巨き】

巨いなる　巨船の　巨石占めて●巨きく明
し　巨きな丘に　巨きな雲が　巨きなさじで　巨きな
すあし　巨きな像の　巨きな鳥が　巨きみ艦も　巨き
の社長の　巨人よぶべき　巨像の如く　黒い巨きな　そ
の巨男　立てる巨人の　何か巨きな

重　厚 膨 太

【重い】

海は重く　帯重く　重い荷を　重からしめ
重からず　おもからむ　重かろな　重く散つて　重げ
にも　おもさかな　重味をば　雲幾重　弥陀の重さ
より重し●頭は重く　あゆみは重し　重重と停つ　重
き唸りの　重きが上の　おもきかしらを　重きかなし
み　重き鎖を　重き征衣を　重げの扉　おもたい手足
おもたからずや　おもたき筬の　おもたき琵琶の　お
もたげなるぞ　霧いと重し　下駄の重たき　煙を重く
の匙の重さや　しめりて重き　寸の重みや　青銅重き　そ

【巨大】

巨大な眼●巨大な支壁　巨大な機械　巨大な
星座　巨大なトルソオ　巨大に明るい

【広い】

汪洋と　天広く　幅広き　広庭の　無辺大
しげりて広き　幅広ないふ　道広くなり
茫　天渺々　微茫たる　茫茫と●この茫漠の　蒼茫と
して　はては渺茫　渺々として　茫として立つ

４ 数・量 ―― 長

長

短　丈

【膨らむ】　ふくよかに　膨れつつ●腹ふくれたる　ふくらみて居り　ふくらみやまず　ふくらむ一重　膨れけるかも　もり膨れつ、

【太い】　胆太き　咽喉太の　ふといやつ　太き杖　太き笛の　太みみず●主人も太眉　永劫太き　太みずく　ふとき心は

【厚い】　厚かりき　厚き買ふ　厚ぼたき　厚ら葉の　寸厚き　麦厚し●厚いどてらの　厚き扉の　オムレツ厚き　肉置厚き　雪の厚さを

びらに重き　土壌の重み　なみだは重き　脳の重みを　まみおもたげに　無限の重量　雪の重さを／どっしりと

【長い】　おも長に　午後長し　堂長し　長椅子に　長いすね　ながい夢　長かりし　長き祈り　長き尾の長き髪　長き日に　長き文　長き夢　長き夜　長きれど　長かな　長旅や　長つぼね　長の日に　長話し　長短　短長病みの　長尻り　長廊下　日の長き●かさねて

長き　風の長さや　草ながき里　くちづけながし　靴下長し　広長舌を　たてがみながき　長寿願はず　な　がい襟足　長い触手と　長いまつげの　長き舗石道　長き肩掛け　長き垂り髪　ながき吐息よ　長きみぢかき　ながき闇路や　ながき余光を　長き夜頃の　長き廊下の　ながくてしろき　長くわすれぬ　長雪隠も　長夜々語り　長う鳴るかな　葉影も長し　髭長の影　庇は長し　一筋長き日の長いにも　文など長く　穂蓼に長き　また長鋏まつ毛の長い　澪の長さや　行影長き

【短い】　小短き　短日や　手みじかに　短かくて●短尺かけて　てんつるてんの　ほんの短い　短き言葉

【縮む】　縮めけり　手をちぢめ●首をちぢめぬ　縮み粟立ち　伸びてはちぢむ

【丈】　鮎の丈　草の丈　背くらべ　丈高く　丈に等したけのびて●子供のたけや　子の首丈けの　ずいきの丈の　背丈かくるる　背丈のびゆく　丈かり揃へ　丈髪　御髪のたけを　ひめが

4 数・量 ―― 小

小

【小】

小車(おぐるま)の　小山田(おやまだ)や　小休(おやみ)なく　小商(あきない)ひ　小商人(あきんど)

小鮎(こあゆ)かな　小行灯(こあんどん)　小石原(こいしはら)　小一日(こいちにち)　小諷(こうた)ひの　小うる

さい　小買物(こかいもの)　小狐(こぎつね)の　小くらがり　小傾城(こけいせい)　小杯(こさかずき)

小盃(こさかずき)　小座敷(こざしき)　小座頭(こざとう)　小すげ笠(がさ)　小制札(こせいさつ)　小ぜ

はしき　小盥(こだらい)や　小箪笥(こだんす)に　小提灯(こちょうちん)　小晦日(こつごもり)　小手(こて)

枕(まくら)　小半(こなから)の　小流(こなが)れに　小水葱被(こなぎかずき)て　小女房(こにょうぼう)　小人形(こにんぎょう)

小博打(こばくち)に　小庇(こびさし)や　小百姓(こびゃくしょう)　小貧乏(こびんぼう)め　小風呂敷(こぶろしき)　小夕(こゆう)

坊主(ぼうず)や　小祭(こまつり)の　小短(こみじか)き　小山伏(こやまぶし)　小やみなき　小

立(だ)ち　小料亭(こりょうてい)　小六月(ころくがつ)　小脇差(こわきざし)　小男鹿(さおしか)の　小蟹(こがに)かな

小竹(ささ)の風　小筵(こむしろ)や　鉢小壺(はちこつぼ)　●赤い小宮(こみや)は　朝焼小焼(あさやけこやけ)だ

穴掘(あなほ)る小蟹(こがに)　雨に小鼓(こつづみ)　魚(うお)に小蠅(こばえ)の　雨後(うご)の小庭(こにわ)の　牛

の小鈴(こすず)は　牛(うし)の小角(こつの)に　得(え)てし小漁(こりょう)や　小白き小灰(こばい)に　樫(かし)

立(だ)つ小鈴(こすず)は　桐(きり)の小函(こばこ)に　小拳(こぶし)の仲間(なかま)　小鮎(こあゆ)いもの　小

磯(いそ)の小節(こぶし)を　恋(こい)の小貝(こがい)　小魚(こうお)と遊(あそ)ぶ　小首(こくび)かたむけ　小

蜘蛛(くも)は花(はな)を　小雲(こぐも)もあゆむ　小坐禅堂(こざぜんどう)に　小城下(こじょうか)なが

ら　小褄(こづま)とる手(て)に　小鼻(こばな)かすかに　小羽(こばね)ふるふよ　小

ばやく暮(く)れ　小松(こまつ)に落(お)つる　小見世明(こみせあ)けたる　小坊主(こぼうず)に角(つの)　小坊主(こぼうず)覗(のぞ)く

利(り)を　さむしろ振(ふる)ふ　猿(さる)も小蓑(こみの)を　小溝(こみぞ)にけぶる　小公園(こうこうえん)　灰(はい)を小砂(こずな)

ねずみ　浜(はま)の小鰯(こいわし)　春(はる)の小坂(こさか)の　闇(やみ)の小床(こどこ)に　淀(よど)の小本(こほん)の　屋根(やね)の小

小傘(おがさ)　山の小蛇(こへび)と　わが小傘(こがさ)　●小傘(こがさ)して来(く)る　小胸(こむね)は躍(おど)る

紅(あか)き　小傘(こがさ)にそへて

小草(おぐさ)　小草影(こぐさかげ)もつ　小草(こぐさ)ながめつ　小草(こぐさ)に秋(あき)の　小草花(こぐさばな)

咲(さ)く　小草(こぐさ)も無(な)しに　小草(こぐさ)をおきて　屋(や)ねの小草(こぐさ)に

小櫛(おぐし)　小櫛(おぐし)の蝶(ちょう)を　黄楊(つげ)の小櫛(おぐし)の　巻絵(まきえ)の小櫛(おぐし)

小暗(おぐらい)　小暗(おぐら)きに　●燈火小暗(ともしびおぐら)き　家(いえ)の小暗(おぐら)さ　小暗(おぐら)き

風呂(ふろ)に　をぐらき森(もり)の　机(つくえ)小暗(おぐら)し

小琴(おごと)　小琴(おごと)にもたす　胸(むね)の小琴(おごと)の

小笹(おざさ)　小笹原(おざさはら)　●小笹(おざさ)がくれの　小笹(おざさ)にまじる

小家(こいえ)　小家(こいえ)がち　小家(こいえ)かな　小家(こいえ)より　●枯野(かれの)、小家(こいえ)の

小家作(こいえづく)らむ　小家(こいえ)ながらに　小家(こいえ)の梅(うめ)の　小家(こいえ)は秋(あき)の

小家(こいえ)もあそぶ　中(なか)の小家(こいえ)や　不破(ふわ)の小家(こいえ)の

4 数・量 ── 小

小貝(こがい) 小貝にまじる 小貝拾はん ますほの小貝
小菊(こぎく) 小菊の芽 ●伏水の小菊
小猿(こざる) 小猿の尻の 小猿は寒い 小猿は寝こ
小隅(こすみ) 小隅哉 ●江戸の小隅の 蚊屋の小すみを 空の小隅の 土間の小すみの
小袖(こそで) 黒小袖 小袖着て 晴小袖 ●お市小袖の 小袖着て寝る 小袖着て見る 猿の小袖を
小蝶(こちょう) とぶ小蝶 ●あんな小蝶が 黒い小蝶の 小袖でも●小粒なれども 小粒になりぬ
小粒(こつぶ) 小粒でも
小菜(こな) 大菜小菜 小菜一把 小菜畠
小鍋(こなべ) 小鍋立 ●小鍋洗し 小鍋はら ●小はぎがもとや 小鍋の芋の 猿に小鍋を
小萩(こはぎ) 小萩ちれ
小春(こはる) 小春哉 小春凪 小春の陽 小春日や●縁の小春を 小春に見るや
小屏風(こびょうぶ) 小屏風に●中の小屏風 枕小屏風
小笛(こぶえ) 銀の小笛の 小笛錆びたり 蠱の小笛か
小町(こまち) 小町寺 七小町●小町が果や 小町がほねの 皆小町なり

小道(こみち) 寄席小路に●小径に赤き 小道の闇を 小径は 小みちまはりぬ 大名小路(だいみょうこうじ) 渚の小道
小夜(さよ) 小夜嵐 小夜砧(きぬた) 小夜くだち 小夜衣 小夜 時雨 小夜衛 さ夜深く 小夜更て さ夜枕●小夜の 風聞く 小夜の雉子の 小夜の火桶を 夢の小夜中

【小さい】 ちひさい子 ちひさき罪 小ささよ ちひ さなる 少さき神の 小き手に 小さき存在 人小さ き ●裏の小さな 踊小さき 蚊のちひさきを その掌 のちささ 小さい家家 小さい家で ちひさい炭火 小 さい生徒 ちひさい波ら 小さい薔薇の ちいさひ星が 小さい野獣 ちひさき足を 小さい渦や 少さき神や 小さき幸を 小き角力(すもう) ちひさきとかげ 小さき人に 小さき萌を 小さく見ゆる 小さな足に ちひさなお 空が 小さな鍵が ちひさなフーガ ちひさな耳の ちひさな私が 小さな鰐か ちひさう添ひぬ 小ささ 赤緒も 小さき花神か ちひさき手合はせ ちささき停車 場 小さき誇りに ちささき枕の つらの小ささ 年々ち さき 道もちびさし 老母の小ささ

４ 数・量 ── 皆・片

皆（全）

【皆（みな）】 魚は皆 カヌー皆 時計みな 皮膚がみなみな去んで 皆懺悔 みな静か 皆渋し みな白し みな斜め みな微笑 みな見える 皆燃える●肋骨みな痩せ 生けるものみな をさなきはみな 子皆一色や 鮓を皆まで 生徒等はみな 友の顔みな 内臓も皆 皆石となる みな薄呆けし みなうつくしき 皆うつくしく 皆落葉して 皆がい骨ぞ みなから買ひて 皆木にもどり 皆喰ひぬいて 皆首立て、 みな幻想は みな骨瓶に 皆小町なり 皆倒れたる みなちりぐ のみな出はらひし みな涅槃なる 皆働ける 皆見覚えの 皆身が燃える 皆持つ眼鏡 皆りんりんと 皆忘れけり

【全（ぜん）】 あまねしや いちめんの くまぐまに 身を挙げて●石ことごとく 樹樹のことごと 衆生あまねく 田はことごとく

片（半）

【片（かた）】 片明り 片足に 片岡の 片腕 片壁や 片欅 片恋や 片たちて 片心 片里に 片し貝 片住居 片乳を 片焦げて 片夏に 片なびき 片成りに 片庇 片日照り 片月見 片むすび 片眼鏡 真帆片帆●魚の片腹 片かも 片足かけて 片枝折れし 片陰できし 片明りせり 片袖くらし 片はげ山に 片風たちて 片恋にして 片袖かりすも 片耳垂るる 片われからの 片刃の太刀を 片光も 夕片笑みの 片破月の 灯に片よりぬ まだ片なり 片眼片肺 片山里の 片山畠や

【半（はん）】 半部に 半生を●半月うごく 半と出でけり 半休に入り 半片笑みの 半文明の 半ば 空半ば 半かな●酒の半に 空のなかばに 半うつろの 半ばになりぬ 半ばは髪を 半ばは君に 半はこはす みちもなかばに

5 時 — 時

時

間　急　今　現　常　過　先　後
遅　終　頃

【時（とき）】痛き時　今十時（じ）　死んだ時　そば時や　田植時（たうえどき）

時ありて　時されば　時飛びて　時の数　時のなか

時の花　時もなく　時を隔（へだ）て　ひどく時　夜食時（やしょくどき）●

そぞく時の　かはたれ時や　この時裂（さ）けつ　たねまきの

とき　時の遊びが　時のあちらに　時のうしろに　時の

岸べに　時のさびしさ　時の徴候（しるし）は　時の胎内（たいない）　時の亡（な）

骸（がら）　時の流行（はやり）の　時のみ艶（えん）に　時は逝（ゆ）くはや　時ふり起（おこ）

す　時を惜（お）しめり　時をし待たむ　時を導く　まさかの

時に　ラッシュアワーの

時間（じかん）　光陰（こういん）　夏時間　秋の光陰　因果の時空（じくう）　時間

に見入り　時間の奇蹟（きせき）　時間の光華（こうか）　時間の集積　時

間の姿　時間の中に　時間の密度　時間の累積　古い時

間の　割引時間

刻（こく）　卯（う）の刻　午（うま）の刻　刻移り　刻（とき）ゆらぐ●カフェの

刻だ　秒刻（びょうこく）は銀波（ぎんぱ）を

時分（じぶん）　あさむつや　暮時分　暮六つや　寝時分　昼時分

飯時分　八ツ過（すぎ）の　わすれ時（どき）●大凶時（おおまがとき）と

半日（はんにち）　小半日（こはんにち）　釣（つり）半日　半日の●半日の客

終日（しゅうじつ）　ひねもすの●明暮（あけくれ）なげく　終日冷雨（れいう）

きな　二十四時（にじゅうよじ）を　日かなかなしく　ひねもす客や

しみなく　終日恋ひぬ　終日遠し　終日のたり

始終（しじゅう）　暮るヽ始終を　はじめをはりや

暫（しばし）　しばしみむ　しばらくは●しばし孤独を　しばし

逡巡（たゆた）らふ　ながめてしばし　町の灯しばし　しばし水ゆく　しばらく仮（かり）

の　雨間哉（あままかな）　今の間に　ちとの間は　つかの間の　時

の間も　間に合はず●かわく間もなき　しぼむ間もな

【間（ま）】　間　その瞬間の　とりなほす間に　水脈（みお）のひかる間

き　その瞬間の　とりなほす間に　水脈のひかる間

絶間（たえま）　絶え間絶え間●客の絶間の　経（きょう）の絶間や

暇（ひま）　雨のひま　消えぬひま　隙（ひま）あれや　隙人（ひまじん）や　隙や

るぞ　雪のひま●憂ひのひまゆ　おどろくひまに　老ゆ

るひまなし　暗きひまさへ　恋する隙（ひま）は　心ひまある

春のてすきに　暇（ひま）なお星が　隙を盗んで　病のひまに

5 時 — 時

【急ぐ】 急がせし　いそぎつつ　急ぐぞよ　急起て●とくおき
あまりいそがば　急いで通る　いそぎ候　急ぎなだる、
いそぎばかつこう　雲がいそいで　木下いそげば　さのみ
いそがず　したもえいそぐ　蝶いそぐなり　ものいそぎ
する　もの書き急ぐ　行手いそがん

忙しい いそがしや　いとまなき　小ぜはしき●慌し
くは　砧せはしき　蚕飼せはしき　心いそがし　澄むい
とまなき　せわしく顫え　燕ぴまなし　ひまなき風の
耳忙しき　迎せはしき　夕せはしき　わかれせはしき

急 急調に　出しぬけの　たちどころ●不意のくちづけ

俄か 俄客●俄に変る　にはかに暮れぬ　にはかに恋
し　俄かに遠く

颯 颯と打つ●雨さつと来る

忽ち 忽然生みし　忽と戻りぬ　死は忽然　忽ち珠と

疾い 雲疾し　潮疾し　疾走する　とかげ迅し　疾き
日ざし　疾く過ぎぬ　疾く、野分　水疾し●口疾に語る
魂の疾き羽　芽の疾きおそき　ゆきかひの疾き●ゆく
雲は疾し

速い 加速度を　とつとつと●音より速き　快速力で
地面を速く　すみやかなるや　ほろびの迅さ　無常迅速

刹那 臨終の刹那　かなしき刹那　苦しい刹那　刹那
的とも　刹那の力　刹那を追はむ　地を裂く刹那

【今】 今咲し　今さらに　今十時　今たのし　今つきし
今のさま　今のめる　今はとて　今春が　今掃きし　今
引くぞ　今迄は●曙よ今　今しばし行　今におしみて
今に我等も　今はうたはず　今はこれまで　今八何をか

【現】 うつゝなき　この現実●うつにたゝく　現なり
とも　うつゝに聞くよ　うつにたく　うつなき身の　うつ
つの蝶や　現の桜花を　現実は悲し　蝶の現ぞ　蔦のう
つの墓地は現の　観る目はうつつ

【現象】 現象の●現象界を　現象の此岸
げんしょう

【常】 常なけれ　常のごとくに　妻の常着を　常に恋する　つね
に微笑み　常のはだしや　常夏の花　黙すを常と　常臥に
常のはだしや　常夏の花　黙すを常と　常なりにて
常闇の●常に恋する　つね

【過ぎる】　秋過ぬ　過し世を　過ぎし日は　彼岸過
松過の　百合は過●きのふは過　婚期を過ぎし　過ぎ

5 時 ── 時

しその手か 過ぎし夜がたり 過ぎなむ世とも 過ぎゆくかたに 過ぐす月日は つぶす過程に つらなり過ぐる とかく過ぎけり 人を過して 夜中を過ぎた

【過去】 過去帳を 過去の 来しかたも ●過去帳閉ぢて 過去のすべてに 過去の美術家 水いろの過去 過去を われの過去 胡蝶の

【移る】 うつろひぬ 影移り 刻移り ●移り更けても 移る空なり 移ろひ果てし うつろふ影は 移ろひやすい おもひ移りて 光りうつろふ

【変わる】 かわるまで ●かはる浦かぜ かはるにはやき さまかはりつゝ たがいにかはる

【更ける】 楽に更けて 風更けて 昼闌けて 更くるとき 更くる夜を 更たらず 更けにける 更更けゆきぬ 杉に更行 更行初 けまさる 更けたる 更けてきこゆる 更けて身に入む ●秋も更行 更けの夜の 夜更てしづむ 夜更の駅に

【先】 さきだてる 先ぶねの 先繰に 膳先は 先づ替る ●何れか先に 絵を先にみる おくれさきだつ

先だち歩み 月より先へ 先御先へと 先つ、がなしまづ文をやる 雪より先に

【続く】 うちつづく ●越につづくや 断続を見て 続く雨の日 続ける鉄路 どこ迄つづく 菜の花つづき

【未】 未だ生きて まだきとも 未完成 未知の色 ●星まだありぬ

【未来】 未来圏 未来への ●誰か未来に 未来圏から 未来の空の 未来の罪を 未来を霜の 無限の未来

【後】 りて後 後の市 後の月 ●あとに色なき あとに少きあとに立風 あとの淋しき あとのとれもろ あとをくらの後は 後に居なほる 最後の家の 最後の媚を頻りに いくさのあとに 後の朝に のちのおもひに後のさびしさ 後は沙汰なき 後の姿 後はすゝけて別れてのちの 後の雁 後の菊 後の空 菊の後 霜の後

【遅い】 おくれがち おそ起や 遅き日の 遅く著くをそくなつて 遅ざくら 遅月の おそなわり 晩林檎 暮遅し 人遅し ●医者の遅さよ 梅に遅速を お

5 時 ── 時

くる、花の おくれて来たる 晩夏の日に 腐つた晩春
来ること遅し 今年はおそき 桜の遅き 少し後れて
遅刻の事は 遅日をはれば 月は遅かれ 晩夏のひかり
晩秋曇る まんざい遅し

【終る】 御しまいと 検査済みし 終ふなり 終にあふ
撞き終へし ●打どめにする 終りしあとの 終りの雀
終りゆくころ 終る暦の 哀しき終 終焉の室 終点
に来て 生殖を終へ 訴訟が済で たたかひ終る 終に
ねこぎや 終には者る 終てなむ国ぞ 終なる里を

果てる おち果てて ●いさかひ果てし 移ろひ果てし
砕かれ果てつ くちづけはてて、 口上果てぬ ここに果て
たり こもり果つべし 静まり果てし しづみ果てつつ
はてぬ算用

止む 小やみなき 捜査やむ やみがたい ●逢はで止み
にし そよぎやまなく 筒音やみて 野分止んで 止
まむ軍か

暮 暮るる年 暮るる春 暮の春 ●暮にふる雪 年暮き
年暮ぬ 年の暮 春暮て 暮の春 年くれず

【頃】 赤き頃 秋のころ この頃や 肥ゆる頃 にほふ
深い 秋深き さ夜深く 歳深き ●年深き町 日深く
なれば 昼は深けれ 昼ふかぶか 夜深き町の
頃 病む頃こそ ●いびし頃こそ 梅咲くころや 此頃に
うしみつ頃に このごろ見えず 君は今頃 稲かる頃か 色めく頃に こ
の頃までは このごろ見えず 日頃の狸 此頃絶えし
灯を引ころや 柳近頃 わがこのごろの 灯ともる頃の
ひく 雨折々 うた折々 をりをり春の 忘れし頃に
折々 折々うつる 折々残る また折々は 風折々 ●折
動く 折々見るや 庭に折々 折々 をりをり

月日 思ふ月日も 借りての月日 過ぐす月日は 礎
石の月日 月日の雨の

暦 伊勢暦 古暦 ●終る暦の 暦どほりの 骨に暦を
曜日 月曜の 日曜に 日曜日 ●明るい日曜日 消え
た土曜日 けふは日曜

季節 一季雨 ●季節の流れ 季節の馬車が 季はなけ
れども 四季物語

5 時 — 古

古
昔

【古い】

古法眼（ほうげん）　里ふりて　苑古（そのふる）き　古池に　古井戸
古い窓だ　古男（ふるおとこ）　古傘（ふるがさ）の　ふる柏（がしわ）　古金屋（ふるかねや）
や　古萱（ふるかや）に　古川に　古着市　古き恋　古かば
ん　古草の　古桑（ふるくわ）に　古鍬（ふるくわ）を　古き靴　ふる
き名の　古簾（ふるすだれ）　古簪子（かんざし）　古畳　古合子（ごうし）　古暦（ふるごよみ）
書斎　古籠（かご）　古葛籠（つづら）　古館（やかた）や　古足袋（たび）の　古簞（ふるだん）
筒（つつ）　古築土（ふるついじ）　古庭に　古妻に　古手紙　古
古利根や　古日記　古柱　古火桶（ひおけ）　古寺に
古雛や　古袞（ぶすま）　古帽子　古びたる
古町の　古表紙　古庵　ふるぼけし　古濠（ほり）の
古りて●青し古鐘（がね）　古宮（ふるみや）や　古雪（ふるゆき）　世に
古りマント　色古（いろふる）りにけり　古館　古柳　古雪　世に
の如（ごと）く　古調（こちょう）にほこる　懐古（かいこ）の壺に　古鏡（こきょう）
刀（とう）の鞘（さや）よ　古塔（とう）のもとに　古典（こてん）ほろぶる　古塔に望む　古
古来稀（まれ）なる　新年ふるき　古城（こじょう）のほとり　古風な緑
ならには古き　古りし町かな　なほ古りまされ　鳴音（なくね）や古
古い色街（いろまち）　古い戯曲の　古いけものの　古い時間の　古

古（いにしえ）　伊爾志辺（いにしえ）の　古（いにしえ）の●いにしへの酒　いにしへの文　い
古き　にしへ人の　古人（こじん）を思ふ

【昔】

古き玄番の　ふるきころもを　古き宿見ゆ
に臨む　古き帽子も　古き時計の　古き砦の
古き手帳に　きもたへや　古きゆふべを　古きぼろ船　古き御寺に
強者（つわもの）が　古花ながす　古樹（ふるき）を想へ　ふるき御寺に
もがな　古花ながす　古びた夜の　古恋人を　古
古物店の　古雪たたき　古ぼろ船に　古本
古（いにしえ）き　松の古さよ　遺手（やりて）が

うた諷（うた）ふ　古着（ふるぎ）いたゞく　古き革籠（かわご）に　古き傷あと
古き玄番の　ふるきころもを　古き宿見ゆ
に　渋き昔しを　遠き昔を　むかし大坂
かし顔なる　昔語（むかしがたり）　昔通ひし　昔恋しき　昔しのば
ん　むかししのぶの　昔浄瑠璃　昔ながらの　昔鳴り
けん　むかしに見する　むかしの国へ　むかしの願ひ
むかしの花よ　むかし野ばらが　昔の春の　むかしの人
のむかし婆、鬼　むかし雛の　むかしむかしの　むか
しめきたる　昔も嘸（さぞ）　昔を今に　昔を忍び

5 時 —— 新

新 初 始 早

【新】

新しき　新世帯　新刊と　新乞食　新婚の

新亭に　新田に　新畠の　新発意は　新米の　新

参や　新わらの　新草よ　新潮の　新墾の　新

涼や　新らしき歌　あたらしき内　新らしき屋根は

朝　あたらしき●あたらしき

新のシーツは　新しみこそ　かさあたらしき　けさ新

らしく　新居訪ふなり　新発明の　野に新しき　橋も

新し　ひとつあたらし　まあたらしくて　まぐはし新

葉

【初】

粧　初氷　初明り　初あらし　初袷　初鏡　初鰹　初化

へ　初茸や　初潮や　初霜や　初蟬の　初子日　初

初花に　初日影　初鼓　初茄子　初空ぞ　初空

起し初秋　楽しき初　初蛍　初真瓜　初のぼり

公の　初にこゆる　初狩人の　初霜置くと　初氷柱さへ　初奉

　はつ雪見ばや　春の初や　更行初夜の

【初める】

そめて　荒れ初めし　捲みそめし　生ひそめし　老

そめて　聞初て　暮れそめて　立ち初て　降りそめて

笑ひそめ　色見えそめぬ　うかびそめけり　溺れそめ

ける　風たち初めつ　金とり初めの　きらめき初むる

くぐり初めたり　くぢら来そめし　里見え初て　しぐ

れ初めけり　立ちそめにけり　燕来初て　津も見えそめ

て　飛びそめにけり　灯りそめたる　なびきそめつつ

濁り初めたる　まだあげ初めし

【始め】

山始　一番に　鍬始　手初めに　筆始

　夜のはじめ●音に始る　おもひの始にて　けふの

はじまり　隣を始　にほひはじめる　熱のきざしに

はじめをはりや　始る海の　又始るぞ　脈うち始

創　創めむと　世の創●創造の技　天地創生

【早い】

かりき　早すぎる　矢つぎはや●あつめて早し　かはる

にはやき　早瓜くる、早きうまれに　早き御馬の　早

瀬を上る　春早々に

【浅い】

浅　秋浅き●浅い眠りに　浅からぬ夜の　宵浅ければ

5 時 ── 日

【日】ひ

あそぶ日ぞ あの日々と あらしの日 五日迄(いつかまで)
海の日の 大足日(おおなるひ) をさな日の 曇り日の くもる日や
けぶる日も 公休日 誕生日 短日(たんじつ)や 地の百日 寅(とら)
の日の 長き日に 逃げゆく日 日々の はげしき日
日もゆるく 日をあさり 日を奪ひ 日を語る 日を
くらし 日を継ぎて 日を経ぬる 日を以て ミサの
日の 能日(よきひ)なり●いとゞ永き日 刺激なき日を その
日のとき その日に似たり たべがたき日に 中陰の
日に 乙鳥(つばめ)とぶ日の つめたき日にも 東京の日の 二
百十日も 巴里(パリ)の冬の日 日かず思へば 日ごとにかは
る 日毎(ひごと)の土の 日毎日毎に 日に五匁(ごもんめ)の 日にくふ
える 日の長いにも 日経ぬ月経ぬ 日を貯える 日を
葬(ほうむ)りて 日をみだしつ、 日を迎へむと 泯(ほろ)ぶるその日
よみがへりし日 わがありし日よ わが生きの日の

今日(きょう) けふからは 今日が暮れた 今日けふは
をまつ

の秋 けふの嘘 今日の月 今日の身に けふは甲斐(かい)
けふも けふも暮ぬ 今日も掃(は)く けふよりの 今
日よりや●折しもけふは きのうもけふも けふの主(あるじ)
は 今日の悲しみ 今日の苦今日に けふのはじまり
今日の麗日(れいじつ) けふは日曜 今日文ながき 今日また暮
れぬ けふまでの世話 今日も怒れり けふもかやり
の けふも聞也(きくなり) けふも暮れゆく 今日も晴れる 事(こと)なし
けふもだらつく 今日も母なき 今日も晴れる 今日
よりもえむ

昨日(きのふ) 昨日の夢は きのふから 昨日今日 きのふまで
昨日より●笑みし昨日の 昨日碓氷(うすい)を きのふに尽ぬ
きのふの雨と きのふの市の きのふのごとく きのふ
の空 昨日の床を きのふの誠 きのふのままの 昨日
の我を 昨日は信濃(しなの) 今朝を昨日に その昨日
きのふやちりぬ きのふは見へぬ きのふは けふも

明日(あす) 翌(あす)あたり 翌(あす)の事 翌(あす)も＼／●明日(あす)といふなる
明日の来るを 明日は髪そる 翌(あす)は出て行 なほ明日

5 時 ── 年

年　年齢　代　永遠　久

【年】

年あけぬ　丑の年　江戸の年　御年玉　歳晩の
年　年の海　としの尾や　年の時宜　年切の
市　年玉を　年ほぎの　一とせに　年忘れ●こほ
ろ、年の　年だま　新年が来た　新年ふるき　としが行うと　年
ひとつ　新年　新年　年
のかすみの　年のまうけや　年ふるまでも　年ほぎにけ
り　年や行けん　年より咲て　訪はず七とせ　年賀の
文の　年始状　年初状　年々ちさき

年立つ　年立や●絶えて年立つ　年立ちかへる　もえて
年立つ

去年　こぞ植ゑし　去年の垢　去年の友
去年の春　去年の雛　去年の巣の　去年の水●籠に去年
の目　去年腰掛けし　去年の日記　去年の稲づか　こぞ
のこよひは　去年の月とふ　去年のねござの　去年は越
後の　別れし去年を

今年　今年生の　今年米　今年妻●生きて今年の　こ
としたばこを　今年の風に　ことしの花に　ことしのは
るも　今年野太し　今年はおそき　今年ばかりと　こ
としもここに　ことしも今よひ　今年も旅で　雪は今年

師走　今宵師走の　師走月よの　師走の市に　師走の海
の　師走の午後を　師走の空に　師走の木魚　師走比丘
尼の　道も師走の　早稲田の師走

大年　大年や●大年の夜

大晦日　大晦日●大晦日も　年終る夜の

元日　江戸の元日　元日なれば　元日や餅　愚なり元
日

正月　お正月　目正月●正月もせぬ　正月もはや　正
月を待つ

年貢　定免を　年貢米●年貢すんだと　年貢畠の

【年齢】　壮年の　中年の　年うへの　としごろの　年の
程　としひとつ　としまぶり　暮年には●傾く齢　気の
付年と　年七つ経ぬ　年若き人　のびる齢や　娘二八や

5 時——朝

朝

暁　曙　明

【暁】
暁を　夏の暁や●暁起や　暁さむく　暁近し
暁に鳴く　暁に臥す　暁の雨　暁の風　暁の星
暁の月　暁の時計　あかつきの薔薇　暁深く
暁のかをりよ　出てあかつき　暁天を押す　そのま、
暁けぬ　ひとつあかつき

【曙】
曙や●曙色の　曙の精　曙の園　曙のそら　曙
の羽　明ぼの見たし　あけぼのめきし　曙よ今　寒きあ
けぼの　瀬はあけぼのの　永久の曙　春の曙

【東雲】
しののめ　黎明の　東雲や●朝のしののめ
月しののめに

【明け方】
明け方の　暁方の　明がたや　あさぼらけ　夜明方●あ
かつき方の　明けがたちかく　あのあけがたは　かはた
れ時や　夜も明け方に

【朝】
朝朝の　朝市の　朝風や　朝がらす　朝下る
朝ごみや　朝雫　朝涼に　朝たばこ　朝茶のむ　朝

痩せた年増女の
【代】
同時代　南朝の　古き代の　御代にあふ　御代
の春●一代の劇　王朝の世の　初代ぽんたも　時代に老
いて　時代のごとく　なら（奈良）は幾代の　星の時代が

【古代】
古き代の●古代のささやき　古代の女王　古代
の象　古代　古代の一夜　古代の夢の　古代模様

【神代】
踊りし神代　神の代の春　神代の月も　神代の
洞の　神代の都

【千代】
千代の秋　千代の春　千代経べき

【歴史】
心の歴史　歴史は泥棒　歴史を持ちて

【紀】
石炭紀　半世紀●洪積世が　世紀にゐたる　世紀
も眠る　第三紀末　沖積世の　白亜紀からの

【永遠】
永遠の●いとゞ永き日　永劫孤独　永久孤独
永劫のあと　永劫太き　永日を消す　永劫回帰
永久の曙　永久の曙　久遠の処女も　永劫の寂まり
なる影に　長久の　紅久し●磯に久しき　ひさしき肌

【久しい】
の　久しきひよんの　久しくなりぬ　牡丹久しく　待つ
こと久し　黙の久しさ　病む身久しき

5 時──朝

乙女　あさ露や　朝である　朝なく　朝地震す　朝
な夕な　朝に来し　朝の飯　朝の髪　朝の尻　朝
朝の月　朝の萩　朝の腹を　朝の火が　朝の船　朝の竹
朝の湯の　麻は朝　朝ばかり　朝日和　朝富士　朝の室
まだき　朝焼くる　朝やけが　朝夕の　朝の火が　朝の
宵に　あさよさを　朝を注ぐ　朝かな　ある朝々　霜
の朝　朝刊の　夏のあさ　薔薇の朝　春の朝　光る朝
雪の朝　雪の旦　●朝雨こぼす　朝がきれいで　朝から翔
る　朝からだるう　朝からちるや　朝きげん也　朝ぎよ
めすな　朝ごとに責　朝ぞ隠る、朝戸夕戸に　朝の足
もと　朝の女に　朝の香深き　朝の空気に　朝のしめり
だ　朝の情熱　朝の食卓　朝の電車　朝の焼麺麭　朝
のながれを　朝の葡萄酒　朝のベランダ　朝の蛍よ　朝
の間涼し　朝の道である　朝の紫　朝の郵便　朝は涼し
い　朝浜ゆけど　朝焼小焼だ　朝紅のなか　朝よそほひ
の　朝をつつみし　朝焼小焼だ　朝を雪吹く　あした
に道を　あしたの風の　あしたの露を　あしたゆふべの
あたらしき朝　うす霜の朝　麗かな朝　風吹くあした

くだかけの朝　この世の朝を　空の朝涼　奈良の朝こそ
にほひある朝　後の朝に　蚤とぶ朝の　歯に沁む朝の
薔薇色の朝　哈爾賓の朝　光よぶ朝　二朝三朝　星は
あしたに　ホテルの朝の　前の朝なり　耳あぶる朝の
今朝　けさ秋や　けさからは　今朝来たる　今朝の秋
けさの霧　今朝の霜　今朝の春　今朝の冬　今朝の雪
けさ揺りし　今朝よりも●いづれか今朝に　けさ新ら
しく　今朝がたの夢　今朝こそくろし　今朝のかなしみ
はよほどの　今朝の腹だち　今朝は少しく　今朝は見ゆらん　けさ
今朝の腹だち　今朝を昨日に　みな〴〵今朝の
翌朝　つぎのあさ●きぬ〴〵の月
薄明　薄明より　薄明の　薄明穹の　薄明に死を　薄
明のほか　窓の薄明
【**明る**】　明る夜の　明にけり　明かる　明しらむ　明やすき　明けてゐる
明けて葬り　明けたり●あかるうなりし　明けの空気の
しらみつ、夜明け　あらはれて明け　うちに夜明る　明けの
明渡る月　明き　桜に明て　しろく明るを　遠やま明し　のらり

5 時 —— 昼

昼 午

と明けた　花に明行　はや夜の明けて　春うちあけて
秀に明るのみ　ほのかに明くる
きはも　夜明くるまでは　夜は明て有
夜明　夜明顔●海の夜明の　水車の夜明け　夏の夜明
や　夜明に似たる　夜明の旅の

【昼】
　白昼さびし　ひるさむき　昼闌けぬ　昼遠し
昼時に　昼中の　昼ながら　昼になる　昼ねぶる　昼の
鐘　昼の蚊や　昼の月　昼の体　昼のバラ　昼日中　昼
深し　昼ふけて　ひる迄は　昼見ゆる　昼も咲●熱い昼
間の　俺み果てし昼　春昼の燭の　八月の昼の　昼供へ
けり　昼の色なる　白昼のうしほの　昼のお星は　昼の
かねうつ　昼の蚊を吐く　昼のこほろぎ　昼の治療場
ひるの電燈は　昼のテムポは　昼のともしび　ひるの馬
群が　昼の灯影や　昼の麻酔の　昼の湯の底　昼は畑打
つ　ひるは物うき　昼一しきり　昼飯過の　ひるめしに

真昼　庭の真昼●寂しき真昼　真昼にひとり　真ぴるまなれ　真昼時
かな　真昼なりけり　真昼の扇　まひるのといき　真昼に夢を　真
昼の馬の　真昼の砲　真昼の蜜を　真昼の日傘　真
昼の砲を　真昼の闇に　真昼の夢を　真
は満ちて　真昼日の池
白日　秋白日を　風死せし白昼　白日の夢　白日の夢
の　白昼は低し　無為の白日

昼間　ひるま子供が　ひるまの底の　昼間の光　昼間の
芙蓉　ひるまは牛が
【午】
　午さがり　午過ぎぬ　午過の　午の雨　午の春
午休み　午を越す●曇りの午前　午前の色に　とどろ
く午砲　日は午にせまる
午後　午後長し●ききつつ午後の　きさらぎの午後　公
園の午後　午後の情愁　午後の雀は　午後のひととき
ひるの午後の日舞へり　七月の午後　師走の午後の　寺町の午
後　微熱の午後の

する　昼も出て来て　昼を舞ふなる　昼をもどるや
湊の昼の

5 時 — 夕

【夕】

朝な夕な　この夕べ　夕明り　夕凍てて　夕重る　夕まぐれ来る　ゆふべは花の　ゆふべ人恋ふ　夕もや青く　夕山かげの　夕をとづるゝ

夕陰や　ゆふかげる　ゆうがすみ　夕かすみ　紅葉　指組む夕

み　夕ぐるる　夕煙　夕ごころ　夕さりぬ　夕されば　夕汐や　夕凍みや　夕涼や　夕空や　夕千鳥　夕雁や

らさ　夕ぐるる　夕煙　夕ごころ　夕さりぬ　夕雁や

燕　夕むじ　夕露や　夕釣や　夕眺め　夕波　夕つむじ　夕雲雀　夕間暮　蘭夕●赤きゆふべを　秋の夕や

あしたゆふべの　撲つ夕あられ　をかしき夕べ　かなしき夕べ　かはたれ時や　絹なき夕　首はゆふべの　都会の夕べ　羽撃く夕　まじれる夕　窓のゆふべの　真冬の

夕べ　夕すひかる　夕かげ淡し　夕影乗りし　夕黒

みゆくを　夕げうましも　夕そぞる髪　夕空恋し　夕

とゞろきは　夕浪高う　夕冷え冷えと　ゆふべ明るき

夕せはしき　ゆうべにおなじ　ゆふべに菊の　夕べにも

似よ　ゆうべねむれず　ゆふべの雨の　ゆふべの雲の

夕の桜　ゆふべの空に　夕べ野道を　ゆふべの宮を　ゆ

うべのゆきき　ゆふべは花の　夕もや青く　夕山かげの　夕山

【暮れる・暮】

夕映　夕映の●樹のゆふばえの　夕映匂う　夕映の雲

る、川　暮る、手に　暮る、春や　海暮ぬ　暮る、秋　暮

暮遅し　暮かゝり　暮かけて　暮る、日を　暮るらむ　暮遅き

暮れて来た　暮て行　暮れなやむ　暮時分　暮れそめて

暮の月　暮の時　暮れはてゝ　暮六つや　くれやすき

暮れゆきぬ　暮んとす　直暮る　萩にくれて　花に暮

て　日が暮れて　日暮れりや　日暮〳〵　雛暮れて

日の暮や　ふりくらす　山は暮

て　ゆき暮て　雪の暮●浅黄に暮　雨にくれゆく　い

まや暮ぬと　後ろ暮れるし　うす暮るゝおくに　遠樹の

暮れて　顔から暮る、けふも暮ぬ　暮る、渓ある　暮

る、始終を　暮る、蔀を　暮る、光の　暮る、外なし

暮れ蒼みたる　暮れてしまった　暮れなんとして　暮れ

ぬとつぐる　暮れのこりつゝ　暮のこる白の　暮れやす

5 時 ── 夜

い花　暮行野辺の　暮れゆくを見る　小ばやく暮て地びたに暮る、時は暮れ行く　とつぷり暮れて　にはかに暮れぬ　薔薇いろに暮る　春の日暮れず　光見ぬ暮日ぐれの風に　日暮広がる　日ぐれとする　日のくれかゞる　ふところ暮る、暮色の屋根は　ぽつとり暮れたりほと〴〵暮れて　まるう暮れて居る　八すみ暮れくするとき　昏れて婚りや

昏　雨の昏に　北風昏く　土昏し●いただき昏しゆく　吉水は暮れ　我子に暮るゝ

夕暮　夕暮れて●秋の夕ぐれ　その夕暮に　逢魔がときの　風の夕ぐれ　白きゆふぐれ　野べの夕ぐれ　藤の夕暮　優しい夕ぐれ　ゆふぐれかよふ　夕暮たのしぐれながく　夕ぐれる　夕ぐれの夢　雪の夕暮

黄昏　黄昏れぬ●壁たそがるゝ　たそがれがほの黄昏ごろや　黄昏だらう　黄昏時は　たそがれのいろ黄昏の空　黄昏の中　黄昏の部屋　たそがれは来ぬ　鳴ける黄昏　野は黄昏の　藤の黄昏　雪のたそがれ

入相　入逢の　入相の●入相の鐘　春の入逢　春の入相いりあい　いりあい　いりあい　かね

薄暮　薄暮かな●青き薄暮　くだる薄暮の　薄暮の中で　薄暮の道のはくぼ　くれがた

【夜】　宵　晩
よる

夜おそく　よるさむく　夜のいろ　夜の梅　夜の絵を　夜の角の　夜の神　夜の曲　夜の燭夜の鶴　夜の鳥　夜のばらを　夜の膝　夜の霜　夜の雪夜の蘭●あやしいよるの　艶なる夜の　女の夜の　すべてを夜に　そぞろや夜を　沈黙のよる　蛮土の夜の　古びた夜の　夜がひろがる　夜ちる花の夜にまぎれた　夜の帯を解く　夜の黒髪　夜の黒幕　よるの氷の　夜の神経　夜の底ひに　夜のダリヤだ　夜の翼を　夜のどこかで　夜の匂ひに　夜のにしきや　夜の光を　夜の舞踏の　夜の火影ぞ　夜の舞殿　夜の無言に夜のもすそに　夜の山田の　夜はあやしく　夜はまばゆき　夜は目につく　夜は夜とて　夜もかくれぬ　夜をうかがふ

5 時——夜

【夜（よ）】 青き夜の　秋の夜や　良夜に　あめの夜は　庵の夜や　朧夜（おぼろよ）や　かゝる夜の　曇る夜に　くらき夜に　酒の夜を　さなかと　去りし夜の　しのぶ夜の　除夜ふくる　白き夜や　澄める夜を　たまる夜に　徹夜すると守夜（もるよ）　啼く夜なり　夏の夜や　ねぬる夜の春の夜や　二日の夜　冬の夜を　ふられた夜　ほそる夜ぞ　毎夜来る　水の夜や　乱す夜や　もてぬ夜は日夜も　夜泊する　闇の夜の　夜網かな　夜かごかき沈黙　夜の袂に　夜のはじめ　夜は明ぬ　夜ふけです読む夜哉（かな）　夜もあらむ　夜もありき　夜も更けぬ　夜夜に似たる　夜には似ず　夜の祈禱　夜のくだち　夜の夜に更けぬ　夜となりぬ　夜に入れば　夜に落つるき　夜ぞ更（ふ）けぬ　夜ごろ哉　夜為事の　夜ぞふか夜くだちの　夜越して　夜ごろ哉　夜為事の　夜ぞふかやいつの　夜々あやし　夜々白く　夜を凍てゝ　夜を起きて　夜を重ね　夜をこめて　夜を寒み　夜をひとり秋の夜の二時　秋の夜を守る　浅からぬ夜の　あぢきなき夜を　薄月の夜に　うつくしき夜や　鬱憂（うつゆう）の夜にる夜もなく　この夜さひとよ　今夜はべに色　三五夜（さんごや）

中の　静夜（しずよ）の夢は　その夜ほとほと　たたまれる夜のついと夜に入る　東京の夜を　寝る夜ものうき　濃淡な夜の　はじめての夜の　八月の夜は　はや夜の明けて冬の来る夜に　ヴェネチアの夜の　防空の夜の　ほんに今夜は　夜色さみしき　夜遊す花に　夜討としらす夜ごとのくせぞ　夜ごとのねざめ　夜露うければ　夜に入にけり　夜にし老ゆらし　夜につつまれて　夜の事務室に　夜の淡紅色よ　夜の焰（ほのお）たち　夜の間に咲く夜のまゝ日のまゝ　夜の物隠す　夜は明（あけ）て有　夜はくだちゆく　夜は劫々と　夜は沈むかも　夜は日に通ふ　夜は夜をかくしてや　夜更（よふけ）てしづむ　夜も日もわかず　夜々の星座の夜を真白なる　夜にし湧いて　夜ぶかにおこす　夜ふけ夜を真白なる　夜は夜で湧いて　夜を花たゝむ　夜を花たゝむ　夜をふるさとに

後夜（ごや）　後夜の鐘　●後夜きく花の夜を真白なる

深夜（しんや）　深夜に語る　深夜の思ひ　深夜の金魚　深夜の街（まちまち）町町　深夜の町町

夜中（よなか）　真夜中の　夜夜中（よよなか）●凍る真夜中　寒い真夜中

5 時──夜

真夜中すぎの　夜中に起きて　夜中の風が

真夜　真夜さめて●処女と居る真夜　真夜のふたりや

夜長　長き夜の　夜長かな　夜長妻　夜長の灯　夜長
人　夜長星●秋の夜長し　顔の夜長の　かの夜長星　壁
の夜長の　からり夜永の　声ぞ夜長　長夜の闇に　長
き夜頃の　恥よ夜永の　夜ながき雨に　夜長き女　夜
長の風呂に　我は夜長に

短夜　みじか夜や　夜短し●みじか夜の川
夜半　熱い夜半　雨の夜半　寒き夜半　読む夜半の
夜半の秋　夜半の音　夜半の霧　夜半の御所
夜半の春　夜半の冬●あふべき夜半も　落して夜半の
寒ゆく夜半の　淋しき夜半の　切なき夜半よ　ねむれ
ぬ夜半の　夜半の雨風　夜半のいで湯に　夜半の火桶に
夜半の湯槽に　夜半をよろこび
終夜　夜すがらや　夜ッぴとい　終夜　夜もすがら●
夜はの　夜すがら月の　夜すがら灯す　夜すがら
妖女夜すがら　夜すがらまもり　夜たぢ音になく　夜もす
ら啼けり　夜すがら鳴れ
がら聴く　夜もすがら鳴れ

昨夜　よべの雨　よべ一夜の　よべ降りし●昨夜月かげ
にょべの箸の　よべの手枕

【宵】　秋の宵　朝宵に　雛の宵　待宵や　宵越しの
過や　宵出しの　宵の雨　宵の内　宵の海　宵の殿
の鹿　宵の空　宵の伽　宵の春　宵のほど　宵の闇
待宵の　宵々に●荒たる宵の　廻廊の宵　春宵ひたと
づかしき　宵あけぼの、宵浅ければ　宵
寝起すや　宵寝の床や　宵の燭台　宵の灯うつる　宵
日の宵ぞ　行く春の宵
今宵　けふの今宵　今宵もと　こよひ湧く
月今宵　雪今宵●こぞのこよひは　こよひ逢ふ人　今宵
かぎりの　こよひに迫る　今宵の月も　今宵をしのぶ
よひひそかに　今宵爛たる　今宵は　外では今
夜

【晩】　青い晩が　漁夫の晩　闇の晩●曇った晩だ　さァ
むい晩だ　さみしい晩だ　悩ましい晩　晩の仕事の
ら小さい　晩の燕が　不思議な晩だ

春 夏秋冬

【春(はる)】今春(いま)が 宇佐(うさ)の春 老(おい)の春 おらが春 神(かみ)の春 きさらぎの春 雉子(きじ)うつ春の 月下(げっか)の春を こゝろ
くる春に 暮(く)の春 今朝(けさ)の春 去年(こぞ)の春 春王(しゅんおう)の春 さむれば春の シオンの春の
月(げつ)や 春愁(しゅんしゅう)や 春曙抄(しゅんしょしょう) 春潮(しゅんちょう)に 春夜人(しゅんやびと) 瀬戸(せと)の春 沁(し)む春冷(しゅんれい)の 春三夏六(しゅんさんかろく) 春宵(しゅんしょう)ひたと 春水(しゅんすい)流す 春(しゅん)
それも春 月は春 尽(つ)くる春 としの春 奈良(なら)の春 雪(せつ)あそぶ 春夜(しゅんや)の腕(うで) 浄土(じょうど)の春ぞ 少年の春 書魔(しょま)生
残(のこ)んの春 花の春 母(はは)の春 春老(お)いて 春惜(お)しむ 春返(かえ)る を春に ことしのはるも 濁(にご)れる春 ぬくい春の ねむれる春よ
春くれぬ 春駒(はるこま)の 春寒(はるさむ)や 春時雨(はるしぐれ) 春過(すぎ)て 春立(たち)ぬ る、春 桜花(はな)あらぬ春 望(のぞみ)の春も はるがきィた
春に入(い)る 春の朝 春の池 春の海 春の顔(かお) はるの笠(かさ) noteも春の 残(のこ)らぬ春の 春色(はるいろ)の濃(こ)き 春うちあ
春の風 春の神 春の川を 春の客 春の夕(くれ) ぱつぱと春は 春がきこえて 春がみつちり
春のさま 春の旅 春の塔 春の錦(にしき) 春の日や 春の星 けて 春惜(お)しみぬる 春暮(くれ)れ方の 春さめぐ〜と
を 春の水 春の径(みち) 春の酵母(もと) 春の宿(やど) 春の山 春の が行(ゆ)ぞよ 春着縫(きぬ)つてる
闇(やみ) 春の雪 春の湯 春の夢 春の夜(よ) 春の雷(らい) はる 春去(さ)り行かば 春したひよる 春早々に
は沖(おき)よ 春は来(き)ぬ 春蒔(ま)かむ 春や濃(こ)き 春やしらず 春立(た)つけふの 春ちかき香(か)の 春尽(つ)きつ二人 春罪(つみ)もつ
春を待(ま)つ 午(ひる)の春 御代(みよ)の春 宿(やど)の春 行春(ゆくはる)や ●青白(あお)い 子 春なつかしく 春に逢(あ)ひたる 春に背(そむ)ける 春似(に)た
春 青葉(あおば)の春を 妖(あや)しい春の いづれも春の おごりの らずや 春に滅(めつ)りゆく 春の曙(あけぼの) 春の雨濃(こ)き 春の
春の おしあけのはる 音なき春の おもしろき春 しひ 春の樹液(じゅえき)を 春の入逢(いりあい) 春の入相(いりあい) 春の潮(うしお) 春の噂(うわさ)か 春の
はるの近さも 春のつかひの 春のすきに 春の 呼吸(いぶき) 春のかりがね 春の子血(ち)の子 春の潮鳴(しおな)る
の思ひ出 春のしらすの 春のすずめや 春のたま

5 時——春

遠山　春の灯は　春のネクタイ　春の野に出る　春の初や　春の深さよ　はるの舟間に　夏が　来し夏姫が　十九の夏の　白きも夏の　都会の夏春の娘は　春の山中　春の山彦　春の廻廊　はるは沖よ　夏の　とこなつの咲く　常夏の花　夏行々子　夏が来ただり　春は御室の　春は来にけり　春はけむりを　春は　な　夏雲くらき　夏たちそむる　夏なほわかし　夏菜春をしむも　春を誘ふて　春を待たらん　春をよせく　とぼしやり　夏のいのちに　夏の色塗り　夏のうたげに惜しめり　春を行く人　春をうかがふ　春をうつせる　夏の早り　夏の日の歌　夏の日の恋　夏の息子と　夏のの春ゆく道　春ゆるしませ　春をあるひて　春を　夜風に　夏帽子の裏　夏も一炉　夏をあざむく　二十もふけゆく　春や日かげの　春やむかしの　春行くま、　の夏を　二人の夏よ　水も夏なる　南の夏の　約束の夏さびしき　春は旅とも　春は春なる　春も奥ある　春　若やぐ夏に　忘れた夏の万象の春　窓いつぱいの春　水の春とは　見る間を春に　昔の春の　物おもふ春の　桃いろの春　行くまど　夢みる春の　ローマの春の

【夏】
春日　春日猫　春日満つ●春日に出ては
【春日】老の夏　片夏に　奇なる夏　島の夏
夏荒れに　夏おとろへ　夏帯や　夏男　須磨の夏
夏河を　夏来ても　夏蕎麦　なつちかし　夏匂ふ　夏
の暁や　夏の蝶　夏の日や　夏のやま　なつふかき　夏
帽や　夏やせや　夏やせも　鳴るも夏　二夏の　一世の夏や
夏瘦女　夏瘦も

【秋】
土用　土用雲　土用空　土用波　土用干●土用の夜水
秋暮ぬ　秋去て　秋過ぬ　秋涼し　秋空へ　秋老ける
秋ちかき　秋浅き　秋磧　秋来にけり　秋きぬと　秋草の
秋に添て　秋十とせ　秋どなり　秋なめり
秋の蚊　秋の雨　秋のいほ　秋の色　秋の海　秋西日
に　秋の蚊　秋の粥　秋の来て　秋の声　秋のころ　秋の江
秋の里　秋の霜　秋の蟬　秋の空　秋の田を　秋の蝶
秋の月　秋の露　秋の寺　秋の嶺呂　秋の蠅　秋の花
秋の原　秋の水　秋の山　秋の夕　秋の宵　秋の夜や

5 時——春

時

秋萩の　秋ひとり　秋深き　秋二つ　秋もはや　秋もろし　秋ゆくと　秋をへて　秋を病む　菊の秋　木曽の秋来る秋の　くる秋は　今朝の秋　此秋は　秋水に　秋蟬の　秋夜曲　須磨の秋　竹の秋　初秋や　松の秋秋にイム　行秋や　立秋の　●秋色々の　秋うそ寒し　秋が身に染む　秋ぢや鳴かうが　秋立つ雨の　秋ともしらで秋のあらしに　秋につけたる　秋の浅瀬を　秋の朝寝や　秋のあらしに　秋の鷗の　秋の息鋭し　秋の入つ陽　秋の往還　秋のかたみに　秋の鷗の　秋のけしきの　秋の光陰　あきのさびしき　秋の住居に　秋の住居　秋の便りや　秋の塵かな　秋の地を掘る　秋の野遊び　秋の日瓶に　秋の柩に　秋の日舟に　秋の矢負ひて　秋の日番の　秋の夕ぐれ　秋の夜白し　秋の夜長し　秋の夜に　秋の夜焼く　秋の夜海　秋の夜遠き　秋の夜文　秋の露台に　秋は歩みて　秋白日を　秋の夜を守る麦の秋　　　　　　秋ひだるしと　秋ひと照りの　秋守る老　秋も更行　秋やこの風　秋を感ずる　秋をさだむる　秋を守れと　起し初秋　かへらぬ秋を　秋冷いたる　　　築やまの秋　どこやら秋の　初秋の雲

【冬】
冬　雲は冬　今朝の冬　去歳の冬　島の冬　冬青き冬梅の　冬構　冬が持つ　冬枯て　冬木空　冬木立冬ごもり　冬座敷　冬さびぬ　冬しらぬ冬住ひ　冬薔薇　冬ちかし　冬椿　冬庭や　冬の雨冬の梅　冬の風　冬の釜　冬の陣　冬の旅　冬の宿冬の月　冬の蜂　冬の薔薇　冬のはる　冬の奴　冬の雨冬の夜を　冬日影　冬牡丹　僕の冬　●おもへど冬のすれし冬の　粥くふ冬と　冬夜の食器　都会の冬は　冬がれ榎　冬がれわけて　冬木ゆゝしく　冬されてゐる冬の朝起　冬の朝日　冬の厨の　冬の来る夜に　冬の黒さよ　冬の精鋭　冬の茶店の　冬のなげきの　冬のねむりは　冬の部に入る　冬のまさきの　冬は住うき冬ふけむとす　まぎれぬ冬の　真冬のかたみ　雪なき冬の冬日　冬の日や　●冬の日の舞ふ　冬日の町の　冬日は燃えて　冬日ひかりて

6 色・音──色

色

褪 彩 染 鮮 透 濃

【色】 色あひを 色あたらし 色甘き 色淡き 色か
なし 色涼し 色すめる 色に出て 色の海 色の羽
いろふかき 色深く 薄色の ● 秋色々の 色あらたむる
色ある酒も 色ある夢を 色動きぬ 色きはやかに
色さす水の 色とにほひと 色なまなまし 色に餓ゑ
たる 色に沈めり 色にしたしまぬ 色にも見えず
色の潤ひ 色の大きく 色のかなしさ 色の黒さよ
色はおぼえず 色は一日を 色まさるらむ 色見えそ
めぬ 色みなぎれる 色も変はらで 色やあく迄 色
よき実こそ いろよりも濃き 色を隔てて 色をほこり
し いろんな色が うるんだ色を 同じ色にぞ かなし
い色を こたへぬ色や にほへる色は 迷ふ色なき
まも色ぞ わが咲く色を
何の色 愛の色 秋の色 インク色 帯のいろ 顔の色
雲の色 袖の色 鉄いろの 濡いろや 旗の色 花の色

羽色も 火の色す 淵の色 未知の色 物の色 雪色
の 瑠璃色の ● 青貝色の 飴色の火が いのちの色を
臼の濡色 熟麦の色した 追憶の色 月光いろの 午前の色
盃の色 秋刀魚の色した 慈愛の色の しづかなる
いろ 歯痛の色の 真珠の色と 水晶色の 怠惰な色も
たそがれのいろ たよりなき色や 月影色の 夏の色塗
り 匂ふ日の色 濡れたる色の 蜂蜜いろの 瞳の御色
昼の色なる プリズム色に 星色の墓 水星いろに 明
星色の 麦藁色の むく鳥いろの

色づく 色付きや ● いつか色づく いよよ色めき 色づき
散れる かづら色づき 黄に色づきし
色無き 色もなき ● あとに色なき 色無き空に 色な
き闇に 火酒に色無き 無色な孔雀

【褪せる】 色かへぬ 色さめし 色萎ゆる 褪色し ●
褪せ咲けるみゆ 褪せつ、菫 何時まで褪せぬ 色うつ
りたり 色のさびたる 色のさめたる 色古りにけり
色もさめけり 薄色褪せず 花の褪せいろ 薔薇の褪す
る日 みどり褪せ行く みな薄呆けし

色・音

色・音 ―― 色

【彩(あや)】
彩鳥(あやどり)の　彩羽蝶(あやはちょう)●彩(あや)なすかげは　彩(あや)なす衣(きぬ)の　斑(はだら)に染めぬ　火のごとく染め　みだれ藻染(もぞめ)よ　雪を染め　彩(あや)なす雲に　あやなる鼓(つづみ)　彩(あや)にうつろふ　彩帆(あやほ)あげゆく

色彩(しきさい)
色彩(いろあや)の　彩旗(いろはた)の　色彩(いろあや)もなし　色彩(いろあや)なき石も　恋の色彩(しきさい)　極彩色(ごくさいしき)の　金彩(きんさい)はゆし　彩色(しきさい)のこす

五色(ごしき)
雲五彩(くもごさい)　日の五彩(ごさい)●五彩(ごさい)に眠る　五彩(ごさい)きれいな

五色(ごしき)
五色の雲は　五色の酒を　五色のテープ　五色はなつて

七色(なないろ)
七彩(しちさい)に●雲七色に　七いろ恋ふる　七色の山

【染(し)める】
染みいづる　墨染(すみぞめ)の　染まり飛び　染むといふ　染(そ)め

摺(ずり)　きくた摺　黄に染し　こゑ染まる　しのぶ

あへぬ　染め文は　染めかふる　そめごろも　染て憂(う)き

染めにけり　染め残す　染模様(そめもよう)　凍てしを染むる

都染(みやこぞめ)●あけに染みけり　泥染(どろぞめ)　煮木綿(にもめん)の

染めて　濃青に染めて　濃染(こぞめ)のあやめ　さらさ染むや　上羽(うわば)を染め

染む手の　染みて反らず　染みもなつかし　染まずただ

よふ　染むるはなにか　染むるはるかぜ　染めて音なき

染めてぞ燃ゆる　染めてながれる　染模様ある　染屋(そめや)の

紺(こん)に　だんだら染(ぞめ)の　血に染みてあり　鳴海(なるみ)しぼりの

の春の雨濃き　濃くなる

【鮮(あざ)やか】
鮮(あざ)けき　鮮(あざ)やけし　新鮮(しんせん)な　鮮血(せんけつ)の　鮮

麗(れい)●穢(あか)の鮮(あざ)かに　指紋鮮(しもんあざ)かに　鮮紅色(せんこうしょく)の

【透(す)く】
青(あお)に透(す)く　透(すき)かな　透かし画だ　すかし見る　透き

明る　透き徹る　透綾(すきや)かな　透(す)きてかぎよふ　透いて冴ゆる

は　すかし見るかな　透きとほるまでに

透き通りゆく　透けて麦焚(た)く

【透明(とうめい)】
透明(とうめい)な●その透明な　透明な風　透明薔薇(ばら)

す　うすく濃く　音や濃き　銀河濃き　透明な

【濃(こ)い】
濃紫陽花(こあじさい)　濃い空気　濃き茜(あかね)　濃き陰の　濃(こ)きと

ころ　濃き闇(やみ)に　濃い淡し　濃くうすく　濃紅葉(こもみじ)に　濃竜胆(こりんどう)

濃(こま)かに　濃やけく　濃みどりの　濃紅葉(こもみじ)に　濃竜胆(こりんどう)

末濃(すえご)なる　春や濃き　光濃(こ)し●藍(あい)ごとに濃き　藍より

もこき　いろよりも濃き　紅(くれない)ぞ濃き　濃きあちはひを

濃き虹説きし　茄子色濃(なすいろこ)さや　濃淡(のうたん)な夜の　濃霧(のうむ)の奥

の春の雨濃き　眉は濃かりき　闇をやや濃く　夜々(よよ)に

濃くなる

6 色・音——赤

赤　紅 朱 茶 金 銀

【紅】紅いすぢ　紅き中に　紅蝶々　紅リボン　紅衣
嬢　紅塵の　紅白の　紅髪の　嘴紅し　ひた紅く　眼
が紅く●紅い翼で　紅いはお寺の　紅きあらねど　紅き
きもありし　紅き血潮に　紅き流さむ　紅きは毒の　紅
くづれぬ　紅き毛絲を　紅き月光　紅きころほひ　紅
紅蓮華こそ　紅く蕾みぬ　紅腿引の　紅羅ひく子も
うすらに紅き　おぼろに紅い　紅なる色に　紅に染みたる　朝紅のなか
紅色の獅子　紅炉に点ず　伽藍は紅く　雁来紅は
紅　紅に　くれなひの　紅血は●うすくれなゐの　唐
うれし　くれなゐと　雲くれなゐの　紅うるむ
くれなゐの油　くれなゐ零れ　くれなゐ寂びて　くれなゐの欅
れなゐの肉を　紅のばら　くれなゐのしめり　くれなゐの鳥　く
紅細く　くれなゐもゆる　底くれなゐの　空紅に　遠

くれなゐに　額にくれなゐ　ひたくれなゐに　靄くれ
なゐの
紅　寒紅の　紅葦の　紅うこん　紅驕る　紅滴る　紅
ショール　紅牡丹●今夜はべに色　ささ紅雲に　南天紅
輪の　紅薔薇　紅たる、　紅の照り　紅藍の花　紅の
紅色ささむ　紅奪ひつ、　紅盃船に　紅提灯も　紅つく
真紅　真紅なる　まくれなゐ●君が真紅の　芥子の真
紅を　真紅の氈を　真紅の布が　真紅の焔　指も真紅
るころ　紅の名残や　紅をさしぐみ
薄紅　薄紅い　うす紅く●ときいろのハム　薔薇は薄紅
色　夜の淡紅色よ
桃色　桃色の●うすももいろの　ももいろうすき　桃
色の春
薔薇色　薔薇色に●薄薔薇色の　土は薔薇色　薔薇い
ろに暮る　薔薇色の朝　薔薇色の空　薔薇いろの火に
薔薇いろの頬と　薔薇紅色に

【朱】朱の沓　朱の雲　柿の朱が　朱短冊　朱の一点

6 色・音——赤

朱の月か　朱の波の　朱蠟燭　朱を点ず　朱を流し
鶏冠の朱●朱き漆の　朱きが湧けり　朱の
旗ぐも　朱の廂や　岸さえ朱に　朱色に睡って　朱泥の
ごとき　朱塗の椀　朱の塊が　朱の寂びがちの　朱の
月いでぬ　朱の鳥居の　朱の馬車に　朱の輪黄の輪や
朱をかき流し　朱を湛えたり　鶴や朱塗の

【赤】　赤い帯　赤い蛾が　赤い靴　赤い椿　赤犬の
い花　赤い実を　赤い眼を　赤馬の　赤鬼の　赤合羽
赤紙の　赤髪の　赤からん　赤き魚　赤旗　赤き
帯　赤き棺　赤き布片　赤き鯉　赤き緒の　赤き
き日の　あかき褌　赤羅紗　赤く錆びし　赤黒き
赤錆びし　赤しやつを　赤砂利を　赤頃びし　赤玉の赤
濁みて　赤ならず　赤猫の　赤暖簾　赤玉の赤
赤表紙　赤ふどし　赤裳ひき　赤煉瓦　赤光
赤み　顔赤め　髪赤き　赤金光　足赤し
僧赤く　灯赤し　なほあかし　布赤し　橋赤し　火の
赤き　瞳赤く　実の赤き●赤いいさり火　赤イ落日ノ
赤いお日さま　赤い帯した　赤いお盆を　赤い碍子と

赤い片脚　あかい果ふたつ　赤い毛糸を　赤い木葉の
赤い舌出す　赤い帽子の　赤い頭巾を　赤いスパーク
赤いズボンを　赤いだるまが　あかい鳥の巣　赤い熱気
と　赤い暖簾の　赤い畑の　赤い鼻緒の　赤い火の粉も
赤い病斑　赤い火照りを　赤いポンプを　赤い真夏の
赤い毛布と　赤い煉瓦や　赤かりし面　赤き色など
赤きインクの　赤き上衣を　赤きが悲し　赤き傘ゆく
赤き切手を　赤き眩暈　赤き毛虫を　赤き木の実を
赤きころかも　赤き銭ひとつ　赤き辞典に　あかきじやけつを　赤き
獣肉　赤黄の茸　赤き旗立つ　あかき鳥居も
赤きに包む　赤き冬空　赤き勾玉　赤きままなる　あか
かき柩は　赤き蚯蚓の　赤きゆふべを　あかきをみれ
き道のべ　あかき蚯蚓の　赤く濁った　赤腰巻や
ば　赤く照せり　赤く濁つた　赤腰巻や
赤褌を　赤帆夕陽きり　赤羅ひくなり　赤玉白玉
あまりに赤しよ　いらかは赤し　うかびて赤き　遠樹の
赤さ　かげさへあかき　金と赤で　口ほの赤し　厨の
赤き　怪しくも赤き　尻尾を赤く　師の鼻赤き

色・音

6 色・音——赤

肉団上 すりつぶし赤 赤面したる つくぐ〜赤い椿 が赤い 毒の赤花 なかほどあかい 濁りに赤し 灯の 穂赤きを ほつ〜赤き ほつりと赤き ほ のかに赤し ますます赤し まだ赤き空／葡萄色の 柿のいろ 蟹の色 血のいろの 火色かな 日のいろに 瑪瑙の色も 夕暮色の

ルビー色● あかがね色の 橙いろの とさかの色も トマトーの色よ

真赤 蹲まつかに 掌の真赤なる 真赤き頭 まつかな 星を 真赤な毬を 真赤に錆て 真赤になつて

紅蓮 紅蓮華● 紅蓮の岸辺 紅蓮や多き

丹 丹に藍に 丹のおもの 丹の袖に 丹の欄に●丹塗 の堂に 丹ぬりの槍に 丹を含みつつ

緋 緋裏かな ひちりめん 緋の蕪の 緋のはかま 緋 のマント● 緋唐紙やぶる 緋の雲たてり 緋の大輪の 緋のだんだらの 緋の濡れてゐる 緋の羽織着て

茜 あかねさす あかねさび うす茜 濃き茜 夕茜
●茜かがよふ 茜かき流し 茜さしたる 茜匂へり 茜

の空に 芽の茜より 赤々 あかあかと 日あか〜 赤々と 日が赤々と 山赤々と ゆふ日赤赤と 百合あ かあかと

赤らむ 赤らむは●あからむ麦を 老いて赤らむ 錆 び赤らめる 直ぐ赤らむや 水際赤らみ

【茶色】 茶色い戦争 茶色の紬 茶色の 枯色は 狐色 渋色の 真鍮いろ 珈琲いろの 枯色さ る 代赭の面の 鳶色の土 頬鳶色の

【金色】 黄金色の 金いろの 金のいろ●黄金色の 金 色の皮膚 金いろの縁 金銀の蝿 金と赤とが 金と緑 の 金の日の色 金色に暮れ 金色の虹 金色の鵞 鈍 い金色 日は金色の 身も金色に 藻の金色や

【銀色】 銀色の 銀狐 銀ながし 銀の葦 銀の海 銀の櫂 銀の浪 銀の水 銀緑●藍と銀との 銀色の 目せる 銀か小波か 銀紙色の 銀にひかつて 銀のて ぶくろ 白銀色に 水銀いろの 白金いろの

6 色・音 —— 白

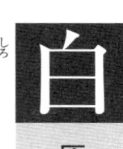

白 灰色

【白】

梅白し　うら白も　髪白く　純白な　白梅の　しらがさね　しら甕を　白粥の　しら芥子に　しらし　らと　白じらと　白砂に　白鳥は　白萩を　白羽の矢　白水の　白い蛾が　白い暈　白い首だ　白い蝶　白い喉　白い腹を　白い火が　白い骨　白い湯気　白い夢　白う　ばら　白うるり　白雲母　白かりき　白い息　白き妹　白き影　白き骸　白き熊　白き皿　白き裾　白き手を　白きドア　白き飛　白き花　白きビル　白き夜や　白き糞　白き　部屋よ　白きもの　白孔雀　白く飛ぶ　白くなる　白蝶々　白　白水の　白い蛾が　白く冴ゆ　白手拭　白燕　白塗の　白の倉　チヨツキ　白つゝじ　白袴　白鳩の　白花は　白襖　白を敷き　塔屋白し　生しろさ　白毛布　白牡丹　白く　白蓮を　ほの白い　白頭の　白銅の　白く　あけしらみゆく　ある眼は白く　飯の白きを　白し　　　復白く　みな白し●秋の夜

小白き灰に　鍵より白き　雲の白さを　くもりて白し　下駄の白さよ　御廟は白し　咲き白むかも　さくらは白く　春山白き　白壁洗ふ　白壁ならぶ　白木の宮に　しらけて寒し　しら刃となりて　白羽の矢より　白帆　にまじる　白水落つる　白い麻布　白い足出し　白いお　鳩は　白い折線　白い腕の　白い小鳥が　白いシヤツを　白い僧達　白い手の甲　白い天馬が　白い光の　しろい人　かげ　白い海盤車を　白い火の下　白い火花も　白い偏　光　白い飯くふ　白いゆびさき　白き蒸気たつ　白き団　を白き帯する　白き顔かな　白きかしらを　白き蛾　のあり　白き衣照る　白き景色の　白き鋪石　白き　沈黙を　しろき砂地に　白き塑像の　白き大道　白き　塵かな　白き疲れに　白きてのひら　白き天使の　白　き扉あいて　白きなみ寄る　しろき匂ひや　白き花見　ゆ　白き羊や　白き帆しるく　白き骨ども　しろきほ　のほと　白きまじゆる　しろきむくろや　しろきめし　くう　白き裳のかげ　白き指より　白き令嬢　白きわ　が足袋　白き吾が冬　白きを見れば　しろく明るを

6 色・音——白

白くふやけし　白くきらびて　白く荒さんで　白くつめたし　白くなりたる　白くひらける　白くまがりて　白熊の檻　白く雪風　白にも黄にも　白のスカアト　白の服着て　白の瓶子も　そばの白さも　たゞ白く立つ　ながくてしろき額ほの白き　白紙綴ぢたる　白磁の如き　白紙の如し　白のレグホン　白塔ふたつ　白梅うるむ　はなよりしろきひたすら白く　一筋白き　一むら白き　白光放つ　ひよいひよい白し　ベッドの白く　ほのかに白し　全けく白し　蓑きて白し　めす馬しろき　桃より白し

乳色　乳色の　乳の色の●お乳のいろの　乳色なすを　人の乳の色

真白　あな真白　真白妙　真白手に　真白にぞなへ●あはれ真白　風真白なり　すでに真白く真白に　茶碗真白く　散りてましろき　蕎麦真白き　ましろき腕　真白き雫　真白き家の　ましろき中の　真白き肌に　ましろき妻と　真白き鶏は　真白き乳房真白し日傘　真白な石を　ましろに咲ぬ　ましろに匂

ふ　真白の衣の　真白の鳩は　真白野薔薇に　真白蝶　真白に咲　闇に真白し　夜を真白なる

蒼白　蒼白い●顔蒼白き　蒼白の人　野に蒼白の蒼白系　白亜ノ霧

白亜　白亜系　白亜ノ霧

白雲　しら雲や●天津白雲　白雲涼し　白雲と耀り白雲わたる　夜のしら雲　縷々の白雲

白菊　黄菊白菊　白菊うるむ　白菊ぞ夢　白菊ばかり白菊よく〳〵　ひと白菊に

白魚　白魚売●白魚送る　白魚しろき　白魚崩れん白雲

白歯　白い歯に　歯のしろき●皓歯にすこし　猿の白歯白歯のごとく　白歯もいとど　白歯を折らむ　母の

【灰色】

白き歯　桃割れ、白い歯

白妙　白妙に　真白妙●しらたへのひめのねずみ色●うす墨色の　墨のいろなす　青灰色の鉛のいろの　鈍色にして　灰色の夢　鋼鉄の色の利休鼠と　銀鼠に　こいねずみ　煤色の　鉛色の　鈍色

6 色・音 ── 黒・青

【黒】

脚(あし)黒き　海黒き　かぐろきを　かぐろくて　烏(からす)猫　黒犬と　黒い花　黒い穂も　黒牛の　黒貝の　黒かられめ　黒き蚕(こ)が　黒き斑点(しみ)　黒絹に　黒き帽子(ぼうし)　黒き幕　黒き靄(もや)　黒き森　勠(きほ)くなる　黒小袖　黒ダイヤ　黒だかり　黒塚(づか)や　黒土や　黒旋風(つむじ)　黒塗(ぬり)の　黒薔薇(ばら)　の黒びかり　黒豹(ひょう)の　黒葡萄(どう)　黒ぽこの　黒みけり　黒き程　黒むまで　黒眼鏡(めがね)　黒門や　黒蝶(ちょう)に　黒曜(こくよう)の墨染(すみぞめ)　土くろし　黒玉(たま)の　膚(はだ)くろし　瞳(まま)黒く　黒曜のく●海阪黒し　かぐろき土に　鴉(からす)色なる　きぬ薄(うす)きく勁(つよ)んだりして　黒い衣裳(しょう)の　黒い巨きな　黒い小蝶のいしゃっぽから　黒いソフトを　黒い寝床に　黒い揚羽蝶の黒い海聴く　黒い衣着る　黒い蟋蟀(こおろぎ)　黒い胡蝶を黒き衣(ころも)や　黒き地球の　黒き瞳(ひとみ)　黒き唐丸(とうまる)　黒きにそぐき布もて　くろき柩(ひつぎ)と　黒き表紙の　黒きまなこを　黒き水着に　黒き眼鏡(めがね)を　黒き喪章(もしょう)の　黒

き蠟燭(ろうそく)　黒きを掩(おお)ひ　黒く腐(くさ)れる　くろく沈んだ　黒く歪(ひず)める　黒く淫らな　黒雲に映え　黒々育つ　黒猫あ光る　黒十字架に　黒土を見ず　黒みはてたる　黒猫ゆむ　黒猫ひとつ　黒ぶどう酒の　黒ぽこの道　黒(こ)く見しは　黒ぶどう酒の　鶏頭(けいとう)黒く　黒衣の淑女(おとめ)　黒点出来し百合折れぬ　黒の蝙蝠(こうもり)傘　黒の山高帽(やまたか)　黒蒻(にゃく)黒き　漆黒(しっこく)の斑が　末黒(すぐろ)は匂ふ　土くろぐろし　冬の黒さよ　ものみな黒し

真黒(まっくろ)　真っ黒い●荒く真黒し　真黒き樹樹(きぎ)を　真黒きさくら　真っ黒な傘　真黒な布で　虫がまつくろ

【青】

蒼　碧　紺　紫　藍　緑

青(あお)々と　青あらし　青い雨　青い羊歯(しだ)　青い蘿(つた)　青凍ての　青い猫　青い針　青い晩が　青い火の青い蛇(へび)　青い山羊(やぎ)　青い山　青い雪　青い臘(ろう)　青貝(あおがい)の青からず　青かりし　青き雨　青きうち　青き傷　青きたたみ　青狐(あおぎつね)　青きネオン　青き踏む　青き芽の

6 色・音――青

青きもの　青き夜の　青くさき　青くても　青首を　青く蒸れ　青くさび　青蔦の　青さびた　青毛虫　青駒の　青菰の　青ざめし　青煙の　青苔に　芒青畳　青芝に　青じろい　青蔓の　青に透く　青丹よし　青塗の　野原　青墓の　青はげしき　青苔　青松葉　青蜜柑　青みたる　青水沫　青林檎　薄青い　湖の青　うら青い　群青や　青雲と　反青き　枇杷青き　冬青　きほの青き　水青し●あを〳〵と　青いいのちの　青ぐふかく　あを〳〵闇を　青いのちの　青毬の群れ　あをい硝子　の青魚類の　青い孔雀の　青い嘴　青い虚空に　青　い刻鏤　青い梢を　青い昆虫　青い試薬が　青い情感　青い照明　青い孤独が　青い芒に　青いソフト　青い地上を　青い神話に　青い芒に　青い電車　に青い畑へ　青い林を　青い翼の　青い瞳は　青い響きが　は青い眼鏡を　青い眼　青い鎌の　青い雪菜や　青の青い裸体画　青いランプが　青い燐光に　青海原よ　青きいびつの　青き巌に　青き馬追　青き絵具に　青き男が青き女の　青き果食らふ　青き壁塗る　青き薄暮

青き煙や　青き魚の　青きすがたの　青き血ながれ　青き乳房よ　青き提灯　青き疲れが　あおき翼ぞ　きながれと　青き匂ひを　青き寝顔の　青き羽織を　青き葉のかげ　青き穂先に　青き焔の　青　き幹ひく　青き芽をあげ　青き物なき見ゆ　青ぎる滝つぼ　青ぎるみづに　青きを切りて　青くさい　核　青く冴えれば　青ぐらい修羅　青ぐろいふち　青くも見ゆる　く澱んだ　青く冴えれば　青ぐらい修羅　青ぐろいふち　青くも見ゆる　青一筆の　青深草に　青幌したる　青杉山に　青天　青白い春　青白き墳墓　青杉こぞる　青白き墳墓　幕　青のかたまり　青の一樹と　青パラソルより　青　びいどろの　青びかりする　青一しづく　青ひとすぢの　に浮ぶ　青みやすらふ　青羅紗のうへ　あるとき青み　いのち青ざめ　うすうす青き　うすら青みて　桔梗色　せるサファイア色の　そこひ青めり　蕎麦さへ青し　空青けれど　たまゆら青し　月の青火は　月の青みを　手帳の青の　どろりと青い　八月青き　皮膚青白き　伯林青　ほち〳〵青き　また窓青き　幹青み来ぬ　道

6 色・音 ── 青

水色（みずいろ） 水の色 ● 浅水色（あさみずいろ）の きぬ水色の その水いろの 水いろの過去

真青（まさお） 空色の 空の色 ● 空色暗（ごろも） 空色衣（ぞらに） まつ青に ● 真青き鰭（ひれ）と 真碧な海

空色（そらいろ） 空色の 空の色 ● 空色暗 空色衣

真青（まっさお） 真蒼なる まつ青に ● 真青き鰭と 真碧な海

まつさをな風 まつさをの血が

さへ青み 麦だけ青い 山青むころ 山の青さよ

蒼（あお） 蒼々と 蒼いもや（靄） 蒼みゆく 蒼ざめた 蒼みゆく
潮蒼く 蒼明の 能登蒼し 深蒼に 夜は蒼し ● 蒼き
暈きる 蒼き瞳孔（ひとみ）に 蒼き舞台の 蒼き夕靄（ゆうや） 蒼ぎる
光 蒼くうかめり 蒼ざめた 蒼ざめた影 蒼火ささげて 暮れ
蒼みたる 声は蒼ざめ さめざめ蒼く バッハの蒼の ハ
ヴァナは蒼く ふと蒼ざめて

碧（あお） 碧くなりぬ 碧に消ゆ 紺碧の 碧色の 碧落（きらく）
に ● 碧い寂かな 碧き潮あび 碧き空さへ 碧く曲れり
今碧天（きてん）を 海の碧さの 絨毯（じゅうたん）の碧 制服碧き 空の碧
さよ 肺碧きまで 碧海にのみ 碧天に舞ふ 碧瑠璃（きるり）の
天 碧の闇の

紺（こん） 紺飛白（こんがすり） 紺絣（こんがすり） 紺匂ふ（におう） 紺のかげ 紺の夜を ●
紺落ち付くや 紺折り畳む 紺のお山に 紺の香高し
紺の背広に 紺の前掛（まえかけ） 紺の夜ぞらに 紺瑠璃の花 染（そめ）
屋（や）の紺に 月夜を紺の 胴体紫紺（しこん）

紺青（こんじょう） 紺青の ● 紺青の波 紺青の夜に 実の紺青や
紫（むらさき） 暗紫色（あんししょく） 濃紫 紫衣の僧 紫の ● 朝の紫 雨に
紫 薄紫 紫色に むらさきに むらさき薄く 紫さむき むら
さきさむる 紫ダイヤ 紫にほふ むらさきに立つ 紫
の虹 むらさきの幕や むらさきの水 むらさきはしる
紫深き 山のむらさき 山紫の 夕むらさきや

藍（あい） 藍壺に 藍に描く 藍微塵（あいみじん） 藍を溶く 藍をふ
くむ 海の藍 濃藍なす 皿の藍 みづ藍の ● 藍いくす
ぢや 藍暮れそむる 藍ことに濃し 藍染込（しみこみ）で 藍と
銀との 藍の手ずれや 藍よりもこき 藍を燻（いぶ）して
藍をながしぬ 蓴（ぬなわ）藍に 家鴨に藍を ぶちまけし藍に
縹（はなだ） うすはなだ 縹雲（はなだぐも） ● 花田の帯の はなだの裾や

緑（みどり） 暗緑（あんりょく）の 濃みどりの さ緑（みどり） 淡緑（たんりょく） 深翠（ふかみどり）
深緑 緑なる 緑練り ● 暗緑色の 岩ひばの緑 キヤ
ベツはみどり 勤めるみどり 濃き緑青（ろくしょう）の 古風な緑

6 色・音 —— 黄

葱緑の天　空のみどりに　人さ緑の　緑織りなす　緑
かげろふ　緑涼しく　みどり澄みゆく　緑ちりばむ
緑靡けり　みどりに萱は　緑にそゝぐ　緑に祭る　緑
に迷ふ　みどりに結ぶ　緑に燃えた　みどりにゆらぐ
緑の膏　緑の髪は　緑の高地　みどりの鉄砲　緑のとば
り　緑の涙　緑の旗を　緑の反射　緑の微風　緑の鬢を
緑の夢　緑は烟ぶる　緑は匂ふ　みどり直吸ひ　みど
り燃えたり　明緑色の　眼に暗緑の　メロンの緑　もと
の緑で／孔雀いろ　竹の色　草いろの火を　草の色かな
サラドの色の　青銅色の　ふりし鉄色
黄緑 浅みどり　うすみどり　黄緑の　淡緑に　わか
緑●あさみどりかな

黄

【黄】　秋は黄の　黄な月を　黄なる月　黄に咲くは
黄に染し　黄に嘆く　黄に匂ふ　黄にほめき　黄に燃
えて　黄の光り　黄ばみたれ　黄ばんでは　黄を浴び

む　雌黄の黄　ほのかな黄　先づ黄なる　レモンの黄●
黄菊と咲いて　黄雲のちぎれ　黄なるが咲くと　黄なる
しづかさ　黄なる燈火　黄なる光は　黄なる夕月　黄
に色づきし　黄に咲たるも　黄の節糸に　黄める岸に
黄もほと〴〵に　黄や色々の　黄を浴びむとす　水薬の
黄の　そらは黄水晶　日々を黄ばめり　麦は黄ばみぬ
落日黄なり
黄色 黄色い赤み　黄色い納屋や　黄色い灯影　黄色き
花の　黄いろく流れ　黄いろな丘に　黄色な雲が　黄い
ろな時計　黄いろな服　黄いろなランプ　黄いろの淡い
／カーキいろの　イエローなどと　サフラン色なる　ト
パアズいろの　ともしびの色
浅黄 浅黄空　浅黄服　浅黄椀　薄浅黄●浅葱いろし
た　浅黄着て行　浅黄に暮る　浅黄に澄めり　浅黄の
山と　富士は浅黄に　水あさぎなる
萌黄 群萌黄　萌黄立つ●萌黄浅黄や　萌黄せるみゆ
萌黄空あり　萌黄に雲を　萌黄の蚊屋に　萌黄の月が
萌黄の芽ぶき　若芽の萌黄

6 色・音 ── 音

音

軋 轟 響 鳴 鈴 笛

【音】 音ありや 音きこゆ 音幽か 音ひく 音暮れて 音寒く 音涼し 音すなり 音にする 音ひびく 音うれし さや 音かしましき 音こきこきと 音さへ梅の 音し さよなみおとの ●穴の音なく 奥に音ある 音する すなみおとの 音する雨は 音ぞ冴えたれ 音たかぶりつ 音 たてて降る 音つのりつ、 音と木の香と 音ならぬ音 音に雨添ふ 音に始る 音にも立たず 音の後から 音の往還 音のをりをり 音の障子の 音のしるけし 音のする金 音のただ降る 音のはげしく 音のよろしさ 音はかへらず おとはしぐれか 音はどろ〳〵 音吹きかはす 音ほそぐ〳〵と 音貧しさよ 音やあらし の音や霰の 音や戸を漏る 音をつたへ て 音を枕に かさりこそりと ことりと音す 大音 震ふ とんからとんから ひく音深し もの音もなき もれ来る音か よき音おこる

【音】 岩の音に 美音を きれし音を 寒き音に 鹿 の音に 鳥のねも 音に融けて 音にふれて 音を入れ 音を知るや 鴬の音 霊の音 鴫高音 ●あとのひそ音や 歩み ゆく音の 衣ずれの音の 打つ銃の音の 斧の音きこゆ 風 の音色に 高音の虫や 月になく音や 鈴むしの音を 鳴音や古 そよ音にたて、 音には刻めど 音ひそみ音に 音を聞に来こ き 音にこそ渇け 音、ぴあのの音さへ 蟇 夜の物の音 落 ハタの音を 石の音 糸の音 臼の音 海の音 笩の音 刻む音 **何の音** 楽の音 鍛冶の音 風の音 釜の音は 三連音 汐の音 る音 くべる音 数珠の音 過ぐる音 瀧音の 蓄音機 漁 きしる音 鯉の音 交響音 しまる音 弦音に 鉈の音 波の音 鳴る音あり 槌の音 露の音 蓋の音 ペンの音 虎落笛 餅の音 烹る音 人の音 夜の音 夜半の音 ●石に音して 石をきざ 燃ゆる音か む音 印刷の音 潮の音 打ちたくおと 海の音聞 音波に満ちた 海潮音を 鍛冶の音きく 数嚙む音の 風のおとにぞ 鎌音きけば 剃刀の音 河音さむく

6 色・音 ── 音

鉋(かんな)の音す　機械の音に　汽車の音です　汽笛の音が　杭
打つ音し　杭打音(くいぞうおん)　釘打つ音の　くちづけ
の音　喰ふ音して　碁石の音の　豪音蒼穹(ごうおんそうきゅう)を　黄金の音
に　琴の爪おと　こぼるゝ音や　米つく音は　米踏む音
や　ころがす音し　さびしきその音　さみしき音の　し
づくする音と　〆木(しめぎ)うつ音　炭割る音も　瀬音聞ゆる
底たゝく音や　竹に音あり　爪切る音が　釣瓶(つるべ)の音や
時計の音と　投げ毬の音　浪の音する　煮えの音を聞く
荷馬車の音ぞ　乳鉢(にゅうばち)の音を　鼠(ねずみ)の音の　のみふる音や
飲む酒の音　歯車の音　鋏刀(はさみ)の音や　葉ずれの音の　機(はた)
音たたき　機織(はたおり)の音　蹄(ひづめ)の音と　人の音せぬ　火を焚(た)く音
や　舟さす音も　風呂焚(ふろた)く音の　薪(まき)わる音か　味噌する
るおとの　薬缶(やかん)の音が　鑢(やすり)の音よ　山がはの音　夜網の
音や　夜嵐(よあらし)の音　割る、音あり
靴音(くつおと) 杳音(くろおと)も　杳の音　靴の音　下駄(げた)の音●重き靴音
雨音(あまおと) 雨の音●雨音さして　雨だれの音も
水音(みずおと) 水の音かげり　水の音聴く　水湧(みずわ)く音や
水を撃つ音　水の音かそかに

とほる杳音　杳音の　わが靴の音
憂々(おとなし) 憂々ふんで　馬車憂々と
音無(おとなし) 音無の　音もなき　音もなき●雨に音なし
音なしの滝や　ことりともせぬ　染めて音なき　猫の足
音なき雨や　音なき音の　音なきはしり　音なき春の
音無し　軒に音なき　人の音せぬ　物音絶えし
軋(きし)む 板軋む　軋りつつ　きしる音　歯に軋る●烏
の軋り　きしむ木椅子や　雲が軋った　しづかにきしれ
車室の軋り　太刀(たち)の軋りの　電車のきしり　栗鼠(りす)の軋り
は櫓(ろ)の軋る音　わたればきしむ
轟(とどろ)く とどろかし●空に轟き　谷のとどろき　天鼓(てんこ)
の轟き　とどろく午砲(ごほう)　とどろとどろと　法鼓(ほうこ)とどろ
く　胸門とどろき　胸のとどろき　夕とどろきは　夜
風とどろき
【響(ひび)く・響】 音ひゞく　地響(じ)きに　人どよむ　ひびき
合ふ　響あり　響きなく　ひゞく時　ひゞく水　ひび
くやら　骨響く　また響く　矢響(やひびき)の　艫(ろ)が響く●青い
響きの　鯵藻(あじも)に響く　荒き響を　活ける響の　石の響

6 色・音 ── 音

きのうしほにひびく　折りくひびく　かあんと響く　貨のひびきの　鐘の響を　管弦響き　機関の響　伐木の響　気疎き響　手折響や　鐸の響や　玉の響ぞ　鉄の響は　遠き響に　鯨波のひびきに　とゞろとひゞく　名残の響　刃の音ひび　波浪の響　響おくれと　ひびききこえて　響き来る庭　ひびき冴えゆく　ひびきす　ずしき響添へばや　響きつゝ過ぐ　ひびきにこたへ　響の雨は　ひゞきの中や　響は若し　ひびき冴えゆく　ひびくりんくく　響く呼吸の　ひゞく紫臼の　ひびく空しき響く　臚の声　マアチの響　街のどよめき　水に響きて　都の響き　女靴のひびき　脆き響に　闇響すも　横縦響く夜のひびきを　わきひびくなり

【冴】
冴冴返しや　こだます鐘を　冴のゆきき　たがね冴す　谷の冴に　七こだま八こだま　窓にこだます

【山彦】 山彦の●春の山彦
と鳴る　ごおと鳴る　ごんと鳴る　瀬の鳴りの　空で鳴るチリと鳴る　鳴らし来て　鳴らしつゝ　鳴りをはる

鳴りかはす　鳴る秋か　鳴滝の　鳴る音あり　吹き鳴らし　雷鳴の●相触れて鳴る　暁に鳴く　打鳴らす歯や　風の遠鳴　からんと鳴る　がらんと鳴りし　黍の葉鳴れる　ごろごろ鳴れば　さえ冴え鳴らし　添水またなる　滝の鳴る音　竹は夜を鳴る　鳴り震ひけん　鳴る獅子の歯の　ハッパが鳴るぞ　ピストル鳴りて　びようびようと鳴る　山鳴りどよみ　闇に鳴ってる　り空へ　山鳴りどよみ　闇に鳴ってる

【鈴】
鈴つけて　馬の鈴　神の鈴　銀の鈴　鈴落ちて　鈴が来るこぼし　鈴つけて　鈴の音　鈴の音で　樋の鈴●空中に鈴　鈴音りふり　どこかで鈴が　鈴つけしかば　鈴の光の　鈴ふり立つ　鈴をふ

鈴　門の呼鈴●電話の鈴　鈴にあてたる　鈴の音が鳴るリリリリリと

風鈴　風鈴鳴りつ　風鈴一つ

【金鈴】 金のお鈴が　金鈴響く　金鈴ふるふ　リリリリリリと

【笛】 飴の笛　汽車の笛　銀笛の　けいこ笛　鹿笛の角笛の　手笛ふき　鳶の笛　咽喉笛へ　笛方の　笛上

6 色・音――鐘

手笛の音に　笛の役　太笛の　船笛の●鶯
悲しめる笛　銀の笛の音　草刈笛の
小笛錆びたり　こぼれた笛の　つたなの笛を　咽喉の笛
笛が鳴るなり　笛聞き澄ます　笛によろしき　笛

【汽笛】
を　笛吹きたれど　笛の玉緒に　笛の音きこゆ　笛のひびきの
に落花を　笛を戴く　吹ぬ笛きく　牧笛追ひて／

【口笛】
簫吹くは　秋の笙の音　林の簫の
に　工場の汽笛
汽笛の湯気は　凍った汽笛を　船の汽笛は　乱れて汽笛
汽笛鳴く　汽笛はとほく　汽笛は闇に　汽笛を耳
汽笛鳴る●悲しき汽笛　汽笛の音が

【草笛】
口笛を吹く　わが口笛の
口笛軽く　口笛過ぎぬ　口笛吹けば　口笛交へ

【喇叭】
口笛は●海女の口笛　お、口笛よ　口笛かすか
篠笛や　柴笛や●葦の葉の笛　草笛悲し　佐久
しば笛を吹く　遠喇叭●凩の喇叭　麦笛の音は
の草笛　ちやるめらの
高きらつぱの　チャルメラ聴けば　喇叭の調の　ラッパを
吹いて

鐘

【鐘】
鋳し鐘の　鐘消て　鐘供養　鐘氷る　鐘涼し
鐘断えず　鐘つかぬ　鐘の声　鐘を撞く　御忌の鐘　暮
後夜の鐘　沈む鐘　除夜の鐘　撞鐘も　釣鐘
の　鐘なる京の　鐘なる夜の　鐘の音しづみ　迎鐘　飯鐘の●青し古鐘
栄の鐘　昼の鐘　三井の鐘
鼓　鐘動き鳴る　鐘きゝはづす　鐘しづかなる　鐘とし
りつ、　鐘は上野か　鐘はしづみて　鐘はなをうつ　鐘の
響を　鐘ばんじゃくや　鐘まちまち　鐘もきこえ
響きぬ　鐘を聞く也　鐘をはなる、　献納の鐘
あかつきのかね　朝の鐘きく　入相の鐘　かなしき鐘
ず　時告ぐる鐘　本郷の鐘

【鉦】
半鐘　半鐘と●火事の半鐘　早鐘つくや
鉦講の　迷子鉦●鉦うちすぎぬ　鉦の真似して
鉦ふけわたる　鉦を叩いて　こころの鉦を　わんわんと鉦

6 色・音 ── 鳴

鳴 啼 吠

【鳴く】老を鳴く 雁鳴や 鹿鳴くや したび鳴る 空に鳴り 鶴鳴や なかしめぬ 鳴きかへり 鳴きくさる て鳴きしきる 鳴き揃ふ 鳴出して 鳴き立てて 鳴きつれ て鳴き鳴きて 鳴もせず 鳴きもせで 鳴きやめて 鳴く蚊かな 鳴く烏 鳴く蛙 なく雉子 鳴鹿に く鳥よ 鳴くならば 鳴くまいが 音にぞ鳴く となく 雛鳴けり 蚯蚓鳴く みんみん鳴く ●秋ぢや 鳴かうが うかれ鳴する 鶯なけど うちみだれ鳴 く うづら鳴なる うまく鳴いてゐる 落て鳴けり おれが日を鳴をれば来鳴きぬ 顔出して鳴く 蚊の鳴 ほどの 壁に来て鳴 から鳴絶えぬ かう〳〵なきぬ 声断たず鳴く 声鳴かはす コロコロ鳴いて ざわめき 鳴つて しぶ〳〵鳴の 初手から鳴て 空鳴行や たま ごが鳴くと つひには鳴かず どこ迄鳴て とろろと鳴 きて 鳴かねばならぬ 鳴しまひたる 鳴そこなへる

鳴き寄る声の 鳴くと定めて 鳴くに目さめし 鳴く 音憚る 鳴くは故郷の 鳴く夜を以て 鳴ける黄昏 はら〳〵と鳴く ヒヨコ来鳴くや 吹かれて鳴や 梟鳴ける ふと鳴き出しぬ 真上に鳴くや まめで鳴 たよ 懶げに鳴く

【囀る】さへづりの ●囀たらぬ 囀る雲雀 杉囀りを 囀て 鶴の啼 啼かで去 啼き帰る 鹿啼て 燕 鶉 啼く河鹿 啼蛙 にやと啼けば 花に啼 啼 雲雀啼 ひばり啼 むし啼や 鵙来啼く ●うぐひす啼や 牛 啼くかすか 鶉しば啼く があがあ啼いて 雉子が啼 いてる 雉子の啼たつ クックと啼いた さからひ啼ける 里みて啼いた ちいとも啼を ちよと啼や 鳥さへ啼ぬ 鳥啼立る 啼いて羽風も 啼かぬこの鳥 啼き移りゆく 啼きつれ越ゆる 啼いて 啼むつみ居る 啼霜の稲 なかなか 啼町越えて 啼や師走の 啼くなか 啼きつれ越ゆる 啼や 啼を見かへる ふく べが啼か 梟の啼く 虫は啼くのみ もらひ啼して

6 色・音──声

声
囁 叫 騒 呼

●ほゆる犬　異人に吠える　巡査に吠ゆる　月に吠ゆるになを

【吠える】吼える音　吠えるなら　吠ゆる声　ほゆる獅子

嘶く　嘶く春の　馬嘶くか　馬の嘶き　魂いななき

夜すがら啼けり　雷鳥啼いて

【声】あつき声　隻手声　声が通る　声涸れて　声毎に　声寒し　こゑ滋く　こえすまし　声すみて　声す

めり　こゑ染まる　声高く　声の文　声よくば　声を

あげて　声を追ひ　高声に　作り声　とが

りごえ　鯨波の声　二三ゑ　むかし声　諸声に　笑ふ

声す　●あかるき声を　怪しき声　一ばん声や　声色

あるさまに　うつつなげの声　うぬ（汝）がこわいろ　懼る

る声は　衰へた声　かすかに声す　門々の声　かぼそい

声を　虚に声きく　可憐な声を　歓呼の声は　霧に声

あり　くくみ声して　くぐもり声に　くぐもりのこゑ

声遠近に　声落ちにけり　声かへすごと　こゑが消さ

る、声かしましき　声かそかなり　声聞き倦みて

声ころびけり　声ぞ夜長の　こゑ楽しかり　声近くして

声遠き日も　声遠のきぬ　声乏しらに　声鳴かはす

こゑなきこゑを　声なき墓の　声に起行　声に日当り

声に更け行く　声にもれくる　声に行かばや　声の荒

さよ　声の唸りの　声の大きな　こゑのさはりし　声の

出かぬる　声のほそぐ　声のゆくへを　声は蒼ざめ

声は虚空に　声まぎらはし　こゑ耳をうつ　声めづらか

に声もえたてぬ　声もせぬ夜の　声もたるみぬ　声や

かがやき　声よき念仏　声横たふや　声わかかりし

声をしるべに　声を辿りて　こゑをつみて　声を顫はす

子もなき声や　寒き声にて　尻声がない　尻声悲

し　尻声高く　すがしきこゑは　すこし小声に　涼し

き声や　その声かなし　空にこゑして　袂に声を露に

声ある　とがり声して　とぶ声しげし　鳴き寄る声の

泣くやうな声　なり行声や　にじんだ声が　花に声あ

6 色・音──声

る 人ごえしてる ひとつのこゑの ファゴットの声 顱(ふる)はす声も 水に声なき みな高声や 無象を声によく似た声かな 流転の声と 草鞋声なし

何の声 秋の声 犬のこゑ 牛の声 鶯(うぐひす)の声 歌のこゑ 海の声 荻(をぎ)の声 風の声 鐘の声 蚊(か)の声 雉(きじ)の声 五位(ごゐ)の声 ころび声 鹿(しか)の声 鴫(しぎ)の声 鴨(かも)のこゑ 雛(ひな)の声 蝉(せみ)の声 空の声 鷹(たか)の声 瀧(たき)の声 鯨波(とき)の声 咳(しはぶき)声の 鶏(とり)の声 鳴声(なくこゑ) 濤(なみ)の声 の声や 隠密の声 蚊の鳴く声が 鳥の声 人声(ひとこゑ)に 土の声 鳩の声 はなしごゑ 花の声 墓の声 水の声 むくの声 虫の声 鴨(もず)の声 魔の声 夜の声 雷の声 ●朝雉(あさきじ)のこゑ 鵙の声 雪の声 上ル 大瑠璃(おほるり)のこゑ あなたの声は 臨終(いまは)の声は 産声(うぶごゑ) の声や 落葉の声に をなごのこゑや 女 声 子供の声や 桜の声の 死魚売る声を 少年の声の 人の声して ひよこの声や 亡霊(ぼうれい)の声 牧笛(まきぶえ)声は 水裂く声は 物もうの声 矢をはなつ声 く 呟(つぶや)く 呟(つぶ)やきて ●泡(あわ)のつぶやき 老いて呟く 囁声(つぶやきごゑ)の つぶやく水の 何をつぶやく ひとり呟き

唸(うな)る 唸(うな)り居り 蠅(はへ)が唸く ●うなるばかりに 唸(うな)れる
虹を 重き唸りの 声の唸りの 髑髏(どくろ)がうめく
嘆(しが)れる しやがれ声にも
囃(はや)す やんざ声 ●汽車はやす子や はやして行や
無口 鯉(こひ)の無言 無言で通す 無言の花よ 無言の光 無言の 内は 無言の遊戯 無言の歌は 夜の無言に 無口也 ●無口者と 無口に燃える 無口のをと こ

【囁(ささや)く】 ささやいた 囁(ささや)いて 囁きか 甘い囁き 古代のささやき 囁きし人 さゝやき給ふ 囁もらせ 囁きやまず さゝやく夢幻(むげん) 底にささやく 囁きやすく ひくきさゝやき 星さゝやきぬ 水さゝやきて やく ひくきさゝやき 星さゝやきぬ 智恵のさゝ
私語(ささめごと) さゝめ言 私語(ささめごと) ●ささめき尽きし 私語かはし やく 鶯叫ぶ 叫び出し 猿さけぶ 日の
【叫ぶ】 叫喚(きょうかん)に 鷺叫ぶ 叫び出し 猿さけぶ 日の 出叫ぶ ●暴風雄叫び 牛叫ぶこゑ 風が叫んで さけび くるめき さけぶ子の恋 魔神の叫(さけび) 歓び叫ぶ 悪い叫び
【騒(さわ)ぐ】 大さわぎ 雁(かり)さわぐ 騒がしき 騒(ざわ)めいて

6 色・音──聞

立さはぐ 一騒 人どよむ みどりさわぐ やかまし
き 燥き出す ●庵さざめかす 一日さはぐ 蚊の声さ
わぐ カルタ歓声が 君がさざめき きらめきさわぐ
黒み騒だち 子どものさわぐ 騒ぎ拡ごる 騒ぐかな
しさ 騒ぐ生徒や ざわめき鳴つて 帆はさんざ
そめきぞめきや 空は騒ぐだけ 隣さわがし どよみ
の音の 泣きわめく子を べちゃくちゃと わめく人声
めく 道をざわめき わめき人声

【呼よぶ】

呼出しハ よぶ蛍 呼んでいる 我を呼ぶ●あひてよび
雲を呼ぶ 友が呼ぶ 傘を呼ぶ 風に呼び 君を呼ぶ
こむ 駅の名呼びて 男を喚びぬ おどり子を呼ぶ
籠呼に来る 蚊屋から呼ぶ 巨人よぶべき 爰と馬呼
助け呼ぶ人 伝馬を呼ぶ 人に呼る 人呼びおこす
燈を呼ぶ声や 舟呼びもどせ 仄かに呼びて 道問ひ呼べ
ば よばれて村の 呼いだされ、よびかけられて 呼
び交しつつ 呼びますらしき

聞

聴

【聞き】あれ聞けと 雁きゝて 聞かふとて 聞き心
聞初て 聞はつり きこえそめぬ 立聞の 独聞●鶯
聞ぬ うつに聞くよ 奥に聞ゆる 聞々並ぶ 聞き違
へずて きゝつゝ午後の 聞き恍れぬれば きゝまどふ
こそ 聞きわけもなく きけばおそろし 聞けば胸こ
そ 聞えてくらき 聞えぬ土に 児と聞いて居る夜
猿を聞人 しづかに聞ば じつと聞き居り 人語にきこ
ゆる 絶えつ聞えつ ならべて聞は ほの聞く人の
に聞ゆる

【聴く】雨を聴く 気息を聴け 海を聴く 楽を聴
く 聴くよあらむ 聴けよかし 君も聴き 何と聴く
●聴き耳立てる 聴けばなほ降る 君聴きに行く 黒
き海聴く 頭上に聴きて 吸はるるを聴く そを聴き
にゆく 盗みきかるる 独り海聴く 雲雀聴き聴き
三年聴かざり 虫を聴いてゐる 眼をとぢて聴き 最

6 色・音——静

静
黙

一度聴かば　やめて雨聴く　夜もすがら聴く

静か　魂しづけし　みだれしづまる　山の静けさ／蕭条として　しんとして　鳴てしんかんと　閑か　いや閑か　閑さや　閑かなる　閑けさに　しんかんと●心閑かに　閑けさ覗く

【静か】しづかな　静なる　静さに　しづごころ　しづまらせ　静かに　しづやかに　鎮静な　しづませ●明の静けさ　家の静けさ　うへにしづけきみな静か　燠は静かに　咲き静もれり　静かさに居うしろ静の　静かさふせる　しづかな影　しづかな少女　しづり　静かなるかげを　静にうごく　しづかにきしれ　しづづかにかざす　しづかに聞ば　しづかに移る　しろ　静かなる淵の　しずかな夢幻　しづかるいかな寝息　しづかに詠め　静かになれるにつもれ　静かに照るは　静かに踏みて　しづか静にぬらす　しづかに眠れ　しづけさにをる　静熱　しずかにゆすれ　静かき額　しづけさにをる　静まり果てし　猛く静けく　たゞしづかなる　地は静かなり　妻の静けき　なりしづまりて　葉照り静けしひかりしづまり　瞳しづかに　皮膚にしづかに判官

【黙る】うち黙し　黙つてゐた　黙りこむ　だまり鳥黙然と　黙の華　黙したる　黙しつ　黙し征く　黙すれど　山黙し●牛の黙のみ　来り黙せば　口に蓋するんと●心閑かに　閑けさ覗くてねたる　黙り返つて　黙り腐った　妻は黙しつ　母想ひ黙す　黙坐づけぬ　黙しをり／むつりと心を　黙すを常と　黙せる顔の　黙せる心　黙の久しさ黙を深めて　我は黙しき　われ黙しをり／むつりとむつとして　帰ればむつ　ひたと噤む

【沈黙】巣のしじま　沈黙す　夜の沈黙●愛と沈黙　暗き沈黙に　強ひる沈黙　静寂しとしと　沈黙に入れば沈黙にひたり　沈黙の池に　沈黙の海に沈黙のなかに　静寂わが身に　白き沈黙を　空の沈黙を　沈黙のよる　深き静黙に　無窮の沈黙

7 火・灯 —— 火

火(ひ)

火燵 炭 炉 焼 焚 薪

【火】
　青い火の　朝の火が　熱き火の　あなたは火
埋火に　衛士の火の　己が火を
白い火が　耐火性　大火団　菜殻火か　傘火消ゆ　鯖火もゆ
が見えた　火に翳し　火ともしに　火縄の火　火に
あふれ　火の上を　火の海だ　火の消えて　火の祈禱
のいぶき　火の如き　火の性の　火の玉の　火の匂
火の気なき　火は降るや　火ぶり哉　火も焼かじ
火の柱　火の蓑を　火をしたふ　火を蔵し　火をつがん　火を
火を消して　飴色の火が　火串かな　わらの火の
見ると　火を持てり　股火哉
● 赤い火照りを　生かしおく火や　いつか
芥火と　火心まぶしく　この火と共に　さらば生火の
白い火の下　すさまじき火を　飛火流るゝ　菜殻の聖火
塗込めし火や　薔薇いろの火に　火が起きて来る　火な
きはさびし　火にこそ死ぬれ　火に点をうつ　火の息す

なる　火のうつくしき　火の海原の
火のごとく染め　火の言葉せぬ　火の透くあたり　火の
逬る　火のまゝ棄つる　火の矢つがへて　火吐かずなれ
　火もおもしろき　火もほのめけや　火や守りけむ
　火を打こぼす　火を飛び越ゆる　火をとりて来る　火
をとるむしの　火をなつかしみ　火をはさみけり　火
をひとりふく　火をも咳ふごとく　火を吹く竜が　火を
見ると人の　火をも咳ふと　火風逆巻き　火立ちに行く
と　牡丹火となり　火中にたちて　火の穂透き見ゆ
ほやにかざして　猛火の海に　もしほやく火は　我火
を病めり

火花(ひばな)
　赤いスパーク　鬱悶の火花
火花も　火花のいのち　火花を与へ　夜が火花を
火の粉　火塵散り　●赤い火の粉も　火の粉ぱちぱち
火塵を乱す

花火(はなび)
　揚花火　小花火師　遠花火　花火せよ　花火と
ぶ　花火見えて　●線香花火の　千両花火の　滝の花火
を　鼠花火の　花火に遠き　花火のあとの　花火の玉も

7 火・灯 —— 火

花火のはなし　花火はもえて　花火やむ夜の　星の花火は

切火（きりび） 切火たばしる　切火をうつて　火の石を切る　火を燧音（ひうちおと）や

野火（のび） 野火つけて　野火映ゆや　山焼く火　わが野火を燧音や

に●野火が付いたぞ　野火しめじめと　野火のくぐりし

野火はもえける　椚（くぬぎ）の　野火ひろごりぬ

烽火（ほうか） 烽火台　狼火あげたる

火むら（ほむら） 火むらさへ●護摩の火むらの　火むら冷めたる

ほむらならずや

火影（ほかげ） 火かげたゞよふ　火かげやこよひ

火影や雪の　椚の火かげに　夜の火影ぞ

火事（かじ） 火事の色　火事の空　火事の火の　船火事や

大火事ありし　火事の半鐘　さめて火事ある　静かな

火事を／火けし馬　火の見櫓の　火の用心の　火を警

むる

【火燵（こたつ）】 置火燵　巨燵出て　火燵の火●妹が炬燵に

馬を火燵に　巨燵消えたる　火燵してやれ　炬燵の酔

を巨燵離れて　火燵蒲団の　炬燵を明け　火燵をす

火・灯

べる　電気炬燵に　火をかぬ火燵　湯湿り炬燵

火鉢（ひばち） 大火鉢　置火鉢　塗火鉢●瀬戸の火鉢に　陶の

火鉢に　火の無い火鉢が　火鉢なども　火鉢の炭

火鉢のそばで　火鉢の中に　火鉢の灰を　火鉢の火かも

古火桶（ふるひおけ）● 熱き火桶や　火桶かゝへて　火桶炭団を

火桶（ひおけ） 火桶も落す　ひさご火桶に　夜半の火桶

火種（ひだね） 火種借りて　火種掘る　火の種を●とぼしき火種

そつと火入に　火入にたまる

火入（ひいれ）

火箸（ひばし） 竹火箸●火ばしで寒いな　火箸のはねて

行火（あんか） 電気行火●懐炉で熱し　懐炉を市に　湯婆に足

を湯婆やさめて　はつる安火に

暖炉（だんろ） 夜の煖炉●ガスだんろの火　楽しいペチカ　壁炉

美し　暖炉が燃えて　暖炉の側や

ストーブ ストウヴの火　暖炉は　ストーブや●すとう

ぶに似て　ストーヴを焚く　石油ストーヴ

石炭（せきたん） 黒ダイヤ●石炭の層に

瓦斯（ガス） 瓦斯体の　瓦斯の火を　瓦斯燃ゆる●アセチリン

瓦斯　瓦斯が無益に　瓦斯の神経　瓦斯の点（とも）りに

7 火・灯 ―― 火

【炭】いぶり炭　枝炭の　おこり炭　小野、炭　けし炭の　粉炭哉　白炭の　炭馬の　炭売の　炭くだく　炭けぶり　炭小屋に　炭出すや　炭つぐや　炭取の　炭の香の　炭の火や　炭をつぐ　炭を積む　風炉の炭　大きな炭を　粉炭もたいなく　助炭に日さす　炭のお　こりし　炭のかをりは　炭にほふや　炭焼渡世　をざくざく　ぱちぱち炭の　輪炭のちりを

【炉】いろりから　ぬるり火に　手炉さげて　もゆる炉　の炉框に　炉に焼く　炉のはたや　炉のほとり　炉開　や炉塞で●庫裡の大炉の　紅炉に点ず　炉のけぶり　く炉の火がどんと　炉火のちらつく　炉辺に孤坐して　炉の火や●榾火の　榾火たくや　榾折かねる　榾のけむり　榾の炉火かげに　榾火の夢の　榾火燃えつ

【竈】うちくべて　炭竈に　庭竈●竈の下に　竈の土は　窯焚く我に

【焼く】焼かれ　じか焼や　死人焼く　どんど焼　野を焼く火　戸々の竈火や　焼く　蚊を焼くや　子を焼かれて　髪を焼け　人を焼く　火も焼かじ　焼かざるや　焼れけり　焼き　焼かじ　焼筆で　焼くるごとく　焼くるなり　焼きあ　捨てて　焼穴の　とに　石焼かむとす　焼け残る　焼柱　雪を焼に　紅葉焼く　秋の夜に焼　やか焼れて　炎に焼きぬ　焼かむとぞおもふ　板も　焼く火の闇の　焼る地蔵の　焼跡のある　焼石積る　焼　焼石原の　焼地の穢土に　焼山晴れて　焼払ひたる　焼　焼いしはら　焼ひつめ

【焚く】焚落し　焚きつけて　焚き次ぎり　焚き掃ふ　焚きぬ　焚火焚いて　落葉焚　御火焚や　鰹焚き　香焚きぬ　すたく夜哉　焚け果てぬ　火を焚かむ　焚と　書焚ける　藻草焚く　もの焚かむ　火を焚ん　落葉焚　き焚き　君を焚よ　いざ物焚ん　据風呂を焚　く　焚いて誰待つ　焚いて豊な　焚かぬ炭竈　焚きて　遣りたる　焚く線香に　動物を焚く　人の火をたく　焚火　芦火哉　焚火翁　焚火屑　庭焚火●あまり夜焚　焚火　大焚火とは　焚火こだます　焚火に簾　焚火の

【薪】麁朶の中　薪分　薪積みし●杣が薪棚　薪　けむり　焚火の照らす　焚火の中へ　たき火ゆかしき　薪

7 火・灯 ── 煙

煙 灰 煤 煙草

燠(おき) 並おく 薪に交る 薪わる音か 静かに 燠くづれ 燠つくり 燠のうへに ●燠は のけぶる 外の湯の煙 稗殻煙る 一すぢの煙 人住て 煙 ふりさけ、ぶる ほそき煙も まつすぐな煙 緑は烟ぶる 母屋のけぶりの

【煙】 青煙の 薄煙 うち煙る 煙たつ けぶる
煙吐いて 煙よけの 煙雲 煙出し 炭いぶり 煤煙
の●青き煙や 浅間の烟 うする、烟 川にけぶるや
消えゆく煙 汽車の煙を けぶたきやうに けぶった月
の けぶり立つ見つ けぶりに陰る 烟の如き けぶり
の中の けぶりを握る けぶる黒髪 けぶる日よろし
烟り車に けむりの影を 煙の衣 煙のにほひ 煙のも
煙うすくも 烟うづまく 煙かすれて 煙かなしも
る、 煙は風に 煙吹き散らし 煙は空に 烟一すぢ
けむり噴く山 煙を重く 烟をおろす けむりをなが
し 煙を吐いて けむをいたく 香の烟りの ころ
くけぶる 境に烟る 人煙一穂 たつ焰煙や とうふ

煙突 烟筒は●煙突掃除 烟筒掃除夫の 煙筒もるる
燻(くゆ)る 燻りたる 薫して くゆり立つ●藍を燻して 伽羅のくゆつて くゆる煙の 調度は薫り 火に燻りつ つ ふすぼりもせぬ

【灰】 灰汁桶の 懐炉灰 塵と灰 灰捨て 灰せゝり
灰だらけ 灰降りし わら灰を●つめたい灰のなかに 灰ば
める 灰うちたく 灰たつ野辺に 灰の帷の 灰の中から
灰のふえたる 灰はかなしい 灰冷えしまま 灰まき
ちらす ふしぎな灰でも 炉灰に埋む わら灰打ちて
石灰 石灰を●石灰ぐるま 石灰の匂ひ

【煤】 煤くさき 煤ぐろい 煤さわぎ 煤の汁 煤掃
や 煤ばめる 煤はらひ 煤まぜに 煤まみれ 煤見
舞 煤煙の●内は煤ふる 煤浮みけり 煤
し、煤けらんぷに 煤竹売が 煤つらなりて 煤が降る月
煤けらんぷに 煤竹売が 煤つらなりて 煤にそまらぬ

火・灯

140

7 火・灯 —— 灯

煤(すす)にとざせよ 煤のみ深き 棚引(たなび)くや 流る、煤や

【煙草(たばこ)】 朝たばこ 植(うえ)たばこ 禁煙(きんえん)す 粉(こな)煙草 たばこ跡(あと) 煙草入(たばこいれ) 烟草(たばこ)の葉 たばこの火 たばこ吹くよき煙草 ●あしき煙草の エヂプト煙草 影と煙草となしき莨(たばこ) きつきたばこに くさくさ吹かし 吸ひ吸ふ煙草 たばこにむせな たばこのしめる たばこの函(はこ)でたばこの花を 煙草のやにの 莨火擦(たばこびすり)るや 煙草吹かして たばこ吹かける 煙草干(ほ)しけり 煙草恵めと 煙草を折りて 煙草をふかす バットの空箱(からばこ)を鼻(はな)からけむを 母の莨(たばこ)や 火でたばこ吹(ふ)くや/阿片(あへん)を

煙管(きせる)を燻(や)く 阿片を知らじ

【煙管(きせる)】 銀ぎせる 長煙管(ながぎせる) パイプ手に ●煙管の掃除きせるわすれて 煙管を探る 煙管をみがく 真鍮(しんちゅう)の煙管

【吸殻(すいがら)】 吸殻の たばこ殻(がら) ●吸殻はたく
【葉巻(はまき)】 巻(まき)煙草(たばこ) よき葉巻 シガー 巻莨(まきたばこ)を吹かし ハヴァナは蒼(あお)く 葉まきの香(かおり) 葉巻の箱を マニラ煙草(たばこ)の巻(まき)たばこを吹く

灯
燈 燭 油 蝋 明

【灯・燈】 アーク燈(アークとう) 弧燈(こどう) 遠(とお)の灯の 飼屋(かいや)の灯(ひ) 角燈(かくとう)に 神に灯を 寒灯(かんとう)や 車の燈(ともし) 氷る燈(ひ)の 事務の灯の 探照燈(たんしょうとう) 遠き灯に 灯赤き 燈火(ともしび)を 灯火(ともし)もひ 灯のみゆる 灯の下に 灯もつけず 灯の通つ 灯つてる 灯がついて 灯ちら/\ 燈ともせと灯ともりて 雛(ひな)の燈に 灯に隣る 灯のうつる 灯の泄(も)らす 灯を泄(も)す 幕屋(まくや)の灯 間ごとの灯 町灯(まちとも)りてひ 灯のゆる 巷(ちまた)の灯 村の灯の 誘蛾燈(ゆうがとう) 夜寒(よさむ)も稀(まれ)に 燈を置(おき)で 灯を消して 灯を捧(ささ)げ 灯をなが
の灯 夜長の灯 ●燈火(あかり)小暗(おぐら)き 燈華(あかり)やかに 灯もて来よ燈火(あかり)を消して 馬の灯を見る 顔見せの燈も かすむの灯に 巷(まち)の灯の 窓の燈(あかり)の 黄なる燈火(ともしび) 広告燈(こうこくとう)が さ街の灯 かんてらの灯を 嵯峨(さが)の 酒場の軒燈(あかりさび) 淋しき灯青き灯かな 嵯峨(さが)のともし火なし 市街の燈(とも)にも 下町の灯を 鋭き灯あり 散つた灯りは 月夜や灯(とも)る 手の灯明(ほあか)りに 燈下(とうか)に書すと

7 火・灯 ── 灯

火・灯

燈光虹の　灯さぬ舟の　灯あがれる　燈けしたり　宵の灯うつる　余震に灯る　余
して行く　ともしそへたる　灯うすき　ともしびうつ　所の灯見ゆる　龍燈揚る　瑠璃燈懸けよ
る　灯火くらし　灯させば　灯しび　ほ
びの色　灯のこる　ともし灯ひとつ　ともし火細し　**灯影**（とうかげ）　黄色い灯影　ひらめく灯影　昼の灯影や　灯影
灯ゆすれて　灯をわくる　ともせば滅る　しづむや　灯影貧しき　灯影を受けて　雪掻く灯影
灯りそめたる　ともりてうれし　灯りし森へ　**灯明**（とうみょう）　常燈明の　燈明台　ともし置いて　仏の灯　御灯
灯り　中に灯りぬ　乳白の灯の　法の灯ともる　はや　常燈明の　涼し神の灯　燈明世界　宮に燈ともる
れや　灯のとぼる　はや灯を入れし　灯あかき宵　**灯籠**（とうろう）　切子灯籠　高灯籠　灯ろうの　花灯籠●石
を　灯入れむ月の　燈が楽しんで　灯で飯を喰ふ　灯と　燈籠に　燈籠のふさや　灯籠ふたつに
もる頃　灯に下りてくる　灯に幽かなる　灯に片よ　**万燈**（まんどう）　万燈を●大万燈に
りぬ　灯にまさりたる　燈の明り見ゆ　灯の無き家を　**行灯**（あんどん）　小行灯●行灯とられし　行灯ゆりけす　行灯き
灯のなつかしき　灯の穂赤きを　燈は何さぞふ　燈も寝　えて　行灯さげて　行灯はりて／走馬灯
頃なる　灯も水ぎはに　灯貰ひに出る　灯や凍らんと　**提灯**（ちょうちん）　小提灯　無提灯●青き提灯　狐の提灯
昼のともしび　灯を消しおくれ　灯を消して寝　ちぬ　てうちん通る　提灯の字の　提灯の炎は てうち
を引ころや　灯を吹く風や　灯をほと洩らし　燈を呼　ん持の　提灯ゆくし　紅提灯も　提灯の灯に 高張立
声や　燈を呼ぶ風が　部屋の灯りが　**瓦斯灯**（ガスとう）　瓦斯の灯　瓦斯の灯の　瓦斯の灯よ　瓦斯ひと
灯あしの蕊の　雪洞の灯も　まだ灯のつかぬ　町の灯し　つ●瓦斯の光に　町の瓦斯灯
ばし　円き燈　ともしび水無月の灯を　眼に外燈の　やがて灯　**灯台**（とうだい）　航空燈台●金の燈台　灯台消て　燈台の立つ
ランプ　釣ランプ　洋燈を　ランプ売●青いランプが

7 火・灯 —— 灯

黄いろなランプ　金のカンテラ　五分芯ランプ　煤けらんぷに　蒼穹のランプ　月のランプを　手らんぷをもて　銅のランプが　魔法の洋燈　ランプはうつす　らんぷとゞいて　ランプ点して　らんぷ取出て　ランプに飽きてランプのあかり　ランプの笠の　らんぷの暗き洋燈のくらき　ランプの下に　ランプを持つて

【燭】
銀燭の　燭きつて　燭も照り　手燭して　燭を寄せて　夜の燭　●提る燭台　春昼の燭の　鉄の燭台　紙燭して　●紙燭とぼして　紙燭にうつる　紙燭に

【紙燭】
紙燭のとゞく　窓に紙燭を暗し

【油】
火の油　油煙たつ　油燈にて　●油うかゞふ　あぶらかすりて　油こぼして　油しめ木の　油掃除や　油乏しき　油皿　油吸ふ　油筒　油火の　差油　当蓋にそゝぎ　油を塗りつ　油の氷る　油のやうな　油火にちる　油尊となの油　菜種油の　伽羅の油が　浄き油をくれなゐの　灯皿にとぼす　火蓋に注ぎ　露店の

【燐寸】
油煙　燐寸擦れば　マッチ擦り　●マッチとを買ふ　マッ

チの棒で　燐寸を擦りぬ

●芯に蠟塗る　燭に魚蠟の

【蠟】
青い臘　蠟で鋳た　蠟の燭の　蠟短か　蠟涙に

蠟燭
蠟の膚　蠟をとろとろ　蠟人形の　蠟の融くるが

蠟燭　朱蠟燭　らふそくで　●大ろーそくに　黒き蠟燭蠟燭ともす　蠟燭の火に　蠟ともりつゝ　蠟の焔に／幽かな燈花

【明り】
あかり　月あかり　上あかり　薄あかり　片明り　草明り水明り　夕明り　雪明り　初明り　桜花あかり　水脈あかり場の明り　つめたい明り　●青い照明　麦の穂あかり　黄葉あか菜の花明り　燈の明り見ゆ　横明りなる　襦子明りをりの　山夜明りす　片明りや　戸口明りや

【電燈】
電燈　スタンドの　電燈は　●明るい電燈に　淡い電燈電燈のかげを　電気燈の装飾　電気燈の下に　電燈消せば　電燈の球を　電燈のもと　ひるの電燈はり電燈は　頭光に氷雨

ネオン　青きネオン　●ネオンサインの　ネオンの骸に

7 火・灯 ―― 燃

燃　炎　焔

【燃える】

海は燃え　海燃えぬ　風も燃え　黄に燃えて　雲は燃え　鶏頭燃ゆ　芥子もゆる　燃焼体　皆燃える　恋燃えて　底燃ゆる　空は燃え　燃焼体　皆燃える　恋燃えて　燃え狂ひ　燃しさる　もえしめよ　燃えたたむ　燃えあがる　立つて　燃え尽きぬ　燃ひかる　燃え燃えて　燃ゆる　海　もゆる口に　燃ゆる日の　燃ゆる眼を　雪に燃え
●赤く燃えたつ　畦で燃えると　いづれば燃ゆる　寂し　さの燃ゆ　しずくは燃えて　薪の燃える　地球も燃えて　月が燃え立つ　はるかに燃ゆる　低く燃えたる　火よりも燃ゆる　日を包み燃ゆ　冬日は燃えて　ぽつぽつと燃る　緑に燃えた　みどり燃えたり　皆身が燃える　身ばかり燃やす　無口に燃える　燃えうつりたる　燃えざるものか　燃えし希望は　燃えしぶる火や　燃えたつ謎に　燃えつくばかり　燃えつくるごと　燃えてあさまし　燃えてゐた野が　燃えひろがりて　燃えゆき

にけり　燃えよ悲しみ　燃える噴水　燃える娘の　されながら　もゆる怒りを　もゆる石崖　燃ゆる海見　もゆるがままに　もゆるくちびる　燃ゆる地獄の　て　もゆる直覚　燃ゆるにほひは　もゆるはくるし　燃ゆる浜ゆき　燃ゆる焔の　雪ぞらに燃え　わが若さ燃ゆ　ほのおほのお

【炎・焔】

炎えて　ほのほの子　緑樹炎え●青き焔の　あけの焔　生ける焔の　いみじき炎　焔樹の岸へ　処女の焔　火炎　に女体　浄き焔　銀のほのほを　恋の火炎に　しろきほのほと　真紅の焔　生の焔を　知恵の炎を　火のほのほ吐く　噴ける炎に　ほそき炎口の　焔うるはし　炎か哀し　焔流れて　炎に焼きぬ　炎に酔つた　炎のあそぶ　焔の海と　焔の少女　焔の傘に　火焔の香する焔のきほひ　火炎のごとく　炎のころも　炎の桜　焔の浪に　焔の羽添へ　焔の筆に　ほのほの真陽の炎は揺れた　り　焔の羽添へ　焔の筆に　ほのほの真陽の　炎は揺れた　火焔もちると　炎をあたへ　火焔燃えたる　魔炎の光　余光の火焔　夜の焔たち　われに焔の　よ　メタンの焔　燃ゆる焔の　夢も焔と　余焔をさます　吾に炎えにし

8 状態 ── 淡

淡

薄 微 幽 仄

【淡い】

淡いあはい　淡げにも　雲淡く　濃く淡き

●淡淡と咲きて　淡い電燈　淡いほほゑみ　淡い夕陽を　あはい余震を

淡緑　淡き秋霧　淡き黄金の　淡き

に似たり　淡き見覚え　淡気の雪に　淡碧の歯を　淡

くさびしき　うつり香淡き　黄いろの淡い　墨まだ淡し

水より淡き　夕かげ淡し　夢より淡く

【薄い】

薄あかり　薄浅黄　薄色の　うすく〴〵と　薄

被薄霞　薄壁や　うすく濃く　薄くして　薄雲

煙　薄粧　うすごほり　うすずみ　薄月に　薄月夜

けぶり　薄氷　薄墨に　薄月　薄濁り

薄玻璃に　薄日影　薄蒲団　うすらぎし　薄らぎて

薄れゆく　粥薄し　●うすいくちびる　薄い車輪を　薄い

涙に　うすい瞼に　薄い横皺　うすうす青き　うすき

命を　薄き濁りを　うすき蒲団よ　うすきゆかりの

薄くつきけり　うす黛の　うすももいろの　薄様をす

き　うすれひろがる　うすれゆきつつ　重ねて薄し　煙

【微か】

かすかなる　かすかなりけり　微かにも●微かな生気　微かな

な寝息　かすかに光る　かすかに人は　かすかに　かすかにか、

るかすかに光る　かすかに人は　かすかに揺れる

顕微鏡的　光微かに　微妙な網を　無数の微物／そよ

り哉　ちろりちろりと

【幽か】

幽か　音幽か　幽かなり　●幽かな湖水　幽かな燈花

幽かにゑがく　幽かに御空　声かそかなり　総べて幽

けき　一すじかすか　文字幽なり

【仄か】

ほの青き　ほのかな黄　ほの白い　ほのめきて

●菊ほのか也　ほのかなねむり　ほのかなのぞみ　ほの

かなる闇へ　仄に赤し　仄かに淡い　ほのかに海は　ほ

のかに白し　ほのかに蓼　ほのかに包む　ほのかに匂

ふ人の　ほのかに闇に　仄かに夢に　ほのかに呼びてほの聞

く人の　ほのと生死や　仄につつむ　ほのく明し

鈍い　鈍色の　鈍い日が●鈍い金色

鈍きものおと　にぶくかがやく　にぶきひかりは

日ざしも薄き　峯の薄霧　むらさき薄く

うすくも　灯うすき　日影も薄く　ひかり薄れて

状態

8 状態 ── 弱

弱 　細　脆

【弱い】気のよわり　気弱なる　弱者の美　なきよわる　弱い骨　よわき歯に　弱き身の　弱きもの　よわりかな　弱るらむ●あえかの葛を　いま弱々と　悲しい衰えかな　鯨弱れば　その馬弱く　手弱の茎に　日影やよわる　弱い心を　弱肩白き　弱き男は　弱き性かな　弱き人なる　弱きを憎み　弱そうな子が　弱々しげな　よわらぬほどの　よわりし魚の　弱りて落ちし　弱りに弱り　わが足弱り　わが軟弱を　私は弱い

【細い】雨ほそく　こまごまと　腕細ぢや　風細う　かぼそさよ　雲細う　手のほそり　細に入り　繊細の　繊細く　月ほそし　なぜ細る　節細き　細い手が　細海に　細椽の　繊そ腕　細き尾を　細き手の　細き身を　ほそく結ふ　細けぶり　細腰の　細長　細き　細柱　細眉を　細元手　ほそり立ち　細り面　ほそる　夜ぞ　細ろ地の　道ほそし　身を細り●あまりかぼそく　命も細き　うなじに繊き　おとがひ細き　帯の細さや　尾ぼそうなるや　かぼそい声を　かぼそきいのち　紅細く　恋の細路に　声のほそぐ　こまかいそよぎ　障子細目に　白犬細う　それより細き　天の繊月　ともし火細し　光か細き　光こまかき　ひとはほそほそ　広葉細葉の　舟歌細く　細い岬が　ほそき炎口の　ほそき腕が　細き際より　ほそき煙も　ほそき激ちと　繊き莨や　細き御足を　細き水茎とほく　ほそな繊がひ指　細脛高ぐ　細眉あげて　細らんとして　細りきったる　細り妻あはれ　ほそりてあゆむ　細り〱　て　窓の細目や　身を細して　夕細道に　湯気の細さや　路次の細さよ

【脆い】秋もろし　枝もろし　もろき虹の●うらはかなげに　情に脆い　涙もろさの　花よりもろき　脆き響に　もろくなり来ぬ　もろしと知りぬ　儚い　消えてはかなし　孤高はかなく　はかなき事を　はかなごころの　はかなし味を　落葉　眉のはかなき　夢やはかなき

浮

軽 柔 堅

【浮く】

泛べたり　浮嶋や　浮び来る影　うかびそめたる　浮遊する

眸に浮き●青きはの　浮葉にけぶる　うきはをわけて　奥に

浮ぶうらかた　白粉浮けり　寒天浮いて　雲を浮ばせ　毛皮

浮べり　流に泛ぶ　はつきりと浮く　浮雲流水　山浮

に浮び　雪を浮べて　湯にし浮きたり　夢の浮橋／椅

き沈む

子ふは〳〵と　風もふは〳〵　ふはつくやうな　ふはと

かぶさる　ふわふわ桜　ふわ〳〵と針　ふはり　ふはりと梅に

ふわりとかかる　ふはりふはりと　ふんわりしてる　ほ

つかりとある　雪がふうはり

浮寝

浮寝鳥●浮寝の旅ぞ　波の浮寝の

【軽い】

かるかつた　かろい響　かろやかに　軽佻な

また軽く　身の軽さ●足軽く　一葉軽く　軽きが

上の　軽くしめれり　軽く冷い　かろい翼で　かろう

つりや　軽き心は　かろきしびれを　軽きに泣きてか

ろきねたみの　口笛軽く　桜は軽し　羽翼も軽き　庭

下駄軽し

【柔かい】

柔かき　やはらかく　柔らかな●息柔かく

草の柔毛　唇やはらかく　すだくやはらぎ　そのやは

ら乳も　地のやはらかく　なほ柔かき　猫の柔毛と

羽やはらかき　眉やはき君　眼にやはらかき　闇やは

らかき　柔らかいキス　やはらかき石　やはらかき甑

やはらかき手を　湯気がやはらか

軟

枝の軟風　風軟かに

撓む

しなやかな　しなはせて　たわむまで●竹のたわ

みや　吹きたはめたる

【堅い】

かたかりき●かたい親父よ　堅い血管　堅

地面を　かたき皮をば　かたい眠りの　堅き麵麴かな

堅き日もあり　かたき枕よ　堅く手握り　堅くなつて

凝

ゐる　堅パンも食ふ　くちづけかたく　かたい机で

ふ　肩の凝　血の凝り●此処に水凝り　凝りて地を這

道の固凝

8 状態 —— 揺

揺

垂 曲 歪

【揺れる】 海揺る、 けさ揺りし さむい揺れ さゆらげば 羽のゆれ ふと揺れる ゆすぶられ ゆすぶりて ゆらぎあびて 揺られけり 揺り椅子に 揺りおこし ゆるぎ出づる ゆるぎつつ ゆるぎなく ゆるること 揺れてゐる 揺れのこる ゆれやせむ ● 青き魚揺れ うち揺ぐ見ゆ かすかに揺れる 君ゆりおこす ぐらぐらゆれて しづかにゆすれ 空をゆすりて 灯ゆすれて ひかりゆすれる 一ゆりゆりて 辺に揺るるのみ 炎は揺れた みどりにゆらぐ ゆさぶり落す ゆらつく橋の ゆらめく光彩 ゆらり ● と 揺られ揺られつ 揺籃に寝て 揺りやみしかば 揺がしゐるは 揺るゝ夜空や 揺れ来るもの 揺れしづまらぬ 揺れる光の 揺れずしづかに ゆれて水面を ゆれてる影よ

戦ぐ

戦ぎかな ともそよぎ ● くらくそよげる 木の葉がそよぐ こまかいそよぎ さやぐ青葉の そよぎや まなく 滝とそよぎげり 揺れそよぐもの

【垂れる】

垂れ具合 垂れこめて たれてける 垂れて飛ぶ 垂れて降る たれにけり 低く垂るる ● 脚垂れて来た 雨雲垂れて 天し垂れたり 木垂る杏は 空垂れたれば 垂りても五色 垂り穂のうへに 垂る青みづの 垂れて明るし 垂れてあやめの 角も垂れたり 帷垂れたる 斜に垂れた 鬼灯垂るる 山坂垂りて 四方にかき垂り

【曲る】

紆余曲折 曲折に つづら折 七曲り まがり坂 ● 碧く曲れり くねり盛の 小首を曲る 桜を曲る 白くまがりて 直枝曲り枝 嘴のまがりを 曲つて出て来る 曲つて見える 曲らんとして 曲り下れば 曲りくねつて 曲れるはしに 曲げ小便も みんな曲つて居る 横丁曲る

【歪む】

歪みたる 歪む耳 歪んだ修羅 ● 青きいびつなのびつな月も 顔のゆがめる 顔をゆがめて 髪の

8 状態 ── 落

落（沈）

ゆがまぬ 黒く歪める 墨もゆがまぬ ゆがみて蓋の 歪んだ顔を ゆがんだままに 歪んで見せる

【落ちる】 鮎落ちて 落ちかゝる 落ちくだる 落ちつばき 落ちてゐる 落ちて来 落ちもぐ 落つるなり 落る日の おとし行 風落ちて 陥没と 雲落ちて しづれ落つ そり落し 角落ちて 鳥落ちて 歯が落ちた 花落ちて 日は落ちて 柚落ちて 我に落ちて ●あひだより落つ アフリカに落つ あらはに落ちて いまだ落ちざる 落ち方の月 落ちくだけあり 落ち口にのみ 落ちし光と 落ちたまりたり 落ち尽したる 落していづくに 落ちて汐と 落ちて消たる 落ちて砕け たり 落ちて椿の 落ちては消えて 落ちてひろごる 落ちて履まる、 落ちてみどりや おつる椿に 落つる野分の 落るは花の 落つる松の葉 落つる松の葉 落して夜半の落す

間もなく 落とせしせんべ 風は野に落ち きびくゝ 落ちし 下界に落つる ことりと落し さらさら落ち て しとしと落つる ずれ落ちんとして 害はれ落ち 蝶 落ちて来し 丁字落ちすや 積もつて落ち散る 日が落ちた町 ふるひ落ちして 触れなば落ちむ ぽたりとおちた ほたりと落る ぽろぽろ落ちる ほろ／＼落つる ほろりと落ちし 眉に落ち来る むかご落けり むら がり落ちて 夕顔落ちし ゆさぶり落す

【沈む】 うち沈め 沈み居る 沈んでる ずんぶりと 立沈み 沈鬱なる ●海に沈めて 恐怖に沈む おもひに沈み 日の しづめよと 沈む鐘 沈む雲 沈む 降りて沈んで 草に沈める くろく沈んだ 静まり沈む 沈めてありし 沈みにほへる 沈みはてたる しづみ果てつつ 沈みもやらで 沈みゆく心 沈みゆく夜の 沈み 照り沈むらめ 淵に沈めて まさぐりしづむ 棟も沈める 闇が沈めば 沈める魚の 沈める頸の 沈める 煤の沈める 宝の沈む 冷たく

8 状態 ── 崩

崩
砕 割 破 裂 爆

【崩れる】 大雪崩 崖崩れ 壊跡に くづすべく 崩れあひ 崩れ家 崩れけり 崩れざる くづれたる 崩れ橋 崩れ築 崩れ寄る 天くづれ 地震崩れ 崩壊し ● 幾つ崩て 打崩したる 崩る、崖の くづるる薔薇と 崩れそめたる 崩れた家の 壊れた月が 崩れより またくづをる、 崩れかかれる 踏めばくづる、 へついの崩れた廃墟 崩て明し 崩れてひかる くづれ行くさま 壊れんとする くづれん花や 崩ゆるに似たる 小径の壊れ 白魚崩れん だらり崩る、 築土くづれし とれ ばくづる、 崩れかかれる 踏めばくづる、 へついの崩れより またくづをる、 湯殿の崩れ

【潰える】 潰えたる 潰ゆるまで ● 頂潰えて 潰えたる 門を

【砕ける】 砕け散る 砕けては 瀬に砕け だつ ● 泡は砕けぬ 岩に砕けて 銀山砕け 砕かれ果てつ 砕かむとして 砕けし影と 砕けて青し くだけてひろき 砕け流る、 砕ける雲の 砕けんばかり 骨砕けて 千々にくだけて 翅砕けて 枯なみだに砕く ものみな砕けし やがて砕くる 稜をも砕け

【割れる】 石割る、 凍割る 截り割りで 空は割れ 鉢を割り ひびわれる われぬべき ● 心割れなん 炭割る音も 氷の割るるおと 割る、音あり わ れめ〳〵や

【破れる】 皮破れぬ 破らむとす 破扇 やれおうぎ 破家 やぶれいえ やぶれ傘 破垣 敗荷 破れ易し 破れ笠 破れけり ● 板の破るる 院の破まど 紙子の破れ 噛み破られて こんなにやぶれて 書物を破り 玻璃をやぶれど 破れうちはを 破れた靴が 破れたる服 やぶれつくろふやぶれてぬれて 破れ袴の 破れむとする 破れむまで に破れ傷みたり 破れしレコード

【裂ける】 裂かば花に 裂け目から 破裂せり 引き裂かれて ぴりりと裂く ● この時裂けつ さかれし恋は 裂けつがへり 裂けて傾く 空裂けむまで 立ち

状態

8 状態 ── 荒

荒　凄猛激

【爆(は)ぜる】
居(い)に裂ける　地を裂く刹那(せつな)　深くも裂けし　胸も裂けよと　爆発し　爆弾の●黍(きび)も爆(は)ぜる　て軒(のき)にはぜたる　爆発したり　発破(はっぱ)で足をひそかにはぜる

【荒(あ)れる】
阿蘇(あそ)荒れの　荒屋(あばらや)の　荒あらし　あら磯(いそ)や　荒海(あらうみ)や　荒夷(あらえびす)　荒素膚(あらすはだ)　あら鷹(たか)の　荒畑(あらばたけ)　荒浜(あらはま)の　荒滝(あらたき)や　荒天(あらてん)　狗(く)荒波(あらなみ)に　あら猫(ねこ)の　荒魂(あらみたま)　荒寂(こうじゃく)びし　荒れ初(そ)めし　荒れにけり　風荒き　荒天(こうてん)の荒　寥(りょう)たる舌の荒　荒く真黒(まっくろ)し　あら田の土の　あら波月(はづき)を　荒墓(あらはか)に　荒魂(あらたま)飛ぶ　荒ぐせなほる　荒れし　神輿(みこし)荒れ　荒き響(ひび)を似る　荒魂(あらみたま)飛ぶ　荒れたきままの　荒れた草生(くさう)に　荒れた手のひらを　荒れたる神の　あれたる宿の荒　耕地や　荒れた畑に　あれてもりくる　荒れ果てながら　荒れ果

てる頃　居酒の荒の　海は荒海(あらうみ)　海光荒き　かぜあらましく荒き　声の荒さよ　心すさぶも　白く荒さんで　渓荒(たにあら)くして　露荒涼(つゆこうりょう)の　手ざはり荒い　菜の葉荒(あら)びし　波荒(なみあら)るゝなり　羽がきも荒く　まだ荒壁(あらかべ)のまだあらみのゝ　まだ北風荒き　八千重荒波(やちえあらなみ)　酔(よ)ひて荒れし

【凄(すご)い】
凄まじく　物凄き●風凄まじき　風はすさまじ　心すさぶも　心すさまじ　すさまじき火を　月はすさまじ　星影凄し　夜はもの凄き

【猛(たけ)し】
あれかし　猛鷲(もうわし)の●猛き心は　猛きすがたを　たけく　猛く静けく　猛火の海に　凍激(いてはげ)し　激越(げきえつ)の　はげしき日●雨のはげし

【激(はげ)しい】
呼吸のはげしき　音のはげしく　心はげしくげしく幽(くら)き

【烈(はげ)しい】
言烈(ことはげ)し　日の烈しさが●僧の烈見(れつけん)つ　烈しい雨に　烈しい息の　烈火に躍(おど)る　烈日の空　烈烈(れつれつ)たる日

【荒野(あらの)】
荒野にて　曠野行(あらのゆく)　曠野(あらの)より　荒れし野に●荒野の涯(はて)で　荒野の果てに

8 状態 ── 消

消

尽 絶 滅 失 朽 衰 腐

【消える】
碧に消ゆ 消え残る 消えもせず 消かゆる 消えゆかん 消えぬひま 消えるとも 消ぬべき 消え時 消されたる 消しがたき 日の消えし ふと消える 明滅し●燈火を消して うしろにきえし 愁ひ消やらず おのづと消ゆる 消えかけてゐる 消え去るもの 消えた土曜日 消えてはかなし 消えゆく方や 消えゆけるとき きゆやなみだの 消ゆるか夢の消えしところ 消しにゆく子や 消なば消ぬがにこゑが消さる、 こわれて消えた さても消ゆべし と消えし つばさが消えて 飛ばずに消えた

【溶ける】
藍を溶く 風に溶け 霧に溶け 溶くるごと 溶けて見え 溶解し●降りては溶くる

【尽きる】
尽きてゆく 尽くる春 世に尽きて●きのふに尽きぬ きよらを尽して きり尽しけり 尽てこがる、 尽きぬよろこび 尽せば風を のぼりつくして

【絶える】
春尽きつ二人 韋編絶えて しらべの絶えはてた●いのりも絶えし この頃絶えて 絶えざる瀞や 絶ず家陰の 絶えつ聞えつ 絶える呵責 絶えざるたえなむとする 餅を絶さぬ

【滅ぶ】
泯ぶべき 滅の香ぞ●滅なんとする 国やぶれつ、 破滅の酒に 泯ぶるその日 滅んだ花よ 滅んだ星が 燃ゆる死滅の

【失う】
なくなるぞ●色うしなひぬ 失なはれた夜に失ひてたづぬる うせぬる風の 失せゆく針の 影をうしなふ 走り失たる 道を失ひ やがて失せたるへ

【減る】
減却す 減もせぬ●減るほど減りて 損ん くどきぞん●損ばかりして 短気は損気

【朽ちる】
朽ちのこる 朽ちまさり 朽つるま、●いくたび朽ちて 朽板橋の 朽ち去るものの 朽ちてゆくだけ 朽ちて行く世に 朽つる肉 朽ちぬ花さき朽ちる 不朽の地時計 まばら朽ちたりあも朽ちぬ

【衰える】
衰に 五衰の日●おとろへし眼や 衰へた

状態

8 状態 ── 捨

廃れる 廃園の 廃兵は●明るい廃墟 崩れた廃墟 廃れて枯れて 何の廃墟に 廃墟の上に

萎びる 色萎ゆる 萎えて●凋る人や しなび蜜柑を 萎び 萎えつくし 萎えみゆる 萎えを知る おとろへうごく ひとり哀ふ 道は哀へ 声 哀えつくし 凋みはてぬる しぼむ萎の 凋れたる 凋時 萎ゆ

萎ゆ 凋る人や しなび蜜柑を しぼむ間もなき 付きて痩へたる 壺に凋れた

【腐る】 腐りたる 腐りゆく 腐るべき 腐れたる くされ縄 敷き腐り 手が腐れ 花腐つ●いのちは腐る 腐った花弁 腐ったはらわた 腐った晩春 腐った葡萄 腐つた眼玉 くさりかけた馬 腐りし蜜柑 くさる菌 や腐れかかつた くされた木株 腐れたにほひ 腐れ てみたる 黒く腐れる 心は腐れ 切ない腐り ちりて 腐れり 満ちて腐らむ

饐える 饐えた匂ひの 酸えた野原に 饐えたる菊は すえたる匂ひ 酸ゆき愁ひの 饐ゆるがごとき 饐ゆるマンゴの 日は空に饐ゆ

捨

【捨てる】 家をすて 犬棄てし 姨捨を 捨つる身は 捨簀がり 棄てがたき 剪り捨てぬ 子を捨る 捨つる身は 捨籠 棄てがたき 捨てどころ 捨郭 衣 棄て去りし 捨し子は 捨手紙 捨てどころ 捨 生えの 捨てましよか 棄てられぬ 住み棄てて 剃捨 はぢをすて ふり捨てて 紅すてて 放棄せよと 放 下せり●家ふり捨て ゑのころ捨る 画の筆すてて お いてけぼりの 玩具をすてて おもひ捨てなん かなぐ り捨つる 君に棄てられ 君を捨てなむ 恋をすてんと 酒を棄てむと 捨るところも 捨つるものなき 捨家い くつ 捨て犬ころころ 棄てしばかりの 須可捨焉乎 捨 てつるのちは 捨てどころなき 捨てる物なし 図太い 放下 袖より捨る つまんで捨てろ 花を見すてて 火 のまま棄つる はうろく捨 水捨つる女や 見棄て給 ひし 身の棄てられし 見離されたる 身を投げすてて

自棄 自棄の心と 自棄の境に

美

状態 ―― 美

芳 妖 麗 艶 華

【美・美しい】

吾児美し 跡美しや 美しき 美しさ 弱者の美 真善美 壁炉美し バラ美し 美少年 美に埋もれ 美服して 美を見とし 美を踏まず 不死の美よ 頬美しや 矛盾の美 桃美し 美き蛾みな 美き鳥は ●美しう睡る うつくしかりし 美しき神 うつくしき際 美しき子の 美しき雑魚 うつくしき 血は 美しき爪や うつくしき夏 美しきひと うつくしき鞭 美しき夜気 うつくしき夜や うつくしく成し美しと見る 美し追憶 うまし調を 笑みうつくしき 良人うつくし 乙女名に美き 面うつくしき 菓子うつくしき 彼のヴィナースの 着衣はしき 国美しむ 声のうつくし 子のうつくしや 錯落の美を 酒うつくしき 座にうつくしや 自動車の美き 霜うつくしき 珠美くしや 垂尾うつくし 血のうつくしさ 妻うつくしき 爪美しや 手の美しさ 手にうつくしさ

友うつくしき なほうつくしや ぬかうつくしき はしき黒髪 はしきわが妻 反射する美貌 美意識圏に人うつくしき 美の英雄を 美なるを見よと 美男に見ゆ 美服の子女に 美くしき 美の恍惚に 微笑はし 火のうつくしき 皆うつくしく 娘うつくしき 無縫の天衣 夢美麗な幻覚 美を尽してや 二人うつくしき 美しく 美からぬはなし 美き衣きるを 夜はうつくしき 美人 美人たり 美人にて ●これも美人の 素足の美女のはや美女過ぐ 美人の影の 美人の腹や 白衣の美人

甘美
甘美なる夢の 情の甘美を

爽
颯爽と ●藤颯爽と

綾
綾ひとへ 声の文 透綾かな 水の綾 ●文ある借衣あやなる鼓 甑の綾織 胸に文なす 闇はあやなし

玉
玉しきの 玉だすき 玉肌の 玉のやう ●玉江の芦を 玉手さし捲く 玉の盃 玉の雫の 玉の響ぞ

【芳しい】
かんばしき ●熱しかんばし かぐはしき女風かぐはしく 草芳しや 墨芳しき 空かんばしく

妙
色妙の 美妙音 ●歌も妙也 寂の妙香

8 状態 ── 香

【妖しい】 妖しさよ　夜々あやしい●妖しい春の　あやしいよるの　あやしき舞ひに　妖しく青し　あるとき妖しはて面妖な　眼鏡妖しく　夜はあやしく

【麗しい】 麗はしき　幽麗なる　流麗さ●うるはしき顔　うるはしき蕊　うるはしき名に　今日の麗日　なほうるはしき　羽うるはしき　広葉うるはし　るはし　みめうるはしき　焰う

【綺麗】 朝がきれいで　けふは奇麗に　きれいな風が　きれいな口を　綺麗な砂利　きれいな魚を　きれいに過たる　きれいな敵意　奇麗に成し　心綺麗さ／すてきな化石

【艶】 艶姿　あだすがた　あでびとの　あでやかに　色艶を　艶話かな　えんわ　清艶な　艶にして　なまめける　濃艶　のうえん　艶情　えんじょう　●色香をはなち　艶だつ雲の　艶なる女　艶奴　艶なる夜の　艶を咲ませ　驕り艶めき　おもわは艶ふ　艶めく紅の　時のみ艶に　なほ艶めくや　髪毛の艶と　艶めく日射し　肌なまめかし　なまめかしけれ

光沢　寂びと光沢　光沢消しだ　光沢物が　翅の色沢●冷たい光沢を　つやつやぬれて　若芽つやめく

可愛い　可愛らし　可愛ゆしと●あまり可愛ゆし　愛いダンス　かはい王女に　可愛鶯　うぐいす　可愛男も　可愛えて可愛や　春ぞかはゆき　かはいや遍路　可愛人を　肥●可愛と　かはいい子雀　かはいや　林檎かはゆく

【可憐】 可憐な顎を　可憐な声を　可憐なふたり　可憐なり

【華やか】 豪華なる　華の殿堂　華美づくし　文の華●燈華やか　虹はなやかに　華の殿堂　花ははなやか　はなやぎ咲ける　陽のはなやかな雲　はなやかなれば　はなやかな

香
薫

【香】 汗の香の　雨の香を　家の香の　の香や　梅が香や　潮の香　風の香も　香に立ちぬにゝほへ　香に映えて　香のかげに　香の古び　香の淀み　香もありて　香をかくし　香をのこす　香を吐きて　香を払ひ　菊の香や　木のかをり　薬の香　香水の　樹脂の香に　砂の香を　炭の香の　墨の香や

8 状態 ── 香

尿(にょう)の香の　鑿(のみ)の香や　蓮(はす)の香や　肌の香と　花の香や　葉まきの香　人の香の　秘めし香の　御簾(みす)の香に　滅(めつ)の香ぞ　ものの香を　闇の香の　蘭の香や　早稲(わせ)の香や●　あを臭き香に　暁(あけ)のかをりよ　朝の香深き　熱しかん　ばし　あまり香つよし　生命(いのち)の香こそ　ヴエネチアの香　よ　おしろいの香を　音と木の香と　香る息はく　香る　泡沫(うたかた)　香がするばかり　香におどろくや　香にかくれ　てや　香に染む雨の　香には立つとも　香のあたゝかき　香のうつりゆく　香の強ければ　香のまぎれなき　香　もちかづけず　香やこぼれても　枯れし香ぞする　を吐くゆふべ　香をながめけり　香をば荷なへる　菊の香　のする　狐の香こそ　君が肌の香　草の香さへも　朽木(くちき)　の香り　雲かうばしき　雲の香沈む　黒土の香の　薫酒(くんしゅ)　の香のみ　コルタアの香　袖(そで)の香りに　袖の香ぞする　そむる風の　高き香を吐く　血の香吹くらむ　毒あ　るかをり　夏草の香　名なし花の香　香の国に　野ば　らのかおり　蓮の香渡る　花香にいでし　花の香おくる　花の香深き　花の露(つゆ)の香　林(はやし)の香り　春ちかき香の　非

状態

礼の香気(こうき)　鬢(びん)の香しみし　噴煙(ふんえん)の香を　火焰(ほのお)の香する　藻の香は海に　ものの香けさは　森の香深き　諸手(もろて)のか　をり　雪の香ふかき　妖魔の肌の香　霊の香のなき　口　ーズの香　早稲田の香こそ　移り香(こう)　うつり香の●　うつり香淡き　消ゆる移り香　身(み)　にうつり香の

【香】　かけ香や　香焚(た)きぬ　香の名を　香の灰　香油　盛る　香をつぐ　瑞香の　毒の香●　香あたたかく　香気(こうき)　ある風　香きく風の　香のかたちに　香の気のぼる　香　の烟(けむり)の　寂(じゃく)の妙香(みょうこう)　麝香(じゃこう)のにほひ　花に香炊(た)かん　耳に　香焼(た)いて　夢の燻香(くゆりが)　蘭麝(らんじゃ)に香(かお)る

香炉　香炉(こうろ)蒼古(そうこ)　香炉盗む　つり香炉●香炉けむりを　香炉をぬらす　花は香炉に

線香　線香(せんこう)の●　線香買(か)に　線香もなくて　焚く線香に

沈香　沈香(じんこう)の香や●　沈の香さやに

香華　香華(こうげ)おとろへ　墓地は香華の

伽羅　伽羅(きゃら)くさき　伽羅の降る●　伽羅の油が　伽羅の　くゆつて　伽羅の果(み)こもり　伽羅をたかせて

8 状態 ── 匂

【薫る】

雨かをる　打薫じ　かをり寒き　かをり立つ　潮かをる　墨薫る　手にかをる●薫る夕風　風の薫の薫る日ざしの　水晶薫り　薫姫の　野薔薇の薫り　白檀かをる

匂

【匂い・匂う】

斧のにほひ　黄に匂ふ　紺匂ふ　地の匂ひ　茶の匂ひ　夏匂ふ　にほひある　にほひ咲く　匂ひだち　匂い立つ　にほひなき　匂ひぬる　にほふ髪　にほふ頃　匂ふ時　にほふひと　匂へかし　日に匂う　火の匂　日のにほひ　湯の匂●青き匂ひを　貴に匂へど　甘にほひと　甘くにほつて　雨のにほひを　海藻に匂ふ　いさゝか匂ふ　インクの匂ひ　優曇華匂ふ　梅のにほひを　うら〴〵匂ふ　白粉にほふ　風の匂ひを　樺に匂へる　火薬の匂ひ　乾く匂ひの　木曾のにほひの　清き匂も　草の匂ひや　煙のにほひ　こひにはにほへる　心が匂ひ　木洩日匂ひ　寒きにほひを　山茶花匂ふし

ろき匂ひや　すえたる匂ひ　すえゆくにほひ　杉苗匂ふ　末黒は匂ふ　石灰の匂ひ　そら匂はせむ　天に匂ひたもとににほふ　土ぞにほへる　つめたいにおい　露こそ匂ふ　にほひある朝　にほひいでたる　匂いが甘にほひ寒けき　匂さめたり　にほひ冷たく　匂ひでしれる　にほひなじみぬ　匂ひに慕ひ　匂ひにひたる　匂ひの海を　にほひ残りて　匂のそらににほひのなかに　にほひのままの　にほひはじめるにほひ潜めり　匂袋や　にほひの冷える　にほひみだしてにほひ身に沁む　匂もゆかし　にほひをたたふを引きて　匂ひ明かりに　匂ふ糸ひけ　匂ふ大原にほふ鋪石　匂ふ火桶の　匂ふもみぢ葉　にほふるにほへる衣に　匂へる君を　にほやかなりし　にほへる天の匂へる色はにほひぬ草に　にほひに肥る　にほやかなりし　にすのにほひも　花がにほつて　蝮のにほひを　ひそかに匂ふ深いにほひの　腐植のにおい　ほのかに匂ふ　交らひ匂ふましろにほふ　御衣のにほひ　乱れて匂ふ　緑は匂ふ紫にほふ　物のにほひや　もみ衣匂ふ　樹脂の匂ひも

8 状態 —— 清

清 冴 澄

山匂ひ立つ　夜の匂ひに　夜は匂ふなり

【清い】いと清き　男きよし　風清し　清く聞すがし葉の　清遊に　月清し　なを清く　水清く●朝影清きあまりに清く　鏡も清し　清きあなたへ　清き怨と清き思を　清きさびしさ　きよき芹の根履の　きよき名のみぞ　清き大理石　清げの尼のしきこゑは　清しき風に　清しき星も　すずしき眼新笹清く　はだへきよらに　身の清らさに　連山清き六根清し

浄い　浄き油を　浄き亜麻布　浄き焔の　自浄作用の光の浄化　身こそ浄むれ　私を浄め

純　純白さ　純朴さ●純金の亀　純粋無難

無垢　金無垢の　白無垢の　無垢の身を●無垢の浄土は　雪白無垢の

玲瓏　一心玲瓏　菊玲瓏と　滝玲瓏と　月玲瓏と　白

状態

金玲瓏　玲瓏として　玲瓏レンズ
凛　露りんくと　瞳をりんと　凛々として

【冴え】音冴えて　冴え返る　さえく̇と　刃が冴える　まなこ冴えて●青く冴えれば　音ぞ冴えたれさえ冴え鳴らし　冴え冴えひかる　冴えてたふとく冴え光りたり　冴え渡り来る　透いて冴ゆるは　杉冴え返る　ひびき冴えゆく

【澄む】女澄めり　楽澄めり　声すみて　汁の澄澄みかかる　澄みきつて　澄み透り　澄みのぼる　澄ミワタル　澄める日の　澄める夜を　底澄める　鷹澄める月澄や　月真澄　照り澄める　耳に澄み　湯の澄に●雨の音澄み　澄み青く深し　澄み明りけり　澄みてかかれり　澄みてきこゆる　澄みの冷たさ　澄むいとまなき　澄むに醒めくる　澄むも濁るも　澄める涌湯の澄んでくる心　空の澄みやう　月澄みわたる　とほりて澄みし　ひかり澄みつつ　深くも澄める　真澄の果の真澄める沼に　まどかに澄めば　水が澄きる　みどり澄みゆく

9 心――恋

恋 愛好慕

【恋】

逢(あ)ぬ恋 家恋し うき恋に 海恋し 梅こひて
欠落(かけおち)は 片恋や 君を恋ひ 君を恋ふ 恋稚(おさな)く 恋
少女(おとめ) 恋終る 恋風は 恋がたき 恋がたり 恋か血
か 恋草(こいぐさ)の 恋ひ狂(ぐる)ひ 恋ひ恋ひて 恋衣(こいごろも) 恋しがり
恋しかろ 恋しくは 恋しけれ 恋ひしなば 恋知ら
ず 恋すてふ 恋ひ撫(な)でて 恋猫の 恋の神
恋の酒 恋の園(その) 恋の通夜(つや) 恋の火は 恋の魚(うお)
くこひ暦(ごよみ)を 恋無常(むじょう) 恋もあらん 恋は浮
みに 恋わたる 恋をえず 恋をして 恋や
さきに恋ひ 失恋(しつれん)の 堰(せ)く恋の 恋ふる子等(こら)
恋ひて 酒こひし 月を恋ひ 恋猫の 空恋し
猫の恋 初恋に 母恋し 母を恋ひ つみこぞこひ
恋ひて 千度(ちた)び恋ひ 父恋し 人を恋ひ 日を
恋うて 古き恋 星の恋 待つ恋や 水恋鳥(みずこいどり) 目に恋し
山恋し 山を恋ふ 恋愛(れんあい)の わが恋は 我がこふる●相(あい)
恋ふるらし 如何(いか)なる恋や 意識の恋よ 一歩恋しさ

祈る恋なし 命恋シク 内(うち)で恋する 海が恋しと 熟(う)
れたる恋の 老いての恋や 多くの恋を 和尚恋すと
落葉恋ひてぞ 親が恋しく 学生恋を 片恋にして
かなしや恋ひし きたなき恋に 狐(きつね)恋する 狂女恋せ
よ くるしきこひの 恋ある人の 恋ひうみそめし 恋
敵(がたき)をば 恋ひ狂ふ子の 恋ひ恋ふる歌 恋さまざ
恋ざめ男 恋ざめ女 恋ざめごろ 恋しい唄に 恋し
かりけれ こひしき雨よ こひしき家に 恋しくなれ
る こひしこひしと 恋して遊べ こいしゆて泣いた
恋する雛(ひな)ぞ 恋する隙(ひま)は 恋する宿や 恋せぬきぬた
恋ぞありける 恋つのりつつ 恋ひておもへば 恋と春と
に 恋ならぬ名も 恋に朽(く)ちなむ 恋に朽(く)ちぬ 恋にす
がらむ 恋に誰れ倚(よ)る こひにはかたき 恋二万年
恋にもうとし 恋に破れて 恋のあめつち 恋の色彩(いろどり)
こひの薄衣(うすぎぬ) 恋のうたげも 恋のうはきさ 恋の激波(おおなみ)
恋の小車(おぐるま) 恋の終(おわり)と 恋の敵(かたき)と 恋のきはみに 恋の雫(しずく)
も 恋の国辺(くにべ)と 恋の国より 恋のさかひの 恋の薬
恋のせき守(もり) 恋のたはぶれ 恋のつづきぞ 恋のはじめ

9 心 ── 恋

恋に　恋の悲劇は　恋の火焚(た)けば　恋の一雨(ひとあめ)　恋の一曲(ひとふし)
恋のひとみに　恋の細路(ほそじ)に　恋の火炎(ほのお)に　恋の籠(かご)よ
の御国(みくに)の　恋の歓楽(よろこび)　恋は曲者(くせもの)　恋はしらじな　恋は
みれの　こひはにほへる　恋はほのかに　恋もあるべし
恋も恨(うら)みも　恋ひ燃ゆる身を　恋やむかしの　恋やわた
らむ　恋よこの子よ　恋わすれても　恋ひ渡(わた)るらん　恋
をかぞへぬ　恋をすてんと　恋をもとむる　恋ふる身の
恋ふればかなし　さかれし恋は　さけぶ子の恋　寂し
き恋を　さびしく恋ふる　さめたる恋を　しきりに恋
し　情熱の恋　すべなき恋に　井水(せいすい)の恋し　たはけた恋
だ　ちちはは恋し　常に恋する　友の恋歌(のじ)　夏の日の恋
七いろ恋ふる　日記の恋歌　にはかに恋し　ぬれてこひ
しき　眠れる恋を　寝(ね)れば恋しき　野路(のじ)は恋路(こいじ)に　野
辺(べ)に恋する　花はわが恋　春罪(はるつみ)もつ子　聖人恋ひつ、
人恋ふる身を　人恋ふる眼(め)の　人の恋しき　終日(ひねもす)恋ひぬ
秘めたる恋の　日を恋ひ祭(まつ)れ　ふと人こひし　不変の恋
よ　へだてて恋し　瞬きよ恋　まだ初恋の　乱るる恋の
見ぬ恋つくる　昔恋しい　昔の恋しさ　昔の恋文(こいぶみ)　やが

て得(え)む恋　山が恋しく　夕空(ゆうぞら)恋し　ゆふべ人恋ふ　ゆか
りの恋の　恋愛詩なぞ　我が恋眠る
恋死　こひ死ば　恋死なん　恋やまい　●恋死の春　こひ
て死なむと　恋に死ぬらむ　恋の屍(しかばね)　恋の木乃伊(ミイラ)
恋人　恋人は　こひびとを　●姉の恋人　恋する人に
初恋人の　古恋人を
し　自愛(じあい)かな
[愛]　愛着(あいじゃく)　愛人よ　愛蔵(あいぞう)す　愛憎(あいぞう)は　愛の色　愛
の園　愛の船　愛の帆章(ほじるし)　愛を布(し)く　愛しさは　鴎(かもめ)愛
ものが　愛といふ名を　愛と沈黙　愛と無心の　愛の一
念　愛の痙攣(けいれん)　愛のさもわる　愛の辞典　愛の深淵(しんえん)
愛のひかりに　愛のほのめき　愛の頌歌(ほめうた)　愛の毛布
愛やりんごや　愛を四海(しかい)に　庵主(あんじゅ)が愛づる　命を愛し
愛　色めづる君　愛しさ迫(せま)る　自動拳銃(コルト)を愛す　自愛
心とが　四海の愛を　生を愛しみて　母が遺愛の　花め
愛しい　いとほしき　いとほしみ　芽(め)のいとし　●あらい
で給(たま)へ　人の愛さへ　わが愛人の
とほしの　いとしい　いとし男を　愛しきひとの　靴のいとしさよ

9 心 — 恋

妻のいとしさ

【好き】 あつ湯好 好もしき 好かざりし 鰒好き ふぐずき と もの数寄や ●あつ風呂ずきの くろうと好の 乱を好む

想う 相思うて 懸想の子 ●相おもふ人 君を思ひぬ 墓あるを想ふ 人に想を 老女の想／いはで終りし

惚れる 相ほれの 本ぼれと 眼に惚れた ●母もほれて の 惚れた女も ほれられて憂 林檎にほれろ

焦がれる こがれ飛 焦げながら 音に焦れ ●抱きこ がれつ 奇妙に焦れて こがれ飛て こがれ侘ぶなり したはしや 野を慕ひ ●愛慕濃く

【慕う】 慕うて這へる 匂ひに慕ひ 光を慕ふ 人したひ よる 菩提を慕ふ

踏む 慕ひ飛ぶ 添ひ歩む 添ぶしに 添ふ影 添ふ人よ そへ 乳して 寄り添へば ●銀杏にそうて 子に寄添る 添ひ 樹てるかも そひねの床の 添へてひそかや ちびさう

添ひぬ またよりそはん 添う 襟なつかしき 男なつかし 京なつかしや 佐
懐しい

渡なつかしき 染みもなつかし 袖なつかしき 手のな つかしさ 寺なつかしむ 懐しきもの 訛なつかし 奈 良なつかしや 軒端なつかし 春なつかしく 人懐かし や 灯のなつかし 火をなつかしみ／雪の郷愁 ノスタルジヤ

偲ぶ ひとのしのびて 昔しのばん 碗偲びつつ

媚びる 豹の媚 ●媚びしなだるる 媚の野に咲く 最 後の媚を 芭蕉に媚びる 牡丹に媚びる 追従笑ひや

媚薬 媚薬の酒を 媚薬の蜜に

甘える 甘く媚び 甘い囁き 甘たるき語を あまゆ るくせの 沙弥あまやかす

靡く うち靡く 靡きけり なびき寝し ●あいそにな びく さはりてなびく なびきおきふす なびきそめ つつ なびき伏したる なびきまつはれる

馴れる 相慣れて かよひ慣れ なれ加減 なれ過た 馴れてさく ●君の馴寄るを つい人馴て なつかぬ鳥や

縋る 追ひ縋り すがれ行く ●腕にすがり 縋る男か すがる袖なし 雀のすがる 袂にすがる 乳にすがりき

心

9 心 ── 逢

逢

会　契　誓　親

【逢う】 逢ひに来た　逢ひにゆく　あひびきの　逢ふまでの　逢ふを欲り　逢ぬ恋　逢瀬かな　神ぞ逢ふ　子に逢はず　終にあふ　はたと逢ふ　はれてあふ　また逢へた●逢ひがたき母　逢ひたくなった　逢ひてももとせ　あひてよびこむ　逢ふもいやなり　逢ふ夜は雪の逢へる人々　逢はで止みにし　逢はぬ人なれ　逢ははや見ばや　逢はんと思ふ　逢ふた夜も有　逢うて帰るや逢うて戻れば　かゝしに逢うて　悲しみ逢ひつ　故人に逢ぬ　こよひ逢ふ　しる人に逢うて　ぱったり出あった春に逢ひたる　ひとたび逢はむ　人にあはせぬ　二たび逢はぬ　べつたりと逢　猟師に逢ひぬ

【会う】 相会ひて　会者定離　再会の同窓会●一度会はむと　かの会合の　再会の日を　路にて会へる合う　落合て　からみ合い　つき合せ　もつれ合ひ●がちがちあはす

【契る】 御契　契りても　契れる夜●親子の契　仮の契りも　こむ世の契　裾ちぎるとも　ちぎりて渇く契りの深き　昔の契りし　むすぶ契の結ぶ　ぬがずに結ぶ　はじめての夜の　待たせて結ぶみどりに結ぶ　結ぶをとめの約束　うす約束を　過ぎた約束　約束の夏

【誓う】 ちかひしを　ちかひつつ●固く誓はむ　騎士の誓約　誓紙かく夜や　千手の誓　耐へむと誓ふ　誓を破る　誓ふて交す　春の誓は　弥陀の誓ひぞ

【親しむ】 打解けて　したしかり　親しさよ　したしまぬ　親展の　ちか付の　念ごろな●いよよ親しきお酒したしく　お墓したしく　薬親しく　酒にしたしむ親しくなりて　したしみがたく　素顔したしく　人にしたしき　皮膚に親しく　水の親しさ　桃にしたしきわきて親しき

【睦む】 むつ事の●啼きむつみ居る　むつがたりする　むつましげなる　睦みし瞳　睦れ戯れ　室むつまじのつましげなる

9 心 ── 抱

抱　触　接吻　淫

【抱く】 抱き画く　抱きけり　児を抱ける　抱た子や　凧抱た　だかれても　抱き取れば　抱きながら　抱あらし　抱擁め　抱きしめて　抱くべかり　抱心　擁きしむる　抱擁　抱くだらう　抱くように　妻いだく　戦と　抱き　鉢抱けば　膝抱て　抱擁し●相抱き寝る　友を抱き　抱いて琴の　抱かれし子は　抱かれし　石を抱えて　抱いてしばし　抱く島あり　抱くすべ　抱きこがれつ　抱きてしばし　抱く島あり　抱くすべ　なし　妹を抱いて　岩を抱いて　宇宙を抱いて　笑顔を　抱いて　お人形抱いても　抱へかねたる　かゝへ込んでる　かき抱かまし　かき抱きたる　ききて抱きぬ　君とい　だきて　樹を強く抱く　仔犬を抱きて　氷を抱いて　琴を抱いて　子を抱く母か　児をかき抱く　さるを抱　く子よ　抱きたるサロメ　だくと夢みし　抱擁められ　た　抱けば親しき　球を抱けば　汝が抱擁に　波を抱　きて　羽交に包む　葉は抱き合ふ　膝にだきつく　ヒシ

と抱き緊め　抱擁したる　夫妻抱きあひて　やさしく　抱かれ　老母を抱きて　われはいだかる　交る　鶏つるむ　猫交る　交はりし●犬がさかつて　男　と交り　接吻を交して　蝿交る事　交らひ匂ふ

【触れる】 来て触れぬ　さわるとき　そぞろ触れて　月の触手　手に触るる　手も触れず　触るゝとき　触　るゝ処　触るのは　触れがたき　触れしま、触れしむ　る　触れて組む　触れてみぬ　触れて見る　触れ触れて　ふれも見で　触れやすき　触れゆきぬ　弁に触れし●　相触るる如し　相触れし手は　椅子の感触は　瓦にさ　はる　着物に触れて　さ霧の触るる　さはりてなびく　つめたく触る　つよきに触れて　手ざはりのごとき　手　など触れつつ　花触るゝ　ひさしにさはる　人には触　れぬ　人のさわらぬ　ひりりと触れし　ふとんにさはる　触るぞうれしき　ふるるやさしさ　触るるわが妻　ふ　れずあらなん　触れたまはぬぞ　触れたりといふ　触　れつつ落つる　触れて消にけり　触れなば落ちむ　柳の　さはる

9 心 ── 慾

撫でる　腕を撫で　撫りつつ　撫で下す　撫で方の　なで仏●犬を撫でつ、かい撫でかい撫で　顔撫なであぐ　撫肩の　なでがたで、吹く　早苗を撫で　顔撫でてかなしむ

【接吻】　ああ接吻　キスの痕　接吻くる●かのキスかともキスが上手の　接吻を交して　接吻をしようと接吻する者の　くちづけかたく　口づけしかな　くちづけながし　くちづけの音　勝利の接吻　柔らかいキスしよ　ひそやかな接吻　不意のくちづけ

【淫ら】　淫売屋　淫楽の　淫らなる●淫卑なさらめ淫卑なひかり　姦淫林檎　黒く淫らな　淫唄うたふ淫の宮に　みだら女の　みだらごのみの　淫らなおまえたわれ　みだらなるもの、　みだらなる遊戯らみだらなるわれと　ややみだらなり　我は邪淫のみだらなる曲線　淫らなるもの、　みだらなる遊戯

官能　官能を●官能の棕梠　官能の奴　夜の官能高ぶらせ　昂りぬ　のぼせたる●興奮したる心の興奮

興奮　たかぶつてゐる

発情　発情期　発情する

情熱　情熱を●朝の情熱　情熱の恋　ひとつの情炎じようえん　宵の情炎よいじようえん

熱情　あつい頬　熱い頬を　血は熱く　熱てる頬を●赤い熱気と　熱い涙の　熱さをとこの熱き　熱気に燃えた　熱気の嵐を　むなしい熱気灼ける熱情

慾

【慾】　食慾は●健康慾を　野原の慾と　欲のうき世の慾望を負い

愛慾　愛慾の　色欲も　情慾の　肉慾を　ぬれ事を●愛慾おぼゆ　愛欲せちに　愛慾の蔓　禁慾のそらし　情火環に　性の憂鬱　わが性欲という　性欲に似欲情の　情欲の書読む　欲望の輪の　わが性欲は

貪る　性欲の　貪婪の　貪欲を●貪慾な唇　生をむさぼり　貪る事の

溺れる　溺愛し●色に溺れて　汚辱に浸る　溺るるごとく　溺れそめける　溺れてわれは　華におぼれぬ

9 心 ── 望

望

願 欲 頼 惜

夢におぼれた 放蕩 淫蕩に じだらくに 遊蕩児の 蕩児かな 蕩々と 放蕩の●魂をも蕩らす 遊蕩の名を

【望む】 渇望は 希望あり 望足る 希望に似たる 希みに充ちた 希望の朝は 望の光り ほのかなのぞみ 燃えし希望は 夢は希望は と夢と 希望 本望を●希望

【願う】 願あり 願ひの日 願へども 願くは●けがれたねがい 後生を願ふ ねがひの中の花をねがひの むかしの願ひ

求める 求めむと●握手求むる 影をもとめて 何を求める

念 念力の●愛の一念 一念一誦 念入てみる 人の念力

【欲しい】 金ほしき ほしいまま 欲しからず 無漏の身に もの欲しい 欲もなき●有漏の此の身を下駄

など欲しと 黄金も欲しと 智識の欲に 昼寝を欲り し 欲しと思ひし

【頼む】 たゞ頼め たのまれて 先たのむ 依頼む● 糧たのもしき たのまれ顔の 頼み少く たのむけしきや たのむ心の どこぞにたのむ 人だのめなり 宛 あてはなき●こゝろあて有 月を目あてに

乞 雨乞の 乞ひ歩く 乞ひ祈る 御むしんを宿 乞ふと●菊乞ひ得たる 煙草を恵めと

【惜しい】 いとをしき 惜まるる をしみける 惜たり●あつさをゝしむ 惜からざりし 惜しき霜菊 惜しと微笑む 男の子に惜しき 柑子をゝしむ 時を惜めり 春をゝしむも 春を惜める 踏み惜しみつゝ／命を愛しみ こころ残りを 生を愛しみて

有難 有難や もたいなや もつたいなし●げにあり がたや 猶ありがたき

大事 一大事 大事がる 羽根大事●子を大事がるや 大事がらる、大事ござらぬ 大事にかけよ はらり大事の 実の大事 又も大事の

心

9 心 — 心

心

優 感 沁 頻 胸 意 気持 情

【感じる】印象よ 感覚図 感覚 感官を 感傷に 感触の 手に感ず ●秋を感ずる 感官の外 感じて帰る 感傷的な 感傷の手は 感傷の塔 チ そら踏む感を 不思議な感動

【沁みる】沁みきたり 光沁む 身に沁みき 身にしむや 眼に沁みる 目に沁むも ●岩にしみ入 壁に沁みゆく こころ沁みつつ 沁む春冷の 杜詩に沁む夜 やにほひ身に沁む 咽に沁みけむ 歯に沁む朝の 腸に沁み 麦稈に沁み 指先に沁み

【頻】頻なる ひたすらに ●あとを頻りに こころしきりに しきりに雨は しきりに枯る、 しきりに恋し しきりにこぼす しきりに滲む しきりにひかる しきりに吹くや 肌を切に 人にしきりに 昼一しきり

【切なる】愛欲せちに 渇を切に 切なる求道

【心】片心 蛾の心 聞き心 こころ急き 心鋭き 心解く 心富む 心無き こころ凪ぐ こころまよふ 此ごころ 静心 心眼の 心肝を 心底を 喪心の の心 出来心 花心 人心 待ちごころ 優心 余所の心 わが心 ●愛と無心の あつまる心 あのこころもち あはぬこゝろや 祈禱る心の いもが心に 飢えし心の 浮気な心 王者の心 幼き心 をさな心の 女心に 悲しき心 軽き心は 暗きこころに 凍ったこころは こころ遊ぶも 心ある人の 心いそがし 心いそぎに 心いたまむ こころいたむて 心いうごかす 心移さね 心埋る日 心をかしき 心をさなし 心落つく 心落しぬ 心躍るも 心おもたき 心重れり 心が匂ひ 心かはきて 心利きたる 心綺麗さ 心煙し こころころの 心こぼさじ 心割なん 心さわがし こころしきりに 心すはれつ 心さぶも 心さまじ 心すなおに 心すはれつ 心たぎれば こころ叩くな こころづかいの 心づくしの 心ながめぬ 心なびかせ 心遣ひの 心なよらか 心にうかぶ 心に風の 心憎くも 心憎

9 心──心

さよ　心に染めて　心に照れり　心に遠き　心に似た
り　心に眼　こゝろにも似よ　心根とはん　心の秋の
心の油　心の勇み　心の磯に　心の痛さ　心の海に
こゝろの老の　心の奥の　心の躍り　心の鬼の　心の檻に
こころの鉦を　心の興奮　心の地平　心のつやき　こころ
の濁り　心のはしに　心の花の　心の針は　こころの貧
困　心の闇は　心の寄や　心の歴史　こころは怒り　心
はぐれし　心はげしき　心は錆びて　心ばせをの　心
はしらず　心惹かる、　こゝろひかれき　心ふるへて　こ
ころほほけて　心まかせぬ　こゝろむづかし　心もしら
ず　心やさしや　心安かれ　心やすさよ　心やましき
心病やみぬる　心行迄　心ゆるめる　心寄する日　心よ
りそへる　心わづらひ　心をいそぎ　心を誘ふ　心を縫
はむ　心を放つて　こゝろを春に　故人の心　雑魚の心
を自棄の心と　沈みゆく心　少女の心　その錆心　猛き心は
せ心をつンでて　澄んでくる心　心耳を澄ま
たのむ心の　旅のこゝろや　つかれし心　妻子の心　遠い
こころに　鋭心萌す　涙心の　何の心ぞ　はかなごこ

【胸】　ああ胸は　傷む胸　胸中の　方寸の　胸さわ
ぎ　胸いたみ　胸さぐる　胸の鳴る　胸の火を　胸はつ
と　胸を衝く●熱き胸より　少女の胸に　君が御胸へ
小胸は躍れ　ひそかに胸に　秘密を胸に　胸おどる洋
胸に文なす　胸につかへる　胸にひそめる　胸の火なほ
も　胸のさわがば　胸の痛みを　胸のシンバル　胸の鳴
る聞く　胸のひびきぞ　胸のむかつく　胸はふたぎぬ
胸も裂けよと　わが胸をどり　わが胸涼し　わが胸を

心

心地　風邪心地　心地あり　心地よさよ　住み心　抱心　寝心や　腹心　病心地　夢心●埋む
心地　気の済む心地　狂ひ心地に　こゝちこそすれ　吹
かれ心地や　まどひごこちぞ
離心抱ける　弱い心を　我が心圧す　我の心や
こゝろやたけごゝろや　許しの心　ゆるめる心　夜寒心や
心のとりの　娘のこゝろ　黙せる心　もたれ心や　好奇
待ちごゝろなる　水心なし　水の心も　見てゐる心　無
もて　ふとき心は　へだつる心　冒険心を　待ちぬ心や
ろの　薔薇の心や　反逆心を　ひたごころのみ　火の心

9 心 ── 心

【意】
射よ 御意次第 御意に 御意を得る● 意志が死に絶え 意志の放出 女の意地や さびしい心意

【気持】
惜気なく 気あひよき 気が変り 気かつよし 気狂ひて 気合あり 気の腐る 気の知れた 気のよわり 気散じに 気に入らぬ 気味わるき 気難かしき● かきて気味よき 気短に さやに 気にかかるかな 気の付年と 気づきて 気を発し居り 父の気魄を 気魄はこもる 気で 平気で遣ふ 祖母の気に入 ぶちのめす

【陰気】
陰気な扉 陰気な悶え 陰気に閉す 藪が陰気

【機嫌】
機嫌能 上きげん● 朝きげん也 機嫌よき日は 御機嫌いかが 御きげんをとる 蝶のきげんや 一人きげんの／舅不興

【気色】
気色哉● 驚くけしき 帰るけしきか 気色とゞのふ 気しきは見えず たのむけしきや 登るけしき

【気配】
けはひせぬ 露のけはひ● 枯るゝけはひや ひそめるけはひをきいて 月の気もなし 花みつるけはひ ひそめるけはひ 雪ふるけはい

【情】
うす情 世は情 風の情か なさけある手になさけくらぶる 情に燃ゆる 情に脆い 情の雨の情の海の 情のきづな 冷たき情 もだしき情● 木曽の情 情怨を 情歓の● 青い情感 愁ひの情を 午後の情愁 宗教情操 情意に悩む 情の甘美を 情のこはさよ 情をいつはる 鉄火の情と 同情といふ

【優しい】手弱女は 鼻やさし 優心 やさしい瞳●心やさしや 姿やさしき ひとのやさしき ふるるやさしさ 眉のやさしき やさしい顔した やさしい波にやさしいひとら やさしい娘 やさしい瞳をした 優しい夕ぐれ やさしかれとて やさしき鳩の やさしく来たる やさしく抱かれ

心

9 心 —— 穏

穏   閑 休 漫 慰

【穏やか】 いつもおだやか うしろに和む 落着く おちついて 落着に●落つきがほや かねて おちつく迄の 気を落着けて 落ちつき ろおちつけば おちつく迄の 気を落着けて 心落つく こ

自在 翔ける自在を 三界自在 自在の翼 透脱自在 飛行自在に

無事 羔なき●今月も無事 拙者も無事で われ羔なき

自由 けろりかん 自由さや●いま自由なれや

【閑】
平和 義と平和●国土安穏 泰平の花 平和の祭場
のどか 稜土のどか●影も長閑に げに長閑なる 心のどけき 散るものどけし 西日のどかに のどかにく もる 船路のどけき われに閑ある

緩む ゆららかや●痛みゆるみし 帯ゆるみたる こ ろゆるめば 根岸にゆるむ ゆくら〴〵に ゆるいテム ポに ゆるく息する ゆるくて大き ゆるむつぼみの

ゆるめる心 ゆるやかな虹
【休む】 やすみ 御休みじょ 午休み 小休なく ちとやすめ 箸やすめ 御休所 午休み 見て休む●上にやすらふ やすまぬ おひるやすみに 空にやすらふ 蝶と休む も 手もと休めむ 半休に入り 降てはやすみ 水に やすらふ

安らか 安息所 胃安らか●心安かれ 心やすさよ 平安の顔 やすらに眠る
憩う 憩ひける●岩根に憩ふ 爪立ち憩ふ 虹が憩ん

【漫】
飄 飄飄然と 飄として へうへうとして ろ触れて 女そぞろ そぞろ顔 そぞろ髪 そぞろ寒 そぞ 身もそぞろ そぞろ歩きも そぞろや夜を で 花売憩ふ ほと息つきぬ

【慰】
慰む 慰む目●言ひ慰まん 慰さまぬ目に 慰草 と 慰め人と 琵琶になぐさむ 麦に慰む
円居 子と団欒 団欒にも●たのしきまどる
朗らか 子よ麗し●野を朗かに 朗らなりけり ほが らにとほる ほがらに笑ひ 陽気な町の

9 心 ── 楽

楽　喜　嬉　浮　戯

【楽しい】
淫楽の　悦楽よ　すむ楽し　楽しさよ　冬たのし●家業たのしむ　こゑ楽しかり　たのしいねどこ　たのしいペチカ　たのし女も　楽しき初たのしき日影　楽しみ尽きて　春のたのしき　燈が楽しんで　ひとり楽しく　耽り楽しむ

【快楽】
快楽も●快楽の肩を　快楽を尽し　沁む快さ　春の快楽を

【歓楽】
歓楽を　歓楽の●歓楽の像　恋の歓楽

【喜ぶ】
舞ひあがり　喜ばし　よろこびは　喜べど●喜雨の顔々　雀よろこぶ　見ては喜ぶ　喜びあそぶ　喜び拝み　よろこび心　喜びの歌　喜びの海　よろこびの影　よろこぶ子等と　喜ぶ人に　喜ぶわれは

【歓喜】
歓喜の手●歓喜の歌を　たゝいて歓喜

【嬉しい】
嬉し顔　うれしげに　嬉しさや　嬉嬉として　目にうれし●相似てうれし　いのち嬉しき　嬉しき

♥心

布施や　うれしき夕　うれしくなるや　うれしさ袖に音うれしさよ　くれなゐうれしさよ　蜆うれしや　ともりてうれし　泣くがうれしき　ふたたびうれし　ほのかに嬉し　水際うれし　むけばうれしき　わくわくしてて

【浮かれる】
うかれける　うかれ鳴　うかれ猫　うき恋に　陶酔の●うかれ鳴する　うきびとのなか　浮気な心　うはつきたつや　空に浮かれて　たわむ戯る　戯れし　たはむれに　たはれかな●思ひ戯れ戯る、　戯れし　たはむれに　たはれかな●思ひ戯れ影の戯わざ　戯れたる　戯作三昧　淫唄うたふ　戯絵ふせたる　戯れかかる　戯にして　たはむれに似て　戯れ更けぬ　戯の台　馬鹿をつくした巫山戯た柳　無言の遊戯　睦れ戯れ　群れ戯るる夢の戯わざ

【戯ける】
戯ける　おどけたる●おどけ悲しも　戯姿の　戯け澄ました　戯けたくなれり　お道化た調子　おどけもて　云へぬ

9 心 ── 夢

【夢(ゆめ)】 あ、悪夢　牛の夢　死を夢む　追ふ夢の　鍵の夢　仮寝の夢　にこは夢か　白い夢　長き夢　春の夢　昼の夢を　みんな夢に　餅を夢に　夢追ふ子　夢心　夢ごろも　夢さめて　夢高く　夢疲れ　夢ならず　夢なれ　や　夢に入る　夢に舞ふ　夢に見し　夢に酔ひ　夢の　と　夢の糸　夢の櫂　夢の告　夢の通夜　夢の中　夢のあ　花　ゆめの人　夢の窓　夢のやど　夢の世に　夢の　夢は飛ぶ　夢ばなし　夢枕　夢みじか　夢を食ふ　酔へる夢 ● 吾子わが夢に　いつかの夢　色ある夢を　絵に　かく夢の　おもひ出の夢　おろかな夢の　花弁の夢を　鷗の夢も　甘美な夢　昨日の夢は　君をゆめみむ　今朝がたの夢　汚れた夢の　古代の夢の　西行の夢を　静夜の夢は　少年の夢　聖者の夢は　種子の夢にも　解きがたい夢　寝て夢みぬを　ねられぬ夢を　灰色の夢　白日の夢　莫大な夢　病夢さまよふ　ほのかに夢に

真昼の夢を　緑の夢　結ばぬ夢の　夕ぐれの夢　夢う　たがふな　夢美しく　夢語るなり　夢と淡しき人　ゆほひと　夢なさましそ　夢におぼれた　夢にイむ　夢になりゆく　夢に母来て　夢に耽つて　夢にみし人　めにゆめ見る　夢の浮橋　夢の浮世の　夢のうつろと　夢の影鳥　夢の燻香　夢のさかひに　夢のそらごと　ゆめのころもは　夢のさめぎは　夢の小夜中　夢の底にも　夢の誘ひと　夢のさめぎは　夢の戯わざ　夢のちぎれの　夢の翼にも　夢の解衣　夢の隣に　夢のまくらに　夢の遣処の　夢の行方の　夢のやうなる　夢の世なれば　夢はかざしの　夢は枯野を　夢はづかしき　夢一筋の　夢まほろし　つる夢　夢見て咲や　ゆめみなやみし　夢みる春の　夢みむすぶべき　夢も通はぬ　ゆめもさとはぬ　夢幻と夢も　夢も見はてぬ　夢や挽きよる　ゆめめもさとはぬ　夢も焰と　て　夢をさがしに　夢をむすびて　夢より淡く　夢をかぞへ　夢を　夢をむすびて　夢を夢みて　よい初

夢幻(ゆめげん) ささやく夢幻　しずかな夢幻　夢幻に人は夢を　旅人の夢を

夢路(ゆめじ) ながい夢路は　夢路の暗に　夢路を出づる

心

9 心 ── 寂

寂

淋 侘

【寂(さび)しい・淋(さび)しい】

暮(くれ)淋し　寂しさや　荒(あ)れ寂(さ)びし　石の寂(さ)　影の寂(さ)び
昼(ひる)さびし●あきのさびしき　床(とこ)寂し　庭淋(にわさび)し　白
き歩(あゆ)むさびしさ　あんまり淋しい　あとの淋しき　跡(あと)は淋し
いづれ淋しき　潮(うしお)さみしき　うしろや寂し　淡(あわ)くさび
しき　梅を淋しく　倦(う)める淋しさ　おもへばさびし
陽炎(かげろう)淋しく　蚊の声さびし　清(きよ)きさびしさ　浄(きよ)く寂し
く　唇(くちびる)さびし　雲はさびしげ　暮れて淋しや　くれな
ゐ寂びて　心寂しも　こゝろさぶしき　こころさみしく
さくや淋しき　さくら淋しき　さびしい海を　さびし
い音楽　さびしい女　さびしい影を　さびしい幻想　淋
しい心　さびしい子等(こら)の　さびしい自然　さびしい心意
淋しいぞ一人　さびしい林　さびしい光　さびしい微笑(びしょう)
さびしい街の　さびしい港　淋しい村が　さびしい宿(やど)を
寂しいリズム　さびしい林檎(りんご)　さびしうなりぬ　寂しう

光る　さびしかないわ　寂しからざる　さびしからず
や　さびしがらせよ　さびしき椅子に　さびしき犬よ
さびしき男　寂しき影は　淋しき木なり　さびしきき
はみ　さびしき銀は　寂しき恋を　淋しき世界　淋し
き娘(ひと)かな　さびしき谷を　淋しき花の　寂しきひとに
寂しき瞳(ひとみ)　淋しき灯なし　寂しき歩廊(ホーム)　さびしき盆と
さびしき町に　寂しき真昼(まひる)　寂しきみづを　寂しき恋ふる
くろ　淋しき夜半(よわ)の　さびしくゑみぬ　さびしく恋ふ
さびしく成(な)し　さびしくなれば　さびしく戻る　淋し
けれども　寂しさ迫り　さびしさ散りぬ　淋しさに折
る　寂しさの燃ゆ　さみしい風が　さみしい道路　さ
しい晩だ　それはさびしい　さみしき音の　さみしい夜学(やがく)　背中淋しき
淋しき　痰(たん)をさびしむ　鎮守淋しき　大地さびしや
づく淋しい　露荒涼(つゆこうりょう)の　つゆより寂し　机淋しや　つく
時のさびしさ　露淋しや　鎮(しず)めて淋し　手の淋しさよ
蠅(はえ)の寂しさ　橋はさびしや　猫ゐて淋し　後(のち)のさびしさ
しき　春はさびしき　日光(ひかり)は寂し　はじめさびしき　花は淋
しき　春はさびしき　日光(ひかり)は寂し　火なきはさびし

9 心 ── 虚

虚　空

【虚しい】居間虚し　虚なる　虚国の●うつろなる身に　空虚に病みぬ　うつろの奥に　うつろの光　うつろの充たして　うつろをのこし　虚に声きく　半うつろのむなしい熱気　むなしき空に　むなしき閨の無の深さを　それが虚無なら

虚無　虚無にゆく　虚無の中　虚無無限●有り余る虚無　虚無ともみむ　虚無の時空に　虚無の徒党の無　虚無うつろ

無常　恋無常●諸行無常の　念念無常　無常迅速　無常の来る　世はさだめなく　常の掟　無常なく

【空しい】空虚なる　空の空　都て空　霞空しく　象空しく　空なる生命　空になりしごと　空の空なる底は　色即是空　万法空寂　空し空輪を云う　空を観ずる　心空なり空しく　微笑を空に　ひゞき空しき　空しき籠に　空しき涯に　空しく落つる

心

輝のさびしさ　ふえて淋しき　梟淋し　星のさびしさ見えて淋しや　みせはさびしき　夜色さみしき　選びしき　宵はさびしや　横町淋し　読む寂しさよ　夕さるよ淋しく

寂　寂として　寂然と　寂の妙香　寂然として　永却の寂さび　寂と渡りぬ　寂光の●碧い寂かな　寂と神まり　寂滅の光　ほろび

寂寞　寂寞だ　寂寞の　寂寞の中　寂寞に居ぬ　大寂寞の　人寂漠たり　山のじゃくまく　落寞

【侘しい】起侘て　月に侘び　侘しさは　侘すめ　侘の室寝かな●あしたわびし身　雨に侘しき　舌には侘して　屋根にわびしや地主わびしと　簀子侘しき　袂わびしき　つくねんと

孤独　孤独な朱　孤独の日●青い孤独が　永久孤独孤独な影を　孤独に巣くひ　孤独の椅子に　孤独の痛さ　孤独の影よ　孤独の超特急　孤独のねむり　しばし孤独を　裸で孤独

9 心 ── 哀

哀

憐 悲 愁 嘆 憂 鬱

【哀れ】
哀さや　老あはれ　ちるあはれ
●秋あはれ也　あはれ糸鳴る　あはれ葉鶏頭
ことしも　あはれ琴ひく　あはれ盃　あはれさひとつ
あはれ勧む　あはれなる木は　あはれに強し　あはれ
に結へる　あはれ葉塚の　あはれ貧者よ　あはれ真白の
あはれをこぼす　巣がくもあはれ　露あはれさに　灯
あはれや　細り妻あはれ　まひ落つるあはれ　眉あ
はれしる　痩せて哀れや　我魂あはれ　われをあはれむ

【哀し】
哀しき終　海哀し　雛かなし　物哀し　●哀しからずや
買はれて哀し　性のかなしさ　酒肆のかな
しさ　その哀しげな　光り哀しむ　吹くがかなしと

【憐む】
ふたりは哀し　炎か哀し／しよんぼりと
愛憐の　憫れぞと　憐憫を　痛ましや　●憐は
顔に　あわれたまへ　あはれみて摘む　憐れや秋の
傷ましからず　市にあはれむ　犬をあはれむ　男憐れ

心

なり　かり寝あはれむ　げに傷はしき　ちる葉憐み
耳をあはれむ

【悲しい】
かなしかろ　かなしげな　悲しみに悲し
やな　菊悲し　死は悲し　月悲し　悲喜劇を　悲苦の
遊戯　悲劇的　悲壮劇　●赤きが悲し　出でしかなしみ
いのちかなしく　現実は悲し　湖を悲しむ　駅の名悲
しえにし悲しみ　おどけ悲しも　重きかなしみ　折
て悲しき　顔のかなしく　数ふればかなし　語る悲
さ　かなしき色を　かなしい海の　かなしいお菓子　悲
しい思ひ　かなしいけむり　悲しいコスモス　悲しい哀
弱　悲しいたより　悲しい月夜　悲しい時が　悲しい夏
が悲しき音よ　かなしい顔よ　かなしき
鏡　悲しき記事の　悲しき汽笛　かなしき女　かなしき
き心　かなしき莨　かなしきさびの　かなしき癖ぞ　悲し
かなしき前歯　かなしき力　かなしき鐘鼓　かなしき刹那
な　かなしき眼玉　かなしき寝覚　悲しき日か
なしくうたつて　かなしくしげり　かなしき夕べか
なしく舞はせ　かなしくしげり　かなしく徹るか
なしく舞はせ　かなしさ告よ　悲しさに生く　悲しみ

9 心──哀

逢ひつ 悲しみ怒り かなしみすする 悲しみ拭ふ か
なしみの滓 かなしみ顫へ 悲しみをえぬ 悲しめる笛
かなしや恋ひし 消へてはかなし 今日の悲しみ癖の
かなしさ 今朝のかなしみ 心悲しき 騒ぐかなしさ
死なまく悲し 尻声悲し 知るがかなしき 旅出はか
なし 月はかなしく 何に悲しむ ならでかなしき
のびしかなしみ 灰はかなしい 日かなかなしく 光る
かなしさ ひとしほかなし ふおくは悲し 眸のかな
しさ 満てるかなしみ むくろ悲しく 燃えよ悲しみ
持てるかなしみ ものの悲しき やがて悲しき 遊子悲
しむ 笑ふ悲しみ

悲哀 悲哀示さぬ 悲哀に澄みて 悲哀に灯をいれ 悲
哀の里を 悲哀の奈落 わが哀傷の

【愁い】 暗愁は 鑿愁ふ 愁ひ来て 愁ひ知る 愁ひし
みや 春愁や 愁に濁る 愁の影の 秋の狭霧
て下る 愁ひて一人 愁ひつ、 愁ひ
愁ひの情を 愁ひの巣なれ 憂愁の窓を 愁の水の面
愁ひの滓を うれひをあつめ 愁ひを叙して
愁はさわぐ うれひの巣 愁ひを繋

悲愁の腕 君が愁を 悔と憂愁と 愁人面上に
酸ゆき愁ひの 地なる愁 苦き悲愁に 玻璃の愁と
はれゆく愁ひ 憂愁に濡れ 若き愁を

【嘆く】 黄に嘆く なげき淡く なげく世も●ああ
それなのに おのれをなげく 歎きに老いぬ
嘆きを絃に 浪の嘆きの ひたになげかふ 人の嘆くは
冬のなげきを 墓地は咲歎の/あぢきなや しよんが
いな なさけなくなり はがゆさよ実に

【憂し】 憂きことの うき旅や 憂き契り うき友に
うき人も 憂しや我を 憂しや身は●憂き年月の うき
ははたちも 憂目見つらん 憂ひ歩むぞ 憂ひしる子
憂の子らを 憂のしづく うれひの花と 憂ひ迷ひて
杞憂深げに なかなかに憂し 寝る夜ものうき ひか
り憂ふる ひるは物うき ほれられて憂 胸はふたぎぬ
ものうき寝覚

【鬱】 鬱として 鬱憂を●暗鬱なる日 う
つ〳〵として 沈鬱なる 憂鬱を●暗鬱なる日 う
鬱〳〵と 幽鬱の象 淀む憂鬱 鬱憂の雪 鬱憂の夜に 銀の憂鬱たゞ

9 心 —— 嫌

嫌　怠　飽　冷

【嫌う】
ああいやだ　いやがらせ　いやがる馬に　いやな夢見た　うるさがらる、いつも湯嫌　男嫌ひの　女嫌ひの　顔そむけたる　嫌ひし花の　俳句嫌ひの　反感ならば

厭う
厭ふべき　いとはしき　いとはる、うたてやな　世を厭ふ●風を厭ふに　刀うたてや見厭たり

疎む
うとましく　うとまる、疎まれて　耳うとし疎かに　疎さにも馴る　老は疎まし　君を疎んず気疎き響　名にうとき羊　人に疎まれ　仏にうとき

拒む
かぶりふり●かぶりをふるよ　さばき拒むよこばむ

不満
不機嫌の　物足らぬ●満腔不満の

怨み言
貧をかこつ●云ひし怨言の　女のかごと　喞つ

【怠る】
起居懈し　等閑に　物草の●怠りがちに　おこたりそめて　怠惰な色も　怠惰の窓の　怠惰を諫むべき世を　怨言つらねて

心

め　月は懶く　なまけ所や　花より懈く　遊惰の民等私の怠惰　われは物草

【飽きる】
飽きし後　飽足らず　飽きたりと　子に飽と　たびにあきて　飽食●飽くを知らざる　牛乳に飽て　友にも飽きぬ　泣き飽きし時　京にあきてランプに飽きて　わが寝飽きたる

退屈
御退屈　退屈な　つれづれの●手持ぶさたの

倦む
倦果てた　倦める鳥　倦怠さに　倦怠の心うみぬ　咲き倦みて　もちあぐみ　世に倦た●倦みたる時に　倦果てし昼　倦める淋しさ　仮名かきうみし倦怠のうちに　倦怠の夢　声聞き倦みて

【冷たい】
冷たき眼　にべもない　冷眼に　冷笑す冷情を●こころ冷たし　父の冷語をば　冷たき心　冷たき情　冷かなりや　無情の耳に　夜風は無情　冷血漢の　冷血の身を

薄情
薄情　薄情　意無し　無情さに　薄情な●あら心なの　薄きこころも　薄情にして

9 心 ── 恨

恨

怨 嫉 羨 拗 憎 怒

【恨む】 恨めしの ●いまぞ恨の 今も恨みの うらみ顔なる うらみの歌は 恨みのこりし うらめしの身や かかる恨みに 風の恨に けふは恨まず なんの恨ぞ またうらめしき 水の恨みに 身をうらみ寝や 斐なく怨み 清き怨と 復讐の文字

【怨む】 怨みまじ 怨霊の ●うらみ怒りは 怨みゐし子は 怨じうたがひに 怨恨の灰 怨ずるがごと 甲

【嫉む】 ねたみ妻 ●神の嫉妬を かろきねたみの 来ずやねたみて 嫉視であるが なかばは嫉視 嫉妬の蝶の

【羨む】 うらやまし ●あな羨まし ちょつとうらやむ 隣羨む 友羨しまず 鳥を羨む 羽が羨みし

【拗る】 いぢけゐる 眼もひがみ ●老がひが耳 ころの ひがみ すねし鏡の すねたるさまも ねぢけご

【憎む】 あやにくに いまいまし 音憎き 君憎し にくい事 憎きもの にくいひ にくしみを 憎まれて 憎みつ 憎むこと 憎むべき 憎らしや ●いと面憎し いまく〜しいと 神に憎まれ 君を憎みつ 憎くも この頃憎き 憎き法師の にくくと扇憎き獺 憎き友と 憎む日はやく 憎む貧あり ひかりにくしや 人を憎めり 弱きを憎み れ盛りに 憎みし友と 憎む日はやく 憎む貧あり

【怒る】 いきり立つ 色をなす 怒ること 稜立てる 悲憤あり 我が憤怒 ●我を怒らしめ 怒ってゐるや 怒り死なむぞ 怒の波に いかりのにがさ 怒りを握る 怒れと思ふ 怒れる姿 海の怒の うらみ怒りは 神も怒れり 教徒の怒り 今日も怒れり けしきばみたる 極秘の怒 こころは怒り 竜の怒りと 虎の怒りは 虎の尾怒る 日ごろ怒らず 人の怒の み空に怒るもゆる怒りを

【怒号】 裸と怒号 羅刹の怒号

【立腹】 御立腹 腹立ぬ 腹のたつ 立腹す ●今朝の腹だちは はら立まゝに

9 心 ―― 悩

悩

迷 悔 堪 辛 恥

【悩む】 このなやみ　悩ましさ　悩み吸ふ●苦悩の畑の才も悩みも　しみる憂患　情意に悩む　悩ましい晩　なやみそのまゝ　患難ちかづき　なやみのとげに悩める魂を

不安　不安は霧　ふと不安●異常な不安　心細げに不安の人は

【迷う】 こころまよふ　立迷ふ　迷ひ出でし　迷ひくる　迷ひ子の　迷ひごと　迷ひなく　まよひ道●思ひか迷ふ　くぼみにまよふ　子故に迷ふ　魂迷ふ　間にまよひて　迷を破り　まよふ世界か　迷ふて落つる　迷ふ夕雲　まよはしものよ　緑に迷ふ夕　迷ひごゝろ　悔に似し　悔いますな●

【悔】 悔恨は　悔いごゝろ　悔に似し　悔いますな●悔いし男の　悔といふ杖　悔と憂愁と　悔と悔とに　悔みなく去らせ　悔の蝙蝠　悔ゆるを知らぬ　暗い後悔先非を悔ゆる

悔しい　口おしい　口をしと　口をしき　くやしくも　悔しさは●口惜しきこと　口惜しき涙　悔しがるくやしくも　悔しさは●口惜しきこと　惜しき涙　悔しみ啼けり　濁す口惜しさ

懺悔　懺悔して　懺悔の壇の　懺悔の涙　懺悔もあらず懺悔の心　懺悔して　皆懺悔●懺悔横著の　懺悔せよとか

【堪える】 たへがたき　堪忍ならぬ　かんにん袋　たへがたき日に　たへ難き世や　たへがたく湧く　堪へがたければ　堪へて水澄　忍耐ぶかく

【辛い】 辛痛しと　つらい事　身ぞつらき●切ない腐りつらき嵐の　つらき闇の夜　つらしと乳を　菊に羞づ　恥入て　恥もせず　羞ぢらひぬ

【恥じる】 はぢをすて　恥かしき　はにかまず●あら恥かしや今ぞ羞らふ　末葉はぢらひ　かゝる恥なし　錆びしをぞ恥　赤面したる　たぶさ恥けり　拙きをはぢ　罪に恥づ　羞ひ神の　恥かしがりやの　恥かしげなはぢらひや　はづかしさかな　はつかしさうな恥かしさに　はづかしさかな　はつかしさうな恥かしさを　恥かしながらりはなはだ愧ずる　はにかみとけぬ　裸形を恥ぢずれ恥かしや　面目もなき

9 心——恐

恐　悶　驚　危　険

【恐れる】臆したる　臆病な　おそれつつ　恐れながら　恐怖もてる　恐怖をば　恐ろしや　ぞっとする● 恐怖に沈む　恐怖を誘きぬ　風もおそれず　きけばおそろし　狐が恐くて　京おそろしや　口おそろしき　空恐ろしく　なくておそろし　ひとり恐るる　ふるへを　ののく　帆はおそろしき　魔の恐るゝや　闇恐ろしき　闇をおそれぬ

【怖れる】おお怖い　怖気づき　怖れたり　怖れたる● 怖づといへども　懼るる声は　怖れかなしむ　狐こはがる　こころ怯ぢたる　心怖れぬ　怖き顔する　鳥も怖る　雷を怖れぬ

【戦慄】戦慄を● 魚に戦く　何にをののく

【畏まる】かしこまり　ちょこなんと　拍子ぬけ● 蟻た ぢくヽと　かしこまる蠅に　かしこみて見る　四神に畏る　せん方もなき

【悶える】身悶へし　悶えをば● 陰気な悶え　鬱悶の火花　君や悶えの　ひとりもだえる　もだえのはてに

【驚く】驚かぬ　おどろきて　おどろかしたる　驚かすまで　きぬ打驚きて　おどろくひまに　愕き　易き　驚きやまぬ　驚くけしき　おどろくぞよ　愕然として　香におどろくや　ぎょっとするぞよ　鹿おどろかす　土におどろく　豆腐驚く　鳥驚かず　鳥もおどろく　何におどろく　拍子をぬかす　ふと驚きつ

【危ない】犬におどされ　たぬきをゝどす　あぶながり● あぶない事に　あぶなき石に　あぶなきけしの　危き境　危き橋を　危うく浮けり　板あやふくて　女あぶなし　かなめあやふく　消えを　あやぶむ　試験危しと　驕る危さを　水をあやぶむ　ゆるるあやふき

【険しい】険しくなれる　けはしくはなし　けわしく光る　瞳のけはしさ　まへに険しや

乱

反逆　堕　狂

【乱れる】

うちみだれ　かきみだし　擾乱の　放らつな　乱す夜や　乱るるは　みだれあひ　みだれ射よ　みだれうつ　乱荻　乱れ落つ　乱れ髪みだれ　碁に　みだれさし　乱れ散り　乱れてぞ　乱れやすき

●陰火乱れて　おどろに乱し　思ひ乱れて　掻きみだし　ゆく　狂乱怒濤　群鴉乱れて　声にみだれし　調みだれぬ　ただ乱れたり　裁つや乱る、　蝶々乱れ　月に乱るる　電車乱る、　にほひみだして　火塵を乱す　書き乱れて　迷ひ乱れに　みだりて降れる　みだるうしほ

乱るる恋の　みだるる月の　みだるるを見て　乱れおちたる　みだれ黒髪　みだれ衣や　みだれしいとの　乱れしうへの　乱れし髪を　みだれしづまる　みだれたちたる　乱れて汽笛　乱れて朽ちし　みだれて雲の　みだれて鷺の　みだれて降るを　みだれ藻染よ　目をかき乱すや、立乱れ　夕日は乱る　落花狼藉　律は乱れて

♥ 心

【反逆】

反逆者●風にさからひ　さからひ啼ける　反逆心を　反逆の子は　反逆の鷲　叛逆もせず

背く

背かじと　背くべき　そむくまじ　花にそむき　●背き背かず　背くは紅葉　春に背ける　籠めつ　謀れる夜にも　謀叛人なき

謀る

謀略　謀叛気の　謀叛人●大からくりの　謀計

【堕ちる】

堕ちようと　自堕落に●堕ちなむ宿世　堕落の道を　群れに堕して

【狂う】

あれ狂ふ　かき狂ふ　風狂ひ　気狂ひて　気の狂れし　狂居士の　くるひ菊　狂ひ凧　狂ひ立つ　狂ふ蝶　狂ふ鶴　狂ふほど　狂ほしく　とちくるひ　物狂ひ　雪の狂●狂犬のやうに　狂乱となり　狂ひ心地　狂ひ　に狂ひ死ぬ見て　くるひ所よ　くるへる女　狂ほしき　ばかり　げに狂はしの　こころ狂ひて　さらに狂ふ　時に狂ひて　人はくるひて　ものぐるひ等は　物狂ほし

狂気

狂気の手紙　狂気のように　狂気をうたひ　かな狂気　僕の狂気が　静

愚

呆 惑 鈍

【呆ける】 うつけ人　洞然と●こころほほけて　ぽんとして　呆けし我に　呆然と　呆けし瞼の　呆けゆくごとし　見ほけつつ亭てり　恍けて独　呆け瞼の　呆けたんぽぽ　恍けて独　呆け瞼の　呆けたんぽ

恍 恍として●こゝろ恍たり

妄 妄執の　妄想と●誇大妄想を　妄念の塵

茫然 呆然と●死に茫然と　茫然として　身は茫然と

恍惚 恍惚に　淘然と●獅子の恍惚　美の恍惚に

【惑う】 穴惑ふ　うち惑う　惑はしき　眼の惑ひ　蠱惑的　癡れ惑ひ　惑ひよと　惑はしき　眼の惑ひ　宵まどひ
●思ひ惑ひし　ききまどふこそ　癡れのまどひの　智者は惑はず　ふたつまどへる　まどびごこちぞ　まどはしの神　誘惑の絃

【愚か】 愚かしく　愚かなる　おろかにも　愚案ずるに　愚能なしの　能もなき●いよよおろかに　愚案ずるに　愚

にかへる　愚にくらく　愚に耐えよと　小人に　その愚には●居つづけの愚や　劣りし人の　愚かな人の　おろかな夢　愚かなりとよ　愚庵の柚味噌　愚直な雪が　愚なり元日　愚に針たてん　愚劣な夏の　小人に財　一つの愚劣　愚痴無智の　無知者は　生の無智●ちんぷんかんの　不文のひじり　無筆なれども　無明の酒の　無明の闇に

無知 愚痴無智の　無知者は　生の無智●ちんぷんかんの　不文のひじり　無筆なれども　無明の酒の　無明の闇に

【鈍い】 鈍牛の　鈍の馬●鈍の男の　わが愚鈍見よ

頑な 頑なで　頑に　強情な●頑固な巨体

下手 酌下手の　たどたどと　無器用な●金釘流の手のわろき人　無才の二字を　下手鶯よ　下手な植木師　下手盗人を

拙い 拙きことを　拙き人ら　拙きをはぢ　つたなの笛を

凡 平凡に　凡夫衆

俗 俗な花●僧俗二つ　俗な瀟洒の

9 心 ── 笑

笑

【笑う】 うち笑ひ 大わらい 木は笑ふ 這へ笑へ はつ笑ひ 笑
止なり にが笑ひ 野は笑ひ 哄笑を
ひそめ 笑ひ止 笑ふ声す 笑ふにも 笑ふ
べし 笑へる歯 笑はざれ 笑われた 我も笑へ●偽り
て笑ふ うち笑ひつゝ 可笑しと人の
女の笑ひ 影の笑ひを 烏笑ふや こんな笑いが
笑ひが 父がわらひは 追従わらひや 泣かずに笑へ
泣き笑ひして 苦きわらひの はだしで笑ひ ひとが笑
へば 人間や笑ひし ふき出し笑ふ ほがらにわらひ
孫の笑ひを 身ぶるひ笑へ 揉むが可笑しさに 痩せた
笑を よく笑ふ子を 苹果のわらい 笑ひあふる、わ
らひし友よ 笑ひ捨てたる わらひもせずに 笑ふ男の
笑ふをとめを わらふ俤 笑ふ顔見ゆ 笑ふ悲しみ
笑ふ頭巾や わらへる少女 笑つた顔は わらうてゐる
や 笑ふても一人

【笑む】 笑まんとす 笑みかはす 君笑めば 口笑ま
しこゝに笑み 談笑す にやにやと●笑まひの底に
笑み動きけむ 笑みうつくしき 笑みかたむける 笑
みし昨日の 笑みぞ洩れつる 笑みて唇よす 笑みても
のいふ 笑める色あり 笑める男は かはしたるゑみ
れば 笑しくゑみぬ 笑める

笑顔 そのゑくぼ●吾子の笑顔の 妹が笑眉の ゑがほ
に浪を 笑顔を抱いて 少さきゑがほ 笑ふ顔見ゆ
笑つた顔は

微笑 微笑す 金の微笑 ほゝゑまず 微笑に 微
笑んで みな微笑●淡いほほゑみ 惜しと微笑む さ
しい微笑 つねに微笑み 涙と微笑 微笑に輝き 微
笑を空に 微笑を見する ほゝゑみうたふ 微笑み返
す 微笑顔に ほほゑみて泣く 微笑はしき（美）ほほ
ゑみほめて

片笑 夕片笑みの 片笑もらす そと片笑みし

心

9 心 ── 泣

泣
涙

【泣く】 アーン、アン 妹泣きそ 蚊帳に泣く 凍り泣き 叱り、泣く 啜泣き 血に泣けば 泣かせて居る 泣き飽きし 泣き男 泣き顔を 泣きさわぐ 泣き時雨 泣き死なす 泣きじゃくる 泣きたさを 泣きに来て 泣きぼくろ 泣真似の 泣きむしに 泣きやまぬ 泣く兎 泣事の 泣そばに 泣く者を 泣くは誰れ 泣くやうに 花泣きて はなに泣きもらい泣き 夜泣虫 流涕す 笑ひ泣き ●石も泣いてゐる 飢泣く民の 打てども泣かぬ 汪然として 少女泣くらむ 姥ひとり泣 おまへは泣かない 女泣きしをんなは泣いて 神悔い泣くか 軽きに泣きて 絹にわが泣く こひしゆて泣いた 子供泣出す しくしく泣いて下見て泣いた 袖ぞ露けき 空仰ぎ泣く 空で泣いてる 大破に泣くや 駄ちんになくや 魂啾々の たまにやべそかき 乳ぜり泣く児を 罪を泣くると ときにな

みだし とむらひて泣く 泣かしをくべく 泣かずに笑へ 泣き顔をして なきしづみつつ 泣きて歩める 泣きわめ 泣き言ふた 泣き出す兎 泣きむし、毛虫 泣きじゃくった 泣きはらすかほ 泣きに 泣き子の姿 泣く子を 泣くがうれしき 泣くに泣かれぬ 泣く子は黙す 泣く子を貰おう 泣く選手あり 泣くも笑ふも 泣くやくは誰が子ぞ 泣く人と寝る 泣くやうな声 泣けとごとくに バイロン血に泣いて はや泣きやめて 春さめ〈ぐ〉と ひとりしくしく文に泣きたり 坊主泣出す 法廷に泣く 臍の緒に泣ほほゑみて泣く ほろりほろりと まぎれて泣けりまた泣出す 虫の音に泣く もらひ啼して 酔ひ泣き男 夜空に泣けり 我塚でなけ 我泣声は わつと泣き出す われ泣きぬれて

【涙】 感涙に 血の涙 涙落つ 涙かな 涙沁む 涙せで 涙花 涙目に 涙もつ 涙湧く 眼になみだ

哭く 哭きふせる 哭声を 人を哭き ●鬼神も哭かむ わが哭声に

9 心──泣

約百(ヨブ)の涙　●紅の涙の　熱い涙　諫(いさ)めに涙　一歩に涙　薄い涙に　老いたる涙　落るなみだや　御(おん)めの雫(しずく)　かゝるなみだや　雁(かり)のなみだや　感涙ナガレ　君に涙す　きゆやなみだの　悔しき涙　暗い涙を　穢(けが)れた涙　凍(こお)れる涙　懺悔(ざんげ)の涙　修羅(しゅら)のなみだは　土に涙し　つっと、なみだも　尊(とうと)き涙　友なみだ垂(た)れ　汝(な)が頬(ほ)の涙　涙あたらし　涙あらそふ　なみだおさへて　涙おとさじと　涙おとして　なみだ片手に　涙が頬(ほお)に　涙氷(こお)るや　涙(なみだごころ)の涙さしぐむ　なみだ誘(さそ)はる　なみだぞあつき　涙ぞくだる　涙ぞ走る　なみだつゝむぞ　涙と微笑　涙ながる　涙にかきし　なみだに砕(くだ)く　涙に朽(く)つる　涙の痕(あと)は涙の迹(あと)を　涙の雨が　涙の色は　涙のしみの　涙の滝に涙の谷に　なみだの真玉(またま)　なみだの水や　なみだは重きし　涙はてなし　涙見せじと　涙も涸(か)れて　涙も凍るもろさの　涙やそめて　涙やどしつ　涙わすれぬ　涙を吸へる　涙を湛(たた)へ　涙を舐(な)むる　熱涙拭(ねつるいぬぐ)ふ　ひとりの涙冷(ひ)ゆる涙も　不覚(ふかく)の涙　不浄(ふじょう)の涙　降るは涙か　頬に涙を　睫毛(まつげ)のなみだ　緑の涙　文字も涙に　酔(よ)へる涙の

♥ 心

湧(わ)きし涙の　われ落涙(らくるい)す
泪(なみだ)　泪雨　泪かな　●猿の泪の　それ世は泪　泪先立(さきだ)つ
泪なそえそ　泪のたねが　泪の路(みち)の　泪を流すみんな泪に　もしも泪が

衣

襟 服 袷 袴 羅 帯 裾 袖 袂

【衣(きぬ)】卯の衣を 肩衣(かたぎぬ)は 狩衣(かりぎぬ)の
きぬ配(くば)り きぬずれの 衣の裏 衣替(ごろもが)えて 衣貸(きぬか)さむ
衣の僧 肌衣(はだぎぬ)を 光る衣物(きもの) 黄衣(こうい)なり 紫
文(あや)ある借衣(かりぎぬ) 彩(あや)なす衣の 宴(うたげ)のきぬに ●厚衣(あつぎぬ)過ぎたる
衣たるモデルの 着て衣はしき きぬ薄黒き 肩ぎぬはづれ
音(ね)のきぬにもみ込む 衣の裾(すそ)より 衣引(ひ)かぶる きぬ水
りゆけば 衣も畳(たた)まず つめたき衣に こひの薄衣(うすぎぬ) 衣どほ
色の 衣通(いとほ)る月 玻璃(はり)の衣装を 光った衣服(いふく) 衣ずれの
女房(にょうぼう)の単衣(ひとえ) 夢幻(むげん)の衣を もみ衣匂(にお)ふ 夢の解
と 御衣(みけし)のにほひ 美き衣きるを 武器と衣装(いしょう)
衣(ぎぬ) よき衣きたる よ夜ぶかき衣の わ
が衣の皺(しわ)
衣 麻衣(あさごろも) 小忌衣(おみごろも) 唐衣(からごろも) けごろもに 恋衣(こいごろも) 更衣(ころもがえ)
捨衣(すてごろも) せみ衣(ごろも) そめごろも 旅衣(たびごろも) 夏衣(なつごろも) 花ごろも
夢ごろも ●うすき衣を 霞の衣 皮の衣を 煙の衣

衣に更へぬ 空色衣(そらいろごろも) ひとごろもの ふるきごろもを
みだれ衣や ゆめのころもは
衣 いいおべべ ●うすい衣着て 蟬(せみ)のおべべが 虹色(にじいろ)おべ
べも 桃いろお衣の よそゆきお衣で
白衣(びゃくえ) 白無垢(しろむく)の ●白き衣きて 白き衣照る 白衣の美
人 白衣の幽鬼(ゆうき) 白衣干すかも 白衣見えすく 真白
の衣の 雪の白衣を
黒衣(こくい) 黒い衣裳(しょう)の 黒き衣(きぬ)着る 黒衣(こくい)の淑
女
法衣(ガウン) 法衣の裾(すそ)の 旅の法衣が 法衣嬉(うれ)しき 法衣さ
びたる
【服】浅黄服 アッパッパ カーキ服 水干(すいかん)を 道服と
冬服や 外出着を ●赤いズボンを 上下(かみしも)ともに 軍服
を著(き)て 白のスカアト 妻の常着(つねぎ)を 服装も男と 美服
の子女に 服をつくりて 夜会服つけ 破(やぶ)れたる服
春着(はるぎ) 明日の春衣(はるぎ)を ぬひし春着の 春着縫つてる
晴着(はれぎ) 晴着ならして 星の晴着を
上着(うわぎ) 上張(うわばり)を 白チヨツキ モーニング ●赤き上衣(うわぎ)を

10 衣 ── 衣

あかきじやけつを 黒き背広着て 紺の背広に ジヤケツをとめは 背広など着て

ネクタイ ネクタイを● 春のネクタイ

水着 水泳着● 黒き水着に 水着のをとめ

浴衣 藍浴衣 旅浴衣● 浴衣地などを 浴衣の月や

肌着 赤しやつを 麻シヤツの シヤツの帆に 白シヤツの腹かけや 股引の● 赤腰巻や 紅腿引の 海女の襦袢は 薄着のねるの えりおりのシヤツ シヤツの白さに 襦袢をしぼる わがさるまたが

褌 あかき褌 赤ふどし ふんどしに 干ふどし● 赤褌を父はてれで ふどしたんで ふんどしかわいた

【袷】 袷きる 絹袷衣 初袷● 去年の袷の 紫袷

【帷子】 帷子の 黄帷子● 帷子かぶる 帷子時の 木綿袷の

【袴】 袴 革袴 さしぬきを（指貫）白袴 野ばかまの 股立の● きれいな紋つき さしぬきふるふ

羽織 敷き寝る袴 袴ぬぎけり はかまを着せる 破れ袴の緋のはかま

薄羽織 革羽織 夏羽織 羽織着て 羽織の鉤

絽の羽織● 青き羽織を 縞の羽織を 印半纏 一重羽織の 緋の羽織着て

紙子 紙ぎぬの 紙衣達● 翁に紙子 紙子仲間に 紙子の肩や 紙子の破れ

【羅】 赤羅曳く 羅を 長沙羅の● 紅羅ひく子も 天女羅綾の 羅綾の袂

裳 赤裳ひき 花の裳を● 赤裳ゆかし

裳裾 長裳すそ曳き 裳裾にかかれ 裳裾やながき 紅絹の裳裾の 夜のもすそに

着物 打かけの 辻が花 みだれ函 友禅の● 海女の着物に 衣桁にかけし ていしゆの着物 ふり袖ぎらひ

【帯】 赤い帯 伊勢の帯 うしろ帯 男帯 帯重く帯締めた 帯に咲く 帯をしめ 固き帯に 君が帯 繻子の帯 夏帯や 縄帯の 単衣● 赤い帯した 帯上赤し 襷に 帯買ふ室の 帯ときながら 帯にさされぬ 帯によ 帯前結び 帯の間に 帯のうしろに 帯の重さよ 帯の細さ角帯をしめ 白の帯する 花田の帯のれし 帯まであがる 帯ゆるみたる 帯をこぼめつたに

10 衣 —— 衣

帯は

【裾】

白き裾　裾ではく　裾模様●衣の裾より　裾濃
に据はり　裾ちぎるとも　裾にかけたる　裾にかたむ
く　裾に引きせ　裾の光りや　裾短なる　裾を引くも
の　踏つゝ裾に　御裾さはりて
褄　褄とりて●小褄とる手に　褄がぬれ候　褄しづま
りて

【袖】

黒小袖　衣手は　袖うらに　袖ぐちの　袖すり
て　袖垂れて　袖と袖　袖の雪　筒袖や　露の袖　袖無
を　禰宜が袖　晴小袖　広袖を●紅き袖ふり　うれし
さ袖に　おさへし袖に　尾花の袖も　案山子の袖や　か
すみの袖を　片袖かさむ　片袖をとく　軽羅の袖と
三尺の袖　素袍の袖や　すがる袖なし　袖かみし子ですむ
る　袖なつかしき　袖に入る日や　袖の香りに　袖の香
まると　袖の氷と　そでのしぐれの　袖のよごれを　袖やそ
を吹かる、　濡たる袖の　御袖を連ねて　袖を通さぬ　袖

【袂】

袂へも●いぬきが袂　かへす袂の　風の袂を　草
の袂も　銭が袂に　袂かへして　袂こぼれし　袂にすが
る　たもとににほふ　たもとにゝほふ　袂のおもき　袂の風や　袂の下を
袂の中の　筑紫の袂　綱が袂に　雛の袂を

【襟】

色の襟　襟浅き　襟のはしより　襟たてて●襟なつかしき襟
にはさめる　襟をつくろふ　襟もよごさず　襟を寒み

襟巻　襟巻に●家居の襟巻　襟巻の端
肩掛　紅ショール●黒きショールも　白いショウルを　長
き肩掛け　秘めてショールや
外套　外套の手　夏外套　古コート　古マント●吾妻コ
ートの　外套着たる　外套を着て　かくれ外套や　風
に外套　霧の外套　コートなれども　伊達なマントは
冬外套や　マントの中の　まんとをきたる　マントをと
ほし
手袋　手袋に●皮の手袋　手袋被せて　手袋とるや
章　勲章の　紋章の　腕章に●愛の帽章　参謀肩章
前掛　前垂の　前垂の　胸かけの●黒の前掛　紺の前掛　前かけ
邪魔よ　前掛に冬菜

10 衣 ―― 着・布

着

【着る】 麻を着て　色直し　産衣着て　重ね着の　着心の　着せてなほ　着たりけり　着ぶくれて　雪を着る●浅黄着て行　石にも着せたる　薄がきたる　をんな着にけり　着もせでよごす　着物を着きたる●赤い出立の　朝よそほひの　小鳥に変装や異装の　女装を凝し　みじまひなりてると　猿に着せたる　背広など着て　はかまを着せるふらんねるきし　ふり袖を着る　ゆるやかに着て

装う 盛装の　変装者　身ごしらえ　身じまいを装おいて

纏う からだにまとい　袂にまとふ　ひかりをまとひまつはられつ

被る 薄被　被き伏　かぶりたる　かぶりふり　頬かむり●かつぐ被衣に　かぶつて行や　被むつて浮きし

【脱ぐ】 ぬがれたり　脱かゆる　ぬぎしより　ぬぎす袈裟かづきたる　菰もかぶらず　スツトコ被り

てし　脱ぐ時に　脱がずに結ぶ　脱ちらかした　脱ぐ手ふと休む　ぬぐや纏る

畳む 衣も畳まず　金屛たゝむ　紺折り畳む

布

編 袋　革　綿　錦　絹　毛織　機

【布】 赤き布片　ゑびすぎれ　黄八丈　小切などらし布　ジャワ更紗　セル着れば　セルの肩　ちりめんの布赤し　布さらす　芭蕉布に　ぼろ切か　莫大小の●おまんが布の　浄き亜麻布　布のやぶれに　黒き布もて　真紅の布が　茶色の紬　ふらんねるきし　真黒な布で　夜布をさらす　露西亜更紗の

巾 角巾を　鷹の巾　ナプキンの　手巾の　拭巾白く

敷布 新のシイツは　白いシイツを　白き敷布の

【袋】 巾着の　種子袋●巾着下て　薬袋や　蕎麦の袋に　南京袋　匂袋や　袋ぬらしつ　守袋を

風呂敷 袋に　小風呂敷　風呂敷に●袱紗畳まず　風呂敷かけて　風呂敷かぶる

10 衣──布

【革】 革臭く　革裘　皮財布　鹿の革　調革　にしき革●皮の衣をよき裘

【綿】 薄綿は　著せ綿を　暗い綿　腰の綿　貫綿や綿くりや　綿玉の　わた弓や　綿をぬく●どてらの綿よ褞袍を着るや　にじみし綿を　真綿のやうで　綿屑知らで　綿をかむりて綿引抜て

【木綿】 木綿糸　木綿売　煮木綿の●木綿仕まへば　天竺木綿　木綿唐草　木綿の寛衣　汚れ木綿の

【絣】 雨絣　伊予絣　紺絣●薩摩飛白に

【布子】 布子売●ぬのこ着習ふ　布子の膝の

【錦】 からにしき　錦繍の　春の錦●故郷の錦　草の錦につづれ錦　にしききて行く　錦着る身の　錦たれたり

【絹】 絹袷衣　絹着せぬ　絹頭巾　絹に成らず　絹のよに　絹張の　絹帽子　絹をぬふ　黒絹に　人絹のべんべらを●薄絹ででも　絹なき夕　絹にわが泣く　練絹の裾

紅絹 紅絹うらの●紅絹の裳裾の

【生絹】 生絹の被衣　生絹を縫ふて　生絹の衣の純毛の　白毛糸●赤い毛糸を　紅き毛糸を　海女の毛糸に　毛糸の玉は

羅紗 赤き羅紗　薄羅沙の●青羅紗のうへ

毛皮 毛皮となつて　毛皮に浮び　猟虎の毛皮

毛布 白毛布●愛の毛布で　赤い毛布と　毛布つぎ足す

【織る】 姉が織り　綾織の　おりかけの　織り込めし織り交ぜて●絵むしろ織や　織らましものを　織物に染め　ぬの織る窓の

【機】 織る機は　高機か　機窓や　莚機●織りかけ機の　雲の機手の　妻が織る機　とんからとんから機から機を　機音たかき　機織る姫が　機場にしぶむ　仏蘭西機か　ゆけば機音

【編む】 編みかへす　縄あみの　パナマ編む●青竹を編む　あみかけてある　編めば汚る、荒編なせる靴下を編む　パナマ編みゐる　人の毛を編む　私の編んでる

10 衣 ―― 縫

縫
針　糸

【縫う】　仕立てもの　ぬひ上げて　縫ひかへせ　縫ひつれ糸　縫ひ疲れ　縫ひつぶし　刺繍でせう　縫ひながらミシン踏む　もの縫へば　妹が縫ふて　着物縫はせしものなど縫はん　物縫ひてあり　物縫ふ夜なり

【裁縫】　お裁縫よ　お針する　截ちさしの　針ごとにお裁縫してる　君が裁縫の　一人裁縫の

●お裁縫して●妹が縫ふて

【繕う】　足袋つぐや　繕はぬ　膝の継布●繕ふべくも　帆もつくろひぬ　やぶれつくろふ

【綻びる】　綻びず　ほころびや●つゞるほころび

【針】　青い針　針の穴の　針のみみ　針箱を　針もてば針山も　針を刺す　針をのむ　針をもて●失せゆく針の　愚に針たてん　心の針は　とめ針のごと　針穴すかす　針で突かうと　針のこぼる、針はこぶかな　針を流して　ふわ／＼と針　ミシンの針の　みどりの針に

【糸】　糸かけぬ　糸きれし　糸の音　糸のごと　糸を獲し　かた糸の　銀の糸　躾とる　経の糸　経の糸　もつれ糸　横糸を●あはれ糸鳴る　糸垂れ暮す　糸にしづくの　糸につらぬき　糸のたるんだ　糸をとる神　縁の糸ぞ　黄の節糸の　金糸の縫の　しら糸となす　その袖の糸　匂ふ糸ひけ　光の糸の　一すぢの糸に　の緑糸よる

【絃】　絃のねや●絃さらに巻け　絃をゆるめる　誘惑の絃

【紡ぐ】　糸車　糸紡ぎの　紡績の

【緒】　赤紐の　赤き緒の　草履の緒●小さき赤緒も　笛の玉緒に負児紐　笠の紐　くみ紐や　下紐の　紐

【紐】　いろいろ　紐ぞゆるき　紐になって　紐のごと　紐をひき　服の紐●くれなゐの紐　真田紐なる　残り荷の紐袴の紐　紅は濃かりき　紐を浮べぬ

【リボン】　紅リボン●リボンを空に

【釦】　銭ボタン●真珠のぼたん　ズボンの釦　拾ったボタン　ボタンが一つ

粧

飾 鏡 櫛

【化粧】

朝鏡 うすけはひ 化粧部屋 化粧ふれば 化粧室にひき 初鏡 初化粧 眉かくや 眉掃を 眉引も 夕粧ひ●うす黛の 化粧に染まり 化粧もす まひ 化粧ごろや 粧ひしかけて ひとの粧ひを 頬も色どらず 粧ひ終へし／ぬかぶくろ 糸瓜水

【紅】

紅色どれど 口紅の 爪紅の 紅つくる 紅粉の花 紅久し●白粉に紅を かりし紅筆 紅粉付て のこす 艶めく紅の ふちどる紅 紅色ささむ 紅粉 ひつつ 紅濃くつけて 紅さし指 紅皿船に 紅奪

【白粉】

白粉と ぬり顔●おしろい指 白粉浮けり おしろいなれし 口紅の 白粉ぬりて おしろいあつき おしろいにほふ 白粉をつけ 白粉やけの 粉おしろいの 香を 白粉づけの 白粉つけ 耳飾 輪飾の●腕輪はづされ 腕

【飾】

環の腕に 耳飾 輪飾の●腕輪はづされ 腕 環よ鳴らば 金の頸環を 耳輪の君よ

指輪

手の指輪 指輪ぬいて●金の指輪も 指輪の玉の

簪 笄も●簪落ちたる 松葉かんざし よべの簪の 挿す 折りて挿す 髪に挿せば 藤挿頭す 胸に挿し ●かざしにさする かざしにしたる 髪にもかざし 挿しある銀の 新婦かざす 花を挿したの 夢はかざしの

【鏡】

小鏡に 大鏡 鏡立 かゞみとぎ 鏡なす 鏡台の 鏡敝けば 姿見に 手鏡に 紐鏡 真十鏡●合せ鏡に 鏡見れば 鏡にうつる 鏡に髪を 鏡に人の 鏡によする 鏡のうしろ 空鏡の印象 鏡のごとき 鏡ノ中ノ 鏡はまつしろ 鏡見せたる 鏡も清し 鏡もなくに 鏡も濡れし 鏡許せよ 悲しき鏡 川の鏡が 鏡中の人 古鏡の如く 子は鏡みる すねし鏡の 空の鏡に 小さい鏡 月の鏡 床屋の鏡 三面鏡は 見入る鏡に 野人鏡を

【櫛】

櫛のみね 櫛ばこに 櫛をさし 黄楊櫛も 黄楊の櫛●櫛でかしらを 櫛に嵩増す 櫛になびかる 櫛の歯を引 櫛踏み折りし こがねの櫛に 黄楊のさし 亡妻の櫛を 舞の花櫛

衣

10 衣 ── 靴

靴　下駄　履

【靴】

赤い靴　女靴　靴跡を　靴凍てゝ　靴が来て　靴のあと　靴の音　靴のさき　靴はけば　靴をはき

その靴は　泥靴を　ハイヒール　光る靴　古き靴　古靴を●重き靴音　靴ただ一つ　靴ぬぎにけり　靴のいとしさよ　靴の爪さき　靴の割れ目を　靴をつくろふ　靴をひきずり　ゴムから靴を　ゴム靴にほふ　子よ草靴はすり切れた靴　長靴をはき　深靴を穿く　女靴のあとの　女靴のひびき　破れた靴が　わが靴の音

沓
朱の沓　客の沓　沓音も　沓の客　雪沓を●朱の珠履　沓並べけり　国師の沓も　その泥沓を

靴下
靴下長し　靴下を編む

足袋
足足袋の　足袋つぐや　足袋の紺　足袋の股　足袋はいて　足袋をぬぐ　紐足袋の　古足袋の●革足袋おろす　地下足袋叩く　白きわが足袋　白足袋をぬぐ　足袋の白さや　足袋穿く時の　足袋穿けば子も　はや

【下駄】

白足袋で　めりやすの足袋　我夏足袋のんま　下駄はいて　下駄借りて　下駄箱の　下駄の音　下駄の土　下駄のま高足駄　日和下駄　豆下駄が●足駄を拝む　少女の下駄を　下駄が三足　下駄など欲しと　下駄を拝む　下駄の重たき　下駄の白さよ　下駄の泥より　下駄の歯型や　下駄の歯につく　雪駄ものうく　竹の割下駄　手に下駄はいて庭下駄軽し　日和駒下駄　峰に下駄はく／ぽっこぽっこ

【履く】
きごゝろよき

鼻緒
赤い鼻緒の　下駄の鼻緒の　鼻緒はすげて　穿きたいな　履みなれし●穿かざる脚のは

草履
草履　草履取　草履の緒　手に草履●麻裏草履　清き草履の　すりつぱ赤し　スリッパの音　雪隠草履の　草履沈して　草履の裏に　草履干しをく　草履も見えて　先草履にて

草鞋
草鞋　武者草鞋　わらぢ客　わらぢ銭●笠きて草鞋　供奉の草鞋を　泥わらんじの　鞋喰ひ込む　草鞋声な

10 衣 ── 傘

木履(ぼくり)　借木履　木履かな　木履ぬぐ

し　草鞋しつくり　わらぢながらに　草鞋を作る

傘

笠　冠　帽子　蓑　眼鏡　時計

【傘(かさ)】相合(あいあい)の　乳母(うば)が傘　絵入傘(えいりがさ)　小傘(おがさ)とりて　御傘(おかさ)
めす　かへす傘　傘貸して　傘さして　傘雫(しずく)　傘弐本(にほん)
傘の内　傘の下　傘の夜　傘ばかり　傘は誰(たれ)　傘張(かさはり)の
傘を曲げ　傘を呼ぶ傘　かりた傘に　君が傘　やぶ
れ傘　嫁の傘●青パラソルより　赤き傘ゆく　傘新しき
傘かす寺の　傘かる家や　傘たひらなる　傘高低(たかひく)に
傘なき男　傘に狂歌を　傘にさゝやく　傘にばりばり
傘の涙を　傘をかえしに　傘さしたい　からかさ干し
て　傘ほせば　誰(た)が傘ぞ　番傘(ばんがさ)買ふや　ひとつの傘の
干傘ぬる　真っ黒な傘　わが傘ふれて　我に傘なし

日傘(ひがさ)　紺(こん)の蛇目(じゃのめ)に　蛇の目の傘
蛇の目(じゃめ)　砂日傘　日傘人(ひがさびと)　日傘(ひからかさ)●君が日傘や　真昼の日
傘

衣

洋傘(こうもり)　洋傘を●黒いお洋傘の　黒の蝙蝠傘(こうもりがさ)　蝙蝠傘は
【笠(かさ)】あみだ笠　笠きるや　笠白き　笠ぬぎて　笠の
雨　笠の露(つゆ)　笠の蠅(はえ)　笠の紐(ひも)　君が笠　笠白し　三度笠(さんどがさ)　はる
の笠　檜(ひ)の木笠　蓑(みの)と笠　破れ笠(やぶれがさ)●阿闍梨(あじゃり)の笠の　梅の
花笠　笠おとしたる　笠手に提(さげ)　笠投(なげ)
やりて　笠に指べき　笠にとんぼを　笠に糞(はこ)して　笠の
こがらし　笠へ月代(さかやき)　笠べぼつとり　笠とりに行　笠も
かむらず　御所の塗笠(ぬりがさ)　夜を菅笠(すげがさ)の　ランプの笠の
【冠(かんむり)】王冠に　冠きせ　鉄冠か　頬冠(ほほかむり)●冠を吹くや
冠(かか)れる石の

頭巾(ずきん)　赤頭巾　絹頭巾　頭巾着て　投頭巾(なげずきん)　丸頭巾
我頭巾●赤い頭巾を　お高祖頭巾の　頭巾にかづく　頭
巾にたまる　頭巾眉深き　頭巾も通る　頭巾ゆゆしき
頭巾を落す　身にふる頭巾　笑ふ頭巾や
烏帽子(えぼし)　烏帽子着て　烏帽子脱で●烏帽子つけたり
烏帽子に動く　烏帽子の女　露(つゆ)の烏帽子を
【帽子(ぼうし)】絹帽子　経木帽(きょうぎぼう)　黒き帽子　新帽子　夏帽
子　夏帽や　脱ぐ帽子　鬘帽子(かづらぼうし)　冬帽の　古帽子　帽

10 衣——傘

の数　雪帽子　綿帽子●青いソフトに　赤い帽子の
かしき帽子　おきし帽子に　海賊帽子　顔とシャッポ
と　角帽の子に　汚ないソフト　黒いしゃっぽから　黒い
ソフトを　黒の山高帽　三角帽を　シャッポがほしいな
立ちて帽子を　茶色の帽子　蝶夏帽を　鳥打帽や
がり帽子　夏帽の裏　パナマの帽を　光るしゃっぽの
冬帽かぶつて　鉄葉の帽子　古き帽子も　帽子かぶりて
帽子に照りぬ　帽子の影が　帽子の角か　帽子の光り
帽子の雪を　帽子ひとつに　帽子をかむり　帽子をとつ
て帽子をふりて　帽子を用意　帽なき男　帽のうへよ
り

【蓑】　蓑刈ねて　蓑一重●乞食の蓑を　田蓑のしまの
蓑の人　蓑買ふ人の　蓑につゝまん　蓑はしらみの
貧しき蓑の　蓑やあらしの　我菅蓑は　蓑きて白し
蓑吹かへす　蓑をきて　酒蓑の　雪蓑や●蓑に包で
菰　青菰の　菰を　菰もかぶらず　薦を施す
張まはす　菰引ちぎる

【麦藁】　麦藁は●麦稈に沁み　麦藁帽子
　　腰蓑の　猿蓑に　田蓑かな　火の蓑を

合羽　赤合羽●合羽買たり　護謨合羽の反射

【眼鏡】　片眼鏡　黒眼鏡　その眼鏡　遠眼鏡　水眼
鏡　眼鏡越し　眼鏡とれば●青い眼鏡を　合ぬ眼鏡の
黒き眼鏡を　双眼鏡で　天眼鏡を　眼鏡妖しく　眼鏡
さびしき　眼鏡畳に　眼鏡のたまを　眼鏡の縁を　眼
鏡のままに　眼鏡ゆゆしや

【時計】　腕時計　大時計　黄金時計　時計台　豆時計　水時計●暁の時
計　家の時計　悲しい時計　銀の時計の　子供の時計
鳴る　時計見る　日時計の
酒場の時計　遠く時計の　時計がうたつて　時計とまれ
り　時計の面　時計の如く　時計はひるね　時計見る
よ　夜の　時計も雨で　時計を竹に　時計を照らす　なま
け時計は　のろまの時計が　柱時計の　はたと時計を
夜の時計は　古き時計の　ボンボン時計　万年時計
不朽の地時計　目ざまし時計　夜長の時計　夜の時計を／針の歩みを
ふたつの針の

食　飢　喰

【飢える】　犬は飢ゑ　飢ゑごころ　飢えし犬　飢えた蛸　飢えてあり　飢鳥の　人の飢　飢ふるひとらを　水に飢ゑ　物飢ゑし

●今餓ゑてある　飢ゑたる草の　飢ゑてある日に　餓ゑて一片の　飢ゑてさまよふ　飢ゑて我見る　飢をそそりて　餓死せぬ法を　飢餓の苦しみ　飢饉の足穂　聖なる飢は　都会の飢餓と　肉に飢ゑたる

私の飢ゑは

【空腹】　空き腹に　ひだるさよ　ひもじさに　●秋ひだるしと　腹ぞ空きたれ　腹をへらさん　ひだるさう也　だるき事も　ひだるくなりし　ひだるさう腹の　ひだるきも　芋喰の　おでん喰ふ　飲食の　柿くへば　寒食や　くひこぼし　喰盛　食ひつけど　喰つぶす　喰ふ柿も　喰て置　喰うて寝て　坐して食ふ　猪食つて　食堂車　食慾は　たひらげて　喰べつつ　食ぶと言ふ　喰べさしの　たべたべて　食ひらげて　食べながら　摘み喰ふ　何喰

【食う・喰う】

盗喰　花食まば　花を食み　母は食べ　食み足りて　食み尽す　人喰ひし　飽食や　飽満く　食み足らふ　あぶりて食ふ　いか物喰を　いのちませた　●青き果食らふ　鵜の喰ものを　御八つに食ふ　食ひたかりけり　かますご喰へば　からすも喰はず　鰹もくわず　喰つきさうな　喰ひに浮世へ　喰うて寝る世や　食うて養ふ　食へば楽しも　草喰ませつ　喰ふ音して　くらふ側から　栗をのみ食ひ　喰れ残りの　食後のたゆき　食事了れり　食卓就きて　田にしをくうて　食もの恋ひて　たんとあがれと　つかみては喰ふ　鶴はみのこす　何喰はせても　魚をとりて食む　何ぞ喰たき　二食になりぬ　食み足らへども　喰みて啼きける　食み残されし　食める男　ひとりで食べる　ぽろぽろ食ひて　又くふかきも　皆喰ひぬいて　飯くふ上を　飯くふ人や　飯も喰べず　飯を食つゝ　ものさへはぬ　ものたうべをり　衣食尋常　よゝとまゐりぬ　我は飯くふ

【糧】　けふの糧に　●いのちの糧と　糧たのもしき　ともしき糧を

11 食 —— 飯

食

飯（めし）膳

【飯（めし）】 鬼の食（めし）　御飯（ごはん）　御飯どき　御仏飯（ごぶつぱん）　酒強飯（さかごわい）　さゝげめし 芹の飯　蓮の飯　人の飯　ひとり飯　茶漬かな　奈良茶飯　握飯（にぎりめし）　食黒（めしぐろ）し の飯　雑炊を　食時や　飯食べて　飯食（めしく）ひて　飯二合　食盗（めしぬす）む 飯時分　食次（めしつぎ）の　飯と汁　飯炊（いいかし） 飯時や　余所の飯　まゝ飯をはること　飯炊
食の時　余所の飯　熱き飯にそゝ飯をはころ
ぎ女を　飯食ひにけむ　飯くふことを　お飯くれろと
おまんまをたく　噛みあつる飯の　御飯がふいた　酒飯（さかめし）
くるむ　隣も飯の　咽喉（のど）に御飯　灯で飯を喰ふ　仏（ほとけ）
の食で　一豆の粉めしに　飯いそぎたる　飯の中なる　飯
も小鯛（こだい）も　食焼（めしやくど）宿ぞ　めしを埋（う）め　湯づけにうなぎ

【白飯（しろめし）】 飯白し● 飯の白きを　米白々と　米の白さに　白 い飯くふ　白き飯啖（くら）ふ　白の朝飯（あさめし）　つぼの白米

【麦飯（むぎめし）】 麦めしきらい　麦飯くふて　麥めしの礼

【飯粒（めしつぶ）】 飯粒沈む　飯粒つけて　めしつぶひろふ

【菜飯（なめし）】 菜飯哉　菜飯ふくや　嫁菜飯●菜飯につまん

【膳（ぜん）】 雲膳（うんぜん）の　送り膳に　客の膳　膳先（ぜんさき）に 台のぞく　膳に這よる　膳をはふ　膳立（ぜんだて）に こぼるゝ　膳に進まず　膳もちてたつ 膳の上　膳の蟹　膳まはり　雑煮膳●膳に

【弁当（べんとう）】 飼（かれい）に　弁当箱●　壮士飼（そうしかれい）す

【冷飯（ひやめし）】 凍て飯に　ひやめしの●ひやめし寒き　冷飯腹（ひやめしばら）の

【晩餐（ばんさん）】 晩餐の● 晩餐ひそと

【夜食（やしょく）】 夜食時●　夜食する燈

【夕飯（ゆうめし）】 夕食（ゆうしょく）の　夕まうけ　ゆふめしに●ばんめしにする 武家の夕食　夕飼（ゆうげ）待つ間の　夕飼もひとり　夕飯買（ゆうめしかい）に

【昼飯（ひるめし）】 昼飯たべに　ひるめしにする 子等昼飼（こらひるげ）　昼飼すや　昼飯を●昼飼にほはす

【朝飯（あさめし）】 朝飼（あさげ）すみし　朝御飯　朝の飯（いい） の卓を　朝の飯食む　朝めしくはぬ 朝御飯　朝の飯　朝めしの●朝飼

【饗宴（きょうえん）】 宴（うたげ）宴はて、饗宴に　月の宴●うたげの空に　宴の 氷菓　歌酒は家々　夏のうたげに 摂待（せったい）の　振舞れ●御馳走しよう か、 が馳走や　旅の馳走に　馳走する子の　もてなし振や

196

食 — 米

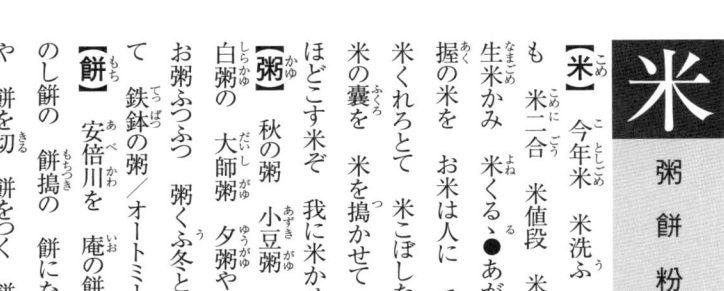

米　粥　餅　粉　麺

【米】今年米　米洗ふ　米値段　米車　米五升　米俵　米搗　米二合　米くゝ　米のめし　米をとぐ　笊の米　一生米かみ　米くるゝ●あがる米の直　イタリアの米　握の米を　お米は人に　重いお米を　米くれさうな　米くれろとて　米こぼしたる　米つく宿　米の揚場の米の嚢を　米を搗かせて　ともに米かむ　南京米とほどこす米ぞ　我に米かせ

【粥】秋の粥　小豆粥　粥薄し　粥すする　粥の味　米二合　大師粥　夕粥や●青菜のかゆも　薄粥飯も白粥の　鉄鉢の粥／オートミールにお粥ふつふつ　粥くふ冬と　粥するにも　粥をすすり

【餅】安倍川を　庵の餅　草の餅　配り餅　天の餅のし餅の　餅搗の　餅になる　餅の音　餅の出るや　餅をつく　餅を夢に　もらひ餅●かづらに鏡す（鏡餅）　看板餅や　歯朶に餅おふ　はや餅の段ひ

とり焼く餅　貧士に餅を　水餅白し　餅につき込む餅に糞する　餅を喰っ、　餅を絶さぬ　餅をも喰はず　餅をもらって　夜一夜餅を

雑煮　筍の雑煮　雑煮売●すまし雑煮や　雑煮過ての　や　雑煮かゆる

【粉】うどんうつ　うどんふみ　新蕎麦を蕎麦切に黄な粉なり　きな粉挽いて　粉引唄　麩を●粉にまぶれし　さはれば粉が　麦粉と塩で　麦粉の匂ひ

粽　あすは粽　笹粽　粽とく　粽結ふ●粽と申し　粽解て　粽をかじる

【麺】うどんうつ　うどんふみ　新蕎麦を蕎麦切に蕎麦はまだ　乳麺の　夜たかそば●うどん供へて　座って素麺を　蕎麦をゆでたる

麺麭　麺麭種の●朝の焼麺麭　堅き麺麭かな　堅パンも食ふ　食ひしかたぱん　黒麺麭を焼く　パン屋が出来た麺麭を割かむと　麺麭をぬすまむと　焼きたての麺麭

団子　駄目団子　十団子も●鶯団子　団子淋しき餅菓子　牛皮餅　ぼた餅や　蕨餅

饅頭　饅頭を●栗まんじゅうの　五色饅頭　盆に饅頭

酒(さけ)

食 — 酒

飲 酔

酒(さけ)

霰酒(あられざけ) 江戸酒(えどざけ)を 辛(から)き酒 菊の酒 きん酒して
くわ酒を けちな酒 恋の酒 甲羅酒(こうらざけ) 濃白酒(こしろざけ) 酒菰(さかごも)
の 酒手哉(さかてかな) 酒ばやし(酒林) 酒買(さけか)ひに 酒からき 酒
臭(くさ)き 酒くらひ 酒こひし 酒十駄(さけじゅうだ) 酒尽(つ)きて 酒なき
日 酒煮ると 酒の味 酒の香の 酒の残(ざん) 酒の滝 酒
の毒 酒の夜を 酒冷(ひや)す 酒ぶくれ 酒やめて 酒やめ
む 酒沸いて 酒中花(しゅちゅうか)を 新酒哉(しんしゅかな) 卵酒(たまござけ) 血の御酒(みき)を
茶碗酒(ちゃわんざけ) 濁り酒 寝酒(ねざけ)いざ 年始酒(ねんしざけ) 残り酒 花に酒
ひと夜酒 ひなの酒 冷酒(ひやざけ)に むかい酒 無理な酒 桃
の酒 世すて酒(ざけ) ●あたゝかき酒 一合瓶(いちごうびん)の 一碗の酒
いにしへの酒 色ある酒も 大酒樽(おおさかだる) お酒したしく
亀に酒をば 瓶(かめ)の梅酒は 現金酒(げんきんざけ)の 草にも酒を 厨(くりや)
に酒の 葷酒(くんしゅ)の香のみ 五色の酒を 酒息(さかいき)すなる 酒場
の時計 酒瓶(さかびん)の列 酒盛(さかもり)しらぬ 酒もりをする 酒う
つくしき 酒買ひに行く 酒借りに行く 酒くむかげ

や 酒さめて居る 酒ではげたる 酒に梅売
んだ 酒に射し入る 酒にしたしむ 酒にうる
に対へる 酒に物問ふ 酒ぬす人よ 酒に名のつく 酒
の国なり 酒の最中(さいちゅう) 酒のさめぎは 酒のつめたき 酒
の土瓶や 酒の半(なか)ばに 酒はあしくと 酒のなき 酒
量(はか)るのみ 酒をほしがる 酒を棄(す)てむと 酒を空(むな)しく
詩酒(ししゅ)の春の 酒中の天地 濁(にご)りの酒を 珍陀(ちんだ)の酒を 浪酒(なみざけ)
臭し 南京酒(なんきんざけ)や 濁りの酒を 破滅の酒に 白酒売(しろざけうり)の
酒を ひとり酒者る 媚薬(びやく)の酒を まへは酒屋で ひさげの
酒 無明(むみょう)の酒の 我酒白く

麦酒(ビール) 麦酒瓶(びん) ●寒き麦酒は 二本の麦酒 ビールのコッ
プ 麦酒の樽(たる) 麦酒を買ひに

葡萄酒(ぶどうしゅ) 朝の葡萄酒 黒ぶどう酒の 葡萄酒の無し
葡萄の酒を

火酒(くわしゅ) 火酒に燃ゆ ●ウキスキイを呼ぶ 火酒に色無き

甘酒(あまざけ) あま酒造る あま酒をのむ のぞく甘酒

新酒(しんしゅ) 新酒いつぱい 新酒に名乗る 新酒の中の 新酒
の礼を

食——酒

屠蘇 屠蘇重し とそ酌も●お屠蘇と申せ 屠蘇の盃 村に屠蘇汲む

徳利 白の瓶子も 徳利かたむく 徳利と箸と とくりの底に 貧乏徳利を 神酒陶から

盃・杯 一盞の 小盃 杯を 盃うけて 盃洗に 玻璃盃の●風の盃 玉の盃 酌みしさかづき 光線の盃 琥珀の杯に 盃事が 盃とらせ 盃なかし 盃の色 盃を見る 詩や盃に 玻璃盃を積み 優勝盃や

【**飲む**】 酒くらひ 酒飲めば 酒は呑む 呑むべし 呑み明て 呑ごろ●煌て飲み噎せ 畏みて飲む けふ飲み酒に 酒しひらる、 酒呑に行く 酒飲みやすし 酒のむ場所が 酒のめるかな 酒をのませて 酒を呑ぞよ つけさしを呑 濁れる飲みて 盗みて飲める 飲みて更らなる 飲別離かな 飲む酒の音 番して呑す

酌む 酌みかはす 酒酌まん 酒酌みて●お酒をそそぐ 君断えず酌ぐ 酌みしさかづき 酒くむかげや 酌とる童

【**下戸**】 下戸庵が 下戸の月●下戸と下戸との 下戸は皆いく 下戸引て来る 酒のまぬ者

上戸 居酒呑 酒のみに 升呑の●居酒の荒の 酒すきの友 酒徒にまじれる 上戸の顔や

【**酔う**】 父の酔 生酔を 二日酔 酔顔を 酔さめし 酔ざめの 酔ひ痺れ 酔ひ痴れて 酔ひ足らぬ 酔ひどれの 酔ひのあと 酔ひはてて 酔人の 酔ふを見し 酔へる者 わが酔ひに 悪酒の酔に 甘きに酔はで このゑひどれを 酔たる者の 心底酔へり 酔語かはし てほろほろ酔うて 山みち酔って 酔いつる人と 酔ひて荒れし 酔てかほ出す 酔人の来て 酔ひ泣く男びの 酔ひのあひだに 酔ひの痛みは 酔のうるみの 酔のすさびの 酔ひ舞へる身も 酔ひを味ふ 酔ひを勧むるは 酔を細めに 酔うてくづる、 酔うて浪華を 酔うて闇夜の 酔うて行く人の 酔へばうたひき 酔へば唱へき 酔へる涙の 酔はせたときに／羽化登仙の

食——茶

茶　飲呑湯

【茶】あつい茶を　甘茶仏　烏龍茶（ウーロン）　お茶買いに　お茶古びし　新茶汲むや　茶の煙　茶の匂ひ　茶のぬるさ　茶の花や　茶柱や　茶囊（ちゃぶくろ）を　茶をいれた　茶を利くや　茶を飲むのみ●甘茶がはねた　玉露に癒えし　茶でも酒でも　茶の花くもる　茶もだぶだぶと　茶をはこばせて　福茶をくめる

茶道　大服は　旦坐喫茶　茶の会に　茶の湯する　茶の湯とは　茶博士の　風炉濃茶●ある日の茶器が　薄茶たてつ　大碗の茶と　茶に汲水の　茶の花折って　茶の湯者をしむ　茶を弄ぶ

茶の子　茶の子にならぶ　茶の子のたしに

朝茶　朝茶のむ　朝の茶の●朝茶のむ秋

冷茶　冷茶ふりつ、　冷茶を飲みぬ

紅茶　雨に紅茶の　紅茶土瓶　紅茶に牛乳を　紅茶の色の　紅茶のけむり　紅茶のしめり　紅茶は軽快　紅茶をくゞる　妻に紅茶を

【飲む・呑む】乳を呑む　海飲み干しぬ　茶を呑めと　一呑に　水飲んで●牛馬の飲む　つめたきを飲む　泥水を飲み　呑みくだしけり　呑む　呑ぞ浴るぞ

渇く　渇きはて　わが渇き●渇いた口に　渇きおぼえて　渇き覚ゆれど　渇きにたへぬ　渇を切に　口の渇きにちぎりて渇く　音にこそ渇け

水　水に飢ゑて　水をとる　水を食み　葛水給ふ（くずみずたもう）

珈琲（コーヒー）　珈琲よ　挽き立ての●珈琲いろの　珈琲の湯気　モツカの香り　モツカを飲みて

牛乳　牛乳　牛乳の罎（びん）　乳をつぐ　牛乳を飲む　山羊の乳●牛乳に飽いて　牛乳のおもてや　牛乳のつめたさ

【湯】湯沸の（サモワル）　たぎる湯の　ぬるまゆを　麦湯湧かし　飯の湯の　湯をのめば●愛のさもわる　なまぬる汲んで　煮湯そそげば　ひとつ燗の湯

白湯（さゆ）　素湯土瓶（しらゆどびん）　素湯の味●白湯すゝりても　白湯呑みなれて　白湯もちんちん　白湯を呑んでゐる

味

甘 菓子 塩 味噌

【甘い】

甘からむ 甘き乳と 甘粉する 甘栗を 苺ジャム い と甘き うす甘い 汁粉する 汁粉できて 糖大根 夏氷 羊羹や ●甘いにほひと 甘きに酔はで 甘く含める オレンヂエード カステラ甘き 甘露をすする 水 蜜桃が 真桑も甘か 蜜豆くひぬ 蜜より甘き

砂糖 砂糖です 砂糖の木を● 砂糖の蟻の 砂糖のお山 少し砂糖を もろ手に砂糖

蜜 花の蜜 蜜の川 蜜を吸ふ ●あさひの蜜に 毒ある 蜜を 花粉と蜜は 媚薬の蜜に 真昼の蜜を 蜜を集むる 蜜をかえしに 瑠璃なすの

飴 飴売の 飴の笛 飴やの爺 飴棒 糖菓に 子のグリコ● 飴でもちくふ 飴ねぶり行 飴の中から 飴を並ぶ キャラメル食べて 金平糖や 島のあめ売り

【菓子】

ねだる 菓子焼かる お菓子の塔を 落と お菓子買ひ お菓子買ひ 菓子くれと 菓子赤く 菓子くれと 菓子 せしせんべ 菓子うつくしき 菓子皿などを 菓子の封 切 菓子をやらうぞ カステーラなど かなしいお菓子 干菓子にとまる 一つのお菓子

【味】

駄菓子 駄菓子売る● 駄菓子が好きな 駄菓子に交る 味はあり 粥の味 酒の味 百味とも まづ 物の味● 味 はむとす うす塩味や 風で味つけ 空気の味を くすりの味も 何の味ある はかなし味 を 水を味ふ 酔ひを味ふ

美味 うまき肉 むまさうな● 極甚の滋味 滋味と塒 とお美味かつたと 夕げうましも

香り うるめの香 カレヱの香 香ばしく 酒のかをり に セロリの香 メロンの香● 素湯香しき 葱の香などの 蒜くらふ香に

苦い 苦からむ 苦き胃も 苦草● 独活の苦みも 苦 味のにほひを 大根苦き 苦さ今知る 苦さをふくめ り 苦粘じみた ほろ苦い蕗の ほろほろ苦き

渋い 皆渋し● 柿渋からず

辛い 辛き酒を 辛菜も● 辛き飯食ひ 辛き大根 辛

11 食 ── 菜

きを食へば　ひりひり鹹き　滅法辛き

唐辛子　唐辛子●青唐辛子　てんじゃうまもり　唐辛

煮る

酢　魚に酢の　酢のかをり　酢のにほひ●いと酢き赤き

酢売に袴　酢の香うせたる　酢を吸ふ菊の　酢つくる僧

よ

【塩】　ごま塩を　塩いなだ　塩魚の　塩辛を　塩くじ

ら　塩車　塩煎餅　塩鯛の　塩断ちて　塩の魚の　塩の

海　しほはゆき　波の花●あみ塩からを　塩こぼれつ、

塩にも漬ず　稗と塩との　水しほはゆき　麦粉と塩で

醤油　醤油の●亀甲万は　醤油ねぎさせて

【味噌】　赤みそ　金山寺　山椒みそ　鯛味噌に　ひ

しほ味噌　ふき味噌を　みそこしを　味噌汁が　味噌

煮哉　みそ部屋の　味噌をする●きそのみそ搗　愚庵

の柚味噌　鯉の味噌焼　田楽の味噌　味噌するおとの

味噌漬三ひら　みそにくつく　味噌のお汁を　味噌を

煮る香よ　焼みそ盛らん　焼味噌をやく　柚味噌静か

や

菜

汁 肴 肉 豆

【汁】　草の汁　くじら汁　汁の澄み　汁の実も　汁椀

に　吸物は　狸汁　泥鰌汁　とろゝ汁　なすび汁　納

豆汁　苔汁の　冷汁は　鮟汁の　鮟汁　飯と汁　闇汁

や　茹汁の●一汁一菜　蕪汁あつし　汁かけめしを

干葉の茹汁　まじる惣汁　吸物もなき　宿は菜汁に

汁のうすさや　汁の中迄　汁の実を釣　汁かけめしを

つめたきスウプ

夕陽の汁を

野菜　朝わか菜　胡瓜噛む　屑牛蒡　パセリ添へて

茗荷の子●干瓢むいて　セロリを嚙めば　つまみ菜うれ

し　菜がうまく成る　菜屑ただよふ　菜屑につれて　夏

菜とぽしや　はこぶ野菜の　舟に菜を洗ふ　冬菜凍みつ

き　野菜くさい手　野菜とハムに　野菜を喰ふ　檸檬の

汁は　下肴を　肴銭　塩肴　芝肴　にし肴　水戸肴

【肴】

●鮎のうるかを　肴乏しき　肴のやすき

11 食──菜

鮓 鯖ずしの　鮓つけて　鮓熟る、鮓に成る　鮓の味　鮓の石　鮨の魚　雀鮓　釣瓶鮓　鮒鮓の　帆掛鮓　蒸し寿司の　屋台鮓も●国に鮭鮓　鮓の口切　鮓を取出す　鮓を皆まで　雀鮓もる

鱠・膾 鮎鱠　沖膾●あさつき鱠　菊膾する　汁も膾も　鱠をつくる

海苔 桜海苔　海苔の砂●海苔は下部の

刺身 さしみの氷　さしみもすこし

干物 鰹節　鱈の棒　巻するめ●干魚かけたる　干魚の臭ふ　干魚の加減　目刺にのこる

玉子 うで卵子　寒卵　卵黄の●オムレツ厚き　卵子秋に烹た玉子　むき卵子　食卵の　伊達巻の　卵ひとつなまのたまごも　暖き卵を

【**肉**】 牛の肉　うまき肉　貝の肉　薬喰　肉かつぐハム食へば　骨と肉の●赤き獣肉　狐は肉をくれなむの肉を　こげつく牛鍋　ときいろのハム　肉食ひぬたり肉に飢ゑたる　肉に裂いても　肉にさく薔薇　肉を求食りぬ　昼の肉食す　ロオスをつく

田楽 田楽の●芋田楽の　落る田楽　田楽きれて　田楽の味噌

蒟蒻 蒟蒻売りや　こんにゃく桶の　蒟蒻黒きこんにゃくばかり

漬物 浅漬も　伽羅蕗の　沢庵の　奈良漬を　糠味噌にひしこ漬●梅はめば酸し　阿蘭陀漬の　木曽の酢茎に沢庵を食む　まろき梅漬

【**豆**】 空豆の　追儺豆　福豆も●大豆畠の　南京豆を豆つたび行　豆の粉めしに　豆を煮つめる　路傍の豆を

小豆 小豆粥●大豆小豆　夢や小豆

納豆 納豆きる　納豆の　納豆汁●くばり納豆を　納豆買ひて　納豆など食む　納豆の苞や

豆腐 きらず売　冷豆腐●とふ豆腐売　豆腐買ふて　とうふぶね豆腐焼く　豆腐に落て　豆腐売る声に　豆腐鷲く　豆腐明りや　とうふのけぶる　豆腐売半丁とうふ屋が来る　豆腐を鳶に　冷やし豆腐に　湯豆腐うごく　余寒の豆腐

Ⅱ食——煮・厨

煮

【煮る】 あらを煮て 釜の煮え 薬煮る 酒を煮る 芹焼や ソース煮て 煮加減 煮え零れ 煮て下さい 煮るうち 烹る音 烹る事を 豆が煮えた 蕨烹る● 油が煮える 芋煮る坊の 昆布を煮つつ や 終には煮る 煮えの音を聞く 煮くづれ甘き 煮 ざまし物や 煮〆配りて 煮しめの塩の 煮くひさぎを る 煮ゆるにほひに 烹らるゝ時は 煮るひとは在らじ ひとり酒煮る 木瓜の実煮たり 物の煮え立ひ 輪にき りて煮し

焼く 鰯焼 魚あぶる 小鯵焼く さんま焼く 焼林 檎● 青き魚焼く 魚を焼かせて 鰤のてり焼 焙る 手をあぶり 火あぶりの 焙じ茶の 麦煎るや ●あぶりて食ふ 菊炙らる、少し焙りて 火に焙りし がはうろく捨る 焙烙まぜつ

料理 鴨料る 小鍋立 鶴料理る 鍋のもの 箸

め 麦鍋が 寄鍋や 料理菊● 鯛を料るに 豆腐の料
理 雲雀料理を よい料理くふ 料理の舟や
炊事 自炊子の 炊爨と 蒸したるも ゆであげて●
あぶらに揚げし 蕎麦をゆでたる 菜摘み米とぎ 自ら炊ぐ
でつく 李盛る 盛り崩す 盛りこぼし 盛る水の 山
盛の● 器に盛れり 盛れる毒薬 山盛牛肉
注ぐ そそがせし● お酒をそそぐ

厨

【厨】 厨事 厨辺の 厨女よ 厨房は 厨房は貧厨に● 釜
ひかる厨 厨明るき くりやの処女は 厨着ぬいで 厨
に赤き 厨に酒の 厨にさせば 厨にのこる 厨女房
厨の妻に 厨ゆたかに くりやをのぞく 妻や厨の 冬
の厨の 守りしくりやは ゆうべ厨の わが家の厨の
台所 ながしもと● 割亨室に 流しの下の
庫裏 庫裏の窓● 芋煮て庫裡を 庫裡の大炉の

12 住 ── 家

家

住 庵 庫 城 蔵 塔 殿 屋根 軒

【家(いえ)】

空家(あきや)めく　家裏(いえうら)の　家隅(いえくま)の　家恋し　家こぼつ
家建ちて　家づづき　家なくて　家はみな　家にあらで
家のなき　家の向き　家人(いえびと)の　家百戸(ひゃくこ)　家
もなし　家をすて　一軒家(いっけんや)　大藁家(おおわらや)　叔父(おじ)が家　かり
家を　仮の家の　君が家　金の家　草の家に　崩れ家
賤(しず)の家に　知らぬ家　木兎(ずく)の家の　誰(た)が家ぞ　只(ただ)の家
訪(とう)ふ家の　一つ家(ひとつや)　一家(いっか)に　ひなの家　邑(むら)の家　家普請(やぶしん)
を　破家(やぶれいえ)　揺(ゆ)る、家　● 明るき家に　空家の庭に　家あ
らはなる　家ある人は　家かたまりぬ　家こぼちたる
家ごもりつつ　家四五軒(しごけん)の　家十ばかり　家なし人は
家に客あり　家に氷を　家に雪なき　家のながれた
家半分は　家ふり捨て　家持たぬ児に　家より出て
家をめぐれば　いきな家あり　隠士(いんし)が家の　うまれた
家は　家中ゆゝしき　仮家引(かりやひ)たり　銀の家すや　草家(くさや)
草家(くさや)の　医師の家の　こひしき家に　郊外の家　最後の

家の　四角の家に　柴さす家の　その家／＼の　誰が家
にか　小さい家々　小さい家で　父母の家　月さす家は
椿の家が　鶏なく家の　巴里(パリ)の家家　遙かに人家を
春の夜の　人こぬ家の　灯の無き家を　真白き家の
貧しき家を　森に家して　家尻(やじり)も見えて　家も面白や
利休の家を／戸々に倚　戸々の竈火(かまびこ)や

我家(わがや)

我が家ほしさよ　我家も石に　我家なりし　わが家
の子よ　我家遠き　我が家とす ● 我家(わがいえ)

宅(たく)

妾宅(しょうたく)や　新宅の

火宅(かたく)

火宅の門を　火宅の人を　三界(さんがい)火宅　火炎の宅と

住居(すまい)

裏住居(うらずまい)　片住居(かたずまい)　仮棲家(かりずまい)　京すまひ　居を移す
棲家(すみか)とす　船住居(ふなずまい)　冬住ひ(ずまい) ● 青葉の住居　秋の住居に
つひの栖か

【住(す)む】

うら住や　江戸住や　かくれ住て　住み心
住み棄てて　住みなれて　住むからに　すむ楽し　天
狗住んで　野住(のずみ)かな　ひとり住み　夫子住む
めり ● 相住(あいずみ)の僧　いづこに住むも　うき村住みを　父子(おやこ)
で住んで　神や住まむと　清住む二人　住まぬ隣の　住

12 住 ── 家

住む
替る代ぞ 住すましたり 住はてし宿や 住み古りし
見ゆ 住む伶人や 住めば都ぞ どこも人住む
住んで 人住て煙 人のみ住んで 冬は住うき 辺土に
住みし 坊主は住まず 山伏住て 夜は人住ぬ

棲む
天狗棲む 移り棲みて 隠れ棲み 棲みかへて 棲むものは
国 棲みて夜ごとに 庭に棲めども ひとと棲みつつ
日より棲みゐて 藻に栖む虫に わが棲まむ世は
秋のいほ 庵の月 庵の主 庵の雪 庵の夜
庵の苔 庵二つ 愚庵かな 庵の噂や 庵はやぶ
庵の去ぬ ●庵さざめかす 幸庵に 庵に集る ●あの庵
へ去ぬ 庵もあらん 知らぬいほりも 住みな
らず庵の 雪中庵の 独楽庵と
す庵の

【庵】

草庵
草の庵 草庵に●いざ草の庵は 草の庵に 草庵
の露

坊
谷の坊 坊が妻 坊毎に●一坊残る
高野の坊の

小屋・屋
荒屋の 網小屋の 筏小屋 温泉小屋 後
屋の 瓜小家の 母屋から 小屋がしら 水車小屋

高き屋に 鶏小屋に 豚小屋に 遊女小屋 夜番小屋
藁小屋の● 悪の幕屋に 葦のまろ屋の いもとの小屋の
浦の苫屋の 飼屋が下の かまぼこ小屋の 黄色い納屋
や 小屋の博奕を 小屋は焼けて 蚕屋のまたある サ
ーカス小屋は 動物小屋を 長屋の陰を 納屋にかくれ
て 疱瘡小家の

屋敷 明やしき 梅屋敷 売屋敷 角屋しき 吉良屋
敷 皿屋敷 下屋敷 別荘 新屋敷 古館 館かな
藪しき●五義やかた

【庫】
舎 宝庫番と●倉庫のうしろ 倉庫ばかりの
柿舎の●草舎くさはら 牛小舎の 官舎訪ふ 五里に一舎 落
舎 明小舎に 草舎くさはら 子よ寮舎より 黄葉村舎と

寮 修理寮の 母子寮の 寮の棟の

棟 家の棟●黒い家の棟 棟も落ちたる 棟も沈める

書庫 書庫瞑く 書庫暗し 書庫の窓●図書庫の裏
文庫 誰が文庫より 文庫保ちし 文庫に仕廻ふ
館 映画館 図書館の 洋館の●駅路の館に 水族館
の 博物館の パノラマ館の

12 住 ―― 家

【城】
蟻の城　海の城　王城が　鬼が城　城内に　城
壁の　城の山　城を出る　長城の　●かきあげ城の
金のお城が　暗いお城　小城下ながら　古城の黄
城屹として　城たのもしき　敵の城あり　女人の城へ
汚れた城の
城址　城址に　城跡や　城の跡　●かの城址に

【蔵】
蔵建て　蔵造　蔵並ぶ　蔵の扉に　蔵びらき
蔵を建て　穀倉に　酒蔵に　酒庫の　土蔵から　はだか
蔵　●梅に蔵見る　金蔵建てた　蔵みゆる里　酒蔵つづく
土蔵の多き

【塔】
蟻の塔　上野の塔　尖塔の　高塔　塔屋白し
鉄塔の　寺の塔　塔荒れて　塔高く　塔の上　塔の影
塔のつま　塔ばかり　塔二つ　バベル塔　春の塔　ラヂオ
塔　●お菓子の塔を　廻旋塔へ　感傷の塔　古塔に望む
古塔のもとに　木の間の塔に　覚めぬ巨塔は　送電塔は
脱穀塔を　塔より上　塔の尖塔は　塔の相寄し　塔の五重を　塔
はするどく　塔の上の　白塔ふたつ　双つの塔と　街
の塔の上　谷中の塔や　倫敦塔の

【殿】
神殿は　長生殿　夢殿の　夜の舞殿　清涼殿の
華の殿堂　舞殿の春
宮殿　阿房宮　王宮や　野の宮の　玻璃宮に　龍宮も
●岩の宮殿

堂
楽堂の　神楽堂　カテドラル　聖堂や　満堂の　●教
会堂の

ドーム
円頂閣を越えて　Domには　●円頂塔の上に　ドオムの中に
円頂閣

楼
海楼の　風楼に　高楼の　鐘楼の　西楼に　青楼
や　都府楼址　楼船の　楼門の　●石の望楼　五城楼下
の　春高楼の　楼下に満つる　楼上の人の　楼に一人や
楼の下ゆく

閣
銀閣に　高閣に　●閣近く鳴く　閣のあるじぞ　君
閣上に　綺楼傑閣

【屋根】
井戸のやね　おおやねを　茅の屋根　亜鉛屋
根　光る屋根　塀のやね　柾屋根に　町の屋根　屋根
替の　屋根解くや　屋根のうら　屋根の草　屋根の鶏
屋ねの漏　屋根へ月　屋根々々の　藁屋根に　●新らしき

12 住 ── 庭

屋根 雪隠の屋根に 尖った屋根を 人の屋根さへ 家根から落る 家根から投る 家根しておはす 屋根 並びたる 屋根に石置く 屋根に迫りし 屋根にのせたる 屋根を鳴らして●垂木撥ね

破風 破風口に●破風口からも 破風の鼬

葺く 葺きにけり 屋根ふきの●菖蒲葺いたる

瓦 鬼瓦 瓦ふく 瓦焼く 古瓦 屋根瓦●影を瓦に 瓦にさはる 瓦ふくもの 銀の瓦と

甍 甍射る●家の甍を 甍うつ雨よ 甍のうへに 甍の海や いらかは赤し いらかみやりつ いらかをこえた

【**軒**】 軒かげに 軒の梅 軒の蜘蛛 軒の月 軒の花 軒のふぢ●軒に音なき 軒にはゼたる 軒に日残る きの玉水 軒のたるひ 軒の蜩 軒をおよいで 軒をめぐって 花なき軒も 琵琶きく軒の ボロの軒下

軒端 軒端かな●合歓は軒端に 軒端なつかし 軒端に悲し 軒端に吊りて 軒端の鐘に 軒端の苔 軒ばの

庇 うす庇 片庇 朽桷 小庇や 浜庇 深庇 やれ庇 夕庇●乾く庇や 瓦庇の ひさしにさはる

庭

門 垣 塀 井戸

【**庭**】 裏庭の 神の庭 蔵庭に 庭淋し 庭芝に 庭の秋 庭の隅 庭のてふ 掻いて 庭の花 庭火哉 花の庭 遂き庭 林泉に● 庭にわびかな 庭火哉 花の庭 庭一盃の 庭に余りて 庭に木 庭に畳を 庭の蘇鉄 庭の八千草 庭をいさむる 庭を走れり 久女の庭に 響き 来る庭 墓地はよき庭 曽作る 庭に棲めども 後の庭に 船場の庭 境の庭ぞ 古庭に 暴風雨後の庭 翁が庭や 五助が庭に ●震 黒門や 水門に 石門や 前門の 門構え 門ギ イと 門しめて 門前や 門のかぎ 門の土 門掃かれ 戸の不二●背戸に田作らん 背戸へ廻れば 背戸の不二●背戸に田作らん 背戸へ廻れば 背

【**門**】 背戸の粟 背戸の菊 背戸の畑 背戸の母 て 門を出て●銅の門 北の御門を 潰えたる門を 小菅の御門 山影門に 門がほしいと たたかばや 門内深く 門二呼ビケリ 門札見れば 門のこりたる

12 住──庭

門を出づれば 門を過ぎ行く 門をたゝけば 門を這い入れば ゆゝしき門と／朝草さんに 大城戸に 大木戸

勅使門 大手門より 凱旋門は 冠木門あり 随身門に
中切 長家門 仁王門 羅生門 龍門の

【山門】 山門や ●山門閉ぢて 山門深き 山に門ある

【大門】 大門の ●大門晴るゝ 欅大門

【裏門】 裏門の ●裏門明けて 裏門入れば

【門】 門あかで 門々の 門口へ 門さして 門涼み

かどに立ち 門の石 門の犬 門の木も 門の
蝶 門の月 門の松 門の川 門の雪
の門 ●うろうろ門を 門辺なる 門松を 闇
たゝずむ 門にたち出で 門々の声 門に指くる かどに
り高き 門をめぐりて 菊なき門も 門の扉に 門よ
　門札などを

【垣】 生垣の 妹が垣根 垣越して 垣の外 垣のひま
垣ゆひて 竹の垣 茨垣や 御垣もる 木槿
垣 門の垣 藪垣や 破垣や ●石垣崩す
うすき藪垣 垣にのがる、 かきねを渡る 垣の穴より
垣の結目や 垣辺のわらび 垣穂のさゝげ 垣もしまら

ぬ 扇骨木いけがき 桔梗を垣に 枳殻垣より 立ぬ
垣根や わが袖垣の

【籬】 籬根を ●梅の瑞籬 籬の菊
●高籬の 土塀の日 ぬる、塀 塀の内●
塀 どたりと塀の 亜鉛の塀の 練塀われし 塀にのぼ
りし塀にまたがる 塀に窓ある 塀の崩れの 塀の外
まで 塀や昔の

【井戸】 井戸近み 井戸にとく 井戸のやね 井戸端に 井戸掘や
井にくみて 井にとぐ 井の底も 井の水の 井戸掘や
吹井戸や 古井戸や ●浅井に柿の 穴井戸の 朝の井
戸辺の 井戸の暗さに 井戸を覗くや 井水の恋し狭
き井戸辺の 古井の清水

【釣瓶】 釣瓶 釣瓶きれて つるべ竿 はね釣瓶 ●井戸の釣瓶に
釣瓶つる妻 釣瓶とられて 釣瓶にあがる 釣瓶の魚の
釣瓶にかゝ 釣瓶の音や つるべの縄に 釣瓶ひとつを

【筧】 筧かな ●とどく筧や／懸けし高樋よ

【手水鉢】 手水鉢 川手水 手水鉢 つくばひの●大つくばひに
つくばひ覗く

掃 拭 塵 殻

住

【掃く】今掃きし 庭掃て 掃き清む 掃溜や 掃きにけり 掃残し 掃く落葉 掃人の●朝ぎよめすな 朝を掃き出す 軽く掃かる、 ごみ掃落す 共に掃かる、庭を掃き居る ばちで掃きやる

箒 高箒 箒目に●熊手のやうな 箒埋めて 箒持つ 手が

【拭く】 汗拭て 硝子拭 ぬぐはばや●刀を拭ふ 拭ひまならす 拭はんひとの 拭きては棚に

襷 掛けた襷の くれなゐ襷 襷かけたる 昼寝も襷

【掃除】 油掃除や 煙突掃除 煙管の掃除

手拭 手のごひで 置手ぬぐいの 白い手拭 手拭あぶる 手拭かさん 手拭のはしの 手ふき手ぬぐひ

雑巾 雑巾しぼる 雑巾を踏む

【塵】 琴の塵 塵塚の 塵と灰 塵の子よ 塵の身も 塵もなし 萩の塵●秋の塵かな 軽塵ほのと 競馬の塵

の 五濁の塵に 白き塵かな 塵うちはらひ 塵かと吹けば 塵塚の塵 塵と雨とに 塵取かな 塵なく住める 塵にひそみて 塵のむくろに ちりをしづめて 塵を棄も染めざる 塵もなかりし 塵を掃取 塵を払へば 浪に塵てけり 廂の塵の 塵を辿る子 塵を掃取なし

芥 芥箱へ 塵芥 雪芥●芥つきたる 芥を吐する まぶしき芥

屑 団扇屑 鉋屑 木屑かな 焚火屑 藁屑を●懐疑の小屑 ガラスの屑の 屑がむらがり 氷の屑が 挿木の屑の 菜屑につれて 花屑少し 綿屑知らで

埃 塵埃 夏埃 草履埃や 馬車の埃や 蹄のほこり 埃が●隅の埃 ほこり路 ほこり湧く 麦埃 夕埃焼ける 埃しづまる 埃に暗く

【殻】 粟がらの 牡蠣の殻 殻の宿 蝉のからの●埋もれし殻に 蠣がら山の 殻の如くに 殻を出づる世 きび殻をたく 田螺の殻を 茶殻けぶりも 菜殻もなし 稗殻煙る 麦がらくべて 殻焼く灰

洗

汚 盥 干

【洗う】

洗ひ消す 洗ひ鯉 洗ひ去る 洗ひたて 洗い干す 洗いものが 洗はしむ 洗はれて うち濯ふ 鍬濯ぐ 五器洗ふ 米洗ふ 濯ぎ場の つるぎ洗ふ 葱 洗ふ 羽を洗ひ 洗濯台● 洗ひあげたる 洗ひすてたる 洗ひたてたる 洗ふ朝涼 洗ふ土器 洗ふ水辺や 大馬洗ふ 顔も洗はず 風に洗はれ ぎしぎし洗ふ 白壁洗ふ 洗濯竿が 洗濯してゐる 大根あらふ つでに洗ふ 手洗ふ程に 手を洗ひし時の 泥手を洗ふ 鍋洗ふべき わが足洗ふ/水道栓 糊 糊剛き●着もの、糊の 糊のかわかぬ 糊のこはさよ/アイロンを

【汚れ】

石鹸 買ふシャボン 石鹸玉 しゃぼんだま 泡に 石鹸のにほひ 石鹸箱に 石鹸ひとつ し 汚れなど よごれはて 汚坊●薄汚れたり 袖の うす汚れ 汚しつゝ よごれたる よごれな よごれを 袖よごすらん 月よごれ居る よごれた死骸 汚れた城の 汚れたる手を 汚れたる歯を 汚れつちまつた よごれて寒し よごれて涼し 汚れ木綿の

汚ない

きたない手 汚ない掌●顔のきたなさ 汚ない ソフト きたなき牛が 汚き壁に きたなき恋に 手垢きたなき

【盥】

足盥 小盥や 盥伏せ ぬり盥 糊盥●盥に雨 を 盥に飼ふや 盥に嬶か 盥に立つや 盥に伏せて 盥のきぬの 盥の底の たらいの中を 盥も漏りて/バケツを提げて

【干す】

海をほし 着物干す 土用干 ひろげ干す 干されある 干ふどし 干物●岩に干しある 馬干しおく 垣に干したる からかさ干して くちばみを干す 褥干すまの 尻干日也 草履干しをく 畳干したる 煙草干しけり 俎干して 白衣干すかも 干す鉞 干すかなた 干したる垣に 干しならべたる 干す舟 や 干すや谷間の 干せる畳の 水干し足らぬ ロープ し干しある

12 住 ── 戸

戸　縁側　廊　畳　柱　板　壁　戸　扉　鍵　障子　窓　棚

【縁側】
縁側に　縁先に　縁づたひ　縁に寝る　縁の
さき　縁端や　小春縁　縁づたひ　縁に寝る　縁の
縁の　日向縁　小春縁　竹縁を　竹の縁　月の縁　南

【縁の下】
縁の　縁の下から　縁の下迄　縁より足を
ひなた　縁の●　縁の小春を　縁より足を

【露台】
露台の　露台の●　秋の露台に　陸の露台に　露台にのぼり

露台の少女
二階　湯泉の二階　●せまき二階に　二階にねたり　二階の客は二
住居の　二階の窓の　二階も見ゆる
階の時計　二階の窓の　二階も見ゆる

【階段】
階段　石段や　岩階の　階高く　階をなす　階の
きざはし　石階を　石段のぼる　階を歩みて　堂のきざ
はし　御階にけふの

【梯子】
梯子　梯して　梯子段●　小梯子移し
ろう　廻廊の宵　寺の御廊に　春の廻廊　廻廊の奥

【廊】
廊下　長廊下●　かへりの廊下　寂しき歩廊　芝居の廊の

つらなる廊下　長き廊下の　廊下うれしき　廊下づたひ
の　廊下にたてば　廊下に垂れし　廊下の片隅

【畳】
畳　四畳半●　錐を畳に　畳替へたる　畳衝き上げ　畳
に坐り　畳に寝たり　畳の上も　畳の木の葉
畳干したる　畳を歩く　畳に残る　畳を見つめ　光
る畳に　干せる畳の／表がへする　青畳　新畳　薄畳　畳の目の古

【柱】
柱　円柱の　木柱に　此はしら　柱立　古柱　細柱　竹柱　鉄柱の
柱　はしら組　獅子の柱に　柱つめたく　真木柱　我柱●
うつほ柱や　柱うごかず　柱すずしや　柱にそめし　柱に倚れば　はしら見たてん　石柱の歌
柱半ばに　柱目を出す　柱をつたふ　巴里の角柱　円
柱ミリ／＼　よりし柱に

【梁】
梁　すゝけ梁　梁響●　梁にかたむく　蛇渡る梁を
き柱に　よりし柱に

【天井】
天井　汽車の天井　天井に　格天井の　天井裏の　天井張ら
ぬ　玻璃天井の

【板】
板軋む　板へぎて　鉄板の　どぶ板や　舟板に

● 板あやふくて 板の間をふく 看板かけて 鉱物板より 瓦造に 煉瓦の穹窿 煉瓦の色の 煉瓦の壁に 煉瓦塀 瓦造り 煉瓦干されて

だ 字板のペンキ 羽目板を蹴る 幹に張板

敷居 お上の敷居 敷居でつぶす 敷居を越る

釘 折釘に かな釘の 五寸釘● 釘うち付る 釘打つ 音の 釘にかけたる 釘一つ打つ 錆びたる釘を あかく 壁がくづれて 壁たそがるる 壁叩きたる

【**壁**】 薄壁や うら壁や 片壁や 壁落て 壁ごしに 壁隣 壁にかく かべに耳 壁の跡 壁の穴 生壁に 海鼠壁 やれ壁を● 青き壁塗る あら壁つづく 壁薄 壁に凝る夜や 壁にしみ入れ 壁に沁みゆく 壁に野菊を壁には客の 壁に面して 壁のこほろぎ 壁のしめりや 壁のなかより 壁のヘマムショ 壁の夜長の 壁をこゝろ 壁をたゝきて 壁をふまへて 壁をむしつて 伽藍の壁に 汚きた壁に 四壁の上の ニコライの壁 灰色の壁 まだ荒壁の

白壁 白壁の 白い壁● 白壁洗ふ 白壁ぞひに 白壁 ならぶ 立てる白壁 家の白かべに

煉瓦 赤煉瓦 煉瓦道● 赤い煉瓦や 煉瓦工場が 煉

瓦造に 煉瓦の穹窿 煉瓦の色の 煉瓦の壁に 煉瓦塀 瓦造り 煉瓦干されて

【**戸**】 裏戸より うらの戸や がたぴし戸を 草の戸や 格子戸を この木戸や 柴の戸や 戸ざしごろ 戸のひづみ 戸を明て 戸をくれば 戸を閉る 戸を叩く 便所の戸 まいら戸に● 朝戸夕に 裏戸明け来る 草の枢を 霜の戸をさす 戸におとづる、戸にはさまる、戸に灯のもる 戸に倚り君が 戸のひきたてを 戸を明残す 戸を繰りをれば

雨戸 雨戸くる● 雨戸くり出す あま戸そとくる 雨戸も引かず 雨戸を引きぬ 夜更けて雨戸

【**扉**】 蔵の扉に 鉄扉して 寺の扉の ドアあいて 御扉に● 厚き扉に 一夜鉄扉の 生の扉 大扉の下に おもき扉や 重げの扉 門の扉に 鋼鉄の扉の 黄金扉つくる 死亡室の扉に 白き扉あいて 青雲の扉に 扉を透かして ドウムの扉 扉の秋風を 扉還れば 扉ビーント 扉ひらけば 扉をあけて 扉を捲く雲を 便所の扉 若さの扉／蝶番ひ

12 住 ── 戸

【戸口(とぐち)】
戸口迄(まで)　戸の口に●戸口明りや　低い戸口を

【鍵(かぎ)】
鍵さして　鍵なりに　鍵の夢　かけ金の簞笥(たんす)
鍵●鍵穴(かぎあな)つぶす　門(かんぬき)落す　黄金(こがね)の鍵を　小(ちい)さき鍵を

【鎖(くさり)】
銀(ぎん)ぐさり●重き鎖を　鉄鎖(くさり)ある身は

【錠(じょう)】
錠明けて　そら錠と　鎖しけり●鎖のさゝれて

【障子(しょうじ)】
障子骨(ほね)　戸障子も　日の障子●明り障子の
障子閉(と)ぢぬ　障子ぐらさも　障子しめきつて　障子煤(すす)けて
せうじに猫　障子にうごく　障子に這(は)ひて　障子の穴や　せうじの蠅(はえ)
の障子細目(ほそめ)に　障子をのぼる　白き障子の
入りたる障子　ガラス障子は　障子あけて置く　障子

【窓(まど)】
裏窓の　飾窓　庫裏(くり)の窓　下窓(した)の　書庫(しょこ)の窓
西窓の　天窓(てんまど)　南窓(なんそう)に　のぞく窓　薔薇窓(ばらまど)の　玻璃(はり)窓
の引窓を　船窓に　古い窓だ　降る窓に　窓明り
窓くらき　窓たけに　窓近き　窓ならぶ　窓に入る
窓の梅　窓の外に　窓の燈(ひ)　窓の前　よ所(そ)の
窓　淀の窓●糸取窓の　院(ゐん)の丸窓　院の破(やれ)まど　空中
の窓　暗い窓から　くろがねの窓　車窓(しゃそう)シガーの　車窓鏡

によれば　旅なる窓の　突あげのまど　殿司(でんす)の窓やぬ
の織る窓の　玻璃(はり)窓に雨は　ひとりの窓の　病室の窓
ふけ行く窓を　また窓青き　窓あけて居る　窓いつぱい
の春　窓移りして　窓かぞへけり　窓から消えた　窓
硝子(ガラス)にも　窓から逃げた　窓からヨツトに　窓にこだま
す　窓にさまよふ　窓に照りぬる　窓にはゆらぐ　窓
にもたれて　窓の下なる　窓の細目(ほそめ)や　窓のゆふべの
窓へ顔出す　窓ほのあかし　窓より遁(のが)げて　窓を暗く
窓を照せり　窓を開かず　山見る窓の　山笑ふ窓を
洋館の窓　夜汽車の窓に／櫺子(れんじ)明りを　櫺子の外に

【出窓(でまど)】
出窓に出でて　出窓の白い　まづしい出窓

【小窓(こまど)】
乳母が小窓●雨の小窓に　小窓の破れを

カーテン　まどかけを●カアテン垂(た)れて　カアテン垂れて　カアテンをひく　窓掛け垂れて

【棚(たな)】
魚(うを)の棚　書架をあさる　棚作ル　棚の下　棚の
前　ひなの棚　ふくろ棚　水棚(みづだな)●落る釣棚(つりだな)　己(おの)が棚つ
る　大黒棚も　棚捜(さが)しする　棚に上げたる　食器棚の
窓　葡萄棚の下に　夕顔棚の

214

12 住──室

室
厠

【室】朝の室　アトリエに　温室の　教室の　室の隅　地下室で　土の室　二等室　密室は　温室咲きの温室の戸に●アトリエの隅　温室バラぞ　薬室の　夜の室に　隣室の室に●　この方室に　薄暗き地下室　汽車の一室に　校正室の　　終焉の室　夫人私室の室明き　夜の室を眺むる　編輯室の　方丈深き待合室の　室咲きの薔薇は　室むつまじの夜の事務室に　隣室の　三昧

間　奥の室の　金の間の　父の室の　次の間に　隣り間に　雛の間や　一と間切りの　間ごとの灯　料理の間●　奥の間ひろき　盆の仏間の

座敷　裏座敷　大座敷　小座敷　座敷から　夏座敷　冬座敷　別座敷●座敷にうつる　座敷より釣　歩く座敷を抜ぬ

書斎　書斎かな　古書斎●書斎の電燈

土間　土間焚火　土間の隅●土間に居れば　土間の小すみの/場のすみ

部屋　牛部やに　男部屋　化粧部屋　子供部屋　蚕部屋に　書生部屋　白き部屋よ　供部屋に　木部屋の裏部屋のうちに　みそ部屋の●角なる部屋に　四角な部屋　鷹部屋の小便部屋の　侍部屋の　使はぬ部屋　寺の裏部屋なぞ　黄昏の部屋　解剖の部屋に　部屋暖か　部屋の奥処のもない部屋　部屋は灯れり　部屋を作れる　部屋を閉ぢつ　薪部屋部屋に灯し　見知らぬ部屋に　養蚕部屋の　夜の部屋にみる

閨　閨房の　閨の外●花嫁が寝　君王の閨　ぬけ出る閨　の桐　紅閨に　閨に踏　閨のうへ　閨の蚊の閨に待　閨けいぼうの　閨に灯ともし　閨の一室の　閨の襖に班女が閨の　むなしき閨の

【厠】小便所　外厠　便所の戸　はばかりで　御手洗の●厠半ばに　厠に古りし　厠の裏の　厠の尻も　厠の月の　便所の扉／後架神　総後架　犬の後架ぞ

雪隠　野雪隠●雪隠からも　雪隠草履の　長雪隠も

机

椅子　台　旗　飾　簾　筵

住

【机（つくえ）】置く机　机辺（きへん）まで　文机（ふづくえ）　古机（ふるづくえ）　夜机に我が机に　かたい机で　机押しやる　机定まり　机に風が机に向ふ　机によりて　机の脚が　机の位置を　机の上に　机の傷を　机のまへに　定家机の　独机（ひとりづくえ）に　夜の机の／抽斗（ひきだし）あけて　引出しの中

【卓（たく）】卓の貝　卓の皿　卓の下に　ちゃぶ台に　卓子（テーブル）を病む卓に●朝餉（あさげ）の卓を　朝の食卓　すくない食卓　卓の冷たさ　卓を並べて　一つ卓に　祭る卓や

卓布（たくふ）　しりぞく卓布　テーブルクロス　食卓布

【椅子（いす）】椅子据えて　椅子涼し　椅子の雲　椅子の肱（ひじ）椅子をもて　廻転椅子（かいてんいす）　事務の椅子　捨椅子に　籐椅子（とういす）に　籐寝椅子（とうねいす）　長椅子（ながいす）に　揺り椅子（ゆりいす）に●椅子に凭（もた）れて　椅子の岩から　椅子のさびしき　椅子は一つも　椅子ふは（わふは）と　置きたる椅子の　きしむ木椅子や　共同椅子が　公園の椅子　木陰（こかげ）の椅子の　孤独の椅子に

酒場の椅子に　さびしき椅子に　隅（すみ）のベンチにつれなき椅子や　籐椅子によりて　長椅子の上に　馴れしベンチ椅子に　寝椅子を置きつ　秘書役の椅子　ベンチの上に

【台（だい）】玻璃台（はりだい）に　物見台（ものみだい）　古うてな　断頭の台光明台の　黄金の台に　戯（たわむ）れの台　土台の石も　鉄葉（ブリキ）の台へ／置床（おきどこ）なほす

箪笥（たんす）　箪笥鍵（かぎ）　古箪笥（ふるだんす）●箪笥の上に

調度（ちょうど）　家具とうごめく　調度少き　調度のこりて　調度は薫り

【旗（はた）】赤き旗　大旗の　革命旗　旗手のふみ　弦月旗（げんげつき）五色旗（ごしょくき）は　旗あらず　旗高し　旗の色　旗を立て　鷲（わし）の旗●赤き旗立つ　かの黒旗よ　紙の小旗の　黄金の旗　ジャックを兵士は旗を　自由の旗を　蜀軍（しょくぐん）の旗　天気の旗旗赤ければ　旗がびらびら　旗ははたはた　旗ひるがへり　ホールの旗の　牧場の国旗　緑の旗を

【幕（まく）】暗幕（あんまく）を　黒き幕　花の幕●霞（かすみ）の幕は　自由の幕の神秘の幕は　洋覆ふ幕に　引幕（ひきまく）に身を　むらさきの幕やゆかりの幕を　夜の黒幕

12 住 —— 机

【飾り】
飾海老　かざり縄　かざり松　装飾を　垂飾　花飾り　羽飾りの　蓬莱や　松かざり　餅花や　門飾り　輪飾りの●あの瓔珞を　庵の飾り　飾りたてたる　電気燈の装飾　撫子かざる　ひいなかざりて　満艦飾の　瓔珞たれし

【簾】
青簾　絵簾の　すだれ売　簾して　簾なす　玉すだれ　古簾　御簾の香に●伊予簾のそとを　小簾まきあげぬ　簾に動く　簾もあげず　簾の隙より　たき火に簾　御簾の追風　翠簾まだ寒し

【暖簾】
赤暖簾　麻暖簾　のうれんの●赤い暖簾の　酒場の暖簾　納戸の暖簾　暖簾白し　暖簾をはづす　舟日覆●たゝむ日除の　日覆のうちの

【日除】
日除●うすき帷は　几帳を吹くや

【屏風】
絵屏風の　銀屏に　金屏の　金屏風　銀屏風●金屏を倒す　藤の御屏風　枕屏風　屏風の陰に　屏風百花の　屏風に張れり　屏風倒す　袖几帳　夜の帳に●

【帷】
帷　袖几帳　遠き帷に　帳薫ずる　帷垂れたる　灰神秘のとばり　の帷の　緑のとばり

【筵】
幟　紙幟　幟の尾　初のぼり●隣の幟　しろ織や　稲莚　菊莚　草むしろ　苔莚　酒むしろ　茶むしろの　寝莚に　花むしろ　莚帆の　席分けて●絵しろ織や　糀莚に　莚あたたかし　莚織けり　むしろがこひの　莚かすりて　むしろの上は

莚
ござのたけ　莚ひえて　てしまござ●莚一枚の去年のねござの　蚤のござ打

天鵞絨
古簀子　簀子も青し　簀子侘しき

簀子
びろうど●簀子毛の●天鵞絨の如　天鵞絨の蝶

絨毯
絨毯●氈の紋織　絨毯の碧　絨氈の上　絨毯のにほひ　真紅の氈を　波斯の絨毯　やはらかき氈

苫
尾花苫ふく　苫で月見る　苫の尾空に

道具
釣道具　道具市●虫捕り道具　夜具　此夜具も　寝道具の　夜具をくけ●夜具に仕換へて　夜具も出て有　宿屋の夜具の

竿
竿竹●　さを竹　竿になれ　竿の先　竹百竿　つるべ竿　花に竿●竿さし上る　竿続ぎ足すや　洗濯竿が　物干竿は

棒
棒ちぎり●真鍮棒も　ひかりの棒を

12 住 —— 器

器

住

釜 鍋 俎 皿 椀 箸 鉢 臼 桶
箱 俵 瓢 瓶 甕 壺 櫃 籠

【釜】
大釜の 釜たぎる 釜に入れて 釜の音は 釜の煮え 釜一つ 金の釜 釜の下 釜の釜一ツ 肩つきの釜 釜多しとも 釜ひかる厨 冬の釜 釜を自在に釜の たふとき釜の 南部の釜 地獄の平蜘蛛

【鍋】
大鍋を 欠鍋も 汁鍋に 鍋いかけ 鍋さげて 鍋敷に 鍋の尻 鍋のつる 鍋ぶたの●薄鍋一つ 大鍋けぶる 小鍋洗ひ 小鍋の芋の 似雲が鍋の 鍋洗ふべき 小鍋洗ひ 鍋ずみ流す 汁鍋けぶる 鍋こためける 鍋の下より 鍋と釜と を鍋の鋳かけを 鍋の墨かく 鍋の中から 煮返す鍋の 冷せる鍋や 漂母が鍋を
の釜

【俎】
まな板に 俎の●俎板に据ゑん

【庖丁】
庖丁の●庖丁鍛冶や 庖丁来たり 庖丁鋭く

【皿】
庖丁鈍し
玉盤の 皿数の 皿、煙管 皿小鉢 皿の蝦蛄
皿を踏む 白き皿●菓子皿などを 木皿を重ね きやべつの皿を 小皿のなかに 高麗皿の上に 皿でまねくや サラドの皿の 皿につめたく 皿にはをどる 皿はすべりて 鉄皿をのせ 朽木盆 たばこ盆●赤いお盆を 鉄盆を

【盆】
会津盆

【器】
食器らに 茶器どもを 水差に●石の器を 入れものが無い 冬夜の食器 玻璃のうつはに ひさげの酒を

【陶器】
陶窯を 陶磁の 滋賀楽の坊 陶器の町 陶焼く岡の 瀬戸の火鉢に 冷たき瀬戸の 陶器の露店 陶の火鉢に 陶は磁よりも

【土器】
土器の●洗ふ土器 大かはらけの 土器を掘る土の器に

【楽焼】
楽焼 黒楽の●楽の道入 苺の磁器に 四尺の青磁 陶は磁よりも白磁

【磁器】
磁器の如き

【椀】
浅黄椀 翁椀 汁椀に 塗椀の 椀に浮く椀

12 住 ── 器

一つ●かけた陶椀 朱塗の椀を 椀の中にも

【五器】
五器洗ふ 五器一具 猫の五器

【茶碗】
欠茶碗 茶碗酒 奈良茶碗●珈琲茶碗ひとつ
茶呑茶碗ほどの 茶碗でのんで 茶わんの湯気が 茶碗真白く 茶碗をこぼし 茶碗を膝に 茶わんを戻す
南京茶碗 碗偲びつ、碗のこゝろを 湯呑を置いて

コップ コップに透く●赤いコップに コップと猪口と

【箸】
麻木箸 杉の箸 象牙箸 箸持参 箸
止めて 箸の山 輪島箸●徳利と箸と 箸白々と 箸で
追やる 箸でつっくや 箸とりあげて 箸にからまる
箸にもとまれ

匙 銀の匙 匙の丈 巨きなさじで 匙の重さや

【串】
串竹に 豆腐串●串にはらはら

楊枝 黒もじを 爪楊枝 楊枝さし

【鉢】
皿鉢も 擂盆の 鉢小壺 鉢抱けば 鉢ひら
き 鉢を割り●幾鉢置いて 植木の鉢の 矩形の鉢に
乳鉢の音を

鉄鉢 鉄鉢の●鉄鉢たたいて 鉄鉢の粥 鉢の子一つ

【臼】
白歌を 臼の音 臼の端 臼程の 立臼に 春
臼の●碓のからくり 臼の中から 臼の挽木の 臼の目
切よ 臼ひき唄を 臼をおこせば 臼を年く 碓
くや 碓の米 から臼をかす 炭団つく臼 となりの
臼は とぼく臼の

【桶】
桶に散る 桶の尻 桶の底 桶の水 茎桶に
肥桶を 鮓桶に 手おけうり 花桶に 水桶に●かざ
り手桶の こんにゃく桶の 小便桶の 天水桶の 隣
桶で

杓 杓の下 飯杓子●杓さし入れぬ 杓にぎはしく

樽 四斗樽の 樽ひろひ 一升樽 やなぎ樽●酒樽拾
ふ 麦酒の樽を

蓋 蓋の音 蓋を開け●田螺の蓋も 窓の蓋する ゆ
がみて蓋の

缶 錆びつく缶の ブリキの鑵を

【箱】
上置の 金箱を 木箱との 芥箱へ 書一函
白い函 銭箱の 箱の海老 箱の隅 箱を出る はさみ
箱 みだれ函 柳筥●かさねた箱に 桐の小函に 重

12 住 ―― 器

箱さげて　煙草の函で　手箱にしまひ　箱こしらえて　バットの空箱を　門の受函　螺鈿の函の

【俵】
空俵　米俵　すさ俵　炭俵　種俵　俵焚く夜と
たはら物　豆俵　●牛に俵を　仙台俵の
たはらに鮒を　俵のうへの　俵の底ぞ

【瓢・瓠】
炭斗瓢　青ふくべ　種瓢　瓢箪の
箪　波間の瓢　瓢正しき　瓢に酒鳴る瓢の
風も瓢はかろき　瓢箪の花　ふくべが啼か　繭瓢　●金の瓢
処へ

【瓶】
瓶割る、　しら瓶を　金瓶の蚤
に水さす　瓶の破片は　瓶の底なる　瓶氷る朝　瓶
磁の瓶を　瓶あふれ出づ　素焼の瓶と　青

【花瓶】
花瓶に　●花瓶抱きて　瓶をへだてて

【水瓶】
水瓶に　●水瓶ふかく

【土瓶】
素湯土瓶　茶の土瓶　紅茶土瓶の　酒の土瓶や

【薬缶】
薬缶大なる　薬缶の音が　薬缶の下を

【壜】
空瓶に　サイダ壜　ソース瓶　壜詰の　壜の中
●インクの壜を　ガラスの壜の　瓶がつめたき　壜のなら

べる　瓶の肌へを　壜の光りよ

【壺】
壺を　ぎやまんの壺　茶壺も寒し　壺埋めたき　壺に探るや
壺に湶れた　壺に開いて　壺の中なる　つぼの白米　壺
のまろみの　ぬかみそつぼも　真壺に蔵す
藍壺に　花の壺　火消壺　●懐古の壺に　水晶の壺　菊匂ふ
壺　魂の壺　七宝焼の壺に　　　青銅の

【櫃】
長櫃に　雛の櫃　食次の　飯櫃の　鎧櫃を●あ
はぬ半櫃　長櫃の萩　櫃にあまれる

【籠】
籠の鳥　籠の目や　籠もつて　籠をあむ　蛇籠
あむ　背負籠負ふ　竹婦人　鳥は籠　ひと籃の
葛籠　虫籠つる　●大き籠に満ち　買物籠の　掛けある
魚籠や　籠に飼れし　籠に去年の目　籠にさげられ
るはして　籠の雀の　籃の中より　籠は満たずや　籠ふ
籠の中より　籠へ鳥よぶ　鳥籠かけし　比翼の籠や　麦稈
籠に　空しき籠に　古き革籠に　畚の乳子に　柳行李
の

【箕】
箕のほこり　●箕にあまりたる　箕に鮗の

湯

風呂　浴

【湯】

熱き湯に　あつ湯好　外湯哉　玉の湯の　長湯なり

野天湯の　春の湯に　貉の湯　山の湯や　湯上り

のゆあみ時　湯入衆の　湯壺から　柚子

湯出て　湯につかる　湯のくもり　湯の澄に　湯の名残

湯の匂　湯の道の　湯ぼてりの　湯を汲むは　湯をこぼ

す　湯を捨つる　湯をわかす　●銅の湯は　女は湯ざめ

神の真奈湯は　草津のさゝ湯　春の湯の山　昼の湯の底

ほんによい湯で　揉めりその湯を　湯あがり姿　湯入な

がめん　雪を湯に焚　湯ざめしてをり　湯湿り炬燵

湯浸きぬくもる　湯殿にぬらす　湯にし浮きたり　湯

に飛入るや　湯にゆくさまの　湯の香に似たる　湯の花

くさい　湯の町低し　湯のまど明けて　湯の面にありぬ

湯は恋ふるとも　湯は沢なれど　湯は湧きたまふ　湯へ

行かれぬを　湯をしたびこし　湯をつかい居る　湯をもら

ひけり　われの湯浸くも

【風呂】　水風呂の　どこの風呂　二月風呂　風呂あが

り　風呂の蓋　風呂へゆく　風呂を出て　●朝風呂のなか

に　あつ風呂ずきの　小暗き風呂に　門の居風呂　据風

呂を焚く　風呂桶を据ゆ　風呂場があつうなる　風呂焚

く音の　風呂場にそっと　風呂にひたりて　風呂場の口や

た　風呂場にそっと　風呂場の加減の　風呂場に来て

湯や出でし　●銭湯遠き　魂の銭湯　夜長の風呂に

【銭湯】

【朝湯】　朝の湯の　●朝湯こんこん　朝湯に入ると　朝湯を

待て　軒の湯煙　湯けぶりのはふ　湯けむり流れ

【湯煙】

【湯槽】　湯槽より　●湯槽のふちに　夜はの湯槽に

【温泉】　温泉湧く　●温泉の　出湯の壺　温泉づかれの

温泉に入りて　温泉の煙　温泉の底に　温泉の二階

湯の道を　温泉の村に　●温泉の戻り　●温泉町に　熊野

の温泉の　澄める出湯や　諏訪の涌湯の　山湯のけぶる

【浴びる】　浴び浴ぶる　浴びながら　行水の　浴み

する　浴後裸婦　●浴せかけるや　女湯あみす　雫を浴

びて　生姜湯かぶる　ぬぎて行水　呑ぞ浴るぞ　わか

12 住 ── 寝

寝

臥 睡 眠 起 覚

住

水浴る

【臥す】 うち臥て　草に臥て　地に臥せる　常臥に臥して見る　臥す犬に　横臥して　身臥せれども●暁に臥す　老の臥処に　北へ枯臥　行住座臥に　小冠者臥たり　鹿の臥処を　白きふしどや　添臥しの人臥ふ雛に　つゆのした臥し　渚に臥して　のけぞり臥せし　花の下臥し　臥所に書を

【寝る】 朝寝する　いざや寝ん　寝すがた　縁に寝るおねんね　かりて寝む　ごろり寝の　雑魚寝かな外寝かな　土に寝る　とくいねて　なびき寝し　並び寝の　寝にもどる　寝へりに　寝返りをねかす子を　寝がてらや　寝ぐるしき　寝心や　寝こふひて　寝姿の　ねそべりて　寝た犬に　寝たふりて寝つつ読む　寝て居ても　寝てしまう　寝てなけば寝て戻る　寝直して　寝ならぶや　ねぬる夜の　寝咄の

寝まらんと　寝みだれて　寝る子哉　寝時分　寝るてふに寝る外に　ねんねする　独り寝や　ふたり寝の町寝たり　まろねする　楽に寝よ●相抱き寝るむけに寝る　あたたかく寝る　雨にもねまる　あるじ寝ながら　庵に寝あまる　いざ二人寝ん　いとゞ寝られぬ　犬の来てねる　寝ねがけの歯を　寝がての腕　いねむるおふね　請て寝冷の　美しう睡る　をけば寝返るお寺が寝る　おねんねするよ　搔い寝てけり　かぢまつて寝る　風を敷寝の　けふも添寝す　今日もねてくる草に寝ねたる　草に寝ころび　草に寝に来る　鞍にいねぶり　こほろぎと寝て　小猿は寝ん　ごろりと寝たる雑魚寝女の　樹下に寝て居る　すくんでねれば　すやすやねんねね　生徒寝あまる　添寝の農夫　狸寝入やだまつてねたる　土手に寝ころび　寝入かねたる　寝かせばねむる　寝ごろ更ぬ　寝ころべば空　寝せて夫の寝た人ゆかし　寝て涼しさよ　寝て見る花の　寝てもさめても　寝ても直らぬ　寝ても見ゆるぞ　寝ながらをがむ　寝なば寝なまし　ねまきのかげの　寝ものがた

12 住 ── 寝

りの　ねられぬ夢を　寝られぬ夜の　寝る時もなき
寝る鳥は何　寝るまでつがん　ねればがさつく　ねんね
した間に　ねんねの唄　ねんねよねんね　花に寝もせ
ぬ　花を敷寝の　母のまろ寝や　人寝静ま
り　一夜寝にけり　ひとりかも寝ん　また一寝入　真丸に
ひとりねはせじ　燈も寝頃なる　独り寝に行く
寝る　道塞ぎ寝る　峯に寝るなり　もう寝た里を　遊
女も寝たり　宵寝する秋

朝寝　朝寝する　朝寝坊　御朝寝●秋の朝寝や　朝寝
の人の　旅の朝寝や

昼寝　おひるねよ　ひるねごろ●うしとて昼寝　大人が
おひるね　時計はひるね　昼寝さめたり　昼寝さめた
る　昼寝して聞　昼寝の顔へ　昼寝の癖を　昼寝を倣む
昼寝を欲りし

午睡　午睡かな　午睡衆●つづく午睡の　午睡のあとの
転寝　うたゝねさめし　仮寝ぞする　うたゝねの月
午睡の夢の
仮寝　かり寝する●かり寝あはれむ　かりね姿よか
りねの露の　僧のかり寝や　根木によころぶ　昼のかり
ねの　星に仮寝の

寝言　高寝言●寝ごとに起て

鼾　鼾かき　惣鼾　高いびき●鼾聞ゆる　鼾さへなし
鼾盛りや　鼾も合歓の　僧の鼾や　昼寝の鼾　又鼾か
く

欠伸　欠伸噛み　欠伸して　欠とぢて　欠伸にも●欠
伸うつして　欠伸かみつつ　欠伸するかも　欠伸に惜し
き　欠伸に暮るゝ、欠伸もよほし　あくびを一つ　大欠
伸する

【睡る】　昏睡に　睡りゐる　睡れるを　まどろめり●
美しう睡る　彼方に睡る　朱色に睡つて　間へど四睡の
睡そうな脂肪酸　睡にしづみ　睡たき蛇の　睡りゆく
花　睡るがやうな　蜂蝶睡る　魔睡がもつれ　微睡む
鳥よ　まどろむもある

熟睡　熟睡する　甘眠せむ●熟睡の床に　早きうまま
によく睡る人に

【眠る】　居眠て　うつらうつら　うとうとと　子猫ね

12 住——寝

住

むし立眠り　出て眠し　ねぶたさの　ねぶたしと　眠り　やすらに眠る　柳眠りて　ゆうべねむれず　我
ねむたげな　眠りたる　眠り泣き　眠る蝶　眠れかし
ねむれない　昼ねふる　山眠る　身のねむり
にあすらが眠　歩き眠りや　今こそ眠れ　黄鳥ねむ
るうとうと眠し　億のねむりを　檻に眠れどオル
フェの眠り　女と眠り　蔭に眠りて　火山
は眠つて　かたき眠りの　神の眠りを　キャンプの眠り
金魚眠りぬ　草の眠に　五彩に眠る　孤独のねむり
子猫ねむし　しづかに眠れ　水車眠るよ　坐ればねむ
き鶴眠る間の　常世に眠り　ねぶたがほ也　ねぶり
し者の　眠がる人の　ねむき給仕に　ねむたきまぶた
眠らでもるや　眠られぬ癖　ねむりころがる　眠り沈
めば　眠りの誘ひ　眠の露に　眠りの秘密　眠りのほと
り　眠不足の　眠る鴫あり　ねむる鶏あり　眠るなか
れと　ねむる山より　ねむれぬ夜半の　眠れ瞼よ　眠
れる嵐　眠れる恋を　眠れる自然　ねむれる春よ　眠
れる街の　野にこと〴〵と　人の長眠の　昼のねむたき
二夜ねむりて　冬のねむりは　ほのかなねむり　最一

【起きる】あらおこし　起侘びて　起しせし　起々の　起かヽり　起きぬ間
に　起きて　むくと起て　ゆり起せ●　暁起や　今朝と起て　急起て　明日起く
むく起の　むくと起て　ゆり起せ●　暁起や　今朝と起て　明日起く
る子が　起きて又食ふ　起きても寝ても　かき起され
しこそぐり起す　起つに懶き　寝起ながらに　禰宜
の起居や　冬の朝起　ほこほこおこして　また起きあが
る　むらがり起る

【覚める】さめぬ内　醒やすき　さめる時
て　目がさめて　目がさめりや　目ざまし草　目さま
せば　眼覚むれば●お目々さませば　風にめざめし
覚むる朝日を　覚めざれな少女　覚めてしばぶく　さ
めて羽ばたき　ふとめざめたら　目覚し給へ　眼ざめを
待つて　目を覚しをれ　目を覚したる
寝覚　ね覚めして　寝覚の妻　昼寝覚●かなしき寝覚
ねざめたたずむ　寝覚の山か　ものうき寝覚　夜半の
寝覚めに

12 住 —— 枕

枕

床　布団

【枕】足枕　かりまくら　菊枕　北枕　木の枕　小手枕　さ夜枕　枕頭の　月枕　肘枕　枕上　枕紙　小手枕　それし まくらにと 枕の風 枕辺の 枕め　枕元 藁枕●畦を枕に 石を枕に 男枕を　枕に 顔も枕も かたき枕よ き、耳まくら 菊の枕　して 木の実に枕 く、り枕を 草の枕 ちさき枕の　の枕くづる、 枕小屏風 枕さがせよ 枕せし日を　渚を枕 ひくき枕ぞ 膝に枕す 肱を枕に ひだり枕　枕ならべし 枕にいたき 枕に落つる 枕に敷きぬ 枕　にしたる 枕にちかき 枕の菊の 枕の下や 枕屏風　は 枕へのぼる まくらもせずに 目に立枕 夜更けた　枕で

【床】よべの手枕　朝床の　釣床の　床寂し　床に馴れ　床の上　床の山　床ふけて　花の床　夜の床●鶉の床が　熟睡の　床に　昨日の床を　そびねの床の　冷たき床ぞ　つめたき床に　床にも入るや　独り床敷き

手枕 小手枕●妹が手枕　手枕のまま　母が手枕きて

寝床　寝処に●しろきねどこの　たのしいねどこ　包む　寝床も　寝所せまく　寝所もらふ　花咲く寝床　寝所に居りて

【寝台】寝台に●寝台に、ひとり　鉄製のベッド　鉄の寝台の　寝台に醒めて　ベッドに潜り　ベッドの白く寝台を寄せて　揺籃に寝て

【布団】石蒲団　薄蒲団　蒲団著て　三布蒲団　藁布団●うすき蒲団よ　着たる布団の　蒲団いちまい　火燵蒲団の　白き布団を　父の布団に　蒲団思案を　ふとん敷たり　ふとんにさはる　布団のなかの　ふとん引合ふ　ふとんほしたり　ふとん丸けて　蒲団をかぶり布団をすべる　ふとんをまくる

衾　紙衾　衾から　古衾●紙の衾を　衾に聞くや　衾の岡辺　衾は濡れて

褥●褥かな●褥干すまの　砂のしとねの

【夜着】

夜着（よぎ） 紙子夜着（かみこよぎ） 夜着かりて 夜着の襟（えり） 夜着ひとつ● いつにちいさき 夜着の袖（そで）から 夜着をはなる、 着にちいさき かけたる夜着の どんすの夜着の 夜

【蚊屋】

蚊屋（かや） 近江蚊屋 蚊屋臭き 蚊屋つりて 蚊屋の内 蚊屋の夜着 蚊屋を出て 独蚊屋（ひとりがや） 昼寝蚊屋（ひるねがや） 別
蚊屋● 蚊屋から呼（よ）ぶ 蚊屋なき家と 蚊屋の小すみを
蚊屋の裾踏（すそふ）み 蚊屋もはづさぬ 裾吹蚊屋（すそふくかや）も 旅寝に蚊
屋を 寝られぬ蚊屋の 萌黄（もえぎ）の蚊屋に
蚊帳（かや） 蚊帳垂（た）る 蚊帳に泣く 蚊帳の裾（すそ） 蚊帳の闇（やみ）
九月蚊帳● 妹背（いもせ）の蚊帳に 蚊帳にとまりし 蚊帳に蓮（はちす）
の 蚊帳のうちなる 蚊帳の釣手（つりて）や 蚊帳の中より 児
に蚊帳くぐる ホロガヤノ子に（母子蚊帳（ほろがや））
紙帳（しちょう） 紙の蚊やでも 紙帳にかけと 紙帳をいでて
蚊遣（かやり） 蚊いぶしも 蚊やりから 蚊遺香（かやりこう） 蚊やりして
● 蚊いぶしを焚（た）く 蚊やりのがれん

【扇】

扇

扇（おうぎ） 鉄扇（てっせん）や 塗骨（ぬりぼね）の 舞扇（まいおうぎ） 破扇（やれおうぎ）● あぐる扇や 扇かへらず 扇かぶつて 扇づかひの 扇手に取（とる） 扇なが
しの 扇に惜しき 扇にのせて 扇のうたや 扇の風を
扇引さく 扇をかざす 扇をちよいと 伽藍（がらん）の扇 金
扇光る 扇子（せんす）のかたき にくき扇を 真昼の扇
団扇（うちわ） 団扇売（うちわうり） 団扇の柄（え） 団扇もち 団扇もて 渋団扇（しぶうちわ）●
団画（うちわえ）かん 団扇で煤（すす）を 団扇の一句 団扇持けり 団
扇をさして 白き団を 破れうちはを

頭 肩 背

【頭・頭（あたま・かしら）】

大あたま　頭垂れ　頭痛かな

ビンヅルの　頭かぞへる　白頭を

がちなる　頭倒さに　頭つッきつ　頭

に刺さり　頭は重く　あたまばかりを

頭を下げて　あたまそさがる　頭

からかに　いたき頭も　魚のかしらや　おもきかし

おれがつぶりも　頭いだきて　かしら埋めて　頭

櫛でかしらを　かうべぬかる、獅子の頭を　頭をつかむ

らを　頭上に聴きて　頭上の菊に　素朴な頭　ちひさ

やいお頭　鶴のあたまは　友の頭撫づる　鱶のあたまを

真赤き頭

【肩（かた）】

天窓（あたま）　天窓哉　天窓から　天窓付

なよ　天窓にかむる　天窓はりつ、天窓へ投る　天窓

をかくす　天窓にかむる

肩がゆれて　肩過ぎぬ　肩付は　肩に来て　肩

に散り　肩の上　肩のひま　撫肩の●女の肩に　肩に

かぶらぬ　肩に喰ひ込む　肩に槌うつ　肩のかろさや

肩の圭角　肩のほとりに　肩の雪かな　肩をかくさぬ

肩をすぼめた　肩のほとりに　肩を並べ　肩をかくさぬ

スキーを肩に　その右肩の　尖った肩の　ふたりの肩に

ほそき御肩に　御手なほ肩に　弱肩白き　ラガーと肩

を　われの円肩

【背（せ）】

背くらべ　脊椎は　背筋より　背に描き　背に

落ちて　背のびして　蝉の背の　背を支ふ　鳥の背に●背

にある蠅や　背になまぐさき　背の渦巻の　背の児を

下ろす　背をながれたる　背を向けてゐる　鳥の背に

濡れしその背に　人の背をみて　われは背のびす　我を

背にして

【背中（せなか）】

御せなかを　神の背　せなかの子●去ぬる背中の

馬の背なかの　背なかあはせに　背中うたる、背中こ

寒く　背中淋しき　背中流すや　背中にどる　背中

にたつや　せなかの龍の　背中へのぼる　せなか向けり

そびらに重き　丸い背中も

13 体 —— 首・髪

首 〔頸〕 体

【首(くび)】 青首を 首垂(うなだ)れし 馬が首 かぶと首 亀の首 首あげて 首筋に 首長く 首の座に 首のべて 首ふった 首をあげ 首を垂れ くびをふり 首を挿げた 白い首だ 鶴の首 なま首を ぼんの凹(くぼ) 首を曲げた 猪首(いくび)の汗を 女の首に 首うなだれて 首傾けて 首うづめて すぢあかし 首だけ出せば 首出す人や 首にゆはへ めぬべて駱駝(らくだ) 首引入れ 首ふるはせて 首をちぢめ たの首を 曲玉首に 皆首立て、ヨヘの首を 首をたれて 小首かたむけ 小首を曲る そな

【襟足(えりあし)】 襟脚に●ながい襟足 うなづきあふや うなづき止まぬ

【頷(うなが)く】 頸懸(うなが)けて うなぢ載(の)せ●甘き頸を 頸かたむけ なじにあまる うなじに繊(ほそ)き うなじ触(ふ)りあふう なじを垂(た)れて 頸骨さする 暗き頸の 沈める頸 垂れしうなじは なれが頸は

髪 毛 鬢 髭 剃

【髪(かみ)】 赤髪(あかがみ)の 朝の髪 うなる髪(いがみ) 落髪(おちがみ)に 髪赤き 髪油 髪薄し 髪くせに 髪虱(かみじらみ) 髪ながく 髪に挿せば 髪に結ふ 髪はえて 髪みだれ 髪や鬚(ひげ) 髪結(かみゆい)が 髪を梳る 髪をすく 髪をはぢ 髪を焼く 髪を結ぶ 金髪(きんぱつ)の くがね髪に 紅髪(こうはつ) 添へ髪(そえがみ)の そそけ髪 そぞろ髪 たけの髪 父の髪 ちぢれ髪 束ね髪(つかねがみ) 九十九(つくも) 額髪(ひたいがみ) 爪髪(つめがみ) 童女髪(どうじょがみ) とき髪に 長き髪 にほふ髪 髪 蓬髪(ほうはつ)の 前髪(まえがみ)の 乱れ髪(みだれがみ) もつれ髪 柳髪(やなぎがみ)●赤(あか) 髪のひとか うしろ髪解く うれひの髪は 少女(おとめ)が髪の おどろの髪に 女の髪が 鏡に髪を 髪かるうなりぬ 髪切る日さへ 髪梳る 髪けづる朝 髪に吹かざれ 髪に吹かべく 髪にもかざし 髪に結は せて 髪のみじかさ 髪のやつれよ 髪のゆがまぬ 髪 のゆらぎに 髪はやすまを 髪も結ふまい 髪を刈ら むと 髪を結はざる 唐輪の髪の 切髪(きりがみ)かくる 櫛巻(くしまき)

13 体 —— 髪

栗色髪の　下着に髪を　その前髪を　誰が髪　し　毛をむしり　ほつれ毛に●毛がふるへ出し　毛に毛
たわやぐ髪に　千筋の髪の　罪の髪梳く　長きがそろふて　毛に微風あり　露の初毛を　にこ毛にひび
寝みだれ髪か　恥長髪よ　母の髪みな　人の　猫の柔毛と　陰の白毛を　うぶ毛生えたる　銀毛
ひめが丈髪　振分髪も　前髪馴れぬ　前髪ぬ　高く　金毛白尾　毛あなにひびく　毛なみ優れし
乱れ乱れ髪　緑の髪は　役者の髪の　夕そゞる髪　薇と金毛
桃割れ、白い歯　わが朝寝髪　わがおち髪が／月代も

黒髪　黒髪を●海女が黒髪　妹が黒髪　黒髪さむし
黒髪といへ　黒髪の香を　黒かみのひと　黒髪へりて
くろ髪を梳く　くろ髪を巻き　黒髪を見る　黒髪をも
てけぶる黒髪　さゆる黒髪　梳く黒髪や　その黒髪に
解くと黒髪と　はしき黒髪　みだれ黒髪　ゆる、黒髪
夜の黒髪

白髪　老の霜　白髪ぬく　諸白髪　●老の白
髪　親にしらがを　祖父のしらがの　白髪童子と　白
髪　白髪のつやを　白髪人の　白髪も見えて　杖に
しら髪の　まじる白髪を

【洗髪】　あらい髪　洗髪に●髪を洗へば　濡れ髪ほのと

【毛】　うすら毛の　毛の抜けし　毛の筆に　毛むつか

ほつれよ　緑の髪を
みし　髪の毛白き　鬢の毛を吹く　鬢のひとすぢ

【髪の毛】　かみの毛で●かみの毛ながき　君がほつれ毛
五分に刈りたる　抜けて絡む毛　坊主にされて　捲毛
をあげて

【髷】　丸髷に●君稚児髷の　髷の中より
小鬢哉　鬢の際　鬢の霜●女の鬢　鬢の香し

【鬢】

【髭】　口髭の　作り髭　髭硬き　髭に焼　髭まだら
髭美事　髭をかみ　髭を立て　髭をとこ　ぶしやうひ
げ　頬の髭　よきひげも●疎髯を吹くや　虎斑の髯も
髭風ヲ吹て　髭長の影　髭は少女の　髭も黒むや　髭を
かつぎて　髯を立てしも

【剃る】　剃捨て　剃りたての　鬚剃りて　耳剃らせ●

13 体 —— 身

身

体 姿 裸 腹 腰 尻

毛剃の老いし 剃て乳を呑 髭温泉に剃りぬ 眉根剃り

たる 耳剃らせるが

【身】 現身の 有漏の身の 老が身の おのが身の し

む身哉 ながれの身 牲の身を はべる身の 半身に

万里の身 ふとる身の 星の身の 細き身を 身が細

身八仏 身ぶるひに 身もそぞろ 身を挙げて 身を入

る、身をかはす 身を沈め 身を処して 身を責むる

身をまへて 身ぞつらき 身に更に 身にしむや 身に

焚いて 身に近き 身のほそり 身のまはり 身のやすさ

軽き 身の中に 身のほそり 身のまはり 身のやすさ

身を托し 身をぬぐふ 身をねぢる 身をひそめ 身

を捲かれ 身を繞る 身をもたせ 身をやつす 身を

寄せし みをわぶる 無漏の身に 守る身かな 弱き

身の●秋が身に染む あしたわびし身 いわけなき身の

うき身や焚きて 現身ゆゑに うつつなき身の うつろ

なる身に うらめしの身や 有漏の此の身を 数ならぬ

身に 軽々しき身に 雲迷ふ身の けがされぬ身の 恋

ひ燃ゆる身を 死灰の身には 静寂わが身に 心塵身

勠 物身にひびく 妻となる身の 鶴に身をかれ 引

幕に身を ひとり有る身を 吹けば疾む身に 身がろ

く走り 右半身に 身こそ浄むれ 皆身が燃える 身

に影くらき 身にくれかる 身にしみじみと 身に

しみとほる 身に入わたる 身に沁む罪を 身にちかづ

くや 身に点さうか 身に引まとふ 身にふりかゝる

身に降りまさる 身の朝起や 身のおろかさの 身の清

らさに 身の棄てられし 身伸ばし歩む 身の痩せにけ

る 身は徒波の 身は瓜に似て 身はおぼろなる 身は

かろらかに 身はならはしの 身は花ぞの、身は冬枯

るゝ 身は持ちにくし 身は世にありの 身ぶるひする

も 身も金色に 身も染まりつつ 身も魂も 身を秋

風も 身をあやまちし 身を入るるてふ 身をうらみ

寝や 身を売れても 身を染めつける 身をおしつける

く 身を隠したる 身をきるひびき 身をくねらせて

13 体 —— 身

身を投げすてて　身を古郷に　身を踏込で　身を細ろ
して　身を養ん　身をよせて見る　もの書かぬ身の　病
む身久しき　丁身をなく　若い身空で　わがうつそみ
も　わが身の綺羅も　我身ばかりに　我が身一つは
我も身も塵の　私の半身　我ぬけがらの

【髪膚】
髪膚かな　●身体髪膚　髪膚曝して
汝がからだ　まろいからだ　●体うづまり　から
だちぢまり　からだにまとい　からだを投げて　身体
をひたす　頑固な巨体　五体をめざまし　肢体をおそ
も　肢体をはなれ　蛇体をなして　女王の肉体　肉体
いっぱい　ひやりからだの　やせたからだを　わが児の
からだ　わが体に鳴る／耳目肺腸

【女体】
女体に祭る　女体の記憶　女体の美味が　火炎
に女体

【胴体】
胴体 四肢胴体を　胴体紫紺　胴のすらりと
【姿】
すがた 朝すがた　艶姿　後姿も　御姿　立すがた
旅姿　山のすがた　●青きすがたの　後の姿の　うしろ
姿ぞ　乙女の姿　かすかな姿態　かりね姿よ　君が姿

ぞ　さむき姿や　車上の姿　姿やさしき　姿をながめ
姿を街に　旅のすがたや　泣く子の姿　湯あがり姿

【裸】
はだか 素の裸肌　よくごらふ 浴後裸婦　裸馬　裸武士
裸むし　裸体なる　裸婦の図を　●青い裸体
画　群裸は白き　裸男の　裸でおきて　裸婦の
でふとる　裸と怒号　裸に焚ける　裸体の海女と　裸の
上の　裸の男　裸の小鳥　裸がみ　裸身あはれ　独り裸で　裸
像が二人　裸婦の屍／わが原始
真裸 赤裸　素っ裸　まっ裸　真裸体に　真裸の　真
裸体にして　わが真裸に
裸形 裸形の痛み　裸形の女　裸形を恥ぢず
裸子 子は裸　裸児と　はだかっ子　●吾子を裸体に
裸子逃げる　はだか童子は　まる裸の子

【腹】
はら 朝の腹を　いたき腹　白い腹を　腹あます　腹
押せど　腹の上に　腹の底に　腹の中　腹を撫で　墓
腹　餅腹を　●魚の片腹　大きな腹や　しくしく腹の
たべて腹の　腹いっぱいに　腹こそ痛め　腹の底より
腹　腹の河豚腹　腹ひゆるなり　腹ふくれたる　腹へヒビキ

13 体 ― 痩

テ 腹をならべて　腹をひたして　腹をひやすか　ひじりの腹に

臍（へそ） 国の臍　臍が無い　臍の上●彼女の臍　臍落したる

へそをなでつつ　臍の緒に泣　我の臍の辺

懐（ふところ） 懐へ●かほ懐に　母の懐　ふところに入る

腰（こし） 岩に腰　腰にさげ　腰の綿　腰蓑の●赤腰巻や

腰が冷ゆると　腰にしづきき　腰のほとりや　腰骨いた

む　腰まどかなり　腰を落して　腰をかがめて　少女の

腰の　七重の腰に

細腰（ほそごし） 細腰の　柳腰の●蜂腰なる　腰ほそ〳〵と

がしら　朝の尻　牛の尻　馬の尻　鴨の尻　尻重き尻

尻（しり） 尻からげ　尻叩く　尻鼓　尻の先　尻の火に

しりをわり　貂の尻　蜂の尻　痩せた尻が●厠の尻も

小猿の尻　猿が尻抓く　尻からぬける　尻軽にする

尻背きたる　尻つんむけて　尻でなぶるや　尻にしか

る、尻につかへる　臀にのぼりぬ　尻をからげて　尻を

居ゑたる　尻を揃へ　尻を並べて　尻を吹く、尻をま

くつて　尻を向けたる　桃尻にして　奴が尻へ

痩　太

痩せる（やせる） おも痩て　蚊の痩で　木曽の痩も　詩に痩

せて　痩骨の　旅痩の　夏痩女　夏痩も　身はやせて

痩する身の　やせ犬が　痩男　痩蛙　痩子達　痩臑の

痩せて男　痩ながら　痩せ痩せて　病み痩せて　和歌に

痩せ　我痩せぬ●空也の痩も　このごろやせて　詩人痩

せたり　俳句に痩せぬ　瞳痩するか　やせたからだを

／げつそりと　こけたまふ

やつれる 疲れやつれた　花はやつれて　まぶしくやつ

れて　眉よやつれぬ　水はやつれぬ

痩せた年増女の　痩せたまひけん　痩せたる後姿　痩

せた笑を　痩せて哀れや　痩せて喇嘛僧　痩せ行く老の

太る（ふとる） こゆる牛　肥ゆる頃　太るなり　ふとる身の

やや肥えて●蚊さへ肥ゆるを　肥えたる脚に　肥えて生

れて　肥えて女や　肥えて可愛や　肥えて血うすき

肥えてゆく日の　夏を肥たる　にほひに肥る

胸

乳　乳房

【胸】 この胸を　胸火消えて　むなもとの　胸あかう

胸高く　胸と胸と　胸にあり　胸に倚り

胸に湧く　胸を這ふ● 鸚鵡の胸の

胸に挿し　胸を這ふ● 鸚鵡の胸の

にかびろき胸の　きいてる胸も　男の胸を　少女の胸

た胸の　つつめる胸を　そなたの胸は　疲れ

かに胸に　胸門とどろ　天女の胸に　汝が胸の上　ひそ

胸たぐりあげ　胸にあつまる　胸に文なす　胸に十字

を　胸に注射の　胸に浸む日　胸門ひらけば　胸門を開け

らぐ　胸に幻　胸の痛みを　胸の中にて　胸の氷の

胸の青雲　むねのちひさき　胸の鼓の　胸のとどろき

胸の鳴る聞く　胸の原見よ　胸のひびきぞ　胸のほくろ

と　胸のわかきに　胸は濡れたり　胸広き

かな　胸のわかきに　胸は白壷　胸は濡れたり　胸広き

胸より胸に　胸をはだけて　胸を披いて　水泡音ラッセル

胸に

胸毛 さつ男の胸毛　白き胸毛　胸毛の赤い　胸毛真白に

【乳】 甘き乳と　添乳かな　そへ乳して　乳管の

こごる　乳足りて　乳取りに　乳貰ひ　乳の中に　乳の

にほひ　乳をくれず　猫の乳　もらい乳ハ● 新らしき乳

いちじゆくの乳は　添乳をなさる　乳足らひし母よ　つ

らしと乳を　人の乳のいろ　ミルクの管を

乳児 乳ぜり泣く児を　乳足らぬ児の　畜の乳子に

乳房の　片乳を　白き乳の　たらちねの　乳あらはに

乳房の蔭　乳垂るる　乳饒か　乳ぶさおさへ● 青き乳房

よ　お乳をさがして　君が乳の辺に　傾城乳を　白き

乳房の　そのやはら乳も　足乳根の母は　たらちねの胸

垂乳ふくむと　垂乳さぐりぬ　ちからある乳を　乳に

稲扱く　乳にすがりき　乳見え給ふ　乳を押へて　乳

房与ふと　乳房あらはに　乳房おもたき　乳房垂れた

り　乳房地に垂　乳房にすがりて　乳房のかたち

乳房の花を　乳房の室の　乳房むくむく　乳房をあふ

り　乳房を押へ　乳もかくし得ず　なれが乳房の　母

が乳房に　母の乳吸ひて　母の乳房や　母の胸乳に

しろき乳房　むなぢのしたに　胸乳も露は

13 体 ── 顔

体

面 眉 額 顎 頬 鼻 嗅

【顔(かお)】

兄の顔　海士(あま)の顔　あるじ顔　妹(いも)が顔　嬉(うれ)し顔
和尚顔(おしょうがお)　顔赤め　顔あまた　顔洗ふと　顔知らず　顔
出して　顔に似ぬ　顔にふるる　顔ぬらす　顔の色
の先　顔の形(なり)　顔ばかり　顔は誰　顔見せや　顔もな
し　顔も膝も　顔を画(か)く　顔を引き　顔を拭く　顔を
吹く　かこち顔　神の顔　形相(ぎょうそう)に　五十顔(ごじゅうがお)　思案顔(しあんがお)
そぞろ顔(ぞろがお)　父の顔　長者顔(ちょうじゃがお)　月の顔　妻の顔　童顔(どうがん)
友の顔　泣き顔を　似た顔の　ぬり顔に　花の顔　春の
顔　人顔(ひとがお)は　雛(ひな)の顔　吹れ顔　見しり顔　やつれがほ
夜明顔(よあけがお)　酔顔(よいがお)を　横顔(よこがお)の　わすれ顔　わらび顔●嵐の
顔が　案内顔(あんないがお)や　医者の顔色　いとはれ顔や　馬の顔か
く　うらみ顔なる　うるはしき顔　愁ひ顔よし　お岩
の顔や　大いなる顔　御顔(おかお)をかくす　押しだまる顔
落つきがほや　おもはれ顔の　女の顔や　顔蒼白き顔
うづめつつ　顔があらはれ　顔が並べる　顔がほてつて

顔から暮る、顔こそぐつて　顔こそ並べ
顔そむけたる　顔出して鳴(な)く　顔背(そむ)くるぞ
ポと　顔撫で、吹く　顔にかかれり　顔出してよぶ　顔とシヤツ
に飛(と)つく　顔に物着て　顔にこぼる、顔
のかなしく　顔の悲しさ　顔のおかしき
かほのところが　顔のきたなき　顔のしたしさ
かき　顔のみ多し　顔のふえつ、顔の真面目さ　顔のみ明
のばせ　顔ふりむけて　顔みな同じ　顔のむくんだ　顔のゆがめる　顔引(ひき)
顔も洗はず　顔も枕も　顔わすれめや　顔見にもどる
顔を並べる　顔をゆがめて　かくれ顔なり　顔をつん出す
顔よ　喜雨の顔々　きをひがほなる　興ざめし顔
託顔(たくがお)や　くらき顔に　くはへし顔や　かなしき顔(くつ)
こくめんな顔　こゝろへがほの　児の顔を打ち　こらふ
る顔の　怖き顔する　さし出し顔の　四十の顔もし
たり顔なる　七十顔の　上戸(じょうご)の顔や　知らず顔にも
しらぬ顔にて　白き顔かな　神農顔(しんのうがお)や　簾透顔(すだれすくし)
顔や　その顔その顔　その顔見せよ　たそがれがほの
たのまれ顔の　月見顔(つきみがお)なる　凸凹(でこぼこ)な顔　童顔(どうがん)の大人　ど

13 体 ── 顔

の顔つきも とぼけた顔だ 泣き顔をして 名古屋顔(なごやがお)なる ぬくもりがほの ねぶたがほ也 ねむた顔なる
野鼠(のねずみ)の顔 はげたる顔に 花触るゝ顔 花見顔なる 母
の横顔 人顔ぼつと 人の顔から 人の顔には 人待ち
顔の 病人の顔 平安の顔 恍(ほう)けし顔の 欲しそな顔が 待ちあき顔や
顔に 我が産み顔の わが顔をうつ わすれ顔なる
顔した 歪んだ顔を よこ顔過る 羅漢(らかん)顔して 李白(りはく)が
や 耳木兎(みみずく)顔の むかし顔なる 黙せる顔の やさしい
窓へ顔出す 聖顔(みかお)をかくし 見て来た顔の 見にくき顔
微笑顔(ほほえみがお)に まあるいお顔 まじめな顔で

顔(かんばせ) 顔や●かんばせかたき 花の顔ばせ 見しかんば
せの 笑ふ顔見ゆ 笑つた顔は

素顔(すがお) 素顔して●素顔したしく 素顔で参る 素顔で
ものは

寝顔(ねがお) 寝顔かな●青き寝顔を 寝顔にさはり 寝がほ
またみる 寝顔も見えつ 人の寝顔に

見目(みめ) 雛(ひな)の眉目(みめ)●眉目(みめ)平凡に 容貌よき姑を／外貌(がいぼう)の

【面(つら)】 鵜(う)のつらに 顰蹙面(しかめつら)と つらなめて 猫の面 河
豚(ふぐ)の面 細り面 面体を●赤かりし面 いと面憎し
犬の面よし おなじつらなる 赤面したる 代赭(たいしゃ)の面の
面癖直せ つらの小ささ 面は手習 面はらしたる つ
らをあかむる 覆面(ふくめん)の人 菩薩面(ぼさつづら)して 蓬頭垢面(ほうとうこうめん) 面
上に唾 横面たゝく

面(おも) 面黄なる おもざしの 面渋る 面染めし おも
長に 面憎し おも痩せ 君がおも 月のおも なれ
が面 垣の面 面うつくしき 面変りして 面おこす
や 面まだ若き 面をさらす 面長き女

面輪(おもわ) 面輪もわかず ひとのおもわと

眉(まゆ)
くらき 眉ながき 眉にしみ 眉根よせて 眉の上
老の眉 妻の眉 細眉を 眉薄く 眉重く 眉
眉の影 眉の剣(けん) 眉掃(まゆはき)を 眉張りて 眉引(まゆひき)の●主人(うし)も
太眉(ふとまゆ) 女の眉や 狂女の眉毛(まゆげ) 毛虫の眉を 濃き眉ぞ
見せ 自然の眉は 双眉(そうび)かぼそく 秀でたる眉 ひそめ
し眉よ 細眉(ほそまゆ)あげて また眉に来ず 眉あつめたる
眉あはれしる 眉動くなり 眉おとしたる 眉かく絵

235

13 体 —— 顔

師の 眉毛かぼそき 眉こそ開く 眉たかぶりて 眉に頰 汝の頰 灰の頰 頰が濡れ 頰げたを 頰にあり
落ち来る 眉に光引く 眉にかぶさる 眉にしたたる て 頰につたひ 頰につたふ 頰美しや
眉に迫りし 眉根剃りたる 眉の間の 眉の毛深い 眉 裂る 熱てる頰を 頰にあつる 頰の寒き 頰骨は
のはかなき 眉の秀でし 眉のやさしき 眉は濃かりき 御頰の上に 焦けし頰を●あれし頰へぬる 頰よすれば
眉引きおれば 眉やはき君 眉よやつれし 眉をかく うつ 頰の涙 霧頰にあたる 佇めば頰に 君が頰を吸
せる 眉を照して 若き眉はも ふ 頰の若さや 頰腫痛む 淋しき頰やな 汝が
杖つきて 頰鳶色の 薔薇いろの頰と ほゝけし頰に 頰
【眉間】眉間に みけん疵●眉間白毫 ぐれば 頰を刺させる 頰をつたへり 頰光らせて 頰に脈
頰の涙 涙が頰に 頰をよすれば 頰骨が出て
【額】額ごしに 額しろき 額に来る 額にちりて はしる 頰のつめたさぞ 頰痩秋風 頰にまさ
額に湧く 額白 妻の額に●熱い額に 死児のひたひに 頰腫色の 頰に涙 頰にまつはる 頰に
滴る額 ぬかうつくしき 額にささやかに 額に微光や 【鼻】鼻紙を 鼻毛抜 萃果の頰 我頰
額のあかるき 額ほの白 額を伏したり 母が額を 鼻に沁み 鼻の穴 鼻の先 鼻の下 鼻焦がす
姑の額の 光を額に 額に呼息す 額に消えぬ さし 雛の鼻 面の鼻●あのはなづらの 小鼻かすかに 鼻先に 鼻隆く
がる 額のかげに ひめが真額 ひろき額や わが真 つめたい鼻だ 鼻あぐらかけを 鼻からけむを 鼻から出たり 鼻ばしら 鼻や
額 鼻がぴたりと 鼻つきあはす 鼻で吹けり 鼻の先だけ 鼻息白し 鼻かけ給ふ
つけて 鼻の先より 鼻のつかへる 鼻の日焼の
【顎】顎張りて あごを出し●あご埋めよむ あごし
やくらせて 顎でをしゆる 顎でかぞへる おとがひ閉
る おとがひ細き 可憐な顎を 顎を

【頰】あつい頰 熱い頰を きみが頰 寒き頰に 杣の
先より 鼻のつかへる 鼻の日焼の
鼻まだ寒し 鼻も

13 体 —— 耳

すさめぬ 御鼻の先へ

洟 手鼻かむ 洟たれて 水洟や ● 手洟をねぢる 花
で洟かむ 春の水洟 水鼻ぬぐふ わが洟青き／歔欷
つ、

【嗅ぐ】 嗅で見て 嗅ぎながら 嗅ぎなれし 地を
嗅ぎて 臭気嗅ぎ ● 馬に嗅る、嗅いで息づく 嗅ぎ移
りゆく 土の香を嗅ぐ

臭い 青くさき 革臭く きなくさき 酒臭き 虫臭
き 湯の臭ひ ● 悪しきくさみの 岩木の臭き 馬の臭気
の 焰硝くさい 土の臭や 浪酒臭し 干魚の臭ふ 人
の体臭の 古き臭す 干鰮のにおい 蛍の臭ひ 病の
臭気 洋燈臭しと

腥い 腥臭い 腥き なまぐさし ● 背になまぐさき
なまぐさい風 腥きくち

【耳】 馬の耳 老が耳 かべに耳 地獄耳 猫の耳
なまぐさい風 腥きくち

母の耳 深い耳 耳赤し 耳うとき 耳掻けば 耳剃
らせ 耳たてし み、たぶの 耳だらひ 耳鳴りも 耳
に入る 耳に澄み 耳に筆 耳の垢 耳の穴 耳の際
耳は裂け 耳も垂れ 耳もなく 耳やすし 耳や歯や
耳を掻く 眼と耳と 歪む耳 吾耳は ● 石馬の耳に
うとき耳ほる 女の耳を 聴き耳立てる 聞こえぬ耳
を 汽笛を耳に 今日も耳鳴る けがれた耳を 幻想
の耳 こゑ耳をうつ ただに耳うとし 小さき耳の
ひさな耳の 汝の耳を 蜂のお耳へ ふたりの耳にま
どろんだ耳 幹に耳あて 耳あぶる朝の 耳現はる、
耳ある者は 耳忙しき 耳失ふや 耳うとき身の
掻買ひて 耳傾けて 耳斬りてみぬ 耳澄みくれば
耳朶なども 耳に香焚て 耳に日が揺れ 耳更ゆく
耳にも悲し 耳のかゆきが 耳の見えざる 耳の螺旋
を 耳ふつて馬の 耳輪の君よ 耳を赤布にて 耳をあ
はれむ 耳をいとほしむ 耳を打たれて 耳を澄ます
と 耳をたづねて 耳をはなる、耳
をひたした 耳をすまさう 耳をひらいて 無情の耳に

見

眺 仰 覗 眩 睨

体

【見る】

相見れば　あけて見る　あと見えず　いかに見よと　一瞥を　いつ見ても　うら見せて　會て見し　こちを見よと　垣間見る　風を見る　すかし見る　スキー見る　これ見せな　猶見た　見る　ぬえを見に　はや見ゆる　薔薇を見る　人見ゆる　しら　一目見ん　人も見ぬ　人を見る　ふと見れば　ほの見えて　ほの見しは　見上ぐれば　みィつけた　見えかかり　見がくれ　見えざりき　見おろさる　見くらべる　見ざりけり　見し夜かな　見たりして　見つけた　り　見つれども　みてあれば　見てかへ　見てくらす　見て去りぬ　見て過る　見て過ぎむ　見て通る　みな見　見て　見に来たり　見ぬ日なき　見やるさえ　見ゆる　える　見よげなる　見らるゝな　見る度　とき　見れば耀る　見渡せば　●朝見ゆふべ見　に　見れば耀る　見付ぬ花や　あたり見　廻し　あとを見に行　あれみやしゃんせ　いかいこと見

る　うつくしと見き　うつてみせたる　おせん出て見よ　をりをり見ゆる　垣間みしつと　ぎざぎざに見ゆ　き　のふは見へぬ　君を見ぬ日は　熊野みたきと　鶏頭みて　は　けぶり立つ見つ　木陰にみつけた　こっちをみてゐる　水仙見せよ　すかし見るかな　雀と見てゐる　ずっと見　廻した　橘見する　断続を見て　小さく見ゆる　津軽　根見えて　津も見えそめて　つれなく見えし　どちら　を見ても　にこ〴〵見ゆる　虹を見てゐる　ぬえを見に　出る　のびあがって見る　のぼせてゐるや　のぼるを見た　り　はしきを見れば　はしばしみゆる　長谷をまだみ　ぬ　はや見えそむる　はらばふて見る　ヴィオロンの見　ゆ　人には見せじ　人に見られて　人の見るらむ　人も　見え透く　ふっと眼に見ゆ　ほつ〳〵見えて　見えざる　手あり　見えずなり行　見えつ、沈む　見えて重なる　見えなくなって　見えぬ江わたる　見えぬけれども　見えぬ翼に　見かへる跡や　見しかんばせの　見すまし　て死ぬ　見せよといひし　見付ぬ花や　見てゐる心　見　てさへ寒き　見てもつまらぬ　見とれて母に　見ばや見

13 体 ── 見

見送る 見送りの●蝶を見送る　兵を見送りて　見おくりし子よ

観る シネマ観て　観る目はうつつGiottoも観たり　観たまへり●観覧席の

視る 凝視して　偸視の　熟視めつつ　みつめてる指を視る●視界のきわみ　じっと凝視る　畳を見つめつくづく視られ　凝視めてありし／まじく人を

眺める 眺むれば　眺めあふ　眺め入り　眺なる夕眺め●遊ぶを眺む　後を眺めぬ　歩くを眺む　いみじきながめ　手をながめつつ　どでながめん　ながむる雪の　ながめてしばし　ながめて通る　ながめまわしてながめられたる　ひとり眺む　湯入ながめん

詠める うち詠　詠るや　詠めばや●静かに詠めもに詠むる　花と詠る　ほめて詠る

仰ぐ
●仰いで空に　仰がれて　仰ぎ見て　生きて仰ぐ　ふり仰ぐ仰ぎわびしむ　仰げば銀河　幾日仰いで

うとく仰ぐ　空仰ぎ泣く　空に仰ぎて　馬上に仰ぐ星を仰ぎて　峰を仰いで

覗く 覗くぞよ　のぞく窓●井戸を覗くや　犬に覗かれた　引導覗く　裏戸覗くは　小坊主覗く　里の覗て　産婦の覗く　下を覗けば　巣を覗行　そっと覗て　鶏に覗かれる　覗いて見ても　のぞいて行くやのぞきあやめの　覗く子と待つ　覗く障子の空に　まぶしからざる　眩しく光り　まぶしくやつれてまぼしさうなる　眼眩むごとし

眩しい 眩しがる　まぶしさに　眼は眩み●眩しい

眩む にらみ汐　白眼哉　ねめ廻し　藪にらみ●に量おぼえて　眩暈して行けり眩暈　黄の眩暈　迷眩の●赤き眩暈　眼くるめき　眩らみ合たり　睨みあつてる　睨みくらする　にらめてご ざる

瞑る いま瞑ぢむ　瞑る時　瞑りかね　瞑りゆく　瞑がれぬ　眼つむりて　目をつむり●眼をつむり　目をうちつぶり

13 体 —— 目

目

眼　瞳　眸　睫毛　瞼

【目】

牛の目に　鷹の目も　瞠目す　猫の目は　ははが目を　目うつりか　目隠しの　目がすわり　目正月　目円に　目にうれし　目に沁むも　目に立ちて　目に　は見ず　目には目を　目に満ちて　目に見ゆる　目に　も見つ　目の涯　目のきはみ　目のもとに　目のゆゑと　目はかけず　目を盲ひて　目を閉ぢて　目をぬらす　いつも目につく　今も目にあり　御目にかゝるぞ　片目　の人に　黒き目を明　せめて目を明け　熱のある目に　母が目に寄り　ひとめをつゝむ　雛に人目の　目が霞や　ら　目なく口なく　目にあつまるや　目にしむ風が　目にたて〻見る　目にのこりつゝ　目にはさやかに　目に　はてもなき　目にはなれずよ　目に見えてたゞ　目の色　狂ふ　目のさやはづす　目のみえぬころ　目ばかり光る　目鼻書ゆく　目鼻つけたる　目鼻もわかず　目もあて　られぬ　目をうちつぶり　目をかき乱す　めをさまさ

【眼】

せよ　目を縫れたる　目を見あひつ、青き眼を　赤い眼を　右眼には　嬰児の眼　君が眼の　巨大な眼　近眼の　凹んだ眼　黒い眼を　くろき眼を　左眼にて　情婦の眼　近眼にて　妻が眼を　墓の冷たき眼　肉眼の　鳩の眼に　半眼に　光った眼　眼が紅く　眼の　一つ眼の　雛の眼に　蛇の眼の　眼の　眼が二つ　眼閉づれど　眼と耳と　眼に痛き　眼に沁みる眼に強く　眼になみだ　眼に低し　眼に惚れた　眼に　みえぬ　眼によせて　眼の色に　眼の裏に　眼のかぎり眼の下に　眼の光　眼の惑び　眼のやどり　眼鼻なし眼もひがみ　眼を落とし　眼をそゝぎ　眼を染めて眼をそらし　眼をとぢて　眼を閉づる　眼をはなち眼を病みて　眼を病めば　眼を病める　燃ゆる眼が病める眼に　燐火の眼　ロダンの眼●青い眼をした　ある眼は白く　おとろへし眼や　蛙眼まろし片眼淋しく　君が眼のいふ　恋ざめの眼に　さましたる眼に　沈める眼ぞと　ぢっと眼を閉ぢ　怪獣の眼に　少年の眼に　その眼怖くて　力なき眼に　つぶらなる眼や片眼かためさび　片眼淋しく　片眼片肺

13 体 ── 目

つめたき眼して　敵の右眼を　天眼ひしと　天象の眼は しの　伏目にすぐる　星の眸
葱がしむ眼の　伏して眼をとづ　眼のもだしを　丸い眼
をした　見るは眼痛し　眼かくしをして　眼が三角で
眼に暗緑の　眼にうかびくる　眼に外燈の　眼に月明の
眼にこびりつく　眼にすかし見つ　眼に強きまで　眼に
もふたゝび　眼にやはらかき　眼のうるみなど　眼のな
き魚の　眼の輪の数や　眼ひき鼻ひき　眼も鼻も無し
眼をあけるかな　眼をうつしたり　眼を去らず見ゆ
眼をとぢて聴き　眼をのぞく犬　眼を病む妻が　眼を張って啼く　眼
をも奪ふと　わが眼が灯もる　われ眼をとぢて
眼　まなこ冴えて　眼して　まなこも冴え　眼したに　眼
眼を射る●　をんな眼を　かくす眼し　稜ある眼　くぼ
んだ眼　心に眼　慈悲の眼を　すゞしき眼　露のまなこ
に　蟇も眼を　眼くるめき　まなこつかれて　眼つぶれ
て　眼の底に　眼ばかりに　眼ミヒラキ　眼を瞠る
目つき　上目せば　上目をば　眇なる　まなざしに
眼光は　冷眼に　わがめつき●秋波をする　妓のまなざ
し　伏目にすぐる　星の眸
瞬く　まばたきぬ●しばたたきつつ　その瞬きは　ふと
瞬けば　またたいてゐる　またたき滋し　瞬き高き
眼前に　眼前に　眼界は　まのあたり　目前を
両眼　双眼に●馬の両眼　双の眼にして　双の眸の
目玉　魚の眼玉を　かなしき眼玉　腐った眼玉　象の目
玉の　瞳だまをひらき/虹彩を　網膜に　水晶体や
つる　鳥の目玉は　円い目玉が　目高の目玉　目玉にう
深き眼窩に
眼路　眼路に入り●眼路にかかれる　目路のかぎりの
眼路遥かなる

【**瞳**】　瞳孔に　ひとみなくて　日の瞳に　瞳赤く　瞳
黒く●青い瞳は　蒼き瞳孔に　明るき瞳　女の瞳か
げなる瞳　黒き瞳に　獣の瞳　寂しき瞳　囚人の瞳
茶色の瞳　つかれし瞳　強き瞳に　なくした瞳　猫の
瞳孔が　瞳あかるし　瞳おびゆ　瞳孔が通る　瞳し
づかに　瞳したまふ　瞳とぢてぞ　瞳孔にうつる　瞳
おもさ　瞳のけはしさ　瞳の底に　瞳のひかり　瞳のふ

13 体 ── 血　　体

かさ　瞳の星や　瞳の御色
瞳痩するか　瞳をうつし　瞳を避けて　瞳を放つ　瞳を
燃やす　瞳をりんと　睦みし瞳　灼けた瞳が
瞳　神の瞳と　金魚の瞳　瞳にいたき　瞳は金貨　瞳は
燃ゆる　やさしい瞳　●海のお瞳が　黒いお瞳は　とろ
ろと瞳々　人々の瞳　瞳に恋の輪や　瞳にもみえざる
瞳の酔うてゐる　瞳の大いなる　瞳のしづけさに　瞳の
若さかな　やさしい瞳をした

【眸】　その眸の　眸に浮み　明眸の　●青い眸でも　爺の
眸見て　その眸つぶせ　眸のかなしさ　まみの濡れたる

【睫毛】　睫毛にも　●長いまつげの　まつげにやどる　ま
つ毛のかげの　まつ毛の長い　睫毛のなみだ　まつげのは
しの　睫毛見てあり

【瞼】　御瞼　二重瞼　瞼おもき　瞼かな　●うすい瞼に
女の瞼　ねむたきまぶた　眠れ瞼よ　呆け瞼の　まぶ
た冷たき　瞼つめたし　眼瞼に蜘蛛が　まぶたに星の
眼瞼の縁に

血　　骨　肉体　内臓

【血】　あた（仇）の血に　鬱血を　河を血に　紅血は
血管の　血色の　恋か血か　鮮血の　血がかよふ　血
吹いた　血ぞもゆる　血と肉の　血に染めし　血に泣き
血ぬれたる　血の肌　血の管を　血の凝り　血の涙　血に
じむ　血の肌　血の畑　血の御酒を　血の道も　血のゆ
らぎ　血を灑ぐ　血を染めて　血を染めむ　血を燈し
血を見ずば　流るる血　ひとつ血の　●青き血ながれ　あ
る喀血や　うつくしき血は　かすか喀血　堅い血管　彼
の犬の血の　切って血の出ぬ　血がにじむ手で　血と火
と汗と　血に染めてあり　血に染む聖磔　血の一滴を
血のいろしたる　血のうつくしさ　血の香吹くらむ　血
の滴なし　血のしたゝりを　血は涸れはてぬ　血は安か
らず　血をおぼえつつ　血を散らしたる　血を召しませな
た　血を吐くやうな　血を鈍染まし　バイロン血に泣
き　貧血の街　老廃血でいつぱい　まつさをの血が　わが

13 体 —— 血

体

月経 つきのもの

脈・動悸
鼓動した 静脈に 胎動を 脈搏の 脈を とる ●馬の静脈 静脈管の 動悸してくる 鈍き脈 搏つ 頬に脈うつ まだ動悸うつ 脈うち始め 脈打つ ひびき 胸の鼓つづみ わが脈はうつ

骨
肋骨あばらぼね 寒徹骨かんてつこつ 筋骨は 骨立を 僕の骨 骨傷む 骨いで 骨か何 ほねがらみ 骨枯れて 骨くづも ほねとかわ 骨に滲み 骨の尖さき 骨響く 骨を切る 弱い骨 肋間の わが骨は ●肋骨みな痩や せ 生きたる骨を けふは 蛇骨じゃこつを 枯骨こかう 腰骨こしぼね いたむ 胎盤骨を 病骨びゃうこつを護ず 骨あらはれて 骨ことごとく 骨と皮とに 骨ともひびけ 骨なき身にも 骨に刻み 骨にひゞくや 骨はしらじら 骨もとけよと 骨を破らずば 労働の骨 肋骨のごと

肉体
おのが肉 肩の肉 肉群ししむらは 血と肉の 肉体にくたいの 肉団を 肉つきぬ 肉のうち 骨と肉の 盛り肉の ●彼女の肉は 筋肉りうりう 朽つる肉 肉置ししおき厚き 肉おきたるみ 肉の痛みを 肉太の師の しゝむら痛く

ししむらの色 肉を傷く 吸うて肉 とす 肉体は溶け 肉のおとろへ 肉のゆらぎの 胸肉ゑぐる わがししむ

内臓
内臓が 群肝むらぎもの ●五臓六腑ごぞうろっぷの 内臓も皆 心臓 心臓の 心の臓 ●小さな心臓 人の心臓 肺 友の肺に 肺炎の 肺を病む 我が肺は ●肺碧あおき まで 肺が小さく 右の肺葉はいよう 胃 胃の袋 胃のわるき 胃安らか 胃を病みて 苦き 胃も わが胃にて ●胃腸病院と 胃に停滞し 胃を患 ひてや 杙くいが胃の腑や 髄 髄こぶら 髄の●骨と髄との 脳 烏賊いかの脳 脳髄の 小脳の 脳暗く ●兎の脳の 脳細胞を 脳髄皮膜 脳の重みを 脳の切片を 細胞 胞衣会社えなくわいしゃ 夜の胞えを ●わが細胞は 神経 神経の ●神経の上 夜の神経 腸 腹わた 腸に ●寒き腸 腸氷こほる 腸さむき 腸に沁しみ 腸にまで 腸を断たつ わが腸に

13 体 —— 手

手

掌 指 爪 腕

体

【手】 あこが手に うしろ手を 男の手 女の手 かざす手の 搦手の きたない手 きみが手に 祖父が手を出し 凍えたる手の 小褄とる手に その手この手の皺手合る そと手もふれで ちさき手合はせ 土につく手の胼の手を 手把を手に持ち 手くびは光手の 白い手の甲 繊手能く 朕の手に つめたい手冷たい手足 手洗ふ程に 手からこぼれる 手くびは光手一合 手が腐れ 手が凍え 手が白く 手風哉る 手先を冷やし 手ざはり荒い 手白足白 手で風がつべた 手が腫れた 手ざはりの 手ぞ黒き 手取に を追ひ 手届きならば 手にいた＜し 手に打抜やに粗き 手に感ず 手にためし 手にとれば手にうつくしき 手にさぐらせぬ 手に火のはねて 手ひびく 手に満つる 手の紅は 手の凍え 手の に振りおとす 手に触れしよりの 手に冷たしや 手皺が 手のつかず 手の中の 手のふるへ 手のほそり にも隠る 手にもたまらず 手の美しき 手のうらさ手の前に 手の奴 手はえれき 手離さず 手離れは むし 手の淋しさよ 手の筋見せて 手のたをやかに手払に 手もつかず 手も触れず 手を挙ぐる 手を 手のつめたきに 手のなつかしさ 手のをかれたる 手あぶり 手を洗ひ 手を打ちて 手をうてば 手を翳 る ははがねとなり 手真似につれて 手まねも見ゆるす 手をすりて 手を垂れて 手をちぢめ 手をついて を追ひ 手より離るる 手をあたゝむる 手を手をとれば 手をば刺す 手を揮りて 手をもがき 暖めぬ 手をうたれたる 手をかけて寝る 手を懐手 孫の手を ●相触れし手は 耀の手を 大きなわ しゐる 手をさしかざす 手を差し伸べて 手をながめつが手 梭の手とめし お手々つないで お手手をひきひ つ 手をにぎつたと 手を引きあひし 手をひろげたる

13 体 ── 手

とざす手白く なさけある手に なみだ片手に 糠手
にあげる ぬぐ手ながむる ほどく手つきや 讃むる
拍手の 見えざる手あり 野菜くさい手 やはらかき
手を よごれたる手を わが手かさねつ わが手に植ゑ
し

掬う 一掬の●月光掬ふ 手に結ぶこそ 水掬ぶなす
目高をすくふ

拳 拳かな 拳する●拳はなれぬ

御手 御手のべて●聖者の御手に 千手の御手に 御手
なほ肩に 御手無造作に 御手を思ひし

両手 両の手に 両手伸べて わが双手●蠅の両手を
両掌ソロヘテ もろ手に砂糖 諸手のかをり 両手小き
両手で受ける 両手に掲げた

【掌】 汚ない掌 掌 妻の掌が 掌にとらな 掌に
手の掌の 掌のりんご 土竜の掌 わたしの掌●荒れし
手のひらを お掌のなかから その掌のちささ 掌な
す 掌に拾ひ来ぬ 掌の真赤なる 掌にまがりたる 掌
てのひらの上 掌の向き向きに てのひらにして 手掌か

ざせば わが掌に

【指】 うしろゆび 海を指し きりし指 掬摸の指
十の指 指しゃぶる 指に触るる 指のそり 指もれて
指を嚙み わが指や●親指にのみ をはり
し指の カガヤク指ハ 君をゆびさす 凍れる指の
紋鮮かに 指紋などをも見る 十指に足らず ひとさし
ゆびに 紅さし指の ほそながい指 御指と吸ひぬ 指
うちやぶれ 指組む夕 指さし入るる 指た月 指そ
め交はし 指で書く子や 指で字をかく 指と指との
指にさかむけ 指のしめりや 指の冬陽を 指捲かせ
なば 指も真紅に 指をながれて ゆびをなめ〳〵
指をふるれば ゆびを忘れよ/節だちし

小指 小指より●小指の痕の 小指の尖と 小指のさき
に

指先 爪繰りて ゆびさきの 指の先●御指の先や 華
奢な指さき 白いゆびさき 爪先をふれ 汝がゆびさ
きの 指先に沁み 指先焦けて

【爪】 垢爪や 脚蹴爪 爪立ちて 爪髪も 爪の跡

13 体 —— 足

体

爪延びぬ　爪冷えぬ　爪を切る●足の爪を剪る　美し
き爪や　馬の爪切る　咬たる爪に　子爪このごろ　清廉
の爪　爪立ち憩ふ　爪だてて歩く　爪美しや　爪折り
曲げて　爪がのび出す　爪切つたゆびが　爪切る音が
爪で掻きたる　爪にしみ入り　爪の長さよ　爪の伸びた
手　爪の光れる　爪の鎧に　爪も折れよと　爪もて弾
き　爪を切り居り　爪を見つむる　手の爪を切る

爪先　爪先の●靴の爪さき　凍る爪さき　爪先ぬらす
爪先冷えを

【腕】

腕　腕の先　腕の輪に　腕うちくみて　腕に鉛を　あた
たかき腕　寝がての腕　腕細ちや　腕を組み●
に残せし　腕をからませ　腕をのばして　つかれた腕
わが腕　たたむき を

腕　かひな捲きて　片腕　ぬれ腕　繊そ腕●足も腕も
鬼の腕を　腕に余る　腕にすがる　腕に祭る　腕の筋と
腕わづらふ　悲愁の腕　春夜の腕　白い腕の　月の腕を
ほそき腕が　ましろき腕

肘　老が肘　肘白き●肱を枕に

【足】

足　脚　膝　脛

足　足跡に　足軽るさ　足かろし　足腰の　足しび
れて　足に毛が　足伸べて　足のまめ　足早な　足触れ
し　足ふんだ　足枕　足まろし　足もつれ　足ゆるし
足を置く　足をする　鴨の足　猿のあし　忍足　鶴の
足　逃足や　ぬき足で　ぬれ足に　はや足の　踏む足も
もどり足●足音に　足蹴にかけし　足ざはりよき
足冷かれ　足でをりくく　足でかぞへる　足で尋る　足
と思ひぬ　足とられ居し　足投げ出せば　足なし基槃
足にからまる　足に釣うて　足にむすばん　足のおれた
る　足はひのぼる　足ふみのばす　足ぶらさげる　足み
な傾ぎ　足をしばつて　足をちぢめて　足をとどめず
足をぬらして　足をしばつて　足をもがいて　縁より
足を　大いなる足　大きな足だ　祖母の足　おもたい手
足　女の足が　片足かけて　片足づつの　君が足踏む
くたびれ足を　獣の足の　白い足出し　湯婆に足を　ち

13 体 —— 足

ひさき足を　疲るゝ足や　労れて足を　天使の足の泥
足はこぶ　投出足や　濡れし足ふく　発破で足を　腫れ
る足を　墓の足取　一足づゝも　ひと足出れば　踏みか
はす足　細き御足を　仏の御足　醜い手足　我が足お
もく　わが足鈍る　わらで足ふく
裸足 巨きなすあし　素足の傷に　常のはだしや
　跣足冷たき　はだしで歩く　はだしでゆけば　はだし
で笑ひ　跣足になつて　はだしの足が　跣足のままや
はだし参りや
踵 踵に●踵くるぶし小さき　踵よごれぬ　白き踵の
足音 足音たてず　馬の足の音を　なが足の音も　人の
足音　わが足の音
足元 朝の足もと　あしもとよりぞ　其足もとに　水
足許に
足弱 足よわの●足弱悩み　わが足よわり
足裏 足うらに　足の裏　あなうらに　土不踏●足裏
あぶるや　蹠まつかに　蹠白き

【**脚**】
　脚黒き　脚ながく　脚ほそや　脚行かず　脚を
組む　両脚に●赤い片脚　脚垂れて来た　脚投げだし
て　脚にひろひぬ　脚の一聯　あび（網引）き張る脚　肥
えたる脚に　隻脚のをとこ　穿かざる脚の　ぷらちんの

【**膝**】
　立ひざで　膝頭　膝栗毛　膝抱て　膝つきに
膝と膝と　膝に泣けば　膝の上　膝の子や　膝の継布
膝の露　ひざの猫　膝を折る　膝をくみ　夜の膝　女の
膝の　この膝にねむ　地蔵の膝に　手を置く膝の　膝い
とけなき　膝すこしあて　膝と膝とを　膝ならべつゝ
膝に死ににき　膝にすがるは　膝にだきつく　膝に手を
置く　膝の上なる　膝のおもみや　膝の弾力　膝のほとり
に　膝をかくさず　膝を崩さず　膝を伸すも　膝を没
して　風情の膝を

【**脛**】
　脛立てゝ　脛をうつ　母の脛　細脛の痩脛や●脛に飛
脛立てゝ　蟻の脛　脛かゆし　脛幼し　長いすね　脛白き
つく　脛をかじつて　脛をもむ也　二本の脛が　脛打つ
萩の　脛吹まくる　細脛高き

毛脛 毛脛にあたら　毛脛の多き　なえし毛脛を

13 体 —— 口

口

唇 舌 喉 歯 嚙 吸

体

【口(くち)】
老(おい)の口　口笑まし　口の端(は)を　口曲(くちまがる)　智者(ちしゃ)の口
目口鼻　もゆる口に●　あざむきの口　渇(かわ)いた口に き
れいな口を　口あかく咲く　口おそろしき　口に忍びつ
口にふくめば　口に蓋(ふた)する　口の渇(かわ)きに　口ほの赤し
仲居(なかい)が口に　歯のない口で　目なく口なく

【唇(くちびる)】
唇に　口唇(くちびる)の●うすいくちびる　きみのくちび
る　愚者(ぐしゃ)の唇　唇おもひ　唇乾(かわ)き　唇さびし　唇寒し
くちびるになほ　唇はなほ　唇をあて　唇をかみ
びるを吸ふ　誰が唇ぞ　姫が唇　吹くや唇　口
ちびる　わかき唇　われの唇

【唇(くち)】
尼(あま)が唇　唇に嚙む　唇弛(ゆる)く●いざ唇を君　受け唇(くち)
薄く　うけ唇をせし　笑みて唇よす　唇すはぬ子は
唇にあてつつ　唇につめたき　唇にふふめり　唇にふれ
なば　唇の微光(びこう)ぞ　唇も動かし　唇やはらかく　唇を
吹く風　しらけたる唇(くち)　知らない唇に　惰民(だみん)の唇に

【朱唇(しゅんくち)】
朱唇ぬれて　朱唇かな●朱唇いつまでも
し　舌端(ぜったん)に　蝶(ちょう)の舌　猫の舌の　蛇(び)のした●赤い舌出す
欺詐(あざむき)の舌　いつはりの舌　舌だして寝　男の舌の　酸味を舌に

【舌(した)】
牛の舌　舌たらう　舌づづみ　舌の荒(あれ)　舌を出
したる舌　舌を焦(こが)しぬ　舌には侘し　舌のみじかき　舌打
は時世(ときよ)を　舌を刺激す　舌を出してみぬ　舌
舌を抜く、　舌を含めり　するどき舌は　たばかりの
舌　どうやら舌は　我に舌なき

【喉(のど)】
咽喉(のど)に剣　咽喉笛(のどぶえ)へ　咽喉太の　咽喉仏(のどぼとけ)●偃鼠(えんそ)
が咽を　のどにめぐれる　咽喉に御飯が　咽に沁(し)み
む　のどにめぐれる　喉のかわきを　咽喉は灰めく
咽喉の疵(きず)を　咽喉の笛を

【歯(は)】
糸切歯　老いし歯の　おはぐろを　歯が落ちた
歯固(はがため)に　歯が鳴るわ　歯が抜けて　歯ではある　歯に
あてて　歯に軋(きし)る　歯には歯を　歯のぬけた　歯磨粉(はみがき)
歯を嚙めども　歯をせせる　歯を磨(みが)く　歯をむいて
一歯二歯(ひとはふたは)　よわき歯に　笑へる歯●寝ねがけの歯を　淡(うす)
碧(あお)の歯を　打鳴らす歯や　黄塵(こうじん)を歯に　歯科病院の

13 体――口

児の歯ぐきの ぬけ初る歯や 歯跡もつかぬ 歯かた
ゆゝしき 歯ぐきも寒し 歯せせる女 歯となりてわ
れの 歯に咬みあてし 歯に喰あてし 歯に心地よく
歯のすきまより 歯はぬけけらし 歯刷子くらゐは
歯磨売と 歯をあてにけり 歯を売てゐる 歯をむ
き出して ひとつの歯もなき 汚れたる歯を 栗鼠の歯
型や

歯ぎしり かなしき前歯 栗を前歯に 前歯一本
前歯 痛む歯を 歯を痛●歯痛の色の 歯にしみとほ
歯痛 痛む歯を 歯を痛●歯痛の色の 歯にしみとほ
はぎしり燃えて 咬牙する 歯ぎしみの●歯ぎしりにさへ
る 歯に沁む朝の 虫歯かゝえて むし歯のいたみ

【嚙む】 赤芽咬んで 泡嚙みて 嚙得タリ 嚙みすて
た 嚙みながら 嚙夜哉 嚙んで出る 蛇を嚙む 雪
を嚙み 指を嚙み●蟻嚙み合ひを 石嚙むま下 数嚙
む音の 咬み合ひて居り 嚙みあつる飯の 咬たる爪に
嚙みつくものや 嚙みつつ春の 嚙み破られて 嚙めば
悲しも カリ／\と嚙む がりりと嚙んだ 氷カミツル

氷を嚙んで セロリを嚙めば それらを嚙んで 竹かぢ
りけり ともに米かむ 花嚙猫や 歯に咬みあてし
フリージヤ嚙んで ぽくぽく嚙んで ポチに嚙ませて
丸でかぢりて 実を嚙みくだき 身を嚙むごとく 雷
管を嚙め 林檎をかぢつて わがころ嚙み

咥える 犬が咥へて 咥えて寝たる 咥て引や 横に咥
へて

舐める つらなめて●子になめさせて 蝶もなめるや
鼠のなめる ゆびをなめ／\

【吸う】 甘き吸ふ 直吸ひに●アルコホル吸ふ 吸入器 吸ひなれぬ 吸ひやめた
吸ふごとに 直吸ひに●アルコホル吸ふ 吸ひ吸ふ煙草
吸ひたくなりぬ 吸ひてわが児の 吸ふか暗き夜 吸ふ
河水の 吸ふて太るや 吸はるるを聴く 吸はれゆきた
る ひたぶるに吸ふ 人の髪吸ふ 日の光吸ひて 水を
吸ひたる みどり直吸ひ 御指と吸ひぬ むさぼり吸
ひぬ／指しやぶる●しはぶる迄の

啜る 粥すする●雫を啜り 啜るごとくに

13 体 ── 息

息

吹 吐 咽 咳

体

【息(いき)】 息写す 息ぐるし 息づいて 息づかひ 息の緒(お)の 気息を聴け 白き息 土の息 葉が息を 人は気息(いき)● 秋の息鋭(と)し 息終(お)るおとを 息吸(す)ひそめし 息たえ(だえ)に 息たえたまひ 息づきのぼり 息に出づらむ 息に寄り来 息ふかく吸ふ息 吹かへす 息ふさがるる 息柔(やわ)らかく 息をかぞへて 呼息を殺した 息を殺して 息をひそむる をとこの気息の 香る息はく こらゆる息を 空に息づむ 蝶の息つぐ 汝の息絶ゆる 終(いき)の息差(いきざし) 鼻息白し 額(ひたい)に呼息す 一つの息の 何となき息 ほうと息する 墓地は息づく ゆるく息する／阿吽(あうん)の旭(あさひ)

呼吸(こきゅう) 呼吸すれば 呼吸はげしき 呼吸をする 一呼吸の● 呼吸したまふや 呼吸する胸の 鱗(うろこ)の呼吸 吸の● 呼吸 つちが呼吸し 人の呼吸を 響く呼吸

寝息(ねいき) かすかな寝息 しづかな寝息 駱駝(らくだ)の寝息

溜息(ためいき) 溜息が● ため息つくか ためいきばかり

吐息(といき) 吐息 神秘のといき 吐息したたり 吐息に墜つる ながき吐息よ まひるのといき 吐息はためく 湧きたつ吐息

喘(あえ)ぐ 喘ぎ過ぎしか 喘ぎはためく 泉に喘ぎ すだくにまろき 息きれし児の 息切のする 息切れるまで

息切(いきぎれ) 横伏し喘ぎ

【吹(ふ)く】 吹いて飲む 吹消して ぽうと吹く 我を吹く● あらくは吹かぬ いたくし吹けば 吹ぬ笛きく ほら貝をふく ラッパを吹いて 我がひげを吹き

【吐(は)く】 舌を吐く 吐かんとす 吐きつくす 吐き止まず 人や吐く● 吐き出されたる 吐き出すやうに 吐く泡消えて

唾(つば) 唾を吐く● 唾吐いたれや 面上に唾

涎(よだれ) 父の涎を 土に涎し 涎掛(よだれかけ)せる

痰(たん) 喀痰(かくたん)の 痰一斗● 痰のつまりし 痰をさびしむ

【咽(むせ)ぶ】 野にむせぶ むせぶ蝶● あれむせ給(たま)ふ 謡(うたい)にむせぶ 薬に噎(む)せて 雲霄(うんぜん)せかへる たばこにむせな 何にむせけむ 咽ぶ寒蝉(かんぜみ)

13 体 ── 汗

【咳】
咳き入りぬ　咳き入ると　咳入るや　咳が居て　咳き込めば　咳殺す　咳すれば　咳払ひ　咳ひとつ　咳呼んで　咳声の　初咳と●覚めてしはぶく　咳の音　しはぶる迄の　咳せし男　咳ひびきけり　咳を出した　父咳もなき　父の咳する　一人咳して　ポオルは咳を　嗽にまぎる、／ゴボリ、ゴボリと　するや

嚏 くしゃめして　ハックッショ●女嬬のくさめや／反閉

汗　垢　尿　糞

【汗】
汗が出づる　汗ばみぬ　汗ばめる　汗をかく　あせをふき　汗臭き　汗垂りて　汗の香を　汗のなか　盗汗出て　夜の汗　汗さまさする　汗ためてゐ　馬の汗　汗ぬぐひ居る　汗の帷子　汗のしとるや　汗の十字架　汗のながれて　汗こほしき　汗拭くその子　汗を憐む　猪首の汗に　敵の汗に　金貨も汗を　しとどの汗を　白玉の汗　流るる汗を　寝汗しどろに　寝汗のと

まる　肌着の汗を　光ノ汗ヲ

【垢】
垢すこし　垢爪や　襟垢の　去年の垢　耳の垢●笠の手垢も　手垢きたなき　手垢に光る

【尿】
尿する　尿してゐる　尿して去る　長尿り　尿の香の　尿すと　わがゆまる●犬の欠尿　いばりする子の　馬の尿する　子の小便を　尿たれながら　尿瓶のおとも　床上に尿する　尿状の鬼子　曲げ小便も　用ならんで尿する　小便穴や　小便ながら　小便無して　糞汲が　白き糞　糞ひとつ　寝てはこ

【糞】
鶯の糞も　牛の糞まで　笠に糞して　糞ひりお　糞もおちつく　唯牛糞に　中に糞ひる　野糞遊ばす　野屎の伽に　糞落しゆく　糞して鳥は　糞土の如く　糞尿色の　糞尿まじとす　糞つて　糸瓜も糞も　餅に糞

馬糞 馬糞汲を　馬糞　馬糞掻　馬糞飛ぶ●馬の糞す　馬糞があり　馬糞に飛べる　馬糞も銭に

屁
馬の屁に　乞食の屁　屁くらべや　放屁虫　を●乞食の屁の　屁とも思はぬ　屁を捨に出る

13 体 —— 肌

肌 膚 皺

体

【肌(はだ)】

石のはだ　玉肌の　血の肌　肌入て　肌きよく

肌黒き　肌ぬいで　肌の香と　はだのてり　やは肌の●

淡雪(あわゆき)の肌の　大肌ぬいで　をみなの肌　女の肌に　肌膚(きふ)

を腐植と　君が肌の香　今宵は肌の　桜の肌の　人種の

はだの　誰肌(たがはだ)ふれむ　冷たき肌を　肌おしぬぎて　肌

寒うなる　肌なつかしや　肌なまめかし　肌にしみたる

肌につめたき　肌にひゞきて　肌のさむさよ　肌のちら

つく　肌のぬくもり　肌のひかりぞ　はだへきよらに

はだへにそへば　肌を切に　ひさしき肌の　人の肌に

瓶(びん)の肌へを　やは肌もゆる　弓手(ゆんで)の肌を　わが肌をもむ

素肌(すはだ)　荒素膚(あらすはだ)　素肌みな●　女の素肌　醒(さ)むる素膚に

素肌の少女(おとめ)　素肌のままに

【膚(はだ)】

膚くろし　膚に来る　花の膚　人膚に●丹(たん)に膚(はだえ)

に　蜥蜴(とかげ)の膚の　膚の鱗(いろこ)に　膚のたのしき　蠟(ろう)の膚(はだえ)の／

疱瘡(いもがさ)顔の

皮膚(ひふ)

皮膚　君が皮膚　皮膚がみな●お前の皮膚が　金色の

皮膚　皮膚青白き　皮膚にしづかに　皮膚に親しき

皮膚にまつはり

刺青(しせい)　入墨した手で　女の刺青　くりからもんもん

背中の龍の

黒子(ほくろ)　かきぼくろ　附黒子(つけぼくろ)　泣きぼくろ　黒子のみ●

黒子あやふし　胸のほくろと

雀斑(そばかす)　雀斑をとめが

【皺(しわ)】

小皺(こじわ)よりし　皺たたむ　皺の中　皺を見る　旅

の皺　人の皺　乱麻皺(らんまじわ)●薄い横皺(よこじわ)　大きな皺が　皺く

らべせん　皺たのもしく　皺をぬがばや　わが衣の皺

皺手(しわで)　手の皺が●皺手合る　皺手にかこつ　皺手に手折

る　皺手につたふ　皺手の跡は

瘤(こぶ)　此瘤(このこぶ)は　瘤をちぎる

皸(ひび)　胼(ひび)の吾れ　ひびわれて●輝(あかぎれ)の手を　輝(あかぎれ)を吹く

その胼(ひび)の手を　皸(ひび)のさびしさ　皸(あかぎれ)の手くび

爛(ただ)れ　爛れたる●赤ただれたる　爛れた手くび

14 仕事——農

農　刈　摘　積　干

【農】
寒地農　農園の●農具はぴかぴか　耕人に　小作より　農人にも●添ひ寝の農夫　農婦と農婦と　農夫は土に　農夫らの鋤

【耕】
耕作機　耕さぬ　耕して　耕や●荒れた耕地や開拓記念　秋耕の馬

【蒔く】
芥子蒔と　米蒔くも　種蒔きに　麦蒔の●たねまきのとき　菜を蒔立し　籾も蒔かれぬ

【刈る】
稲刈て　茨刈る　陸稲刈　刈先　刈られけ刈あとや　刈りかけて　刈蕎麦の　刈残し　草刈りに　柴刈に　ずんど刈　そば刈て　とくさ刈　新刈の韮を刈　真菰刈　麦刈り　麻かりといふ　麻かりあとの稲刈るわざを　刈りしところに　刈田のはてに　刈りの稲刈　刈る大鎌の　丈かり揃へ　韮を刈取　麦刈こすとは　　　　　　　　　　　　　　　　　　麦刈少女　むざと刈られし

【摘む】
朝なつみ　苺摘む　草摘む子　桑をつむ　笊に摘む　薔薇摘み　摘草や　摘み喰ふ　摘み溜めし野芹つむ　薄荷摘み　蓬摘　若菜摘む●あはれみて摘む　摘みあつめふる　つみ草に出る　わかな摘むべく　芽を摘いれて　山桑摘めば　採れるころ　母が芹つむ摘む夕すみれ　二の芽摘むべく●採る　採り残す　採集など、蜜を集むる　バナゝ採る　マンゴ採り

【積む】
稲を積む　こやし積　積みくさり　ひそと積む●青柴積める　たかだかと積みて束　早苗束　束ねぐせ　束ねけり　束ねたる●束に腰かけ　なま木の束を　百合の束を

【結う】
囲ひかね　わがかこふ●囲む池水結う　髪に結ふ　粽結ふ　ほそく結ふ　結び込みぬ●あはれに結へる　髪も結ふまい　手綱を結ふと

【捲く】
かひな捲きて　手に捲くは　捲いて去る　捲き落す　捲きしむる　身を捲かれ●まきつけてゐる

【干す】
藍干すに　菊干すや　笊干すや　干し大根●梅干ほしぬ　干瓢干て　蕨を干して

14 仕事 —— 切

切

刻　研　鍛冶　槌

【切る】 菊剪るや　切株に　切りすてん　剪りたての
きれし音を　爪を切る　牡丹切て●青きを切りて　う
すく切られし　馬の爪切る　けふや切べき　切られる
花を　切らんとぞおもふ　切り抜いたあと　切る隅笹
や　切れても動く　手の爪を切る　群れて石切る　蘭
切にいで／チョッキンナ

千切る　引千切り●瘤をちぎる　菰引ちぎる　裾ちぎ
るとも　ちぎれてし今　ちぎれの草を　捲き千切られむ

斬る　釣るし斬り●斬りてつくさね　耳斬りてみぬ

伐る　青木伐り　伐られたし　伐透す　伐り攻めて
木をきりて　わが伐りし●伐らぬ習を　伐られた雑木
の　椎伐らばやと　大木を伐る　夫婦木の　伐られり

挽く　氷挽く　挽き立つの●臼の挽木の　木を挽ひ
びき　挽きこぼしたる　夢や挽きよる

【刻む】 刻まれた　刻む音　切刻み　小刻みの●大き
く刻む　刻み鋭き　刻めるごとく　力
を刻む　音には刻めど　仏刻まむ　梵字を刻す　闇に
刻みて　わが名を刻む

【研ぐ】 削る　削り氷の　削やうに●削りて高き
きけり●だんびら磨ぐや　研ぎ上げし　磨なほす　みが
を研がれるばかり　研ぎすましたる　砥石の面
研げるナイフを　　　　　　　　　研屋の業や

剃刀　髪剃りあてて　剃刀研人は　剃刀にほ
ふ　剃刀の音

【鍛冶】 鍛冶が家　鍛冶が鎚　鍛冶の音
鍛へられて●祝ふ鍬鍛冶　鍛冶の音きく　刀鍛冶は
野鍛冶が散火　はがねを鍛え　鷹もつ鍛冶の
のかけやが　鋳掛屋を　鋳し鐘や　庖丁鍛冶や

鋳る　いかけしが　鋳物の盤の　よき鋳師
蠟で鋳た●鋳たりもしよう　鋳物の盤の　釵を鋳る
鍋の鋳かけを　ほぎ鋳たるかも

鎌　鎌の色　鎌の刃を　鎌を研ぐ　火打鎌●鎌音きけ
ば　刈る大鎌の　草刈鎌を　利鎌鳴らす　利鎌もてる

14 仕事 ── 作

鍬（くわ）
鍬鎌（くわかま）に 鍬先（くわさき）に 鍬さげて 鍬濯（そそ）ぐ 鍬たてゝ 鍬のえ 鍬の罰（ばち） 鍬始（くわはじめ） 鍬まくら 鍬をあげ 鍬濯（すす）●足鍬（えんが）踏みこむ 鍬がひかった 鍬とらぬ身の 古鍬（ふるぐわ） 鍬をかついで 三本鍬（ぐわ）を 農夫らの鋤（すき）

斧（おの）
斧入（いれ）て 杉に斧●石伐（き）る斧の 斧入（い）らしめず 斧の音きこゆ 琴に斧うつ 銀の手斧（てをの）が 手斧はじめの

鉈（なた）
我斧（なたぎ）を研ぐ 鉈切（なたぎ）れの 鉈の音●鉈を打ちうち

鉋（かんな）
鉋屑（かんなくず） 鉋の音●鉋の音す 鉋の音は

鋸（のこぎり）
大鋸（おが）を引く 鋸の●大鋸の粉光る 大鋸そのまゝ 木ばさみに 鋸の声 鋸の刃の 鋸の歯も

鋏（はさみ）
大鋸（おが）をきたふる 鋏かな●鋏おとせし 鋏を借せと また長鋏（ちょうきょう）を や 鋏刀の音や 鋏をあてる 鋏にたらぬ

鑿（のみ）
鑿の香や 鑿のにほひ●鑿冷（ひえ）たる のみふる音や 鑿冷（ひや）したる●打出（うちで）の小槌（こづち）

【槌（つち）】
漁槌（つ）の音 撃ちきる槌●打出の小槌

槌がほしさよ 槌におくれて 槌にもなれし 鉄槌（てつい）をうつ

作
仮

【作（つく）る】
菊作り つくらしむ 作り居る 作らぬ菊 つくり置（おき） 麦作る●エレキづくりの 作らぬ菊 つくりためたる 作り山伏 八橋つくれ

出来（でき）
出来出来 近年の作 不首尾也（ふしゅびなり） 不出来なる まだ出来ぬ●青麦の出来 枕も出来 蒸気で出来た ひそかに出来し ひよいと出来て 料理出来たり

蔵造（くらづくり）作道（つくりみち）
普請（ふしん） 寺修理 橋普請（はしぶしん） 普請場（ふしんば）に 舗装して 舗装せる 道普請（みちぶしん） 宮普請（みやぶしん） 家普請（やぶしん）を／工事かな

【造（つく）る】
巣を造る 玉造（たまつくり） あま酒造（ざけ）る 造化（ぞうか）の使者も 造化無尽（むじん）の 造型（ぞうけい）機能 造型の餓鬼（がき）

【仮（かり）】
仮棲家（かりすみか） かりそめの 仮の家の 仮橋（かりはし）の 仮家（かりや）まくら●仮祝言（かりしゅうげん）を 仮初（かりそめ）なりし 仮の持仏（じぶつ）に 仮の内裏（り）の 仮の契（ちぎ）りも 仮の宿（やど）を 仮家引（かりやひけ）たり しばらく仮の

14 仕事 ── 持

持　握　挟　提　剥　抜　拾　投　埋
掘　開　閉

仕事

【持つ】折り持てば　もたせけり　持ちそめの●家を持たない　扇手に取　猿に持せて　ちぎりて持ちてポールをもって　持てるかなしみ

【摑む】つかみ合●鯨も摑む　つかみては喰ふ　摑んでゆする　箸を摑で

【抓む】きゅうとつまめば　つまみごろの　つまみそこねた　つまんで見たる

【握る】握り合ふ●握手求むる　怒りを握る　石握り見る　一握の砂　堅く手握り　けぶりを握る　銭を握って　手握りかへし　燕　握る　剣を握る　手をにぎったつと　握りつぶして　握れば指の　握れる砂の

【挟む】挟　をき●襟にはさめる　かた手にはさむ戸にはさまる、　火をはさみけり　面桶にはさむ　鮫提て●いくつも

【提げる】梅提げて　提げて来た　提る燭台　しっぽりと提げ提提げて　鞄をさげて　提る燭台　しっぽりと提げ両

手に掲げた

【掲げる】かかげつつ●篝をかかげ　襁褓かかげて掻　かきむしる　庭掻いて　馬糞掻　耳を掻く●馬の顔かく　籾掻くことや　掻きみだしゆく　かきむしりつつ　爪で掻

【剥く】梨剥いて　バナナ剥く　むき蜆　むき玉子栗むきくれる　林檎剥きをり

【毟る】うち毟り●むしりたがりし

【捻る】捻ぢ伏せられ　身をねぢる●ねぢつたまゝのぢをひねれば　蚤を捻て

【揉む】錐をもむ　揉む風や●揉むが可笑しさ　揉めりその湯を

【抜く】つき抜けた　抜き残す　抜けるほど　ピン抜くや●刀をぬきて　すぽりと抜きて　抜かれた草はぬけ初の歯や　ぬけつくしたる　ほつくりぬけた　ほりと抜けた　綿引抜て

【拾う】石拾ふ　落穂拾ひ　骨拾ふ　椎拾ふ　拾ひる　ひろわれて　穂拾ひの●命拾ふて　落栗拾ひ　落

14 仕事 ── 持

拾へば　金も拾はず　栗やひろはむ　小石拾へり　小貝
拾はん　誤植ひろへり　こぼれをひろひ　酒樽拾ふ　鐚
銭拾ふ　拾うて見たれ　拾へる石を　拾ったボタン　拾
つて歩き　骨拾ふべく　めしつぶひろふ

【投げる】　投げ込みて　投げ出して　投て置　投げ
伏しぬ　投げませう　まりを投げ　●海中に投ぐ　花群
に投ぐる　からだを投げて　菊抛げ入れよ　ぎらぎら
投げる　投壺まゐらん　なげいだされし　なげし聖書
を投出足や　投げつけられし　濠に投げ込む　むさゝ
びなげて　夜の方に投げ

【埋める】　頤を埋め　埋もれし　埋めてやりぬ　埋
木に　埋れけり　苔埋む　美に埋もれ　●入日埋めし
埋みし犬の　埋むる心地　うづもれて死す　埋もれぬべ
き　うめつくしたる　埋るるがごと　埋もる花も　埋
木ながら　埋れごろぞ　峡に埋れて　かしら埋めて
心埋る日　コスモスに埋れ　死骸を埋めて　砂に埋れて
底に埋みし　壺埋めたき　何処へ埋めて　流を埋めに
ほひに埋れ　花にうづもれて　柩を埋む　箒　埋めて

めしを埋む　炉灰に埋む
【掘る】　掘ってから　掘りさきて　つちを掘り　野老掘
掘り　●秋の地を掘る　掘ってもらひぬ　掘り出されて
掘れば氷の　町掘りかへす
【開く】　開きたらむ　明け放し　あけはなつ　錠明
けて　ドアあいて　戸を明て　ヒィらいた　開きけり
封切　封切れば　まだ開かず　●開け閉てしげき　開
け放たれ　あはやとひらく　裏門明て　巨きく明し
薬屋開き　小見世明たる　障子あけて置く　とぢては
ひらく　扉をあけて　開いて遠し　ひらかれてあり　抽斗あけて　ひと
りで　に明く　封を開けば　窓あけて居る　湯のまど明けて／
ひろげつつ　ひろげてたのし

【閉じる】　しまる音　閉めてある　閉めて無し　閉ぢ
がちと　閉ぢし夜の　ひきとぢて　封じ込めて　閉店の
●質屋とざしぬ　ぢつと眼を閉ぢ　しめ忘れたる　煤に
とざせよ　とざす手白く　閉ぢこめてゐた　眼をとぢ

仕事 ── 引

引　曳　吊　張　付　解　払

塞ぐ　塞ぎけり　四方（よも）とざしたる　道ふさぐ●店先ふさぐ　るとき

引く　蕪引（かぶらひき）　大根引（だいこひき）　ひかれける　引潮（ひきしほ）に　引立（ひきたて）て　ひきとむる　ひんぬいた　風板引（ふうばんひき）　洪水引（みずひき）し　ろくろ引（びき）●牛に引れて　牛を引出す　かすみ引（びき）けり　蕪引（かぶらひき）くらん　狸（たぬき）が引くや　裾（すそ）を引くもの　引ずる水も　ひつぱりあつてゐる　引つぱりてみて　灯（ひ）を引くころや

曳く　赤羅曳（あからびき）　曳馬（ひきうま）に　曳きだして　曳きながら　曳きはへる●牛曳（うしひき）をとこ　影曳（ひきかげ）くほどに　地曳（じびき）のあみの牽（ひ）かれて行つた　曳かれて遠し　曳きて日暮れぬ　曳けて捕吏（ほり）に曳かれて　若き曳（ひ）き子よる男も

吊る　吊革（つりかわ）に　吊橋（つりばし）の　蛇吊りし●萱吊上（かやつりあ）るさぬかねの　軒端（のきば）に吊りて　貉（むじな）をつるす

張る　傘張（かさはり）　張りつめる　張りとほす　張りわたす　張る男　りんと張り●絞（いと）は張られて　菰張（こもはり）まはす

張詰（はりつめ）る蟬（せみ）　張物（はりもの）見ゆる

付ける　つけかへて　べつたりと　へばり付（つく）　痿（な）へたる　ひつゝき易（やす）い

掛かる　かゝつてゐる　かゝるなり　掛替（かけかわ）るかゝる　ふわりとかかる　マスクをかけて

繰る　繰り返し　手繰網（たぐりあみ）　爪繰（つまぐ）りて●糸繰（いとくり）の唄（うた）　繰るがごとくに　手繰（たぐ）りがたなき　戸を繰りをれば

繫ぐ　繫がれて　つなぐ舟　船を繫ぐ●愁（うれい）を繫ぐ　繫（かか）つてゐるや　泥船繫（どろぶねつな）ぐ

絡む　相搦（あいから）み　からみ合　絡（から）まる萩（はぎ）の抜けて絡む毛　若枝にからむ

解く　解きがたく　解きしまゝ　とくまいぞ　解くるとき　解けがたき　解く黒髪と　とけない謎（なぞ）をほぐれほぐるる　ほどく手つきや　ほどけばもとの

払う　香を払ひ　手払に●塵打払（ちりうちはら）ふ　蠅（はえ）うち払ふ蜂（はち）うち払ふ　払ひがたなき

仕事 ── 打

打

撃 叩 突 押

【打つ】 うたるゝな うちあぐる 打ち納め 打ち出しぬ 颯と打つ 地を撲ちて 鋲打てる 平手打の麦うつや やれ打な われをうつ●頭を撲って 出でよとて打つ 犬も打てかし うたるゝ鯉の 打たるゝ蝶の打ちつ煽ぎつ 撲つあめ粗し 打つ気になれば 打ちらかりて 打てや打てやと 直に打込 笞にて打つ鶴嘴を打つ はたと打つたる ぶたれる土は

【撃つ】 犬を撃つ 撃てよかし 雉子うちて●相撲ちてあり 相撲つものの 石うちぶて撃つ 石上に撃つ 羽を撃つ風雨 まぼろしを撃つ 水を撃つ音 我を撃たむとあたる 霧頬にあたる はつしとあたる

【叩く】 尻叩く 叩かれて 銅鑼たたき 戸を叩くわらたゝき●うつゝにたたく 鉦を叩いて 壁をたゝきて こゝを叩くな 地下足袋叩く 底を叩けば 太鼓たゝいて 叩いて見たる 敲かれ給ふ 叩かれてゐる 叩かれやすく 叩きつけられ 叩くは僧よ 蠅叩きけり古雪たたき 藁たゝきつ、聞えぬ 砧せばしき 砧にうてと 砧も遠くかすや

砧 朝砧 砧打て 砧ひとり 小夜砧 夕砧●きぬた

【突く】 つきあたる 突あはせ つき切つたぞ 突きさゝる つきさした つきわりて●突あげのまど 突き当らんと つきあたりたる つゝき散らして つゝきと寄せたる 恋せぬきぬた

【押す】 おさえつゝ 押さるゝや 押され行き 押し移る 押合て 押しとほす 押しとどむ 押花はおしよせて 押し分くる ドア押して どこを押せば 平押に●おしよせてくる 押わけみたる 押せば開くと柴押まげて ちょいと押さえ みなおしあひぬ

圧す 圧され住む 圧してくる 几を圧す●圧され死にけむ 我が心圧す

潰す ふりつぶす●おつぴしがれし 敷居でつぶすしらみをつぶす

14 仕事 —— 漁

漁

釣　網　綱　縄　篝

【漁】
川狩や　禁漁の　大漁だ●生簀曳きゆく　帰

漁夫
漁の唄　漁り舟　大漁踊に

網の者　女漁夫　漁家寒し　漁者樵者

漁夫の子　若漁夫よ●漁夫帰り行く　漁父ともな

ち　漁夫の晩　村の漁夫が　佇む海人の

海人
海人集ふ　海士の家　海士の顔　海人の子が●

らで　蜑の頭や　海人の子なれば　岩魚捕り　鯨捕り　さかな

採る
蜊とり　鮑とり

【釣】
岩苔とりの

釣　魚釣るや　鱸釣て　釣り上げし　釣糸を　釣

台の　釣の気も　釣半日　釣ランプ　沙魚釣や　鮑釣る

や●座敷より釣　セーヌで釣し　釣の糸吹　釣り放した

る　鱶釣かねて

【網】
釣師
釣師撲つ　釣師めく　釣人の　釣る人ぞ

網引きする　網打の　網小屋の　網の魚　網の

舟　鰯網　手繰網　干網に　夜網かな　四手網●あび

き張る脚　網打ち見入る　網にかかれる　網のめもるる

網干す炎天　地曳のあみの　干網多し

網代　網代守●網代にかゝる　網代の氷魚を

築　崩れ築　下り築●築のかがり火

銛　銛の縄●銛もて海よ

【綱】
くさり綱　とも綱に　帆綱かな●黄金の綱

綱もきく夜や　鳴子の綱

【縄】
あざなへる　鰻縄　くされ縄　鈴縄に　つるべ

縄　縄帯の　縄をなげ●うたゝ鵜縄の　からうすの縄

つるべの縄に　縄綯ふ如く　縄引き合ふる　光った縄を

火縄
火縄うり　火縄の火

鵜篝の　篝火の　捨篝　花篝●鵜舟の篝　篝こ

ぼれて　篝の影に　篝のくらき　篝の見えぬ　篝をかか

げ　天の篝火　火

松明
松明に　松明消し　炬火照らし●松明振り行くや

漁火
いさり火に　鯖火もゆ●赤いいさり火

夜振
夜振うり　夜振か天城　夜振の人と

14 仕事——狩

狩

罠 弓 矢 杣 柴

【狩】 落穂狩 狩衣 狩倉 川狩や 菌狩 霜を
狩る 鷹狩の 茸狩 茸狩や 火串かな 夜興引の
●狩場の外へ 狩を好まば 野山の猟に 初狩人の
興引ならん

猟夫 かりうどだ 猟人も ●猟夫が眉に 猟夫に追は
れ 猟男の弓を 猟師に逢ひぬ

【罠】 雀罠 虎鋏 夢のわな 罠なくて わな見に
と 篠張の弓 ばねを仕かけて 罠にかゝりて

囮 囮籠 ●囮鶉 をとりの鮎を

捕る ハブ捕りの ●尻尾を捕え 捕へてゐたり とらへ
られけり 虫捕る道具

【弓】 手束弓 南無弓矢 弓が誘ふ 弓固 弓取に
弓のごと 弓の竹 弓矢取 ●老の弓取 しらきの弓に
弓かりにやる 弓矢に遊ぶ 弓矢の家に 弓矢の神を

弦 弦緒きれ 弦音に 弦を断ち ●弦にはなれし 弓
弦はづれて 射とめたる 光を射 眼を射 みだれ射よ●

【矢】 射る 矢をはなつ声 わが胸を射
鱗眼を射る

こがね矢を 白羽の矢 流れ矢の
母の矢の 二つの矢 矢の立ちし 矢は尾花 矢響の●
秋の矢負ひて 雨の矢数に 金矢の命 剝舟矢ばしり
幸福の矢を 白羽の矢よりも 罪の矢ならば 遠矢の
行末 通り矢のはな 火の矢つがへて 矢先にかゝる
矢種の尽る 矢にや刺さまし やねに矢のたつ 矢をは
なつ声

【杣】 杣が戸の 杣が蒔きし 杣の頬 樵人に 杣人
の 年木樵 漁者樵夫 山賤の ●杣が胃の腑や 杣が
はやわざ 杣の杣薪棚 谷あがる杣や
山家 片山家 山家妻 山家人 雪山家 ●山家の体を

【柴】 二日山家の
柴舟の 柴漬の ●青柴積める 柴押まげて 柴折くべる
柴一把 柴刈に 柴付し 柴の戸や 柴人の
柴さす家の

14 仕事——店

店
屋

【店・屋】

魚屋や　魚の店　扇屋の　鏡店　貸本屋　鍛冶屋あり

鞄屋の　かまぼこ屋　かもじ屋に　硝子屋の　木薬屋

薬屋も　靴屋あり　傾城屋　下宿屋に　氷屋に　小

料亭　小料理屋　雑貨店　写真屋の　珠数屋から　白

銀屋　たばこ店　煙草屋の　チンドン屋　壺焼屋　蹄鉄

屋　出店哉　天がい屋　豆腐屋の　にゅり屋の　花屋

いで、ひろめ屋　風船屋　古金屋　紅屋が門を　水

菓子屋　むらさき屋　焼藷屋　屋台店　煉瓦屋の●駕

籠屋のゆする　河岸の問屋の　きねやとつきや　金魚屋

の荷の　薬屋開き　小鍛冶の店に　作兵衛店の　島の雑

貨屋　そば屋が前　蕎麦屋の庭の　出入の八百屋に　古物店

とうふ屋が来る　花屋の水の　パン屋が出来た

の見ゆる花屋が　村の呉服屋　八百屋の軒で

紺屋　紺屋の門　紺屋の梅も　紺屋の庭に　染屋の紺

に　緋染紺屋の

質屋　質おいて　古手売●質屋一軒　質屋とざしぬ

酒屋　酒肆のかなしさ　酒屋の間を　酒屋の唄に　酒屋

のかどに　酒肆に入りつ　酒肆に詩うたふ　まへは酒屋で　主水に酒屋

床屋　床屋に入りつ　床屋の鏡　床屋の弟子を　遍路茶屋

茶屋　珈琲店かな　だんご茶や　婆が茶屋

峰の茶屋　桃の茶屋　よしず茶屋●駅の古茶屋　御茶

屋のみゆる　カフヱの時刻だ　喫茶店の　茶店出しけ

り　夏陰茶屋　花見茶屋　冬の茶店の　茶店の猫

商店　大店の　小店かな　店ざらし　店ちんの　閉店

露店　夜店哉●陶器の露店　露店の油煙

の　店々に●店屋物くふ　場末の店　店先ふさぐ　店

棚のうち　みせはさびしき　店ひろ〲と　店をひら

見世　雛見世の　見世先へ●小見世明たる　むかひの見

きぬ／ショーウィンドウの

世は

商人　小商人　博労が●会津商人　近江商人　旅商人

の　若き商人／長松が　丁稚あがりの

14 仕事 ── 売

売　買品物

【売る】

小豆売　飴売の　烏賊売の　威張つて売る
いわし売　外郎売　植木売　団売　売られ出て　売飯に　売あ
りく　売石や　売り売りて　売り出しの
もせで　売物の　売ることを　売れにけり　売れ残り
絵をうりに　おでん売る　帯売の　鰹売　きらず売
切売　鯨売　蜆売　柴売や　白魚売　すだれ売
蕎麦売の　田にし売　野老売　鰍売　はしら売　ふゆ
なうり　振売の　文を売って　蛇を売る　虫売の　物売
を　木綿売　夜そば売　ランプ売●売られてどこへ　売
家の庭　売声絶えて　売のこしたる　売れ残りたる
風車売　刀売る年　門売ありく　けふは売かつ　魚売
りさん　酒に梅売　島のあめ売り　白酒売の　酢売に
袴　菜売に来たか　花売憩ふ　花売る娘　歯磨売と
はや売りにきぬ　人に売れし　鰤のすて売　身を売れて
も　桃の実を売る　山芋売の　夜も水売る／煮てひさ
げ　山のおみやげ

【買う】

ぎをきる　家買て　魚買の　買得たり　買ひおきしか
いぐひが　買込だ　買初に　買ひにけり　買物に　買
シャボン　紗買の　買はせける　けふ買ひし　小鯵買ふ
小買物　酒買ひに　書を買ひて　僧が買ふ　日記買ふ
買物買ふ　古着買　枡かうて●印籠買に　玩具を買ひ
刃物買ふ　女買ひに行く　買ひてかへるも　買ひてもどりぬ
哀し　金魚買うてやる　線香買に　茶の買置を　買はれ
やうを買て　日記を買はぬ　麦酒を買ひに　人買船に
本を買ひたし　みなから買ひて　耳掻買ひて　夕飯買に

【品】

品さだめ　進じそろ●品かはりたる
製　玻璃製●伊太利亜製　金属製の　鉄製のベッド
につける製の　針金製の

【物】

檜物　物くるゝ●カイザルの物　つかれた物の
物そこなはぬ

土産　江戸土産　土産店●京のみやげも　西瓜のみや
げ　山のおみやげ

14 仕事――荷

荷

札　運送　配置　包

仕事

【荷】
老の荷を　指荷ひ　荷鞍ふむ　荷ひ込　荷のつどひ　荷をつくり　●揚荷のあとの　稲荷ひゆく　女のぬけ荷　貨物おきばの　香をば荷へる　米の揚場の雀を荷ふ　でっちが荷ふ　荷と荷の間に　荷ふ落鮎　荷ふ強力　荷持ひとりに　荷物のおもさ　物荷ひ行く　山が荷になる　我が小さき荷

重荷
重い荷を　重荷負　重荷もち　●えたる重荷に重荷おろして

片荷
片荷は酒の　片荷は涼し

荷馬
から尻の　本馬の　●荷馬車の音も

荷牛
牛の車の　牛の高荷や　木曾の荷牛の

【札】
札の立　札のもと　迷子札　若夷　●札所や札のまつ落札が　かきおちふだ

●屍運ぶが　かばね　鉄はこぶ　運ばるる　運びけり　ものはこぶ茶をはこばせて　運ばるゝより　はこぶ餌

【飛脚】
を待つ　はこぶ野菜の飛脚　金飛脚　定飛脚　飛脚過ぎゆく　飛脚哉　●狐の飛脚　歳暮の飛脚　飛脚ゆく　戻り飛脚や

【送る】
●送つて出れば　白魚送る　我を送りて　送らるる　送られて　送りけり　おくり人は

【配る】
配り餅　配達の●　くばりありくや　くばり納豆を　隣へくばる　煮〆配りて

【置く】
置かれけり　置き合せ　置き換へし　置き処置きわすれ　置く机　蔭に置く　●置きたる椅子の置どころなき　置わすれたる　白玉置きて　短檠を置けのけて置たぞ　屋根に石置く　湯呑を置いて

【包む】
柿包む　包み紙　つゝむとも　包めるを　●赤きに包む　紙に包むも　菰に包で　薔薇をつつむ　包みかねてや　つゝみてぬくし　つゝむにあまる　ねむごろに包む　ばさと包むや　花を包みし　光を包み　ほのかに包む

苞
蠣苞に　笹づとを　わら苞の　●苞ほどくなり　納豆の苞や

14 仕事──金

金　銭　値

【金】　犬に金　金箱を　金ほしき　ごぜの金　酒手哉

持参金　したく金　しんだ金　藩札の　細元手　わが

金と●海からお金が　音のする金　金とり初めの　貨の

ひゞきの　金はふくろに　金もうくるを　金も拾はず

かねを尋ぬる　為替来りぬ　現金酒の　小づかひ記す

天からお金が　とぼしい金を　ひらふた金で

紙幣　処女紙幣●老紙幣●獲て来し紙幣は　紙幣並め干す

金貨　瞳は金貨●金貨の光り　金貨も汗を　小判動か

ず　小判かぞふる

銀貨　足あと銀貨　銀も見しらず　一つぶ銀や

銅貨　白銅貨は●銅貨や白銅　銅貨が落ちて　銅貨の

音楽　白銅を呉れ

家賃　敷金に　店ちんの●家賃五円の　家賃下りぬ

賃　恩給に　書賃の　汽車賃を　五人ぶち　賃仕事

月給足らず　月給取の　父の俸給　ボーナスありて

【銭】　借金　金をかせ　銭借りて●金かりに行く　金もか

して　小ぜにをかりて　借金のかた　祖父の借銭　借銭書　借金

とりが　借金のごとく　銭かりてゆき　負債のごとく

銭入の　銭がいる　集め銭　小銭かな　肴銭　しろい銭

【銭】　あつい銭　銭が降　銭買て　銭ざしに　銭のこ

と　銭をなげ　ばくち銭　橋銭を　はした銭　花と銭

ふる子　銭が袂に　赤き銭ひとつ　詩人は銭を　銭数

三十日銭　わらぢ銭●小石のお銭を　一銭に三つ　お銭

と申す　銭がとぶ也　銭四五文や　銭に身

を売る　銭の中なる　銭はかり込　銭は残れり　銭欲

りにけり　銭見ておはす　銭むづかしと　銭をかぞふ

る　銭を握つて　そこばくの銭に　どこも銭出す

拾ふ　馬糞も銭に　降る賽銭の

賽銭　御さい銭●賽銭箱や

【値】　銀なんぼ　米値段　ねぎつても　直のしれた

安い事　安もの、●あがる米の直　あたい千金　価はと

らぬ　一荷で直ぎる　正直値段　値ぶみをさる、安

物くさい　窓から値ぎる

14 仕事——商・暮

商　借 貸 印

【商い】商へり　小商（こあきない）　隊商（たいしょう）の　隊商連（たいしょうれん）の　人間商

売／請おひて　予約され　請状すんで

【広告】チンドン屋　広告風船は　ひろめ屋の●広告気球
広告燈が　新聞広告　広告の道化

【借りる】かりた傘　かりて寝る　借木履（かりぼくり）　借覧（しゃくらん）す
寺借りて　われに借す●文ある借着　借りての月日
借りねばならぬ　下駄借りて　酒借りに行く　借もを
かしや　鋏（はさみ）を借せと　火種借りて

【借家】相借家　借家札　間借して●借りて人住む
かしや　傘貸して　貸ボート　貸本屋　衣貸さむ　宿

【貸す】貸さず●かしておくぞよ　貸家のつづく　ちょいとお貸
しな　畠を借して　われにも貸せや

【印】印影の　印を押す　烙印の●印章重し　印判お
とす　呪詛の烙印　決議書に判　焼印もがな

暮　働 生活

【働く】事務始　出代（でがわり）　働ける　藪入や　山稼（やまかせぎ）
離職せり　労働祭　労働の●う（鵜）にかせがせて　銭つ
くるわれは　働きに行く　労働人ひとり　はたらくと
いふ　働けど猶　日傭出て行　皆働ける　労働の骨

【勤】出勤簿●君のつとめに　銀行員の　つとめ先より
労働は活ける　勤務をやめて

【仕事】沖為事（おきしごと）　賃仕事　針仕事　山仕事　夜為事（よしごと）●仕
事してゐる　為事なかばの　職業に別れ　涼み仕事に
てんでの仕事　二階仕事や　晩の仕事の　一人裁縫の

【奉公】奉公●家業たのしむ　奉公ぶり●初奉公の
業（わざ）　世の業や●家業たのしむ　杣がはやわざ　研屋の業

【生活】一日の業は　身の生業（なりわい）と　余業に画廊
や　売喰（うりぐい）の　親がゝり　暮らしけり　しわん坊
生活の　臥生活（ねぐらし）の　見てくらす●あそびくらしつ　かゝ
る生活に　家政の鍵の　生活のなかの　誰が生活ぞ

266

14 仕事──貧

貧 不

日々の消光が 不思議な生活 楽する比と 楽にならざり われの生活に

世帯（しょたい） 新世帯●女世帯の 世帯くづれの 世帯しみてる もやひ世帯

渡世（とせい） 世を渡り●炭焼渡世 渡世念仏 何に世わたるぐか

世に従はん 世に染まずなり 世にぞ対へる 世の海こ

【**貧しい**】（まずしい） 貧僧の 貧厨に 貧といへど 貧ならず 貧にして 貧に処し 貧福の 貧をかこつ夫 貧しからぬ 貧しければ 貧しさに●あはれ 貧者よ 一文もない 一銭もなし 暫く貧し つひに貧しく 憎む貧あり 貧窮問答 貧者の労力 貧富の差別 貧民窟 耳を貧土に餅を 貧富の跡を 貧民よ の灯影貧しき まづしい水夫 貧しき 家を まづしき乙女 まづしい出窓 貧しき女 貧しき葬の 貧しき

ひとを 貧しき街の 貧しき養の 貧者は まづしけれども まづしき宿の 貧しさゆるに ゆく銭のなき

貧乏（びんぼう） 小貧乏め 銭なしは 貧乏に 貧乏雪●びんぼう神と 貧乏神に びんぼう寺ハ 貧乏徳利を 貧乏馴れ 貧乏町の 貧乏まねくな 貧乏見ゆる 貧乏村の 貧乏な天使

襤褸（らんる） 襤褸のごと●一個の襤褸 薄き襤褸 やつれぎぬ着る 襤褸の漢 襤褸の中のウと ヨロ法師 ルンペンと●今の乞食よ 梅に乞食の

乞食（こじき） 乞食 乞ひ歩く 乞ひはじめる 子乞食に 乞食僧 乞食男の かたゐおとこ 乞食となつて 乞食の妻や 乞食の蓑を 乞食の屁 乞食の 鉄鉢の中へ 鉢の子一つ 橋の乞食も ルンペ乞食の 乞食の 新乞食 旅乞食 辻謡ひ ホイト食は我を ン諸君 ルンペンの手が 老ルンペンで

零落（れいらく） 零落れて 落武者の なれの果 都落 落魄の零落や●財布はたいてしまひ みをもちくづし

【**不**】（ふ） ぶあしらひ ふがいない 不作法に 不首尾也 不確かに 不届な●そばの不作も 不毛の郷に

14 仕事 ── 栄

栄

盛 賑 驕 豊 富

仕事

【栄える】 国さかり　栄の鐘　もの栄ゆる●火かげの栄の　まごの栄や　ローマの栄華

【延びる】 行き延びて●群落が延び　延びゆく草の飴伸ばす●一寸のびる　草のびのびし

【伸びる】 すんなり伸びしと伸る　背丈のびゆく　翼を伸ばし爪がのび出す　のばし兼ねたる　づんづと伸る

しかなしみ　伸びてはちぢむ

【盛り】 喰盛り　出盛て　日盛りや●今を盛りと　女の盛り　くねり盛の　さかりの命　にくまれ盛りに　花のさかりの　花は盛りに　孵化のさかりや　まだ盛なり

【賑う】 にぎやかに●杓にぎはしく　賑ひ初むひとなれ　賑ふ民の　犇く市の　ひしめく闇の遊糸

【流行】 いまだに流行る　将棋の流行

繚乱　夜の賑ひに

【驕る】 紅驕る●いよいよ驕る　驕りがたしも　驕り艶めき　驕の景色　おごりの春の　驕児も驕らぬ

【豊か】 島ゆたか　ふくやかな　豊満な　豊かなる●青野ゆたかに　楽豊かなり　焚いて豊な　豊葦原を豊かに熟れた　ゆたかに老いき

【富】 長者ぶり　長者顔　母富まず　人の富　分限者●山長者●賢者は富まず　豪富のひとも　長者と見えて　貞徳の富　富者の工場

【得る】 市に得し　得難きは　貝を得て　買得たり　佳墨得て　君を得て　葛を得て　詩を得たり　既に得し力得て　鯰得て　破魔矢得て●得たりかしこし　得てし

【貰う】 小漁や　菊乞ひ得たる

　貰う　賜はりし　麸を貰ふ　貰ひたる　もらひ餅　もらひ物　貰うて来た●与へられしかな　姉にもらひし

鰯貫ひに　いただきいただいて　いただきまする　一枚もらふ　記念にもらふ　木の実をもらふ　寝所もらふ　一つもらうて　灯貰ひに出る　零余子貰ふや　湯をもらひけり

15 往来 ── 行

行
廻 通

【行く・往く】
曠野行 あれ行ぞ 牛の行 雁行て
雁行な 枯野行く 汽車行くや 君行かば
野路を往き 巴里へ行く 人往かず 行交や 往交へば
行違ひ ゆきちがふ ゆきつきて 行き戻り 行き行
きて 行雲や 行先に 行蝶の 行くは誰そ
行まいと 行けど萩 行け蛍 酔うて行く● 豕子に行
と 沖さして行く 尾をふりて行く 翳して行けば
雁ゆくかたや 君おもひ行く そこ行くは誰そ そら
行くかげを とんねる行けば 投込んで行 にしきき
て行く 野にそらに行く 人行過て 日行き月行く
ぶつかつて行く 万歳行くや 闇を汽車行く ゆきかひ
の疾き 行きたい方へ 行き違ひつつ 往きて帰らじ ゆ
きわたりつつ 行影長き 行先々は 行や雪吹の ゆり
もて行や ゆるく行きつつ／泥足はこぶ

行く秋 秋ゆくと 行秋や

行く春 行春や● 行く春のまど 行く春の宵
行く人 行人を● 行人を 春を行く人 家陰行人
ゆく人ほさき 行く人もなし 我も行人
行く水 ゆく水に● 下ゆく水の しばし水ゆく 闇行く
水に 行く水とほく
行く年 行年や 行年よ● 年や行けん
往還 往きかへり● 秋の往還 音の往還
往来 ゆきかへり 行き来かな● 町の往来を
進む 行進の 進む帆と 平押に● 進め止も

【廻る】
めぐり 幾廻り うちめぐり 廻礼も 地の廻り
めぐり犬の● 家をめぐれば 湖のめぐりの 回帰讃ふ
る 瀬田を廻るや 背戸へ廻れば 墓をめぐりて 低み
をめぐり 日は廻り居り 旋り了りて めぐりて遠し
めぐる林の
巡る めぐる めぐりあひ めぐる地の● いざ巡りてむ
巡りや 逡巡として 世界一周 大循環の 日万羅也
めぐる 虫の巡るや 巡るおもひに ヒマラヤ
辿る たどり来し 辿りゆく● 声を辿りて 辿る渚の

15 往来 —— 来

往来

【通る】　塵を辿る子　通り風　通り抜　通り抜けし　見て通る●　急いで通る　馬乗通る　御馬が通る　女が通る　枯野を通る　驟雨がとほる　頭巾も通る　すゞ風とほる　ただ見て通れ　だまつて通る　てうちん通る　電車も通る　通さぬほどの　通り抜ければ　通る馬次　とほる跫音　通る野分の　ながめて通る　はしやぎてとほる　ぴかぴか通る　日すぢの通る　人中通る　ほがらにとほる

【通う】　虫通ふ●　通ひなれたる　通ふ大工や　通ふ鉄路　の通ひ　相通ふ　霧通ふ　電車通ふ　奈良がよひ　灯　河内通ひの　工場通ひの　下田通ひの　地底に通ふ　ともし火通ふ　野末をかよふ　人通ふとも　日は行き通ふ　毎夜通ふと　ゆふぐれかよふ　夜は日に通ふ

【過ぎる】　過ぐる音　見て過　見て過ぎむ●　顔して過ぐる　すぎゆく影に　題して過る　西へ過けり　林を過ぎて　人を過して　ほとり過けり　よらで過ゆく　私を過ぎて

【よぎる】　祇園をよぎる　中をよぎれる　よこ顔過

来

帰　戻　入　待　迎

【来る】　秋来ぬと　秋の来て　今来たと　獲て来つる　来し秋の　来し電話　来る雁　来る人　来て騒ぐ　来て触る、　来て触れぬ　きてもみよ　君来る　て泊る　来る春に　来る日々の　来ぬひとよ　と　くると思ふ　くる春に　来る日々の　来ぬひとよ　来ぬ日なり　雀来て　到来の　斎に来て　のがれ来し　はずみ来し　はやり来て　人来たら　独来て　びゆうと来　ふためき来　我と来て●　おくれて来たる　川越くれば　来し夏姫が　来り黙せず　来て日盛の　来　ること遅し　来る砂舟や　来る筈の人の　来しと戸をう　つ　来ずやねたみて　来ぬ日はあれど　殺到し来　来よ来よ　誰かがやつてくる　ちよつと見て来る　どな　たが来ても　中をわけ来る　擲ちて来ぬ　人の入りく　る　人の下り来る　人の来てゐる　人の来る見ゆ　みな来いとの　やさしく来たる　よろ〴〵と来て

【帰る】　朝がえり　お帰りか　帰らざる　帰らじと

15 往来 ── 来

帰り来ぬ　帰りくる　帰り来ず　帰去来　かへりやん
せ　帰る　帰ろふと　漕ぎかへる　人帰る　湯かへり
に●雨の帰りを　いざや帰らん　市のかへるさ　いつかへ
り来る　入りて帰らじ　帰らぬ　おぼかた帰る　か
へらぬ秋を　帰らぬ魂を　帰らぬわれに　帰り来る夫
帰り尽して　帰り詣や　帰る市人　帰るけしきか　帰
るごとき日　帰さにくし　帰る燕は　帰る賑に　帰る
にや惜しし　帰る夜の　かへる浪人　帰ればむつと
かえろかえろよ　帰去来といふ　帰参かなはは　君かへ
り来ず　君帰り来む　君は帰ると　故郷にかへる　こし
路へかへる　子供かへらず　寺にかへるか　二度とかへら
ぬ　禰宜帰り行く　まろびかへれや　ミチルも帰れ
帰宅　帰心かな　帰省かな　帰省子に　父帰宅　母帰
宅●家路に帰る　家路をいそぐ　もどる家路の
【戻る】　華見戻り　もどり足　戻りぬ　戻り馬●あげて戻れ
返す　まけて戻れば　忽と戻りぬ　さびしく戻る　吹戻
さる、　馬返し　人返さず●返す人亡き　君返さじと
　　　　　　　　　　　戻り飛脚や／蜻蛉返りの

羽黒にかへす　またかへしくる
【入る】　入りおはす　入かゝる　入口の　入月に　お
江戸入　侵入し　飛入の　分け入っても●秋の入つ陽
入らんとしたる　戎　入れじと　森林に入る　つと分け
て入る　バラックに入れば　窓から這入る
【待つ】　菊を待つ　君まてば　春を待つ　人を待つ　待
ちごろ　待つ恋や　待ちどほで　待人の　待ちぼうけ　待ちま
六夜待●雨待つごろ　まつ花や　待つ間あり　待てど待てど
ちて　待つことや　稲妻を待　いまは待たじの
待ち待ち　をとこ待つらむ　女をぞまつ　君に待たるる兎
君をまつらし　クリスマス待つ　そなた待つとて　誰も待
たぬに　なほ明日をまつ　人まちかねつ　人まちし闇
まだかまだかと　またじとおもへど　待せて結ぶ　待ぬ
心の　待あき顔や　待ちあぐむらし　待人入し　待
くるしさに　待つとしばし　待こと久し　待や都の
　　　　　　　　　門跡を待つ　レモンを待つて
【迎える】　馬むかへ　神迎　駒迎　星迎　迎ひ人
迎鐘　迎火を●日を迎へむと　迎せはしき　村に迎へし

15 往来 ── 群・集

群

【群れる・群】

群て 男の群に 青葉の群れ 海女の群 岩群の うち
群 群山の 群らす 群雀 群鳥の
黄 群山の 群れ上る むれ落ちて 群に伍す 群を
牧ふ ●青毯の群れ アマゾンの群と 牛群れにけり 海
鳥の群の エルフの群を 女の群に 堅田に群れしか
もめの群れる 群鴉乱れて 氷の群れの 子供の群に
小鳥の群も 木群をふかみ 逍遥の群 職工の群
雀子のむれ 群雀はパッと すだまと群れて 天使の群
を 鳥は群れ立つ 鳩群れて飛ぶ 羽虫の群も 羊の群
の 一と群れ過ぎぬ 灯の群れのまへ ひるの馬群が
ビルのむらだち 群がりきたる むらがるくらげ むら
がる蠅の 群るる蔓草 群るる野薔薇 群れ居る鷗
群れ立つ千鳥 群れつゝをどる 群とまじりて 群れに
堕して 群れをおそる、群を包める 群をはなれて
野犬の群は 八十の群山 五百個岩群を

集

誘 訪 伴 混

【集まる】

集会の 集め銭 海人集ふ 人こぞる
なだれ 寄合や ●あつまる欅 あつめて早し 巌に猿集
る うれいをあつめ 大寄合や 乙女の集ひ 女集れり
雲の密集 時間の集積 すだくやはらぎ 僧の集て
つどふ妻子ら 鼠のすだく みなあつまるや 見に集ひ
来し 病人つどひ

雑踏 朝ごみや 入込に 雑沓に 大雑踏 人混みに
人だかり 人だまり 人なだれ ●雑踏の中に

群集 貴賤群衆の 群集の声 群集のなかに 大群集

揃う 打そろひ 鳴き揃ふ 幹そろふ ●家内揃ふて
尻を揃へて 揃ふて渡る 揃へたやうな 揃つて空をそ
ろはぬ花見 翼をそろへ 蔓なみ揃ふ まろき揃へて
見事にそろふ 芽を揃へつつ

並ぶ 蔵並ぶ ならばやな ●飴を並る 聞々並ぶ き

15 往来——集

みにならびて　けしきに並ぶ　白壁ならぶ　雀が並ぶ
ずらり並ぶや　卓を並べて　つゝじならぶ
る　並み聳つ山に　ならびて死る　並んで来るや　なら
んで低し　鳩も並ぶや　腹をならべて　卵塔並ぶ
列　いちれつの　参列し　絮の列●てんとの　一列　一列
に霧　列を正して

【誘う】誘へども　魂誘ふ　花さそふ　誘蛾燈　誘惑
が●恐怖を誘きぬ　誘惑されて生く　かぜを誘ひて
そはれて行く　悔ゐへの誘ひ　心を誘ふ　さそひ合せて　さ
狐の誘ふ　なみだ誘はる　眠りの誘ひ　春を誘ふて
誘惑である　誘惑の絃　弓が誘ふ　夢の誘ひと　ゆめ
もさそはぬ

招く　手招きは　招かざる●鬼神をまねき　皿でまね
くや　招けども来ず

【訪れる】音なひは　官舎訪ふ　訪はで過し●兄訪ふ
人に　僧の訪よる　友をたづねに　訪はず七とせ

寄る　打よする　打よりて　片寄りて　さし寄りて
人の寄る　人寄せぬ　寄りかかる　よりそひて　寄りて
来る●いくたびよせし　鯨もよらず　源氏寄せたり　つ
め寄り来る男　寄せぬ人なき　寄りてかたむく

尋ねる　尋ね来よ　尋よる　尋めゆきて●尋めつゞぞ来
て　尋めてわづらふ

【伴う】お相伴　相伴に●破船の伴の　伴僧はしる
　増荒雄の伴

随身　随身の●随身誰を
供　犬の供　児の供　供奴　供やつこ　わが従者●大名の供　供
に飛入　供の侍　供もつれたし
共　いざともに　ともそよぎ●ともに米かむ　共に掃
かる、共に吹かる、ともに酔ひ居る　初めて共に
連　女連　雁の連　連あまた　連てきて　道づれや●
旅は道づれ　つらゝをつらね　つれかへりゆく　つれて行
とや　鴎とつれ立

【混じる】うちまじり　おの／＼花の　風が交々　こもごもに飲む
にまじる　枯葉にまじり　飛入の●うら白まじる　槐
まじる裸木　無礙の混雑と　人雑もせず　まじる白髪を

居

在 座

【在る】
在りし日よ　母坐さぬ　不在なり　宿に在す
●いまだ御坐の　地の中に在る　不在地主の

【居る】
穴に居り　こもり居の　ひそと居し　独り居の
一人居る　妻と居りぬ●居づけの愚や　居処かゆる
坐るは釈迦文尼　内に居さうな　内に居ぬ身の　内に
もおらず　居るかもしらじ　くたびれて居る　居所を
けがし　だあれもゐない　たゞ居るまゝに　ドカと位す
なが居をすると　後に居なほる　前居た人の　よき人
居たり

【家居】
家居の襟巻　家居のまへに　家居ゆゝしき　卜者
の家居／里居の夏に

【端居】
端居して●さすりて端居

【留まる】
とどまらず　留めぬたる●留まる人に　夫留守の　花の留守

【留守】
いせの留守　お留守居を
留守の垣　留守のまに　留守札も　留主もりて●お留
守寒しや　御留主となれば　長き留守なる　留守居す
る妻　留主たのまる、留守なる瓶子　留守に雲起る
留守に一人で　留守の畳に

【座】
おれが座も　首の座に　車座に　座につきぬ
高御座　談義の座●運座戻りの　円座さみしく　王座
につかず　客も円座　玉座は既に　御座と見えたり
座にうつくしき　座に日は射せり　下座になをる
上座の鬼　真の座に付　台座を踏んで　高き御座に
月の上座へ　花見の座には　雪の円座の

【胡坐】
胡坐功者な　胡座をかけり　先生胡坐す
かけ所　腰かけぬ　閣に座して　坐して見ゆ　坐して
見る　且坐喫茶　座って居る　居て見ても　坐らんと
中に坐す●石に腰掛け　影と坐りて　草に座りつ　腰
かけ所　子の坐りたる　坐しくづをれて　芝に座とる
や　芒に座とる　砂に坐りて　座って素麺を　坐りて四
方の　坐れば見ゆる　雪中に坐す　ほこりに坐る　黙
坐つづけぬ　老人端座　炉辺に孤坐して

【席】
観覧席の　操縦席に

立　動　現

【立（た）つ】
浴びて立つ　おとに立ちて　かどに立ち　たちあがる　立ち出（い）づる　立（た）ちかゝり　立ちつくす　立ちながら　立てる春　つんと立　ほそり立ち●けろり　と立し　木（こ）かげに立たせ　すが立ちぽぷら　立ち居（ゐ）拝（おが）む　立ち居つさする　立ち居に裂ける　立ちて静けき　立ちながらこそ　立ちのぼりてや　たちまさりつゝ　立や仁王の　立や野中の　立ぬ垣根や　渚（なぎさ）に立つる　日にむかひ立つ　真（ま）下春（したはる）立つ　蒙古（もうこ）に立ちて　われ立ちすくむ

佇（たたず）む
佇（たたず）みて　たゝずめば　佇ち尽（つく）す●かどにたゝずむ　佇む海人（あま）が　佇むときに　佇めば頬（ほ）に　杖と佇む　なかにたたずみ　ねざめたたずむ

凭（もた）れる
イむ　闇（やみ）にイつ●秋にイむ　イる月　人イめり　椅子に凭れて　傾斜（けいしや）にもたれ　柵にもたれて　立てかけてある　破船（はせん）に凭れ　鞦韆（ふらここ）に凭る　馬柵（ませ）に凭れて　窓にもたれて　もたれ心や／樹（き）に倚（よ）りて　柱に凭れて　まかり出（いで）たよ

【動（うご）く】
倚（よ）れば　ひとり戸（と）に倚（よ）る　動き出（い）づ　うごき入るや　うごくとも　動く　虎（とら）動く　動く葉も　塚（つか）も動け　みじろぎに　山動く　闇動かに動く　動ぎいで●動いて見ゆる　動かざらまし　動かして見る　動かす鰭（ひれ）の　うごかぬ蛇（へび）の　うごかぬ水がうごきながらの　うごきやすまぬ　動をとぢし　動く夏花（なつはな）　動くけむりを　動くことなき　うごく夏木や動く物なき　動くやう也（なり）　烏帽子（えぼし）に動く　折々動く風も動かねば　草動きけり　ことりと動き　小判動か　ず　簾（すだれ）に動く　砂うごくかな　中にうごめく　残らず動く　芭蕉動きぬ　波動（はどう）のなかに　独（ひと）りと動く　筆を動かす　振（ふ）れど動かぬ　市（まち）に動くや　眉（まゆ）動くなり　身動きもせずに　身じろぎもせぬ　水動かずよ　柳の動く　龍蛇（りゅうだ）も動く

【現（あらわ）れる】
現はる、●あらはれて明け　岩あらはれて　顔があらはれ　漕ぎ現（あらわ）はれし　出現（しゅつげん）したり　空あらはれる　走り現（あらわ）る　人顕（あらわ）れて　船現はれて　骨あらはれ

15 往来 ── 歩

歩
這 走 飛 蹴 踏 登 泳 潜 負

往来

【歩く】
雨をあゆむ　あゆまず　歩むのだ あり
く丈の　歩かせる　歩き去る　歩き出した　歩きつれて歩く　蓮歩のあとを
歩行よい　歩き様　徒歩ならば　雲へ歩む
飛び歩き　一歩一歩　ふみ歩む　歩をやりぬ　むだ歩き
持歩行　歩って来た　病み歩く　わが歩む　●間を歩く
秋は歩みて　あゆみ入りにき　歩み聞こゆる　歩みとどまる　歩み悪いか　あゆみは重し　歩むさびしさ　歩む月あり　あゆめば蘭の　ありきく～も　歩いてゐねば　歩行て逃る　あるきつづける　歩き出て来る　歩行ながらの　歩くを眺む　あるけばかつこう　こう～と歩す　風をあるいてきた　君とあゆみし　先だち歩み　座敷を歩く　三歩あゆまず　十歩に秋の上客歩行で　十歩の庭や　地を這ひ歩りく　つながれあるくだてて歩む　停車場あゆむ　ならんでありく　泥濘あゆむ　爪りく　はだしであるく　ひとりあゆみて　ひとり歩き

をほそりてあゆむ　歩をゆるめつ、道をあゆめり休まずありく　ゆつくり歩かう　ゆるゆる歩みよごれて歩く　蓮歩のあとを

散歩
歩行神　散歩者の　遊歩杖●上野散歩行て　散歩者の眼に　そぞろ歩きも　一人散歩す　夕さまよひに

跨ぐ
又踏またぐ　跨ぎ通る●凧を跨で　蓮からまたぐ

大股
大股に●大股過ぎる

【走る】
ささ走り　空を走る　走り過ぐる　走りゆきはしりゆく　ひた走る　人走る●韋駄天走り　一もくさんに　犬は走つて　くらがり走る　氷を走る　庭を走れり　鼠走りて　走らせて見る　走り現る　走り失たるはしり大黒　走る自動車　走せぬけ行ける　無限に走れ　わが汽車走る
奔けおりる　駆け去りぬ　駆け出して　駆けて出よ　野を駈けて●駈けて浜辺へ　はよ駈け、かへろ

駆ける

翔る
翔る　天翔る　翔けてゆく　翔る鳥　飛翔するる翔る　翔りけり翔けるや　翔る自在を　空翔るなれ天を翔れば　魂は翔りぬ　翔びゆく雲の　鳥翔ひなが
ら翔る

15 往来 ── 歩

躍る
翔び澄めるあはれ　魚躍る　躍り出づ　跳びはねる●小胸は躍れ胸おどる洋　跳ねて、あがつて

【飛ぶ】
天飛や　こがれ飛ぶ　白く飛ぶ　飛ばんとす
飛びあへり　飛魚と　飛梅と　とび下りて　飛びかはす
飛越えぬ　飛び込んで　飛び立たん　飛び尽す　飛び
ました　飛びめぐる　飛びゆけり　とぶ蛙　飛ぶ毎に
飛ぶ鳥も　飛ぶは夢　飛ほたる　鳥飛て　飛蟻とぶや
梅花飛び　花飛んで　葉はとんだ　飛躍する　もつれ飛
ぶ●暗黒を飛ぶ　蝗飛びつく　岩を飛び飛び　うぐひ
す飛や　榎へ飛や　落ちて飛けり　蛾は飛
びわたる　きりぐ〳〵す飛　歯染に飛び散る　蒼天を飛
ばぶ　素朴な飛躍　ちちと飛び交ひ　つれたちとべよ　飛
ばよそ、飛ばそ　飛び交ふ宵を　飛くらしたる　飛びさ
りしかな　飛び立つ如し　飛びてうたふを　飛びてや去
にし　飛ぶ火落つる火　とぶもとばぬも　飛や出離の
とんで火に入る　なく〳〵とぶぞ　はじきとばせる
ばしやばしや飛んで　ぱつと飛びたつ　東へ飛んだ　飛花

【蹴る】
堰きあへず　光りて飛べり　飛行はつづく　ひなげし
飛ぶ　ひよいひよいとんで　吹飛んで来る　ふためき飛や
げ蹴おろす　蹴とばすだけだ　けられ給ふな　蹴上
飛ぶ　石蹴りの　そとけりぬ●家を蹴散らし　蹴り蹴
りありく　蹴るや左眼の　鶏がけあひぞ

【踏む】
青き踏む　銀杏踏て　花を踏む　ひとでふみ
踏出した　踏みつけた　踏み鳴らし　踏み寄りぬ
踏まれずに　踏まれたる　ふまれても　ふみありく
踏み入りぬ　踏落し　ふみ崩せ　踏くだく　踏みしむ
まざりし　葵踏み行く　いたく踏まれて　苜蓿踏み
踏みわたる　踏む路の　ふんばるや　みちをふみ●相踏
や鶯鳥踏まじと　憂ふんで　君に踏まれて　落葉を踏
梅踏こぼす　梅を踏み込む　足鍬踏みこむ　ざぶと
ふみ込む　寒さに踏めば　鳩に踏る、華踏こぼす
萩ふみたふす　墓踏むまいぞ　ひとり土踏む　踏まじ
花も踏まずに　踏まれぬ土は　踏まれる土は　踏
とすれど　踏まば蹄に　踏まれぬ土は　踏みしだかれて　踏みちらしたる　踏
踏み惜しみつつ　踏みしだかれて　踏みちらしたる　踏

15 往来——歩

往来

つゝ裾に　踏みてこゝなる　踏所なき　ふみにじられし　踏みにじり去り　踏みのぼり行く　踏みもあまさじ　踏みも外さず　踏み行きながら　踏む砂利の音　踏む　におとある　踏めばくづる、踏めば沈みて　糞踏まじ　とす　ペダルを踏んで　麦をふみふみ　夕しめり踏む

【登る】　登る　登りつめても　登るけしきや　登山者の　登山径●くらがり登る　上る　入江にのぼる　こゝまでのぼれ　のぼりつくして　横河へのぼる

【泳ぐ】　遠泳の　泳ぎ子や　およぎ出せ　泳ぎ女や　泳ぐあり　泳ぐ友の　競泳の　水泳所　野を泳ぐ●泳がぬ妹の　泳ぎ冷えし子　街路に泳ぎいで　抜手ついつい　ひとり泳ぐ子

【溺れる】　溺れ死ぬ　溺れたる●潮に溺れ

【潜る】　くぐりみる　潜きしてゐむ　氷をくぐり　くゞり功者の　くぐりし橋を　くぐりそめたり　野火のき在す　ベッドに潜り込む

【負う】　負児紐　おひし子の　笈を負ひ　負へる菜に

重荷負　おはれてや　女負ふて　米負ひて　子を負ひて　背負籠負ふ　雪車負て　鱈負うて●後に負ぬ　負へる子石に　おぶさつてとぶ　負ねば楽な　木立を負ふて　子を負ひてゆく　子を負ひながら　杉苗負ひて　背負ひて来る　せおうたなりや　母を背負ひて　聖が負ひし

保護者に負ひて

肩車　肩馬にし●てんぐるまして

【這う】　這ひ出して　草を這ふ　砂を這ふ　はひあるく　一角に這ふ　はへばとぶ　這へ笑へ　這ひはせ　うすべり這うて　葛這ひ出でし　胸を這ふ●這ひはふ　慕うて這へる　虱這はする　沙に這ひよる　砂に腹這ひ　膳に這よる　袖のうら這ふ　はひあがりくる　這ひすべりつつ　這ひなく猫や　這ふ子おもふや　這ふ虫もなし　這ふてしだる、道に這ひ出る

【俯く】　うつぶきて　うつぶきに●うつぶきゐたり　俯向き在す　うつむく時も　うつむける人　仄にうつむく　眼伏せて行けば

【仰向く】　仰のけに●異人仰向く

15 往来 ── 転

転　伏　杖

蹲る　うづくまる　蹲んでいる●うづくまりゐて　うづくまる　蹲んでいる●うづくまる獅子　猫うづくまる　人うづくまる　また蹲踞る

【転ぶ】　ころがして　ころげ落つ　ころび声　ころぶしてまろびたる　よろめきて　よろめきぬ●後へころびて　転びぬ　ころげし電に　転げたなりに　転げ廻つて　ころばしてある　転び出でたり　ころび落たる　ころぶ町中　転ぶも上手　少し転げて　すべつてころんで　蹌跟として　断えずまろべる　椿ころげぬ　ボールころげて　まろび遊ばん　まろび出でたり　まろびかへれや　雪見にころぶ　蹌跟めくままに　わざと転びて/おまへ

ころころ

躓く　躓きし●石けつまづく　ひたとつまづく

滑る　すべり落つる●車はすべる　火燵をすべる　皿はすべりて　袂すべりし　つるつる辷る　布団をすべる

水をすべるよ

倒れる　頭倒さに　あとに仆る、倒れざまにも　倒れて燃ゆる　砂に倒れ　馬倒れぬと　次第に倒れ　倒れたる、皆倒れたる　やせて倒る、酔倒ありとりたふる、

よれて倒れて

【伏す】　打伏して　打ち伏せる　惘れ伏す　砂に伏し地に伏して　伏しくて　伏しみだれ　伏す萩の●ぐわばとひれ伏す　芍薬伏しぬ　砂に伏す時　たふれ臥とも　なびき伏したる　伏し重つて　伏して眼をと

顫える　顫へごゑ　顫わせた●愛の痙攣　打ちふるはしてかなしみ顫へ　せわしく顫え　ふるへをののく　顫える窓の　顫はす声も　ものふる来る　若さに顫ふ

【杖】　悪の杖　息杖に　桑の杖　杖の長　杖柱　法の杖　太き杖　遊歩杖●あかざの杖に　鵜坂の杖に　悔といふ杖　くろがねの杖　金剛杖に　砂丘に杖をき坂を　杖つきて出づ　杖にしら髪の　杖わすれたり杖を手にして　何処かに杖を　走れる杖を

隠

籠 逃 避

【隠れる】

押しかくし かくさぬぞ かくし事 かくすもの 隠れ星 かくれん坊 葛葉隠りの 雲がくれ 木隠て 葉隠れに ひたかくし 伏かくれ●秋に隠れて 朝ぞ隠る、 市にかくれて かくしきれない かくしわづらふ かくる、程の 隠れおほせぬ かくれ貌なり 隠れかねたる かくる、かくれし星の 隠れて暑きかくれて咲ける かくれぬものや かくれ外套やくれよき木や 香にかくれてや 霧にかくれて 草に隠る、 葛隠るまで 木がくれてすむ 木隠れの星を秘す 空を匿して 竹に隠る、 何隠したる 木霊かくれて 葉影にかくれ 星かくろひて 松にかくれてみえて、かくれて 見てもかくれぬ 身を隠したるむくろを隠せ 山がくれなる ゆき、隠る、 夜もかくれぬ 瑠璃隠れたる 我にかくれん

隠家

かくれ家や 隠れ栖む かくれ住む●隠士が家

【籠る】

雨籠り かきこもり 風邪籠 雲籠に 家に籠れば 堂籠 夏に籠り 籠雲雀に●家に籠て こもり居て こもり波 籠り城や●家に籠るや 女ごもりて 籠り人ゆかし 籠る鬼の 滝に籠るや 羽黒にこもる 初瀬に籠るひとりこもれば 夕籠り居れば 冬ごもり 籠

【逃げる】

逃亡者は にがすなと 逃足や 逃しなのがれし に逃どころ 夜逃して●魚逃して 馬逃したる 海に逃げのがれたる 鵜をのがれたる 鶏逃げあるく 鯨や逃げて 隣へ逃げて 友鳥よ 逃げたる女 逃げゆく日かな 逃れ去り行く覗いて逃る 裸子逃げる 人は逃げり 鰭ふりて逃ぐ窓から逃げた まぬがれがたく 皆にがしやりて 隣国に遁ぐ

【放つ】

馬放つ 放したり 放たれて 放ちつ、放ち鳥 はなれ牛 はなれ馬●馬放ちけり 鶴放ちけり 蚤はなちやる はなたれてある 放ちし鶴にほたる放して

秘

忍 潜 密

【避(さ)ける】 避けがたき 避所(さけどころ) 避寒人(ひかんびと) 避寒宿(ひかんやど) 避暑(しょ)の宿 避暑人(ひしょびと)の 避暑町(ひしょちょう) 避難者(ひなん)の ●君を避けつつ 言避(ことさ)けをせず 妻子を避(さ)る 退避!と叫ぶ 墓の避行(さけゆき) 瞳(ひとみ)を避けて

【忍(しの)ぶ】 忍足(しのびあし) 忍び来(き)て 忍び来ぬ 忍ぶとも しのぶまの しのぶ夜(よ)の ●君は忍んで 口に忍びつ しのびしのびの 忍び姿や しのび立ちたり しのびてぬすむ しのびの賭(かけ)や 忍びはてんと 忍ぶひめ妻(つま) しのぶ身のほど 忍耐(にんたい)ぶかく 人目を忍び

【潜(ひそ)む】 身を潜めて ●穴にひそむと 息をひそむる 蔭(かげ)に潜んで 塵(ちり)にひそみて 何が潜んで なにのひそむ やにほひ潜めり 猫の潜める 墓ひそみ音に ひそむ そっと そっとけりぬ ●あま戸そとくる そっと口真似(くちまね) 蛇(へび)みて 胸に潜める 山にひそみし そっと覗(のぞ)いて そっと火入(ひいれ)に そと手もふれで そと片笑(かたえ)

みし 風呂場にそっと

【秘(ひ)める】 命の秘事を そと秘めし めて ひそと秘(ひそ)む 秘めごとぞ 秘めし香(か) 秘めしこと ●かがやきの秘所(ひそ) 厳秘(げんぴ)の文書 極秘(ごくひ)の怒(いかり) 野辺(のべ)のひめごと 秘術を尽(つ)くす 秘めたる恋の 秘めて女の 秘めて放(はな)たじ 夕に秘めな

秘密(ひみつ) 君が秘密の 内証話(ないしょばなし)や 眠りの秘密 秘密なかりし 秘密にしらむ 秘密を胸に 秘密住(ひめごと)めり ボスの秘密を 夜半に秘密の

【密(ひそ)か】 ひそと積む 密(みそ)かびとの ●こよひひそかに 新樹(しんじゅ)にひそと 添へてひそかや 晩餐(ばんさん)ひそと ひそかごろは 窃(ひそ)かにさけり ひそかに出来し ひそかに匂(にお)ふ ひそかにはぜる ひそかに胸に ひそかに雪に ひそと高きに ひそひそ虫(むし) ひそやかな接吻(キス) 密事(みそかごと)する

【紛(まぎ)れる】 まぎれひそと 香のまぎれなき 人にまぎれて まぎれ入(い)り ●香のまぎれなき 人にまぎれて まぎれ出で来し まぎれ込(こ)だる まぎれて泣けり まぎれむとして 夜にまぎれた

ぎれ出で来し まぎれ込(こ)だる まぎれて泣けり まぎれむとして 夜にまぎれた

去 別離 越 追 迫

往来

去

秋去て　いざいなん　いざさらば　君去にて
君去つて　去りし夜の　去てのち　立ち去らん　飛び去り
ぬ　見て去りぬ　みな去んで　●歩み去りし子　いづち去
けむ　去にし子ゆゑに　犬いつ失せし　去ぬる背中の
鶏頭も去り　去つて返らず　さりがたき日の　去りか
ねて立つ　去りゆく女　尿して去る　住持去るなり
すましてすたこら　鶴去つて残暑　ドイツを去りて　人
去なであらば　水去り帰る　水のんで去る

別れる

いきわかれ　人に別れ　雛に別れ　別居
の別れかね　別蚊屋　別れ来て　別路に　別れなる
別ればや　別れ道　別れ去り　●愛別離苦の　あかぬ別
れは　吾子に別れの　小野の別れよ　蚊帳に別れて　告
別の辞に　これぞ別れの　露は別れの　とほきわかれに
飲別離かな　羽音の別れ　母に別る、ひとにわかれて
やみの別れは　別離に耐へる　夢に別れて　別れいざよ

ふ　別れぐるしと　別れ来しひと　わかれしをんな
別れし去年を　別れし人は　別れし夫婦　わかれせは
しき　別れし遠き　別れて遠く　別れてのち　別れて
ひとり　別れてもどる　別れ女人や　別れの惜しき
別れの雛に　別れる汽車を　わかれを云ひて
いとま　いとまごひ●いとま給る
さようなら　さやうなら●君さらばさらば　さよなら
しましよ　すずめさよなら

離れる

離別れたる　はなれかね　はなれざ
る　妻子離散して　サタン離れぬ　ついと離れし　手より離
るる　はなれしひとぞ　はなれし道や　はなればなれ
にはなれ、わかるる　人をはなれて　水をはなる、

逸れる

それた鞠　まりそれて　眼をそらし●心はぐ
れし　雀それゆく　はぐれし人や　はぐれ雀に

隔てる

へだたりの　隔たれば　隔て住む　●青簾越し也
色を隔てて　妻とへだたれる　瓶をへだてて　へだつる心
へだてて恋し　柳へだつる　藪をへだつる

15 往来 ── 出

【越える】
天城越え　ウラル越えて　越えてゆくこえてゆかう　どどと越ゆる　とびこゆる　夢こえて　●幾度越る　越ゆるうす汗　越ゆる火の穂に　白河を越え　茶腹で越る　野越え川越え　兀山越ゆり行かば　いく原越る　大井越したる　越えさ

【追う】
あとおひて　追歩き　追にがし　追羽子や追ふるもり　追ふて逃げる　追れ行　雉追に　追放の妻を遂ふ　鳥も追へ　驢馬追へる　●追ひ越す人の　追かれけり　追ひてゆきしに　追ひ払へ神　追腹きりし追もどさる、追ふて漕ぐ海　追ふて出る郷　追れての追ひおほる　君が跡追ひ　君を追ひゆく　鯨追ふ子等　鍬で追やる　村を逐はれき

【迫る】
ひたせまる　●老の迫るや　押しせまり立つ愛らしさ迫る　寂しさ迫り　迫りくるもの　迫りしぐれ迫れば谷に　迫れる兵も　眉に迫りし　三日にせまる　屋根に迫りし

【移る】
うつり来し　移り棲みて　居を移す　●しづかに移る　引越しの朝の

【出る】
朝戸出の　家出かな　出ぎらい　出で立ちてかつぎ出し　菊に出て　たち出る　衝いて出し　出そびれて　出序に　練出しぬ　のつと出る　まよひ出でしみな出て　●出づるな森を　出ていざさふ　出よ浮世で鸚鵡を出して　裂きて出づれば　出て来てひとり直して来　とや出のたかを　なんぼでも出す　ふいと出ほとばしり出る　まろび出でたり　みな出はて行く　山を出づれば　ゆらぎ出でしらびし

【立つ】
たつ鴨を　立雁の　鳥がたつ　●雉子たつ音　鵠の鳥立つ鴫も立たり　鶴たつあとの　奈良を立ゆく　ばさくと立つ　群れ立つ千鳥　夜行にて発つ

【旅立つ】
首途哉　旅立や　旅立つや　●首途を祝ふ　旅出はかなし　とほい出発　花の旅だち／住捨し

15 往来——旅

旅

宿泊　漂泊　彷徨

【旅】

うき旅や　汽車の旅　旅刀　旅かなし　旅がら

旅心　旅ごろ　旅乞食　旅衣　旅芝居　旅虱　旅姿　旅大工

旅たのし　旅づかれ　旅七日　旅なれぬ　旅に菊

旅に出て　旅に似し　旅にやむ　旅に病で　旅の子の

旅の皺　旅の僧　旅の空　旅の月　旅の馬車

旅の人　旅果てず　旅瘦の　旅浴衣　旅ゆくと　旅を

思ふ　月の旅　長旅や　春の旅　船旅の　冬の旅　盆の

旅　水の旅　雪の旅　世を旅に　●浮寝の旅で　憂きは

旅の子　浮世の旅に　おもはざる旅　川越す旅や　汽

車の長旅　今日も旅ゆく　時雨ゝ旅の　立出る旅の

おもしろや　旅芸人の　旅功者とは　旅して見たく

旅するうちの　旅だんすほしき　旅なる窓の　たびに

あきて　旅に死ねよと　旅にも習へ　旅のあとさき　旅

の男の　旅の女と　旅のこゝろや　旅の御連歌　旅のし

たさに　旅のすがたや　旅の袂草　旅の馳走に　旅の

日記を　旅の一つに　旅はかなしい　旅は道づれ　旅を

わするゝ　月見の旅　長い長い旅　涯なる旅に　果て

もない旅の　春は旅とも　法師が旅や　星に旅ゆく

まいにちの旅　魔界の旅の　大和路の旅　雪ふむ旅も

夜明の旅の

旅行　観光団　●家族旅行と　修学旅行　天体旅行　旅行切符を

旅寝　旅ねずき　旅寝せむ　たび寝よし　●神も旅寝の

旅寝かさねぬ　旅寝に蚊屋を　旅寝の空の　旅寝の果よ

旅ねはせはし　旅の朝寝や　どこに旅寝や　二人旅ねぞ

星も旅寝や／仮寝の夢　かりまくら　草枕

旅人　老いた旅人　寒き旅人　旅人憩ふ　旅人さむし

旅人訪ん　旅びとに降る　旅人の妻　旅びとの墓　旅人

の眼に　遠き旅人の　旅人の夢を　われは旅びと

【宿】　相宿　梅が宿　梅の宿　黴の宿　蚊火の宿

枯木宿　菊の宿　下宿屋に　東風の宿　霜の宿　他人

の宿　旅の宿　としの宿　中宿へ　終の宿　華の宿　花

宿　花をやどに　母の宿　冬の宿　遍路宿　榾の宿　虫

15 往来 ── 旅

の宿　桃の宿　宿かさぬ　宿かせと　宿かりに　宿乞ふ
と宿に在す　宿の梅　宿の月　宿かりせむ
温泉宿かな　宵の宿　若葉宿　宿の春　やどりせむ
の温泉の宿　鵜飼が宿の　おまへも宿なしか　仮の
宿りを　枯木の宿の　漁翁が宿の　下宿の人や　蝴蝶の
宿を　米つく宿の　小諸の宿の　鷺にやどかす　さびし
い宿を　しぐれよやどは　しだゝ宿の　宿をのぞけば
住はてし宿や　旅の宿屋の　垂井の宿の　妻なき宿ぞ
寝たる木賃の　母なき宿ぞ　まりこの宿の　ふもとの旅
舎の　法師が宿を　仏のやどり　宿のやどりの　食焼宿
ぞ　宿とりたまへ　宿とるまでの　宿の男の　宿屋の戸押
せば　宿は師走の　宿も菜汁に　宿も月見る　宿屋安
けし　宿りの　宿の　宿を水鶏に　ゆかしき宿や　ゆか
しき宿り　宿り合せぬ　宿の
りの宿や　雪の宿屋の　よもぎふの宿

旅籠（はたご）　暮れて旅籠の　はたごに画師の　旅籠に着きし
旅籠屋さびて

【**泊る**】（とまる）　嵯峨泊り（さがどまり）　さや泊り（どまり）　泊る気で●一泊行（いっぱくこう）や
宗祇（そうぎ）とめたる　泊り合せて　早き泊（とまり）に　一夜（ひとよ）は泊る
よふ

定める（さだめる）　定まりぬ●秋をさだむる　泊りさだめぬ

【**漂泊**】（ひょうはく）　さすらいの　漂泊（ひょうはく）の　漂（ただよ）へる　漂泊者　漂泊
の　漂流し　漂流者●上にただよふ　影は漂（ただよ）ふ　さ
すらひ人と　漂浪人（さすらいびと）を　さすらへの身と　染まずただ
よふ　たゞよひ出でむ　漂ひながら　漂よひ　漂（ただよ）ひ　漂
ひわたる　漂（ただよ）へる漂　波に漂（ただよ）う　漂泊の民　漂泊人（ひょうはくびと）は
流離（りゅうり）　流離れも行かず　流離の憂　流離の記憶　流離
の国に　流離の旅の　流離の一人
流転（るてん）　万法流転（ばんぽうるてん）
べ　流転の鳥の　流転の楽の　流転の声と　流転の調
世捨（よすて）　世すて酒　世捨人（よすてびと）　世を捨て●世を捨人（すてびと）の　世
をも捨つべし／身ヲ野晒ニ（みをのざらしに）

【**彷徨う**】（さまよう）　さまへる　逍遙（しょうよう）の　徘徊（はいかい）す●市をさまよ
ふ　飢ゑてさまよふ　遠をさまよふ　今日もさまよふ　さ
暗くさまよふ　虚空さまよふ　嵯峨をさまよふ　さま
よひ行きし　病夢さまよふ　窓にさまよふ　森をさま
よふ

馬

駒 蹄 騎 馬車 駕

往来

【馬】

黒馬よ黒馬よ　赤馬の　生き馬の　石馬もい
なか馬　馬おひて　馬をさへ　馬遅し　馬下りて　馬に寝て
言ふ　馬返し　馬かへて　馬が首　馬かりて　馬に寝て
馬の汗　馬の上　馬のをる　馬の影　馬の粥　馬の草
馬の沓　馬の子の　馬の死骸　馬の標　馬の尻　馬の鈴
馬の鼻　馬の屁に　馬の胸　馬放つ　馬はぬれ
馬の蠅　馬迄も　馬むかへ　馬をくい
馬独り　馬ぼくぼく　木曽の馬　曲馬団　競
大馬の　丘の　かぽかぽと
べ馬　御神馬に　子もち馬　死ぬる馬　ジャジャ馬の
人馬かな　炭馬の　征馬疲れ　湯治馬　啼く馬の　鈍
の馬　馬上から　裸馬　はなれ馬　母馬が　原の馬
曳馬に　火けし馬　やせ馬の　芦毛の馬の　稲付馬の
いやがる馬に　馬おそふ虻　馬おとなしや　馬がをどれ
ば　馬が糞する　馬が暮れをり　馬が喰ゐんと　馬が離
れて　馬から落す　馬と飲み食ひす　馬どろぼうと

馬ながく連　馬におくれて　馬に嗅る、馬逃したる
馬に喰はれて　馬に似てゐる　馬には乗らぬ　馬に踏ま
せて　馬に物言ふ　馬のいなゝく　馬ぬす人の　馬のあ
ばれる　馬のいなゝく　馬ぬす人の　馬の覚し　馬の尿
する　馬の静脈　馬の臭気の　馬の背に降る　馬の
爪切る　馬の糞の　馬ののばり(尿)して　馬の灯を見る
馬の糞する　馬の眼は　馬の戻りや　馬の両眼は
は黒鹿毛　馬放ちけり　馬牽むけよ　馬干ておく　馬
もうごかぬ　馬も海向く　馬も故郷へ　馬も涼しや
馬も橇もいづ　馬も乗けり　馬も放たぬ　馬もぶるっと
馬も夜討の　馬や駱駝の　馬やり過す　馬を火燵に
馬を縛つて　大馬洗ふ　御馬が通る　曲馬のびらを　く
さりかけた馬　栗毛の仔馬　競馬の馬は　爰と馬呼
さして馬上や　征馬をそぽち　その馬弱く　たてがみ
なぎ　乳ばなれ馬の　疲れたお馬　伝馬を呼ぶ　ど
たくくの馬の　馬骨の霜に　馬上に仰ぐ　馬上に歌ふ
馬上に氷る　ハックニー馬の　花くぶ馬や　早き御馬の
牧の若馬　真昼の馬の　見事や馬の　無神の馬だ
めす

15 往来 —— 馬

馬しろき 物喰ふ馬の もの運ぶ馬 籾すり馬によき馬持ちて 落馬しそうな 露西亜(ロシア)の馬の

【駒(こま)】
青駒(あおごま)の 駒帰(こまがえ)り 駒のやど 駒迎(こまむか)へ 月の駒
駒の春の駒 牧(まき)の駒 雪の駒 駒のおりくる 駒の雫(しずく)
駒も足嗅(あしか)ぐ 三歳駒(さんさいごま)に 雪ふむ駒

野馬(のうま) 野馬(のうま)に 野の馬の のべの馬● 老(お)いたる野馬の
野がひの駒の 看(み)るに野馬なく

驢馬(ろば) 驢馬(ろば) 驢馬追(ろばお)へる 驢馬の歩み●驢(ろ)に鞭喝(べんかつ)を
驢馬を追ひ行く

馬方(うまかた) 馬追(うまおい)の 馬士(まご)の 馬かたは 博労(ばくろう)が●青き馬追(うまおい)
馬に出ぬ日は 馬乗通(うまのりとお)る 馬士(まご)の闘(くらい)とり

馬屋・厩(うまや) 馬は厩(うまや)に 厩(うまや)の中に くらい厩(うまや)で 厩肥(こえ)つけ
馬が 馬屋に光る 先馬(さきうま)やから

秣(まぐさ) 秣負(まぐさお)ふ 秣刈(まぐさか)り●秣(まぐさ)の員(かず)に

【蹄(ひづめ)】
蹄(ひづめ)の音よ 蹄(ひづめ)のかぜや 蹄(ひづめ)のほこり 蹄(ひづめ)を鳴らし
蹄鉄鍛冶(ていてつかじ) 蹄鉄屋(ていてつや)●万馬(ばんば)のひづめ 蹄(ひづめ)のあとも

鞍(くら) 鐙(あぶみ)かな 馬に鞍(くら) 鞍置(くらお)る 鞍壺(くらつぼ)に●あやしき鞍に
鞍にゐねぶり 鞍にたばさむ 鞍にまたがり 鞍を下(お)

せば 天馬の鞍に 乗懸下地(のりかけしたじ)

【騎(き)】
騎(き)いそぐ 三千の精騎(せいき) 十騎七騎を 驃騎兵(ひょうきへい)の
騎十万 騎士の誓約 騎馬の客を 騎兵の一隊 那須七騎 ●漢(かん)
女騎(おんなき)り 騎馬将校(きばしょうこう) 次の騎者(きしゃ) 那須七騎(なすしちき)

【馬車(ばしゃ)】
どる●空馬車(からばしゃ)から 客馬車だ 朱の馬車に 旅の馬車 馬車が を
荷馬車の音ぞ 荷馬車の音も 乗合馬車 馬車憂々(ゆうゆう)
と 馬車停めて見る 馬車に輓(ひ)かせて 葬式馬車は 馬車の通(かよ)ひ路
馬車一つきぬ 馬車も通れば 馬車ゆるること 馬車よ
り低き 馬車を駆りつつ 夕づく馬車を 季節の馬車が
幌(ほろ) 幌(ほろ)をろす 幌俥(ほろぐるま)●青幌(あおほろ)したる こゞみ乗る幌(ほろ) 幌(ほろ)

駅者(ぎょしゃ) 駅者台(ぎょしゃだい) 駅者(ぎょしゃ)の鞭(むち) 若き駅者●駅者がひとこと
馬車路(ばしゃじ) 馬の路 馬道(うまみち) 駅路に●通る馬車 駅馬下(はゆまくだ)
のすきまは 駅路(はゆまじ)に

【駕(かご)】
駕二挺(にちょう) 駕に乗り 駕の内 駕の衆や 宝恵駕(ほえかご)
の●駕なき村の 駕籠(かご)のとをらぬ 駕籠(かご)呼びに来る 駕(のりもの)
のわき 春の車駕(くるまかご)を 御駕空(みくるまから)に 吉原駕(よしわらかご)の

船 舟 漕 帆

往来 — 船

【船】愛の船 揚げ船の 朝の船
朧船 牡蠣船に 鰹船 孔雀船 鯨船 くだり船
黒船の 御座船の 高麗船の 死の船も 芒船 船足
の 船房に 滞船の つくし船 筈船に 泥の船 船室
も 船住居 船旅の 船窓に 船酔の 船
この日 舟で来しか 船出ると 船に伫ち 船に酔ひ
船の腹 船の笛 船ばかり 船はてて 船を繋ぐ ポッ
ポ船 帆前船 ほろ船の 凶船の 八百船に 遊船
楼船の 若菜船●あやかし船の 戦の船を 宇治の糞船
阿蘭陀船や 外国船が 傷ついた船 漁船ちらばり 漁
船の祭り 警察船の 船室にこもり 光線の船 三尺
の船 十里船なき 女王の船を 空飛ぶ船が 月の蓮
船 泥船繋ぐ 人買船に 船幽霊の 船かたむけて
船にのぼれば 船の灯りが 船をこはがる
古きぼろ船 碧玉の船 紅盃船に 舫へる船ぞ 役者船

【舟】異国舟 潮来舟 一夜舟 鵜飼舟 鵜舟から
山原船は 夕船おそき よせぬ御船や 遊船一艘 連
絡船の
かり舟 牡蠣舟や 川舟や くぢら舟 下り舟 く
り舟を 先ぶねの 早苗舟 柴舟の 助舟に 錫の舟
涼舟 炭舟や 月見舟 つなぐ舟 日蔽舟 飛脚舟
昼舟に 伏見舟 舟屋形 舟がヽり 舟かけて 舟嫌
ひ 舟にたく 舟の火の 舟よばひ 帆かけ舟 蛍舟
薪舟の 丸木舟 独木舟 めじか舟 夕渡舟 行く舟
舟の 夜舟かな 渉し舟●秋の日舟に あまのつり舟 入
舟つヾく 岩より舟に 大淀舟や 巨椋の舟に 霧にふ
ね引 剝舟矢ばしり 舟中に我 漁り舟の 砂山舟に
茶舟を下す 月の江の舟 繋がざる舟 登校舟つく 利
根の川舟 長良の鵜舟 のりあひ舟 春の川舟 はる
の舟間に 人なき舟の 舟さし下せ 舟さす音も 舟
捨てにけり 舟と陸との 舟ながしやる 舟干すか
ふ 舟に寝てゐる 舟へあづくる 舟蓬莱に
なた 舟に随ひ 舟も随ひ 舟呼びもどせ 舟より酒を 舟を上

15 往来──船

れば　舟を蘆間や　みゆる入舟　藻苅の舟の　唐土舟の

夜つりの舟の　料理の舟や　渡しの舟の

小舟（こぶね）　蜑小舟（あまこぶね）　カヌーかな　捨小舟（すてこぶね）　一葉舟（ひとはぶね）　二小

舟　舟一葉（ふねひとは）●いか釣り小舟　沖の小舟が　小舟あはれ

む　艀（はしけ）も小舟（こぶね）も　一葉のふねの　Boat勝ちて　身は捨

小舟（おぶね）

筏（いかだ）　筏小屋（いかだごや）　筏士（いかだし）の●筏つなぎし　筏ながるゝ　筏も花

の　筏をとむる

蒸気船（じょうきせん）　川蒸気　小蒸気の　蒸汽船●岸に蒸汽まつ

小蒸気船（こじょうきせん）　小蒸気よ　ゆるるわが汽船

猪牙舟（ちょきぶね）　猪牙舟へ●猪牙にのつてる　ちよきに酔とは

艇（てい）　潜航艇（せんこうてい）●潜航艇は　ランチはしりぬ

方舟（はこぶね）　方舟の●ノアの箱舟　方舟見れば　方舟に烟れ

破船（はせん）　座礁船（ざしょうせん）　難破船（なんばせん）●難破するまで　破船に塗る

破船のごとく　破船の伴に　破船のへりを　汽船くだく

るも

船乗（ふなのり）　船子（かこ）だちの　船子よ船子よ　航海家（こうかいか）　航海者（こうかいしゃ）

船頭（せんどう）の　船乗りの　舟引（ふなびき）の　舟人に　船の者●船頭ど

の、　船頭酔（せんどうよう）て　舟乗の眼は

水夫（すいふ）　まづしい水夫　潜水夫（むぐり）の

もぐりの男　潜水夫の服の

舟路（ふなじ）　舟道の●海人（あま）の舟路を　竹田の舟路　舟路なり

けり　船路のどけき　舟路は暗く　舟路侘（わび）しき　水先（みずさき）

案内

【**漕ぐ（こぐ）**】　鵜舟漕（うぶねこ）ぐ　競漕（きょうそう）の　漕いで居る　漕ぎ出でて

漕ぎかへる　漕ぎながら　漕ぎて散らばる　漕ぐ舟を　月に漕ぐ●こぎ

くだりゆく　漕ぎつ　舟こぎちがひ

る舟　小舟漕ゆく　操舵室●輪舵（かじ）を握つて　われは舵とる

舵（かじ）　舵をとり　櫂の歌　銀の櫂　夢の櫂　少女の櫂　櫂うつ舟の

櫂（かい）　櫂をおして●響く艫（ろ）の声　櫓（ろ）の軋（きし）る音

艪（ろ）　艪が響く　艪をうちふり

棹（さお）　棹さして　水馴棹（みなれお）●棹とられたる　棹をわする

舟に棹さす

舷（げん）　大舷（だいげん）の　舷（ふなべり）の●浪は舷側（げんそく）に

甲板（かんぱん）　甲板に立ち　甲板にゐて　甲板（デッキ）の大なみ

15 往来 ── 車

【帆】

進む帆と 萎ゆる帆の のぼり帆の 帆十分

帆の雲と 帆柱の 帆や見えし 帆をも去りぬ マスト

あり まほあげて 帆柱の 真帆片帆 筵帆の ヨットの帆●沖

つ白帆も 黄金の帆して 白帆ぞ見ゆる 白帆にまじる

白き帆しるく 帆消えし海や 帆のないお船ネ 帆は

おそろしき 帆は雲にふれ 帆柱に凭る 帆はさんざ

めく 帆柱寝せる 帆もつくろひぬ われの白帆は

錨 夜の錨●錨をおろし 強い錨が 船の碇の

舳先 舳先かな●船の舳先を 舟の舳に 舳にこそ騒

げ 舳にたちつくす 星へへさきを

車

乗 駅 自動車

【乗る】 乗りあへる 乗りすすむ 乗そめや 乗りた
いな 乗りながら 乗りにける 乗れと云ふ●乗懸下
地 母を乗せたる

乗物 乗物を●足の乗物 乗り物や是

線路 線路にこぼれ 続ける鉄路の 鉄路走れり 電

車線路を 野中の線路 路線や圃地を

レール レールかな●汽車のレールの 二本のレール
軌條の蜘手 レールを磨く

軌道 軌道をすすむ 軌道を走り 軌によらざれば

車輪 薄い車輪を 鉄の輪軸

轍 轍あと●車輪のわだち 轍くひこむ わだちの跡
で 轍は轢くよ 轍を透して

汽車 機関手が 汽車が来た 汽車過ぎし 汽車着く
や 汽車に読みし 汽車濡れて 汽車の旅 汽車の窓
汽車見えて 汽車行くや 古汽車の●汽車海に添ふ
汽車おり来つる 汽車からみえる 汽車工場は 汽車
にとどまれば 汽車に乗りしに 汽車に乗りたく 汽車
に化けたる 汽車の音です 汽車の逆
行 汽車の煙を 汽車のごとくに 汽車の長旅 汽車の
一室に 汽車の行方や 汽車はやす子や 発つ汽車にあ
り 長路の汽車に とまつた汽車の わが汽車走る 別
れる汽車を わたくしの汽車は

夜汽車 夜汽車より 夜の汽車の●雨の夜の汽車の闇

15 往来 ── 車

を汽車行く　夜汽車の窓に　夜汽車の隅に

鉄道　地下鉄に　鉄道の●岩手軽便　地下鉄道の

電車　赤電車　終列車　食堂車　暖房車に　電車通ふ

電車には　電車待つ●青い電車は　朝の電車に　重き車輛ぞ　玩具の機関車　餓鬼窟電車　貨物電車に　貨物列車の　三等車にも　車室の軋り　車中のロダン　焦土の電車　つりし電車や　電車あゆめり　電車高架の電車過ぎゆく　電車、電燈　電車に乗ってる　電車にひび　くや　電車のきしり　電車の隅に　電車の胴の　電車乱る、電車中の　電車不思議や　電車待つとて　電車待つとて　電車も通る　遠き電車の　特急富士の　とまった電車　の電車　列車のまどに

【駅】　駅巨口　駅頭の　駅前の　切符かな　山駅の駅舎　水いろ駅●駅に下り立ち　駅の名呼びて　駅の古茶屋　駅のものなる　駅路の館に　銀河ステーション　古駅に入るや　東海の駅　ゆふべ古駅の　夜更の駅に

停車場　停車場の　停留所●ちさき停車場　停車場あゆむ　停車場内の　停車場に入り　停車場路のどこ

の停車場

駅夫　駅長の●駅長のかげ　老いし駅夫の　若き駅夫の

車掌　汽車の車掌が　車掌に剪らす　電車の車掌

【自動車】　自動車疾く　自動車の乗合　自動車の装甲車　ドライブに　登山バス　トラックに　自動車あやつり　自動車なんぞ　車の佳人の自動車　自動車あやつり　自動車なんぞ　車はすべる　装甲車と駛る　トラックの人ら　トラックひとつ　走る自動車　バスを待つ客　太輪の砂塵

車　あが人力車　乳母車　小車の　果実車の　車かな　俥くだり　米車　地車に　文車の　麦車●青物車　俥のあとを　車の轅　車引こむ　灰ぐるま　女車の　俥のあとを　車の轅　車引こむ　車ゆくすぢ　車をいそぐ　力車に　レアーのなか

車夫　老車夫の●車夫汗くさき　車夫ものを言ふ

自転車　銀輪露に　自転車に乗る　自転車の鈴／出づ　るおうとば

橇・雪車　いざ雪車に　馬橇が　雪車立て　雪舟に乗り　橇の鈴　そり引や●馬も橇もいづ　橇の一隊　雪舟引出

機

飛行機　廻　電気　計

【飛行機】飛行機と　行け飛行機●あの飛行機に
その飛行機は　空の飛行機　飛行機お空を　飛行機
雲に　飛行場から　模擬飛行機の　灼けて飛行機
航　航空燈台　航空路●光線の航路　空を航くもの、
翼　憩ふ翼　プロペラの●つばさうち伸べ　つばさが消え
て　プロペラのよう

【機】印字機の　起重機に　耕作機　籾摺機●昇降機の
機　蓄音機　取る機械　風信機　昇降機　扇風
風信機の上の　機械の音に　器械の如くに　機械をのぞ
く　機関の油　機関の響　巨大な機械　幻燈機械　産
科の器械　精密機械　ラヂオ畢れば

ミシン　ミシン踏む●裁縫機械のごとく　ミシンの針の
モーター　ミシン発動機　電動機や●大電動機ぞ　動力機械

【廻る】かき廻し　まはる時　まはるなり●くるり
モーターのなか　モータが廻る

くるりと　ごろごろまはる　蛇の目を廻す　月夜に廻る
歯車の音　廻して見せる　めぐる怪体や
水車　から水車　水車小屋　水車まはる　水車守　水
車●水車鎖して　水車眠るよ　水車の矢羽根　水車の
夜明け　水車ものうき
風車　風車　風ぐるま　風車台
気球　気球のやうに　繋留気球　広告気球　広告風船

【電気】停電の　電気風　電気帯　電信隊　電離層
の　電流の　電気行火●停電のよる　電気炬燵に　電気
の影に　電信柱　電線　電話　電線のいた
だきに　電柱の数　電動力で　電柱にもたれ　放電的

【計る】寒暖計や　晴雨計　積雪計　天秤や●雲量
計の　大コムパスの　秤にかかり　風力計を　目盛フラ
スコ　華氏寒暖計　酒量るのみ
レンズ　遠眼鏡　水眼鏡●双眼鏡で　天眼鏡を
ヘリオスコープ　展望鏡の　望遠鏡で　玲瓏レンズ

16 技芸・思考 —— 絵

絵　描 画 図 像 習

【描く】
藍に描く　抱き画く　描く父　顔を画く　画き習ふ　幾何を描く　背に描き　仏画の●淡く描い た　一日画をかき　団画かん　画く日課や　おもてに画き描きし　蝶蝶が画く　胸に描ける ゑがく　描き重ねたり　隈どるがよき　さくら描かむ と　父が描きし　懸額を　軸の前　肖像画　書画の会

【画】
水墨　透かし画だ　戯画に過ぎずと　光線の図画　書霊画●青い裸体画　静物画　密画の葉　木炭画　幽画を玉巻く　天下の画なり　壁画のごとき/宝舟　水彩画　曼茶羅に　羅漢の軸

【自画像】
自画像の●己が絵像や　自画像成りぬ　自画像みれば

【絵】
軍絵の　写し絵の　絵団の　絵屏風の　絵本かな　絵をうりに　大津絵の　押絵かな　硝子絵の　君の絵のスうりに　絵にうつす　絵のすさび　絵草紙を　絵所を

ケツチ場　南蛮絵の　枕絵を　夜の絵を　絵にうつるしけり　絵にかきませり　絵むしろ織や　絵を失ひし　絵にかく夢の絵にもうつせぬ　絵　扇の裏絵　写生にたかる　砂絵の童男　絵を見る秋の　滝の絵かけし　匂ふ水絵に　花鳥の絵らに　寸馬豆人　本の挿絵に　我を絵に見る絵に　春は土佐絵の　肖顔つくりぬ　肖顔のように　レニエの似顔

【似顔絵】
絵師　絵師の君　絵師の妻　画家こそは　肖顔書きたし　蒔絵の割籠

【絵師】
隣すむ画師　はたごに画師の　眉かく絵師の　都の絵師と

【蒔絵】
蒔絵うるむや　蒔絵書きたし　蒔絵の割籠

【絵の具】
絵の具代●青き絵具に　朝を絵の具の　油絵具に　絵の具かぎよる　絵の具とく夜を　絵の具を溶けば/紅すてて　胡粉をとくに

【絵筆】
画の筆すてて　絵筆うちふる　絵筆とる君　絵の筆すてて

【図】
感覚図　建築図　社交図を　図鑑あり　太陽図

【地図】
航海図　世界地図　地図の上　地図見れば●海図ひろげし　地図もいらない　無力な海図

【像】
金獅像　偶像の　肖像を　像の立つ人の像

16 技芸・思考 —— 楽

母子の像●巨きな像の　歓楽の像　故人の像を　白き塑像の　像と二人や　塑像の線を　光の像が　裸像が二人　利休の像を

仏像　お木像　涅槃像　仏像の●涅槃の足に

彫む　浮彫の　彫刻の●石彫まばや　浮彫されて　波を彫める　仏刻まむ　仏をきざむ　水に彫らねば

影絵　影絵さやけき　影絵をうつす　古い影絵で

幻燈　黄金の幻燈　幻燈会の　幻燈機械　死の幻燈の　みんな幻燈

映画　映画館　シネマ観て　映写幕●風の映画を　活動写真　キネマはてたる　映画幕から　映画の外で

写真　実写真　写真師　写真とる　写真屋の●田舎写真館　女の写真　写真に取るや　写真の前に　写真を焼くや／乾板を　乾板の中

【習う】　画き習ふ　手習や　習はずに　習はんか●一より習ひ　いまだ習はぬ　歌をならひに　すがき習ふ

稽古　手習ふ人の　独逸語習ふ　絵の稽古●死ゲイコせん　舞台稽古や

楽

歌　弾琴　鼓

【歌・歌う】　歌ひ手と　歌うたび　うたひ花　歌神の　うたごゑも　歌なくて　歌の器　歌のこゑ　うたはざる　死の歌が　空の歌　独唱よりも　低唱の　鳥歌ふ　星の歌　麻痺の歌　わが国歌●愛の頌歌　あたらしき歌　うたいつかれた　うたが自慢で　歌で出代　歌でとかす　やうたのそそりの　歌をうたう木　歌をならひに　歌をやめてよ　かなしき歌を　かなしくうたつて　かなし琉歌よ　歓喜の歌を　頑是ない歌　小歌そろゆる　言葉なき歌　婚姻の歌　讃美歌うたふ　讃美歌低く　石柱の歌　ソロモンの雅歌　ダビデの歌を　つみびとの歌　夏の日の歌　馬上に歌ふ　独り歌へる　札所の歌の　ブルジョアの歌も　ほゑみうたふ　舞ひつ歌ひつ　迷ひの歌を　無言の歌は　幼獣の歌　酔へばうた

唄　在所唄　そゝり唄　つくばうた　人魚の唄　鼻唄も　ひき喜びの歌／ソソラソソラ

16 技芸・思考 ── 楽

まり唄や ●いせの音頭を 唄へ花嫁　唄の上手な　唄を
うたはぬ　恋しい唄に　酒屋の唄に　ねんねの唄よ
蚯蚓(みみず)の唄も　忘れた唄を

唱歌　唱歌をうたふ　妻の唱歌か　湯女(ゆな)の唱歌の
挽歌　悲歌の橋　挽歌の　鎮魂歌(レクイエム)　●青森挽歌　修羅街
挽歌　挽歌も誦する

仕事の歌　臼歌を　櫂の歌　粉引唄　子守唄　田植唄
茶摘歌　舟歌や　麦唄や　糸繰の唄　臼ひき唄を　帰
漁の唄の　子守歌せよ　布搗歌に　舟歌遠き　舟歌細
く　舟から唄つて

曲　秋夜曲　新曲　行進曲風に　夜の曲　乱舞曲●
おもちやのマーチ　君の円舞曲(ワルツ)は　恋の一曲　行進曲で
さまざまの曲　旋回律を　ちひさなフーガ　マアチの響
リズムの花を／破れしレコード

調べ　急調に　●うまし調を　黄鐘調の　楽のしらべは
黄金の調　古調にほこる　しらべの絶えた　声調ひく手
も　越後節　小室節　小諸節　投節や　一節に　節細
節(ふし)　ひくきしらべの　流転の調べ

く　●節の付きたる
譜　楽譜の音符の　楽譜を読んで　深海の譜を　立春の
譜を

謡　謡師の　うたひ本　謡ふべき　催馬楽や　想夫恋
高砂も　辻諷(つじふ)ひ　●謡に似たる　謡にむせぶ　うたひ参
らす　謡をうたふ　うたはうものを　謡ふて来たり
夜想楽　●楽も悲しも　楽豊かなり　管弦楽と　さびし
けて　楽の音　楽迅し　楽を聴く　天の楽　無声の楽
い音楽　銅貨の音楽　無窮の楽と　流転の楽の
楽師　音楽師　楽師たち　楽手等の　楽隊の　伶人の
●表に楽隊　楽人たち　住む伶人や
楽器　弦楽器の　マンドリン●楽器やそろへ　ギタアを
持つて　全オオケストラ　チェロ一丁の　ハモニカを吹き
ファゴットの声　もしも楽器が
ピアノ　鍵盤打つや　鍵盤に　ピアノ鳴り　ピアノ弾け
●鍵より白き　鍵をたたいて　金のピアノの　鍵器をと
【楽】　音楽の　楽起る　楽澄めり　楽たのし　楽に更

16 技芸・思考――楽

技芸

って　しんとしてピアノ　ピアノ鳴り出よ　ピアノに映り　ピアノの吐息　ぴあのの音さへ　ピアノの歯並あののふたに　洋琴のほかに　ぴあのは光る　ピアノ弾かまく　ぴあの弾く夜の

胡弓　鼓弓の糸の　胡弓のひびき　胡弓を弾かず

オルガン　オルガンの雲　風琴を弾く　わが風琴や

バイオリン　君がヴィオロン　びおろんの絃

【弾く】　姉が弾く　掻き鳴らせ　来て弾けど　セロ弾けば　音を弾きて　ひきさしし　ひきはやせ　弾くがいい　弾くけはひ　わが弾ける●あい（間）の山弾く手に　弾っ放して　ひく音深し　まだ弾きも見ぬわが前に弾く

奏でる　奏で出づ　伴奏者　伴奏に●君がかなでし絶えず奏でる　芽の合奏の

【琴】　楽琴は　君が琴　百済琴　管琴　琴作る　琴の上に落ちけり　琴の爪　琴の弟子　琴箱や　縦琴に　天琴に●琴上に飛ぶ　琴斗　琴の爪　琴柱はづれて　琴爪しろき　琴の塵　琴に斧うつ　琴には惜しき　琴の爪お琴に音もなく

と　琴もて居る　琴を抱いて　琴をおさへる　柱おかぬ琴に　シオンの琴の　隣の琴は　弾きいでし琴の　無絃の琴を　胸の小琴の

弦　弦のうへ●弦の切れたる　絃は張られて　柱なき繊絃　弾く弦の音に　一絃一柱に　窓の絃の音

三味線　門弾は　三味かなし　三絃の　三味線の　しのびこま　蛇皮線の　三味の音●三味聞きみれば　三線箱の　隣室の三味

琵琶　筑紫琵琶　琵琶の名は　琵琶の撥　琵琶を弾く●おもたき琵琶の　琵琶きく軒の　琵琶になぐさむ鞨鼓鳥　鼓打つ　鼓箱●　雨に小鼓　あやなる鼓

【鼓】

太鼓　大太鼓　銅鑼たたき●太鼓打つ手の　太鼓担いでうたぬ鼓　子は鼓うつ　たぬ（狸）も鼓や　鼓うつ手につづみ手向る　鼓のひと手　鼓を打つや　皮革の鼓器と御寺の鼓　　太鼓たたいて　太鼓に暮るゝ　太鼓の音だ　太鼓をかつぐ　鎮守の太鼓

拍子　相拍子　足拍子　四拍子●鼓拍子を　中の拍子

16 技芸・思考 —— 祭・芸

祭

や　拍子とる也　拍子のつきし

【祭】　秋祭で　牛祭　祇園会や　祭文や　雛祭り　火祭りで　星祭　祭り髪　祭り客　祭済みし　祭月　まつりです　祭人　山祭　宵祭　労働祭●急げ祭へ　太秦祭　悲しき祭り　漁船の祭り　空気の祭　降誕祭の月の祭を　筑摩祭も　闘牛祭　時の祝祭　浜は祭りの平和の祭場　ほこの祭　祭するかも　祭の車　祭の事で　祭の街の　祭見て来よ　祭物見の

獅子舞
紅色の獅子　獅子がへたばる　獅子のあらしに獅子の頭を　獅子の春風　獅子を振りこむ　鳴る獅子の歯の

神楽
大神楽　御神楽や　神楽堂　里神楽　夏神楽　夜神楽や●神楽の中を／猿女人　能登の猿女の

神輿
神輿荒れ　神輿部屋●神輿かく里　神輿の声の

囃子
里囃子　馬鹿囃子●月夜囃子や

芸

【芸】　傀儡師　軽業師　皿まはし　猿引は　宙がへり　曲馬団　曲馬の子　傀儡師芸事も●軽業を見る　曲馬の山師の　サーカス小屋は　万歳楽　見せ物の●軽業を見る　曲馬の山師の　サーカス小屋は　旅芸人の　たまのりむすめ　まんざい遅し　万歳行くや輪抜けしながら

手品
種子明す　手品師の●手品師も居し　手品つかひは

仕掛
からくりの●碓のからくり　からくり仕懸てのぞきからくり　水からくりや

道化
道化もの　ピエロ我●お道化お道化て　お道化た踊り　道化の臨終　ピエロがひとり　広告の道化

寄席
怪談の　昼寄席に　寄席戻り●寄席の崩れの

能狂言
顔見せや　薪能の　辻能の　能役者　袴能花の御能●浄瑠璃をきく　鉄輪を見たる　鉢木の日の壬生狂言の　昔　浄瑠璃

16 技芸・思考 ── 舞

技芸

舞　踊　面

芝居　書割の　紙芝居　戯曲よむ　切おとし　猿芝居　芝居小屋　旅芝居　悲壮劇　幕合ひの●一代の劇　おどけ役者の　オペラの前　河原芝居の　現実喜劇　三文役者　芝居のまゝに　芝居の廊の　芝居見にゆく　人間喜劇　八文芝居　古い戯曲の　夜霧に劇場

歌舞伎　女がた　歌舞伎座の●女歌舞伎や　栄る曾我の日　腹切る歌舞伎　真白に歌舞伎

【**舞う**】うつら舞ふ　男舞　立ちて舞ひ　蝶の舞　鶴舞ふや　舞出よ　舞ひ入りて　舞ひ下りて　舞いおりる　舞ぎぬの　舞ひ猿の　舞ひ立ちて　舞ひのぼる　舞く　の●足辺に舞ひ来む　あやしき舞ひに　かなしく舞は　せ　神も舞ふべく　くる／＼舞や　午後の日暮へり　月に舞うては　のろのろまひて　昼を舞ふなる　冬の日の舞ふや　降り舞ふ雪の　碧天に舞ふ　舞ひたちあがる　舞ひたちさわぐ　舞ひつ歌ひつ　舞の地を弾く　舞の出　来たる　舞の花櫛　舞をすゝむる　まひ落つるあはれ　まひさだまらず　舞ふ小妖女に　胸に舞踏の　むりに舞する　雪舞立ちて　夜の舞踏の　夜をなに舞はむ　乱舞するなり　我も舞はむと

【**踊る**】雨乞踊　をどり●をどつて居る　おどり込む　踊るべき　ひとをどり　兎のダンス　馬がをどれば　をどらぬ人の　踊教に　おどり子猿か　踊疲れを　踊り通して　躍念仏　踊の足を　踊る夏野の　踊る夜もなく　可愛いダンス　大漁踊に　月夜の踊り　出汐の踊　波の踊るを　ポルカのやうに　憎んで踊る　猫が踊るに　坊主踊れば　都踊は　流人踊りは踊るを　踊り子の　舞少女　舞の子を　舞姫の●舞手たちよ　おどり子を呼ぶ　おどり子を

舞手　踊り子の　舞少女　舞の子を　舞姫の●舞手たちよ　おどり子を呼ぶ　おどり子を

舞台　蒼き舞台の　舞台をばふめや　舞台稽古や　舞台せましと　舞台に飛ぶや　舞

【**面**】猿の面　面を負ふ●赤面したる　着たる面は　小面映る　ふかゐの面

16 技芸・思考 ── 遊

遊

鞠　賭　雛

【遊ぶ】

遊ばる、あそび来ぬ　遊びけん　遊ぶ蝿

あそぶ日ぞ　遊ぶ日に　遊んでる　清遊に　蝶あそぶ

手すさびの　花にあそぶ　悲苦の遊戯　ひとりあそぶ

夜遊びや●秋の野遊び　あそびくらしつ　あそびし蝶の

遊び疲れて　遊びにござれ　遊びほけたり　遊びをせ

んとや　あそぶ糸遊　遊ぶ子供の　遊ぶさ

みだれ　遊ぶものなき　遊んでゐるや　軍遊びを　一

日あそぶ　魚あそぶみゆ　鵜を遊する　河童遊びや

狐あそぶや　暗きに遊ぶ　恋して遊べ　小魚と遊ぶ

園に遊ぶ　胡蝶の遊　さかば夜遊　鷺の子遊ぶ　故

紙に遊ぶ　浄土の遊び　鶏追ひ遊び　空に遊べり　たた

かひ遊び　月に遊ぶ僕の遊び場　何して遊ぶ　まひく遊ぶ

遊ぶ　能あるあそび　昔の遊び　夜遊の人は

ろび遊ばん　みだらなる遊戯　綾取りの石蹴り

雪のへに遊ぶ　弓矢に遊ぶ／穴一は

の　鬼ごっこ　貝合せ　かくれん坊　手まり哉　根つ木

かな　ままごとの●お葬ひごっこ　かくれんぼして　キ

ヤンプの眠り　子は印地打つ　虫とりあそぶ

玩具　玩具など　水中花　セルロイド●兎の玩具　玩

具出さうな　おもちゃ併べて　おもちゃのお国　玩具の

機関車　玩具の熊を　玩具の兵隊　おもちゃのマーチ

玩具を買ひぬ　玩具をすてて　積木のごとく／箱庭や

箱庭の山　箱の山　箱のお家が

碁　碁いさかひ　碁に遊ぶ　碁に負け　みだれ碁に●碁

石の音の　碁うちの　碁をうつ人の　独碁をうつ

骨牌　女王さま　骨牌の●骨牌の女王　カルタ　ダイヤの一が

歌留多　歌がるた●かるたが散って　カルタ歓声が　歌

留多の裏の　かるたの小筥　歌留多もしあきた　読み人

かへて

独楽　独楽出して　独楽の糸　独楽の精　独楽まわし

双六　すごろく　絵双六●浄土双六　双六うちの　双六盤や

凧　たこ　紙鳶切て　凧　大凧の　狂ひ凧　凧上げ　凧抱いた

凧の尾を　奴凧●凧上りけり　紙鳶あぐる比　凧を跨で

技芸

16 技芸・思考 —— 遊

木馬（もくば） その木馬● 廻転木馬 木馬をひとり に凭る

鞦韆（しゅうせん） ぶうらんこ ふらんこしてる●ぶらんこしてる 鞦韆

鞠（まり）
護謨毬（ごむまり）は それた鞠 手鞠唄 まり唄や まり
それて まりを投げ●赤きゴム玉 大きな毬を 手鞠
出てくる 手まり程なる 投げ毬の音 鞠がはずんで
真赤な毬を まりをつかせん 我が投げし毬

球技（きゅうぎ）
球光る ラグビーへ●きけば野球の タックルか
けし 球ふるひつつ 球を抱けば ボールころげて 野球
のナイン ラガーと肩を ラグビーの血の ローンテニスの
相撲 ラグビーへ●きけば野球の

羽子板（はごいた）
羽根つく吾子の 羽子突く音す 羽根の羽白し
羽根つく吾子の 追羽子や つく羽を 羽根大事 羽根日和

相撲・角力（すもう）
相撲 負角力（まけずもう） 江戸角力 勝角力（かちずもう） 草相撲 相撲取 辻（つじ）
とて 角力うれしき 角力とらせる 相撲に負くる
小き角力 伏見の角力 宮角力（みやずもう） よき角力 夜角力の●勝相撲

【賭】
賭にして●かけとあそべる 賭はすまじよ

競馬（けいば）
競べ馬●競馬の馬が 競馬の塵の

博打（ばくち） 小博打に 野ばくちが 博打うつ ばくち銭●
貝殻賭博 小屋の博奕を 博奕に負て 古きばくちの
／釆の筒

【雛（ひな）】
雨の雛 老い雛の 押絵雛 紙雛 紙雛に
年の雛 土雛は 雛市や 雛をさめ 雛かざ
る 雛菓子に 雛かなし 雛くづに 雛暮れて 雛買
うて 雛様の 雛仕舞ふ 雛殿も 雛に別
櫃 雛の顔 ひなの酒 雛の棚 雛一対
ひなの家 雛の燈に 雛の間や 雛の鼻 雛
雛箱の 雛祭る 雛見世の 雛の眉目 雛の宵
の 雛ならず 一夜雛壇 古雛や 雛二対
ひいなかざりて●一夜雛壇 添ひ臥す雛に よき雛
ひいなの殿に 雛にかしづく 雛に人
目の 雛のお節句 雛の袂を ひなの使に 雛は常世に
雛ぽちとある むかし雛の 別れの雛に

人形（にんぎょう） 京人形 小人形●をどり人形は お人形抱びて
も 首振人形 千代紙着せて 博多人形の 裸人形の

張子（はりこ） 犬張子 蝋人形の 布張子の はりぬきの●張子の虎も
埴馬（はにま）のごとき

16 技芸・思考 —— 歌

達磨 赤いだるまが　買ふ勝達磨　達磨に似たる　達磨もどきに

歌

吟句詩

【歌】
歌あはせ　歌屑の　歌なきは　歌に笑みぬ　歌にきけな　歌の主　歌の御代　歌袋　歌筆に　歌よまん　君が歌に　今日の歌　人の歌を　返歌なき　星の歌　わが歌に　和歌に痩せ　和歌の神●いざ歌詠まむ　歌かきてやまむ　歌ききやまむうた口ずさむ　歌とほれけり　歌に泣きし君　歌に読る　歌はなかりき　歌ひとつ染めむ　歌ひめたまへ歌申あぐる　歌も聞えず　歌も妙也　歌よむ人の歌をかぞへて　歌を寂びしむ　うらみの歌は　御歌いたゞく　憶良の歌や　かきしは歌か　歌仙ひそめく　代て歌を　きぬぎぬの歌　君が歌ひとつ　君が醉歌の　君に歌へな　狂気をうたひ　恋び恋ふる歌　字余りの歌の首領歌よむ　白萩の歌　寝がての歌は　妻恋ふ歌や　友

の恋歌　ひとり歌なき　貧窮問答　都の落首謳ひ出し　吟を彫　諷の寒さよ　口吟み　小諷の長嘯むしの吟●諷尽せる　吟をほこし
【句】大矢数　古人の句　こぼれ月　龍吟魚躍の札●秀句の聖　十七文字を　俳書かな　萩の俳句に痩せぬ　ほつ句も出よ　笠着連歌の　我句をしれや
【連歌】連歌道●運座戻りの　　　　　　　座主の連句に　佐渡の連句に　旅の御連歌歌の選　撰ばれず　撰あまされて　撰者をうらむ　撰集のさた　定家が撰りし　選るよ淋しく
【詩】石に詩を　一句の詩　詩書くや　書かれた詩漢詩を　詩にかへし　詩に痩せて　詩の袖に　詩は東坡り　詩を作る　諷詠詩●詩なげうちぬ　詩酒の春の詩腸枯れて　詩にかへし君　詩や盃に　月の詩つくる杜詩に沁む夜や　みづからの詩を　唐土の詩
詩人 女詩人や　三文詩人　詩人は錢を　詩人もありき　詩人痩せたり　天似孫の詩

16 技芸・思考 —— 書

書

紙　字　筆　文　手紙

句　思考

【書く】

うつし物　書きさしし　書き記せ　書賃の
かきなぐる　記事を書き　清書の　にじり書　ぶつけ
書きもの書きつぐ　物書きに　寄せ書の　落書きに　薄書の
書きて貰ふや　書付消さん　教科書書きに　雑報書
きの　障子に書きし　草して独り　手帳にうつし燈
下に書きすと　はや書をする　ふみ書く国の　もの書かぬ
身のもの書き急ぐ　物書き散らし　物書く時の
かみ
【紙】
赤紙の　色紙よ　紙あます　紙漉は　紙鳴らす
紙の上　紙雛に　紙袋　銀紙だ　原稿紙に　白紙に
西洋紙　ちり紙に　包み紙　不審紙　方眼紙
紙●インキと紙が　薄様をすき　紙で折たる　紙に包
むも　紙めくり落つ　紙より白　机上の白紙　切紙の
雪　原稿紙ちり　色紙に遊ぶ　紙型の上に　渋紙づゝみ
吸取紙が　製紙工場が　白紙綴ぢたる　白紙の如し
緋唐紙やぶる　身はぬれ紙の　洋書の紙の

紙魚　紙魚が中にも　紙魚きらきらと
短冊　朱短冊　短冊に●赤短冊や
帳面　通帳　寄進帳　帳簿かな●買物帳や　家計簿
にしるす　手帳の青の　手帳の中に　古き手帳に
閉ぢよ　小遣ひ帳の　雑用帳に　帳に付たる　帳面
反故　紙くずの　紙の屑　反古とりて●反故にして飛ぶ
表紙　黒き表紙の　背見せをる
赤表紙　鞣革　表紙かな　古表紙●黄表紙あ
るは　緋繻子の表紙

【字】

いの字より　誤字寒し　字を書かぬ　への字穴●
石に字を書く　一字々々に　写す細字や　親といふ字を
字にもよまれず　字を書ならふ　字を吸ひとらぬ　草
稿の字の　どれもへの字の　のの字ばかりの　はの字のむ
つかし　昔の一字　指で字をかく
印刷　印刷し　印字機の　活字刷る●印刷の音　光華
印刷　にじんだ活字
仮名　仮名文字で　ひら仮名の●いろはもかきて　仮名
かきうみし　仮名書習ふ

302

16 技芸・思考 ── 書

文字 うるし文字　飾り文字　唐文字よ　ギリシャ文字　金文字の　砂の文字　花文字　文字ほそく　文字を離る●あやしき文字を　象形文字を　象徴文字を　洋書の金字は　不思議の文字の　梵字と雲と　梵字をひらく　僧庵の硯　良夜の硯　硯に　鉛筆を臥せ　シャープ鉛筆

硯 硯ばこ　筆硯●硯抱て　硯の海に　硯を刻す　文字幽なり　文字間にくる　文字も涙に　文字を忘れて　見る砂文字の

墨 薄墨に　佳墨得て　墨薫る　墨の香や　墨ひかば　墨みづの　ちび墨と●墨うすきかな　墨絵おかしく　墨絵の雲や　墨芳しき　墨まだ淡し　墨もゆがまぬ　墨をぬりつ、墨の深さで　墨すりかはせ　墨すり流し　花鳥賊墨を　墓標の墨の　よき墨なきを

【文】 起請文　原稿は　銘文　文の林に　日記の嫁ぐ日記の　日記するものか　日記の灰の　日記にしる　日記の恋歌　古日記●去年の日記には　徐かに日記を買はぬ　火かげ日記くる

【筆】 いゝ筆を　大筆で　代筆の　筆洗の　筆談の　筆かりて　筆ちびて　筆筒に　筆始　筆もろとも　筆を絶つ　焼筆で●青一筆の　書きよき筆や　数ふる筆の　校正の筆を　鋼鉄の筆　禿筆を嚙む　一筆たのむ　筆毛のさきも　筆で染めては　筆の趣き　筆の氷を　筆のはじめは　筆もかわかず　筆を動かす　筆を立て、は　筆を投じて　筆を結せて　わが筆づかを

日記 日記買ふ　古日記●

ペン 金ペンの　ペンだこに　ペンの音　ペンの走り　ペン走る●青緑のペン　鷲ペンに代へし　ペンを擱きつつ　万年筆の

遺筆 遺筆に活けて　夫の遺筆や

鉛筆 鉛筆を●鉛筆きりて　鉛筆とがらす　鉛筆を掌

【手紙】 書置八　書く手紙　詫手紙●音信も無し　仮封筒を　古手紙　読む手紙　角文字の（恋文）名の手紙の　故人宛なる　手紙かき居る

筆跡 手紙の　手跡めでたき　細き水茎　水ぐきのあと

便り 便りあり　便にも　通信は　舟便り●秋のおたよ

303

句

思考

16 技芸・思考 —— 読

句 思考

秋の便りや お里のたよりも おもふ便も 消息
もすな その角文字の 便とづきし 音信は待たず
便りも遠き 遠い音信 美濃だよりきく 山便りせん

文（ふみ）
長き文 母の文 文の華 文幣ぶれ●秋の夜の文
いにしへの文 おつかない文 かよはす文の
四六の文を つれなき文の 殿よりのふみ 年賀の文の
文車の文 文がらおもき 文届きけり 文に泣きたり 切ほどく文
文にも書かず 文箱来たる 文よみさして まづ文を
やる 昔の恋文

沙汰（さた）
御不沙汰と●後は沙汰なき 無沙汰だらけで
又沙汰なしに

状（じょう）
状箱を 状ひとつ とづけ状 年初状 離縁状
請状すんで 状の吉左右 状燃え上る 状を師走に
絶交状を 主なし状の

郵便（ゆうびん）
ポストから 郵便の 郵便夫 郵便屋●赤き切
手を 朝の郵便 炎天のポストへ 門の受函 郵便切手
と 郵便局が 郵便さんに 郵便函は 郵便物が

葉書（はがき）
絵葉書を 端書かき 葉書みて●父の葉書の

読 本 書

【読む（よむ）】
訓読の 千部読 そを読めば 耽読の 童話
よみ 書よめば 読初の 読む手紙 読む夜半の●愛
読の書よ あご埋めよむ 歌に読る、雑誌よんでる
戦記を読みて 月に書よむ 書読む君の 書読む人や
書読む窓の 書を読みつゝ 古き書読む 反故を読み読
み 読む寂しさよ

【本（ほん）】
小説の 装幀の 本の著者 本を読む●いろんな
御本 同じ本読む 読本よめり 古本もがな 本抱へ
来よ 本の重さに 本を買ひ来て 本を買ひたし

【書（しょ）】
歌書俳書 戯作者の 古文書の 書一巻 書に
対す 書に触るる 書を買ひて 書を曝す 新書古書
博物誌 書焚ける 書つづる 書のうへ 和漢の書●愛
の辞典を 赤き辞典に 群書類従 厳秘の文書 辞書
のみ残る 昭和の書あり 書物を破り 図書と骸の
脳解剖書 臥所に書を 書むしばまず 古き洋書の

16 技芸・思考 —— 話

話
言語 礼

集（しゅう） 撰集のさた　りるけの集●歌の集あむ　画集が着いた　金槐集を　山家集有り　三昧集や　朗詠集の

物語（ものがたり） 大鏡　草双紙　春曙抄　漂流記　水鏡　列仙伝●甲子夜話あり　四季物語　百物語　童話の中　メルヘン

新聞（しんぶん） 新聞　新聞の朝刊の　夕刊の●郷里の新聞　新聞遅れ　新聞紙敷き　新聞紙もて　新聞を見て　散る新聞紙　夕刊がきた　夕刊飛んで　わが朝刊に

【**話す**】（はなす） 艶話（えんわ）かな　立話（たちばなし）　長咄（ながばなし）　寝咄（ねばなし）の　はなしごゑ　話好き　ぺちゃくちゃと　むだ話　夜咄の　咄しせむ　お伽話の　川原咄しを　内証話や　寝ものがたりの　咄がてらや　咄して行ぞ　はなしとだゆる　咄の多い　話のたねの　咄身にしむ　はなしかな　星のおしゃべり　むかし咄の　よくシヤベル哉　ペルリのはなし

【**言う**】（いう） 言そうな　言ひにくし　云ぶんの　言ひやらばいふ事を　いはず聴かず　言はぬ人　言にいひでて

言烈（ことはげ）し　言花（ことはな）の　他言（たごん）せず　にくゝいひ　物言ふも　物いへば　物いはず　物いはぬ　よういはぬ●言捨んには　云ひつゝ出るや　いひてみてをり　言ひて寄りしか　言ひよられなば　言ってのけたる　いはねば知らじ　かりそめ言も　言のたふとさ　言避けをせず　誰れも言はなんだ　妻に言ひてみる　中で物いふ　なにといふとも　何をつぶやく　なんともいへず　ひたといひ出す　ひとり言いふ　人の物いふ　人物云はぬ　ぶつくさぬかす　慄へて云ひぬ　物いひつけて　やんで物いふ

申す（もうす） 申さばや●歌申あぐる　お錢（あし）と申す　お屠蘇（とそ）と申せ　粽（ちまき）と申し　不参申して　申さず逝きしを　申かねたる

言葉（ことば） 加賀言葉　京言葉　言の葉の　新言葉　能登言葉　よそ言葉●言ひし言葉は　うらの詞を　大阪言葉　言の葉なくて　ことばあらそふ　言葉戦ひ　葉の葉なかりき　言葉なき歌　ことばなき　言葉のなかに　言葉は今も　こと葉ばかりの　千の言葉を　つかはぬ言葉　尽きぬ言葉に　母の言葉に　人の言の葉　火の

16 技芸・思考──話

言葉せぬ　古き言の葉　短き言葉　都ことばの　もだせぬ言葉　やまと言葉は

訛　国訛り●片言まぜて　訛り語りの　訛なつかしなまりも床し

語　人語湧く　独逸語の●甘たるきを　けふもこの語に　語のくぐもれる　酔語かはして　父の冷語をば語らず言はず　語らで過ぎぬ　語る悲しさ　気焰を吐きて　口疾に語る　薨去を語る　死をば語りき　夜がたりを　深夜に語る　大雅と語る　誰にかたらむ長夜々語り　人語りゆく　人に語るな　芙蓉を語る物うちかたる　夢語るなり／評議哉　評定の

●**語る**　語らまし　語られぬ　語り過ぐ　日を語る●上より語る　浮世語も　多く語りて　かくして語る

告げる　他に告げず　汝に告ぐ　夢の告●かなしさ告げよ　告白せねば　受胎告知の　告げよ蜩　時告ぐる鐘人には告げよ

伝える　相伝の　名をつたへ●いざことづてん　音をつたよ

へて　死ぬと伝へよ　つたはりてくる**使い**　お使ひが　明の使者　使者に来る●造化の使者も　鳥の使や　春のつかひの　ひなの使に　蒙古の使者夜の使を

噂　触歩く●庵の噂や　噂も知らず　噂や残る　おれが噂を　替りの噂　しろき噂も　世間口より　後の噂を　春の噂か　流言の夜

【**礼**】　廻礼も　黙礼に　礼がへし　礼もせぬ●礼交しけり　礼の八千度　囲む礼者や　新酒の礼を　鳩の礼儀や　花に礼いふ　非礼の香気　麦めしの礼　薬代の礼宜　無調法●あいそにちょいと　お仕着の時宜　口上

挨拶　会釈したき　こんばんは　さようなら　年の時礼者ことわる　ことわりもなく　御免候らへ　辞儀して括る果ぬ

名乗る　名乗すて●名乗り出たる　名乗さまぐゞ　名を名乗らする

電話　来し電話　受話器とる　受話器もて●巡査の電話　電線、電話　電報打ちに　電話の鈴の

306

16 技芸・思考 —— 思

思
想

【思う】

相思うて　ある思ひ　思ひ倦じ　おもひ得ぬ
思ひ寝の　思ふ事　思ひ草　思ひ知れ　思ひ出す　おもひなし
まじ　思ふやう　思ふさま　思ふ人　思ふべし　思ふ
慮ぶかく　何思ふ　おもほえず　思慮の無い
き思も　後を思はず　物思ひ　物思へば●相おもふ人　痛
ひあまりて　思ひ卑しむ　海もおもはず　海を思へば　思
き　おもひかねつも　おもひ移りて　思ひがけな
ひ切夜や　おもひくづれぬ　おもひか迷ふ　おもひ切時　おも
なさじ　思ひさだめつ　おもひことなる　おもひこ
思ひつく夜や　思ひなき身と　思ひ知らずや　思ひ立つ日も
沈み　思ひに似たる　おもひの雫　おもひに潤み　おもひに
もひはてなき　おもひはるか　思ひはしる　思ひはは走る　おもひ
もかけず　思ひもすまい　思ひ湧き来ぬ　思を食みぬ
思ふ事なき　おもふ便も　思ふ月日も　おもふところ

や　思ふ病に　おもへばさびし　思はざ
りけむ　おもはれ顔の　おもはれぬ身の
思はれ人に　菊に思はん　君おもひいづ　思はれ行く
君を思へり　思惟の蛍光　思想の耕地
れが思ひか　たが思ひだす　煙草を思ふ　何を思ふや
寝て思ふま　のちのおもひに　人の思はく　人を思ひ
てふるへておもふ　ほそる思を　鱒のおもひや　見ぬ
日を思ふ　ものおもひゐる　ものおもふ子の　物おもふ
春の　物思ふ人　物おもふ身の　物を思へり　暗を思ひ
ぬ　やや思ひ凪ぐ　螺状思念の　わが思ふこと

思案

蒲団思案を　愚案ずるに　思案顔●案ずる程に　何を思案の
考える

考え事して　考へてをる　奇怪な考え
ひ入りぬる　想ひふける　想ひめぐらし　瞑想を●想

【想う】

想ひあり　想ひのせて　回想や　瞑想を●想
念

空想

空想に●空想しゐて　空想にちかし
理想

地に理想●つひの理想の　理想の雲は

16 技芸・思考 ── 知

知

探 事

【探る】

香を探る　賽探る　●足で尋ぬ　お乳をさがしてる　お墓をさがす　煙管を探る　捜したナイフ　探す土蔵や　底にさがす日　太陽をさがす　田螺をさぐる　壺に探るや　標札探る　枕さがせよ　水をさがすや　夜光珠探し　夢をさがしに　われは探しむ

窺う

うかがふ　油うかがふ　影にうかがふ　春をうかがふ　夜をうかがふ

疑う

疑ひの　うたがふな　●雨うたがふや　うたがひそめつ　疑ひの神　懐疑の小屑　妻の疑惑を　夢うたがふな

【知る】

知た名の　知てから　知れるとき　●衰へを知る　知るがかなしき　しる人に逢ふ　知るも知らぬも　知らず　罪知りそめぬ　まことをしるや　もろしと知りぬ

合点

合点か　なあるほど　●合点させたる　しなぬ合点で

知らぬ

知らで来し　知らぬ家　知らぬ人　ぬし知らぬ主しれぬ　冬しらぬ　ゆゑしらぬ　●秋ともしらで　阿やめもしらぬ　終り片を知らじ　いはねば知らじ　あやめもしらぬ　御ぞんじないと　水鶏もしらを知らぬ　涯も知らぬ　知らぬ顔にて　水鶏もしらぬ　心はしらず　ことはり知らず　しらざるつちを知らず異る　知らぬいほりも　しらぬ人　にはたてひき知らぬ　外様しらずの　なれもしらずよ　人こそ知らね　人はしらじな　見知らぬ土地に見もしらぬ犬　ゆくへもしれぬ　われに知られぬ

智恵

智恵の実を　智者の口　●大きな智恵を　恐怖の智恵の　智恵のさゝやく　智恵の玉乗り　智恵の炎をちゞぶらさげて　智者ハ惑はず　文珠の智恵も

知識

生字引　●智識の欲に　古き知識の　ものしりといふ　物識人は　有職の人は

振舞

江戸のふり　規矩作法　振舞ひて　●行儀のわるい　翌の事　ゑらい事　げせぬ事　すまぬ事　煮る

【事】

事を　はやい事　人の事　安い事　●今日も事なし　事もなき日に　ひだるき事も　ひょんな事して　貪る事の

16 技芸・思考 —— 何

何

問 誰 覚

【何】 こは何と　何ごとも　何桜　何に此
何と書く　何となう　何の鳥　花や何●　あら何ともなや
何と先に　何れか是なる　かれなにものぞ　けふは
何れか先に　何れが是なる　かれなにものぞ　けふは
何せん　隣は何を　何おもひ草　何か巨きな　なにか
するどき　なにかと言へば　何がひそんで　何喰はせて
も　何しに出たと　何ぞの時は　何にかくれて　何に
さわだつ　何にとゞまる　何に研ける　何にむせけん
何に世わたる　何の廃墟に　何もてなさん　何もひろは
ず　何をたよりの　何をつぶやく　何を見るにも　何ぞ
喰たき　何でこんなに　何ともせぬに　何の心ぞ　何の
墓ぞも　何の花ぞも
如何に いかにせし　いかに見よと　こはいかに　やあい
かに●如何なる恋や　いかに葬らむ　いかに面々
何時 いつしかに　何時のこと　いつの月も　いつやらも
●いつか色づく　いつかの夢の　いつともあらず

何処 いまいづこ　月いづこ　何処おじゃる　どこか知ら
どこへ行た　母いづこ●いづこに住むも　いづこまで照る
そらのいづこぞ　どこが葛西の　どこかそこらに　どこ
とらまへて　何処に蔵ひし　どこに鋲打つ　何処へ埋め
て　波のいづこに　果はいづくぞ　人はいづこの　夜毎何
処かの

【問う】 うめを問ふ　問ふほどの　としとへば　問は
れても　道とふも●いざ言問はん　いざとひてみん　川
越問ふや　心根とはん　酒に物問ふ　桜に問ふや　隣を
とへば　花は問ひけり　人に物とひ　路問ふほどの　文
字間にくる

【答える】 こたへてもどる　露と答よ　鴫が答ふる
【返事】 眠気の返事　返事してゐる　返事のなきに
か来る　誰か行　誰住む　誰も来ぬ　誰やらが　泣く
は誰れ　人は誰　行くは誰そ●今誰がために　そこ行
くは誰そ　だあれもゐない　たが思ひだす　誰が傘ぞ
誰が投げこみし　誰肌ふれむ　誰むかしより　誰ぞ培

309

16 技芸・思考 —— 忘

句 思考

【覚える】

おぼえをり 覚えなく●をさなおぼえのが来ても

ひし 誰ぞわれをうて 誰が家にか 誰か来さうな 誰が誰やら 誰が誰をば 誰が持たせし 誰かわづらふ 誰ともしらず 誰にうつさむ 誰に解かそと 誰にともなく 誰に見立ん 誰待としも たれもみえん 誰も知らない 誰もねて居ぬ 誰呼子鳥 どなた

見覚えのある 皆見覚えの

記憶

生きたる記憶 記憶薄れし 記憶に残り 記憶のなかの 記憶のはてに 記憶を憶へり 流離の記憶 流浪の記憶 冷たき記憶 ものを憶へり 軍楽の憶ひ

思出

思ひ出 思出の 回想や●思出ぐさに おもひ出の夢 春の思ひ出

追憶

追憶ぞ 美し追憶 追憶の色 追憶の日の 追憶よりも追憶を●おもかげ 追憶と悔い 追憶の森 死の

俤

面影を●おもかげうすく 面影にして 俤に立つ

不覚

覚束な●覚束なくも おぼつかなさや

おもかげはとはに 君が俤 わらふ俤

【忘れる】

年忘 忘却の 物忘れ わすられず 忘られて 忘られぬ 忘るなよ 忘るるな 忘れ居し 忘れ草 忘れじと わすれ顔 忘れ水 忘れ来し 忘れ来ぬ 忘れをれば 忘貝 わすれ顔 忘れめや●暑さわする、あとを忘れて 君を忘れて 顔わすれめや きせるわすれて 君を忘れて 君を忘れて 子等が忘れし 旅をわする、 長くわすれぬ けふは忘れて人のわする、 人もわすれし ひとを忘れず 涙わすれぬする、 忘却を追ふ 又忘れけり ふかさわを忘れて 物わすれ来て 物忘れせし 雪をわする、ゆびを忘れよ 忘らればこそ 忘れもせず わすれ顔なる 忘れかけたる 忘れ形見の 忘れし頃に 忘れし人の 忘れた唄を 忘れた夏の 忘れたやうな わすれて出る わすれて飛んで わすれ花あり わすれ花にも 忘ませうぞ

16 技芸・思考 —— 学

学 賢 説

【学】学問は 電磁学 学びする 学ぶ夜の 遊学の

●学業語る 天文学の

学校 学院の 尋常科 卒業す 退学の 夏期大学の 学期
学び舎に 夜学校●アカデミー出でて 寺子屋の
も末の 学校がへりに 学校休む子 講義を一人 さみ
しき夜学 小学校の 登校の児の 農学校の 母校の春の
母校をいでし 盲学校の 夜学修めし 夜学のかえり

教師 教師過ぐ 校長の 先生の にせ教師 老教師
老教授●英語の教師 女教師が 我鬼先生の 教師と
ならん 農学校長 黙笑先生

学者 何学士 博士あり 老学士●光線学者 少壮
学士の 数理学者の 地質学者が 博学の師を
教へ子に 学生の 学徒来る 生徒達 生徒ら

学生 入学児に 夜学児の●学生恋を 角帽の子に 騒
ぐ生徒や 生徒寝あまる 生徒等はみな 大学生に

小さい生徒

【賢い】かしこさよ●あるじかしこき 賢こがほ也
試験 試験すむ 実験の 受験生 大試験
かしこき人を 賢者は富ず 賢なる女 秀才の
神童の名の 宣旨かしこく 西の秀才が／さかしら人に
さかしらを説く

【説く】史蹟説くに 説きふせし 春を説く●演説
すでに 鉱毒を説く さかしらを説く 辻説法や 説
くあるじかも 道を説きたる 道を説く君／講釈の
詩話画論●エロとグロの論や 宿命論者

論 飲ぬ分別 一分別ぞ 分別替る 分別はなし
分別 御政道 子たる道 理不尽の●あしたに道を恩
道理 法則に 世の習ひ 獣の哲理 孝行の道 言語道
チ 愛の道 切なる求道 ゾラの理性を みちおも
断 修道的で 道付かゆる 道の固凝 道の
しろき みちもなかばに 道を失ひ 道をひろつて
清けさ
理をはなれたる

311

16 技芸・思考 ── 才

才

讃　面白　良　興

句　思考

【才】
天の才　非凡なる●才あまりある　才なき吾をくしくも無し　才に死ぬらむ　才秀でたる

見事
菊見事　鬚美事●手綱さばきを ちらり見事な手ぎは見せばや　見事に暮る　見事にそろふ

上手
笛上手●胡坐功者な　唄の上手な　キスが上手
の　上手にめさる　上手を尽す　物の上手の

工夫
工夫するなり　鳶で工夫を

細工
飴細工　細工ばこ●紙の細工を　ぶりき細工の

精
精巧な●精密コンパ　冬の精鋭

術
生きむすべ●術もなし●天馳る術　抱くすべなしすべなき恋に　責むるすべなし　花さくすべも

【讃える】
讃嘆す　讃ふべき●入日讃ふと　回帰讃ふる・にほひをたたふ　仏を讃むる　讃むる拍手の夕陽をたたへ　よるの讃美を

褒める
黄にほめき　中々に●驚嘆の花　子をほめてみるほほゑみほめて　ほめて詠む

【面白】
面白うて　おもしろき●あら面白や　おかしくも無し　面白かりし　おもしろき月　おもしろき春おもしろげにも　死も面白し　旅おもしろや　火もおもしろき　みちおもしろき　家も面白や

おかし
夫をかし●跡のをかしや　威儀のをかしやをかしき帽子　をかしき夕べ　顔のおかしき　かたちをかしや　心をかしき　墨絵をかしく　似てをかしさよ

【良】
いゝきもの　佳節哉　かんのよい　菊よろし
声よくば　しつけよき　よい宿で　よい湯かげん　よき鋳師　よき角力　よき煙草　よき葉巻　よきひげも
よき人の　よき雛の●よい月にする　よい処から　よい女房か　よい料理くふ　善き家柄や　よき馬持ちて　よき音おこる　よき隠家や　よき衣きたる　よき墨なきをよき人居たり　よきもの見せむ

優れた
優れたる●毛なみ優れし

【興】
興もなく　興ざめし顔　にほひ興がる　人々の興　行くや我興　浪漫的が

16 技芸・思考 —— 名

ゆかし
ゆかしさよ●赤裳ゆかし　尾のゆかしさよ　梢ゆかしき　籠り人ゆかし　下葉ゆかしき　たき火ゆかしき　月影ゆかし　どこやらゆかし　何やらゆかし　なまりも床し　匂もゆかし　寝た人ゆかし　ゆかしき　奈良のゆかしき宿や

風流
渋かりき　好者の　風流　風流男は●その酒　落者は　伊達なマントは　風情にそれと　風情の膝を

物見
鶯狩　紅葉狩　もみぢ見や●祭　物見の

花見
桜狩　花見茶屋　華見戻り●内で花見の　そろはぬ花見　花見顔　はな見次郎と　花見の座には　花見の果の　花見の真似や　花見の宵の　花見る人に　まことの華見

雪見
いざ雪見●雪見にころぶ　雪見にまかる

梅見
梅見かな　探梅行　探梅の

見所
み所の●見所問ん　雪の見所

名所
名所に●などころならば　花の名所へ

名物
名物とはん　名物の梨

【名】
紅に名の　おさな名や　女名の　柿の名の　菊の名は　きざむ名に　君が名や　姓名は　月に名を名付親　名付けたり　名はへちま　名を替る　名をつたへ　名をとへば　名を問はず　母の名を　人の名はるき名の　物の名を　露西亜名が●梅に名なきは　うるはしき名の　きよき名のみぞ　ゲエテの名刺　功成り名遂げ　しほらしき名の　その名ばかりの　名はさま〴〵に　名をいやしげに　名ををしへらへ　名をとへば　名を問へば　もとの名になるれ　名を覚えたか　人の名問へば　我名よぶなり　我名をかくすき名たまはる
を刻む

有名
名が高し●名ある女性を　名こそたちぬれ

名もない
無名草●これは名もなき　名なし花の香　名のない草　名もなき川の　名も無き賤の　名もなき嶋の　名もなき港　名もなき山の　無名な天使

16 技芸・思考 —— 善

善

吉 幸 縁 祝 会 尊 誠 義

句 思考

【善】 善か悪か　美談とす　善きもの●エホバは善し
　寄特顕す　よきもあしきも／慈善鍋

【吉】 吉日と●日を吉日の　立春大吉
日和　大足日　日を読めば　能日なり●日和占ふ
和かたまる　日和駒下駄　日和定まる　佳き日を選む
占い　医者易者　占を　売卜者　雨占なはん　易者も
ありき　易を講ずる　この子うらなへ　筮竹もむや
卜者の家居
手相見　相人よ　手相見の　手の相を
凶　凶年の　凶まが　凶船の●凶の蝙蝠
運命　運命なる●因果交流　運命の絃　運命の露路
かかる境界も　境界ならず　運命の前に　宿命論者
難　受難の日　非業の死●兵杖の難
【幸】 幸福は　幸しらず　幸の魂　不仕合●いと幸と
幸福の矢を　幸庵に　幸にみち　幸もあれ　幸祝せ

む　幸足る汝や　小さき幸を　土のめぐみは　天使の
幸を　嫁の仕合　よろこび事に
【縁】　御所縁　離縁状●縁の糸ぞ　他生の縁　縁さまたげの　縁者なく　縁もゆかり
かな　鳥に縁の
結婚　新婚の　つと入や　嫁ぎゆく　嫁ぐといひ　水祝
ひ　嫁にむかふ●縁組すんで　仮祝言を　狐嫁入る
君の嫁ぎて　昏れて婬りや　児を措きて嫁す　婚姻の
歌　婚期を過ぎし　嫁ぐ日記の　水祝る、
【祝う】　朝を祝ふ　祝ひ日や　いはふべき　祝福し
先祝へ●いはふ君が代　祝ふ鍬鍛冶　風に祝はれ　首途
を祝ふ　しとぎ祝ふて　祝福されて　筒祝ぎもすみし
時の祝祭　人も祝はむ
水引　水引を●水引かけて　水引をとく
目出い　目出度　目出度さも　めでたさよ●姥もめでたし
春は目出たく　目出度なりぬ
御慶　御慶いふ●御慶もいはで　御慶をのべて
【会】　集会の　祇園会や　地蔵会や　書画の会　茶の

16 技芸・思考 ── 悪

会に　同窓会● 運動会の　鯨法会は　幻燈会の　博覧会の　村の会議や

【尊い】あなたふと　あらたふと　たふとくも　たふとき　貴さよ● 油尊き　君はたふとき　雲ぞ尊き　小寺尊し　言のたふとさ　冴えてたふとき　さらに尊きたふとき釜の　尊き御所を　尊とく放つ　尊とさまさる　聖尊し　身の尊とさよ

【誠】誰が誠　まことより● きのふの誠　にがき誠の誠がほなる　信で光る　誠に知んぬ　まことをしるやとがる　義と平和　義のつよい　村の義理● 君子に仁義

【義】義と平和　義のつよい　村の義理● 君子に仁義正義の刃　世間へ義理で　義者に

【勇ましい】勇ましく　人勇む● 勇める馬の　勇める首と鵜のいさましさ　心の勇み　やたけごゝろや

【潔い】汚れせず● いと貞潔で　けがされぬ身の妓はいさぎよき　操成らん

【名利】名利の地● 名利の外に

【誇り】男の誇り　小さき誇りに

【自慢】うたが自慢で　自慢はせて

悪

卑　醜

堂々　襟を正すも　おめずおくせず　折目正しくたぢろぎもせず　無所畏無所畏と　老父泰山の熱心● 一心不乱に　一心玲瓏　振ひ立ち●

【悪】あゝ悪夢　悪妻の　悪の利く　悪の杖　悪をはく　悪きもの　わるいくせ● 悪事千里を　悪事やある　悪の深野を　悪の幕屋に　悪母の吾のあしに面せよ　大いなる悪事　女あしざまに　十悪五逆き煙草の　よきもあしきも　悪い叫びを　わるい手別に悪意も

【悪党】穀つぶし　狡猾者よ● 裏切者の　曲者やある道地主の　無頼の都　無頼漢であるが極

悪性　意地悪　狡猾に　性悪の　腹あしき　邪曲を本を

● 悪性の宿　悪性老婢も　そこ意地寒し

【卑しい】浅ましや　人いやし● いやしからざる　卑しき鬼を　思ひ卑しむ　かたちいやしき　さもしきわ

16 技芸・思考 —— 嘘

嘘

偽 欺 弄 嘲 呪

卑怯 卑怯な鬼ども 卑怯な叫び 卑怯に鈍く

汚れ 汚シハテタル 穢れた涙 汚れた人等を 汚れた夢の 汚れた耳を 汚れた人等を 汚れたねがい けが れた耳を

醜い 醜団 見苦しく みにくかる 醜きを 醜く さを●醜男子ども 醜のむくろも 醜い顔と 醜い手足 みにくかれども 見にくき顔や

嘘 うそか知らけふの嘘 嘘だらけ うそつきに 嘘の交る 嘘を言ひ 万愚節 もう嘘を●嘘にしてみ れど 嘘のかたまり 嘘はなけれど 嘘をいへるかな 狂言綺語の きよろりと嘘を 讒奏により 虚言多き ひとの嘘をば むす子のうそを 夢のそらごと

偽る 偽りを 偽善者の 虚偽の兎 似隠者 にせ 教師 にせものの●いつはりの舌 いつはり多き りき いつはりをいふ 偽りて笑ふ 偽りな いつはりをいふ 偽りをのみ いつ のろはしの我れ ひとり呪ひぬ マオリの呪神

はる人を 偽善の花よ 虚偽のむくいに 情をいつはる 妻をいつはる 贋の姿を

欺く 相あざむき 欺きて 詐欺せしと●欺かむと て あざむきの口 欺詐の舌 欺くことに 詐欺せしと いふ たばかりの舌 玉をあざむく 雪をあざむく あざむく 不義をおこなふ 妻の詐術の 夏を

誹る 人誹る●蔭言多き そしらば誹れ 人のそしり を

弄ぶ もてあそぶ●愚弄の眼 手玉にとるや 窓に 弄ぶ 弄びぬる 弄ぶ人

嘲る 嘲けりことば 嘲るものの 父を罵る 嘲 笑を投ぐ 何を嘲る ののしり尽きず ののしる声す 笑ひの、しる

悪口 くちぎたなく 毒づいた 毒づかれ にく、言ひ ●にくまれ口を へらず口きく

呪う 風の呪言 呪ふべく 身を呪ふ●呪詛の烙印 呪文となへて 呪文の釘の 空を呪つて のろふ魔のこゑ

16 技芸・思考 —— 罪

罪

罪 盗 殺 刑 牢

【罪】 冤罪を 原罪で 罪悪と 誰が罪ぞ ちひさき

罪 罪おほき 罪犯す つみこそこひ(恋) 罪の子が

罪はいま 罪ふかき 罪深し 罪を待つ

とがもない ●活くる罪かも 犯さぬ罪の 思はぬ罪か

君も罪の子 こひこそつみなれ 総ての罪の

ちひさき罪を 罪多かりし 罪が悲しも 断見の科

罪悪こそ犯さば 罪知りそめぬ 罪ただしたる 罪か濁世か

き血汐 罪にも沈み 罪の泉を 罪の燐火に 罪の終り

は 罪の髪梳く 罪の住家は 罪のつながり 罪の花み

な 罪のほだしの 罪の矢ならば 罪ノヤミヂニ 罪は

犯せど 罪ふかきまで 罪ほろぶとふ 罪もいくばく

罪もうれしき 罪を重ねじ 罪を泣く子と 積もれる

罪は とがとおぼすぞ 春罪もつ子 身に沁む罪を

わが罪問はぬ 我も罪の子

罪業 業なれば 罪業の ●業の花びら 罪業重く 罪

業のゆゑ 輪廻の業の

罪人 下手人は 罪人の ●罪人ででも 罪人として

つみびとの歌

罰 鍬の罰 懲らしめよ こりたやら 懲り果てぬ●

懲罰と知る

【盗む】 薬盗む 鶏ぬすむ 盗れし 盗癖 飯盗む

●梅を盗まれ 君をぬすめる しのびてぬすむ 盗癖の

子らを 盗み見られつ

盗人 甘庶盗人 小盗人 掏摸の指 盗人も ひつた

くり 夜盗どもの ●芋泥坊の 馬ぬす人の 追剝の月

酒ぬす人よ 筍盗人を 泥棒猫を 逃ぬ盗人 盗人に

あふ 盗人の妻 鼠 小僧を 花盗人は 下手盗人を

賊 牡丹ぬす人

海賊に 山賊の 賊舟を 盗賊の

奪う うばはれぬ ●奪つてしまふ 日を奪ひゆく 紅

奪ひつつ 眼をも奪ふと

【殺す】 蟻を殺す 御手討の 殺したり ころしやる

抹殺す ●一殺多生 君を殺して 喰ひ殺されな 殺し

16 技芸・思考 —— 叱

思考

てみたき　殺すつぎから　人をころすと　蛍を殺す
山蚕殺しし　わが子殺しぬ

【刑】桶伏の　刑務支所　裁判果てし　へびぜめを●
ギロチンの上　断頭の台　刑務所の中　死刑報ぜり　断
頭台の

流人　昔流人や　流人踊りは　流人の墓の

【牢】座敷牢　幽囚の　監獄いでて　牢獄めく　水牢
に牢獄に●友牢にあり　囚屋に起り　牢獄のなかに
牢獄の壁

囚人　囚人は●一死刑囚　囚人がゐて　囚人のこころ
囚人の瞳　女囚携帯　囚はれながら　とらはれびとに

【檻】檻の風　檻の獅子　檻の中　檻の前●檻に眠れど
檻の狐の　心の檻に　白熊の檻　羊の檻に

鞭　牛の鞭　血に鞭うつ　鞭つて　鞭鳴らす　鞭の音
鞭の影　世の鞭を●あらしの鞭に　うつくしき鞭　鬼を
むちうつ　笞にて打つ　鞭のごとき　笞の責を　しろが
ねの鞭　罪の鞭責を　ふるべき鞭の　鞭打て蜻蛉

叱
禁

【叱る】犬を叱る　子を叱る　叱らる、叱られた
叱られて　叱り、泣く　叱り居り　叱りつくる　叱りつ
つ　妻を叱る●叱りて眠る　叱れる母に　妻を呵るや
何度も叱り　母に叱られ／小言いふ　むかひの小言
責める　諫誡あり　さて責むな　身を責むる　容赦な
く●朝ごとに責　責むるすべなし　母は責むとも　容
赦なかりし

咎める　犬のとがむる　母よ咎むな　人な咎めそ

【禁じる】禁煙す　きん酒して　禁制の　禁漁の国
禁の●禁慾のそら　女人禁制

縛る　そくばくの　不自由さよ●足をしばつて　馬を
縛つて　縛られながら　自由を縛る

酷い　残酷な　ざんこくな　ざんにんな　むごいやつ
あな無慚やな　陰惨な雲

17 宗教 ── 神

神 聖 祈 教会

【神】

神遊び　神怒り　神送り　神かけて　神風や
神々の　神慮　神寂びし　神寂び古る　神さびる　神去りし
神杉の　神ぞ逢ふ　神尊と　神に灯を　神の秋
神の梅　神の顔　神の川　神の里　神の鈴　神の住む
神の背な　神の鶴　神の春　神の瞳と　神の物　神の山
神むす　神魂び　神寂びて　神仏を　全能者　少さき神の
神か　室の神に●いかなる神に　至上者　帰る夜の神
神うつくしき　神うつりませ　神悔い泣くか　神ならぬ
身の　神に憎まれ　神にも背き　神の鏡　神の吐責に
神の嫉妬を　神のます野や　神はいづれぞ　神の叱責に
神の援けず　神も旅寝の　神も舞ふべく　神も祭らで
神も昔は　神や住まひや　神よいづこに　神をおそる、
神をころみ　神を友とし　神をわする、神慮に叶ふ　御
渚に神の　母なる神や　光神さび　ひとりの神に
影たゞよふ　やぶれし神の　百合ふむ神に　路上の神々

/歩行神　いもの神（疱瘡神）　産土神の　梅の神に鬼
子母神　恋の神　後架神　黒夜神　守護神　祟り神
祟る神の　天帝を　道祖神　春の神　ひと夜神　福の神
遊神の　夜の神の　和歌の神の　天満神の　あらぶる神の
あれたる神　威神の光　糸をとる神　美しき神　う
ぶすな様の　御用捨の神　産土の神　加茂川の神　北野の神の恋の
神々　すがはらの　四神に座る　十二神将　ジュピター
神の　すがはらの　全能の神　月読の神　道陸神
羞ひ神の　葉守の神　万軍の神　卑賤の神の　福福の
神　富士の女神が　まどほしの神　結ぶの神は　八百万
神　弓矢の神を　許せ山祇

【啓示】

啓示あり●黙示流ると　聖のさとし　黙示をかたる

【救い】

わが救●また救はれぬ

【聖】

聖くゐる　聖くるしい　聖らかな
石●聖いこころも　聖歌のにほひ　聖歌口に　聖断は　聖
聖き報酬　聖顔をかくし　聖なる飢は　聖玻璃
の風　聖僧めき●大き聖は　秀句の聖　聖が負ひし

17 宗教 ── 神

聖さびすも　聖たくみが　聖尊し　聖のあとに　聖の
ごとく　ひじりの腹に　聖は魂も　聖よびこむ　聖よ
見ずや　不文のひじり　遊行の聖　若き聖に

聖人(せいじん)　聖人の●石の聖徒の　サンタクロスの　聖者静け
き　聖者の魂　聖者の御手に　聖者の夢は　聖人の真似
の　聖フランシス

聖母(せいぼ)　聖マリヤ●聖母瑪利亞(おんはははまりあ)　サンタマリアの

天使(てんし)　死の天使　天使の掌●地極の天使　少女の天使
白き天使　千の天使　天使がひとり　天使となら
ば　天使になつて　天使の足の　天使の幸を　天使のす
がた　天使の空を　天使の群れ　貧乏な天使　翅ある
童　無名な天使

聖書(せいしょ)　聖書だく子　バイブルを●漢訳聖書は　なげし
を　聖書に●汗の十字架　黒十字架に　すがる

十字架(じゅうじか)(クルス)　十字架に●汗の十字架　黒十字架に　すがる
十字架や　聖十字架に　立てる十字架　血に染む聖磔(クルス)

祭壇(さいだん)　祭壇の　天壇の●君の祭壇の　祭壇の角(つく)え　森の祭
終の十字架

壇　夜の祭壇

【祈る(いのる)】　祈り添(そ)えて　祈るかに　乞ひ祈る　長き祈り　夜
の祈り　わがいのり●祈出(いのりいだ)して　いのりに眠る　祈の僧
の　いのりも絶えし　祈れと去にぬ　君と祈りし／あが
むべき　敬虔(けいけん)の　虔(つつ)ましき

祈禱(きとう)　火の祈禱　夜の祈禱●祈禱のあとの　祈禱のなか
に　祈禱る心の

額(ぬか)づく　ぬかづけば●額(ぬか)づき拝(はい)せ　雪にぬかづく

【教会(きょうかい)】　宣教の　伴天連(ばてれん)の　清教徒(ピューリタン)　耶蘇兵士(やそへいし)　吉利支丹(きりしたん)
道院の　エホバの律法　切支丹宗(きりしたんしゅう)の　基督教徒(きりすとけうと)　サン・ピエトロの
は善(ぜん)しと　エホバ誕生会(えほばたんじょうえ)　耶蘇(やそ)を　サン・ピエトロの
陀もエホバ　耶蘇誕生会　耶蘇をけなして

異端(いたん)　異教の民の　異端者めきて　異端の道を　背教
者が

厳(いか)しい　いかめしき　厳(おごそ)かに　静厳(せいげん)なる　荘厳(そうごん)な●厳(いか)
しき神の　君いかめしき　もの／＼しさよ

17 宗教 —— 社

社

宮　参　捧　拝

【社】　神垣に　神前の　神苑に　神社に遠き　吾身の社
やしろ　かむがき　しんぜん　しんえん　じんじゃ
川やしろ　野社に●加茂の氏人　加茂のやしろは
のやしろ
駒犬の　狛犬の　社務所哉
こまいぬ　こまいぬ　しゃむしょかな

【宮】　御遷宮　古宮や　宮裏　宮角力　宮柱　宮一つ
みや　ごせんぐう　ふるみや　みやうら　みやずもう　みやばしら
宮普請　余花の宮●赤い小宮は　白木の宮に　蓬莱
きゅうぶしん　よかのみや　あかいこみや　しらきのみや　ほうらい
宮に　水守る宮や　宮に燈ともる　宮もわら屋も
みやぶ　みずまもるみや　みやにひともる

祠　祠から●一字の祠を　祠ともりぬ　祠は愛し　祠
ほこら

まつりや

鳥居　大鳥居●あかき鳥居も　銅の鳥居を
とりい　おおとりい　かねのとりい

禰宜　禰宜が袖　禰宜達の　禰宜の子の●神主白し
ねぎ　ねぎがそで　ねぎたち　ねぎのこの　かんぬししろし
神主殿を　禰宜帰り行く　禰宜が掃きよる　禰宜でこ
かんぬしどの　ねぎかえりゆく　ねぎがはき　ねぎ
とすむ　ねぎの青鉾　禰宜の起居や　禰宜のさげたる
　　　　ねぎのあおほこ　ねぎのおきい　ねぎ
禰宜を怖る　百姓禰宜の　渡る禰宜あり
ねぎをおそる　ひゃくしょうねぎ

神馬　御神馬に　神馬ひき●神馬の漆
しんめ　ごしんめ　しんめ　しんめのうるし

絵馬　絵馬見る●絵馬さかさまに　大絵馬あげる　奉
えま　　　　　　　　　　　　　　　　　　　　　　ほう
納の絵馬

籤　おみくぢをひく　鬮引くごとし
くじ　　　　　　　　　くじびき

【参】　朝参り　伊勢参　え方だな(恵方棚)　参詣の
まい　あさまいり　いせまいり　えほうだな　　　　さんけい
社参せぬ　代まいり　ぬけ参　はだか参　参らせん
しゃさん　だいまいり　ぬけまいり　はだかまいり
参られぬ●お百度踏んだ　熊野へ参る　浄土参りの
まい　ひゃくどふ　くまのへまいる　じょうどまいり
素顔で参る　談義参も　はだし参りや　百度参りや
すがおでまいる　だんぎまいり　はだしまいり　ひゃくどまいり
参らせつつも　湯殿まゐりの／幣たて　幣の花かも
まい　　　　　　ゆどの　　　　　　ぬさ　　　　ぬさ
詣　伊勢詣　女講●帰り詣や　結願の●願ふいなりの
もうで　いせもうで　おんなこう　かえりもうで　けちがん　がん
詣かくる　願かけに　御朱印詣　富士まうで
もう　がん　　　　ごしゅいんもうで

【捧げる】献上の　御奉納　さゝげつ、ささげばや
ささ　けんじょう　ごほうのう
献物の　祭物　奉る　灯を捧げ　祭らるる●
けんもつ　まつりもの　たてまつる

献納の鐘　供御の蛤　供奉の草鞋を　昼供へけり
けんのう　くごのはまぐり　ぐぶのわらじ

手向る　手向し花に　手向にぞ折る　つづみ手向
たむける　たむけしはなに　たむけにぞおる　つづみたむけ

【拝む】　拝み打ち　拝みふし　礼拝める　合掌し
おがむ　おがみうち　おがみふし　らいおがめる　がっしょう
方拝　師を拝す　拝殿に　皆拝め●足駄を拝む　卯花
ほうはい　　　　　　はいでん　みなおがめ　あしだ　　　　うのはな
拝む　拝ほかなき　御幸を拝む　喜び拝み／打払　厄払
おがむ　　　　　　みゆきをおがむ　よろこびおがみ　うちはらい　やくはらい
裏拝まん　拝むがめば寒し　大仏をがむ　内
うらはい　　　　　　　　　　　　　だいぶつ

拍手　拍手もる、夜の拍手の
かしわで

17 宗教 ── 寺

寺　堂

【寺】

秋の寺　大寺や　禅寺に　禅林の僧院に
男　寺かじる　寺烏　寺借りて　寺寒く　寺静　寺大
破　寺にねて　寺の秋　寺の傘　寺の霜　寺の扉の
二つ　寺山や　野寺かな　花の寺　浜寺に　法竈の
住山に●紅いはお寺の　お寺が寝る　回教の寺　加茂の
山寺　寺院の森の　竹焼く寺の　月の山寺　小寺尊し　木間の
寺と　寺なつかしむ　寺にかへるか　寺で物くふ
寺寺囂し　寺の裏部屋　寺の指図を　寺の尖塔は　寺
寺の跡とり　木を割る寺の　検視の寺や
寺の畔の　寺の御廊に　寺ゆき過し　寺をうられる　寺
の蔵して　番の御寺を　平地の寺の　びんぼう寺八
士みゆる寺　ふるき御寺に　御寺の裏の　御寺の鼓
門なき寺の／尼寺や　御寺の蔵裏の　御寺の鼓
寺　柿寺に　観音寺　安居寺　磯寺の　円覚寺　黄檗
毛虫寺　小町寺　浄土寺　妓王寺　義仲寺の　銀閣
寺　須磨寺や　関寺の　宝でら

旦那寺　唐寺や　比丘尼寺　麓寺　古寺に　三井
木母寺は　藪寺の●斑鳩寺に　石手の寺よ　一山の露
笠置の寺の　祇園精舎の　金剛峯寺の　中山寺の　藤沢
寺の　三井の末寺は　見えて東寺は　六波羅蜜寺
寺のうらに　伽藍の扇　伽藍の壁に　伽藍の柩　伽藍
伽藍のうらに　伽藍めいたる　七堂伽藍
は紅く　伽藍かな　伽藍閉ぢて　大伽藍●伽藍いかめし

伽藍
僧坊

あみだ坊●一坊残る　御里御坊の　峯の御坊の　一坊

開帳

開帳仏　御開帳　閉帳●一開帳の

【堂】

辻堂や　堂の秋　堂の縁　堂の隅　持仏堂　釈迦堂に
金堂の　お堂しめて居る　観音堂　地蔵堂　光堂●印
禅堂に　上堂したる　堂静かなり　堂の裏手は　堂の
片隅　堂のきざはし　丹塗の堂に　納骨堂　野中の堂
の　本堂暗く　本堂はしる
閻魔堂　開帳　御開帳　食堂に　金色堂の　小坐

御堂

御堂　浮御堂　大御堂　花御堂　御堂まで●御堂に金
御堂の鐘の　御堂の壁も

17 宗教 ── 仏

仏 僧 経 盆 法 恩 慈 許

【仏(ほとけ)】飛鳥仏 甘茶仏 生仏 石仏 絵仏に 金仏
の灌仏や 化身仏 誕生仏 なで仏 何仏 濡れ仏
露仏 寝仏を ばせを仏 仏性は 仏画く 仏達仏
の灯 盆仏 身八仏 御仏や 三世の仏 雪仏 立砂
仏 盧遮那仏●彼方に仏と 笈の御仏 石の御仏 三世の
みな仏を かじけ仏の 仮の持仏に 下品の
仏は 三尊の仏 持仏のかほに 上品の仏
女人成仏 後の仏の 仏も招ぜよ 仏うまれて 仏刻
まむ 仏喰ふたる 仏と住みて 仏さびたり
くし 仏にうとき 仏に近き 仏になるぞ 仏をがむ
り 仏乗せ来る 仏の花を 仏の光る 仏の足
の 仏のやうに 仏も元は 仏をきざむ 仏を誹ゆる
仏を話す 満窟の仏 皆仏子にて 御仏とあり 藪の
仏も/御光を 生神人が 大日如来 本尊懸たと
釈迦(しゃか)／釈迦如来 寝釈迦かな 薄伽梵の●坐るは釈迦

文尼 釈迦と提婆は 釈迦如来仏 釈迦の作れる 釈
迦牟尼仏の
阿弥陀(あみだ) 阿弥陀池 弥陀の重さ 弥陀仏●阿弥陀仏の
越えゆく弥陀に ミダ同体の 弥陀の誓ひぞ 弥陀を
念じて 山越しの弥陀
色身(しきしん) 色身は●四大色身
大師(だいし) 角大師 南無大師 弘法大師
大仏(だいぶつ) 大仏の●大きな仏 大仏をがむ
地蔵(じぞう) 御地蔵と 地蔵尊 地蔵会や●地蔵のひざも
地蔵を切て 辻の地蔵に 焼る地蔵の
天(てん) 歓喜天 伎芸天 大こくに 弁天を●さぞ天人の
はしり大黒を 毘沙門天の 弁財天の
菩薩(ぼさつ) 虚空蔵 大菩薩 菩薩たち●弘誓の海に 地蔵
菩薩の 二十五菩薩 菩薩がほなり 菩薩面して 菩
薩の位 雇ひ菩薩の
観音(かんのん) 観世音 如意輪も●高観音の 参る観音
阿修羅(あしゅら) 阿修羅王●阿修羅ありとも 阿修羅涼しく
あすらが眠

17 宗教 ── 仏

【僧】

薬師　薬師哉　夕薬師 ● 立たすは薬師　薬師如来に

ある僧の　御僧の　帰る僧　客僧の　乞食僧
虚無僧が　紫衣の僧　使僧かな　詩僧死して　詩僧す
僧赤く　僧老いて　僧が買ふ　僧執務　僧籍の
僧と僧　僧中間　僧になる　僧の君　僧のさま　僧の前
僧を待つ　旅の僧　通夜僧の　病僧の　貧僧の　老僧に
● 相住の僧　祈の僧　甥の僧訪ふ　客僧達の　顕密の
氷の僧　　　　　　　師僧の許に　下ゆく僧侶　晋山の僧　酢
つくる僧よ　僧こほし行　僧正坊の　僧俗二つ　僧つき
つけし　僧と携ふ　僧と二人の　僧に追風　僧に似たる
が僧の集ひ　僧の鮓や　僧のかり寝や　僧の縫をる
僧の烈見つ　僧ものいはず　僧をたづねる　大僧正も
伴僧はしる　放参の僧　方丈さまへ　門跡を待つ　痩せ
て喇嘛僧／捨あたま　大とこの（大徳）鉢叩　婆羅門の
詫禅師　阿闍梨の笠の　後住ほしがる　住持去るなり

坊主

庫裏坊主　はつち坊主　汚坊 ● 坊主踊れば　坊
梵唄の徒は
主ごろしの　坊主となりて　坊主のはしや　坊主は住ま

【経】

看経の　経机　経声　経はにがし　千部経

居士

狂居士の　居士が家　居士の梅　褒居士は
沙弥　沙弥あまやかす　沙弥の炉を守る
山伏　小山伏の　山伏住て　山伏村の
所化　所化の僧 ● 所化二人 ● 所化二人立つ
入道　入道を ● 入道と号し　入道どの、入道の宮の
小僧　小坊主や　雛僧の ● 聖小僧の　山から小僧
比丘　比丘比丘尼　老比丘の ● 師走比丘尼の
法師　甥法師　炭団法師　南良法師　初瀬法師　二法
師　法師にも　山法師　弱法師 ● 甥の法師が　叔父の
法師の　憎き法師の　念者法師は　法師が旅や　法師
が宿を　法師すぐろに　法師なる身の
和尚　和尚の ● 和尚顔 ● 和尚がこぼす　和尚恋すと
僧都　僧都送るや　僧都の花も　僧都のもとへ
羅漢　阿羅漢　羅漢路 ● 五百羅漢に　十六羅漢　蔦
の羅漢や　羅漢顔して　羅漢達ほど　羅漢どもこそ

17 宗教 ── 仏

陀羅尼めき　普門品　摩訶止観　維摩経●うしや経の手　風の棚経　教外別伝　経とり出す　経にゆらぎの経の絶間や　経読みさして　経読む声や　経をよすがや　色即是空　聖教帖を　正信偈よむ　通夜の読経の傍に経よむ　人に法華を　法華経うつす　梵音声を　枕経よむ

念仏〔ねんぶつ〕　寒念仏〔かんねんぶつ〕　夏念仏〔なつねんぶつ〕　念仏に　一念仏〔ひとねぶつ〕　壬生念仏〔みぶねんぶつ〕　躍念仏〔おどりねんぶつ〕　鬼の念仏　上総念仏〔かずさねんぶつ〕の　かたや念仏の　声よき念仏　責念仏〔せめねんぶつ〕の　渡世念仏〔とせいねんぶつ〕　念仏さぶけに　念仏とな ふる　花にも念仏〔ねぶつ〕　壬生の念仏　むかふ念仏／他力の舟に

南無〔なむ〕　なむあみだ　南無大師〔なむだいし〕　南無大悲〔なむだいひ〕　南無弓矢〔なむゆみや〕　南もほとけ●南無阿弥陀仏　南無観世音〔なむかんぜおん〕　南無く〳〵と いふ

数珠〔じゅず〕　数珠の音　珠数のたま　珠数ひろふ●珠数落した　る　数珠さらさらと　珠数をねだつて　花に珠数くる　折や念珠を　蜘蛛の念珠も　念珠つめたき

念珠〔ねんじゅ〕　珠の星を

木魚〔もくぎょ〕　木魚哉〔もくぎょかな〕●小さき木魚を　飛ぶや木魚の

夏〔げ〕　一夏入る〔いちげいる〕　夏書哉〔げがきかな〕　夏の始〔はじめ〕　夏花つみ〔げばなつみ〕　夏百日〔げひゃくにち〕

閼伽〔あか〕　あか汲んで　閼伽の水●閼伽汲みに行く　酌む閼 伽の水

修行〔しゅぎょう〕　寒垢離〔かんごり〕の　修行者の　木食の●行者の過る　行を怠り　苦行の山を　諸国修行に　水垢離人〔みずごりびと〕は

精進〔しょうじん〕　精進の　朝精進の　落る精進

巡礼〔じゅんれい〕　順礼の●風の巡礼　巡礼親子　巡礼死ぬる　巡礼と六部　巡礼のふる　順礼渡る　辺土順礼〔へんどじゅんれい〕　わが巡礼は

遍路〔へんろ〕　お四国の　遍路茶屋　遍路宿〔やど〕●かはいや遍路　花摘んで遍路　遍路の衆

遊行〔ゆぎょう〕　夷講〔えびすこう〕　諸国遊行の　遊行の聖〔ひじり〕　遊行をしたり

講〔こう〕　御影講〔おめいこう〕　御命講〔おめいこう〕や　鉦講〔かねこう〕の　念仏講を講ずる　大師講●韋陀〔いだ〕

出家〔しゅっけ〕　今ぞりの　優婆塞〔うばそく〕は　出家して　出家衆〔しゅっけしゅう〕　楽剃〔らくぞり〕や●あたまを丸め　霞む善男〔ぜんなん〕　出家　の　道心　禅門〔ぜんもん〕の祖父　道心あらば　我も善女や　ぼく〳〵

17 宗教 — 仏

【煩悩】 煩悩の ●煩悩あれば 煩悩の里

【菩提】 菩提あり 菩提のこころ ●菩提を慕ふ

【悟り】 阿耨多羅 悟とは 覚りてよ 波羅密の ●悟道
を問へば 悟らぬ人の

【護摩】 護摩木焚く 護摩壇に ●護摩の火むらの

【仏壇】 御仏飯 仏壇の 仏の食で ●仏壇浅き

【盆】 生身魂 地蔵会や 精霊棚 施餓鬼棚 掃苔
の 大文字や 大文字 魂棚に 魂まつり 玉祭 盆
じまひ 盆の内 盆の旅 盆の月 ●魂祭せむ 山の施餓
鬼の

【法】 御法談 末法の 妙法の わが律法 ●転法輪を
仏法流布の 法話すませし 万法空寂 万法の根を
万法流転 和光同塵 和光の塵も
法 法の網 法の月 法の花 法の松 法の水 法の道
法の世や ●法のむしろに 御法の花も

【真】 真如の岸に 真如の月や 無位の真人

【掟】 生命の掟 不犯の生を 星のおきてと 無常の掟

【恩】 恩にきせ 妻の恩 ●恩愛の道 恩をほどこす

布子の恩の

【慈】 仁慈 慈眼かな ●慈愛の色の 月の慈眼の
慈悲 母の慈悲 深き慈悲 ●慈悲心鳥の 慈悲心と啼く
慈悲の光に 慈悲の眼を 大慈大悲の 大慈の膝に 大
悲の桜

【許す】 ただ許せ 許されて 許されぬ ゆるされる
許したまへ 許すべき ●あはれゆるさん こぞだけ許せ
こよひはゆるせ 許しの心 ゆるすといひし 許せ山祇

苦

疲 刺 傷 痛

【苦しい】 あな苦し きうくつに くるしさも 娑婆

【苦】 苦より 断末魔 輪廻の苦 ●愛別離苦の 飢餓の苦し み 今日の苦今日に 苦痛にたへず 苦悩の畑の 苦し い刹那 くるしき顔に くるしきこひの くるしきゆふべ 辛苦の記録 辛苦の図式 若く苦しむ

【疲れる】 かろき疲れ 黄の疲弊 草臥れ 征馬疲れ 疲れたる 疲れはてて 物づかれ 夢疲れ ●青き疲れが 遊び疲れて うたひつかれた 老い疲れたる 心つかれて 獅子がへたばる 白き疲れに 疲る、足や 疲れし魚に つかれし心 疲れし花の 疲れし人は 疲れた七宝 疲れし世界 疲れた魂 疲れた胸の 疲れた駱駝 つかれて独り 疲れをのせし 根強い疲労 ひるのつかれの まなこつかれて 物づかれして 暗に疲れて ゆり疲れ つ 労れて足を／尻鼓

【煩う】 煩へば ●思ひ煩ふ かくしわづらふ 心わづらひ

【刺】 湿をわづらふ 誰かわづらふ 煩ふ牛の 刺すごとき つきさした 手をば刺す 刺されたり 刺しちがへ を刺す ●ぐさと刺す蚊や 刺さむとしてあり 刺しに けるかも ぶとにさ、れて わが皮膚を刺す

【傷】 青き傷 傷ましむ 傷む胸 うしろ疵 傷けし 瑕のごと 擦り傷が ●秋に傷めば 姉は傷みき 傷み し樹々 幼い傷み 傷ついた月 傷ついた船 傷の血し ほの 小指の痕 手術の傷の 素足の傷に 机の傷を 手負の猪の 肉を傷く 咽喉の疵を 古き傷あと 破れ傷みたり／床ずれありき

【痛む】 痛き時 いたき腹 痛みなど 頭痛かな 刺疼き 鈍痛の 歯を痛 腹痛に ●頭痛めり 痛い予覚 に いたき頭も 痛きにほひに いたきばかりに 痛み に交る 痛みゆるみし いたみをおぼゆ からだ痛くて 心いたまむ こころいたむる 心の痛さ 腰骨いたき 孤独の痛さ しくしく 腹の肉の痛みを し、むら痛く しんしん痛い なけや頭痛の 腹こそ痛め むし歯のい

18 生死 ── 病

生死

たみ　胸の痛みを　黙し痛める　病の痛み　病を痛む
酔の痛みは　裸形の痛み
腫れる　手が腫れた　はれ物に●ねぶと痛がる　腫た
る足を　頰腫痛む

ひきたまふ　風ひきて臥す　けふはお風邪よ　御風め

病

医者　薬　毒

【病（やまい）】恋やまい　病雁の　病犬は　病蝶や　無病な
る病よし●病きつかれ　霍乱の針　霍乱人が　つかへ
おさへて　とかく持病ぞ　友のやまひの　長病かな　母
の病ひに　病気の底で　病骨を護す　やまひあがりの
病なれども　病にこもる　病の痛み　病の臭気　病のひ
まに　病身に添ふ　病より起　わがいたつきや／コレ
かな　虫持に　労咳の　角膜炎の　脚気の比の　突目の
起る　はしか前とは

灸（やいと）　四火の跡　二日灸　灸かな●灸師だのみや
風邪（かぜ）　風ぼろし　風邪心地　風邪籠　風邪の神　風邪
の舌　風邪の熱●風邪の火照の　風邪ひいてゐる　かぜ

【病む（やむ）】

秋を病む　胃を病みて　うちに病む　旅に病
で　長病みの　肺を病む　姑病めば　人病んで　眼を
病みて　眼を病める　病み歩く　病起きて　病心地
みこやす　病みし頃　病みて死に　病みぬれば　病み瘦
せて　病む親子　病む頃を　病むと聞き　病む母を
病む日また　病める魂　病める眼に●空虚に病みぬ
蚊を焼き病む身　君病めりとも　心病みぬる　痰喘を
病み　ひたと病みつきぬ　病間あるや　文みて病みて
目を病みませる　病みつゝ思ふ　病雁おちて　病みのよ
わりを　病む身久しき　病む夜ぞ静　病むを力の　病
める小鳥の　やんで物いふ／療養の

病院（びょういん）
産科院　施薬院　病院の　病室で　病床の●医
院の壁　胃腸病院と　河岸の病院　外科病院の　産
科の器械　産病院の　歯科病院の　肺療院の　病院の門

熱（ねつ）
高熱の　熱高き　熱の子に　熱を病む●熱い額に
熱高き日の　熱のある目に　微熱の午後の

18 生死 ── 病

病室の窓

【病児】　児等病めば　病気の子　病める子に●少し病む児に　病児の如く　病む児にひゞく

【病人】　患者あり　看病の　病僧や　病人の　病婦かな　病む人の　病める者●隣りの患者　病人の顔　病人の列　病人つどひ　病む人をとふ

【見舞】　暑気見舞　煤見舞　見舞ひけり●鯛の見舞や　猫を見舞や

【医者】　田舎医者　漢方医　医者の顔色　医者の手も　医師の車の　医者までまゐろ　医者の遅さよ　おひげのお医者　医師の家の　医師のまへに　医師わびしき　女医の雛は　若き医者か　な／針立や　五位の針立

【診察】　廻診の　診察を　診台の　聴診器●夜の廻診を

【解剖】　解剖せし●解剖の部屋に

【薬】　うせ薬　木薬の　薬磨る　薬煮る　薬の香　薬呑む　薬箱　薬掘　粉薬　種痘かな　処方箋　水薬の

注射痕　注射すむ　点滴す　薬草の●青い試薬が

の薬を　医者に薬は　含嗽ぐすりの　海の薬草に　おくすり提げて　薬入れゆく　薬親しく　薬たきけり　薬つきたる　薬に飽きぬ　薬に噎せて　くすりの味も　薬のんでは　薬袋や　薬も売らぬ　薬もうれず　薬をふくむ　薬をもちて　下剤を飲めば　恋の薬も　処方書きたり　水薬の黄の　ないら薬に　眠り薬や　不死の薬の　疱瘡うゑる　麻酔をかけて　目薬をさす　焼どの薬　湯屋の膏薬　わが粉薬／漢方や　実母散　だらにすけ　茯苓は　宝丹の　款冬を呑　金創膏や　人参湯や　沃土ホルムの熱下りて　熱とれて　熱退きぬ●癒えしと聞きていつか癒りて　まだなほらぬに　やみあがりなる

【治る】

【毒】　鉱毒の　酒の毒　毒蛇捕り　毒草や　毒なりと毒の木に　毒の香　毒の弾丸　毒の花　日の毒を●紅き毒の茸の毒に　鉱毒を説く　瘴気の中で　毒あるか　は毒の　毒ある蜜を　毒瓦斯よりも　毒に死なむと　毒をり　毒の赤花　毒の面に　毒の花なら　毒の水泡の呑め　毒花咲く　の畑の毒麦　盛れる毒薬

18 生死 —— 命

命

生 産 育 成 蘇 活

【命】命こそ いのち無き 命なれ 生命の水●間のいのちの 青いいのちの 一個の生命 いのち青ざめ いのち一ぱいに 生命生命の 命打こむ いのち嬉しき 命おしければ いのちかなしく 命恋シク 命さびしき 命死ぬべく 命たたむとす 生命尽くると いのちなき砂 いのちにひびき 命の熱き いのちの色を 命の渦のいちの掟 生命のおもみ 生命の香こそ いのちの糧と 生命の樹の実 生命の酸味の のちの花は 命の秘事を 生命のなかに いのちの夜を いのちは腐る 命のひまや命の花は 命食むべく 命拾ふて命二つの 命ふるはす 命ほりつつ 命を愛しみ 魚の命の かひなき命 君が命ぞ けふのいのちを 空なる命 ゴオホツひの命 さかりの命 醒むる命の 滴るいのち 生命線に 妻の命よ 夏のいのちに 蠅のいのちを 母が命を 一つの命 蛇のいのちに 無窮の生命

【生】余儀ない命 若き生命は
薄命 たん命ハ 薄命の●命みじかし 命も細き うすき生命を かぼそきいのち 薄命男
誕生 誕生日 誕生を 誕生仏
を 生を愛しみて 生をむさぼり 不犯の生を 生の滝 生の無智●生の扉 生の燃焼 生の焔
生れる 生れ得て 生れくる 生れたし 生れては生ひ出で、生ひ初る 生ふるごと 今年生の●アメリカ生れの 生れぬ山蚕は 産声上ル 生れかはらば 生れ代りか 生れた朝に 生れた家で うまれた家は生れたればぞ 生れて失せつ うまれてすぐに 生れながらに 生まれぬ前の 海に生れて 生ひとし生ふる男と生れ 蝌蚪生れたる 砂に生れて この世に生まれて 滝より生れ 鶴に生れて どつと生る、花に生れし 人と生れて ヒヨコ生まれぬ 又生まれこね

生きる 生き馬の 生き返る 生きて仰ぐ 生きてあらば 生きてゐて 生て居る 生きて世に 生きながら

18 生死 —— 命

生き残った　生き残る　生きの身の　生きむすべ　生けるもの　未だ生きて●生かしおく火や　生きたる記憶　生きたる骨を　生て出けむ　生きてうごめく　生きて今年の　生てはたらく　生きて離れて　生きのこり啼く　生きのすすみよ　生るかいあれ　生ける焔の悲しさに　生く　死ぬのいきるの　黙つて生きて　中に生たるまで生る　まだ生きて居た　蝮生き居る　わが生きの日の

生涯　残生を　生涯に　半生を

生死　生死の　生死の塵●生死の海を　生死の中の生

生者　生けるもの●生き者たちよ　生ける者見ず

死の外や　生死もわかず　生死を越えし

生けるものみな　この生けるもの　生ある者は　生なきものを

生物　生き物の　生きものの海　生物体の　沸き立つ生物

【産む】　生みおとせ　生み添へて　生める子の　子を生まず　子を生めり●産婦の覗く　生殖を終へ　月が生まる

嬰子生む　母が生みたる　また人を生む　むすめ産ごもりぬ　妊れる●孕み女の　はらみてあゆむ　みご

孕む　孕ましむ　孕むべく　孕むらむ　孕んでいた

【育つ】　受胎する　胎動を　鵞の胎●泉の母胎　虚の胎内　受胎告知の　胎の叫びを　胎盤骨を　時の胎内もりしより

【育つ】　子育つる　黒々育つ　そだちやまざる　おひたちにけり　鬼子育つる　食うて養ふ　身をやしなはむ　養ひかぬる

【成る】　蚊になるや　絹に成らず　鮓に成る　僧にな成らざるを　ひとりなり　人になる●あれに成つた石になるなよ　うつくしく成し　奇麗に成し　功成り名遂げ　子供に成て　なる日に春の　女人成仏変成　男子　仏になるぞ　ほやと成ても　花が葉になる

【蘇る】　再生の　魂蘇れ　蘇り　蘇生れ●よみがへりし日　よみがへる頃

【活ける】　鮎活けて　活鯵や●活くる罪かも　活けておくれし　活ける響の

18 生死 —— 若

若　幼 健 血潮

【若い】 鮎若き　老木若木　脛幼し　頬の若さや　若い同士　わか犬が　若いんきよ　若楓　若き駅者　若草に　若竹や　若旦那　若夏の　わかやかに　うら若き　母の面まだ若き　楓わかやぐ　声わかかりし　さぞ若旦那　年若き人　夏なほわかし　響は若し　牧の若馬　まだうらわかき　胸のわかきに　瞳の若さかな　若いつばめは　若い身空で　わかい芽が出た　若い娘は　若き商人　若きあやまち　若き医者かな　若き生命は　若き愁を　若き駅夫の　若き男を　若きをなごの　き女の　若き看護婦　わかき唇　若きたましひ　若き曳き子よ　わかき波蘭土人　若き聖に　若き猿の　さに顰ふ　若さの扉とびら　若さをほこる　若大将に　若夏千鳥　若芽の萌黄　若やぐ夏に　わが若き日を　わが若さ燃ゆ　われの若さの　われ若うして

【幼い】 いとけなき　老幼　をさなかりし　幼げに

【幼】 幼児の　をさなを　おさな妻　おさな名や　稚なびた　幼なぶり　幼な武者　恋稚く　わが幼稚さ　稚い心　幼なかりし　幼な心　幼き時の　幼稚さの　をさなきはみな　日　幼き心　稚き時の　幼どちの　をさなに　稚き人の　をさなきものや　幼ごろに　をさなき心の　をさな寂びたり／声あどけなき

【健やか】 健康を　健やかに　親すこやかに　健康慾を　すこやかにして　母すこやかに

【達者】 馬も達者　息災に　みんな達者　彼も達者や　ことしもまめで　まめで出代る　みんなたつしやで

【生き生き】 いきくと　魚いきいきと

【息吹】 火のいぶき　硫黄のいぶき　息吹通ひて　息吹の襞を　風の息吹を　春の呼吸の　ひとのいぶきに　北洋の息吹

【血潮】 血潮雲　血潮手に　紅き血潮に　あつき血汐に　薄き血しほの　君が血潮の　寒き血潮の　血潮にまじる　血潮の池を　血潮のなかに　血汐の花も　血潮は　わかき　血汐も湧ける　血しほを指に　父が血気の　罪なき血汐　羽に血しほの

18 生死 —— 老

老

【老いる・老】

茨老　老あはれ　老幼　老が肘　老が身　老が耳　老が世ぞ　老そめて　老い朽ちる　老い友　老い仕歯の　老いすぎた　老づきて　老い仲間　老波の　老なりし　老いにける　老ぬれば　老の口　老のくれ　老の坂　老の霜　老の手の　老の夏　老の名の松　老の眉　老の荷を　老の箱　老の夢　老の春　老のぼれて　老の身は　老いの果　老い人も　老い雛の鬼老松　老松の　老を鳴く　老を見て　老を山へて宿老の　僧老いて　猫老いて　春老て　春も老いて　不老不死　老猿を　老学士　老鶴は　老春よ老いな　教師　老毛虫の　老骨を　老車夫の　老嬢　老紳士　老身の　老若の　老比丘の　老夫婦　老兵も　老母か老鷹の　蕨老いて　●いかなる老を　いつまで老いんと　老いかぎまりて　老がひが耳　老いし駅夫蚕老い行く　老いたる旅人　老いたる地球　老いたる涙　老いたる

鼠　老いたるミセス　老いたる野馬の　老い疲れたる老いて赤らむ　老いて呟く　老いての恋や　老いて盲いた老の歩みに　老の一子の　老の打ち出す　老のこぬまぞ老の白髪　老の迫るや　老の咄しの　老の臥処に　老の弓取　老は疎まし　老は静けき　老はたのまず　老はをことほぐ　老人ひとり　老ゆく梅の　老をいとはぬ　老たふとく　老を誉めて　老ゆるしづかさ　老ゆるひまなし　牡蠣に老いたる　看護婦老いて　こゝろの老事足る老の　左官老行　魂の老いさき　束の間老いな時代に老いて　歎きに老いぬ　痩せ行く老の　ゆたかに老いき　夜にし老ゆらし　老楽長が寝て居る　老人端座　老尼はなげく　老女の想此頃　老母の小さき　老ルンペンで

年取る

暮年には　寄る年の●いざとしよらん　谷が年とりにとしよると　長寿願はず　どこでとしよる長生きせんと　何で年よる　歯で年とつた　人も年よれ世にながらへて　わが年ゆゑに

老ぼれて　さだすぎて　年がよる　年とるな老いき　老監査役　老女老いて　老ゆく梅の老紳士　老楽長が老人端座　老尼はなげく　老女の想老母の小さき　老ルンペンで　老女老母

死

逝亡忌

【死(し)】甘い死の 呼息(いき)絶ゆる 海死せり 御(お)かくれに
雲は死に こひ死ば 死蛾見出(しがみいづ)づ 死して名なき 死せんのみ 死出(しで)の田長(たおさ) 死と朝と 死神に 死ぎらひ 死くめん 死こじれ 死支度 死に吸はるる 死に絶えて
死にたれど 死に近き 死に隣(とな)る 死下手(しにべた)と 死蛍(しにほたる)
死にもせず 死にやすき 死死(しぬしぬ)なぬ 死ぬならば
死ぬ日あり 死ぬべしと 死ぬる馬 死ぬる日ぞ 死ぬる夜(よ) 死ねさうな 死の歌が 死の海の 死の如(ごと)く
死の天使 死の船も 死は悲し 死を夢む 死んだな
ら 死んでゐる 絶息(ぜっそく)す 天上するぞ 頓(やが)て死ぬ 泣き死なす
非業(ひごう)の死 ぽつくりと 身まかりぬ 病みて死に われ死なば
し 焼け死ぬる 一羽は死なず いぬころ死んで 命
む●怒り死なむぞ 円右(えんう)が死んだか 圧され死
死ぬべし うづもれて死す 狐死(きつねじに)にをる 狂ひ死ぬ見て こひて死なむと
にけむ 狐死にをる

生死

薨去(こうきょ)を語る 刻々死するを ころりと死んでゐる 先に
死ぬらむ 静かに死ぬる 死すべきときに 死手(しで)の烏(からす)
死床(しどこ)の人の 死なしむなゆめ 死なば一所(いっしょ) 死なば
死なむと 死なる一語を 死なばともにて 死なまく悲し 死なむと
思ふ 死なる一語を 死そこないが 死にそこなつて
死に来た世の 死のこりたる 死にゆきし部屋 死にゆ
く躑躅(しくしく) 死をしたたく 死が上手な 死ぬことを忘れ
死ぬと伝へよ 死ぬのいきるの 死ぬるばかりの 死ねよ
とぞ啼(な)く 死の追憶を 死のかげの谷 死の群像が 死
の幻燈(げんとう)の 死の須彌壇(しゅみだん) 死の旅であろう 死は忽然(こつぜん)
死亡室の扉に 死も面白し 巡礼死ぬる 死をば語り
き 死んだ母さん 死んでしまへば 死んでゆく牛 死
んでゆくのだ すぐ死ぬくせに 戦ひに死す 旅に死
ねよと 魂の他界に 土になるべく 毒に死なむと 汝
の息絶ゆる ならびて死る 薄明(はくめい)に死を ぱたぱた死
ねや 人死ぬ夕(ゆうべ) 人は死ねども 一人死ぬべき 火にこ
そ死ぬれ 眉目(びもく)死したる 街は死せるごと 見すまして
死ぬ 召さるゝ妹(いも)の やがて死にゆく 落命(らくめい)の順に

18 生死 —— 死

自殺（じさつ） 自殺せし 入水図あり 心中の 身投げせし●
自殺しなけあ 心中といふ 心中の 身投げせし●
ぬ 身を投げに来る みづから死なむ 自ら死

切腹（せっぷく） 切腹は● 追腹きりし 腹切る歌舞伎

不死（ふし） 不死の美よ 不老不死● それは不死身の 不死
の薬の 不死の幻想 不死の魂

死魚（しぎょ） 死魚を見る● 死魚売る声を 死魚ひかるなり
濁りて死魚ぞ 船は死魚積む

死顔（しにがお） 死顔が デスマスク● 友の死顔

死後（しご） マルクス死後● 明らかに死後の 死後のことなど

死児（しじ） 死んだ子が● 子はそこに死ぬ 死児のひたひに

死にし児（しにしこ） 死にし児のあり

死人（しにん） 死人焼く 土左衛門● 死人の肩を 死人の山の

臨終（りんじゅう） 終の我世 終の宿 身の終 臨終の●尼の命終
息終るおとを いまはのきはに 臨終の声は 臨終の刹
那 臨終の時を 終の敷寝の 終の十字架 つひの栖か
道化の臨終 終の息差 末期のあらび 身を終ふるまで
我が身の末の／枕経よむ

逝く（ゆく） 君逝きて 五月が逝く 去年ゆきし 人逝
きぬ 逝く人に● 時は逝くはや 申さず逝きしを

亡（な） 【亡】
●亡き日もあれど いまは亡き 亡母や 無き人の ほろび
●亡き夫といく なき人を見む 平家亡びし ほろ
の迅さ 亡ぶるものの ほろぼすなかれ 世に亡い男
亡き魂燃ゆる 亡き夫といく 亡妻の櫛

故人（こじん） 故人を会す 故人に逢ぬ 故人の来る 故人の像を

忌（き） 【忌】
●忌む日もあれど 物忌の日に 忌はしの 忌むごとき 忌ごもりの 忌中札
忌 梅若の 御忌詣 月照忌 達磨忌や 芭蕉忌や
記念にもらふ かたみの衣の 記念の松の 壁にかたみ
百年忌● 十七夜忌に 命日をとぶ

形見（かたみ） 秋のかたみに 亡父の形見の かたみに残す
の 母の形見の 人のかたみの 真冬のかたみ 忘れ形
見の

木乃伊（みいら） 恋の木乃伊と ミイラのそばで

18 生死 ── 墓

墓(はか)

塚 葬 棺 骸骨

【墓】青墓(あおはか)の 石の室(むろ) 奥津城(おくつき)の 童女の墓 乳児墓(にゅうじのはか)
墓多き 墓起(お)す 墓がある 墓の門に 墓の辺の 墓
一つ 墓守の 墓所構(はかしょかまへ) みさぎもみ墓辺(はかべ)に 山墓や
●青白き墳墓(ふんぼ) 荒墓に似る いこふ御墓や 一基の墓石(いっきのはかいし)
お墓したしく お墓をさがす かそけき墓は 君が墓
まで 狂尼(きょうに)の墓と 草葉の陰の 声なき墓の
旅びとの墓 小さなお墓 何の墓ぞも ニイチェの墓に
野中の墓の 墓あるを想(おも)ふ 墓並(はかなら)びをり 墓に物がたる
墓濡(ぬ)るるらん 墓のうしろの 墓のかげである 墓の下
なる 墓のべにたつ 墓の松風 墓もつくらじ 墓もめ
ぐるか 墓より墓へ 墓をめぐりて 墓をわかれの 人
はお墓へ 墳墓(ふんぼ)のほとり 星色の墓 墓石(ぼせき)の上に 墓標(ぼひょう)
の まあるいお墓 御墓(みはか)に泣きぬ みはか冬さび
卵塔(らんとう)の墨(すみ) 流人(るにん)の墓の 展墓(てんぼ)かな 墓参
墓参(はかまゐり) 掃苔(そうたい)の 展墓かな 墓参 墓詣(はかもうで)●帰り詣(もう)でや

【墓地(ぼち)】墓地 墓場なり 墓原に 墓原(はかはら) 墓地中(なか)の 墓地の露路(ろじ)●伊勢の墓原 外人墓地は 共同墓地に 小さな墓場 中央墓地に 日本人墓地の 墓場の上の 墓地にしんしんと 墓地に光るは 墓地の一隅を 墓地の景色が 墓地の迷ひ路(じ) 墓地に息づく 墓地の銀杏(いちょう) 墓地は薄(うす)黄の 墓地は香華(こうげ)の 墓地はそよ風 墓地は嗟歎(さたん)の墓地はよき庭 墓門(ぼもん)の萩の/御廟(ごびょう)守る

【塚(つか)】親の塚 首塚(くびづか) 塚おほき つかにしるし 塚の花に 塚も動け 蟻(あり)の塚 蛇の塚 物見塚●あはれは 塚の狐(きつね)の墳(つか)を 三猿塚(さんえんづか) 親王塚(しんのうづか)や 塚の上なる 塚の上より 我塚でなけ

卒塔婆(そとば) 卒塔婆かな●きえぬそとばに ちるや卒都婆(そとば)のたふばも見たか

碑(ひ) 母が碑に 碑によりて●冷たき碑に 碑に辺(ほとり)せむ 僕の墓碑銘(ぼひめい)

【葬(ほうむ)る】明けて葬(はう)り 葬衣(ほうりぎぬ) はふり火を 霊前の●いかに葬らむ 犬を葬る 鰮(いわし)ぶらひの 葬儀社の 葬り道 葬る時 葬れよ 御葬送(みおく)りに 葬送(そうそう)や 葬列の と

18 生死 ── 墓

のとむらひ 大葬ひの　お葬ひごっこ　おとむらひの日
蛙葬る　けふも焼場の
葬儀の祭　葬式馬車は　葬送の風　葬送見たり　省墓の記書く　過ぐる葬列
葬る　土にはふらず　とむらひて泣く　父を葬り果てんと
葬る火のおと　葬れ膜を　貧しき葬の　葬り果てんと
りかくせ　葬れ膜を　貧しき葬の　よそのとむらひ
我を弔ふ

夜する人に　通夜の読経の　通夜の灯うるむ　通夜の
歌の

喪 喪の車●黒き喪章の　喪にある人の
喪服　墨の袖●汗ばむ喪服　喪服着たま丶
通夜　恋の通夜　通夜僧の　僕の通夜　夢の通夜●通

戒名 戒名選む　戒名もちて
位牌 仮位牌　汗やお位牌　木の位牌あり　夫の位牌に
【棺・柩】
棺の中　誰が棺●あかき棺は　秋の棺に　くろき
柩と樽を棺に　柩の車　柩のなかに　柩は門を　柩
を埋む　柩をつかむ／霊柩車　霊柩車行く　赤き棺　棺一具　棺桶を　棺が行く　棺凉

【骸】（むくろ）　馬の死骸　骸骨や　白き骸から　亡骸に　骸の世
わがむくろ●乙女のむくろ　木々の骸骨　君が亡骸　骸よ
ちん骸の　寂しきむくろ　死骸を埋めて　醜のむくろ　朽
も　しろきむくろや　塵のむくろに　月の骸　時の亡
骸　図書と骸の　なきがら照らす　亡骸として　ネオ
ンの骸に　羽むしの死骸　皆がい骨ぞ　むくろ悲しく
むくろの魂と　むくろを隠せ　骸を捜る　よごれた死
骸

髑髏　されかうべ　野ざらしを●それは髑髏歟　髑髏
がうめく　髑髏に雨の

【骨】
骨の宮
骨拾ふ　白い骨　骨焼けて　骨を見て●お骨と
なって　小町がほねの　白き骨ども　白骨のひとつ　白

舎利　舎利となる　仏舎利を
骨壺　骨壺を●骨壺となりて　みな骨瓶に
屍　屍に●屍に嘆く　屍運ぶが　獣の屍　屍骸焼くか
屍よりぞ　屍体のうへで　女王の屍　母のしかばね　屍
のごとく　裸婦の屍

18 生死 —— 世

世

世界　地獄　浄土　魂霊

【世（よ）】あだし世は　あたら世の　生きて世に　今は世を　老が世ぞ　おらが世や　かゝる世に　君が世や　寒き世に　底つ世の　終の我世　露つ世の　遠き世の　なげく世も　二世かけて　法の世や　華の世を　花も　世の　人の世の　三世の仏　骸の世　無象の　世　夢の世に　星の世の　世ざかりに　世に倦た　世にあはぬ　世に薄き　世にこもり　世に尽きて　世に遠く　世に、　ほへ　世に古りて　世にふるも　世の階級を　世の夏や　世の創　世の人の　世の見ゆる　世の鞭を　世の業や　わかき世の●雨は世の間の　いつの世よりの　うしと見し世を　王朝の　奥の世並は　同じ時世に　嘲つべき世を　かの世の雪を　殻を出づる世　喰うて寝る世や　朽ちて行く世に　言通ふ世を　渾沌の世に　定めなき　世の　猿と世を経る　舌は時世を　死に来た世の　それ

生死

は世にある　それ世は泪　たへ難き世や　千早古る世の　人なり世なり　人の世のきぬ　深う世を待つ　ぶらと世にふる　末世の邪宗　身は世にありの　見ぬよの夏の　見ぬ世の人に　無の世に移り　夢の世なれば　世に従はん　世に染まずけり　世にぞ対へる　世にながらへて　世にみなし児の　世の渦のため　世の海こぐか　世の旗じるし　世の人むらは　世はさかさまの　世は唯風の　世を貪るに　わが棲まむ世は　わが世の星を　わが世の闇の

現世（うつしよ） うつし世に　空蝉の●うつしみの空　現身の世はうつせみの世を

此世（このよ） この世をば●いつか此世を　この世をあの世の　此世に出し　この世に生まれて　此世に望み　この世に　この世のほだし　魄はこの世に　を　此の世の光　この世のほだし　魄はこの世に

宿世（すくせ） 過し世を　前の世の　わが宿世●堕ちなむ宿世　宿世のくるみ　一夜宿世

常世（とこよ） 常世に眠り　雛は常世に

濁世（じょくせ） 五濁の塵に　五濁の水に　罪か濁世か

18 生死 ── 世

世の中 世の中は●世上の人を よしやよの中

四海 愛を四海に 四海の愛を 四海の波瀾

世間 世間の秋を 世間の音を 世間の浮説 世間へ義理で/天下の秋も 天下の画なり

浮世 花にうき世● 出よ浮世の うき世につけて 浮世に遠き 浮世の旅に 浮世に花は うき世の北の うき世のさまに 浮世を立る 浮世をめぐる 浮世の果は 浮世の人の浮世を立る 浮世をめぐる 既うき世の 露のうき世の見しや浮世の 夢の浮世の 欲のうき世の

娑婆 娑婆遊び 娑婆苦より しゃばふさげ 娑婆の道に しゃばを見る●娑婆塞ぞよ

穢土 穢土のどか 穢土の土と 浮世の果は 浮世の人の穢土の世を 娑婆の穢土●穢土のうらら 焼地の穢土に

衆生 衆生あまねく 衆生済度の 衆生の海に 我ら衆生を

【世界】 世界図を 別世界●気体の世界 光明世界 雑草世界 淋しき世界 現象界を 十方仏土 世界の曇り 世界の幻視 世界の隅と界 十方仏土 世界の曇り 世界の幻視 世界の隅と界 十方仏土 三千世界 十方世界 世界の橋に 世界震へり 疲れた世界 不思議な世界 まよふ世界か 輪廻の世界 燈明世界

下界 下界の 下界に落ちし 下界の人の三界 無色界●三界火宅を 三界自在

【地獄】 造地獄 蛭のぢごく 世は地獄 煉獄を●蟻の地獄も 剣樹地獄の 地獄に堕ちる 地獄の鬼が 地獄の釜を 地獄の谷を 地獄の天使 地獄のなやみ 地獄はそこか 地獄もちかし 刀林地獄 燃ゆる地獄の

冥土 黄泉なす 陰府の国●冥府の温風 くらき冥府 冥土 黄泉なす 陰府の国●冥府の温風 くらき冥府まで 冥土もかくや 黄泉の如く 暝土の径を 冥府に尾を曳く 陰府に繋がる

【浄土】 阿弥陀浄土の 寂光土 春ぞ 浄土の富士や 浄土参りの 浄土の遊び 浄土の厳浄土 無垢の浄土は 瑠璃の浄土は 荘

彼の世 幽冥に●彼の世の磧 彼岸をねがふ

来世 後生を願ふ こむ世の契 みじめな後生 来世の衆生

後世 後世の道 後の世は●後の世かけて 後の世の事

18 生死 ── 世

生死

天国（てんごく）　パライソウ波羅葦増雲　波羅葦僧の●上天界の　天国を墜（お）とす　魂をも遠く　亡き魂燃（も）ゆる　悩める魂を　母がみ魂の　春のたましひ　聖は魂も　人玉が出る

涅槃（ねはん）　お涅槃や　ニルバナ涅槃那に　涅槃鐘　涅槃像　涅槃に　●花は涅槃の　みな涅槃なる　ゆたかに涅槃

楽土（らくど）　桃源の●永世楽土　壺中（こちゅう）の天地　駝鳥の楽園

　楽土の風を

極楽（ごくらく）　極楽は●極楽浄土　極楽水と　極楽にあり　補

陀落海に（だらくかいに）

【魂】（たましい）

輪廻（りんね）　輪廻の苦●輪廻の業の　輪廻の小鳥　輪廻の世界

　荒魂（あらみたま）　犬の魂　幸（さち）の魂　魂合ひて　魂ある

　魂蘇れ　魂誘ふ（たまさそふ）　魂の壺　魂は湾（に）く　魂ひめて

　魂よ　花の魂　不死の魂　●荒御魂（あらみたま）　病め

　汝（なれ）が魂を　和魂（にぎみたま）　和魂かな　魂魄（こんぱく）なか

　魂に　霊魂（れいこん）　我が魂を　和魂（にぎみたま）　●荒御魂

　幽魂（ゆうこん）　魂解き　●荒御魂　魂ぬけし　魂の銭湯

　飛ぶ魂　家なき魂は　帰らぬ魂と　五分の魂

　ば　聖者の魂　魂あるものの

　たましひのなき　たましひの花　たましひ走る　魂を

　嚙（か）み　魂啾々（しゅうしゅう）の　魂にわかれし　魂の老いさき

　他界に　魂の疾（と）き羽の　魂は翔（かけ）りぬ　魂迷ふ夕魂を

【霊】（れい）

　わが魂まよふ　英霊も　霊の音●永霊かへる　霊（たましひ）しく活ける

　霊気の翼　霊験地帯　霊をおくると　女霊は月に　万霊こもる

木霊（こだま）　おのが木魂に　木精あそべる　木精おこして　木

　魂に明る　木魂をかへす　木精の香のなき　木魂を秘す　谷の木魂と　林

　の木魂　山の木魂

言霊（ことだま）　言霊の　言魂の●大き言魂

精霊（せいれい）　石の精　梅の精は　独楽（こま）の精　聖霊の　精霊の

　土の精　泥の精　星の精　水の精●曙（あけぼの）の精

亡霊（ぼうれい）　怨霊（おんりょう）の●亡霊達が　亡霊にみち　亡霊の声

幽霊（ゆうれい）　幽霊画　幽霊の●蠅（はえ）の幽霊　白衣（びゃくえ）の幽鬼　船幽

　霊の　幽霊がゐる

340

18 生死 ── 幻・鬼

幻　謎

【幻】幻感が　幻術師　幻影走る　世界の幻視　花の幻　美麗な幻覚　泡雲幻夢　まぼろし雲の幻の虎　幻の華　まぼろしを撃つ　胸に幻の

幻想　幻想の● 幻想の国　幻想の耳　さびしい幻想　不死の幻想　みな幻想は　夜の幻想

【謎】謎に似る　謎の花　なぞをとく●とけない謎の謎に対ひて　謎をもてこし　燃えたつ謎に

不思議　七不思議　不思議なる　不可思議やな●生命の不思議　電車不思議や　不可思議国を　不可思議とせよ　ふしぎな曲線　不思議な感動　不思議な生活　不思議ナケレド　不思議な四月　不思議な世界　ふしぎな灰でも　不思議な晩だ　不思議に目覚め　不思議の文字　不思議や見れば　不思議を示し

神秘　神秘な風　神秘のといき　神秘のとばり　神秘の幕は　神秘の暗の

鬼　奇怪　化　妖怪　魔

【奇怪】異花奇鳥　怪談の　奇なる夏　奇異だぞへんなもの●あやしき鞍に　怪しき声す　怪しき星の奇しきもの　あやしき文字を　あやしきものと　怪しみてあり　奇怪な考え　奇しき獣や　くしくも明き　奇きみわざ　力者あやしき　猟奇尖端

【化ける】化さうな　ばけてゐる　身は化して●官女に化けし　汽車に化けたる　狐化けたり　化るかもしら　じ　化をあらはす　人を化すや

【妖怪】精霊　狐火の　怪のものが　白比丘尼　魍魎　化物　化物と●芋の化物　化物のまね　化もの屋敷となり　ものの怪の　山姥ハ　雪をんな　雪女郎　ろく首●蒼火ささげて　あやかし船の　生胆取の　陰火乱れて　すだまと群れて　鉄の妖怪　妖魔の肌の香　妖

【鬼】赤鬼の　鬼老て　鬼王が　鬼が城　鬼がせめ女夜すがら

18 生死 ── 鬼

鬼瓦　鬼になれ　鬼の子に　鬼の目に　鬼の面　鬼やら
ひ　吸血鬼　牛頭馬頭の奪衣婆●卑しき鬼を鬼が
栖む国　鬼にさらはれ　鬼になりたき　鬼のお主の
鬼の腕を　鬼の契約　鬼のごとくに　鬼の念仏　鬼は眼
に鬼もあらはに　鬼畜に堕ちて　心の鬼　籠れる鬼の
座の鬼　鬼もあらば　鬼も出さずに　鬼をむちうつ　上
の鬼が　丹波の鬼の　卑怯な鬼ども　むかし婆々鬼　地獄
餓鬼　我鬼窟の　餓鬼となり　餓鬼の目に●おのれも
我鬼に　餓鬼あらそひの　餓鬼窟電車　餓鬼も手を摺
造型の餓鬼
鬼神　鬼神の府●いかに鬼神も　鬼神魂魄　鬼神にか
へす　鬼神も哭かむ　鬼神をまねき　青面金剛へ
河童　河太郎　河童の●河童遊ぶや
天狗　荒天狗　天狗風　天狗かな　天狗来る　天狗棲
む　天狗住んで●天狗もまじる　天狗も申せ
天馬　天の馬●白い天馬が　天馬に乗らん　天馬の鞍に
人魚　人魚の唄●海に人魚の　人魚のくにの　人魚のや
うに

生死

【魔】

妖精　妖精の●エルフの群を　舞ふ小妖女に
魔に向ふ　魔の声●水魔狂ひ墜つ　なにかの夢魔
にのろふ魔のこゑ　魔炎の光り　魔界の旅　魔か蝠
蝠か　魔性のものの　魔にも鬼にも　魔もののやうに
魔の恐るゝや
魔法　でうすの魔法　魔法つかいの　魔法使の　魔法
の壺よ　魔法の洋燈
悪魔　悪魔たち●悪魔に盗まれ　悪魔の住家　悪魔の伯父さん　悪
魔の影に　悪魔寄せじと　サタン離れぬ
サタンよ祝せ　そらにも悪魔が　我が悪魔心
海神　海神の●たゞ海神の
閻魔　閻魔の●うつる閻魔の　閻魔大王
魔王　見なば魔王も
魔神　アラビヤ魔神　魔神の翼　魔神の叫
幻獣　火鼠の　雷獣は●麒麟鳳凰　怪獣の眼に　半身
の人　蛇頭の　メヅサの神よ
龍　龍のみやこ●池に龍住む　をとめ竜となる　火龍の
走る　魚龍淋しき　火竜が　火を吹く竜が

戦

敵軍　兵番　守警　砲銃　勝強　力闘争　敗

【戦う】
血戦す　戦場へ　戦ひの　たゝかへど　パルチザン　●戦てらしし　戦に出でしが　いくさのあとの　戦の船を　言葉戦ひ　たたかひ終ると　戦ひの歌　たたかひのむねを　戦ひ開け　茶色い戦争　遠きいくさの　母は戦を　母国の乱を

【陣】
夏御陣　冬の陣　●大坂陣の／梁山泊　魚鱗鶴翼

【砦】
子等の砦の　砦を出るや　古き砦に

【戦士】
戦友の　戦友を抱き　●女戦士や　気圏の戦士　無邪気な戦士

【戦死】
戦死かな　戦死者の　戦死せり　●討死に　戦死者の　戦死を避けて　戦ひに死す　急度討死

【敵】
あたの血に　かたき持　四面楚歌　もろの敵　●明日はかたきに　仇の砦に　敵のなかに　敵の行方　敵の右眼を　敵をもちたれ

【軍】
軍神　軍用に　万軍の　まけ軍　●軍の中は　軍旗のほまれ　軍需輸送の　軍書虫ばみて　軍馬上陸　軍用動物　常備軍あり　蜀軍の旗　征馬疲れ　戦車の地音　同盟軍の　万軍の神　止まむ軍か

【軍隊】
一隊の　軍隊の　小隊が　非時除隊の　兵営の兵器廠　●軍団解けゆく　兵営の砲兵隊や

【軍楽】
軍楽の憶ひ　高麗の軍楽

【軍艦】
軍艦　軍艦に　艦遠く　●動く艟艨　巨きみ艦も艦が去んでも　艦長さんの　軍艦の列　軍艦見ゆる　軍艦見ゆ

【軍人】
軍人　軍人　いくびとに　将軍の　少将の　●軍籍の人や在郷軍人　砲兵士官の　歩兵士官を

【軍服】
重き征衣を　軍服を著て

【兵】
迂回兵の　帰還兵　コサック兵　虎狼の兵　傷兵に　水兵も　斥候の　雑兵の　特務兵　波は兵士廃兵は　兵来れば　兵隊が　兵どもに　砲兵に　老兵も　●兵士は旗を　少年兵士　新兵に花迫れる兵も　兵共が　ドイツの兵は　東北兵を　徒歩兵ひとり　二千の兵は　兵立つうしろ　兵はしづけき兵を送りて　兵を伏せたる　兵を見失ふ　兵を見送りて

18 生死 — 戦

【番】 金(かね)の番 梨園(なしぞの)の 不寝番(ねずのばん) 橋の番 宝(ほう)
庫番(こばん)と 門番に ●秋の夜番の 鷺(さぎ)が番する 番して呑(の)む
番の御寺(みてら)を 番屋(ばんや)に虱(しらみ) 非番の親爺(おやじ) 踏切番の

【守る】 うちまもる 門守(かどもり)の 鹿火屋守(かびやもり) 御廟守(ごびょうもり)
水車守(すいしゃもり) 関守(せきもり)の 堂守(どうもり)の 時守(ときもり)の とし守夜(もりよ)
殿守(とのもり)の 墓守(はかもり)の 妻が守る 氷室守(ひむろもり) 保守(ほしゅ)の人 まもり
をり 守るべく 宮守(みやもり)の 花守(はなもり)は 護(まも)り給へ 守る身かな 山守(やまもり)
の●秋を守れと 狐守(きつねもり)の 葉守(はもり)の神の 紀(き)の関守(せきもり)が 国土を守る
猫守(ねこもり)居(い)る 葉守(はもり)の神の 火や守(も)りけむ まもらむと
思ひ袋(おもひぶくろ)を 守る子安(こやす)の 守る十年(ととせ) まもるひとり
を守れる学徒(がくと)に 守りしくりやは 山守(やまもり)の月夜

【警】 警護(けいご)かな 警視庁(けいしちょう) 警笛(けいてき)警笛(けいてき)に サイレン
だ●警戒塁(けいかいるい)に 警察船(けいさつせん) 警笛(けいてき)とほく 水上警察
野守(のもり) 野守(のもり)が鬢(びん) 野守(のもり)の鏡(かがみ) 野守(のもり)の霜夜(しもよ)

【巡査】 巡査警(けい)に 巡査の子等(こら)も 巡査の電話 巡
査を見たり 巡査に吠(ほ)ゆる

【砲】 記念砲(きねんほう) 大砲(たいほう)の 砲身(ほうしん)に●大砲(たいほう)よりも 砲鳴(つづ)り
わたり とどろく午砲(ごほう) 追撃砲(ついげきほう)を 町を砲車(ほうしゃ)の 真昼

生死

の砲を 四方(よも)の砲音(つつね)に
鉄砲(てつぼう) 杉鉄砲(すぎてつぽう) 鉄炮(てつぼう)の●鉄砲で射(い)たれる 鉄砲は小さ
な どどんと鉄砲 ぼくは鉄砲の みどりの鉄砲

【銃】 銃座(じゅうざ)据(す)ゆ 銃口(つつぐち)や 工廠(こうしょう)の銃
剣(けん)の先 銃身(じゅうしん)の列 銃をささぐる 銃丸(じゅうがん)ひろひ 銃
照準(しょうじゅん)をさだめ 連発銃(れんぱつじゅう)の 銃に打たれし

機関銃(きかんじゅう) 機関銃●機関銃のおと 機関銃より
拳銃(けんじゅう) 愛しコルト 拳銃を コルト睡(ねむ)ぬ●自動拳銃(じどうけんじゅう)を愛
す ピストル出でぬ ぴすとるが鳴る ピストル鳴りて

銃音(つつおと) 打つ銃の 銃音に 銃のおと●銃声(じゅうせい)聞ゆ
火薬(かやく) 焔硝(えんしょう)くさい 火薬の匂(にお)ひ 死んだ火薬と 鉄と
弾(たま) 弾丸を八つ 毒の弾丸(たま) 砲弾(ほうだん)と 弾丸は枝ごと 弾
道を描く 古き弾痕(だんこん) 砲弾の破片(はへん) 砲弾の中
爆撃(ばくげき) 空襲(くうしゅう)を 空襲の 爆弾(ばくだん)の●空襲のした 爆弾を
投(な)ぐ 爆弾の爆(は)ぜぬ
武器(ぶき) 十手(じって)かな 武器をもて 武具(ぶぐ)に身を 武を好む
●武器と衣裳(いしょう)と 武器とてもない/棒つかひ 棒の師

18 生死 ── 戦

【勝つ】
打やぶり　勝菊や　勝ちて匂ふ　勝ちて匂ふ　勝利の接吻　Boat勝ちて　白勝った
左勝●買ふ勝達磨　勝利の接吻　Boat勝ちて　右に勝
れし

【凱旋】
凱旋の　勝鬨の●凱旋あぐる　凱旋あげて
強ひますか　強ひむとて　強ひゆきぬ　強い

【強い】
強ひるとて●あはれに強し　こはき春かぜ　酒
したゝかに●あはれに強し　こはき春かぜ　酒
しひらる、強ひる沈黙　つよきに触れて　強き光の
強き瞳に　強くいたらぬ

【喧嘩】
喧嘩買　喧嘩解けし　喧嘩蜂　中なおり　犬の
喧嘩に　喧嘩いつ果つ　喧嘩押し出す　喧嘩のさたも
ケンカの中を　喧嘩も果て、喧嘩をやめて　仲間割し
て　馬場の喧嘩の　夫婦げんくわの　不和のあひだに

【力】
力得て　力なく　力なや　力動作用●かなし
き力　金剛力や　刹那の力　素質と力　大心力を手
力つよく　ちからある乳を　ちからいっぱい　力なき眼
に　ちからの海に　力を刻む　力をこめて　力を統べる
ちからをねがふ　力をわびぬ　ながるる力　非力の者
の●雨ニモマケズ　相撲に負くる　まけて戻れば　まけるな一茶　我もまけぬぞ
吼立つ　まけて戻れば　まけるな一茶　我もまけぬぞ

貧者の労力　星の力は　無窮の力　無力な海図　病む
を力の

【闘う】
格闘し　鳥いくさ●犬と闘ふ　牛闘ひて　闘
ひ落ちぬ　熱河戦闘

【競う】
競うきそひつつ　競泳の　競漕の　競べ馬●きそひが
ほなる　ちからくらぶる

【争う】
かひ●争ひ搏ちし　争ひて　争へど　争はむ　いさかひに　碁いさ
にありか争ふ　いさかひはてて　いさかひやせむ　大
いさかひの　小作争議に　ことばあらそふ　妻と諍ふ
涙あらそふ

【敗れる】
敗戦の　敗れたる●敗残者は　やぶれし国の
との　やぶれし神の　やぶれし国の

【亡ぶ】
ほろび行く●国亡ぶるを　平家亡びし　ほろび
迅さ　泯ぶるその日　亡ぶものの　ほろほすなかれ

【負ける】
碁に負て　負まじき　まけ軍　負いくさ　負角力　負腹
の　博奕に負て　負けて

18 生死 ── 刀

刀

刃剣

【刀】

七首の　刀鍛冶は　刀さす　刀師の　刀持
金鍔と　腰刀　竹光の　旅刀　長刀　山刀　洋刀で●
居合ひとぬき　刀うたてや　刀売る年　刀さし出す
刀試すや　刀にかゆ　古刀の鞘よ　さやに言挙
して　刀をぬきて　刀を拭ふ　だんびら磨ぐや　血刀かくす　友切
げ　竹刀を削り　笞も太刀　小刀の先　種痘のメスを
丸や　長刀にちる　半月刀を　武士一腰の

ナイフ

紙ナイフ　ナイフ持ち●　捜したナイフ　しろが
ねの刃の　研げるナイフを　幅広ないふ

小刀

小刀の●　上り太刀　笞も太刀　小刀の先

太刀

焼太刀の●　片刃の太刀　乾鮭の太刀　菖蒲太刀　太刀佩て　木太刀をかつぐ
太刀の軋りの　太刀の太刀を　太刀は稲妻

脇差

落しざし　小脇差●　大脇指も　長き脇指　脇差
さして

生死

【刃】

しら刃もて　刃物買ふ●　裏刃とおもて
ほれて　しら刃となりて　鋭刃のさやけき　刃金の叢
に　刃の音ひびき　刃のごとく見ゆ　刃のためらはぬ
刃が冴える　刃ためすや　刃に伏して　刃のごとき

【剣】

折れし剣　剣とぐと　剣の鞘　剣よりも　剣を
さげ　つるぎ洗ふ　剣執り　咽喉に剣　鰭に剣　宝剣
を●　神の剣を　剣樹地獄の　剣の光は　黄金の剣　さら
ば剣の　剣の影に　剣の如き　剣の霜を　つるぎの束を
剣は光　剣を握　飛電のつるぎ　もろはの剣

槍・鑓

鑓持の●　関屋の鎗に　丹ぬりの槍に　槍の柄つた
ふ　鎗の塗柄に　槍の穂先の　鑓は錆ても　鑓一筋に
鑓もちどの、

鎧

鎧を着●　爪の鎧に　鉄のヨロヒを　鎧ながらの　鎧
ふ春風／頬当かくる

甲

甲冑を　甲なれ　具足着て●　兜かむらぬ　兜に
かゝる　甲の下の　脾に甲を

征矢

征矢　征矢と見し　征矢抜けば　征矢のごと

似

同 如

【似る】

石に似る 親に似て 顔に似ぬ 風に似る 君に似し 似ずもがな 似るかな 似たるとて 似たるよな 似るなかれ 虫に似て ●相似てうれし 浴ぶるに似たる 糸巻に似て いろこそ似たれ 顔に似合ぬ 案山子に似たる かけらに似たる 形に似たり 蝙蝠に似て けだものに似る ころにも似よ ゼンマイに似る 僧に似たるが その日に似たり 太古に似たり 達磨に似たる たはむれに似て 父によう似たり 土塊に似る 似たりよへるわれ 似たらずや君 にたりやにたり 似てをかしさよ 似る雲はなし 人間に似る ものも水にかも似る 闇夜に似たる よく似た声かな 落花に似るを／生写し

真似

犬のまね 猿真似の 泣真似の ●牛の啼く真似 鉦の真似して 口まね寒き 口まねするや 口真似もしき 死ぬ真似をする 聖人の真似 そっと口真似 手真似につれて 手まねも見ゆる 猫の真似など 化物のまね 物真似をして

【同じ】

同じ橋 同じ道 同時代 同窓会 同類を●同じ色にぞ おなじき瞳 同じ事なら おなじつらなる 同じ枕に 同じ時世に 同じ処に 同じ本読む 同じ道である 顔みな同じ ミダ同体の同音に ゆうべにおなじ 我もおなじく 皆

【類】

蓄類の ひろいなきと 鱗木類の／阿蘭陀流の類の眼と 網翅類 ●たぐひなるべし 畜類のごとく

【如し】

あるごとし 如く在り 夜の如く ●いざよふ如き きのふのごとく 獣類のごとく すはゐる如しひろへる如し 鱶の如くに ふるふが如き体たらく 昼の体 面体を●山家の体を

様子

有様は 歩き様 今のさま 僧のさま 春のさま 藻のような●魚のさまして 貝殻のやう 魚類のやうで 獣のやうに 魚のように 卵のやうに●然 さりながら さればこそ 卒然と 泰然と 端然と天然の 漠然と 奮然と

人

19 人 ── 性・人

性（癖）

【性質】
牛の性 個性まげて 水性の 誰の性か 火の性の わが性は●かかる性持つ 個性を砥いで 性と思へば 魚の性は 性のかなしさ 性は清水の 剽軽の性 弱き性かな わが性ゆゑの／あくどくて 意気地なし 堅気めく 孝行な 剛直の 腰ぬけの 子ぼんのふ 素直なる 本能の 負けぬ気に やきもち屋 野獣性 野蛮性 我ままな ●こころ怯ぢたる こころすなおに 神経質に 素質と力 そりがあふから 第六官の 惰性の深み 短気は損気 地中の本能 二重人格に 本能の前に 真面目くさつて 真面目、不真面目

【癖】
癖とのみ 束ねぐせ 盗癖 むこのくせ わが癖の わるいくせ●あまゆるくせの 荒れぐせなほる かなしき癖ぞ 癖とはなりぬ 癖のかなしさ 癖を知りつつ 下向く癖が 父が癖なりき 面癖直せ 盗癖の 子らを 昼寝の癖を 眠られぬ癖

人

者 家族 貴賎 殿 王 民 様 官吏 武士 工 師

【者】
田舎もの 内気者 偽善者の くはせ者 さばけ者 弱者の美 蓮葉者 無精者 楽天家 りちぎもの●無口者と 権威ある者 したたか者の のらくら者の 敗残者は 非力の者の 古強者が 謙遜者

【人】
あぶれ人 人かれて 人屑の 人毎の 人なかに 人かへさず 人になる 人もあり 午睡人 やもめ人●あとなし人と あの人もこの人も 大人がおひるね さすらひ人と 童顔の大人 トラックの人ら 労働人ひとり 人あらはなる 人あるさまや 人あれと思ふ 人が出て来る 人がひと見て 人たれ／＼ぞ 人ってにこそ 人と生れて 人ながれくる 人に訪はれぬ 人にもくれず 人に物遣る 人の油よ 人のいきれぞ 人のいたがる 人のからかひ 人のそはつく 人のとぎれや 人のなる木や 人は猿也 人もありけり 人もすさめぬ

19 人 —— 人

人を審(さば)くな　へつらひ人の　故ある人に／糸満人(いちまんがあ)　加茂人(かもびと)　唐人(からびと)　難波人(なにわびと)　韓人(からひと)　高麗人(こまびと)　肥の国人よ　ロシアの代　親の前　親もなく　おやゆずり　肉親の　人の者(もの)　駿河(するが)もの　若狭人(わかさびと)や　能登人(のとびと)や　伊太利人(イタリーじん)や　近江の人と　両親の●親代々の　親なきに我を　親にしらがを　大阪人(おおさかびと)と　加茂の氏人(うじびと)　呉人(ごびと)は　浪花の人や　親のいふこと　親のこゝろや　親の名で来る　親の袋を　つくしの人と　東京人(とうきょうびと)よ　浪人(なにわびと)はしらじ　駿河(するが)の飛脚　親もかまはぬ　親をわすれに　子持になれば　子をも万葉びとの　猶太(ユダ)族と　其の親の

人間(にんげん)　人間の●洞窟人類(どうくつじんるい)　親子(おやこ)　親子連　おやも子も　親よ子よ　病む親子●親くゞる　人間商売　人間並の　人間海に　人間喜劇　人間　子おちあうて　親子三人　親子ならびて　親子引きあ人間のむれ　人間の果てかも　人間や笑ひし　ふ　親子除け合ふ　巡礼親子

幽人(ゆうじん)　幽人逸士　幽人たちの　祖父母(そふぼ)　祖父(じじ)祖父親　祖父(じじ)の●祖母(ばば)の足　祖父(じじ)がしら修羅(しゅら)　修羅道に　修羅の巷(ちまた)　修羅や海胆(うに)　ひとりの修　がの　祖父(じじ)の借銭(しゃくせん)　禅門の祖父(じじ)　祖母(ばば)の気に入羅●青ぐらい修羅　あるいは修羅の　修羅のをたけび

修羅の渚(なぎさ)に　修羅のなみだは　修羅はころがれ　修羅は　父母(ちちはは)　父母の●ちゝはゝいます　ちちはは恋し　父母の歪んだ修羅　　　　　　　　　　　　　　　　　　　家(いえ)　山に父母

【家族(かぞく)】　縁者なく●家族の争論　家族旅行と　鶏の家　夫婦(ふうふ)　夫婦住み　夫婦連(づれ)　夫婦哉　夫婦雁　夫婦同志先祖(せんぞ)　先祖達　遠つ祖(おや)●先祖代々　族を　はやも家族や　屋うちの者と　行く家族か　めをとには●かはす女夫(めおと)　児無き夫婦(めおと)ぞ　夫婦(めおと)げん樹林に　　　　　　　　　　　　　　　　　　　くわの　夫婦に夜蜘蛛　夫婦畑うつ　夫婦となりぬ
めをとあがるや　夫妻抱きあひて　夫婦なりしを　連

19 人 ─ 人

理(り)の枝(えだ)と　別れし夫婦

【貴賤(きせん)】

貴賤　貴賤群衆(ぐんじゅ)の　貴賤に紛(まぎ)れ　貴賤老少　物芽(ものめ)の

貴人(きじん)　貴人の　貴婦人(きふじん)が●高貴の夫人　貴(とうと)きひとの

宮(みや)　あなた宮様　淫(たわれ)の宮に　入道の宮の　宮ものぞかせ

賤(しず)　賤のこや　賤の胸　賤の家(や)　山賤(やまがつ)の●いま起(た)つ賤

【殿(との)】

も木陰に賤の身にして　賤も聖(ひじり)も卑賤の神の

のは稲葉殿の　かがし殿　こぬ殿を　猿どのの　佐ど

老殿(ろうどの)の　千葉殿の　殿原(とのばら)の　能登殿の　蟇(ひき)どの●御家

先へ入道どの、庄屋殿なり　帯刀殿(たちはきどの)の　殿のお立(たち)の

の、　　　　　　　　ひひなの殿に　判官殿(はうがんどの)の、鑓(やり)もちど

【王(おう)】

王冠(おうかん)　王公の　十王(じゅうおう)の　文王(ぶんおう)の　帝はも明(みやう)

天子(てんし)●王者の心　王孫(おうそん)いまだ　王を呑(の)んだる　金魚の王

君王(くんおう)の閨(ねや)　五カ国の王に　父王(ちちおう)さまの　帝王踏(ふ)まぬ　天(てん)

子とならば　野辺(のべ)の帝(すめらぎ)　平親王(へいしんおう)の　ミカドの国の我(わが)

大君(おおぎみ)の

【民(たみ)】

異教の民の　飢(う)ゑ泣く民の　遊惰(ゆうだ)の民等(ら)は

【様(さま)】

のゝさまと●浦島さんは　閑院様(かんいんさま)の　弘法様の

権現様(ごんげんさま)　将軍さまへ　方丈(ほうじょう)さまへ　良寛(りょうかん)さまも

【官吏(かんり)】

ならば　小役人(こやくにん)　大臣(おおおみ)かな　大宮人(おおみやびと)の　上達部(かんだちめ)　公家(くげ)

大殿(おおとの)　大臣(おとど)　宰相　防人(さきもり)の　左大臣　視察官

司書(ししょ)たりし　司書わかし　小官(しょうかん)の　書記典主(しょきでんす)　司人(つかさびと)

陰陽師(おんようじ)●内蔵頭(くらのかみ)か　審判官(さばきのつかさ)　司書老(ししょお)びたり　大納言(だいなごん)

なり　殿司(でんし)の窓や　蜻蛉(とんぼう)大臣も

官位(かんい)　官位持ちたる　五位の司(つかさ)の　五位の針立(はりたて)　四位(しい)

と成(な)るべき　皆四位五位の　無官の狐

【武士(ぶし)】

旧士族(きゅうしぞく)　源三位(げんざんみ)　足軽(あしがる)　荒夷(あらえびす)　奥家老(おくがろう)　幼(おさな)な武者(むしゃ)　落人(おちうど)を

か武士　裸武士(はだかむしゃ)　人は武士　武士道(ぶしどう)　ちゃらくら武士　にわ

武士の　若党や●うしろや武士の　恩賞うすき　かへる

浪人(ろうにん)　侍二人(さむらいふたり)　侍部屋の　野武士(のぶし)の子孫(しそん)　武家(ぶけ)の夕

武士の　武士一腰(ひとこし)　ものゝふの道　武士もなし　鎌倉武士(かまくらぶし)

の　西国武士(さいこくぶし)の　平家(へいけ)一門(いちもん)　平家亡(ほろ)びし　平氏の裔(えい)

武者修行(むしゃしゅぎょう)　最上侍(もがみざむらい)

【工(こう)】

植字工(しょくじこう)　製図工　旅大工(たびだいく)　船大工●通(かよ)ふ大工(だいく)

19 人 ── 君

やー大工つかひの　大工火ともす　小さな女工　古参
職工　工夫達／強力の　剛力は　製炭夫　炭坑夫　烟
筒掃除夫の　人夫は来ない

【師】　いかけしが（鋳掛師）　筏士の　謡師の　刀師の
幻術師　小花火師　写真師の　調髪師　宿直の師　繍
師　俳諧師●　庭師来て居り　土師の女が　一人の牧師
仏師に箔を　下手な植木師
師匠　親方と　師匠かな　師のかげを　師を拝す●　師
匠の留守に　師の鼻赤き　師の行方や　師範に入りし
博学の師を　棒の師匠や
匠　鵜匠や　木匠の　番匠が●鵜匠は闇の　飛騨の匠
が　飛騨の名匠の　舟の匠の
弟子　男弟子　おれが弟子　琴の弟子　弟子は来ず
門弟子も●男も弟子の　弟子のはしなる　床屋の弟子
を
家　革命家　鑑賞家　芸術家　航海家　戦史家
頭　御頭へ　宿老の●ボスの秘密を
座頭　小座頭の●座頭のむすこ　皆座頭なり

君

我　私　主　客　友　衆

【君】　絵師の君　君がため　君が春　君来ると　君琴
弾け　君来ねば　君去つて　君なくて　君ならで　君に
似し　君は船　君まてば　君まどひ　君行かば　君逝
きて　君よいざ　君を獲　君を追ひ　君をつむ　君
を呼ぶ　僧の君●いざ唇を君　色めづる君　きさまなん
かに　君飽きぬらむ　君いかめしき　君ゐますかと
君おもひづ　君おもひ行く　君が跡追ひ　君があれ
なと　君うしろに　君返さじと　君かへり来ず
帰り来む　君がかなでし　君がさざめき　君が光に
君が御胸へ　君が眼のいふ　君聴きに行く　君といだき
て　君とうかびぬ　君と手をとり　君におくらむ　君
に見たりし　君にむかへり　君のつとめに　君火をたけ
よ　君見ず餓ゑし　君も雛罌粟　君も火なりと　君病
めりとも　君や悶えの　君よ我らよ　君を疎んず　君
を追ひゆく　君を思ひぬ　君をしみれば　君をにくみ

351

19 人 ─ 君

ぬ　君をぬすめる　君をはなるる　君をまつらし　君を見ぬ日は　君をゆびさす　君をゆめみむ　君を忘れて雲居の君の　同車の君の　ぬれて君こし　雪に君あり

汝　うぬが為　汝兄よ汝兄　汝がみたま　汝に告ぐ
汝の頬●うぬがこよいろ　そなた待つとて　汝が抱擁に
なれが頬の涙　汝が胸の上　汝の息絶ゆる　なれが頭は
なれが乳房の　汝はゆきしか　なれもしらずよ　汝の殻を　汝の耳を

我　小さき存在　終の我世　ピエロ我　日の子われ
わが律法　わが宿世　我背子　我のみの　我一人
我も亦●才なき吾を　鳴我を見る　舟中に我　のろはしの我れ　みだらなるわれと　我が悪魔心　わが巡礼はわが棲まむ世は　わが霊魂を　わが魂まよふわがほととぎす　我身ながらの　わが世の星を　わが世の闇の　われ捨てゆく　われとゞまらば　我にきかせよわれにつきるし　我にとりつく　われはいだかる　われ

己　己が影　己が火を●己が棚つる
愧づらくは　我はまからじ　己が影の上に／某は
おのれ光りて　おのれも我鬼に　おのれ等が夜は　おのれをなげく　己が影の上に／某は

私　わたしの掌●熟れたら私に　ちいさな私が　仏とわたくし　わたくしの汽車は　私と影　私の編んでる　私の上に　私の飢ゑは　私の四月　私の怠惰　私のなかで　わたしの翅に　私の半身　私は弱い　わたしも一人　私　わたしや風です　わたしや木の葉よ　わたしや象の子　私を浄め　私を過ぎて　みづからの詩を

自　あこが餅　自己流謫●おのづからなる　自愛心とが自衛作用だ　自がつひに絶つ　自己虐待者　自己内天の自己の王国　自分であつた　手自にせんと　自ら炊ぐ

俺　おらがあこ　おらが世や　おれが事　おれが座もおれとして●おれが噂も　おれがつぶりも

僕　僕と犬　僕の性質　僕の通夜　僕の冬　僕の骨●少女は僕に　僕が抜け出て　僕の遊び場　僕の狂気が僕のこほろぎ　僕の少年　僕の魂　僕の赤子は　僕の墓碑銘　僕の胸さへ

19 人 ─ 君

【主】 あるじ顔　あるじ達　あるじ振　庵の主　歌の主　来る家主　主の前　ぬし知らぬ　主しれぬ　あるじかしこき　あるじ寝ながら　あるじまつ間の主病みたり　庵主が愛づる女主に　鬼のお主の　けふの主は　極道地主の　座主の連句に　地主わびしと　主人唐めく　主人拙　主人の名なり　主ゐぬまゝに主とりをする　主の行衛や　不在地主の

【客】 女客　韓客　客主　客僧の　客となる客の沓　客の膳　客馬車だ　客ひとり　客二人や　禅客の　月の客　俄客　根津の客　客ぶりの客あり　おしかけ客の賀客のベルの　客有度に客に買はれて　客に口切る　客も円座を　客僧達の客は　バスを待つ客　畑みる客　はたと客なき　半日の客　亡命客の　吉原すずめ　わが賓客を送りて　二階の客は

【友】 うき友に　老いし友　泳ぐ友の　語る友に　菊の友　去年の友　月の友　月を友　月おほく　友が呼ぶ　友とはむ　友ならず　友の顔　友の妻　友減て　友もがな　友酔はず　戦友を抱き　友を呼ぶ　花の友　鰒の友●雨に友あり　神を友にや　消えにし友や　酒すきの友　彗星の友　月の友かな　友うつくしき　友さへ遠し　友羨しまず　友なみだ垂れ　友に合槌を　も飽きぬ　友の顔みな　友のがれたり　友の恋歌　友のやまひの　友牢にあり　憎みし友と　はるかな友よ　死顔の　友の頭撫づる　友の眸との　友の眼を見る　風月の友を　我友にせん　笑ひし友よどちの　同年輩の輩も　友どちの　湯女どちと　わかきどち●幼きどち

仲間 老仲間　僧中間　飲仲間●紙子仲間に　小挙の仲間　熟柿仲間の　河豚の仲間を

【衆】 越後衆が　駕の衆や　家中衆に　群衆の　毛見の衆の　甲賀衆の　出家衆　町衆の聴衆は　午寝衆　坊主衆　凡夫衆　湯入衆の●五山衆なんど　さぞ若衆哉　大名衆を　手あきの衆ハ　同心衆の　遍路衆の傍輩衆の　若衆をつれて

人

19 人 ── 子

子

子守　児童

[子]

海女が子は　いい子だよ　いざ子ども　いたづらつこ　隠居の子　うなゐ子の　おひし子の　稚子の　鬼の子に　おやも子も　泳ぎ子の　御子良子の　の子らや　子ありてや　恋ふる子等　子があらば　子供がひとり　子宝が　子といくは　子とひろふ　子と団欒　子供の手　子どもの眼　子どもらが　子に飽と　子に逢はず　子に吊りぬ　子のグリコ　子はしらず　子は寝たり　子は裸　子よ麗ら　子等昼餉　子を生めり　子を負ふて　子をおもふ　子を生まずを寝せて　子を見まく　子を結ぶ　子を焼かれ　賤の子や　スキーの子　聖書だく子　せなかの子わ　抱た子や　誰が子ぞ　ちひさい子　ねかす子を禰宜の子　人の子の　ふたつ子も　ほのぼの子　まつ子や　名士の子　もいだ子は　寮の子に　夢追ふ子●葬の子の　明日起くる子が　遊ぶ子供の　抱かれし子

人

は　去にし子ゆゑに　美しき子の　憂の子らを　角帽の子に　疣だかき子は　汽車はやす子や　鯨追ふ子等恋ひ狂ふ子の　子が這ひ歩く　子心に雪　子とつれあそぶ　子とへらず　子と手つないで　子と寝替りて　子供あつまる　子供かへらず　子供の多き　子供の声や　子どものさわぐ子供のたけや　子どもの村は　子供の群に　子供を置て子に明るさや　子におくるゝの　子にしかられた　子にとらるゝも　子に灯ともすや　子に踏ませたる　この子うらなべ　子のごとくせよ　子の代の土に　子はそこに死ぬ　子皆一色や　子も目をあいて　子故に迷ふ　子等が忘れし　子等に帰りし　子等のちんぽこ　子等の砦の子を安置して　子をほめてみる　子をよぶ牛も　里の子覗く　さびしい子等の　狙を抱く子よ　父あらぬ子を泣きわめく子を　泣く子を貰おう　春罪もつ子　春の子血の子　ひるま子供が　懐の子も　見おくりし子よよそから来た子は　よその子供と　弱さうな子がよろこぶ子等と　我も罪の子

餓鬼　悪太良　餓鬼共の　わんぱくや●餓鬼大将が

19 人——子

坊主（ぼうず） 親無し坊主に　坊主泣出す

吾子（あこ） 吾児美し　あこ来よ　あこが手に　●吾子つれて　吾子の指
吾子ひとり　あこと眠れる
吾子の笑顔の　吾子わが夢に　吸ひてわが児の
我が子は　羽根つく吾子の　わが子殺しぬ　我子に暮る
わが児のからだ

捨子（すてご） 子を捨る　捨し子は●大きなすて子　捨子に秋
の

赤子（あかご） 赤子なく　赤ちゃんで　赤ん坊に　嬰児（えいじ）の眼
乳児（ちちご）の息　みどり子の　我が赤児●赤子のしたる　赤児
ひた泣く　赤坊のあり　赤ん坊のもの　おるすの赤ちゃ
ん　乳児を寝せつ、ねんねの赤ちゃん　月が嬰子生む
る　わが児は

【子守（こもり）】 子守唄　子守子の　ねんねしな　ねんねんよ
●お守して居る　子守歌せよ　子守来る日の　子守して
あり　子守どこ行た

【児（こ）】 ありく児　江戸児だい　幼児（おさな）の　かの児らの
君が児の　児に持たせる　児の供　だにの児も　眠る児

や　裸児と　雪子児が　わたくし児●翌そる児の　家
持たぬ児に　息きれし児の　蛙釣る児を　児に蚊帳くゞ
る　児をいだきては　児を措きて嫁す　児をかき抱く
児をかばゆがる　児を抱けるかな　静に児の　じやほ
ん男の児を　背の児を下ろす　児たち並ぶ　児の歯ぐき
の児の額の　登校の児の　花に似し児を　母のなき児
の病児の如く　ものやる児も

孤児（こじ） 孤児院や　孤児の手は　みなし児が　孤児を●
世にみなし児の

【童（わらべ）】 童とありぬ　童女の墓　村の童の　女の童　女
童を　童声　童みな　わらんべや●風の童の　酌とる
童　神童の名の　砂絵の童らに　竹馬の童なり　童形な
らん　はだか童の　翅ある童　童と居りて　童にまじ
り　童蛇打つ　童もありや　童よねむれ　童の一人
わらはも知や

童子（どうじ） 童子遠くの　童子々々●かかる童子の
童子に秋を　白髪童子と　はだか童子は
角兵衛童子　桜の童子

禿（かむろ） 禿のうそに　禿は雪の　禿をだいて
六波羅禿

男

夫 父 少年 兄

【男】色男 大男 男きよし 男ども 男ぶり をとこらに 男をし 彼の漢 来ぬ男 小兵でも 大兵のたはれ男の 男女かな 年をとこ 泣き男 夏男 張る男 古男 間男を 瘦男 痩せて男●青き男が 魚つくる男 牛かひ男 笑める男は 男憐れなり 男一貫 男をみなの 男をんなと 男かわゆし 男死ぬべき 男姿や 男たるもの 男摘みけむ 男といはれ 男と生れ 男なつかし 男匂ひや 男にばけし をとこの熱き をとこにたいす 男枕の胸を 男ばかりの 男は手から 男日でりの 男枕をとこ待つらむ 男よ人ぞ 男をじつと 男を喚びぬをとこの子起こり 男の子に惜しき 男はよけれ 男は女をつとむ 霞む善男 可愛男も 黒服をとこ 恋ざめ男 乞食男の 男の胸毛 さ月男のさびしき男 醜男子ども 知らぬ男の 縋る男か その

男

巨男 大の男の 旅の男の つめ寄る男 鈍の男の の男 畑の男 食める男の 曳ける男も ひとり男や美男におはす 帽なき男 見かけし男 風流男を打つもぐりの男 猛者にあひけり 宿の男の 夕雲男 世に亡い男 弱き男は 若き男の 変成男子 襤褸の漢

【英雄】英雄の●美の英雄

【勇士】勇士が 健男が 大丈夫が ますら男に 益荒雄は●ますら夫さびて 勇士の酒 増荒雄の伴

【夫】夫をかし 夫なしに 夫の矢に 夫留守の わが背子と わが夫よ●夫の心 夫の位牌に 夫の遺筆や夫よ妻鳥よ 夫を亡くする 亡き夫といく

【亭主】亭主ぶり ばかていしゅ●亭主と見えて ていしゆの着物 隣の亭主 むかひの亭主

聟 五十聟 誰が聟ぞ むこのくせ●聟にほしがる聟のえらびに 聟の名もなし 聟も舅も

【父】舅かな 父ありて 父が待ちし 父帰宅 父恋し 父の家 父の顔 父の髪 父の室の 父の酔●かたい親父よ 広大な父 慈父の首と 父あらぬ子を

19 人 — 女

父おもふとき　父が描きし　父が癖なりき　父がわらひは　父咳もなき　父によう似た　父の咳する　父の布団に　父の俸給　父はてれで　父はわかつてゐた　父を葬る　父よ父よと　人の父也　ひとりの父よ　船なる父を　蛍の親父

爺　飴やの爺　好々爺●爺の眸見て　非番の親爺　爺と

婆が　老父泰山の

翁　焚火翁　芭蕉翁の●あるじの翁　翁が庭や　翁さびたる　翁に紙子　還暦翁は　漁翁が宿の

【少年】
少年よ　美少年●この少年に　少年の声　少年の春　少年の日　少年の眼に　少年の夢　少年兵士　僕の少年　わが少年の

小冠者　小冠者出て　小冠者●小冠者臥たり　来てゐる　兄の顔　兄を想ふ　親家兄●兄訪ふ人に　兄と

【兄】
兄の顔　兄弟わかし　仏の兄を

弟　弟の顔　弟は無口　弟も兄も　弟妹多き

従兄　従弟どし　わが従兄●いとこの多し　夏の息子と　息子の不得手／まづ物惣領や

息子

女

姉妹

【女】
女子供　小母さまに　をみなたちをみなとは　女客　女出て　女こびて　女澄めり　女ぞろ　女連れて　女俱して　女名の　女の手　女騎り　女秘書　女武者　河内女の　草刈女　工女たち　女中方　女優かな　手弱女の　刀自の健　夏瘦女　女主人公　水汲女　女のはたち　女の童●青き女の　朝の女に　艶なる女　怨女と云ふや　をみなの肌　およそ女は　女あぶなし　女ありし　女をみないくたり　女がくぐる　女が通る　女俱し　たる女心に　女こもりて　女さかしくて　女詩うふ　女詩人や　女戦士や　女だてらの　女つれだつ女　同志の　女と女　女と知れし　女ながらも　女なりしが　女なりせば　女に習ふ　女盗まん　女の足が　女の意地や　をんなの多き　女の多し　女の首に　女の声や　女の盛り　女の刺青　女の写真　女の素肌女の	女載せたる

19 人——女

女の智恵も　女のぬけ荷　女の肌に　女の膝の　女の瞳
女の鬢の　女の瞼　女の眉や　女の群に　女の夜の　女
の笑ひ　女の我の　女は馬に　女ばかりの　をんなは泣
いて　女は花より　女は持たぬ　女は湯ざめ　女ひとり
の　をんな眼を　女見に出る　女めきたる　をんな亡
者の　女もまじる　女湯あみす　女ゆきかふ　女を追
へる　女をかばふ　女を研ぎ　かぐはしき女　影の手弱
女　嘉手納の女ら　かなしい女の　かなしき女　賢なる
女　恋ざめ女　贄女のやうにも　雑魚寝女の　さびしい
女　女囚携帯　信女の人の　スキー女は　たのし女も
旅の女と　取った女の　名ある女性を　逃げたる女
女人禁制　女人高邁　女人の身をば　ぬれ来し女　土
師の女が　歯せせる女　孕み女の　秘めて女の　蛇の女
のほかの女と　惚れた女も　舞ひし女を　ましてをん
なの　貧しき女　見あげし女　岬の女や　水捨つる女
見せし女かな　みだら女の　昔女の　痩せた年増女の
湯女とおぼしき　湯女の唱歌　夜長女の　裸形の女
老女寝て居る　老女の想ひ　若き女かな　若き女のわ

女

かれしをんな　別れ女人や　われも善女や／シモオヌよ
浪華女に　霊聖女　アンナ・カレニナ　清原の女が
静御前に　ノラともならず　露西亜の婦
吾妹子　わぎも子が●おもふな吾妹　来ぬ我妹子を
婦　美婦人の　病婦かな　浴後裸婦●西洋姉人　新婦
かざす
姫　海の姫　おり姫に　サホ姫の　さよ姫の●乙姫さん
はかはい王女の　小人の姫の　下てる姫か　しらたへの
ひめ　底なる姫が　長臑比売や　匂へるひめを　機織る
姫が　姫が唇　ひめが丈髪　ひめが真額
天女　天乙女　天女の祠●天つ乙女の　天女の胸に　天
女羅綾の　羽衣の宮や　羽衣ばかり
女王　女王なる　女王にて●王妃がゆめを　骨牌の
クイーン　古代の女王　女王の屍　女王の肉体　女王の船
を闇の女王に
彼女　彼女読む●彼女しづかに　彼女の臍　彼女の肉
かのじょ
下女　下女のとぐろ●飯炊ぎ女を　下女あはれなる
げじょ　下女が髪　下女

19 人 ── 女

仲居（なかい） 仲居あり●仲居が口に　はげし女給の　よめらせて

乳母（うば） 乳母が傘　乳母が小窓　乳母とよぶも●ふらつく

官吏（かんり） 上童（うえわらわ）　お侍女（こしもと）　命婦達（みょうぶたち）　命婦より●青女房（あおにょうぼう）よ　官女に化けし　御殿女中の　局か内侍か　内侍のえらぶ女嬬（にょじゅ）のくさめや　ひとりは内侍（ないし）　又御局（つぼね）の

看護婦（かんごふ） 看護婦の●遊ぶ看護婦　医員看護婦　看護婦　見せよ看護婦

看護婦がうたふ 看護婦老いて　看護婦長の　看護婦つれて

海女（あま） 海女の群（むれ）　雄島海女●海人少女（あまおとめ）たち　海女が黒髪　海女の着物に　海女の口笛　海女の毛糸に　海女の襦袢（じゅばん）は　あまのつり舟　海女のゆききの　海女群（むれ）ぬたり　裸体（はだか）の海女と

尼（あま） 尼が唇　尼御前（あまごぜ）の　尼たちが　修道女（しゅうどうじょ）の　比丘比（びくび）丘尼（くに）　ひとり尼　●尼が餌を養ふ　尼ごこちして　尼の持病を　尼の命終（みょうじゅう）　叔母の尼すむ　御室尼達（おむろにたち）の　狂尼（きょうに）の墓と　清げの尼の　尼僧の礼讃　摩尼（まに）のまぼろし　むか

し阿仏も　老尼はなげく

巫女（みこ） 巫女（かんなぎ）に　祝女（のろ）がうたふ●巫女（おんな）か　巫女が袖しの　妓（こ）と対す　芸妓あり●妓（こ）に借りし

芸妓（げいぎ） 妓（こ）はいさぎよき　雛妓（すうぎ）に見せる　姪の舞妓（まいこ）や　妓のまなざ　着たる遊女や　越（こし）の遊女の　遊行婦女の班女が

遊女（ゆうじょ） 遊び女も　遊女小屋　遊行嬢子（うかれおとご）に　遊女の班女が閨（ねや）の　売笑婦達（ばいしょうふたち）　遣手（やりて）が古き　遊女の襟の　遊女も白拍子（しらびょうし）す　遊女も寝たり／華魁（おいらん）　傾城（けいせい）の　小傾城

女郎（じょろう） 高尾しす　女郎の　われは戯女（たわれめ）あね女郎　女郎は　お女郎だ　見世女郎

【姉】 姉が織り　姉が弾く　姉様に　姉のもの　姉たん　姉娘　姉病（や）むと　大姉（おおあね）よ　中の姉　姉妹（はらから）の●姉にもらひし　姉の恋人　姉の名よびて　姉は傷みき　姉妹

【妹】 妹が顔　妹が子や　妹が文（ふみ）　妹が許（もと）　妹がりに妹叱って　妹泣きそ　妹の子の　妹も見●妹が笑眉（えまゆ）の妹が黒髪　妹が炬燵に　妹がりゆけば　妹のものよ妹にあひけり　妹を抱きて　泳がぬ妹の匂へる妹を

19 人 ── 娘

娘　乙女　処女　少女

【娘】　姉娘　お転婆さん　小娘の　娘をたよる　はで

娘　花娘●おしゃれ娘よ　淋しき娘かな　好いた娘の

たまのりむすめ　小さきむすめは　どの小娘の

娘なる　花売る娘　春の娘は　娘二八や　娘のこころは

娘ばかりの　娘見せたる　娘みめよし　娘をもたぬ

もでるの娘　物よむ娘　やさしい娘　山のむすめの

家の娘　若い娘は　娘うつくしき

嬢　お嬢さま　嬢ちゃんよ●白き令嬢　よその嬢ちゃ

ん

【乙女】　をとめたち　早乙女の●異国のおとめ　をと

め有心者　乙女さびせり　乙女ぞしらね　乙女名に美

きをとめのごとし　乙女の姿　乙女の集ひ　乙女のむ

くろ　をとめのわらふ　乙女はひとり　をとめ竜とな

る　雀斑をとめが　早乙女がちの　ジャケツをとめは

花妻乙女　まづしき乙女　笑ふをとめを

【処女】　その処女　処女の●処女ぞ経ぬる　処女にい

ます　処女のひとり　処女の焔　処女二十歳に　処女

と居る真夜　久遠の処女も　なほ処女なる　山の処女

【少女・少女】　幾少女　少女子の　少女等の

女　少女の眼　なき少女　七少女　花少女　火の少女

舞少女　わが少女●葦刈る少女　少女が髪の　少女と

なりし　少女泣くらむ　少女の権に　少女の下駄を

少女の心　少女の腰の　少女の胸に　少女の絨毛

の環より　少女水汲めり　臣の少女を　雲が少女を

けなげな少女　賢い少女　覚めされな少女　盲ひし少

女の　しづかな少女　少女が眠つて　少女の天使　少

のひと群れ　少女は僕に　少女はゆめみ　識らぬ少女と

素肌の少女　花折る少女児　花妻少女　花の少女は

焔の少女　汀の少女　水の少女の　みやび少女が　麦刈

少女　夜を見よ少女　林檎少女も　露台の少女　わら

へる少女

19 人 —— 妻

妻　女房　嫁

【妻】
悪妻の　絵師の妻　をさな妻　衣の妻　教師妻　御新造　今年妻　小女房　妻君に　妻姿の　妻いだく　妻が眼を　妻が守る　妻つれて　妻とりて　妻なしが　妻の恩　妻の顔　妻の掌が　妻の眉　妻の留守　妻も来よ　妻を遂ふ　妻を叱る　寺の妻　ぬめり妻　寝覚の妻　ねたみ妻　後添の　二十妻　人妻の一夜　妻病妻の　ふてた妻　古妻に　坊が妻　梵妻の　妻夜長妻●明智が妻の　妻の額に　妻も持たず　山家が消しぬ　妻と居りぬ　唄へ花妻　おのがつまこそ　帯する妻の　君は人妻　君わが妻と　きらひな妻や　宮司が妻に　厨の妻　乞食の妻や　しぐるゝ妻を忍ぶひめ妻よ　村医の妻　旅人の妻　妻うつくしき妻　妻がゐる日の　妻が病や　妻恋ふ歌や　妻が織る機　妻が病や　妻となりつも　妻となる日を　妻となる身の　妻とよばれむ

妻なき宿ぞ　妻に言ひてみる　妻におくれし　妻に教はる　妻のいとしさ　妻の命よ　妻の疑惑　妻の客あり　妻の詐術の　妻の静けさ　妻の唱歌か　妻の常着を　妻は何処へ　妻は花植う　妻は黙しつ　妻もうもれし　妻もこもれり　妻も寝入りぬ　妻を叫るや　妻わかれして　妻をいたはらむ　妻をいつはる　亡妻の櫛を　妻を呵るや　妻を遣りけり　釣瓶つる妻　細り妻あはれ　ましろき妻と潜ヱニ　触るるわが妻　妻と来て泊つる　妻をあさり行く　眼を水夫等の妻　病む妻が　留守居する妻

妻子
妻も子も　妻や子の●妻子を避く　誰が妻子ぞ　妻子の心　妻にも子にも

【女房】
女房の　女房振●厨女房　よい女房か　女房に結はせ　馬鹿女房や　むかひの女房　夜や女房の

【嫁】
嫁がものに　嫁にむかふ　嫁の傘　嫁の部屋●花嫁が寝屋　嫂と知らず　鼬の嫁が　京より嫁をどこへお嫁に　なれぬ嫁には　花嫁来るよ　嫁の襟もと嫁の仕合

母

夫人　婆

【母】

母無し子　カアさんと　背戸の母

亡母や　母いづこ　母帰るや　ははが目を　母なき母の

子かな　母こまり　母小さく　母として　母恋し　母

富まず　母に手を　母のあり　母の名へ　母の脛　母の

春　母の文　母の矢の　姑病めば　母を呼ぶ　母と妻　母

まま母さん　老母かな●逢ひがたき母　悪母の吾の

うら若き母　お袋の事　今日も母なき　継母の如く

子を抱く母か　死んだ母さん　其子の母も　足乳根の

母は　乳足らひし母よ　出かける母に　母想ひ黙す

母が命を　母が生みたる　母が来るとて　母が芹つむ

母が乳房に　母がみ魂の　母が炉をたく　母となれる

日　母なき人の　母なき宿ぞ　母なる土に　母にいはれ

し　母に及ばず　母に叱られ　母に添寝の　母にちる

夜か　母にねだらむ　母の髪みな　母のこころに　母の

しかばね　母の初七日　母の白き歯　母の莨や　母のな

【夫人】

き児の　母の弾く手に　姑の額の　母のひたい　母のまろ寝

や　母の病ひに　母の横顔　母は毎日　母もほれての

母よ咎むな　母を背負ひて　母をひろへり　不倫なる

母　実の母の　町のかあさん　みかん(蜜柑)や母に　八

十路の母よ　老母の小さき　老母を抱きて　我れに母

ある

【叔母】

小母さまに●叔母の尼すむ　千住の伯母に

耶夫人●鎌倉夫人　母夫人　夫人来て　夫人の手摩

室の　夫人ピヨレが

【婆】

爺と婆が　婆が茶屋　婆々どのが　老嬢の●悪

性　老婢も　アノ婆さんが　ばあやの瞳には　わりこむ

婆や

【姥】

姥　姥つれて　姥巫女が　尉と姥●嫗がやなぎの　姥も

めでたし　姥ひとり泣　百歳の姥

【嫗】

嫗　おうなかな●嫗となりて　白髪の嫗

20 動物・植物 —— 植

植

肥 種 苗 生 萌 繁 熟

【植える】 石に植ゑて いも植て 植る事 植にけり うゑはてし こぞ植ゑし ●植お 植たばこ 植にけり うゑはてし こぞ植ゑし ●植お くれたる 植て立去る 植処なき しどろに植し 撫 子うゑて わが植ゑおきし わが手に植ゑし

【肥し】 寒肥や 肥打つて こやし積 下肥の 土肥 やしのたしに 桜をこやす 干鰯のにほひ 寒肥を撒く 肥くみすゞ 肥のにほひも こ やしのたしに 桜をこやす 干鰯のにほひ

【腐植土】 腐植土で ●腐植にかわり 腐植の湿地 腐植 のにほひ

【種】 麻の種 くさのたね 種おろし 種ねぶくろ 種を 吐く 花の種 ●青くさい核 あらゆる種子を 種こそ 種子の夢にも 千草の種を 手のうへの種 地に 物種の ものゝ種 ●物種うりに 物種 早苗束 早苗とる 苗投ぐる 苗札や ●早苗に

【苗】 早苗たば 早苗束 早苗とる 苗投ぐる 苗札や ●早苗に 出でゝ 早苗のたけに 早苗を撫て 先早苗にも

【生える】 相生の 浅茅生の 生ひそめし 草生から 今年生の 二番生 ぬなは生ふ 水草生ふ 麦はえて 蓬生や ●相生に出る あやめ生り 荒れた草生に 生 ひや茂れる 草も生ひけめ 杉生のなかに ずんくヽ 生くる 秀でておふる 麦生の靄に 蓬生ふかき

【萌える】 下萌の 野辺に萌え 萌えいでし 萌えた てる 萌野ゆき 萌えよかし ●赤芽萌えたつ 葦の萌に 降る 今日よりもえむ 草青く萌ゆ 木の芽萌立 小 さき萌を 一夜に萌えて ふた葉にもゆる 萌え出し 頃と 萌えにし羊歯の芽 夕は萌ゆる

【繁る】 茂りあふ 茂りあひて 茂れども ●風は繁み をかなしくしげり 繁みがくれを しげりて広き し げるにまかせ 茂れるなかへ 繁に流るゝ 蕗より繁き

【熟れる】 熟れ熟れて 熟れ返つた 熟れそめし 熟れ 麦の かくも熟れ ●熟みて落つらむ 熟るゝ万朶の 熟 れし木の実を 熟れたら私に うれとほりたる 熟麦 の色 熟柿仲間の 熟柿の如き 円らに熟るゝ中に 熟れたる やがて熟れたが 豊かに熟れた

植物

20 動物・植物 ── 草

草

藪 藻 苔 菜 茸

植物

【草】

秋草の 草青む 草いろいろ 草はするどく 草葉の下で
くれ草蔭に 草霞み 草静か 草ひき結び 草葉をつかむ
草高し 草たちは 草共に 草靡く 草清水 草ぜみや 草穂みのりぬ 草深い野に 草喰ませつつ
草蔭 草の中 草の花 草の雨 草の色 草穂つく 草ふかく鳴る 草ゆらぐなり
草の上 草の丈 草の葉や 草をくさぎる 草をひたして 草も木もなき
草の蔭 草の村 草は伏す 草ふかく 草帯 草をひさして そこらの草も ちぎ
草の原 草の道 草の中 草の花 れの草を とぶらふ草の 延びゆく草の 匂
草の原 草山や 草を藉き くさをふみ 異草に 草 はぬ草に 抜かれた草は 慰草と なびかぬ草も
草紅葉 草 ことごとく 草 まだもろ草の 汀の草に やみたる草に／思草 草苺
草つみたり 草なぎき里 草に移りし 草に影あり 竹者草 釣鐘草 水辺草 もしほ草 屋根草も 山草
堤に どの草も のべの草 春の草 ●粗い草の上 お屋 の 忘れ草 ●禾草も燃える 鷺草飛ばん さみせん草
根の草も 蚊の湧く草を 草いきれの底 に 燈心草を 夏雪草の パンパス草の 冬深草
草にからまる 草青くしゞかに 草木しづかに 叢 草叢に 草むらや ●あの叢に 磯草むら
草動きけり 草芳しや 草藉くもあり 草村に の 草むらふかく しげる草むら 刃金の叢に
草つよし 草ながき里 草に沈める 草にすだくや 草に寝る 草に臥て ●草に寝ねたる 草に寝ころび 草
を 草のあひだの 蚊の湧く草を 草のあなたの 草のうてなも 草の 夏草 夏草や ●夏草赤く 夏草にぬる 夏草の香の
くらみに 草の傾斜を 草の執着をぬく 草の に寝に来る ごろりと草に 人夏草を
草の中なる 草の名ききし 草の柔毛の 草の錦に 草 雑草 雑草なびき 雑草の青 雑草雨ふる 雑草世界
のびのびし 草の蛍は 草の実たらけ 草葉くぐつて

⑳動物・植物 —— 草

雑草として 雑草の風 庭の雑草 野は雑草の

青草 青草の●青草たべて 青草も見ず 青深草に

うつる青草 新草 暗い青草 峯の青草

若草 青草よ 若草に まだ若草の

千草 千草の種を 庭の八千草 野べの千種の

浮草 萍の 根なし草●浮草に潮 身をうき草の

草取 刈草の 草刈 草むしり 田草取に一番草

芝 青芝に 枯芝や 芝うら、芝草や よき芝生

ちから芝●芝に座とるや

【藪】 小笹藪 痩藪や 藪出で、藪つたひ 藪つづき

藪の家 藪の梅 やぶの雪 藪の揺 藪屋しき●竹の子

藪に 孟宗の藪を 孟宗藪の 藪蔭の 藪が陰気に

藪かげめぐる 藪さへなくて 藪鳥なほも 藪にとどま

る 藪に隣れる 藪の案内や 藪の茂りや 藪の中なる

藪も畠も 藪をへだつる

筥（竹藪） 筥に●筥なかの

【藻】 海草の 流れ藻の 藻の花を 藻のような 夕

枯藻●足に藻草を 鯵藻に響く 海藻に匂ふ 刈藻花

さく みだれ藻染よ 藻刈すみたる 藻苅の舟の

塩たれつつ 海雲とる桶 藻でまっくらな 藻に栖む虫

に 藻の香は海に 藻の金色や 藻の匂せり 藻の花し

ぼむ 藻の花のぞく 藻のゆりかごで 藻もふるさとの

【苔】 苔ながら 苔の雨 こけの露 苔の花 苔吹いて 苔踏

み 苔水の 青苔の●岩苔の花 薄苔つける 苔ぞ生

ひたる 苔の乾きの 苔の下なる 苔のにほひや 苔の

細道 苔のむすまで 苔蒸す玻璃に 苔よりいづる

庵の苔 苔埋む 苔寒し 苔清水 苔づける

【菜】 磯菜つむ 梅若菜 負へる菜に 鴨も菜も 小

菜一把 釣干菜 菜つみ人 葉広菜に 間引菜を●青い

雪菜が 青菜つみ出す 磯菜すずしき 京菜の尻の

杉菜の土手の パセリ掃かる、冬菜太るを 干菜切れ

とや 水菜に鯨 よめ菜の中に

【茸】 菌狩 松露を掘る 茸狩ん 初茸や 焼菌●

赤黄の茸 茸かたまる 茸の毒に くさる菌や

植物

20 動物・植物 ── 芽

【芽】 根 実 穂 蔓 藻 茨 棘

青き芽の　赤芽咬んで　草の芽や　小菊の芽
竹の芽も　木賊の芽　葱の芽が　初芽過ぎ　牡丹の芽
芽が伸びた　芽が萌きた　芽ぐみたり　芽に出でて
芽のいとし　芽の日和　芽を噴いて　●青き芽をあげ　青
芽のぞけり　独活も二番芽　猶眉芽なり
草の芽や　角芽ほころげ　木の芽草の芽　木の芽や
の芽とりに　見れば芽ぐめり　みんな芽が出た　芽出
しの風の　芽立落葉松　芽に空を濾す　芽の茜より
芽の合奏の　芽のそだちつゝ　芽の疾きおそき　芽のむ
さぽれる　芽を揃へつつ　芽をつけてゐる　芽を摘みいれ
て　芽を吹きいづる　芽をふちどりて　萌黄の芽ぶき
わかい芽立ちの
若芽　もみじの嫩芽　わかい芽が出た　若芽つめく
木の芽　木の芽草の芽　木の芽摺るなり　木の芽ふく山
木の芽萌立　隣の木の芽よ　芽ぶける木々の

【根】 植物

木のねっこ　竹の根の　根が思ふ　根笹かな　根
の知れぬ　根を去らず　●岩根に憩ふ　木の根に花の
よき芹の根　截られた根から　桜の太根　人参の根の
根を洗はるる　根をわすれたる

【実】

アイヌの実　赤い実を　熟れし実の　桑の実や
つぶら実に　蓮の実に　花か実か　実梅もぐ
実が入ぬ　実となりぬ　実の赤き　棉の実が　●青い実の
まま　赤いぐみの実　色よき実こそ　熟実を受けつ　伽
羅の果こもり　果実あやふく　直に実を見る　せんだん
の実の　爪紅の実を　真玉梨の実　実がちに咲きし　実
にぞのぞかれ　実となる秋と　実の紺青や　実ばかり
になる　実も何とかに　実も葉もからも　実を嚙みく
だき　実を吹落す

果　果実車の　●青き果食らふ　あかい果ふたつ
実る　栗みのる　菱実る　●稲は実らず　草穂みのりぬ
月にみのるや　稔らぬ土の　実りに入らむ
房　房のまゝ　●バナナの房の　葡萄の房の
木の実　赤き木の実を　生命の樹の実　熟れし木の実を

20 動物・植物——葉

木の実草のみ　木の実に枕　木の実はむぺンの　木の実ぽ
つとり　木の実も降るや　木の実を吸へば　木の実をもら
ふ　ころころ木の実　はぢく木の実や　椋の実落る

【蔕】
蔕さびし●蔕のところが　蔕に入る●蔕が鳴ります　蔕ふとりつゝ

【穂】
落穂拾ひ　蒲の穂は　黍の穂は　草の穂に接
穂かな　穂に出ぬ　穂に咲けど　穂のかげを　穂孕期
●青き穂先に　稲穂たれ敷く　草餅の穂に　暮れてゆ
く穂の　沙羅のほづえに　その穂より穂に　垂穂しにけ
り　足穂光れる　ヒアシンスの穂　花穂の臭が　穂のお
もたさの　穂のするどさよ　麦の黒穂の　八尺の稲穂
ど　穂を孕みたり　穂の光含み　穂はかぎろへ

【蔓】
蔓草の蔓　蔓なみ揃ふ　蔓のたけ　葉に蔓に●蔓葛が萌える
るゝ蔓草／藤ですげたる　青蔓の　蔓一すぢや　ぬかごの蔓の群

【藁】
新わらの　藁屑を　藁小屋の　わらたゝき　わ
らの火の　藁火かな　藁布団●藁たゝきつゝ

【茨】
茨老　茨刈る　茨はら　野茨に　茨垣や　茨の

中●茨くぐりて　茨の刺に　岸のいばらの　月の野茨
【棘】
刺のなか　花棘●薊の棘を　棘がくれに　棘の
中の　棘をつかむ　さゝつたとげを　刺から咲いた　な
やみのとげに　花に刺あらじ　刺ある草の　瑪瑙の棘で

葉　落葉　紅葉

【葉】
麻の葉に　厚ら葉の
鏡葉の　草の葉や　裂けた葉の　浮葉かな　動く葉も
葉の　蓼の葉や　蔦の葉は　楢葉の　しげり葉や　すがし
れの萩の葉を　花も葉つぱも　葉の尖に　葉の光り
葉はにほひ　葉交りの　葉をいそぐ　葉を鳴らす　葉
を一つ　瑞葉切り　瑪瑙の葉　葉脈が●いとけなき葉
は　浮葉にけぶる　うきはをわけて　渦葉ひらきて
木々の瑞葉も　去年蔦の葉の　順へる葉の　下葉にのれ
る　下葉ゆかしき　ねむの葉つぱを　葉がくれ梅の
尖を刈って　蓮の葉たく　蓮まろ葉の　花が葉になる
花も葉つぱも　葉にすれてゆく　葉のあをあをと　葉の

植物

20 動物・植物 —— 葉

しげりつつ、葉ばかりのびし　葉は葉の色に　葉を垂らしたり　一葉摘んでは　ふた葉にもゆる

広葉 蓮広葉●広葉うるはし　広葉細葉の　ひろ葉見　するを

若葉 蔦若葉　藤若葉　若葉して●樺の若葉が　花は若葉に　若葉くろずむ　若葉たづねて　若葉にうつる　若葉にくづれ　若葉の陰に　若葉を洗ふ

青葉 青葉の群れ●青き葉のかげ　青葉おもたき　青葉しみ山　青ばながらに　青葉の比の　青葉のさきから　青葉の住居　青葉の春を　青葉の麦の　青葉若葉の　青葉を出つ　かがやく青葉　さやぐ青葉の　胸の青葉の

病葉 わくらばに●病葉二つ

木の葉 木の葉かな　木の葉散る　散る木の葉●赤い木葉の　木の葉がそよぐ　木の葉しづまる　木の葉ちるちる　木の葉ふる　木葉にくるむ　木の葉の葉ちるちる　木の葉降る　木の葉も落ず　畳の木の葉　わたしの小島　木の葉降　木の葉も落ず　畳の木の葉　わたし

葉影 葉影にかくれ　葉影に猫の　葉影も長し　や木の葉よ

葉末 末葉まで　葉末哉●末葉はぢらひ　葉末の露も　葉末哉●末葉はぢらひ　やがて葉裏に　落

葉裏 葉裏哉　葉の裏だ●葉うらにめづる　落葉道　落葉さへ　落葉して　落葉すや　落葉の

【**落葉**】 落葉さへ　落葉して　落葉すや　落葉の　つる葉の　新落葉　掃く落葉　松落葉●銀杏落葉　お落葉とりまく　落葉褐色に　落葉恋ひてぞ　落葉するころ風に　落葉の声に　落葉はぶる　落葉へらへら　落葉を浴びて　落つる松の葉　朽つる落葉　冴えて落葉の桜落葉や　鈴懸落葉　はらりと落葉　飛花落葉の乾反る落葉の　松の落葉や　皆落葉して　桃の落葉よ

【**古葉**】 枇杷の古葉に　ふる葉大かた　古葉掃きつ、いてふもみぢ　薄紅葉　崖紅葉　草紅葉　濃

【**紅葉**】 紅葉に　下紅葉　散紅葉　もみぢして　黄葉の斑　紅葉見の　夕紅葉●紅葉を焼く　霜葉を履みて　すがれ黄葉の　背くは紅葉　匂ふもみぢ葉　黄葉もみぢ葉　黄葉あかりの紅葉あかるく　紅葉しにけり　黄葉村舎と　紅葉照るる坂　霜葉の映に　もみじの嫩芽　紅葉はらはら　夕山紅葉

20 動物・植物 ── 枯

枯
散

【枯れる】末枯や　かれ畦に　枯々の　枯れし香ぞ
枯柴に　枯つゝじ　枯ながら　枯山を　かれわたる　霜
枯に　冬枯て　夕枯藻●枯るゝけはひや　枯色さしぬ
枯れし芭蕉と　枯れた砂地に　枯れたる葵　枯藪高し
黄枯にしづむ　北へ枯臥　しきりに枯るゝ　す枯れ葵と
ほどろと枯るゝ　もの枯れやまぬ

枯枝 かれ朶に●枯枝ほきほき　樟の枯枝に
枯草 草枯て●枯草がくれ　枯草しいて　枯草ふんで
枯木 枯木宿●枯木常盤木　枯木にあそぶ　枯木に鴉
が　枯木にもどる　枯木の膚に　枯木の
宿の
枯野 枯野はや　枯野行く　野は枯て●枯野、小家の
枯野のはての　枯野を通る　道は枯野の　夢は枯野を
枯葉 枯葉にまじる　杉の枯葉を　難波の枯葉
朽葉 黄朽葉に●黄朽葉の今

植物

【散る】うめ散るや　榎の実ちる　桶に散る　けし散て
ちらしかけ　散らすとき　ちらつかせ　散らんとす
散り浮ける　ちりかかる　散がての　散りかぶり　ち
りこぼれ　ちりすべり　ちりすまし　散りそめぬ　ち
りつみて　ちりて後　散りながら　散残る　散はて、
散もせず　ちるあはれ　散る梅に　散る遅し　散たび
に　散る程に　ちるみぞれ　ふとちりて　牡丹散て●
朝からちるや　うちちりばみぬ　うてばかつ散る　がく
りと散りぬ　かさこそ散るを　きのふやちりぬ　けふ
も散るらむ　狭霧みな散れ　さやうに散るは　其葉散
らすな　空に散りけむ　玉散りみだる　散つてすがれ
た　散つて名残は　ちらしかけたる　散らばひ吹けど
散りいそぐかも　散りこぼれつゝ　散しづまりて　散り
つゞきたる　ちりて腐れり　散りて触れしを　散りてま
しろき　散りてやあらむ　ちりもとゞめず　散る事し
らぬ　散るさへ黒き　散る山茶花の　ちる葉憐み　散る
葉音なし　散る火の雨　散るべく見えし　散るものど
けし　散るを惜しまぬ　てきぱき散て　春の散り来る

植物

20 動物・植物 ── 木

木

樹　株　幹　茎　枝　梢　折

【木】

木屑かな　木ばさみに　木のこども　木のさきに　木のねっこ

木のはしの　木屑くず　ながれ木の　何の木の

伝ひぬ　猿も木に　接木をす

寄生木やどりぎの●木に攀ぢのぼり　木のつんとして　木の股また

くぐる　木の股よりや　木はうるうると　木肌つめたし

木ぶり見直す　朽木の香り　黒木のみだれ　木づたふ

雨の　挿木さしきの屑くず　淋しき木なり　なま木の束を　花や

木深き　朴直な木を　皆木にもどり　宮木とゞまる

やせつぽちの木　淀よどの浮木ふぼくの

皮

皮落つる　皮すてぬ　皮破れぬ●かたき皮をば　皮

の流るる　木の皮つけり　粗硬な樹皮を

裸の木

裸木はだかぎの奥　裸の木ばかり　まじる裸木はだかぎ

老木

老木若木●老木の柿を　老木の花や　榧かやの老木

に　桑の老木の　花も老木の　古樹ふるきを想へ

雑木

雑木のむれを　雑木まばらに

樹下

樹下じゅかに寝て居る　樹下の石　樹下の土●これへと樹下に　樹下石上せきじょう

木下このした　木下闇やみ　木の下に●木下いそげば　こしたにつた

木の間

木の間こまがち　木間こまがち　木の間の灯　木間こまより　樹間がく

れ●木の間を縫ひて　木の間に流る　木の間に光る　木

間の寺と　木の間の塔に　木間見せけり　木間もる月に

木々

樹々きぎ勤き●傷みし樹々や　かたみに木々が　樹樹きぎ

のことごと　木々の蛍や　木々のむらだち　木々はきほ

ひて　野の樹々を見よ　真黒き樹樹を

木立

夏木立　樅樹立もみこだち●木立に透いて　木立も寒し

木立わけたり　桜木立も　美々しき木立　樅の木立に

並木

並木にポプラに　並樹の蔭に

【樹】

常盤樹ときわぎの　街路樹が　樹を生まず　沙羅双樹さらそうじゅ　双林樹そうりんじゅ

●焔樹えんじゅの岸へ　黄金樹木こがねじゅもく　樹のゆふばえの　落葉樹らくようじゅの　緑樹炎えりょくじゅも

く　樹海の波に　修羅は樹林に　新樹にひそと

20 動物・植物 ── 木

植物

大木（たいぼく） 大木に●大樹を落つる 大木を伐（き）る ユーカリ大樹 揺れず大樹は

樹液（じゅえき） 樹液がながれ 樹液がにじみ はるの樹液を

樹脂（じゅし） 樹脂の香に●松脂（まつやに）ひかる 樹脂の匂ひも

株（かぶ） 刈株に 切株にや 切株の●刈株（かりかぶ）つたふくされた木株 田のあらかぶの

幹（みき） 幹そろふ●青き幹ひく 大いなる幹 直ぐなる幹を 冬木の幹の 幹青み来ぬ 幹に張板 幹に耳あてみきはしろがね

茎（くき） 茎二寸（にすん） 茎のなか 草茎（くさひき） 蕎麦（そば）の茎●茎ざくざくと 茎の歯ぎれも その太茎を そも茎ながら手弱（たよわ）の茎に

枝（えだ） 枝つづきて 枝長く 枝ながら 枝の反（そ）り枝のたけ 枝の形（なり） 枝ぶりの 枝もろし 菊の枝 木の枝の竹の枝●梅のさび枝の 枝うちかはす 枝かはした枝さし蔽（おほ）ひ 枝さしかはす 枝に騒げり 枝にみたざる 枝の向き向き 枝踏（ふみ）かゆる 枝ふみはづす枝まばらなる 枝もふるへて 樹々の下枝（しづえ）の さくらの枝も 年木の枝に 萩の枝末の 若枝（わかえ）にからむ

梢（こずえ） 梢より●青い梢を 梢のしげみに 梢の柚（ゆず）より榎（えのき）の梢 樹木の梢に けぶる梢や 梢に消えし 梢にのぼる 梢にもどす 梢の雫 こずゑはあめを 梢はなれし 梢微塵（みじん）に 梢もせみの 梢ゆかしき 梢をぎつしり 梢を山の 杉の木末に つきの梢に とほき木末や

枝垂（しだ）れ 枝垂れて南無 咲き枝垂れたり しだる、宿の 枝垂れ明りや

折る（おる） 梅折りて 折得たる 折もてる 折りゆきし折れつくす 枝折哉（しをりかな） 雪折も 百合折れぬ●一把に折ぬ 梅折のこせ 折らで其ま、 折そへる、 折てかへらん 折て悲しき 折取（おりとる）ほどに 折むすぶ歯朶（しだ）の をれる計（ばかり）ぞ 片枝折れし 柴折くべる 花折る少女児（をとめご） 二折三折（ふたおれみおれ） 一と折ぬ

手折る（たおる） 菊はたをらぬ 皺手（しわで）に手折る 手折りてかへる 手折響（たおるひびき）や 桃花をたをる ふたもと手折る

花

桜

【花】 赤い花 仇花を 繭の花に 開花期を 曇り花

この花は 嵯峨の花 小百合花 毒の花 謎の花

し 花新 花軍 花軾 花うばら 花籠 花紅

花か実か 花腐つ 花氷 花心 花漉て 花がつみ

ざかり 花咲ぬ 花さくや 花さそふ 花しづか 花

白し 花好かぬ 花たちは 花束を 花だまり 花近

き 花月夜 花つむや 花と銭 花とぶや 花と実と

ぶ 花に去ぬ 花ながら 花なくて 花にあかぬ 花にあそ

にそむき 花に泣く 花になれ 花に降る 花に触れ

花にやどり 花の雨 花の色 花の内 花の顔に 花の

陰 花の賀 花の香や 花の雲 花の声 花の

の比 花の風 花の魂 花の寺 花の友 花

鳥 花の里 花の月 花の光 花の

花の波 花の膚 花の果 花の春 花の幕

花の峰 花の裳 花の山 花の闇 花の留守 花食ま

ば 花ひとひら 花秘めて 花深き 花ふぶき 花も

なし 花もみぢ 花も世の 花八ツ手 花よりぞ 花の

を折り 花を食み 日陰花 人に花●あかしあの花 い

づれの花も 今やう花に 多からぬ花 おの〳〵花の

お花の波に かえるでの花 切られる花を 高野、花や

ことしの花に 近衛の花の 知らぬ花さく 推せよ花に

すくなき花の 想思樹の花 叢枝の花よ 泰平の花 た

くましき花 小さき花神か ちらほら花も 毒の花な

ら 外山の花を 夏花使 馳せ過ぐ花を 花あきらか

に 花色のかげ 花影婆娑と 花かと見えて 花が顰

へて 花がほろりと 花噛猫や 花さきなだる 花さきぬめり

花屑少し 花屑掃くや 花影下に 花奉れ 花冠の 花くふ馬や

花咲山や 花咲く下に 花さく下に 花で涙かむ 花閉ぢ

かる 花と竹とに 花と詠る 花とはしらず 花な

くなりぬ 花に明行 花にあこがれ 花に嵐八 花にゐ

ねぶる 花にうかる、花にうづまり 花に生れし 花

に酔はせよ 花に追れて 花に隠る、花に暈ある 花

にかまはぬ 花に狐の 花に来にけり 花に気のつく

20 動物・植物——花

花に狂ふや　花に声ある　花に五戒の　花に真田が　花を見すてて　花をも憂しと　みな花守の　夜遊す花
花に皺見る　花に刺あらじ　花に停れば　花に馴れ来し
花に冷つく　花にもつる、　花にも扉　花にも人にも
花にも迷ひ　花に酔はせよ　花にも礼いふ　花盗人は
の上なる　花のうき雲　花のおくびが　花の表に　花の
顔ばせ　花の君子は　花の盛の　花の冠の　花の
香おくる　花のかたちと　花の香深き　花の雫で　花の下臥は落花に
し　花の旅だち　花の月のと　花のつめたき　花のひさく
しく　花の日なたに　花の吹雪や　花の父母たり　花の
幻　花のみだれや　花はあかいよ　花ばかりなる　花
はころすぎ　花は咲ずや　花は盛りに　花は咲けども　花
花は淋しき　花は問ひけり　花ははなやか　花ははら
く　花はやつれて　花びら立て、　花吹入て　花吹き
込むや　花篩ひけり　花ながる、　花みてくらす　花
みる里に　花みる人の　花も主を　花も蕾も　花も鳴
りぬと　花もろともに　花やよしの、　花よりもろき
花を動かす　花を思へば　花を折にも　花を数へて　花
を挿したの　花を挿すのよ　花を敷寝の　花を包みし

花を見すてて　花をも憂しと　みな花守の　夜遊す花
に　余花のひともと　淋漓と花の

落花　花落ちて●一時に落花　傘にも落花　沙羅の落
花の　笛に落花を　暮春の落花　落花一陽　落花つも
れと　落花とまらぬ　落花に肥ゆる　落花の風の　落花
の淵と　落花燃えけり　落花燃らむ　落花を降らす　我
は落花に

花散る　花散て　花のちり　花の散る●花散りかゝる
花ちりこぼる　花ちりしづむ　花散り流る　花散り果
てし　花ちるかげに　花まだ散らず

華　華に鳥　華の宿　華の世を　華もなき　曼荼羅華
●華におぼれぬ　華のあたりの　幻の華

【桜】　桜狩　桜木や　さくらごの　さくら散　さく
らびと　さくら一木　桜へと　桜より　残桜や　散桜
ちるはさくら　桜実桜や●朝ざくら路　京の桜に
何桜　さくら描かむと　桜花かこめる　桜かざして　桜さく
さくら淋しき　桜さみしく　桜すずしく　桜ち
日を　さくらでふくや　桜に明て　桜に問ふや　さくらの枝
る中

花

20 動物・植物 —— 咲

咲

蕊　蕾

も　桜の遅き　桜花の陰影は　桜花の層を　さくらの後は　桜の童子　桜は軽し　さくらは白く　桜一葉の　さくら吹込む　さくらほろほろ　桜見せう　ぞ　桜を浴て　桜をこやす　桜を曲る　さくらをよそに　高根のさくら　樋の桜の　桜花あらぬ春　ひよろひよろ桜　ふわふわ桜　炎の桜　桃とさくらや　夜半の桜を

何桜

朝桜　家桜　糸桜　犬桜　姥桜　遅ざくら　児さくら　遠桜　葉ざくらや　初桜　実ざくらや　山桜　夕桜●雨夜夜ざくら　有明桜　夕山桜　楊貴妃桜

【咲く】

朝咲いて　五形咲く　咲いてゐる　咲いいでぬ　咲き移る　咲き倦みて　咲き騒めく　咲き絶えし　咲き疲れ　菊さくや　咲いでぬ　咲き移り　咲き殖ゆる　咲乱す　咲みだれ　咲残り　咲きのぼる　咲き殖ゆる　咲乱す　咲みだれ　咲き満てる　咲わけの　咲くごとく　咲く小鳥　咲花

を　咲くべくも　慕ひ咲け　とぼけ咲　にほひ咲くの　ぼり咲く　花が咲こ　離れ咲く●葵さいても　褪せ咲けるみゆ　淡淡と咲きて　今や咲くらん　艶を咲ませかくれて咲ける　菊咲きつらん　きはみに咲ける草を咲かせて　口あかく咲く　こぼれ咲く戸に　咲たばかりの　咲いたばつてん　さかば夜遊の　咲あたゝめよける　咲かせてみむと　さかば夜遊の　咲いてしをれて　さかひに咲き　咲き簇り棲む　咲き静もれり　咲き枝垂れたり　咲き白むかも　咲添ふものも　咲そろふべし　咲きたわみたる　咲きつゝ憂けき　咲きてあかるし　さくやこの花咲くほかはなく　さくや淋しき　しみ咲きにほふ　しやんとしてさく　睡蓮咲くと　ぞろりと咲いた　土にし咲きて　なごりにさける　のこらず咲いて　ぱつと咲けり　はなやぎ咲ける　ひと枝咲きぬ　日にむかひ咲く　仏に咲きし　ましろに咲きぬ　やがて咲くらん　わが咲く色をくと　四日梅咲

【蘂】

牡丹蘂●うるはしき蘂　花蓋と蘂を　蘂さやくと　蘂に籠れる　蘂のにほひも　蘂を見るとき

花

20 動物・植物 ── 咲

つゝじの薬や 瞳に蕊の輪や

【蕾・莟】つゝぼんだ 莟がち つぼむ時 つぼむらん

●紅く蕾みぬ あさつての莟 あすも莟の 大白蕾 か

ちかちに莟む 莟うるめる 莟かぞへむ つぼみから降

る 莟こぼるゝ 蕾してゐる 蕾乏しき 莟を張りし

苦き莟の ひとつの蕾 桃のつぼみに ゆるむつぼみの／

銀の毬花

花粉 花粉たゞよふ 花粉と蜜は

花弁 単弁の 重ね花びら 花びらの波 花序のつらなり 花弁の夢

を腐つた花弁 造り花弁 弁に触れし

造花 造り花 ●造花の花弁 造り花売る

生花 活け終へて 投入に ●活けしさくらの 活けてお

くれし 桔梗活けて 早百合生たり 投挿にせる ミ

モーザを活けて

通草 あけび 通草くふ ●冷えし通草も

枯れ葵と

葵 あおい 水葵 みずあおい ●葵さいても 葵踏み行く 枯れたる葵 す

と

苺 杏熟れ 落ち杏 花杏

苺 いちご 苺咲ふ 苺ジャム 苺摘む 草苺 初苺 ●苺食べよ

と 苺摘み来ぬ 苺積みのせ 苺の磁器に 満地の苺

粟 あわ ●粟をかられて 粟の穂を 粟稗に 粟みのる

粟の如き 一斗の粟に 五石の粟の 中の一粟 背戸の粟

菖蒲 しょうぶ 菖蒲 あやめ 菖蒲葺いたる 菖蒲太刀 花あやめ ●あやめ生り

濃染のあやめ 菖蒲葺きて あやめ 湯満ちて菖蒲

紫陽花 あやめさす ●濃紫陽花 ●紫陽花剪るや

なにはの葦の

芦 芦の花 芦の穂や ●芦の穂痩し 芦の穂を摺る 芦

間流るゝ 玉江の蘆を ちらばる蘆の 月夜の葦が

薊 あざみや苣に

薊 あざみ 薊やら 鬼薊 木瓜薊 ●赤ん坊薊の 薊の棘を

朝顔 あさがお 朝顔の ●あさがほ竹に 葬の子の 朝顔まくと

朝 ●麻かりといふ 麻刈あとの

麻 あさ 麻衣 麻の種 麻の露 麻の葉に 麻暖簾 麻は

大薺 おおあさがお 大薺の 藪薺の

花

20 動物・植物 ── 咲

銀杏(いちょう) 銀杏踏(ふ)みていてふもみぢ●銀杏にそうて 墓地

稲(いね) 畦(あぜ)の稲 雨の稲 稲むらの 稲かつぐ 稲刈(か)りて 稲は銀杏の 稲こきの 稲十里 稲の風 稲の香や 稲の花 かれば 稲架(はざ)の裾(すそ) 早稲(わせ)の香や●稲かる頃か 稲 かけ稲の 稲のお花も 稲の葉延(のび) 稲こく 家の 稲のあいだで 稲の葉延(のび)の 稲は実(みの) らず 去年の稲づか 下に稲こく 早稲 田の香こそ 稲架の田原(たわら)は 早稲(わせ) 早稲で屋根ふく 早稲の穂の月 晩稲(おくて)も

芋(いも) いも植て 馬鈴薯買ひて いものはや 芋畠(いもばたけ) 芋掘(いもほり) 芋頭(いもがしら) 芋喰(いもくい)の 芋の露(つゆ) 馬鈴薯の●芋煮て庫裡(くり)を 薩摩芋(さつまいも) 種芋(たねいも)や 長いもを の葉ひらひら 芋煮る坊の 芋の化物(ばけもの) 芋 らび度(たび)〳〵芋を畑の馬鈴薯 芋をほる月 小芋ころころ

卯木(うつぎ) うつぎ咲く 沢卯木(さわうつぎ) 毒うつぎ 花卯木●卯つ木 枯萱(かれかや) 作り独活(うど) 日陰独活(ひかげうど)●独活の苦(にが)みも 独活を見つけたり 越(こし)の独活刈(かり) **独活(うど)** 独活や野老(ところ)や 独活や 番芽(ばんめ)

卯の花(うのはな) 卯花拝む 卯花つぼむ うの花の後(あと)や **苜蓿(もくしゅく)** 苜蓿踏み 、くろばあの花

梅(うめ) 梅提(さ)げて 青梅や 梅遠近(おちこち) 梅折(おり)て 梅ちりて 梅さけど 梅酒(うめざけ)を うめぢややら 梅が香や 梅こひて 梅にかたり 梅ちりぬ うめ散(ちり)や うめつばき 梅どこか 梅の空 梅の蔭(かげ) 梅のかぜ 梅の神に 梅の木に うめより 梅の月 梅の露 梅の中 梅の花 梅の宿(やど) 梅日和 梅もどき 梅屋敷(やしき) 梅やなぎ 梅を指(さ)す 臥龍梅(がりゅうばい) 寒梅(かんばい)や 岸の梅 北の梅 紅梅や 好文木と 居士(こじ)の梅 此梅(このうめ)に 白梅や 探梅行(たんばいこう) 探梅 散る梅に 月と梅 飛梅(とびうめ) 野路の梅 なやむ 梅花飛び 冬梅の 窓の梅 むめちるや むめの木や むめの花 宿の梅 闇の梅 雪の梅 臘梅(ろうばい)や●青梅かぢ つて 梅あちこちに 梅一輪(いちりん) 梅折りくれぬ 梅折り 梅折のこせ 梅かたげ行 梅からよぶや 梅咲(さく) ころや 梅様(うめさま) 梅したゝかに 梅散(ちり)かる 梅遠(とお) じろく 梅まるる 梅に蔵見る 梅に乞食(こじき)の 梅に立ちけり 梅 に遅速(ちそく)を 梅に名なきは 梅にも問(とわ)ず 梅の際(きわ)まで

植物

20 動物・植物 —— 咲

梅
梅のにほひを　梅の花とは　梅の花笠　梅の瑞籬　梅は喰ふ柿も　御所柿に　釣柿に　豆柿に●浅井に柿の
めば酸し　梅踏こぼす　梅干ほしぬ　梅を心の　梅を老木の柿を　柿渋からず　柿渋しぶ　柿の木もたぬ　柿のもと成
淋しく　梅を座右に　梅を盗まれ　梅を踏み込める　梅を柿は机上に　ひらり柿の葉　渋柿どもや　渋柿の花　熟柿仲間の
を娶ると　老ゆく梅の　音さへ梅の　紅梅白梅　座右の鳴く柿の　　　　　　　　　　　　　　　　　　　　鶏
梅や　隣のうめも　梅花を折って　葉がくれ梅の　実梅
落つべき　結ふや咲く梅　四日梅咲く

瓜
瓜の土　瓜の泥　瓜ひとつ　瓜茄子　瓜ぬすむ　瓜の皮
瓜小家や　瓜作る　瓜むかん　冷し瓜　真桑瓜
●瓜の皮ちる　瓜一きれも　瓜むく客の　瓜もみ食ふ
苦瓜はころげ　大将瓜を　早瓜くる、ひやした瓜を
身は瓜に似て

榎
榎木まで●榎時雨して　榎の梢　榎の実ちる**柏**　**樫**　**榕樹**　**樺**　**桂**　**柏**柏木の　ふる柏樫の木の　樫檜●樫の小節を榕樹　榕樹のもとの　福樹榕樹樺の中●樺に匂へる　樺の若葉が蕪引●赤蕪いくつ　蕪引くらん桂のはなの　月の桂の
榎へ飛や　栗も榎も　人や榎に　冬がれ榎

荻
荻の風　荻の声　荻の葉に　荻の穂や　浜荻に
荻●荻の上風　　　　　　　　　　　　　　乱**萱**萱の山　茅の山　萱草も　古萱に●岡の萱ねの

楓
若楓●楓わかやぐ　さとき楓の　やしほの楓**萱吊上ぐる　みどりに萱は**

柿
柿くへば　柿包む　柿ぬしや　柿のいろ　柿の木の**枳殻**からたちの花　からたちの花が
柿の朱が　柿の花　柿の葉の　柿もぐや　柿をむく**桔梗**桔梗活けて●桔梗色せる　桔梗を垣に　丸は桔梗と

菊
菊　隠君子　翁草　寒菊や　黄菊ぬれ　菊さくや　菊
月や　菊作り　菊に出て　菊の秋　菊の雨　菊の枝　菊
の香や　菊の頃　菊の酒　菊の霜　菊の露　菊の友　菊

植物

377

20 動物・植物 ―― 咲

植物

桐　桐の木や　桐の苗　桐の花　桐の葉は●桐の木高く　桐の小函に／梧桐のいまだ

枸杞　枸杞うゑて　枸杞の芽を

葛　葛葉隠りの　葛の葉の●あえかの葛を　葛隠るまで　夜雨の葛の

楠　楠も　楠の露　楠の根を●楠の雫の　くすのき

櫟　櫟より　櫟に落つる　おちくぬぎ

栗　落栗や　搗栗や　栗備ふ　栗の味　栗のいが　栗の　しばぐり　軒の栗　みなし栗　茹栗や●落栗拾ひ　栗の親木は　栗の葉沈む　栗も榎も　栗焼く人に　栗　栗やひろはむ　栗を焼き焼き

桑　桑の木は　桑の杖　桑の葉　桑の実や　桑畑　をつむ　古桑に　実桑もぐ●赤い桑の実　桑つみ乙女　桑　桑の親木ばかり　山桑摘めば　くわばたけ

鶏頭　葉鶏頭に　菊鶏頭　鶏頭花　鶏頭燃ゆ●あはれ　葉鶏頭　鶏頭黒く　鶏頭みては　鶏頭も去り　痩ケイ　かまつか

芥子　けし散て　芥子の花　芥子蒔と　白芥子や　花

の名は菊の後　菊の花　菊の宿　菊萩の　菊畑　菊は　黄に　菊日和　菊干すや　菊枕　菊よろし　けふの菊　くるひ菊　背戸の菊　夏菊や　野菊まで　残る菊　の菊●壁に野菊を　黄菊と咲いて　菊乙び得たる　菊咲　きつらん　菊千輪の　菊なき門も　菊抛げ入れよ　菊冷初る　菊ほのか也　菊まゐらする　菊よ　匂ふ壺の　菊に思はん　菊の香のする　菊の枕の　菊は　たをらぬ野菊　野菊つゆけし　枕の菊の　ゆふべに菊の　ふ作らぬ菊の　野菊つゆけし　野菊おとろ　の　十日のきくの　頭上の菊に　野菊一輪　篋へたる菊は　すがるゝ菊に　酢を吸ふ菊　りくらき　菊を愛する　菊を痛めし　菊をいよく

黍　黍の虚　黍の穂は　黍行けば●黍のうしろの　黍の　葉鳴れる　黍の向ふに　黍も爆ぜゐる／唐黍や　唐黍高し

キャベツ　キャベツ　甘藍などを●かこむキャベツの　きやべつの皿を　キャベツの虫を　キャベツ畑　キャベツはみどり

胡瓜　細胡瓜●酸っぱい胡瓜

20 動物・植物 ── 咲

欅（けやき） 片欅●集まる欅 欅大門 欅に荒き 欅屋敷と 空の欅を 紅を ちるべき芥子に けしにせまりて 芥子の真 げしの●あぶなきけしの

コスモス 悲しいコスモス コスモスくらし コスモスに埋れ

柘榴（ざくろ） 柘榴が口あけた ザクロの唇

辛夷（こぶし） こぶしあり 花辛夷

笹 おかめ笹 笹ごもり 笹づとを 笹の葉に 笹舟の 笹結び 根笹かな●小笹がくれの 小笹にまじる 笹に陥ち込んで 笹のうへゆく 笹を移しぬ

山茶花（さざんか） 菊屋山茶花 山茶花匂ふ 散る山茶花の

サフラン さふらんが咲き 花サフランを

朱欒（ざぼん） 朱欒咲く 花朱欒

沙羅（さら） 沙羅の花●沙羅双樹のはな 沙羅の木きよら 沙羅のほづゑに 沙羅の落花の

椎（しい） 椎が本 椎の花●椎伐らばやと 椎にむかしの 椎の木も有

植物

樒（しきみ） 樒さす●樒流るゝ

紫蘇（しそ） 紫蘇の実を 園の紫蘇●露けき紫蘇に

羊歯（しだ） 青い羊歯 羊歯の葉と 歯朶の葉を●石垣歯朶に 折むすぶ歯朶の 歯朶に飛び散る 歯朶に餅おふ 羊歯のしげみに

篠（しの） 岩に篠 篠竹まじる 篠の露 篠ふかく 篠騒ぐ 篠を刈る●篠竹ふみ分けて 隈篠の

棕櫚（しゅろ） 棕櫚の葉に●棕梠の花散る

白樺（しらかば） 白樺を●白樺爆ぜて

西瓜（すいか） 瓜西瓜●西瓜の色に 西瓜のみやげ

忍冬（すいかずら） 忍冬●忍冬の花の

杉（すぎ） 大杉の 神杉の 杉ありて 杉籬や 杉垣 杉鉄砲 杉の穂に 杉箸で 杉間の陽 杉村の 杉山の●青杉こぞる 青杉山に 一本杉や 杉冴え返る 杉嘯 杉苗匂ふ 杉苗の風 杉に月ある 杉に更けた 杉の枯葉 杉の木末に 杉の木の間の 杉の秀に 立つ 杉葉かけたる 杉生のなかに 杉むらの秀を 杉を流すや 千とせの杉を

20 動物・植物 —— 咲

鈴懸（すずかけ） 鈴懸落葉 プラタヌの葉の プラタヌの葉は

芒・薄（すすき・すすき） 青芒 枯尾花 枯芒 薄の穂 薄箸 薄はら
散芒 萩すヽき 花芒 穂芒や ●青い芒に うす花すヽ
き 小野の薄も 尾花の袖も 尾花苦ふく 下生の芒
しろがね薄と 薄おしなみ 芒がくれの すすき、から
薄 薄刈とる 薄に明る 芒の上や 芒の風に 薄の霜
は 芒の中の すすき野はしる 芒ばかりの 薄ひと
もと 芒もさわぐ すヽき痩たり すヽき痩野の
や薄 ほうけし薄 芒ほどな ほそりすヽきの 穂屋の薄の
つヽ薄 五形薄の 恋はすみれの 薄たんぽ、すみれつ

菫（すみれ） すみれ草 菫咲 菫ほどな つぼ菫 花菫 ●褪せ
ばなを 菫摘む子を

芹（せり） 芹の中 芹の花 芹の飯 ●きよき芹の根
の 芹の中 芹に隠る、 たけにかくれて 竹に日くる、 竹の園生

蘇鉄（そてつ） 霜の蘇鉄の 蘇鉄の側に 蘇鉄は庭の 蘇鉄林
が 庭の蘇鉄の

蕎麦（そば） 刈蕎麦の 蕎麦あしき 蕎麦鷯否鷯 そば刈て
そば時や 蕎麦のくき そばの花 蕎麦畠 蕎麦太き

植物

夏蕎麦の ●蕎麦さへ青し 蕎麦ぬすまれて そばの白さ
も そばの不作も 蕎麦真白に

大根（だいこん） 庵の大根 大根引 大根の 土大根 野大根も
花大根 風呂吹きや 干し大根 大根きざみて 大根
つけたる 大根あらふ 大根おろしの 大根苦き 大根
の根の 大根の葉に 風呂吹を喰って

竹（たけ） 朝の竹 親竹は 嵯峨の竹 さヽ竹の 竹ぎれて
竹三竿 竹の月 竹の秋 竹の雨 竹のおく 竹の影 竹の皮
竹ばしら 竹亭に 竹の中 竹の中なる 竹の芽も 竹の雪
竹柱 竹院に 竹林や 火吹竹 雪の竹 弓
の竹 若竹や ●青竹を編む 竹植る日は 竹大束や
竹かちりけり 竹こほらする 竹四五本の 竹筒青し
竹に隠る、 たけにかくれて 竹に日くる、 竹の園生
の 竹のたわみや 竹の中なる 竹の実垂るヽ 竹婆
娑々と 竹は夜を鳴る 竹ひぐらぐや 竹深ぶかと
竹山ならむ 竹をあつめて なよ竹のかげ
雪まつ竹の

筍（たけのこ） 筍竹に 竹の子となる 筍ふみ折って 筍見ゆる

⑳動物・植物──咲

竹 竹の子藪に 藪の筍

橘 橘見する 花橘も 山橘に

蓼 蓼の雨 蓼の岸 蓼の中 蓼の葉を 蓼の穂を●蓼
歟あらぬ歟 穂蓼に長き 穂蓼の上を

ダリア 秋のダリアの ダーリアの花 大輪だりあ
りあも朽ちぬ 夜のダリヤだ

蒲公英 大たんぽゝ●菫たんぽ、 野べの蒲公英 ほう
けたんぽゝ

土筆 土筆煮て 土筆●杉菜の中に 土筆の袴

蔦 青い蘿 蔦植て 蔦かづら 蔦の上 つたの霜 蔦
の葉は 蔦の路 蔦光り 蔦若葉●去年蔦の葉の 蔦に
とりつく 蔦のうつゝの 蔦の羅漢や のこらず蔦の よ
りそう蔦の

躑躅 岩躑躅 躑躅よけ行
じ花咲く 躑躅●白つゝじ 花つつじ●つゝじが中に つゝ

椿 赤い椿 赤椿 丘椿 落椿 散椿 椿だつた椿
道 冬椿●雨の椿に 落ちて椿の おつる椿に くれな
ゐ椿 椿いちりん 椿が赤い 椿かがやく 椿ころげぬ

椿咲きけり 椿にはしる 椿の家が

木賊 とくさ刈 木賊の芽

トマト トマト食ぶ●赤きとまとう トマトの色よ
トマトーの実よ とまと切る皿の 孕みしトマト

団栗 団栗の●団栗はしる どんぐりひろて

梨 梨の園に 梨の花 梨番の 梨剥けば●玲玉の梨
の 梨にかぶせる 梨の熟実を 梨の花ふむ 梨を喰ひ
居る 真玉梨の実 名物の梨

茄子 瓜茄子 鬼茄子 種茄子 茄子馬 なすび汁
茄子種 初茄子●茄子はむらさき 茄子の馬の 茄子
の数の 茄子の花は 茄子もいできて 初なりの茄子や

薺 薺すくなの 薺の前も 薺花さく ぺんぺん草
ペンペン草は ペンペン草やら

菜の花 菜の花の 門のなの花 こぼれ菜の花 菜の花明り 菜の
花つづき 菜の花の上の 菜の花の路 長谷は菜の花

菜種 菜種油の 菜たね十里の 菜種の上

韮 韮畠 韮を刈 韮を切る●韮にかくるゝ 韮の羹
ふと菜の花の 韮の花

植物

381

20 動物・植物 —— 咲

韮（にら） 韮を刈取（かりと）る

葱（ねぎ） 玉葱（たまねぎ）は　葱起（お）くる　葱の葉の　葱の芽が　葱坊主（ねぎぼうず）　葱白（ねぎしろ）く　ひともじの　伏（ふ）せ葱に●玉葱（たまねぎ）に散（ち）り　葱は　葱青々と　葱こそよけれ　葱ぬいて居る　葱ぬく　葱（ねぎ）の坊主（ぼうず）が　葱鮪（ねぎま）の湯気（ゆげ）や　葱の小坊主（こぼうず）　葱明（あか）りの　われに　葱の香（か）などの　葱のにほひや　葱　深もすこし　一束（ひとたば）の葱　葱鮪（ねぶか）流る、根（ね）

萩（はぎ） 秋萩　朝の萩　野良（のら）の萩　雨の萩　行けど萩　菊萩　小萩（こはぎ）ちれ　萩の露（つゆ）　萩の花　萩と月　萩にくれて　萩の闇（やみ）●からまる萩の　小はぎがもとや　しぼむ萩のはねりの　萩の上風（うわかぜ）　萩すき　萩の原　萩の札（ふだ）　萩の塵（ちり）　萩がこぼれる　萩更科（さらしな）　萩の葉を　萩の　長櫃（ながびつ）の萩　萩の枝末（しずえ）　萩に鼬（いたち）の　萩のう　の　萩の下露（したつゆ）　萩ふみたふ　す　墓門（ぼもん）の萩の

合歓（ねむ） 合歓の花●鼾（いびき）も合歓の　合歓は軒端（のきば）に

芭蕉（ばしょう） 青芭蕉（あおばしょう）　瑞（ずい）の芭蕉に　すかと芭蕉葉（ば）　玉巻（たままき）芭蕉　芭し芭蕉と　ばせを植（う）ゑて　芭蕉林●枯（か）れ蕉動きぬ　芭蕉に雨を　芭蕉は伸びて　まつたき芭蕉

植物

蓮（はす） 青蓮華（しょうれんげ）　蓮池や　蓮の上　蓮の香や　蓮の花　蓮の葉や　蓮の実に　蓮広葉（ひろは）　はちす葉の　白蓮（びゃくれん）を　敗（やぶ）荷（か）●紅蓮華（ぐれんげ）　睡蓮咲くと　芋ははちすに　蚊帳（かや）に蓮の　のはな　蓮の香渡る　蓮からまたぐ　蓮に吹かれて　青蓮華（しょうれんげ）　蓮の葉たゝく　蓮まろ葉の　蓮を思ふ　一つ蓮（はちす）に　蓮華（れんげ）とひらく

薄荷（はっか） 薄荷摘み●薄荷のやうに　薄荷畑（ばたけ）に

バナナ バナナ下げて　バナナ採（と）る　バナナ畑（ばたけ）　バナの葉　バナナ剝（む）く●葉かげのバナナ　バナナの房（ふさ）の　バナナ畑（ばたけ）の

薔薇（ばら） 蟻（あり）よバラを　黄金（きん）の薔薇　黒薔薇（くろそうび）の　さうびる　薔薇摘み　机の薔薇　薔薇くだつ　薔薇ちるや　薔薇薇の朝　薔薇ノ木二　薔薇窓の　薔薇を見る　昼のバラ　冬薔薇（そうび）　冬の薔薇　紅薇薔（べにそうび）　温室バラぞ　夜のばらを　薔●あかつきの薔薇　くづるる薔薇と　紅（くれない）のばら　黒ばらと見しは　小さい薔薇の　透明薔薇の　乏（とぼ）しい薔薇を肉にさく薔薇　野薔薇（のばら）の薫（かお）り　はじめての薔薇　薔薇さきにほふ　薔薇と金毛　薔薇の朱実（あけみ）を　薔薇の朱実を　薔薇の褪（あ）する

20 動物・植物 ── 咲

日 薔薇のかさねの 薔薇の心や 薔薇ノ花サク 薔薇は薄紅いろ 薔薇紅色に 薔薇を積みたる 真白野薔薇にむかし野ばらが 群るる野薔薇 室咲きの薔薇 野薔薇の花 ローズの香

稗 粟稗に 稗の葉の●稗殻煙る 稗と塩との

檜 樫檜 檜の木笠

向日葵 向日葵は●こがねひぐるま

昼顔 大昼顔の 昼顔あつし 昼顔かれぬ 昼顔咲ぬ

枇杷 枇杷青き 枇杷の花●枇杷の古葉に 枇杷の実のごと

蕗 蕗の塔 蕗の薹 蕗の葉に 蕗のむれに●こぼるゝ蕗の 蕗の芽とりに 蕗より繁き ほろ苦い蕗の 見え

藤 藤咲くや 藤の実は 藤若葉●池の藤浪 藤あさましき 藤しづみたる 藤に培ふ 藤の黄昏 藤の実つたふ

葡萄 黒葡萄 葡萄の夕暮 葡萄園●腐つた葡萄 葡萄の房の 葡萄をぬすむ

芙蓉 木芙蓉●昼間の芙蓉 芙蓉に露の 芙蓉のはなの 芙蓉を語る

糸瓜 何の糸瓜と 根岸の糸瓜 糸瓜の国を 糸瓜も糞も

朴 朴散華 朴の花

木瓜 花木瓜の 木瓜咲くや 木瓜の陰に●寒木瓜を吐き 木瓜の実煮たり 木瓜の山あひ

菩提樹 菩提子の●菩提樹陰の 菩提樹畔の 菩提の種子を

牡丹 白牡丹 葉牡丹や 冬牡丹 紅牡丹 牡丹有丹久しく 牡丹火となり 牡丹切て 牡丹薬 牡丹散て 牡丹載せて 牡丹の芽床の牡丹 夜の牡丹●露や牡丹の ぼたん芍薬で 牡丹に会す 牡丹に媚びる 牡丹ぬす人 牡丹の前に 牡

ポプラ すがた立ちぽぽら 月夜とポプラ 並木にポプラに ぽぷら高樹に ポプラのやうに

松 青松葉 下がり松 志賀の松 土手の松 法の松 姫小松 松笠の 松過の 松杉を 松そびへ 松高し

植物

20 動物・植物 —— 咲

植物

松 松の瘤　松のセミ　松の塵　松の形　松の葉や　松の雪　松原を　雪の松●記念の松の　かれ葉らの松　小松に落つる　小松に雪の　五葉は黒し　島の大松　松柏の雨　住吉の松　千本の松　遠見の松に　松あを〰と　松笠もえよ　松かさを焚く　松黒む也　松ちぎり置き　松と樅との　松にかへたる　松にかくれて　松に吹入　松のくろさに　松のそだちや　松のはろかに　松の古さ　よ　まつ葉かきけり　松葉かんざし　松は花より　松は二木を　松見に来れば　松も昔の　松より円く

檀　檀ちる也　檀は咲ける

マンゴー　マンゴ採り●籠ゆるマンゴの

蜜柑　青蜜柑　凍て蜜柑　金柑は　桃柑子●お蜜柑積んで　腐りし蜜柑　しなび蜜柑を　蜜柑たべたべ　蜜柑の皮の　みかんのはなの　蜜柑は黄金に　みかんみいかる

麦　青麦　熟麦の　ことし麦　千里の麦　ひね麦の　麦厚し　麦うつや　麦熟る、　麦刈て　麦の秋　麦の雨麦の中　麦の原　麦の縁　麦の穂　麦の穂を　麦はえて　麦蒔の　痩せ麦の●青葉の麦の　青麦の出来　あからむ麦を　雨なき麦を　黄金の麦は　砂の小麦の　空に麦の芽　日蔭の麦を　穂麦あをあを　穂麦が中の　穂麦がもとの穂麦喰はん　穂麦にとぐ　穂麦の風に　穂麦の中を　穂麦も赤み　麦あからみて　麦刈少女　麦刈る鎌の　麦だけ青い　麦に慰む　麦にやつれし　麦の匂ひや　麦の穂のひきはり　麦の穂あかり　麦は黄ばみぬ　麦畑をゆく　麦まく比の

木槿　花木槿　木槿咲●巾に木槿を

メロン　青メロン　メロンの香●つかへてメロン

桃　浜の桃　桃の月　桃の雨　桃の花　桃の木の　桃の酒　桃の里　桃の茶屋　桃の花　桃の日や　桃の宿●珍の白桃　水蜜桃　桃花をたをる　緋桃の花　ふしみの桃　桃とさくらや　桃なき家も　桃にしたしき　桃にはば　かる　桃の落葉よ　桃のつぼみに　桃の中より　桃の実を売る　桃より白し

椰子　流れ椰子も　椰子の花　椰子の実を●椰子のうつろの　椰子の実一つ　椰子の瑞葉は

384

20 動物・植物 ── 咲

八手（やつで） 大八ツ手　花八ツ手●八ツ手に打ちし

柳（やなぎ） 糸柳　梅やなぎ　川柳　散柳　矯柳（とくりゅう）　花楊（はなやなぎ）　古

柳　むめ柳　柳莟（やなぎぼ）　柳陰（やなぎかげ）　柳散（ちる）　柳にも　柳原●嫗（うば）

がやなぎの　かれし柳を　河原柳の　くらき柳の

んが柳　ねこねこ楊　巫山戯た柳　ぶりきのやなぎ

柳がくれに　柳霞みて　柳さしけり　柳に遠く　柳に

よる子　柳眠りて　柳の動く　柳の髪　柳のさはる

柳は緑　柳絮に濁る

山吹（やまぶき） 濃山吹●八重山吹は　山吹ちるか　山吹のちる

山吹の露

夕顔（ゆうがお） 夕顔や●ぱつと夕顔　夕顔落ちし　夕顔棚の

柚（ゆず） 柚落ちて　柚は黄に　柚の花や　柚も柿も

百合（ゆり） 姫百合や　百合折れぬ　百合を掘り●黒百合折

れぬ　早百合生たり　百合の束ねを　百合ふむ神に

蓬（よもぎ） 蓬生や　蓬摘●蓬生ふかき

蘭（らん） この蘭や　龍舌蘭の　蘭の香や　蘭夕（ゆうべ）●あゆめば

蘭の　たま＼／蘭に　蘭切にいで　蘭のあぶらに

林檎（りんご） 青林檎　晩林檎　掌のりんご　焼林檎●愛やり

植物

んごや　姦淫林檎　さびしい林檎　手にとる林檎　ひと

つ林檎を　りんごあげよう　林檎少女も　林檎買ふな

り　林檎かはゆく　林檎さくさく　林檎にほれろ　林

檎の照りを　萃果の頰だ　林檎のもとに　萃果のわらい

林檎剝きをり　林檎ゆ、しや　林檎をかぢつて

檸檬（れもん） 一つのレモン　レモンの汁は　レモンを待つて

山葵（わさび） 去る山葵田の　山葵おろしゆ

棉（わた） 綿つみや　綿の花　棉の実が　棉畑●綿とりの雨

蕨（わらび） 蕨老いて　蕨烹る　わらびの子　わらび野や●早

蕨太し　わらび凋（しお）れて　蕨も食はぬ　蕨を干して

20 動物・植物 —— 虫

【虫】

いも虫　月の虫　鳴な虫　夏の虫　菜虫哉

根きり虫　はだか虫　船虫の　放屁虫　虫売の　虫遠

近　虫通ふ　虫臭き　虫籠つる　虫近し　虫に似て　虫

に迄　虫の喰ふ　虫のために　虫の糞　虫の屁を　虫の

宿　虫の闇　虫のわざ　虫柱　虫見たし　甲虫　●青夏

虫と　うしろに虫を　微かなる虫　ガチャガチャの　皮

嚙む虫や　しづまれば虫の　地虫ながらの　小の虫より

せんきの虫も　企む虫の　夏ある虫の　名もしらぬ虫の

這ふ虫もなし　葡萄ふ虫の　ひそひそ虫が　虻りに

行　虫がころげる　虫がまつくろ　虫けだものを　虫捕

り道具　虫のこはるに　虫の巡るや　虫はなつ月

昆虫

青い昆虫　昆虫学の　昆虫館に　昆虫の翅

毛虫

青毛虫　老毛虫の　●赤き毛虫を　毛虫となつて

毛虫にならじ　毛むしの上に　毛虫の眉を　毛虫わたる

や　毛虫を這はせ　毛虫を筆で　袖に毛虫を

虫の音

虫の声　●虫の音に泣く　虫のねほそる　虫は啼

くのみ　蠹て　虫を聴いてゐる

虫ばむ

蠹　虫ばんで　●軍書虫ばみて　書むしばま

ず　蝕ばむ虫を

【翅】

蝶の羽　翅音びび　翅が生え　翅かろき　翅

はし　翅しづか　翅の　翅のべて　網翅類　もげました　●黒蜻

蛉の羽や　霜は翅の　せみの羽衣　蟬の諸羽や　てふの

翅に　翅傾け　翅砕けて　翅なからずや　翅に眼のあ

る　翅はみ出せる　翅引裂けて　翅を震はす　火取虫

の翅音　わたしの翅に／鱗粉を

虻

虻出よ　虻がとぶ　●虻鳴き出づる　虻な

くらひそ　虻にさゝる、　虻を伏せたる　馬おそふ虻

金色の虻

蟻

蟻地獄　蟻の穴　蟻の牙　蟻の塔　蟻よ

バラを　蟻を殺す　羽蟻とぶ　山蟻の　蟻の脛　蟻

蟻たち／＼と　蟻の地獄も　蟻のもて行く　蟻吹きこ

ぼす　蟻をながめて　砂糖の蟻の　羽蟻飛ぶ飛ぶ

日よ

20 動物・植物 ── 虫

蝗(いなご)
蝱(いとど)老い行く　蝗つかめば　蝗つっぱる　蝗飛びつく　蝗蟲の瞳が

蚊(か)
秋の蚊の　蚊いぶしや　蚊がなき寄る　蚊に喰れ　蚊になるや　蚊のくつた　蚊の声す　蚊声を　蚊に喰はれ　蚊のむれて　蚊の瘦て　蚊の行方　蚊柱や　蚊のさは　つに　蚊火の宿　蚊やり哉　蚊をころす　蚊を焼くや　蚊ひと　蚊を焼けど　鳴く蚊かな　昼の蚊や　蚊雷や　子子が　むらの蚊の　山の蚊の　いつ迄藪蚊●蚊が刺して行った　蚊がさしに来る　蚊が鳴出して　蚊が二三疋　蚊さへ肥　ゆるを　蚊に飛ぶ魚の　蚊のおるばか　り　蚊の声聞き　蚊の声さびし　蚊の声さわぐ　蚊のス　タンドに　蚊のちひさきを　蚊の流れゆく　蚊のなき出　でぬ　蚊の鳴く声が　蚊の鳴ほどの　蚊は出でにけり　蚊をば苦にせぬ　蚊をふるひ出す　蚊を焼き病む身　ぐさと刺す蚊や　来るたぢの蚊や　昼の蚊たゝいて　ふり虫よ　夜わたる男蚊の

蛾(が)
赤い蛾が　蛾の心　蛾も来り　死蛾見出づ　白い蛾　が　美き蛾みな●蛾は飛びわたる　蛾を追ふ手つき　こぼして火蛾や　白き蛾のあり　舞ふ蛾の下で　誘蛾燈に

蚕(かいこ)
御蚕の宿　黒き蚕が　蚕の如く　蚕の部屋に　蚕　筵に●生れぬ山蚕は　妹が蚕　蚕のねむり　蚕はじ　めぬ　蚕煩ふ　蚕飼せはしき　蚕屋のまたある　棚の蚕　も　繭煮るにほひ　山蚕殺しし　養蚕部屋

蛙(かえる)
啼蛙　青蛙　雨蛙　蛙の子　蛙の目　瘦蛙　夕蛙●蛙児と　なる　蛙釣る児を　蛙の腹に　蛙眼まろし　蛙をつぶし　啼く河鹿　蛙こはがる　蛙月夜の　蛙飛こむ　蛙なかがる　蛙に　濁る　蛙のいとこ　蛙の居る　蛙葬る　蛙むれいで　蛙に　遠き蛙を／蝌蚪(お玉杓子)の水　蝌蚪生れたる　蝌斗の　大国

蝸牛(かたつむり)
蝸牛　蝸牛の　でむし　蝸牛の角の

蟷螂(かまきり)
子蟷螂　蟷螂や●かまきりの卵　かまきりばた　りと

蜘・蜘蛛(くも)
糸遊に　蜘蛛合　蜘蛛切と　蜘蛛の糸　蛛

20 動物・植物 —— 虫

蜘蛛（くも）
の井に 蜘蛛の巣の さがにの 軒の蜘蛛 蜘蛛とぢて伏す 蜘蛛の念珠も 蜘の振舞 小蜘蛛は 夫婦に夜蜘蛛 眼瞼に蜘蛛が 夜蜘蛛さがりけり

蝙蝠（こうもり）
蚊喰鳥● 蝙蝠出る 魔か蝙蝠か かはほりの闇 悔の蝙蝠
蝙蝠に似て 草ひばり ちちろ虫 つづり刺せ● 壁のこほろぎ

蟋蟀（こおろぎ）
黒き蟋蟀 こほろぎと寝て 月夜こほろぎ 僕のこほろ

虱（しらみ）
髪虱 旅虱 蚤虱 やよ虱●いまだ虱を しばし
しらみ行 虱這ひする 虱を捨る しらみ
をつぶす 燈光虱の はや羽虱を 番屋に虱

蟬（せみ）
秋の蟬 落ち蟬の 九月蟬 秋蟬の 蟬時雨 蟬
涼し 蟬鳴や 蟬の空 蟬の声 蟬の宿禰 蟬の背の
蟬のとぶ 法師蟬 森のわれ蟬か●山蟬鳴いて水
晶の蟬 蟬から落す 蟬鳴く方へ 蟬の諸羽や 蟬は鳴
かざり 蟬ひとつ鳴かぬ 蟬の ● つくつく法師 告げ
よ蜩 啼くなかなかな 軒の蜩 張詰る蟬 法師蟬
ひぐらし 蟬ひとつ鳴かぬ

虫

きく 咽ぶ寒蟬

玉虫（たまむし）
たま虫の● 玉虫ひめし

蝶（ちょう）
紅蝶々 秋の蝶 揚羽蝶 風のてふ 狂ふ蝶 凍てぬ 黒蝶
に 胡蝶にも 白い蝶 白蝶々 蝶あそぶ 蝶とぶや 蝶
鳥の 蝶が来て 蝶来り 蝶の影 蝶の舌 蝶々を 蝶の空 蝶の羽
の舞 蝶の目に 蝶は超ゆ 蝶見よや 蝶も来て 蝶や
身や とぶ小蝶 とまる蝶 夏の蝶 庭のてふ 眠る蝶
ねる胡蝶 寝るてふに のべの蝶 蜂蝶の むせぶ蝶
行蝶の●あそびし蝶の 天降りし蝶や 打たる、蝶の
うたれて蝶の うつつの蝶や 大きな蝶を 小櫛の蝶を
黒き揚羽蝶の 黒き胡蝶を 声なき蝶も 胡蝶の遊び
胡蝶のせたる 胡蝶の行方 蝶いそぐなり 蝶落ちて来
し 蝶黄塵に 蝶そくさと 蝶高空へ 蝶々が画く
蝶々蝶々 蝶々蝶々 てふてふならんで てふてふひらひら
蝶々乱れ 蝶うまれし 蝶とまれ 蝶泊らせる 蝶と休むも
蝶の息つぐ 蝶の現ぞ 蝶の影さす 蝶のきげんや 蝶
の咲たる 蝶の出る日や 蝶のとびゐる 蝶のねにこし

20 動物・植物 ── 虫

蝶の光り去る　てふのまぎれぬ　蝶は出帆　蝶は毎日打に　蠅が唸く　蠅となり　蠅除の●魚に小蠅の牛蝶はむぐらにと　蝶もうろつく　うるさい蠅だ　大きな蠅が　音して蠅のか折や　蝶もとぶ也　蝶もなめるや　蝶も聞かよ　蝶も手しこまる蠅に　金銀の蠅　皐月の蠅の　蒼蠅なすもの野辺の胡蝶ぞ　はかなや蝶の　蝶を寝させる　蝶を見送る　嫉妬の蝶のせうじの蠅の　背にある蠅や　蠅うちくらす　蠅うちはねもぐ蝶の　夕花の蝶　花なき蝶の　花は小蝶の払ふ　蠅とだゆなり　蠅交る事　蠅すら人を　蠅叩き

蜥蜴　青蜥蜴　蜥蜴の尾●崖のとかげは　ちひさきとけり　蠅の寂しさ　蠅取紙に　蠅のいのちを　蠅のきかげ、とかげ幾度か　とかげの背こそ　蜥蜴の膚の
きごろ　蠅の幽霊　蠅の翼を　蠅の飛ぶおと　蠅のなかげ光りて
追ひけり　むらがる蠅の　蠅の両手を　蠅は手もする　蠅を

蜻蛉　トンバウが　とんぼや　とんぼとんぼ●笠にとんぼ
蜂　金の蜂　熊ん蜂　喧嘩蜂　蜂とまる　蜂の尻冬を蜉蝣ひかりぬ　黒蜻蛉の羽や　蜻蛉動かず　蜻蛉
の蜂　蜂蜂や●こぼるる蜂の　巣つくる蜂の大臣も　浜蜻蛉に　　　　　　　　　　　　　　　土に冬蜂　蜂うち払ふ　蜂ごもりして　蜂土塊を

蚤　とべよ蚤　蚤さわぐ　蚤虱　蚤渡来の　蚤の跡　と戦ふや　蜂の巣つたふ　蜂にさされた　蜂のお耳へ　蜂の巣かくる蚤蠅に　蚤焼て　春の蚤●一疋の蚤を　金瓶の蚤　蚤すりつける　蚤とぶ朝の　蚤のござ打　蚤の出て行　蚤へる蜂の　蜜蜂の如の寝巻の　蚤はなちやる　蚤を捨て　蚤をふるひに　蚤蠅に
大臣も　馬虻が　馬の蠅　笠の蠅引蟇　蟇どの、　蟇にて候　蟇の塚　蟇の足取
蠅　秋の蠅　遊ぶ蠅　庵の蠅　　　　　　　　蚤蠅に　蠅いとふ蠅の●どんびくがる　蟇の声　蟇の腹　蟇の眼
木曽の蠅　今朝来た蠅　堂の蠅　蟇ひそみ音に　蟇踏むまいぞ　蟇の避行　蟇も眼を

虫

20 動物・植物 —— 虫

蛭（ひる） はやせば蛭が　蛭に波ある　蛭のぢごくや　蛭ノ降る也

蛇（へび） 青い蛇　大蛇の　かる蛇　倩蛇が手に　倩蛇がとび　蛇落つる　蛇からみ　蛇消えし　蛇くふと　へびぜめを　蛇吊りし　蛇のした　へびの玉　蛇の眼　蛇の塚　蛇は見よ　蛇踏みし　蛇ふんで　蛇を売る　蛇を追ふ　蛇を嚙む　●石もて蛇を　命を蛇に　うごかぬ蛇の　蛇は草に　銀蛇幾すぢ　銀蛇の飛ぶに　黄金の蛇の　小蛇いよく～　蛇体をなして　蛇紋の峯は　すずしく蛇が寺に蛇骨を　ネオンの蛇の　ひそむ蛇みて　蛇飼ふ家の　蛇がからめば　蛇となれるも　蛇ともならむ　蛇にも酔はぬ　蛇のいのちに　蛇の女　蛇のすり行く　蛇の卵を　蛇のひきゆく　蛇渡る梁を　蛇われをみる　赤棟蛇の子　山の小蛇と　夜蛇をうつ　龍蛇も動く　わたる蛇あり　童蛇打つ

蛍（ほたる） 大蛍　籠蛍　此ほたる　初蛍　蛍狩　ほたるよぶ　行な蛍　行け蛍　よぶ蛍　●朝の蛍よ　木々の蛍や　草の蛍は　蛍追ひ出す　蛍きりきり　蛍流れて　蛍にしめる　蛍の親父　蛍放して　蛍の臭ひ　蛍の花　蛍のやうに　蛍光らないほたるもしるや　蛍を殺す　蛍を透す

蚯蚓（みみず） 太みみず　蚯蚓鳴く　●あかき蚯蚓の　蚯蚓の唄

蝮（まむし） 蝮の　蝮打つて　蝮取り　●くちばみを干　蝮のにほひを　蝮生き居る　蝮の裔よ

夜光虫（やこうちゅう） 夜光虫　●夜光る虫は

守宮（やもり） 守宮かな　●守宮吸ひつき　守宮のまなこ

20 動物・植物——魚

魚

鱗　金魚　貝

【魚(うお)】　赤き魚　魚あぶる　魚売の　魚躍る　魚沈む　魚どもは　魚鳥の　魚の秋　魚のかげ　魚の店　魚の棚　魚の骨　魚のごと　魚のはは　海の魚　親魚は　鉤の魚　雲の目を　魚は皆　魚もなし　魚の鮨の魚　闘魚の辺●青い魚類の　恋の魚　塩の魚　白き魚揺れ　魚しみじみと　魚遊ばせて　魚焼く　青魚いきいきと　魚追逃す　魚おどろきぬ　魚あそぶみゆ　魚が跳ねたり　魚城移る　魚住むべくも　魚つくる男　魚とならむと　魚に戦く　魚の命の　魚のかしらや　魚のごとくに　魚のさまして　魚の棲むより　魚の族あり　魚の眼玉を　魚の族か　魚跳ねし音　魚没し去るや　魚解きけり　魚やまかせや　魚行くかげは　魚ら泳げり　魚をいたゞき　魚をもつらぬ　海の魚なくて　魚介もとの　大魚の腹　海魚あつめし　魚類のやうできれいな魚を　沈める魚の　鳥獣魚介も　疲れし魚に東海の魚　鳥とも魚とも　魚をとりて食む　のがれし魚の　淵にあそぶ魚　水に大魚の　眼のなき魚のよわりし魚の

【魚(さかな)】　さかな採り　魚焼く　生魚●青き魚の　海の魚はおさかな積んで　魚をどりて　魚の性は　魚の星は魚の族　魚のように　魚や豚に

雑魚(ざこ)　ざこくらべ●美しき雑魚　雑魚と煮ゆるや　雑魚の心を

小魚(こざかな)　小鯵小ざかな　小魚と遊ぶ　小ざかな買つてるちひさき魚は

【鱗(うろこ)】　鱗形●鱗なしつつ　鱗ちりしく　鱗に燃ゆる鱗の呼吸　鱗眼を射る　魚鱗に祭る　身を鱗類の
腸(わた)　魚の腸　海鼠腸の　鮑の腸●鱈の雲腸
鰓(えら)　鰓とふか　鰓吹くるや　魚の鰓を
鰭(ひれ)　動かす鰭の　鰭ふりて逃ぐ　真青き鰭と
甲羅(こうら)　蟹の甲　亀の甲　甲羅酒●甲羅をあますうてやる

【金魚(きんぎょ)】　金魚の子　金魚の瞳●金魚をどれる　金魚買うてやる　金魚死にたり　金魚大鱗　金魚にひろし

魚

金魚眠りぬ　金魚の王　金魚の暮るる　金魚はなにを
金魚痩せたる　深夜の金魚　それから、金魚も／金魚銀
魚の　銀魚をはなち

鯵（あじ）　鯵の骨　活鯵や　小鯵買ふ●　小鯵小ざかな

鮎（あゆ）　鮎活けて　鮎落つ　鮎くれて　鮎鱠（あゆなます）
鮎の子の　香魚やなも　鮎若き　落つる鮎　嵯峨の鮎●
網代の氷魚を　鮎子さばしる　鮎のうるかを　をとり
の鮎を　小鮎ういもの　荷ふ落鮎

烏賊（いか）　烏賊売の　烏賊こばし　烏賊の脳
いわし売　烏賊曳く　烏賊焼　烏賊寄る

鰯（いわし）　いわし売●　鰯干す　鰯焼　鰯寄る
めの香　生鰯　干鰯●鰯来ると　鰯くはぬは　鰮（いわし）のと
むらひい　鰯引けり　鰯貰ひに　うるめ一枚　大羽鰮の
軒の鰯の　浜の小鰯　干鰮のにおい

鰻（うなぎ）　鰻縄●鰻よりつ、鰻を食ふは

海老（えび）　箱の海老●海老煎る程の　海老かさ高に　小海
老にまじる

鰹（かつお）　鰹売　鰹焚き　鰹節　鰹船　初鰹●いま鰹時
鰹一本に　鰹一節　鰹迄喰ふ　鰹もくわず

蟹（かに）　蟹の泡　蟹の色　蟹の甲　蟹の目の　蟹
を搗き　川蟹の　小蟹かな　さゞれ蟹　蟹のぼる　蟹の泡ふ　膳の蟹
平家蟹　紅蟹を●穴掘る小蟹　石蟹追ひし　影濃き蟹
の　蟹群張るも　蟹が顔出す　蟹とたはむる　子蟹がふたつ
蟹の親ゆび　蟹匍ひのぼる　法螺に
蟹入る

鯉（こい）　赤き鯉　洗ひ鯉　鯉の音　鯉の眼に　鯉はねて●
うたる、鯉の　お池の鯉よ　大きな緋鯉　鯉落ちたりと
鯉切尽て　鯉の羹　鯉の味噌焼　鯉の無言を　鯉は苔
被て　鯉はぬる見ゆ　鯉もお池で　空の鯉だよ　三尺の
鯉を　水無月の鯉

鮭（さけ）　乾鮭や　干鮭売を　乾鮭の太刀　鮭来り
鮭の半身　鮭上るべき　はつ鮭来り　鮭皮靴の足跡

鯖（さば）　鯖ずしの　鯖の海　鯖火もゆ　鯖寄るや

鮫（さめ）　大いなる鮫　鰐鮫おもふ

鱸（すずき）　鱸釣て●鱸にうごく　鱸の巨口

鯛（たい）　塩鯛の　鯛切れば　鯛のそり　鯛の鼻　鯛の骨

20 動物・植物 —— 魚

鯛（たい） 鯛味噌に●生鯛あがる　鯛生きてあり　鯛の見舞や
鯛はあれども　鯛を料るに　飯も小鯛も
蛸（たこ） 飯蛸（いいだこ）の　飢ゑた蛸　蛸壺や●章魚の脚打つ
鱈（たら） 鱈負うて　鱈の棒　鱈の山●鱈の雲腸（くもわた）
泥鰌（どじょう） 鰍（どじょう）売　泥鰌汁●鰍うきけり　泥鰌隠るゝど
じやうを買て
海鼠（なまこ） 海鼠腸（このわた）の　生海鼠にも●いかに生海鼠を
て海鼠に　寒き海鼠の　海鼠の海と　海鼠の氷る　生海
鼠を焼や
飛魚（とびうお） 飛魚の●海に飛魚　飛魚するなる
鯰（なまず） 鯰得て●あぎとふ鯰　棹もて鯰
鱶（ふか） 鱶の骨●海ではフカが　渡海大鱶　鱶住むといふ
鱶のあたまを　鱶の如くに
河豚（ふぐ） 河豚（ふく）かな　河豚の面●腹の河豚腹　河豚の苦説
も　河豚の仲間を
鰒（ふぐ） 鰒提（さげ）て　鰒汁の　鰒する　鰒じる　鰒の友●鰒喰
うて居る　鰒釣かねて　鰒になき世の　鰒ひつさげて
鮒（ふな） 鮒鮓（ふなずし）の●餌の寒鮒の　たはらに鮒を　鮒さわがして

わだちのふなの
鰤（ぶり） 鰤の尾●鰤のすて売　鰤のてり焼き
目高（めだか） 目高の目玉　目高をすくふ
海豹（あざらし） 海豹の●海豹うまる、海豹と雲
海豚（いるか） いるかとぶ●大河の海豚
鯨（くじら） 鯨売　くじら汁　鯨捕り　鯨船　塩くじら●いま
は鯨は　沖で鯨の　鯨追ふ子等　くちら来そめし　鯨
潮吹く　鯨の上の　鯨法会は　鯨を掴む　鯨もよらず
鯨や逃て　鯨弱れば　去れよ長鯨　水菜に鯨

【貝】　青貝の　赤貝を　うつせ貝　貝搗く音　貝ひろの
貝の音　貝の如　貝の珠　貝の肉　貝のよに　貝ひろふ
貝吹て　貝を得て　貝を吹き　貝ひろふ　黒貝の　子や
す貝　桜貝　卓の貝　月日貝　螺の貝　午の貝ふく
つき貝　法螺貝の　忘貝●青貝色の　貝のごと　ほ
ら貝　貝の中なる　貝の一ひら　貝のぼたんを　貝掘り
工花　貝をひろえる　小磯の小貝　小貝にまじる　小
あてつ　貝拾はん　ほら貝一つ　ほら貝をふく　法螺に蟹入る
ますほの小貝

20 動物・植物 ―― 鳥

貝殻（かいがら） 貝殻賭博　貝殻のやう　貝殻庇（びさし）　その貝殻の

螺鈿（らでん） 螺鈿から●螺鈿こぼるゝ　螺鈿七尺　螺鈿古り

鮑（あわび） 鮑とり●岩の鮑も

牡蠣（かき） 牡蠣に老いたる　牡蠣の殻　牡蠣の身の　牡蠣船に●牡蠣ぞにほへる

珊瑚（さんご） 珊瑚石垣　珊瑚珠を　花珊瑚　珊瑚礁（リーフ）かな●珍の珊瑚の　波濤珊瑚の　燐光珊瑚

蜆（しじみ） 蜆売（しじみうり）　むき蜆●蜆うれしや　寝雪に蜆

田螺（たにし） 田螺あへ　田螺とり　鳴田螺（なく）●浅香の田螺　今むく田螺　田螺に似せて　田螺の殻を　田螺の国の　田螺の蓋も　田にしをくふて　田にしをさぐる　水や田螺の

蛤（はまぐり） 蛤の　夜はまぐり●供御（くご）の蛤

鳥

羽　翼　尾　巣　卵　嘴

鳥

【羽（はね）】 色の羽　おのが羽　鳶（とび）の羽も　羽づくろひ　羽おれて　羽ふせる　羽を合せ　羽たゆく　羽のちから　羽ぬれて　羽生えて　曙（あけぼの）の羽　朝羽うちふる　羽の光　羽を洗ひ●の羽色の　心の羽を　小羽（こば）ふるふよ　天の柔羽（やわは）の　一ミリの羽　砂に羽搏（う）つ　谷の鴨（かも）　落し羽（おとし）　羽がきも荒く　羽すり腹すり　羽うるはしき　羽惜む鷹の（おし）　羽おとろへし　羽がぽろぽろ　羽さへ失ひ　羽に声あり　羽根に雫（しずく）　はねのぬけたる　羽根の羽白（しろ）　羽根ふるはせて　羽やはらかき　羽を平めて　羽をすぼめ　羽ひろげて　羽を撃つ風雨　羽を落し飛ぶ（おと）　羽を覆羽や（おほば）　諸羽（もろ）　羽うちふる　ふくよかな羽　腋羽（わきば）のうちに　身は覆羽　羽もて　羽折れたる　両羽鋭どく（もろはするど）　来る　その翼　翼ある　羽翼かな（つばさ）　翼ただ　翼なき

【翼（つばさ）】 翼もて　翼おさめ　翼の無い　翼よごれし　翼陰に●青い翼の　紅い翼で　霞（かすみ）の翼　かろい翼で　自在の翼　鋭ど

20 動物・植物 —— 鳥

い翼　翼ある声　翼うちふり　翼うるほふ　つばさしめりし　翼と風と　翼と触手　翼翼なければ　翼の色はつばさの蔭に　翼翼も軽き　翼を伸ばし羽翼を恵む　勁き翼を　翼のゆがんだ翼をふるはし　見えぬ翼に　翼をひろげる

羽ばたく　羽ばたいて●さめて羽ばたき　羽ばたきめぐる　羽ばたきをする

羽音　羽音の別れ　鳩の羽音や　むくの羽音や

鶏冠　鶏冠の朱●とさかの色も

【尾】　尾が消ゆる　尾のひねり　尾は長し　尾をひい長き尾の●尾の顕はるる　尾のゆかしさよ　尾ほそうなるや　尾をひろげたる　尾を見られつつ

【巣】　鴨の巣の　鴻の巣の　去年の巣の　巣ごもりぬ雀の巣　巣なし鳥　巣に隠る　巣のしじま　巣を造る散れる巣に　鳥の巣や　目白の巣●あかい鳥の巣　空巣吹かるゝ　滋味と堺と　巣がくもあはれ　巣ごもりてあり　巣に鳥入りし　巣をくひてなく　巣を去りかねて　巣を立雉子の　巣をとられたる　巣を覗行鶏も

巣ごもり　鳰の浮巣を古巣　ここな古巣の　古巣に添ふて　古巣へ帰る　山の古巣に

雛　雛鳴きけり●ヒヨコ来鳴くや　ひよこの声や

番　番ひ鳩　二つがひ●つがひあゆめり番ひ離れし

【卵】　孵し鶏　孵卵器を●疑卵をぬらす　卵うまねば卵なすもの　卵のからが　卵のやうに　卵をもちて抱卵の鷺

【嘴】　嘴紅し　嘴使ひ　嘴ながく　嘴の如し　觜ぶとの●青い嘴　嘴にふくめる　嘴のまがりを啄む　啄まず　啄んで●鳥啄まぬ　鳥啄めり　菜屑啄む　人等啄む

【鳥】　彩鳥の　飢鳥の　大鳥よ　翔る鳥　籠の鳥　浮寝鳥海鳥が　倦める鳥　魚鳥の　うき鳥の　寒苦鳥雲に鳥　そらの鳥　旅鳥の　旅の鳥　だまり鳥　垂尾鳥　蝶鳥の　夫鳥や　鳥いくさ　鳥歌ふ　鳥道ひは鳥落ちて　鳥がたつ　鳥が啼き　鳥ついて　鳥と共に鳥となり　鳥共も　鳥の子が　鳥の背に　鳥の道鳥

20 動物・植物 ── 鳥

は香(か)に 鳥光(ひか)る 鳥ひとつ 鳥も追(お)へ
しる 鳥を吹(ふ)く 鳥を宿(やど)し 何の鳥 にけた鳥 暖(ぬく)鳥や
野路(のじ)の鳥 初日鳥(はつひどり) 華(はな)に鳥 花の鳥 離(はな)れ鳥 風鳥(ふうちょう)の
全(また)けき鳥 水鳥(みずとり)や 都鳥(みやこどり) 百鳥(ももどり)の 美き鳥は 夜鳥啼(よどりな)
く 夜の鳥 渡り鳥 ●朝押(あさおし)す鳥を 蘆間(あしま)の寝鳥(ねどり) いつぴ
きの鳥 巨(おお)きな鳥が 籠(かご)へ鳥よぶ 瓦(かわら)を鳥の くれなゐ
の鳥 空をきる鳥 黄金鳥(こがねどり)なく 鵲(こう)の鳥立つ 鳥獣魚(ちょうじゅうぎょ)
介(かい)も 遠山(とおやま)どりの 鳥ゐさせじと 鳥驚(おどろ)かず 鳥がぎ
らぎら 鳥がだまつて 鳥が啼(な)いても 啼(な)きそれぬ
鳥とも魚とも 鳥とりにゆく 鳥なき里の 鳥啼(な)くと
きに 鳥なと飛(と)ばせ 鳥に石打つ 鳥に追(お)はれて 鳥に
とられちゃ 鳥の来て鳴く 鳥のこゑごゑ
鳥のごとくに 鳥の命(いのち)の 鳥の使(つか)や 鳥の行方(ゆくえ)も 鳥のしどろに
鳥は鳥なり 鳥は何鳥(なにどり) 鳥は群(む)れ立つ 鳥まつ庭の
もおどろく 鳥もすさめず 鳥も渡(わた)らぬ 鳥を見せて
も 啼(な)きあそぶ鳥 鳴(な)くや妻鳥(めどり) なつかぬ鳥や 逃(に)げ
し鳥なり 逃(に)げ出す鳥よ 寝(ね)る鳥は何(なに) 花鳥(はなどり)の絵に
光の鳥よ ほうほう鳥も 水恋鳥(みずこいどり)が 流転(るてん)の鳥の

鳥

小鳥(ことり) 小鳥来る 小鳥小屋(こや) 咲く小鳥 野(の)べの小鳥●
小鳥とダンス 小鳥と花と 小鳥に変装 小鳥のあさる
小鳥はみ居る 小鳥一(ひと)さげ 小鳥皆よる 小鳥や真珠
白い小鳥が 飛べる小鳥は 裸の小鳥 病める小鳥の
輪廻(りんね)の小鳥
若夏(よなつ)千鳥
千鳥(ちどり) 磯(いそ)ちどり 浦千鳥(うらちどり) 川ちどり 鳴(な)く千鳥 浜千鳥(はまちどり)
百千鳥(ももちどり) 夕千鳥(ゆうちどり) ●きらめき千鳥 千鳥がねだる 千鳥
よ雪の 千鳥を起(お)す ちんちん千鳥の 群れ立つ千鳥
鳥影(とりかげ) 鳥影落つる 鳥影よりも 鳥影を見て

家鴨(あひる) 家鴨の子 すれし家鴨 家鴨よびこむ 家鴨らに ●家鴨に藍(あい)を 家鴨よごれ
て 家鴨よ
信天翁(あほうどり) 阿呆鳥(あほどり)が●信天翁まひ
ひいき鵜(う)は●鵜飼(うかい)が宿の 鵜飼ことしは 鵜川(うかわ)く
鵜(う) 鵜川哉(うかわかな) 鵜匠(うじょう)や 鵜のつらに 鵜舟(うぶね)から 鵜舟漕(うぶねこ)
ぐ のうた、鵜縄(うなわ)の うにかせがせて 鵜のいさましさ
鵜の喰(く)ひものを 鵜のやるせなき 鵜舟(うぶね)の篝(かがり) 鵜を遊(あそ)する

20 動物・植物——鳥

鵜をのがれたる　黒鳥の鵜は

鶯（うぐいすなく）笹子啼く　春鳥や　法吉鳥の　林鶯は　鶯とまる　鶯ちらり
●鶯つけに　鶯遠く　うぐひす飛ぶや　うぐひす　黄鳥ねむる　鶯
ひす啼や　鶯なけど　うぐひすや　鶯一人　可愛鶯　下手鶯
の音に　鶯の笛　鶯の糞へた　うぐひす
よ　皆うぐひすと　山のうぐひす

鶉（うづら）啼鶉●鶉しば啼く　うづらの跡は　鶉の床がう
づら鳴なる　囮鶉の

鸚鵡（おうむ）鸚鵡尾ながの　鸚鵡の胸の　鸚鵡を出して　鸚鵡

郭公（かっこう）いそげばかっこう　郭公のこゑ　慈悲心鳥の慈
悲心と啼

鴨（かも）鴨うてば　鴨遠く　鴨の足　鴨の尻　鴨のこゑ　鴨
も菜も　たつ鴨を●親なし子鴨　鴨かくべくも　鴨の
油の　鴨の鳴夜の　鴨の羽色　鴨の羽ほしき　鴨吹き
よせる　鴨をわが煮る　羽白黒鴨

鷗（かもめ）鷗づれ　鷗愛し　鷗らも●秋の鷗の　かもめの翅
も　かもめの群れる　鷗の夢も　鷗も来るか　群れ居
る鷗

烏・鴉（からす・からす）朝がらす　大烏　鴉飛び　鴉はや　寒鴉
鴉や　月夜鴉　寺烏　日の烏　夕鴉　夜がらすに●阿
呆烏の　かあかあ鴉　カサイ烏が　烏追けり　鴉かし
こき　鴉が黙つて　烏の軋り　鴉の舌は　鴉くだれ
り　鴉羽ばたく　烏は朱に　烏は山に　からすも喰は
ず　烏笑ふや　枯木に鴉が　群鴉乱れて　死手の烏
千羽がらすも　その夜烏は　鳩やからすの　春のから
すの　水のからすを　夜明がらすの

雁（かり）後の雁　天つ雁　いせの雁　小田の雁　おろせ雁
がねいそぐ　雁下りて　雁かへる　雁が鳴　雁立て　雁
鳴や　雁ならん　雁の棹　雁過ぎて　雁行て　雁行な
雁よ雁　来る雁　雁の秋　はつ雁も　病雁の　夜の雁●
江戸見た雁の　雁になりたや　雁の足跡　雁の来る時
雁のなみだや　雁もとほく　雁ゆくかたや　雲井の
雁の　さらばと雁の　それから雁の　日本の雁ぞ

雉（きじ）雉子うちて　雉追に　雉子かなし　雉子鳴くや

20 動物・植物 ―― 鳥

雉(きじ)
雉の声　雉の子は　雉子(きじ)の妻　雉ほろと　夕雉の●朝雉のこえ　雉子(きぎす)たつ音　雉子うつ春の　雉追ふ犬や　雉子のが啼いてる　雉子(きじこ)の啼たつ　巣を立雉子(きじこ)の　日や山鳥の山に雉子(きじな)啼く

水鶏(くいな)
水鶏なく　遠水鶏　なく水鶏●水鶏のありく　水難のそら音　水鶏もしらぬ　たゝく水鶏や　宿を水鶏に

孔雀(くじゃく)
孔雀いろ　孔雀船(ぶね)　白孔雀●青い孔雀の　無色な孔雀

鷺(さぎ)
株の鷺　杭(くい)の鷺　鷺叫ぶ　鷺死んで　鷺ぬれて　鷺の橋　へら鷺や　雪の鷺●青鷺(あおさぎ)の身(み)の　小鷺は楚々と鷺が番(ばん)する　鷺にやどかす　鷺の子遊ぶ　鷺のつゝ立鷺の寝ぬ夜を　鷺は歩くや　鷺吹き落す　鷺みな歩く鷺も淋しく　抱卵(ほうらん)の鷺　水青鷺(みずあおさぎ)

鴫(しぎ)
鴫の声　鴫の立　たつ鴫に●鴫が鳴ねば　鳴たつあとの鴫はもどって　鴫も立たり　鴫我を見る　眠る鴫あり

雀(すずめ)
親雀(おやすずめ)　寒雀(かんすずめ)　子雀(こすずめ)や　雀来(きた)て　雀子(すずめこ)の　雀どの　雀の子　雀の巣　雀らも　雀罠(すずめわな)　友雀(ともすずめ)　鳴く雀　群(むら)雀　若雀●終りの雀　籠の雀　かはい子雀　午後の雀　雀●雀一羽二羽　雀がくれや　雀かたよる　雀がたんは　雀が並ぶ　雀子(すずめこ)のむれ　雀来よ来よ　すずめさよと　雀それゆく　雀つるみて　雀と見てゐる　雀鳴也(なくなり)なら　雀のお墓　雀のおやど　雀のこもる　雀のすがる　雀の閨(ねや)に　雀は泳ぐ　雀は竹に　群雀(むらすずめ)はパツと雀もちゅんちゅく　雀よろこぶ　雀を荷(にな)ふ　波群雀(なみむらすずめ)並ぶ雀も　はぐれ雀に　春のすずめや

鶺鴒(せきれい)
あら鷹の　老鷹の　鷹狩の　鷹居(すえ)て　鷹澄める　鷹それし　鷹のかほ　鷹の巾(きん)　鷹のつら　鷹の目も　鷹一つ●現の鷹ぞ　鷹うつ山も　鷹かたよする　鷹引すゆる　鷹部屋のぞく　鷹もつ鍛冶のとや出のたかを　羽惜む鷹の

鶺鴒
鶺鴒きたる　鶺鴒の尾の

鷹(たか)

駝鳥(だちょう)
駝鳥の眼●駝鳥の楽園　ぼろぼろな駝鳥

燕・乙鳥(つばめ・つばくろ)
朝乙女(あさつばめ)　おや燕　白燕　巣乙鳥(すつばめ)や　滝に乙鳥　つばくろが　乙鳥来る　燕啼(なき)て　とぶ乙鳥　ぬれつ

鳥

20 動物・植物 ── 鳥

燕(つばめ) むら燕　夕燕　裏は燕の　帰る燕は　燕握る
燕来初(きそ)め　燕さはつく　乙鳥とぶ日の　乙鳥のくぐる
燕ひまなし　燕ひもじかろ　燕ひらりと　晩の燕が
若いつばめは

鶴(つる) 神の鶴　狂ふ鶴　田鶴(たづ)まへり　鶴遊ぶ　鶴寒し　鶴
鳴くや　鶴の足　鶴の影　鶴の髪　鶴の首　鶴の声　鶴の
毛　鶴の里　鶴の啼く　鶴料理る　鶴舞ふや　鶴渡る
引き鶴や　松に鶴　夜の鶴　老鶴は●来て凍鶴に
のふや鶴　千年の鶴　田鶴鳴渡る　鶴青空に　鶴去
つて残暑　鶴たつあとの　鶴卵をあたたむ　鶴と亀との
鶴に生れて　鶴に日の照る　鶴に身をかれ　鶴眠る間の
鶴のあたまは　鶴の影あり　鶴の七日を　鶴の林に　鶴
の身をかる　鶴は猿より　鶴放ちけり　鶴はみのこす
鶴見るまどの　鶴瘦せながら　鶴を友なる　七日鶴見
る　放ちし鶴に　またいで鶴の　むれたる田鶴の　煩ふ
鶴を

鳶(とび) 鳶の羽も　鳶の笛　鳶ヒョロ●豆腐を鳶に　鳶色の
土　鳶で工夫を　鳶舞ひ沈む　とんびとろとろ
頰鳶

色の　べたりと鳶の
鳶の海　鳶のやみ●鳩の浮巣を

鶏(にわとり) 尾長鶏　雄鶏の　孵し鶏　鶏犬の　除夜の鶏　鶏もち
が出る　鶏が鳴く　鶏小屋に　鶏白し　鶏つるむ　鶏
鳴いて　鶏のとや　鶏の中　鶏が　羽抜鶏　牝鶏の　雌
鳥は　屋ねの鶏　雪の鶏●くだかけの朝　鶏ひとつ
黒き唐丸　軍鶏の如くに　唐丸あがる　鶏追まくる
鶏くらられて　鶏なく家の　鶏鳴く柿の　鶏逃げある
く　鶏の家族　鶏の蹴かへす　鶏の骨打つ　鶏はらば
へる　鶏も巣ごもり　鶏遊ぶ　鶏小舎の　鶏裂くや　鶏
とまる　鶏鳴きぬ　鶏の顔を　鶏の下　ねむる鶏あり
白色のレグホン　昼の鶏なく　村で鳴く鶏

鳩(はと) 家鳩や　白鳩の　番ひ鳩　月の堂鳩　鳩遊べ　鳩
鳴いて　鳩に人　鳩のうた　鳩の恋　鳩の声　鳩の胸
鳩の眼を　鳩ふくや　森の鳩●お鳩のたよりも　おや鳩
子ばと　帰らぬ鳩は　クックと啼いた　芸なし鳩も　小
鳩むれとぶ　さあ鳩も来よ　珠数懸鳩の　白いお鳩は
遠野が鳩の　野鳩が啼いて　鳩いちぢるしく　鳩にうづ

20 動物・植物 ― 鳥

めらる　鳩に生れた　鳩に踏るゝ　鳩に履まれて　鳩に
めでつ、　鳩の杖つき　鳩のならびし　鳩の羽音や　鳩の
太りて　鳩の礼儀や　鳩吹く人の　鳩むれて居りと
鳩も諷ふや　鳩も並ぶや　鳩やからすの　やさしき鳩の
山の鳩啼く

雲雀　朝雲雀　落雲雀　雲雀啼　籠雲雀　鳴雲雀
夕雲雀　●囀る雲雀　雲雀落ちこむ　雲雀が唄を　雲雀
聴き聴き　雲雀の床と　雲雀の鳴し　雲雀料理を

鶸　河原鶸来る　鶸の鳴日や　鶸のひとむれ

梟　梟も●梟淋し　梟鳴ける　梟の啼く
時鳥　杳手鳥なく　遠ほとゝぎす　本尊懸たと　山ほ
とゝぎす　わがほとゝぎす

木兎　木兎の家の　木兎や●木兎をとめたる　耳木兎
顔の　みみづくばかり　みみずく森や
椋鳥　むくの声●むく鳥いろの　むくの羽音や
鵙　高音鵙　鵙来啼く　鵙高音　百舌鳥なくや　百舌
の声　鵙日和　夕日鵙　夕百舌に●鵙が答ふる　鵙と
つれ立　百舌啼きしきる　百舌のおしやべり　鵙の草茎

百舌鳥の一声　百舌はいこひを
瑠璃鳥　大瑠璃のこゑの　堰に瑠璃鳴く　雪嶺の瑠璃
瑠璃隠れたる
鷲　猛鷲の　飼鷲の眼　鷲の旗　●反逆の鷲　鷲の翼を

鳥

20 動物・植物 —— 獣

獣

牙 角 尻尾 皮 飼 畜

【獣】禽獣に けだものは 獣かな 獣見し けものめく 石獣の 野の獣 猛獣は● 一匹の獣 奇しき獣や 下下の獣に けだものの子の 獣と人の 獣の足の 獣の屍 獣の如く 獣の哲理 獣の瞳 獣の山の 獣のやうに 獣は悲し 獣はもはや 獣を宿し 小さい野獣 鳥獣も 眠れる獣 野の獣こそ ひとり獣の 古いけものの 山の獣 幼獣の歌

【牙】蟻の牙 牙に噛めば 牙寒き 牙を研ぎ●牙を鳴らして 鼠の牙の

【角】牛の角 犀の角 触角が 角立ちの角ばかり 角もなく●牛の小角に 蝸牛の角の角の跡 角落ちて 角立てて 角のしづくは 角の角折れたるが 角毛を立てて 角も垂れたり 角も身に添ふ小さい 角ふりわけよ 羚羊の角二本の角が

【尻尾】尾を立てて 尾をふりて 尻尾立て 虎の尾

を●牛の尾振て 尾に力あり 尾をふりて行く 尻尾でじやらす 尻尾でなぶる 尻尾を赤く 尻尾を捕へ赤皮の 皮を着る 熊の皮 蛇皮線と●兎の皮の 毛皮となつて 毛皮に浮び 猟虎の毛皮

【飼う】鵜飼舟 飼屋の灯 鵜飼ふ●鵜飼が宿の女牛飼 籠に飼れし 風に飼はれて 君に飼はれて 蚕飼せはしき 盥に飼ふや 蛇飼ふ家の 羊飼の

【畜】家畜の眼 家畜のごとき 鬼畜に堕ちて 畜類の眼と 畜生が 蓄類の●家畜の呻き 家畜のごとき 鬼畜に堕ちて 畜類の眼と 啼かぬ

餌 餌に満ちて 餌をひろふ●餌をやる頃や はこぶ餌を待つ ロダンを餌に

【犬】愛犬の 赤犬の 庵の犬 一犬の 犬うせて 犬裂ける 犬棄てし 犬であつた 犬で居る 犬とあて 犬と主 犬に金 犬の供 犬の腮 犬の影 犬の子と 犬の魂 犬の供 犬のまね 犬の道 犬の夢 犬の椀 犬は飢ゑ 犬吠え 犬も来る 犬ゆけり 犬呼ぶに

20 動物・植物 ── 獣

犬を撃つ　犬を叱る　飢えし犬　浦の犬　門の犬　黒犬
と黒き犬　鶏犬の　寝た犬に　野良犬が　ひたと犬
の臥す犬に　僕と犬　むく犬や　村の犬　やせ犬が
病犬は　山の犬　猟犬の　わか犬や●犬が咥へて　犬が
さかつて　犬がさつさと　犬が三疋　犬が長鳴く　犬が
吠ゆる　犬くぐりだけ　いぬころ死んで　犬沈没し　犬
と闘ふ　犬ながながと　犬鳴き歩く　犬長う鳴く　犬
にあづけて　犬におどされ　犬に鳴かるる　犬に覗かれ
た犬にやあらむ　犬が一匹　犬の欠び　犬の後に
犬の追ひ出す　犬のお椀に　犬の欠尿　犬の来てねる
犬の喧嘩に　犬の後架ぞ（便所）　犬の土かく　犬の面よ
し　犬の遠吠　犬の寝に来る　犬のひとみに　犬は走つ
て　犬ひとつるて　犬ふみつけて　犬吠かかる　犬も打
てかし　犬も嗅ぬぞ　犬も時雨ゝか　犬も中々　犬
雪振ふ　犬をあはれむ　犬を撫でつゝ　犬を葬る　埋み
し犬の　彼の犬の血の　がむしゃら犬に　雉追ふ犬や
狂犬のやうに　小犬のやうに　仔犬を抱きて　さびし
き犬よ　白犬細う　捨て犬ころころ　だんだら犬が　地

に寝て犬の　ついてくる犬と　中よりわんと　なくな、
仔犬よ　なをほゆる犬　人喰ふ犬を　ポチに噛ませて
道のいぬころ　見もしらぬ犬　雌雄の小犬が　眼をのぞ
く犬　もの漁る犬　野犬の群は　わがめぐり犬の

猪
猪も　手負の猪の　猪食うて　猪ねらふ　猪臥したる
●猪の臥芝の

兎
兎追ひ出す　兎のダンス　兎の脳の　うさぎのわたる　兎
兎の皮の　兎のふん　兎に食われ　兎の足あと　兎の玩具
待ち待ち　兎の毛の末の　虚偽の兎　となりの兎より
野兎の子は

牛
牛　うしの跡　牛の声　牛の子の　牛の性　牛の舌　牛
の尻　牛の角　牛の啼く　牛の目に　牛の行　牛の夢
牛は吼え　牛ひとつ　牛祭　牛もなし　黒牛の　水牛
が　乳牛の　牲の牛　はなれ牛　牧牛に●牛動かざる
牛追ひあげる　牛飼牛を　牛かひ男　牛霞み流沙　牛
叫ぶこゑ　牛慕ひ寄る　牛闘ひて　牛と出逢つた　牛に
ならばや　牛に寝てゆく　牛に乗りけり　牛に引れて
牛に踏ませて　牛の尾振て　牛の頸の鈴　牛の子とゐる

獣

402

20 動物・植物──獣

牛の額の　牛の太叫　牛の糞まで　牛の黙のみ　牛の病
の　牛の涎は　牛のわきむく　牛は牛小舎　牛は夕日の
牛曳をとこ　牛吼をする　牛まばたけり　牛むらさき
に　牛群れにけり　貨車に仔牛が　きたなき牛が　牛を引出す　牛馬の屍肉　牡牛
のごとも　死んでゆく牛　牲の白牛　露地の白牛
仔牛ばかしで　もの言はぬ牛
ひきずるうしの　ひるまは牛が　ぶらりと牛の　屠らる

狼
狼を●ウラルの狼　狼のあと　狼のごとく　狼の
る牛　牝牛の蹄
なく　狼避けの　狼渡る

亀
亀の子は　池の亀　売る亀も　亀しばし　亀の首　亀の甲
亀の子　金の亀●亀に酒をば　亀は浮き来れ　黄金
亀の子　鶴と亀との　噴水の亀

狐
青狐　狐穴　狐啼　銀狐　小狐の●檻の狐の
あそぶや　狐追うつ　狐が恐くて　きつねがましき　狐
恋する　狐こはがる　きつね下にふ　狐死にをる　狐
きとや　狐と鍛治の　狐の　狐にもあれや　狐の恐る　狐の香
こそ　狐のくれし　狐の誘ふ　狐のそりし　狐の提灯

狐の墳を　狐の飛脚　狐化けたり
狐　しばし狐の　露おくきつね　狐もくはぬ　こんく
狐　ポウポウ狐の　無官の狐　山の狐　釣眼野狐　花に狐の

熊
の如き　大熊　熊の皮　白き熊●金時と熊と　ひぐま

猿
猿　猿さけぶ　猿どのの　猿のあし　猿の面　猿引は
猿廻し　猿も木に　舞ひ猿う　山ざるの　老猿を●巌
に猿集る　男猿は女猿を　おどり子猿か　芸なし猿も
小猿は寒い　猿が尻抓く　猿と世を経る　猿に着せたる
猿に小鍋を　猿に持せて　猿の小袖を　猿の白歯を
の泪の　猿の持て来る　猿や皮剝く　猿を
聞人　さるを抱く子よ　三猿塚を　月取る猿の　鶴は
猿より　人は猿也　人は猿の　若き猿の

鹿
鹿鳴くや　鹿の革　鹿の屎　鹿寒し　鹿ながら　鹿啼て
雨の鹿　小男鹿や
鹿の鳴　鹿の音に　鹿のふむ　鹿の声　鹿の子の　鹿の角
きと　宵の鹿　夜の鹿●小鹿に会ひぬ　鹿おどろ
女をと鹿や　鹿笛の　友鹿に　鳴鹿に
かす　鹿にかぞる、鹿の歩まむ　鹿のつき合　鹿の臥

獣

20 動物・植物 ── 獣

獅子

処を 鹿をなつけよ 丹波の鹿も 扉に老鹿は 柱に 檻の獅子 ほゆる獅子●獅子の星座に 獅子の

象

象に乗て 象の前 象のやうな●象の銀行 古代の 象の 象がさういふ 象の目玉の 象を見せても とぼけた象は わたしや象の子

狸

狸あり 狸汁●狸おちけり 狸が引くや 狸出むかふ 狸と秋を たぬきをゝどす たぬも鼓や 日頃の狸 狸毛でかいた

虎

動く虎 はしる虎●虎狼ひとしく 張子の虎も 幻の虎 まぼろしの虎

猫

青い猫 赤猫の 洗ひ猫 あら猫の 庵の猫 うか れ猫 大猫の 男猫哉 烏猫 恋猫の 小猫かな 子 猫ねむし 子らと猫 白猫の 泥猫の どろぼ猫 二 月猫 猫といひ にやと啼けば 猫老いて 猫交る 猫 好も 猫にやんにやん 猫のゝて 猫のかげ 猫の毛の 猫の子 猫の子が 猫の五器 猫の子や 猫の子 猫 の乳 猫の恋 猫の塚 猫の妻 猫の面 猫の耳 猫の舌 猫の飯 猫の

眼の 猫の目は 猫を追ひ 野猫哉 のら猫の 春猫の 春日猫 ひざの猫 本は猫 山猫の●今戸の猫に うた れぬ猫の 男猫ひとつを 顔黒き猫 喫茶店の猫 華奢な白猫 黒猫ひとつ せうじに猫の たべでや猫の 黒猫なりき 黒猫あゆむ 黒猫がゆく 泥棒猫を 猫一疋ゐる 猫うて淋し 猫うづくまる 猫帰り来る 猫が踊るに 猫が子を産む 寝こけし猫 を 猫殺さむと 猫と並んで 猫にもたかる 猫の足 音無し 猫の抓出す 猫の通ひぢ 猫の毛も立 猫の子 を選る 猫のしまひを 猫の爪研ぐ 猫の柔毛と 猫の 上りし 猫の潜める 猫の瞳孔が 猫の真似など 猫は 帰らず 猫ほの白き 猫守り居る 猫もしる也 猫分 れけり 猫渡り居る 猫をまつりし 猫を見舞や 這ひなく猫や 葉影に猫の 轢かれし猫は ひよろりと猫

鼠

子鼠の 小鼠の チュチュ鼠は 鼠ゆく 鼠らも 野の鼠 嫁が君●家の鼠の苦 傴鼠 鼠ども 鼠の巣 が咽を 鼠追込 鼠さわぎて 鼠に染つ 鼠のある、

20 動物・植物 ── 獣

鼠の音の　鼠の牙の　鼠のこぼす　鼠の児らの　鼠の尻尾　鼠のすだく　鼠のなめる　鼠の渡る　鼠走りて　鼠古巣を　鼠も捕らず　鼠をなめる　鼠をたべて　野鼠の顔　野の鼠の苦　屋根の小ねずみ

羊 小羊の　羊飼ふ　羊よぶ●白き羊や　名にうとき　羊　羊にひくし　羊の檻に　羊の迷ふ　羊の群の　羊は誰に　羊ひとむれ　牧場の羊

豹 黒豹の　豹の媚　豹よりも●豹としぶきと

豚 豚の仔の●親豚子豚　ぐすぐすの　仔豚はうめき　仔豚やのせて　泥まみれ豚　豚が出て来る　豚ぬすまれし　豚のいばりを

土竜 土竜の毛　土竜の死　土竜の掌

山羊 青い山羊　山羊生るる●山羊と小馬が　野羊の鳴くあり　山羊はしづかに

駱駝 首のべて駱駝　疲れた駱駝　駱駝に乗せて　駱駝にのつて　駱駝の連は　駱駝の寝息

栗鼠 栗鼠の軋りは　栗鼠の歯型や

獣

■本書の五音七音表現を引用した書名（五十音順）

『芥川龍之介』中田雅敏編著／蝸牛社
『有明詩抄』蒲原有明作
『上田敏全訳詩集』山内義雄・矢野峰人編／岩波書店
『岡本かの子』岡本かの子著／筑摩書房
『小熊秀雄詩集』岩田宏編／岩波書店
『尾崎放哉句集』池内紀編／岩波書店
『歌集　若山牧水著』／短歌新聞社
『歌集　別離』若山牧水著
『歌集　浴身』岡本かの子著／短歌新聞社
『金子みすゞ全集』金子みすゞ著／JURA出版局
『川端茅舎』嶋田麻紀・松浦敬親編著／蝸牛社
『河東碧梧桐』栗田靖編著／蝸牛社
『鑑賞　釋迢空の秀歌』加藤克巳著／短歌新聞社
『北原白秋』日本の詩歌9　北原白秋著／中央公論社
『北原白秋詩集（下）』安藤元雄編／岩波書店
『昨日の花』日野草城著／邑書林
現代日本文學大系12『土井晩翠集』土井晩翠著／筑摩書房
同大系39『島木赤彦集』島木赤彦著／筑摩書房
同大系41『佐藤惣之助集』佐藤惣之助著／筑摩書房
同大系41『山村暮鳥集』山村暮鳥著／筑摩書房
同大系91『村上鬼城篇』村上鬼城著／筑摩書房

同大系95『松本たかし篇』松本たかし著／筑摩書房
現代俳句大系第二巻『松本たかし句集』松本たかし著／角川書店
同二巻『花影』原石鼎著／角川書店
同二巻『白日』渡辺水巴著／角川書店
同三巻『定本　亜浪句集』臼田亜浪著／角川書店
同三巻『颱　竹下しづの女』竹下しづの女著／角川書店
同五巻『返り花』久米正雄著／角川書店
同五巻『暦日』長谷川素逝著／角川書店
『八巻　能登蒼し』前田普羅著／角川書店
『西鶴全集』穎原退蔵他編　定本・西鶴全集第十一巻・下／中央公論社
『斎藤茂吉歌集』山口茂吉他編／岩波書店
『子規句集』高浜虚子選／岩波書店
『篠原鳳作』宇多喜代子編著／蝸牛社
『芝不器男』飴山實編著／蝸牛社
『釋迢空ノート』富岡多惠子著／岩波書店
『蕉門名家句集　一』安井小洒編・石川真弘・木村三四吾校注　古典俳文學体系8／集英社
『蕉門名家句集　二』同古典俳文學体系9／集英社

406

『新訂 一茶俳句集』丸山一彦校注／岩波書店
『新編 宮沢賢治詩集』中村稔編／角川書店
『新編 啄木歌集』久保田正文編／岩波書店
『新編 左千夫歌集』土屋文明・山本英吉選／岩波書店
『杉田久女』坂本宮尾著／富士見書房
『杉田久女全集』杉田久女著／立風書房
『漱石俳句集』坪内稔典編／岩波書店
『高村光太郎詩集』伊藤信吉編／新潮社
『立原道造詩集』立原道造著／角川春樹事務所
『種田山頭火』石寒太編著／蝸牛社
『中興俳諧集 千代尼句集』島居清・山下一海校注 古典俳文學体系13／集英社
『徒然草』西尾実・安良岡康作校注／岩波書店
『藤村詩抄』島崎藤村自選／岩波書店
『中原中也詩集』大岡昇平編／岩波書店
『野口雨情詩集』野口雨情著／彌生書房
『誹風 柳多留全集一・二』岡田甫校訂／三省堂
『萩原朔太郎詩集』萩原朔太郎著／角川春樹事務所
『芭蕉七部集』白石悌三・上野洋三校注／岩波書店
『芭蕉俳句集』中村俊定校注／岩波書店
『樋口一葉和歌集』樋口一葉著・今井恵子編／筑摩書房
『日野草城』伊丹三樹彦編著／蝸牛社

『風雅のひとびと 明治・大正文人俳句列伝 鷗外百句 綺堂百句 四迷百句 寅彦百句 白秋百句 夢二百句 露伴百句 鏡花百句 小波百句』高橋康雄著／朝日新聞社
『蕪村全集第二巻 連句』丸山一彦他校注／講談社
『蕪村七部集』伊藤松宇校訂／岩波書店
『蕪村俳句集』尾形仂校注／岩波書店
『前田普羅』岡田日郎編著／蝸牛社
『松本たかし』山本洋子編者／蝸牛社
『みだれ髪』松平盟子監修／新潮社
『与謝野晶子歌集 前田夕暮篇』服部躬治著者代表 明治文學全集／筑摩書房
『明治歌人集』前田夕暮篇／日本詩人選／小沢書店
『謠曲集上下』横道萬里雄・表章校注／日本古典文學大系40・41／岩波書店
『利休百首』井口海仙著
『梁塵秘抄』志田延義校注／岩波書店
『臨済録』入矢義高訳注／岩波書店
『連歌集』伊地知鐵男校注 日本古典文學大系39／岩波書店
『若山牧水歌集』伊藤一彦編／岩波書店
『和漢朗詠集』川口久雄校注／岩波書店

編　者

佛渕健悟　ほとけぶち・けんご
1949年、鹿児島生まれ。俳号 雀羅（じゃくら）。季語研究会同人。
著作　東　明雅・丹下博之・佛渕健悟編著『連句・俳句季語辞典 十七季』
　　　丹下博之・佛渕健悟編『平成連句抄　月と花と恋と』（以上、三省堂）
　　　『朱欒日和』（独吟歌仙百巻・私家版）

西方草志　にしかた・そうし
1946年、東京生まれ。コピーライター。俳号 草紙。千住連句会。
著作　坂本　達・西方草志編著『敬語のお辞典』（三省堂）
　　　西方草志編『雅語・歌語　五七語辞典』（三省堂）
　　　西方草志編『川柳五七語辞典』（三省堂）
　　　西方草志編『俳句 短歌　ことばの花表現辞典』（三省堂）

五七語辞典

2010年 6月 8 日　第 1 刷発行
2023年10月 6 日　第 9 刷発行

編　　者…………佛渕健悟・西方草志
発行者…………株式会社　三省堂
　　　　　　　代表者　瀧本多加志
発行所…………株式会社　三省堂
　　　　　　　〒102-8371　東京都千代田区麴町五丁目7番地2
　　　　　　　電話　（03）3230-9411
　　　　　　　https://www.sanseido.co.jp/
印刷所…………三省堂印刷株式会社
ＤＴＰ…………株式会社　エディット
カバー印刷……株式会社　あかね印刷工芸社
Ⓒ K. Hotokebuchi 2010 Printed in Japan
落丁本・乱丁本はお取り替えいたします。
〈五七語辞典・448pp.〉　ISBN978-4-385-36427-8

本書を無断で複写複製することは、著作権法上の例外を除き、禁じられています。また、本書を請負業者等の第三者に依頼してスキャン等によってデジタル化することは、たとえ個人や家庭内での利用であっても一切認められておりません。

連句しましょ。

連句・俳句季語辞典 **十七季** 第二版

東 明雅・丹下 博之・佛渕 健悟 編著

■布クロス製Ａ６判横・640頁（11×15センチ）
■重さ235グラム、文庫本サイズ、ふりがな付
■連句概説、付合例句集付

実物はこの1.5倍

三春（しゅん）

三春（二〜四月頃）――時候

初春・仲春・晩春。春全体で使える季語。
二月四日頃〜五月四日頃

四

時候

春（はる）	春日（はるひ）	春の夕（はるのゆうべ）	ぬくし
三春（さんしゅん）	春日影（はるひかげ）	春の夕（はるのゆう）	春暖（しゅんだん）
九春（きゅうしゅん）	春日向（はるひなた）	春の暮（はるのくれ）	麗らか（うらら）
芳春（ほうしゅん）	春陽（しゅんよう）	春暮（しゅんぼ）	うらら
陽春（ようしゅん）	春陽（しゅんよう）	春の宵（はるのよい）	うららけし
東帝（とうてい）	春宵（しゅんしょう）	春宵（しゅんしょう）	麗日（れいじつ）
青帝（せいてい）	春の曙（はるのあけぼの）	宵の春（よいのはる）	長閑（のどか）
蒼帝（そうてい）	春の暁（はるのあかつき）	春の夜（はるのよ）	のどけさ
青陽（せいよう）	春暁（しゅんぎょう）	夜半の春（やはんのはる）	のどけし
春べ（はるべ）	春の朝（はるのあさ）	暖か（あたたか）	のどらか
春の日（はるのひ）	春朝（しゅんちょう）	あたたけし	日永（ひなが）
	春昼（しゅんちゅう）		
	春の昼（はるのひる）		

一章「季語分類表」季語数約一万

美しく並んだ季語がパッと一覧でき、探し易い。

はりくよう【針供養】〈初春・行事〉一年間使った針を供養する日。関東では二月八日、関西では十二月八日。同類、針納、供養針、針祭る。

ばりさい【バリ祭】〈晩夏・行事〉七月十四日、フランス革命の記念日。

ばりせんぼん【針千本】〈三冬・動物〉→河豚（ふぐ）。

はりのきのはな【榛の木の花】〈仲春・植物〉榛の花（はんのはな）。

はりまつる【針祭る】〈初春・行事〉針供養（はりくよう）。

はりょうぶ【馬蘭】〈晩春・植物〉捩菖蒲（ねじあやめ）。

はる【春】〈三春・時候〉立春（二月四日頃）〜立夏（五月五日頃）の前日まで。三春は初春・仲春・晩春のこと。九春は春九十日間のこと。芳春は花ざかりの春。陽春は陽気の満ちた暖かな時節。東帝は五行説で「東」が四季の春に当たるところから春の神。青帝は五行説で「青」は春に当たるところから春の神。転じて春の異名。また、春を司る神。青陽は五行説で東方を司る神。同類三春、九春、芳春、東帝、青帝、蒼帝、青陽、春べ。

はるあさし【春浅し】〈初春・時候〉立春を過ぎても寒さが残り、まだわずかしか春らしい気配がないこと。同類、浅き春、浅春。

はるあつし【春暑し】〈晩春・時候〉晩春のじっとりと汗ばむ陽気。

はるあらし【春嵐】〈三春・天象〉春の暴風雨。同類、春疾風、春嵐。関連＝青嵐〔三夏〕、秋の嵐〔三秋〕。

はるあわせ【春袷】〈三春・生活〉袷は夏のものだが、春にも着られるようにしたのが春袷で、明るく華やいだ気分がある。関連＝袷〔初夏〕、秋袷〔仲秋〕。

はるいちばん【春一番】〈初春・天象〉立春から春分までに初めて吹く強い南風。同類、春一、春二番。

はるいとう【春鷦】〈三春・動物〉鰯漁は秋であるが、日本海の鰯漁は春が最盛期。同類＝大羽鰯。

はるいわし【春鰯】〈三春・生活〉春愁（しゅんしゅう）。

はるおぼろ【春朧】〈三春・生活〉立春から春分までに初めて吹く強い南風。関連＝目刺〔三春〕、鰯〔三秋〕、潤目鰯〔三冬〕。

読み（五十音順）からも引ける二本建て

二章「五十音順季語辞典」

はりくよう―はるいわし

四二一

イメージに合った言葉が探せる類語引き表現集

短詩系ならではの語彙と美しい表現を歴代の名句名歌から集めて類語で分類。俳句に短歌に詩作に作詞に…みるみる語彙が広がり表現力がみがける辞典。

俳句 短歌 ことばの花表現辞典　三省堂
西方草志編　四六判・640頁

あ

あい──あいよく

【あ】

【愛】あがなひし命の愛の　君がまことの愛な変りそ　二人の愛のくづれ行くさま　確証

自愛 自愛の心かなしくもわく　あきらめと自愛心とがつづまりは己れを愛し　己を愛でて黒髪を梳く

慈愛 母の慈愛に育ちゆく　森に愛埋めに行きし日の　落陽は慈愛の色の

もなき愛に生き

【藍色】藍色の藍　雪の富士に藍いくすぢや　藍色の海の上なり　陸をふちどる海の藍　藍色の風あらはるる

褐色 藍濃い　野は褐色と淡い紫　褐いろの巌を噛んで　褐い

御納戸色 お納戸いろの湯の街の雨　うすお納戸の袷ろのすずかけの実　饐ゆる褐色

浅黄 浅黄ににごったうつろの奥に　浅葱いろしたもやのなかから　浅黄は春を惜むいろ　浅黄に暮るちゝぶ山

群青 ひかりの群青や　群青のうぐいすが　あぢさゐは移る群青の色に　群青の濃い松葉を　紺青だ水は

濃藍 濃藍の海に　上にはろけき濃藍の空　濃藍なす夕富士が嶺を　朝顔は藍など濃くて　濃き藍の竜胆ぞ

薄浅黄 うすあさぎ　みあかぬ
水浅黄 みづあさぎ　山脈や水
広重の絵の水浅葱
薄藍 うすあゐ色

【相思う】あひおもふ　魂合ひ
相恋う あひこふ　四とせ空
思い思う おもひおもふ
愛し合う かつて
魂合える たまあふ　魂合はねて　魂合へる男よ　魂合は

【間】あひ　山松の間／
【間】あひ　雪のあひよりヒ　との間ぬふ蛍　鹿と
間 あはひ　波のあひさに　松の林のあはひに　あはひを行くここゝ

【愛慾】あいよく　愛欲に胸

● ことば探しに便利な辞典

大辞林 第四版
松村 明 編

古語から現代語まで二十万余の項目（国語＋百科）を収録した本格派の日本語辞典。俳句や短歌に使われる歌語が驚くほどたくさん収録されていて、歌詠みに便利な辞書。

連句・俳句季語辞典 十七季 第二版
東 明雅・丹下博之・佛渕健悟 編著

ハンディでおしゃれな連句人・俳句人必携の季語辞典。①大活字の季語一覧表、②五十音順季語辞典、③連句の全体像がわかる連句概説、④選りすぐりの付合例句集。

五七語辞典
佛渕健悟・西方草志 編

"読むだけで句がうまくなる" 俳句・連句・短歌・川柳の超速表現上達本。江戸（芭蕉・蕪村・一茶）から昭和まで、約百人の作家の五音七音表現四万【主に俳句】を分類。

雅語・歌語 五七語辞典
西方草志 編

千年の五七語——"昔の美しい言葉に出会う本" 万葉から明治まで千余年の五音七音表現五万【主に和歌・短歌】を分類したユニークな辞典。『五七語辞典』の姉妹本。

川柳五七語辞典
西方草志 編

川柳独特の味わい・ひねりのある表現がぎっしり。江戸（柳多留・武玉川）から昭和前期迄の川柳の名句から約四万の表現を集め、二十六分野・五千のキーワードで分類。

俳句 短歌 ことばの花表現辞典
西方草志 編

短詩型ならではの独特の語彙と美しい表現を集めた辞典。歴代の名句名歌のエッセンス四万例を一万の見出で分類。類語引きなので引くほどに語彙が広がり表現力がつく。

三省堂

● ことば探しに便利な辞典

てにをは辞典
小内 一 編

二十年の歳月をかけて二百五十人の作家の作品から六十万例を採集した日本で初めての本格的日本語コロケーション辞典。ひとつ上の文章表現をめざす人に必携の辞典として大好評。

てにをは連想表現辞典
小内 一 編

作家四百人の名表現を類語・類表現で分類。読むほどに連想がどんどん広がる面白さ。発想力・作家的表現力が身につく書く人のための辞典。『てにをは辞典』第二弾。

てにをは俳句・短歌辞典
阿部正子 編

俳句・短歌のコロケーション辞典。江戸期から現代まで約六万の俳句・短歌を表現のエッセンスごとに分類。歌のハーモニーを楽しみながら実作の刺激になる辞典。

敬語のお辞典
坂本 達・西方草志 編著

約五千の敬語の会話例を三百余りの場面別・意味別に分類。豊富なバリエーションからぴったりした表現が探せる。漢字は全部ふりがなつき。猫のイラストが面白い。

俳句・短歌・川柳と共に味わう 猫の国語辞典
佛渕健悟・小暮正子 編

猫の句二四〇〇と猫の語から成る「国語辞典」。洗い猫・稲妻におびえる猫・猫帰る・きぬぎぬの猫…。一茶・草城・山頭火・三鬼・多佳子等に言葉で愛された猫たち大集合。

夢みる昭和語
女性建築技術者の会 編著

「昭和の少女」46人が書いた思い出のミニエッセイ集。昭和30年代40年代の子供の日常生活が生き生きと甦る。少女たちの新鮮な感性が国語辞典風に読める楽しい本。

三省堂